MEMORY HOUSE
记忆坊文化

夏茗悠 著

夏日再临

Summer Fantasy

上（全二册）

江苏凤凰文艺出版社
JIANGSU PHOENIX LITERATURE AND
ART PUBLISHING

图书在版编目（CIP）数据

夏日再临：全2册 / 夏茗悠著 . — 南京：江苏凤
凰文艺出版社，2022.6
ISBN 978-7-5594-6834-5

Ⅰ.①夏… Ⅱ.①夏… Ⅲ.①言情小说 – 中国 – 当代
Ⅳ.① I247.5

中国版本图书馆 CIP 数据核字 (2022) 第 079603 号

夏日再临：全2册

夏茗悠 著

策　　划	北京记忆坊文化
特约策划	朱　雀
特约编辑	朱　雀
责任编辑	白　涵
营销统筹	杨　迎
封面设计	小贾设计
封面绘图	镜　子
版式设计	天　缈
出版发行	江苏凤凰文艺出版社
	南京市中央路 165 号，邮编：210009
网　　址	http://www.jswenyi.com
印　　刷	环球东方 (北京) 印务有限公司
开　　本	670 毫米 ×970 毫米 1/16
字　　数	619 千字
印　　张	30
版　　次	2022 年 6 月第 1 版
印　　次	2022 年 6 月第 1 次印刷
书　　号	ISBN 978-7-5594-6834-5
定　　价	78.00 元（全 2 册）

江苏凤凰文艺版图书凡印刷、装订错误，可向出版社调换，联系电话 025-83280257

目 录
Contents

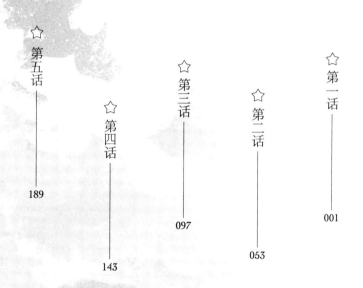

——谁控制过去就控制未来。

　　——谁控制现在就控制过去。

第一话

Summer Fantasy

你可能是过去的我

[1] 不只保持微笑

> 人们只知道某一短暂时期里生命里的点点滴滴，而对完整的一生是什么其实并不了解。
>
> ——托尔斯泰《忏悔录》

岳海市最繁华的商业区围绕广电大厦建立，发达的文化娱乐和旅游业是这座城市的名片。

鳞次栉比的高楼大多与广电集团有关，旗下酒店、餐饮。更人声鼎沸一些的扁圆形建筑则是音乐馆、体育馆，大型演唱会连轴转，一年中有三百六十天歌舞升平。

每年年末，整座城市的狂欢会被台庆暨电视节授奖典礼引燃。

海内外最红的影视明星在前呼后拥中陆续抵达机场，粉丝们从五湖四海纷至沓来，以发出最高声浪为荣。

岳海当地人民有种随遇而安的心态，既不投入这种狂热，也不排斥热闹带来的经济便利。商业街上的中年小吃店主从不追星，却能从年轻女孩们携带的手幅、灯牌上认出每一个偶像。

今夜星光比往年更加璀璨，明星数量是过去的三倍，虚假繁荣的背后是影视寒冬，台领导们正被仅为往年六成的广告招商愁秃了头，电视节成了他们孤注一掷的冒险。

曾经的二线卫视汉东台以更低的广告刊例价、更年轻的观众群体掠夺了有限资源，蛋糕就这么大，经济不景气时更需要货比三家。从五年前起，汉东卫视也年年举办电视节，颇有与岳海卫视分庭抗礼之势。

而今年岳海卫视的反击被挑上台面，将电视节开幕式定在了汉东电视节开幕这一天。

一个人为制造的正面战场。

星光被粗暴地瓜分，人气与关注的流向随之决定。

老中青明星齐聚一堂，收视和流量都要占据上风，誓要让资本一目了然，哪边才是娱乐圈真正的金字招牌。

备战阶段，岳海卫视下血本拔得头筹，随着当红明星的行程逐一敲定，优势初露峥嵘。

谁知岳海特有的海洋性气候却给了所有人一个下马威。

雨连下九天，水雾笼罩着整座城。虽然明星们不会因为交通不便就更改去向，但原本预备大造声势的红毯直播，效果想必不会尽如人意。

高耸入云的楼群深陷在夜幕中不见轮廓，遍布楼体的灯光如凭空野蛮生长的繁星，烟雾上涌，雨线下落，俯瞰街道，透明和墨黑的两色伞面分庭抗礼。

一派决战前的悲壮肃杀感。

广电大厦前的巨幅LED滚动播放着"第二十九届飞鹤电视艺术节开幕晚会"预告片，路人偶尔抬头仰望，从广场上匆匆而过。

大厦内各部门正紧锣密鼓地进行最后一遍设备调试。

副台长莅临主控室做着"战前动员"："都打起精神争口气，一定要在收视率上碾压汉东卫视……"他忽然又想起什么，"李闻达老师的飞机起飞了吗？"

"换了高铁，半小时前到了，下榻在丽兹卡尔顿。"

副台长松了口气，双手插进兜里："很好。一定要把李闻达老师接待好，什么'鲜花''鲜肉'都是过眼云烟，像李老师这种才是演艺界的瑰宝。"

对没那么追逐新潮的电视观众而言，一个名号响亮的资深导演，吸引力胜过三五个明星，收视率有保障的大剧就像排播计划中的定海神针，也往往是招商重头戏。

"哦对了，杨雪和柳溪川的礼服撞衫了，我们正在跟双方团队商量协调。"

副台长眼皮跳了跳："怎么会出这种事？"

"柳溪川临时换的，但因为她是品牌代言……"

"所以还用商量吗？当然是让杨雪换装！"

"杨雪最近那个网剧流量上来了，团队也没以前那么好沟通了。"

"网剧跟我们有什么关系？"副台长激动起来，连下眼袋都哆嗦着，"重要的是收视率！广告！真金白银！"

"是，是。"

"花了多少功夫才让柳溪川推掉汉东卫视来我们这里，千万不要因小失大。"

"明白。我这就让他们去通知杨雪团队。"

副台长又蹙起八字眉操心："再去跟柳溪川团队确认一下，看她能不能按时赶上走红毯。别又像去年跨年晚会……"

此时此刻，套房外间，化妆师正在为柳溪川修饰发型。

空气过于潮湿，半小时前卷好的头发已经消失了一半卷度。

艺人自己并不会为这种细节担心，连发缝两边几根头发丝都有人为她们计算清楚。她垂眼折叠着一张小纸片，不时拿起桌上的红酒喝一口。

"再不出发就赶不上走红毯了。"经纪人器宇轩昂地推门而入，催问化妆师，"准备好了吗？"

化妆师让到一旁："好了。"

易辙不像个经纪人，成熟俊朗，气质出众，双排扣凹口翻领的海军蓝羊绒西服，好像刚从都市时装剧片场走出来的男演员。他也确实不仅仅是经纪人，还是YXC娱乐的老板，亲自带的艺人只有这一个。

他从柳溪川手中摘走酒杯："现在就开始喝，还能坚持到上台领奖吗？"

她抬起头，语气颇不恭敬："那要看是什么奖了。"

他懒洋洋道："取决于你想要什么奖。"

两人对视着，目光无声地厮杀了几个回合。

末了，他伸手抹去她嘴唇上的红酒印，轻描淡写地嘱咐化妆师："给她补个唇妆。"

"我在门外等你。"

柳溪川起身前把折好的东西放在桌上，是只千纸鹤。

酒店长廊中，柳溪川牵着裙摆缓步而行，助理和化妆师随行其后，助理亚婕不时帮她整理一下裙摆形状。

易辙则与她并肩："只是一起吃顿饭而已。观众奖、媒体奖、视后，想要的话至少要尊重给你发奖的人。"

"意思是如果我不去吃这顿饭，视后就归别人了？这视后还真廉价。"

"我理解你不爱应酬，但两部电视剧加起来在岳海卫视播出周期将近半年，你连台长的面子都不给，未免架子太大了吧。"

"光是在电视上卖脸都厌倦了，生活中就饶了我吧。"

"你以为其他入围的人不厌倦？季向葵新剧收视率破六，还不是为饭局所累。"

柳溪川在电梯前停住，回身看向易辙，淡然一笑："那她真是当之无愧的演技派啊。”

“视后就这么拱手让人，考虑过粉丝的心情吗？”

“拿了视后，奖杯也不能送粉丝。”

“综艺里口口声声说爱他们。今天为了看你走红毯拿奖，他们可是冒雨在电视台外面从早晨等到天黑。”

“铁打的粉丝、流水的偶像。我拿不到视后，他们自然会转粉视后。”

易辙朝她睨过去一眼：“你就不能乐观点？”

柳溪川再没有话。

电梯门开，她提起裙摆迈进去。

易辙跟进电梯，转身与她并肩朝外。

随行工作人员懂得察言观色，两位像感情破裂离婚析产的夫妻，狭窄的密闭空间中气氛只会更糟。她们从善如流地退后，示意两人先行，按下了另一边电梯。

电梯门缓缓关上。

易辙长叹一口气，紧绷的嘴角柔和下来。

“算了，我去解决。你只要保持微笑就好。”

柳溪川面无表情，跃动的楼层数字映了一小片红光在她的侧脸，衬得她那双曾经充满灵气的眼睛好像又闪烁起来。

棘手的艺人通常有两类。

一类是刚入行的新人，浑身锋芒不知天高地厚，自以为奇货可居，把周围人的付出视为理所当然，如果没达到预期则求全责备。这种无知无畏，雪藏几个月，用解约赔偿金恐吓几次就能“治愈”。

另一类是从无名到爆红，转折太突然，被反差冲昏头脑，膨胀得六亲不认。这种若能自愈倒还好，执意要诉讼解决的也不少，不过换了一两次东家就能明白，相对娱乐公司，艺人终究是弱势群体，大部分爆红有效期都很短。

柳溪川不属于以上两类。以歌手身份出道的她出身音乐世家，不到二十岁就进入最大的娱乐公司，成为备受瞩目的练习生，还未出道就与当时最红的同公司天团组合有过舞台合作，出道后搭档的女孩天赋极好、声音独特，几首成名曲破圈霸榜，算是从起点就顺风顺水。并非一夜爆红，合作初期也通情达理。

眼下，更像是随着年纪增长，见得多看淡了，什么也不觉得新鲜，什么也不觉得惊喜，一眼就能看穿的事业，知道走不出既定套路，所以也就提不起兴趣投入。简而言之，让她这么放浪形骸的，是种退休心态。《经纪人操作手册》上似乎并没有应对“退休艺人”的策略。

不知怎的，如今倒有很多人吃她这套。

四五辆车接连停在红毯前，女明星们一边向四周招手，一边拖着华服摆出造型，举手投足都带着精心设计的味道，相机闪光无数，只可惜光彩被黑色雨伞遮掩了一部分。

　　粉丝的尖叫声，却总在随意甩着手疾步前行的男明星经过时，掀起高潮。

　　尤其是当几个人数众多的年轻偶像组合走过红毯时，现场气氛空前热烈。

　　柳溪川的车停住了，工作人员上前拉开车门。

　　她穿一件黑红色单肩厚缎大摆礼服，面料独特的光泽让红与黑都不那么纯粹，锈红从肩部流向裙摆，波纹自胸前往腰间汹涌，漫过周身大部分面积，黑色褪及末端又因光的反射作用在深灰与墨黑之间变幻，像夜色中一柱被火焰包裹的铁烛台，让人联想起某些欧洲古代建筑。风穿过她盛放的黑色长卷发，肆意与沉重在她身上碰撞成神秘。

　　所经之处没有尖叫，只剩轻声唏嘘，一种令人安静仰望的力量。

　　摄影与相机像碎的铁屑往同一个方向被吸引，仿佛肩负天然使命要留存这样的美。

　　她从黑色的伞下露出一张流光溢彩的面孔，眼眸几乎是条件反射地捕捉到镜头。深棕红的唇色，微微敛起上扬弧度，尽是施舍不带谄媚。

　　这笑不是节衣缩食、爱的供养换取的晏晏春风。

　　而是燃遍烽火借来的吉光片羽。

　　极尽风华。

　　画面定格在她惊鸿一笑的瞬间，年轻导播毫无感情色彩地插进话来："切广告。"

　　副台长回过神，舒心地啧啧赞叹："这样的笑就是真金白银啊。"

　　候场时，柳溪川从独立化妆室出来经过走廊，公共化妆室虚掩的门内，传出年轻女孩爽朗无忌的笑声，她往门内睨一眼，是杨雪。

　　杨雪今年二十出头，年纪轻轻就签了大制作人的影视公司，连着演了两部甜宠网剧，其中一部爆火，但紧接着一部台播剧又因质量不佳遭电视台退片，网播也毫无水花。说红也不算大红，有一群死忠低龄粉丝。

　　这女孩不算顶漂亮，生活中看着皮肤黑，走在人群里瘦得惊人，但上了镜打了光能扬长避短。她父亲做个体生意，母亲是地方戏剧团演员，小市民劲头足，虚荣心强，爱博出位，精明社会却没大智慧，在粉丝眼里生机勃勃，话题度居高不下，在如今规矩得像优等生、科代表一样的年轻演员中自有她的特色。

　　这会儿，她正整个人横倒在沙发扶手上，一只手臂始终往后环着沙发里青年导演的肩，大笑时另一只也拍上来，前仰后合的动作让她的前襟不经意地在对方肩胛骨上摩擦。

柳溪川推门进入，径直走向杨雪。

那位导演立刻往旁边挪了一个身位，拉开与杨雪的距离。

明知故犯。

柳溪川冷淡地扫他一眼，被杨雪热情的寒暄转移了注意力。

"溪川姐——"

柳溪川淡然接话："谁是你姐？"

公开表明敌意，意味着一场大戏即将开始。所有人都看向这边，整个化妆室内突然鸦雀无声。

柳溪川漫不经心打量她的礼服："撞衫了，换一件吧。"

饶是平时牙俐嘴甜的杨雪也不知该如何回应，自己这件礼服，和柳溪川身上那件可是连一个相似元素都没有。

在场对稿的小编导已经转身奔出门去搬救兵。

杨雪经纪人吴澜比柳溪川年长三五岁，摆出亲和老大姐的调调上前打圆场："溪川你真会说笑，款式颜色材质都不同，这怎么能算撞衫呢？"

"和我上周的杂志照片撞了。"

吴澜赔笑道："我们今天本来不巧差点撞衫，已经换过一套了，你看能不能……"

撞衫的事，易辙没跟溪川本人提，这会儿她第一次听说，觉得新鲜有趣。

她回头看了眼易辙，又向杨雪扫回来，露出讽笑："撞衫？我身上这件吗？野心不小啊。"

的确以杨雪的年纪穿这样的礼服不合适，气场压根撑不住。

杨雪心里发怵，慌张地去自己经纪人脸上寻答案。

早听过传闻，公司对杨雪的包装是全方位的，所谓"有趣的灵魂"不过是人设，公开场合抖机灵的台词都由段子手事先写好。实际聪不聪明看她演戏就知道，稍有点底蕴的台词连断句都出错，根本不能理解。

溪川冷笑一声。

吴澜求助的目光往易辙那边循，但易辙毫无兴趣介入这些纠纷，打定主意倚着墙袖手旁观，似笑非笑。

导演可是坐不住了，起了怜香惜玉的心："溪川，离晚会没多少时间了，算了吧，怎么样？就算给我个面子。"

"是这种面子吗？"柳溪川截了他的话，反手甩他一记响亮的耳光。

所有人目瞪口呆，那导演虽然年轻，但到底是两个月前才拿了几十亿电影票房，正炙手可热，也眼见着前途无量，她就这么不留一丝颜面地直接打脸。

冯副台长带着几个工作人员姗姗来迟，乐呵呵地跨进门来，大嗓门响在前面："哎呀哎呀，这么多大咖齐聚一堂，我们这里真是蓬荜生辉。"看见杨雪经纪人后佯装意外，"哟，小吴你们怎么在这儿？黄导刚才去化妆间找你们了。"

杨雪经纪人立刻会意，拉起杨雪拔腿就跑："哦哦，那我们赶紧回去。"

冯台又直奔柳溪川热情握手，做亲密状寒暄，以"娘家人"自居。诚然柳溪川成名作在岳海卫视热播，几部大剧也都在本台收视榜上有一席之地，资源拿的是最好的，外界也一直戏称她是岳海卫视"亲女儿"。

她也就笑着听听，前年一部剧风靡全国，没见岳海卫视把视后给"亲女儿"，反而给了个收视没破一的偶像剧女主角。易辙公关没搞定，双方心照不宣，这份"血缘关系"不值两个钱。

颁奖典礼舞台上，颁奖嘉宾看着已拆开信封的卡片："获得第二十九届飞鹤奖最佳女主角的是——"

大屏幕上分屏显示四个女明星入围者的特写，其他三人笑得端庄得体，柳溪川手撑着头，有几分肆意懒散。

颁奖嘉宾道："《霜降》柳溪川！"

掌声雷动。

大屏幕上只剩下她一张脸，她的眼神愈加迷离。身旁的女星抚着她的肩道贺，她回以笑容，起身向台上走去。她在台阶上踩到礼服一个趔趄，颁奖嘉宾及时上前扶住了她。

台下，易辙蹙起眉，问助理亚婕："她喝了几瓶？"

亚婕翻着眼睛回忆："家里一瓶，这里两瓶。"

易辙叹了口气。

柳溪川在台中央接了奖杯，醉眼蒙眬地笑道："谢谢，谢谢大家……我完全没想到会拿这个……嗯，这是什么奖？"

台下冷了场。

易辙正襟危坐，冷静的目光投向她。

她看了眼奖杯上的字："哦！最佳女主角？"她皮笑肉不笑地自我庆贺，"哈哈，好棒啊！最佳女主角！耶！"又转向主持人，"那么最佳歌手你们颁给谁了？"

电视节评奖可没有最佳歌手这一项。

谁都看出她不清醒，主持人硬着头皮救场："溪川真是非常幽默……"

"我不幽默。"女主角不领情地打断，"我经纪人才幽默呢！"说着举起奖杯对易辙的方向挥了挥，"他说如果我不和台长吃饭就拿不到奖，原来是虚张声势啊。"

台下一片哗然。易辙面无表情。

活泼的女主角找到摄影机："台长果然正直。"亲了亲奖杯，"感谢台长哦！"

主控室一众工作人员回头看向领导。

副台长盯着监视器半张着嘴惊呆了。怎么说呢，柳溪川自由发挥这个环节是他翘首以待、喜闻乐见的，一举两得，收视和话题都不用愁。但他没想到会发挥到自己头上来，猜中了开头没猜中结尾。

谁知这还没完。

台上主持人慌张地靠近溪川，背后施力把她往场边推了推："谢谢，谢谢柳溪川小姐给我们带来精彩的获奖感言……"

柳溪川小姐却仿佛格外眷恋这片舞台："精彩吗？我只是喝多了点，幸好我不会开车，不然像李闻达老师上个月……"

主持人赶紧把话筒从她手里抢走，将人交接给候在场边的易辙。

台下嘉宾表情五花八门，台上台下各有各的精彩，媒体相机快门按个不停。

最严肃隆重的环节成了荒唐的闹剧。

易辙有点不高兴，他知道柳溪川醉得没那么厉害。

这下，话题度与收视率毋庸置疑碾压汉东卫视，她四两拨千斤，"决战"一锤定音，岳海卫视成最大赢家，她也不虚此行。

可副台长身份在那儿，开不得这种娱乐玩笑，就算醉到不省人事都该知道。

她是快意恩仇了，要修复合作关系任重道远，到头来受伤的又是经纪人。

[2] 太专注于现象世界

雨后的隧道内部反着光，近处是红、蓝、银色夹杂的半圆形"彩虹桥"，更深处逐渐衍化成大面积银色光斑。车辆好像在卷筒纸的内侧行进。

"我觉得我们都太专注于现象世界了，雨这么大，每个人都面目模糊，不只在网络上，就连现实中大家也是匿名的。"她望着窗外，浓密的下眼睫在卧蚕上投下棕色的阴影，这样的笑比刚才面对镜头时本真得多。

"怎么个匿名法？"易辙顺着她问。

"正常是个很小的范围，我们却努力在其中寻找和自己相似的对标，比如生肖、星座，想方设法给命运和性格贴上一些已知标签，改变自己不在正常范围内的特质，把自己塑造成体面合适的人，毕生都在学习如何体面、合适，放弃了自主选择，只模仿常人的决定，本己早就消解在人群中。就好像身份证号码，自以为独一无二，其实不过是一串编码，没有意义也没有价值。"

"我要是你，我就不会把这种想法说出来，特别是在公开场合。"易辙漫不经心地看着手机里下属发来的舆情回报，"这比在台上醉酒更难公关。"

"我不适合登台。"

有时他也会反驳："你不适合做任何事，除了一个人在床上躺着。"

溪川笑出声："说的也是。"

说她做得过火倒也不至于。热度需要爆点，然后需要能引导舆论的力量。有时候没有爆点要制造爆点，否则艺人很容易在信息爆炸的时代被遗忘。她在制造爆点这方面一向不负众望，易辙恼的是她从不提前商量、随时即兴发挥，自家公关次次措手不及，侥幸团队作战力强，单看结果，外界还以为他们配合默契。

就拿今天来说，回程飞机落地时，闹剧已被扭转成了悬疑剧。

热议的焦点集中在"奖项评选是否存在黑幕"和"李闻达导演醉驾逃逸传闻是否坐实"上，她像个点火的义士，在话题边缘蹭着热度。就连关于评选黑幕的讨论也没落在她身上，她的国民度收视率有目共睹，奖项已是迟来，前年的偶像剧"水后"又被拖出来"鞭尸"。倒是她那个"最佳歌手"关键词，勾起了不少大龄粉的情怀，掀起了回忆"青春与她同行"的风潮。

可谓一场胜仗，但也够令人精疲力竭。

易辙在送她回家的车上，看完汇报邮件的最后一页，从iPad上抬起酸涩的眼睑，拧了拧眉心。

"你是出格得精彩漂亮，可是牺牲了多少人？你随心所欲搞突袭，团队就要加班整个通宵。"

"不加班哪儿来的薪水？不在这行加班，他们也会在其他行业加班。"

"薪水，当然要；荣誉感，也需要。如果没有他们，你走不上这个领奖台。"

"荣誉？"溪川扭过头朝他笑笑，"打着'柳溪川公关'名头物色下家这种荣誉？"

易辙没了话，她这是精准打击。公关团队跳槽率高，大多数干不满两年，有些去了下家还如法包装出竞争资源的新秀，吴澜就是其中之一。

曾有段时间，溪川在情感上对吴澜非常依赖，如今物是人非，见了面连闪回都锥心。

其实她也明白，人往高处走，在所难免，无可厚非。

溪川安静地盯着他："你是真有信仰，还是为了给我洗脑装有信仰？"

"那你呢？是真刀枪不入，还是装刀枪不入？"

"这不是你教我的嘛，没有同理心的人才能做明星。"

"你以为一线明星能做多久？五年？七年？"

"明天就会开始过气，因为今晚已经到了顶点。"

易辙准备好的说教落了空，顿了顿："你总有毁掉一切好事的能力。"

"好在我和坏事共处的能力也强。"

易辙懒得跟她再打嘴仗："别节食了，影响心情。"又追加了嘱咐，"还有，少喝点酒。"

车缓缓在她家门口停下。市中心独门独院的别墅，符合她独来独往的需求。

见她下车时鞋跟没踩稳，易辙有点不放心："一个人能行吗？"

她笑盈盈地在车边站定："谁不是一个人？"

易辙叹了口气，眼角的余光瞥见落在座位边的奖杯，拿起来递给她："别忘了，这可是你第一次拿有分量的演技大奖……"

话音未落就被一声脆响打断。

她没接住，奖杯脱了手掉在车边水泥地上，骨碌碌滚了几下。

刚到手几小时就磕坏个角的可怜奖杯被放在岛台上。

她就地把高跟鞋踢掉，光着脚走近酒柜，拿了一瓶红酒和一只高脚杯。开瓶器旋转到底往外拔，软木塞却断了一半在瓶颈。

她愣了片刻，从碗橱里取出一根筷子，用杯底敲击往里戳木塞。

突然一声巨响，酒瓶从底部炸开，玻璃碎了一地，酒也洒了一地。

她没有受伤，只是被吓了一跳，面对满地狼藉发了会儿呆，没收拾，转身从冰箱里拿出一听啤酒，蜷缩进沙发里，打开手机，边喝边看。

自己获奖后发的那条图文微博，已经有了几十万转发评论，往下滑了几屏，看见杨雪的小粉丝留下一些尖酸的嘲讽。

"一代'水后'，听说还在后台挤对杨雪，真是够社会的，惹不起。"

"一天天戏这么多，又要炒耿直人设吗？"

"快糊了吧，业务拼不过季向葵，颜值比不过杨雪，脸都崩了。"

点赞数有几百，倒是没激起什么水花。

正看着，视频电话切了进来，是姐姐。

她接听起来，柳洛川穿着家居服："嗨……你那儿怎么这么暗？"

她才想起忘了开灯："哦，我刚到家。"

说着拧开了身边的落地灯，客厅里明亮起来。

"我就知道你没这么早休息，肯定要连夜回家，快来祝贺小姨。"

镜头一转，三岁的小外甥女出现在画面里。

溪川换了宠孩子的语气："小公主，这么晚还没有睡觉呢？"

小姑娘对着镜头张大嘴巴，她妈妈在一旁焦急阻止："啊啊啊……不要啃手机。"

"亲亲小姨，么。"

溪川笑起来。

听见了动静，小姑娘突然向一侧扭过头，接着奔离了画框："爸爸！"

镜头晃了晃，但没有人入镜，画面停在洛川胸前一片居家服上。

"在跟你妹视频？"这话应该是问洛川的。

"对，你打断了我们祝福最佳女主角的欢乐时刻。"洛川笑着回到手机画面里。

溪川却已经冷了脸："我这儿还有事，我先挂了哦。"

姐姐没觉出异常："明天回家吃饭。"

"知道了。"

溪川匆匆挂断，平复了一下心情，重新打开微博。

有个昵称为"雪家胡萝卜"的粉丝，五分钟前刚留下评论就获了近千赞，来势汹汹："柳溪川精神状态真可怕，像个疯婆子。粉丝也只能尬吹演技了，雪宝甩她二十八条大马路！"

她重又微笑起来，给这留言点了个赞。

易辙回到家冲了个澡，刚在床边坐下手机又响个没完，他扔下擦水的毛巾，拿起手机看看来电显示，这孜孜不倦一个接一个电话拨过来的，不出意料是亚婕。

他不禁笑了，以为今晚的战斗就此胜利，果然还是太天真。柳溪川的惹事技能通常像瘟疫，带有反复卷土重来的特征。

"老板，姐姐又上热搜了，焕姐已经在联系处理，不过溪川姐还在不断点赞杨雪粉丝的恶评，热度下不去啊。你有办法联系上她吗？"

"没有。"想来现在打过去她也不会接。

亚婕自顾自更新动态汇报："哎呀老板，姐姐取消关注了飞鹤奖官微。"

"哦。"

"啊……"一个刷新的时间间隔里局势似乎又变了，"姐姐又关注了官微，取消关注了陈导。"

"好吧。"

"老板。"亚婕刷新了严肃语调，"就不能把微博从姐姐手里要过来吗？"

"行啊，你要吧。"

"我不敢要，你要。"

易辙垂眼暗忖，看不顺眼的事，让她憋着，太难为她了。

他自嘲地一笑："还是算了吧。"

就算团队都是天兵神将也保证不了百战不殆，特别在内部随时有人釜底抽薪的情况下。

零点过后，热搜几乎都与柳溪川的这次点赞、杨雪的粉丝有关。

次日，舆论又在旧料放出后再发酵一轮。柳溪川早年在综艺上，踢爆其他女演员八卦博版面的"劣迹"又成"新闻"，网友更新换代，知道当年内幕的人已不多，大多顺着营销号口风走。杨雪在热度下降时亲自下场，暗讽柳溪川点赞恶评引导粉丝"人肉"，虽然柳溪川没有回应，话题却又重新跃居热门榜首，这让杨雪今日出席某品牌活动的行程也比平时多了几分关注。

早上溪川在吃谷物早餐，门铃大作。

门禁监视器里露出陈谅那张讨嫌的脸，她犹豫几秒，还是给他开了门。

她没去看他，掉头往开放式厨房走，陈谅匆匆跟在身后："干吗取消关注我微博啊你？"

搞半天是为这来的。

溪川控制不住讥讽的笑："用得着上门兴师问罪吗？"

"不是我兴师问罪，是你姐担心你。一早就被那么多人关注，又不接电话。你看看外面，都是娱记。"

说着说着，陈谅的视线被岛台附近的一地狼藉吸引。

他卷起衣袖，在洗手池边翻箱倒柜，找到称手的工具，把大块玻璃收拾进垃圾袋，再把碎渣扫尽，最后用湿抹布将满地红酒渍一点点擦去。

全程，溪川袖手旁观，只往旁边挪了个身位，继续机械地用勺子挖谷物早餐。

瞧他一连串操作如行云流水，不是不会。

赌他在自己家从没"屈尊"做过，看人下菜。

她从起床到现在扫了一眼手机就扔下了，未接电话就那么些，大多是公司同事，猜也能猜到是为了什么事，她不想回应。但其中夹了姐姐的来电吗？她还真没留意。

"你比我更值得她担心吧。"

陈谅蹲在地上，抬起头："成天爆负面新闻，你还要不要拍戏了？"

溪川又往谷物早餐里兑了些可乐："你是导演，我是演员，进组就拍戏，你管我正面负面。"

陈谅洗了手支着台面，把碗从她面前推开："长此以往，哪个导演还敢用你？"

"别用我，去用甩我二十八条大马路的杨雪啊。"溪川刚跟粉丝学的词，赶着新鲜就用上了。

陈谅绷起脸："你跟杨雪较什么劲？犯得着吗？"

看来他没留意网上那些腥风血雨，屋外这一群娱记都是因什么兴风作浪而来。也难怪，他本质是个搞技术的，看不懂这些心机套路。

溪川用不咸不淡的语气呛："哦？戳到你心尖了？现在可是你这位外室在跟我较劲，买营销黑我。"

"什么外室！"陈谅像受了多大委屈似的嚷起来，"不过是逢场作戏，你用不着上纲上线吧。"

溪川带着促狭的笑看他："这话留着跟你老婆解释去。"

他一时语塞。

还是头一回听说做导演的要对小演员逢场作戏，人要真渣起来连思路都清奇些。

溪川低声喃喃："逢场作戏？你比我适合当演员。"

她挑衅般把碗拿回来，继续往里兑可乐，"咯吱咯吱"咬牙切齿地瞪着他吃。

陈谅正对她无可奈何，手机响了，低头看来电显示是洛川，递过去："找你的。"

说话间表情又恢复了他的潇洒不羁，仿佛争回一口气——不是我上赶着巴结你，是受人之托忠人之事而已。

陈谅虽然是溪川的姐夫，在高中时却是同校同年级同学，和溪川的姐姐更是同班同学，读书时不算熟，但从小认识，说话一向不客气。如今溪川和陈谅都是圈内人，对他平时这些风流做派比姐姐还了解一点，对他自然没什么好脸色。

溪川在大一那年被招募进娱乐公司，边做练习生边完成学业，没毕业就出道了，因此和大学同学交集少，感情深一些的反而是高中几个好友。但因为她的"白月光"也是高中同学，在十八岁那年因故身亡，旧友相聚总爱追忆，溪川久而久之淡出了圈子，其他人也觉得女明星距离遥远。还有联系的只剩下姐姐、姐夫。

因此，晚上出门前接到李未季的电话，有点令人意外。

李未季是她高中的室友，彼时形影不离的闺密，但关系疏远的时间比一般同学更早。

"你没换手机号？"李未季说。

"是啊，从高中起就没换过。你也是。"

"真没想到……经常在电视里看见你……昨天也是……祝贺获奖。"

溪川不知该答些什么，这对话冷得连工作伙伴都不如，一阵沉默后，她反问："你呢？过得还好吗？"

"还好。"李未季似乎不太愿意谈及自己，又把话题抛回来，"好几次同学聚会你都没来……"

"是啊……"

又一阵沉默。

终于，对方也感到尴尬难挨："不好意思，这么晚打扰你……"

说晚也夸张了，还没到晚饭时间。

"那你先忙，我们改日再聊。"

电话要挂了，溪川却有些不甘心，追了一句："有时间见面坐坐吧。"

"看你时间，你肯定比我忙。"一句客套话又把距离拉得好远。

"我……"溪川无声地苦笑，"那改天再约。"

"再约。"

她挂断电话，坐在鞋柜上落寞地出神片刻。

改天。

圣者克利斯朵夫逆流渡过了河，问肩上的孩子："你究竟是谁？为何这么沉重？"

孩子回答说："我是未来的日子。"

[3] 你可能是过去的我

姐姐说的"家宴"一般是指去她自己家吃饭。她成家后回父母家的频率是两周一次，而溪川是两三个月才一次。

当然，洛川心知肚明，情感亲疏强求不来，溪川不是她亲妹妹，只是堂妹，她的父母只是她的伯父母，虽然两人户籍上还是双胞胎。

儿时的一场车祸，带走了溪川的父亲和洛川的同卵双胞胎妹妹，溪川的母亲无力抚养她，留下她被失去女儿的伯父母收养，就以故去女儿的身份入了籍。

知道他们并非亲姐妹的人不多，大多数人见到这对"双胞胎"都要默默感慨一句不像。

溪川天生一张三百六十度无死角的明星脸，巴掌大，五官精致。洛川在普通人中也算清秀，失之毫厘，走在一起却差得多。

外人也很难知晓，溪川"出身音乐世家"这块金字招牌，只不过伯父母是知名艺术家、音乐学院院长教授，可那是洛川的父母。她自己的父母都是社会底层人物，标准的鸡窝飞出金凤凰。倒是她如今横冲直撞的这份野性，的确带着底层习气，洛川想，还是有迹可循。

溪川寄人篱下到成年，去北京读大学后就开始一个人打拼，距今也离家十年了，和伯父母疏远情有可原。伯父母都在体制里，不太看得惯她们这类市场经济下"走穴"的明星，看娱乐圈也总带着光怪陆离的滤镜。溪川由流行歌手转了影视演员后，双方共同话题就更少了。最近两次见面，伯母居然家长里短地操心起了女明星的婚嫁，也挺令人啼笑皆非的。

不像洛川早婚早育，在家做清闲家庭主妇，溪川在"白月光"去世后谈过的恋爱都很短暂，没有安定下来的迹象，二十七岁没稳定对象在娱乐圈很常见，但在伯父母他们眼里就成了另类，不知怎的，他们总觉得溪川路走偏了。

洛川每次替她说话，妈妈就常举出反例："陈谅也是文艺工作者，不也没耽误结婚成家。"洛川无法反驳。

总之，让双方接受对方的观点都不容易。

七八个盘碟端上了桌，溪川开始感到奇怪："我们三个人吃这么多？"

洛川摘下围裙，把女儿抱进儿童餐椅："还有你姐夫，他说今天晚上没会，能早回来。"

没想到讨嫌的人一天得见两面，溪川脸上没挂住，表情有点难看。可这毕竟是人家自己家。

说曹操曹操到，陈谅自己开门进来，洛川招呼道："刚说到你你就回来了。"

小女儿也来了精神："爸爸！"

陈谅打了个哈欠，冲女儿挤出个笑脸："吃饭前洗手了没有？"

"我洗过了！"

他却没接妻子的话，甚至不曾有视线接触，径直进厨房去洗手，这让洛川的热情落了空，有点尴尬。

溪川摆过来的眼神有了批判意味，做妻子的还得帮着解释："最近不是帮着李导筹备新剧嘛，剧本会老是从早开到晚，一个多月了，我都没怎么和他见上面。"

李闻达是陈谅的师父，人脉、资源都给他铺过路，上个电影的火爆他功不可没，所以依然把陈谅当徒弟使唤也很正常。

"李闻达自己的剧自己不管？"

"也管，在勘景挑演员了。"

溪川把零碎信息在脑子里过了过，该不会新剧女主角是杨雪，李闻达选的，陈谅不得不卖几分面子吧。

转念一想又觉得可能性甚微，李闻达虽然嗜酒但没喝坏脑子，怎么也不至于用个退片女主角扛收视，砸自己招牌。

思索间已经开席了。

溪川一抬眼，见洛川挑了基围虾一个个剥了壳放进女儿碗里，而陈谅像不认识那孩子似的自顾自吃菜吃饭，让她又气不打一处来。

"姐，我认识的男人大多都'家里红旗不倒，外面彩旗飘飘'，像姐夫这样……"她别有深意地停顿了。

不只洛川，陈谅也向这边看过来，分外紧张。

溪川就是想敲敲警钟试他还会不会紧张，顿了顿继续说下去："可特别难得。"

洛川笑着接话："你帮我看紧他。"

溪川没怎么笑，目光直指陈谅："我也要看得住。"

陈谅面不改色："我哪用得着看？片约都排到后年了，忙得马不停蹄。"

"是啊。"洛川边喂孩子吃饭边说，"那些花花肠子多的人心思杂，事业也不会好到哪儿去。"

听着怪讽刺的。

晚饭后洛川先忙着帮女儿洗头洗澡，安排上床睡了，才转去厨房洗碗。

陈谅在阳台上抽烟，听见溪川走过来，转身续上之前的话题："你以为你姐姐对外面的事一无所知吗？她肯定模模糊糊能猜到，环境如此。像杨雪这样有所图地往身上贴，即使不愿迎合，但也不至于当场翻脸吧？"

　　溪川眯起眼，凝神分辨夜幕中远处一条闪耀的长带，是路还是桥。

　　"站在你姐姐的立场，她也不想闹开。她现在年纪大了，又没有工作……"

　　柳溪川犀利的眼神转过来："看来我那一巴掌打轻了。"

　　"我说的是事实。"陈谅坦然道，"离了婚她能去哪儿？去干吗？像你这样孤苦伶仃一个人，过得开心吗？你还有事业，她有什么？今天因为你过来，还算特殊情况……平时我十点回家她早在沙发上倒头睡了，衣服不换澡也不洗，怎么叫都不起来，连让她去房间睡，这几步路她都懒得走。你换位思考一下，你和这样的人怎么过？"

　　"还不是因为累的。"

　　"做点家务能累到哪儿去？我们俩现在每天零交流，绝对不是我的原因，"他抽了口烟，长吁一口气，"上个电影虽然叫座但和我没什么关系，签约时谁知道能红？新人导演能要的就那么点。眼前这个剧也是还人情，赚个辛苦费。等再接了活……她愿意离就离吧，我不会说半个'不'字。好歹让她把孩子的抚养费分到手，你忍忍吧。"

　　溪川只觉得可悲，从校服到婚纱的情侣，路不知怎的竟会走成今天这样。

　　"但就算到了那时候她也不会想离，对她来说，在别人眼里幸福比过得幸福重要。眼开眼闭罢了。只要我瞒住心里的不满，日子就可以过下去。"

　　"瞒得住吗？"溪川冷笑。

　　"至少我愿意瞒，总比你这样闹得满城风雨让她操心强。"

　　"怎么又扯上我了？"

　　"谁没有点不顺心？谁像你这样折腾？成年人没有像你这样的，成年人的生活都是灰色。你是小孩吗？跟小孩怄气犯得着吗？"

　　"什么小孩？"猜他指的是杨雪，二十岁还"小孩"也怪恶心的，溪川没好气。

　　"杨雪的粉丝。"陈谅慢吞吞地说，"不是小学生是什么？"

　　溪川愣了愣："我没怄气啊。"转而笑起来，"点赞是因为，觉得骂得对。"

　　陈谅倒也有他的感慨，初识时活力四射的女生竟会成为今天这样。

　　她深爱的人一而再地被死亡带走，先是父亲后是"白月光"。成年后又进了名利场，身边人来人往，薄情寡义。

　　这一路他没走远过，眼睁睁看着。

　　可悲在于，作为旁观者也觉得没任何扭转局势的机会。

人总难免产生类似臆想——如果能回到过去的某个时间点，做出不同的选择，也许就能彻底改变整个人生。

自己的那个时间点在何时呢？

应该不是父亲去世前，那时她还太小，记忆都非常模糊，他死于意外，似乎也没什么选择能改变这个事实。在父亲去世母亲远走后，她在伯父母家也天真快乐地过了许多年。

真要追溯到改变人生的选择，那可能只有一个答案。

"白月光"是因为在台风天救落水的路人而丧生的，但其实他本来是个理性冷漠的人，让他做出救人选择的，是相识三年自己对他潜移默化的影响，换句话说，如果他没有遇见当初那个富有正义感的自己，多半不会去见义勇为。

他不至于丧生，自己也不至于因他的丧生而消沉，虽然这段相识不存在会有些遗憾，但总比如今要好得多。

溪川从床头柜里拿出那个盒子，留存至今的东西只剩两人唯一的合照和她高中时用的手机，那个年代高中生没什么娱乐活动，不过是每天睡前窝在寝室床上互发短信。

手机内存不大，始终塞得满满的，学生时代已是如此，等一条短信进来要删了前面几条。

新旬过世以后她还用了这手机很长时间，直到后来市面上全是智能机，非智能机的功能已满足不了日常沟通需求，她才换了。

时至今日，她还保有这个习惯，夜深人静时把sim卡装回旧手机，从头到尾一条条翻阅和他互通的短信。

今日的心情又与往日不同，缘何而起呢？

是获得了一直梦寐以求的奖项，却能一眼望见巅峰转瞬即逝？

还是接到了失联已久的朋友打来的电话，却疏远得形同陌路没话找话？

抑或是亲眼看见自己求而不得的爱情长跑，最终成了得过且过的相互消耗？

所罗门说："我见日光之下所做的一切，都是虚空，都是捕风。"

"如果从来不认识新旬，就好了。"

——鬼使神差地，她往自己的手机号发出了这条短信。

隔了长长的几秒，一条新信息跳了进来："我也是这么想的，这个人实在太糟糕了。"

溪川靠床坐起来，怀疑自己是不是酒后出现幻觉。

再看发件人，居然是自己的手机号，手机中毒了？

"你是谁？"

对方回复速度极快："朋友，讲道理，是你发短信给我的，你问我是谁？"

"可我是给自己的手机号发了短信，本来不该有人回复。"

真是蹊跷。

"我是柳溪川，方便透露你的名字吗？"

"别闹了，我才是柳溪川，你到底是谁啊？"

"什么情况？重名？但是你应该知道我吧？我是演《麓境》的那个。"情急之下也顾不上隐瞒明星身份了。

对方却说："看不懂你在说什么，就算是重名，我为什么应该知道你？"

溪川有些气结，置气扔了手机，过半晌又觉得咽不下这口气："你是哪里人？你们那儿没有电视吗？"

对方理直气壮地回过来："我是上海人，我们这里到处都有电视！非常多的电视！但从来没听说过有和我同名同姓的演员，说不定是因为你十八线呢？"

她开始怀疑是什么人在恶作剧："要不你加我微信，我们语音聊吧，发短信太费劲了。我微信号就是手机号。"

这回倒是隔了许久才有回复："不好意思，请问微信是什么？"

声称是上海人，居然不知道微信？

"这真是你的问题了。你多大年纪，不知道微信？"

"我十六岁，在阳明中学读高一。你有什么意见吗？"

这似曾相识的欠揍语气……

她费了十分神思，缓慢地使用物理按键逐字输入：

"我二十七岁，但关键是，我十六岁时也在阳明中学读高一。虽然从科学的角度很难解释，但我感觉你可能是过去的我。"

[4] 萍水相逢搭伴赚钱

溪川几乎不记得自己高中时是什么状态，一番交流之后感觉小姑娘咋咋呼呼有点烦人。

发现手机"跨时空通信"的异象后，排除了打电话的可能性，小姑娘开始软磨硬泡求透露期中考试作文题，又提议通过某种方式共享话费余额，总之，鸡贼到令自己嫌弃。

关于溪川提出的让她远离新旬的建议，她倒是求之不得，听她的意思正对人家恨之入骨。溪川回想起来，大概时值在纪律部副部长的竞选中败给对方，的确是欢喜冤家的初识，断在这里或许才是幸运。

"远离他吧，不要和他有交集，别和他说话，别和他吵架，离开纪律部，在走廊上遇见也形同陌路……这样，应该就可以了。"对十六岁的自己，她给出了这样的明确指示。

对方在这方面配合度倒是很高："不用你说我也会远离他，人品那么差，性格那么差，一提起来就让人生气。"

天已蒙蒙亮，溪川难以入眠，半是失落半是忐忑，说不清感慨从何而来，心里乱得很。

半上午的时候，正往麦片里倒啤酒，易辙来了，见她这阵仗绉了绉眉。

屋里很冷，他寻到控制板前，发现她果然没开地暖，她就只穿一件单薄的浴袍坐那儿，头发半湿，喝的还是啤酒。

"才早上十点就开了酒，不怕一觉醒来直接看见后天的太阳吗？"

溪川眼皮也没抬，一边吃着啤酒泡开的麦片，一边翻看影视公司送来的新剧资料。

新剧资料通常由两部分构成，一部分是制作公司和项目简介，这部分通常是易辙先筛选，与合作方沟通协调。

制片、编剧、导演等主创配置需精挑细选自不用说，连前六番合作演员都要考虑周全，以男主角为例，匹配同等"咖位"的可以共同负担收视压力，可同等"咖位"意味着同级片酬，双顶级主演片酬势必削减制作经费，更不用提同"咖位"演员也有是否珍惜羽毛之分，态度决定质量。

要通盘考虑取舍，平衡各种关系，不简单。

好在易辙能力绝非等闲，轮不到溪川来操心这部分。

另一部分则是项目内容，易辙通常会装订成册给她。梗概能透露很多信息，编剧的格局、观念、构架力。人设与人物关系是否新颖、完整，看得出编剧的野心。剧本一般给三五集，但溪川不需要那么多，只要看十场戏就能知道是什么货色。

曾有个影视公司习惯于流水线生产巨额投资、明星扛鼎型烂剧，总是递来不堪入目的剧本，最后一次那个，开场主角先前往演唱会现场追星三场戏，追的还是现实中的外国流量偶像，压根不可能拍摄，对主线剧情也毫无贡献。看得溪川直翻白眼，跟易辙认真发了顿脾气，从那以后烂成那级别的就见不到了。

事后她还较了真，拿着那烂剧本核对电视上的成片。两万字的剧本能拍摄的仅有四五千字，远不够一集时长，辛苦导演临场发挥了。

其中又有另一个经验教训，什么剧本写出一集两万字也都无须再看。

多缺德的公司才能把编剧压榨成这样，多无能的编剧才能接受被压榨成这样，语言精练一万三千字就能拍一集内容，水成两万字，意味着相互敷衍，浪费纸张油墨。

溪川在这方面百般挑剔，也正是这个原因，她一整年没接到戏，经纪人对此颇有微词。

易辙瞥一眼垃圾桶，里面已经塞了三四本："这么多剧本一个也看不中？"

"就像五分钟相亲大会，感觉全都跟我没什么缘分。"

"给你的剧本我也是挑过的，这个不好吗？"他拿起桌上一本，"和过去的自己时空对话，悬疑爱情剧。"

"真能和过去的自己时空对话，炒房炒股买彩票干点什么不好？谈什么恋爱？"她想起了手机里那个十六岁的烦人精。

他换了一本："这个呢？历史剧，大女主。"

"秦始皇台词——对酒当歌，人生几何。"

"有时候是为了网上话题度故意设置的槽点。之前《山河契》你嫌严重违反历史常识，季向葵演了天天上热搜，不觉得遗憾吗？"

溪川笑了笑："你还是祈祷我别上热搜吧。"

易辙叹了口气："你甘心做活在热搜、红毯和广告上的娱乐明星吗？"

"总比活在烂片吐槽集锦里好。"

"已经两年了，我不得不提醒你。《霜降》前年拍，今年播出获奖，这期间你什么剧也没拍过，就算视后在手也即将面对两年空档，你还打算休假多久？"

"找到合适剧本为止。"

"定义一下'合适'。"

"年纪大的关系户编剧就不说了，连年轻编剧都不思进取，每天只想着从网上抄段子，三观肤浅得可笑。"

"是什么给了你错觉，认为年轻就不是关系户了？包容点吧，这些小朋友年龄阅历没一样赶得上你，太聪明的也不会进这行。"

"连我都看不上，观众就更看不上了。"

易辙无语，重新捡起一本剧本："这个剧又怎么了？高智商轻科幻，人设也聪明独立。"

"看不懂。"

"什么？"

"量子纠缠、蝴蝶效应、虫洞奇点，这些我看不懂。"

"这只是概念框架，剧情里又没有这些内容。"

"不能理解概念框架，演什么科幻剧。念着不能理解的台词和背数字有什么区别？"

易辙无奈地把册子扔回去，笑："是挺像参加相亲大会，高不攀低不就。再多看两眼吧。"

茶几上手机响了。

柳溪川取过手机查看短信。

是烦人精发来的："为了证明不是恶作剧，你还是把期中考试作文题告诉我吧，这样我也好说服姐姐。"

很难不怀疑她别有用心。

"不用说服谁，知道的人本来就越少越好。影响过去这件事，还不知道有什么副作用。"

对方回过来："这样的话我也不相信你了。"

智障小孩。明明两个人是同时遇上这事的，凭什么要我来说服你？

溪川不禁翻了个白眼。

内心正吐槽。亚婕自己输密码进了客厅，进门就喊："姐姐，《相对论》和《弦理论》给你找来了。"

易辙困惑的眼神睨过来："不是不演科幻剧吗？"

"个人兴趣。"

想一出是一出也是她的风格，易辙无言以对。

亚婕动作麻利地把怀里的大包小包通通卸在茶几上："要拍摄的衣服鞋包我都帮你拿回来了，哦，还有身份证，你落在车上了。"

溪川接过证件，有点茫然，大概是和机票夹一起随手乱扔了。

一抬眼看见易辙又是那副似笑非笑让人恼的表情，潜台词是"连身份证都能搞丢"。

想虚张声势地瞪他，用力过猛破功了，打出个喷嚏。

易辙敏锐地扫来一眼，看出她颊边一抹不正常的红晕，突然站起来迈出两步摸上她的额头，紧接着从她手里抽走了剧本，把人往卧室方向推："你先进去躺着休息，我来拿药。"

发烧了吗？溪川边往里走边摸摸自己额头，怪不得觉得有点冷，还以为是喝啤酒喝的。

易辙熟练地打开药柜，往外数药品。

前天岳海零下十几度，她不得不穿露肩的礼服，还能说是身不由己。昨夜上海也天寒地冻，她没开地暖，不吹头发，还吃些垃圾食品，只能说胡作非为。不过他习惯了，柳溪川是他见过的五岁以上最不会照顾自己的人。

老板轻车熟路地倒水找药，亚婕跟在身后转，愣是没插上手，见怪不怪了。刚进公司时以为老板和姐姐是一对，同事否认她还不信，听说姐姐的"白月光"过世了，老板的"白月光"嫁人了，那不正好凑一对吗？

久而久之感觉到，老板只是城府深，而姐姐浑身带丧，连剧中感情戏都专接虐恋，这一对长期笼罩在一种离婚冷静期的氛围中，嗑到瓶颈了。

易辙冲好退烧药，端着杯子迈进感应门，发现她没在床上，愣了愣，扫视房间。

溪川刚脱了浴袍，睡衣拿在手上，回头瞪圆了眼睛与他四目相对。

这得怪感应门，敲之前自动开了。

倒是溪川先有反应，转回去按原计划继续穿衣服。

易辙手里端着东西，没法做其他动作，只能礼貌地照原路退出去。

"帮我把剧本带进来。"她的声音毫无起伏。

亚婕见易辙端着原封不动的药折回来，吃了瘪的表情，多了句嘴："她不喝吗？"

"她……呃……"易辙瞥见桌上那瓶开了的啤酒，又垂眼看看手里的药，各方面都唐突，"等会儿。"

亚婕循着目光看去，把啤酒往洗手池倒了，空瓶扔进垃圾桶："要我在这儿照顾吗？"

"用不着。"易辙把杯子放茶几上，坐下。

亚婕懂得察言观色，把东西收拾好就离开了。

很快，地暖的效果渐显，易辙在客厅灼心灼肺地等了十来分钟，才又往杯子里兑了点热水，抱着剩下一摞剧本重新进去。

她没为刚才的事大动干戈，慢慢喝了药，热水沿着喉腔流进胃里，比先前舒服一些，开始翻剧本。

他手机振动，接起来被动应答："嗯……今天不行……有点事，晚上回去再说。"

挂了电话，垂眼一看，她放下了剧本，正八卦地盯着自己。

"女朋友？"

易辙听得乐了，半眯起眼睛自上而下地望她："你想得美。我要是有女朋友，还晾着她在你这儿待？"

尾音带着刻意的挑衅。

溪川低头翻开剧本："不见得有了女朋友就得扔了工作。"

"这么说还真得找一个。"易辙一手支在床边，慢条斯理地把床上的剧本按题材分了几类，有意无意地将其中几本隔着被子砸在她腿上，逼得她不得不把腿往上蜷起来，"你现在无心工作，我闲着也是闲着。"

"闲着了吗？冯台长那边，关系修复好了？"

她还有脸提。

易辙轻松笑着耸肩："没有，人家现在连饭局都不赏脸了。你可真能给我找事，原来是为了防止我找女朋友，这思想是不是有点危险啊？"

溪川理直气壮地摇摇头："我以为你能力还行，工作生活能两全其美呢。"

"逼我三头六臂，得给我点补偿吧？"易辙俯身过来，玩起了文字游戏，"加班费，我的呢？"

溪川不动声色地拍拍身边床上空位："躺这儿睡会儿，梦里什么都有。"

他没挪位置，直接往后横躺下去，头枕着胳膊："你这人太冷漠了。"

男人的淡香水味飘远了。

"不也是你教我的吗？"她漫不经心地往后翻一页，"跟同事别谈感情，萍水相逢搭伴赚钱，走散才是常态。"

是吴澜跳槽的时候他劝她的话，倒成了她对付他的武器。

"十年长约，你跟我萍水相什么逢？"他指的是经纪约。

溪川跟他签经纪约时已经红透了，照理说不会签这么长的约。当时正值YXC创始人、董事长退位，没有亲生儿女能接班。易辙是继子，随他改了姓，经营能力也在他侄子之上，可到底没有血缘关系，老头犹豫不决，起决定性作用的是柳溪川这份十年长约合同。

事实也证明，随着唱片业式微，近五年来公司赚钱主要靠影视部门，柳溪川自然是最大一棵摇钱树。

但其实谈不上谁牺牲了谁，易辙进YXC前自己有个小而美的娱乐公司，做得风生水起的，不见得没有第二条路可走，只不过要让溪川更上一层楼，缺了YXC这艘娱乐旗舰的平台和资源做不到。

当时是双赢，如今却也都受了掣肘。

老董事长并没有彻底放权，他侄子易珂还在公司担任要职，比易辙年长十几岁，更早进入公司，虽然经营能力不够，在公司里关系网却盘根错节，让易辙难以放手做事，打不通全产业链。

易珂做过最不上道的决定就是断了柳溪川的电影路，她要是进了电影圈，能飞去什么高度再不受公司控制，倒不如拍热播剧，能保持稳定的高投资回报，还能带红公司其他艺人，从商业角度考虑非常现实。对她个人而言就真是蹉跎岁月了，能做的只是在有限范围内挑一挑质量有保证的剧。

"这本看着还不错。"她往前翻到封面，"编剧……没听说过。"

"《戏精》吗？"他合着眼睑没睁，"编剧是新人，还没毕业，第一个本子。"

"新人编剧的第一个本子你也敢给我？"

"鱼丽传媒出品，班底不错。本子……你也看见了，别带偏见嘛。"

"知道我会选这个，还拿那么多烂本子来浪费我时间？"

"为了让你知道错过的那些用不着惋惜。"

"为什么觉得我一定选这个？"

"想要坐地铁的女主角，因为拖延症每天错过末班车时间。荒唐得如你所愿。"

"你倒是为我看了不少。"

"比给你的多，没给你的更差。"他顿了顿，"不过我倒是觉得这本子，起码剧名就得改个幸福美好的。我跟制片说了，等备案下来再聊。"

"导演是谁？"

易辙没了声音。

溪川就知道，这么好质地的本子他藏着掖着，肯定是心虚有诈。

难道是陈谅？不可能。就算电影票房再高，和电视剧导演相当于两个行当。电视剧重要的是速度，电影可以为了保证艺术效果一天拍两三场，电视剧得一天拍七八页剧本，几百上千人的剧组多转一天就多上百万投资。鱼丽这么经验丰富的顶级制作公司，不会冒险用电影导演。

所以想必是……李闻达？

这就说得通了。剧本会是陈谅主导的，新人编剧虽有想法文笔，看这结构的成熟度却一点都不新，场内张力场间转折挑不出毛病，很吻合电影导演的手笔。

"李闻达知道是我吗？"

"李闻达挑的你。"

"你还是不够了解我。"溪川隔着被子用脚踹在他腰间，"我不会因为个人喜恶拒绝跟有收视保证的大导合作。李闻达也是这种想法。"

"我当然知道你们算盘都打得好。"易辙冷笑一声，转了个身，手支着太阳穴侧躺过来，"你觉得我担心的是你？你、李闻达、陈谅，TNT炸药组合，到时候还得在岳海卫视播，我干吗给自己找不自在，揽这种活？"

溪川脸上浮出点阴寒。

"你想接这剧，"他伸过另一只手隔着被子按住她的脚踝，十拿九稳地挑唇笑，"得求我。"

[5] 乱局又添隐患

"是不是还得我给你写个行为规范保证书？"溪川瞪着眼从他手里抽回腿。

易辙冷笑一声，躺了回去："你写的连你自己都不会信。不过，最棘手的，可能真不是你。李导资历老，在剧组爱摆谱，得看鱼丽派哪个制片，控不控得住场。总之别那么快做决定。"

"我倒是对这编剧感兴趣。明天去鱼丽见见林总，把编剧叫过来。"

"所以说你太心急，怎么也得吊着他们胃口拖上一星期，我才好谈条件。再说，你哪次感冒一两天就痊愈了？"

"去医院挂个水不就好了。"

"什么都急。"易辙看过来，觉出点反常，她平时很少攥着手机不离手，今天不知在跟谁信息往来不断，用的还是个老旧的非智能机，"男人？"

"嗯。"溪川随口敷衍。

易辙无话可说，女演员到了二十七岁，不是偶像，有没有恋情都没多少人关心，就算公布婚讯也只会迎来祝福，经纪公司早就对她没这个限制了。

他感觉到自己在这儿是有点多余了，起身去厨房转一圈，看是否能找到食材弄出午饭。

手机里十六岁的自己在抱怨："在学校总免不了接触，听到夏新旬讲话我就忍不住和他吵架！"

她无奈地笑笑："从目前和你沟通的情况看，大范围的事件没什么改变。"

对方提议："不如我们先试试能把事情改变到什么程度吧。"

她想起高中时那些吹空调、睡地板、吃冷饮的炎炎夏日，感冒也是家常便饭，当年高一时的合唱比赛，就因为洗完澡没及时吹干头、赖在空调前看电视患了重感冒而错过。

非常容易做到，只要乖乖听话少吹空调就可以避免生病。

十六岁那位却觉得任务艰巨，表示难以抵御八点档电视剧的诱惑，住校的缘故，每星期只有两天能看到。

费了好一番口舌，小朋友才拿出点干劲，真是没救。

确定目标后她放下手机，注意力回到眼前的剧本上，一句台词抓人眼球——普通人永远不可能战胜懒惰。究竟什么样的新人会产生这样的感悟，还是说这其实是陈谅夹带私货？

一整天，易辙陪着她把剩下的影视策划书过了一遍，没能发掘出更好的。

到晚上他准备离开时，突然接到电话，鱼丽那边兴高采烈地前来报喜，他不禁苦笑："备案是过审了，剧名改成了《奋斗吧少女》……"

"什么？"溪川怔了长长的几秒，"我这样的，看起来是少女吗？"

易辙撑着墙头偏头朝她笑："还行，也不能说是少妇。"

溪川扔了个剧本砸过去，被他轻易地随手挡开。

"还接吗，少女？"

她没了先前的热情，漫不经心地用两根手指捏着剧本翻，内容确实和少女不沾边，"少女"就是画蛇添足，本无必要。

"鱼丽最近签了新的女艺人吗？"

"据我所知没有。"易辙明白她的猜测，"借鸡生蛋"是圈内常规操作，但他没听见风声，就前三集来看，也根本没有女二号的席位。

"我要看全剧本，再按计划见面。"她说。

手机收到新短信，十六岁的自己在找她聊天："话说回来，你怎么会想到去当演员？我的人生目标一直是当歌手啊，是几岁的时候改变的呢？"

"因为感情用事，无法控制自己的情绪，所以毁掉了自己的事业。"

"你是打粉丝还是打导演了？"

"更糟糕，自己的原因，毁了嗓子。"

"你现在做演员开心吗？"

并不。

歌手的作品是一张又一张专辑，理解作品演绎好了差不到哪儿去。演员需要进入一个又一个剧组，小剧组上百人，大剧组上千人，有人就有江湖，人人私心惴惴，生产环节也复杂。演员尽了人事，能左右的还是太少。

其实这项目的转折就出现在飞鹤奖第二日，溪川在家休息一天等着回姐姐家吃晚饭，杨雪可是一整天都没闲着，出席了品牌活动后又马不停蹄地赶往鱼丽传媒。

杨雪经纪人吴澜是从柳溪川团队出去的，眼睛自然常盯着柳溪川的动向，甚至比其本人还消息灵通："听说……女主角有意找柳溪川。她现在负面缠身，对剧也是不利的。"

虽然热搜在社交网络上挂了一天，鱼丽的老总也看惯了这些公关手段，不至于听风就是雨："到电视剧播出的时候，风波早过去了，观众是健忘的。"

吴澜顺着话茬往下："林总说得对，观众健忘，更新换代也是必然趋势嘛，有时候……新面孔对观众吸引力更大啊。"

林总抿了口茶，笑笑："我直说了吧。我和小柳合作过很多次，这次的剧本也已经给到她手里了，到时候换了人她肯定有意见……"

"但您看，昨天电视节闹的，汉东卫视和岳海卫视她两边都得罪了，剧的发行怎么着也会受限吧。他们电视台现在经费也吃紧。倒是我们小雪和平台有分约协议，在网络发行这块肯定能对剧有帮助，网络平台也是愿意通过投资来降低成本的，卖片价差一百万一集，对鱼丽也是双赢。更不用说，小雪现在流量大，带上千万的植入进组不在话下。"吴澜滔滔不绝地摆优势，看眼色就知道林总动了心。

"你们愿意加入我当然很欢迎，可以增加一个角色。"

吴澜喜出望外："那就太好了，有劳林总费心了。"

杨雪本人坐在一边脸色垮了，可吴澜事先打过招呼不让她说话，她不敢造次。

但瞬间的黑脸被林总扫进眼里，他笑眯眯地看着杨雪，意味深长道："年轻人，还需要好好磨炼啊。"

果然，刚从电梯进地下车库，杨雪就不满地嚷了出来："我才不给柳溪川当配角！"

吴澜过去跟柳溪川，如今换了智商不高的艺人也头疼，追着把她拽住："没人让你当配角！真是一根筋！你也不动动脑子，六千万资金和你绑定，能让你当配角吗？"

杨雪停下脚步，有些错愕："那他什么意思？"

"意思就是你这个女主角稳了。你想想，柳溪川平时看你就不顺眼，可能跟你闷在一锅戏里赌气吗？你只管挤到她面前去，她心里硌硬自然就走了。"

"干吗不直接把她赶走？"

"林总人情上也要过得去。"

"那万一她赖着不走，就压着我做陪衬怎么办？"

"那就更好办了，改戏呗。人设讨厌戏份少的女主角，人设讨喜戏份多的女二号，你要哪个？"

杨雪冷静下来，恍然大悟："宁愿要女二号。"

"你看，你是能拉得下身价做配角的，她柳溪川可受不了做陪衬，拿到剧本肯定辞演，到时候林总也不欠人情，我们还能给柳溪川再炒一波负面。"

"那万一……"

吴澜烦躁地把她硬推上车："没万一了。唉，你这个脑子，除了当偶像还能干吗。"

鱼丽老板林文亮碰过网络视频平台副总，这不算什么机密。杨雪因为分约协议算半个视频网站艺人，这也广为人知。易辙稍稍打听就能猜到个八九不离十。

近年来视频网站崛起，与卫视分庭抗礼，并不懂内容，采购策略完全看卫视风向，卫视买什么他们买什么，却又比卫视财大气粗，有时候一个剧三分之二的投资回报都来自视频网站。

制作公司当然要卖网络平台面子，电视剧不像电影，毕竟面向的是平台而不是观众，观众满不满意不重要，质量如何也无须放在首位考虑，关键是经销商埋不埋单，平台决定了观众能看什么。

非要追究其中有谁做得不地道，那就是吴澜。

杨雪和柳溪川本来算不上撞型，戏路也根本不同。只不过吴澜现在手头积累的资源基本都是在柳溪川团队攒下的，人脉百分百重叠，除了挖墙脚也没别的出路，才会总出现抓着不适合杨雪的剧硬做文章、扭转乾坤的现象。

但这局到了这步，易辙不认为已经成了死局。

一周过去，他还是装蒙在鼓里，帮溪川约了鱼丽，见面只聊制作。

林文亮只管打哈哈，攀亲追忆地扯了一小时淡才言归正传，点起一支烟来："想不到这么快能见面聊，我本来担心你们会对剧情人设不满意。"

言外之意，如此积极看来是过分满意，这就少了许多讲价筹码。

在场的两个鱼丽的大制片似乎都没怎么听懂他们老板的潜台词，争先恐后地卖起了破绽。

"易总看了策划案直接打电话来要剧本，真让人心里七上八下。"梁均豪说。

赵元接嘴："要知道剧本被拒绝就很难有回旋余地了。"

"时间仓促，说实话我们自己对这版剧本都没有百分百的信心。"

"当然，之后肯定还要再做修改。"

梁均豪对溪川道："您的形象适合更大气一点的角色——"

赵元截了他的话头："只要您同意接戏，我们马上开始着手——"

梁均豪又打断道："把人设改成您想要的。"

赵元瞪了梁均豪一眼，对溪川补充："最适合您表演的。"

溪川淡淡笑着说："人设不用改。"

整个会议室气温骤降。

易辙差点笑场。

这两个制片他都知根知底。

赵元年纪大经验丰富，主导过热播大制作，不过是古装剧。如今古装在卫视播出有政策限制，动辄七八十集的大剧每个卫视每年也就一部，发行难度大，投资又太大，一旦"滞销"整个公司不堪重负。而他的经验和资源在现代都市剧方面又派不上用场，特别是眼下这种"少女"剧。

梁均豪转行来制作行业只有两年多，热情有干劲，进鱼丽后主导过一个大IP改编现代都市剧，大胆启用了毫无编剧基础的小说原作者写剧本。谁知作者拒绝中间沟通和改稿，八个月后丢过来一个无法拍摄的小说对白本，项目就流产了。这样的都市剧经验，也不能算成功经验。

看眼下这架势，两位制片应该都参与了前期筹备，也对剧情了解，开过剧本会。但项目最后由谁控盘，鱼丽内部应该还没定。

梁均豪是个实干派，易辙了解，他在溜须拍马、领悟老板意图方面不在行，在公司不得志。

而赵元未必没领悟，只是项目到手对他而言更重要，主动权不是他当务之急。

易辙打着圆场："我觉得稍微改一改也有必要。这个剧和《霜降》都是悲剧内核，溪川频繁演相似角色很容易定型。"

赵元立刻顺杆爬起："对对对，而且《霜降》中悲剧是命运使然，观众能接受，《戏精》里这种性格悲剧容易引起反感。"

溪川轻叹了口气，把面前的策划案合上。

再次冷场。

在场制片、策划们交换眼神。

角落里有个看年纪像策划的小姑娘突兀地发声："观众真的喜欢命运多舛的'白莲花'吗？我看未必。"

好歹尴尬的沉默被打破了，赵制片顺利接上话："男主角哪怕一出场就是反派也照样受欢迎，女主角只有受伤后反抗才能得到大家谅解，这是公理啊。"

"这是性别歧视。"女孩说。

梁制片道："也许是因为大家认为女人天生比男人善良。"

"过度吹捧也是性别歧视。"

赵制片道："但观众看电视不就是为了看真善美吗？"

"那是儿童观众。"

梁制片笑开了："这是年龄歧视。"

"只有儿童才只看真善美。"

赵制片也笑了："你这是百分百的年龄歧视。"

也许由于年龄差距，制片们和她说话用的都是逗后辈的语气，听起来较真的只有她一人，虽然观点不合，但局面并不像争执，气氛反倒显得有些活跃了。

溪川从她身上看出点杨雪似的无知无畏，她们差不多年纪。看年纪是策划，说话的立场和调调不像策划："你就是编剧？"

的确资历太浅了，落座前都没有人记得介绍她。

梁制片有点过意不去，找补道："合同还没有——"

又被赵制片打断："主要是她一个小姑娘工作量——"

梁制片把话题抢回去："毕竟她才毕业，而且——"

其实剧本写完合同没签是业内常态，特别是这种老牌公司新人编剧的组合。

溪川没小题大做，笑了笑，把话对着赵元说："先跟她签编剧合同，再把演员合同给我吧。"

易辙理解她的思路，她看过全剧本，对编剧还满意，用了新人编剧就不该用新人制片，否则风险过大，剧组容易失控。

可这编剧锋芒毕露、为人不圆融，太不成熟，只怕给乱局又添了隐患。

[6] 僵持不下

这两天溪川没见易辙的人，她拍了两天广告，听亚婕说他是早晨的飞机去了岳海，去干什么她知道，想怎么办她没问。

她和十六岁自己的小实验有了结果，虽然没吹空调早晨感冒，但事后她又因一口气吃多了雪糕而闹了肚子，还是错过了合唱比赛。可见过程不同，结果依然相似。

不过乐观地看，至少证明了事情是可以改变的。

十六岁小朋友与夏新旬"解绑"一事却毫无进展，两人依然在纪律部为了违纪学生的处理方案唇枪舌剑，截至目前没有别的迹象，但她知道从前就是这么开始的，敌对的交集也是交集。那位小朋友也争强好胜，用"多一事不如少一事"根本劝不住，真不知怎么做才能让他们背道而驰。

吴澜又得了新的好消息。

去年火爆又拿奖的韩国电影早传出要翻拍中国版的风声，在社交网络上公布消息后引来大量质疑，紧接着又把几个上升期流量偶像轮流"拟邀"了一遍，热度持续至今，一直居高不下。

本来杨雪演技有限，她没敢往电影方面妄想，没想到因为前阵子电视节的曝光，选角导演竟主动抛了橄榄枝邀请她前去试镜，让吴澜喜出望外。

第一轮试镜杨雪已经错过，直接进的第二轮。吴澜陪着，与影视公司老板、资方和导演见了面。

说实话，杨雪不是电影脸，在这轮试镜的一群女孩中形象中上，演技中下，综合考虑是中位线。但是这种场合她嘴甜伶俐，让合作方觉得非常懂事，公司老板和资方当面都对她赞不绝口，夸不出演技就夸形象，夸得杨雪自觉前途光明，角色已如探囊取物。

美中不足的是，电影的拍摄期和电视剧有一个半月重叠，两边都是女二号，戏份不像女主角那么多，还有协调档期的操作空间，就是其中沟通工作不会少，多了麻烦。

不过一周过去，片方联系不太积极，吴澜主动发了两三次微信询问进展，回答都模棱两可，问第三轮试镜时间也没给准信。

探囊取物的事迟迟没有敲定，杨雪自己生出了一些不满："明明那天见面还说得挺好的，怎么转身又凉了？是不是公司做的工作不到位？"

吴澜不喜欢她兴师问罪的语气，总觉得谁都必须围着她转，什么事都必须马到成功。

拿出手机翻了翻下属发来的网络数据汇报，这一周，这电影现实中没动静，网上却炒得更凶，颇有些营销手段。

吴澜是做公关出身的，这套路让她颇有点担忧，开机前筹备时自造血雨腥风，这样的现象经常出现在资金没有完全到位的项目上。

手头资金不够支撑整个项目的片方总爱先下重本营销，把片子炒得尽人皆知来吸引投资和招商。但这种操作风险高，有时孤注一掷的营销没能按计划吸引到投资，制作成本又已经花了出去，项目就容易搁浅。

"凉了也不一定是我们的原因。"吴澜说。

"我觉得试的两个角色都发挥得不错，之前澜姐你不是跟我说嘛，女三号往前都是公司间的博弈，公司努力对接的话，说不定可以帮我争取到更好的番位呢。"她指的是女一号。

吴澜心很累，那天场面上大家夸夸她倒让她不知天高地厚了，演成那让人尴尬得头皮发麻的效果，怎么得出的"发挥不错"的结论？现在女二号都满足不了她，眼睛还盯上了女一号，女一号可是既要演技好，又要承担票房压力的，不好怎么打击她。

"这一轮是资方和导演一起投票留人，留下的都是些相当不错的小姑娘，比你强的不下四五个，最近选秀出道的江盈粉丝量也不容小觑。因为张总本人挺喜欢你，选角跟我说还在斟酌中，尽量把你往下一轮送。"

"那我们能做点什么呢？应该做点什么吧？资源置换、商务植入有没有提一提？"

"没到提的时候。"吴澜蹙了蹙眉，"总得人家先相中你，有意向了，再来讨价还价。"

杨雪因此不高兴了，下午录制综艺有抵触情绪，游戏项目缩在镜头远景里闲逛，只摆美美的动作发呆。

吴澜看在眼里，觉得电影抛来的橄榄枝未必是好消息了，杨雪最近上升得太快，心绪有些浮躁。

与此同时，和鱼丽谈好的合作一直在合同流转中，速度很慢。其实是影视行业正常现象，鱼丽每天上午十一点才上班，除了制作部门有时会议开到晚上八九点，其他部门处理事情受上班时长所限拖拖拉拉，合同往来一个多月才签订司空见惯。

但电影的僵局影响了吴澜的心态，就怕节外生枝。

溪川在电视节上的任性也让易辙陷入了空前的被动。他知道杨雪打的是视频网站的牌，溪川只能出卫视牌去压。可岳海刚吃了亏，光是避风头也有个过程。

电视台经济效益固然重要，但对领导们而言，被她两句玩笑扯进负面新闻的风险谁也不想承担。

易辙去岳海前什么重要角色也没约上，甚至有台领导当即休了年假，又赶上年末还有场跨年晚会要举办，做事的各部门都忙。落地后，购片部门负责人勉强给个面子赏脸吃了顿饭，直言拍板还得往上找领导，无法操之过急，春节前给不了答复。

新剧码盘却等不到春节后。

如今很难再掉转方向去公关汉东卫视，刚过去的电视节让他们惨败，同样需要时间缓一缓再谈合作。

原本剧的发行完全是鱼丽该操心的，但林文亮从去年开始就搞不定和岳海卫视的关系，有个大剧因收视不佳中途转了剧场，闹得面子里子都难看，今年又颗粒无收。现在他手上筹码不多，经济危机，如果这个剧再不能有个好收益，明年可能会面临被收购，因此才故意立出个杨雪开播台，一方面加一加价码，另一方面是在逼易辙协力落实台播。

易辙在岳海吃了闭门羹，但不能让他知道，回程在机场拨了他的电话约见，顺便又喊上了视频网站的关系一同小聚。

林文亮心照不宣地热情响应，猜他带了消息回来，心里揣测这消息的分量。

再过了四个工作日，加双休六天，吴澜这边先破了冰。电影选角导演又频繁地发来消息，积极张罗第三轮试镜。吴澜猜他们应该走运，已通过营销筹措到资金。

只是杨雪变得更不省心，六天推了两个新剧试戏，借口生理期不舒服。

吴澜听了理由气不打一处来，车开出一半掉头冲去别墅骂人："早跟你说了没有资本松懈，刚冒头就飘起来的艺人我见多了，没有一个走得远。"

杨雪并不跟她硬碰硬，只是捂着肚子装柔弱，消极抵抗："我哪有飘，人家生理期嘛，总有身体不舒服的时候咯。"

"你身体不舒服，那你新剧新电影都推了吧，在家欢度春节。"

"已经接了的活怎么能推呢，那不是不讲信用？"

"谁跟你说已经接了？你见着合同了？就因为什么都没定才需要继续试戏，不能断了档。放空两个月，谁还记得你。"

杨雪不以为然，话里话外反而有嫌吴澜消息不灵的意思："陈导给我透了底，鱼丽已经在改剧本加角色了，甜美可爱小机灵，那不就是照着我写的嘛。"

吴澜愣了愣，把刚才从椅背上滑落的衣服拾起来放好，借这几秒思忖："真的？"

"倒是电影那边，咱们公司一毛不拔什么甜头都不亮出来，人家当然不拿咱们当回事。"杨雪又阴阳怪气地暗示团队办事不力。

吴澜把笑脸收起来，严肃地说："电影通知了明天下午试镜，既然你不舒服，那我推了吧。你躺着休息。"

杨雪从沙发上蹿起来："那怎么行啊！"

见吴澜沉着脸，她换出乖巧的姿态，凑过来装腔作势地给她捏捏肩："姐，现在上这个戏把握大吗？"

吴澜大声叹口气："说了没到谈把握多大的时机。你现在的任务是准备好试戏，别又像上次那样表演。"

上次那样表演怎么了？杨雪听着不服气，两个甜宠剧她也是这么试镜试过来的，没人觉得她演得不好。第二个剧试镜时她甚至还没出戏，带着上一个剧的人设演，制片导演也没说什么，一个劲夸她灵光，其实听说了她的经纪公司，又知道她被力捧，心里就已经定了人选，试镜不试镜都是走过场，筛人的借口罢了。眼下肯定就是公司抠门，舍不得投入更多来为她敲定角色。

这次却真让杨雪碰了钉子。

第三轮试镜韩国版权方投票，定了六个女孩备选，其中没有杨雪。场面上资方和导演也不像之前那么热情夸赞了，眼睛只盯着那六个女孩，特别是江盈。

女一号无疑是个影后，女二号看上去已定了江盈。

杨雪受了冷落，恨得牙根痒痒。江盈一个选秀出道的，又能有什么演技？

归根结底还是自己公司不行。吴澜这搞公关出身的，只会炒人设搞营销，什么影视资源都没有，另外几个合伙人更没捧红过人。

一坐上冷板凳，她就起了解约跳槽的念头，最多再拍两部剧，找个愿意替自己付违约金的下家，网络平台就不错。

[7] 围魏救赵

这个圈子总是捧高踩低的，杨雪愤愤不平，拿柳溪川来说，不觉得她演技有多好，只不过红得早，吹捧的人多，大家就跟风认可了。今天还有人拿演技打自己脸，无非是自己不够红，就这么现实。

回了公司，她坐在吴澜办公室出神，眼睛紧盯着茶几上喝工夫茶的套件，吴澜经常在这儿附庸风雅待客，她恨得想砸了又不敢，心里天人交战着。

同是演员、比她早入行的雨霏姐在她签公司前就提醒过她，公司不是战友而是敌人。后来吴澜的言行都验证了这个真理，她自己资源差、团队弱，搞不定片约，却总拿"艺人演技不够"为借口搪塞，成事不足还打击人。

吴澜忙完公司事务安排，回办公室见她闷闷不乐，宽慰道："其实没什么，一个翻拍电影未必就能复制成功，韩国片翻拍水土不服的多着呢。"

"不是说过'看准是好项目才会让我去试戏'吗？"

"班底评估是很好，但就像努力不一定会成功，谁也不能断言什么能火什么不能火。电影的圈粉能力本来就不如剧，何况还是个女二号。我的意思是不用太放在心上。"

"那怎么又能断言不会火呢？别人说我撑死只是个演网剧的料，如果能演个电影，哪怕不能火对我的发展也很有益啊。"

吴澜心想，给过你电视剧资源，活生生被你拖垮成网播，能怪谁。不过小年轻心理脆弱，她不好说。

"谁说你只是个演网剧的料？"

"雨霏姐说外面对我的评价就是这样。与其再接网剧，不如搭上电影圈赶紧洗了这标签。"

"李雨霏？"吴澜一听火冒三丈，"你什么脑子？她和你就差一岁，差不多的条件，可以说是直接竞争对手了，你干吗听她说三道四？她当然希望你推了网剧，你推了她接戏的希望不就大了吗？"

杨雪不吱声，还是觉得公司比姐妹更坏一点，所谓奸商，要知道她们可是明摆着把自己当商品赚钱的。

"公司不希望我演电影吗？"

"怎么可能不希望？"

"那为什么有品牌植入资源之类的事，提都不提呢？提一下总没什么损失吧？"

吴澜叹了口气，试镜没过、根本没到提条件的阶段，这都是老生常谈，她却总是听不懂。菜场买菜那么简单的道理，追着根本没看上苹果、只想买香蕉的顾客跑出三里地，推销苹果如何打折，成功概率低，最后事成了代价也更大。

"你就这么想演电影？"

杨雪猛地点点头，她确实长得可爱，看着机灵，一双大眼睛显得很乖。

吴澜自我安慰，她有进取心不是坏事，这电影这角色本来就要求青春靓丽，很适合她，本色出演不会差到哪儿去。韩国原版电影里这个角色招人怜爱，捧红了演员。日后运作个女配奖项，代言也能上一个台阶，就当提前投入吧。

"那你就把握好机会，认认真真读剧本。我可告诉你，你不是男一号女一号，在片场等的时间比拍的时间长，拍电影就是这样，要耐得住寂寞。"

趁着角色没百分百敲定，吴澜跟制片谈了带三个快销品牌植入、免费提供两个拍摄场地和一个培训学校的免费群演，费了九牛二虎之力，成功挤掉了江盈。

杨雪接了角色高兴得差点在市中心放烟花，请全公司喝奶茶还不够，录综艺时又请了全体工作人员。

可世上没有十全十美的事，只过了两天，鱼丽的剧生变，官宣了江盈进组演女二号。

杨雪心里不是滋味，但很快自我调节好了，一个剧的女二号，还是给柳溪川做配，抢就抢吧，她还看不上呢。自己抢了她电影，她抢个烂剧，也算礼尚往来。

吴澜的心情却像天塌了，一时半会儿缓不过来，费这么大劲，最后捡了芝麻丢了西瓜。她本打算借杨雪进组塞两个公司新人去做特邀，练练演技混个脸熟，把后备军培养起来，这计划也泡汤了。

杨雪得偿所愿看起了剧本，安静消停了几天。

吴澜越来越坐不住，离开机日期还有十天，通知推迟开机二十天，拖则生变，她预感不好。和当时鱼丽的合同拖延相似的状况，起初几天双方联络很积极，微信总是秒回，过了几天对方总是白天未接电话到深夜才回复，推说开会。延期开机的原因制片语焉不详，说不出个站得住脚的理由。在她一再追问下，制片才透了点口风，有个资方资金没按时到位。

台资，吴澜惊醒过来，YXC和台资总有千丝万缕的联系。虽然眼下没掌握什么切实证据，但她忍不住怀疑，这是易辙下的套——

先找个资金紧缺的电影盘子认下投资，引诱杨雪上钩把江盈换出来抢她的剧，江盈全约在视频平台，能达成平台和鱼丽更好的合作，鱼丽何乐而不为？最后釜底抽薪把电影搁凉了，对他们来说，三方都是赢。

吴澜顾不上愤恨，立刻跑去向视频平台哭穷卖惨，软磨硬泡把杨雪塞进了一个即将开机的男频IP改编网剧，这才避免了"挂空档"。

这结果离杨雪的预期差太远了。

"我不去！我才不演女三号！我出道第一部戏就已经是女一号了，现在去演女三号，粉丝都会觉得我过气！"

吴澜心力交瘁地扶着额："S级大制作，知名男主角，知足吧，总不比在家抠脚强？在家抠脚才会过气。再说了，男频的改编，女一号、女二号、女三号戏份本来就差不多，你这个角色活泼干练会武功，比那两娇滴滴的讨喜，只要观众喜欢，你就是女一。"

"会武功？我不要吊威亚，而且我不喜欢古装，宫斗剧还能勉强，整天飞来飞去的我演不了。"

"吃点苦吧大小姐。这剧营销也好做，可以跟男主角炒官配，人气绝对飞升。"

"YXC的艺人，能让我炒官配吗？"

"YXC怎么了？柳溪川不也被你'绑着炒'吗？"

杨雪一时语塞，静心想想她说的是事实，天天绑着柳溪川炒，炒多了给人印象成了势均力敌的对家，吴澜也就干得好炒作老本行。

台播发行暂时搞不定，不过围魏救赵把搅事的杨雪清了出去，也算阶段性成功。易辙缓过劲来，一身轻松地去找溪川。

阴雨绵绵的天，他自己开车，高架上又堵，竟不觉得烦躁。

除了偶尔的工作，溪川不太出门，人际关系简单，条件也不允许她到公共场合抛头露面。隔十天也好，半个月也罢，再见她觉不出差异，她总是老样子，在家读读剧本看看电影，捣鼓些垃圾食品，整个人散发着潮湿的气息。

易辙是发自内心地畅快，倚着沙发靠背露出笑："吃饭了吗？"

"嗯。"

溪川并非与世隔绝，知道这少见的笑缘何而起。自己剧的女二号换了人，杨雪成了其他剧女三号，都是公开消息。如果不是他的手笔，只能说命运分外厚待他吧。

他可是从没有血缘关系的父亲手里接班顶级企业的人，绝对算不上光明磊落，可卧薪尝胆，也可不择手段。但他没在溪川面前隐藏过这一面，遇上重大抉择甚至找她做军师，从以前到现在。

彼此有真心吗？肯定有。

只不过一个商人，一个演员，也许一个不知道自己在算，一个不知道自己在演。

"走吧，换衣服出门，别闷在家。"

"去哪儿？"

"兜风。"他意气风发。

溪川不好败他兴致，回卧室找了件大衣套上出了门。

已经过了晚高峰的时间点，出去的路况比进来的好得多，他一直把车往郊区海边开，她在副驾驶位上专注地看高楼与行人往后疾驰。

刚上车时车里放的是他以前唱的歌，猜他来的路上听过，她让关掉就关掉了。

静谧的空间中，不聊聊天似乎不妥。

"快进组了，准备得怎么样？"他问。

"你也知道，重要的不是准备能力，而是补救能力。真理就是，剧组一定会出事。"

易辙笑起来："这我同意。之前颁奖典礼你让李闻达下不来台，他是出了名地记仇，拍戏的时候可能会找你麻烦。"

"我还怕麻烦太少。"

"不少了，B组导演是陈谅，印象里也总被你针对。"易辙知道陈谅是她姐夫，把两人的纠葛笼统地归结为家庭矛盾，就算亲眼看到他们打起来也懒得管，不发表任何评论，但预防针总归要打，名导演名演员在剧组打得鸡飞狗跳影响不好。

"B组的戏，不需要我去吧。"

"一般来说是不需要。可李闻达的组，B组不只外景散景配角群演。他酗酒，年纪又大，起得晚收工早，进度跟不上，经常把戏甩给B组。最近五六年的戏都这样。"

"给统筹塞个大红包，最好别派我去，我可不想在片场看见导演和女演员调情。"溪川略带刻薄地说。

易辙无奈地笑："他不至于那么不专业。"

渣男总是帮渣男说话的，溪川没了兴致共同吐槽，玩起了手机。

易辙是坚定的不婚主义，这可以理解，以他的身家轻易结婚离婚，容易扯出重大经济纠纷。即使事先说好不以结婚为前提交往，他也不缺女朋友。

溪川见过一个跟他分手的。堵在公司地下车库门口，控诉他不接电话屏蔽微信却有闲发朋友圈，听女方的意思并不想真分手，控诉是为了让他悔改。他却反而跑得更快，道歉的话说了，绝情的话也说了，表面诚恳，对女孩的眼泪却无动于衷。

他不是那种"钢铁直男"，很懂女人，平时说的话送的礼物深入人心。到了分手却能冷漠得像个机械仪器，其中反差格外让人受不了。

在溪川看来，他和陈谅的区别，不过是温暖派渣男和恶劣派渣男，表现形式不同，本质一丘之貉。

下了车她靠在车前盖上，冬夜的海风吹得人有点冷。

易辙帮她从后座拿了条毯子裹着："别又感冒了。刚过来路上看见下坡那边有卖热饮的小店，要不要去喝一点？"

溪川的高跟鞋走在沙滩上不太稳，被他顺势牵住，身边没第三个人在场，她也不好生硬地推开他。

"我猜以吴澜的做派，一定要造势让杨雪和郭俊炒官配，没关系吗？"

"关我什么事？又不是我的艺人。"

这说的什么话？不是你的艺人，是你公司的艺人啊。

主干道上频繁驶过运输货车，暖黄的车灯把两人的身影一前一后投在海滩上。

本来走得缓慢而安静，她突然回头望了一眼，他也停下来回望一眼："怎么了？"

"没什么。"只是听见奇怪的哨声，不知是不是幻觉。

"别回头看。"他说，"珍惜这次机会，一鼓作气上了这个台阶，以后能轻松点。"

"我想吃那种台湾烤香肠。"驴唇不对马嘴的回答。

易辙无语，知道这是嫌他啰唆了。

[8] 物是人非事事休

冬季南方湿冷，难得晴朗。趁着天气好，开机后连拍了四天室外大场面群戏。

到了第五天，才有女主角的戏份。A组上上下下反而感觉这才像正式开机。

新人编剧第一次见剧组，什么都好奇，制片导演没让她跟组，她也天天来，天天待在化妆间里。

化妆间是个集散地，有名的无名的演员都得从这里进出，又提供暖气，相比不断转战场地的拍摄组，是个好去处。

这天早上六点，溪川按时到了化妆间，整个工作环境里气氛都热闹了些。

新人编剧小姑娘看化妆师给她上了一层又一层阴影，粉底色号也深，忍不住抗议："我只是生活在底层，没说人长得黑丑，人设还有'漂亮'那一条呢，弄太丑怎么作也没人理我不是吗？"

化妆师年长，用教学生的语气笑着说："镜头吃妆。不化惨淡点，这张脸看不出贫穷啊。"

听着是恭维，又带了点戏谑，不惹人反感。

常年跑剧组的工作人员大多这个风格，都是人精。新人编剧较之显得稚嫩，还不通人情世故。

溪川仔细打量她。年轻漂亮，疲惫拮据，有傲气，女主角无疑有她本人的影子，只是不知剧本中贯穿始终的自我厌弃源自她，还是源自给修改意见的导演。

前几场戏是男主角的戏，女主角给反应镜头，到下午第二场才到她的主场。场景换了个不到二十平方米的破旧出租屋，只有张床。化妆师给的妆更加形容萎靡。

衣着邋遢的溪川把快餐盒饭放进微波炉，定时一分钟，目光落点处一只黑色硬壳虫爬过斑驳的墙面。

敲门声响起，房东上门讨债，咄咄逼人的架势："都拖了一个礼拜了，还能不能交啊？"

她唯唯诺诺让出一条道："对不起，我还有三天发工资。"

"每次都要拖个十天半个月的，还得我跑上门管你催，我的时间不要钱啊？你再这样我不租给你了啊。"

她朝墙角的霉斑转开视线，小声嘟囔："这种房子除了我还有谁租。"

房东拔高音量："你说什么？"

"没什么。"

房东说："你说你一个女人，有工作没成家，钱能花到哪里去？怎么会连房租都付不起？实在没钱，问父母伸伸手总可以吧？"

溪川垂下眼："我父母死了。"

李闻达在监视器前用对讲机喊了停："情绪不对，从'实在没钱'重来。"

"实在没钱，问父母伸伸手总可以吧？"

溪川苦笑："我父母死了。"

李闻达又用对讲机喊停："柳溪川，你不能得了视后就端着啊，演员有没有投入角色，观众一下就感受到了。"

溪川对摄影机微微低头："抱歉。"

李闻达冲对讲机："再来。"

"实在没钱，问父母伸伸手总可以吧？"

溪川先垂下眼，再抬头露出不羁的笑，倚向门框："我父母死了。"

李闻达火冒三丈："停！怎么回事？父母死了是这种表现？"

监视器上，溪川露出惊诧之色。

执行导演、场记的表情如出一辙。

李闻达扯着嗓门嚷嚷："女主角已经是孤儿了，房东的台词难道戳不中她的心事？要入戏啊入戏。你走到窗边，开始流眼泪，再说台词。"

溪川微怔后笑起来，想收笑又有点控制不住，抬手半掩面，点了点头。

李闻达一副恨铁不成钢的表情，没好气地举起对讲机："再来。"

"实在没钱，问父母伸伸手总可以吧？"

溪川走到窗边，眨了次眼，流下眼泪："我父母死了。"

李闻达漫不经心："停。再来一遍，换种哭法。"

化妆师赶紧进场给溪川补妆。

李闻达趁补妆时间又举起对讲机："柳溪川，要好好体会人设啊。"场记拉拉他的衣角，他置之不理，"我没看过你以前的戏，你以前也是这么演戏的吗？"

场记又叫了声"导演"，他继续唠叨，"父母死了还一脸麻木，根本没有代入角色嘛。"

关掉对讲机后，他不耐烦地回过头："干什么一直叫我？在教演员没看见吗？"

场记小声低头："对不起李导，她父母没死。"

"什么？"

更小声耳语："女主角的父母没死，不仅没死而且第一集就出场了。"

李闻达愣住，低头蹙眉看剧本，指着台词："不是说死了吗？"

"因为断绝关系十年，女主角心里当他们死了，所以才这么说。"

李闻达一时脸上挂不住，"啧"了一声："这什么烂剧本。"

"李导。"溪川从场景里出来了，只披了一件大衣，里面是单薄的T恤戏服，但人站在零下几摄氏度的阳光里没露出丝毫惧冷的神色。

李闻达本就有点心虚，被吓得一哆嗦。

亚婕和其他助理正拎着许多咖啡满场分发："这是我家姐姐请各位老师喝的奶茶咖啡，老师们辛苦了。"

工作人员们接了饮料点心，气氛瞬间活跃。

溪川把手里拿的一杯咖啡递给李闻达："今天是我没做好功课，不够入戏，还请李导多多包涵。"

李闻达接过咖啡，摆起了谱："有才华是好事，但不能太狂妄。目中无人，别人不容你。"

溪川笑盈盈地点了点头："今后也请李导多指教。"

李闻达寻思搞错剧情的事再往下硬拍很难收场，索性挥挥手："行了，你今天状态不佳就先到这儿。"使了个眼色给场记。

场记顺势站起来高喊："收工，收工啦。"

甩了三场戏，剧组人员一边吃吃喝喝，一边愉快地收拾现场。

溪川从监视器边直接离开，没再回场景或化妆间。等她一走，李闻达又恢复了得意扬扬的神情，转头睨着场记："你以为我没有看完整剧本吗？我这是教育演员，有些演员不懂规矩，一定要尽早杀杀威风，否则几个月的戏都管不住她。"

杀威风不能找个正常剧情指责她演不好吗？

年轻的场记没跟上思路，一头雾水："哦。"

李闻达抖抖手中的剧本，自言自语道："不过剧本确实烂，没有一点真善美。得好好改改。"

溪川等司机挪车时，看见有个学生模样的女孩子蹲在路边，埋头号啕大哭，把墨镜往下拉了拉，问亚婕："这是怎么了？"

"哦，刚才丢垃圾就看见了，这个妹妹是你粉丝，特地报名群演想跟你同框上镜，这不，甩戏了。"

她挑了挑眉："甩戏了就哭？明天又不是不补。"

"她明天学校补课来不了，逮着选角导演哭哭啼啼闹了一顿，那有什么办法？选角也无奈啊，怎么满足她？"

溪川重新戴上墨镜，对一旁帮忙指挥倒车的场务说："无关人员及时清出片场吧。"

"哦哦，好的。"

上车后她坐在窗边，那女孩鬼使神差地抬了次头，正好对上她的眼睛，说幸运又遗憾，还没等她反应过来，车已经开出去老远了。

人在年纪小的时候总会产生某种错觉，以为世界绕着自己转。

溪川想起高中分班考因为实力不济没进重点班，姐姐进了，自己曾找老师无理取闹好一通，结果当然没被满足，大概那时候老师对自己的无奈就像眼前这样。

旧手机里又发进来新信息，十六岁的自己问："我真是受不了夏新旬，你当年不会一直在纪律部跟他死磕吧？"

"坚持了很长时间，后来去了文艺部。"

为什么要坚持？

只是想证明自己心胸豁达，即使竞选副部长失败也不妨碍与他共事，可三观不同的人要共事实在太难了。

宿舍里发生火灾，纪律部投票决定给肇事同学处分。溪川觉得事有蹊跷深入调查，同情人家帮找理由，反转又反转，被骗得团团转，最后发现他活该被处分，结果没什么改变，她想道歉，新旬却拒绝听。

男生轻蔑地打断道："做事加入强烈的个人感情，因为泛滥的同情心忽略别人的违规事实，而毫无原则地帮助他感动自己，我劝你还是别在这儿做事了，纪律部需要的是有智商的人。"

两人彻底翻脸，她才因此换了部门。

十六岁那位似乎正处于这节点，顾虑重重："可是姐姐在文艺部，我不想以后跟她竞争部长。"

太看得起自己了。

"放心，你竞争不过她。"溪川回道。

小时候她没心没肺，压根没想过和姐姐竞争，不知哪里起了变化，这位想得更多了一点，却自负不减一点。

晚上收到消息汇报："我换到权益保障部啦。"

这次她自主做了不同的选择，会有重大改变吗？

溪川判断不了。纪律部和权保部，一个管违纪处罚，一个管权益保障，正相反，说不定短兵相接，比之前交集更多也未可知。

她面无表情地坐在格子间电脑前打字。

部门领导走过来倚在隔断上："明天上午的会议通知打好了吗？"

依然面无表情："打好了，已经发到您的邮箱。"

领导用手中iPad打开邮箱："我觉得'通知书'三个字要调成红色……"

她开始在电脑上迅速操作。

"要放大，宋体。"看了眼她面前的电脑显示屏，"不不不，还是黑体吧，三号，小三，小二吧。'9点15分'调整成中文，'会议'改成'协调会'，请大家带着调整后的计划，'计划'之前加上'调整后'三个字，必须准时参加中间加上'务必'两个字，不，不是加在那里，好了，必须务必准时参加……嗯……把'必须'删了吧，只留下'务必准时参加'。"

"可以了。哦！最后再加上一句'会议重要程度最高级，任何人不得以任何理由缺席'。打完就可以发送打印了。"他最后监视了一遍显示屏，满意地离开。

溪川正面无表情地打字，部门领导又快步返回："不用打印了，会议取消。明天老板要去参加他女儿的幼儿园家长会。"

她面无表情地叹了口气，看着电脑，按键逐字删除通知文件。

李闻达的声音从对讲机里传来："Cut。拍电脑屏幕特写。"

工作人员们开始活动。

溪川走出拍摄区域，和助理一起准备离开。

这两天都没看见新人编剧，溪川其实对她挺好奇的，剧本里满是嘲讽，荒诞中带着真实，猜测她大概在哪儿实习时真遇过这些事，觉得有意思，本打算借休息和她聊聊。

但她大概已经对剧组不好奇了，看几天就明白，戏里戏外同样荒诞，原本的剧名《戏精》其实很贴切，片场处处都是虚情假意。

经过李闻达身边时，李闻达冲她一笑，呵起一团白雾："这场你演得不错，台词流畅，表情层次也比较丰富。"

溪川回以假笑："谢谢导演。"

两人演出相互欣赏的神情。

"明天见。"

"明天见。"

[9] 领一份片酬打两份工

溪川用不着住在剧组统一的酒店，片场离家近，又是现代剧，化妆时间短，起早点就能赶得上。飞页通常由剧组派助理送来。

这几天，飞页明显变多了。更让人担心的是，以前改动仅限于根据现实场景对细节稍做调整，最近开始了整场整场彻底改动剧情台词，而且，改得并不高明。

溪川看了当天的飞页，忍不住给赵制片打了个电话，索要全部修改后的剧本。

赵制片直言改后剧本只定稿到第九集，把前九集发到她邮箱。

溪川挂掉电话看了剧本，忧心忡忡地追了第二个电话过去："这剧本是谁主导改的？"

"李导啊。"

"他这样改是什么思路？"

"嗯……首先是他觉得前几集家庭回忆太多了。"

"这种回忆又不是剧情重复，只是为了交代人物前史，通过事件塑造角色。如果把这些删了，角色的性格就没有根基，一味在硬贴标签的前提下推进新剧情，观众入不了戏。往后她怎么丧怎么作都不会引起共情，只让人觉得矫情。"

"啊……说到这个，李导也是觉得没必要这么丧这么作，年纪轻轻要积极向上，那些地方都改了呀。"

"其实你很清楚，如果开机前拿现在这种剧本来找我谈，我不可能接这个戏。"

制片也为难，开始发挥职业技能——和稀泥，强调协调困难，一个戏的总艺术方向还是得由导演来把控，导演的想法可能和大家不一致，但总有他的道理。

溪川没跟他多嚼舌纠缠，李闻达话语权大，解铃系铃都是李闻达。

第二天拍摄准备时，李闻达和副导坐在监视器前吃早餐。

溪川到得比预定时间早，特地去找李闻达交涉："李导，我想和您讨论一下剧本。"

她拿着那沓飞页，说话音量不小。

在场的导演组、化妆组工作人员拿到飞页，都知道剧本这几天出了什么问题，纷纷停下手里的事远远观望，恐生是非。

李闻达并没有意识到事态严重，乐呵呵地招呼场记给她搬个椅子坐。

溪川摆摆手表示不用麻烦。

"是讨论加的戏吗？"

她站着，他坐着，李闻达只好仰起头。

"为什么突然改动这么大？"

"这部剧啊，剧本本身有点稚嫩，你也知道，编剧没什么经验。所以啊，我找几个有经验的编剧润色了。"

"这不只润色，连人设和主线都变了。"

"是啊。"李闻达苦恼地点点头，"原来就没有主线，要是电影还能是个文艺片，电视剧需要的是强情节。"

"强情节不代表俗套。"

李闻达"啧"了一声："怎么能说这是俗套呢？溪川啊，你看，三角恋、虐恋情深，观众就喜欢这些。以前的剧本虽然有点那种段子手小聪明，但是总体没多大意思啊。"

溪川正色道："我接戏的时候这不是个浪漫爱情片。李导，请您让编剧们把内容改回来吧。"

李闻达有些不满："这都是编剧们的心血，人家和我差不多年纪，熬夜琢磨了好几个通宵，你说改就给你改回去？"

"是吗？这么辛苦。"她淡淡地说，往公共区域走出几步才站定转身，"这部剧对您来说意味着什么？赚钱工具还是生活里得不到的权力？"

李闻达瞠目结舌地望着她，见她说到"权力"把剧本举高，松了手，让它掉在地上。

从业几十年，嚣张的大牌演员他相处过，矛盾也常有，但没有一个敢在片场公开和导演叫板。按照行规，导演是片场不可置疑的权威。

他的震惊在于，柳溪川这是疯了还是……入戏？

"您知道这剧对我意味着什么吗？"她设了问却没回答，踩着地上的剧本走过去，淡然回眸，笑看李闻达那张五味杂陈的脸，接过助理追上来帮她披的外套，信步离开。

李闻达半晌做不出反应，其余人深陷在"片场奇闻头一回"中不能自拔，现场鸦雀无声，所有视线集中在柳溪川离去的背影，一时分不清那究竟是演员本人还是剧中女主角。

亚婕跟在身侧慌了神，小声问："姐姐你喝酒了吗？"

她边走边笑，侧过脸："你有酒吗？"

溪川装疯归装疯，但没有离组。片场矛盾是一种性质，离组罢演是另一种性质，她也不想让事态升级到易辙都收不了场。A组待不了，她就在B组杀时间。

通告上没有戏份的女主角搬张椅子在身后坐着，陈谅倍感压力，如芒刺在身。

他知道出了什么事，剧组嘛，八卦传得最快，A组B组地理距离阻碍不了消息流通，一大早演员群就有人发了女主角踩剧本的小视频。

本想装不知道，可谁知溪川坐下不走了，看她优哉游哉地喝酒观摩，一时半会儿也没有走的打算。

陈谅可以装不知道，但是在场的工作人员群演全都知道，频频往这里张望，他作为鸵鸟导演不拿出点反应都控不住场了。

"你怎么到我这儿来了？A组没戏了吗？"

溪川支着脸笑："A组啊，没戏了。"

还有心情玩双关……

陈谅叹了口气，顾及周围人多眼杂，对执行导演交代："先排十分钟戏，我有点事。"

他示意亚婕搀扶一下溪川："回车里说。"

溪川来B组又不是和陈谅嗑瓜子做闺密的，没什么想跟他说的，回车里倚着座位睡了。

陈亮只好问亚婕："怎么回事？"

"李导把剧本改了，姐姐心里不痛快。"

这他知道，心想原剧本是我定的，我更不痛快呢。

"不痛快就不拍了？能不能成熟点？"他顿了顿，觉得光跟助理发牢骚柳溪川又听不见，没意思，"改了什么？"

"我哪懂啊。"亚婕耸耸肩，把iPad递到他面前，"制片只发了新剧本前九集。"

时间有限，陈谅只扫了遍第一集，就这也够他沉默两分钟了。

"她那瓶还有剩吗？"陈谅用下巴点点溪川手边的红酒瓶，"给我倒点。"

亚婕拿起来晃晃："没了。"

陈谅无话可说。

"你家姐姐……喝这么多酒来我这儿打醉拳吗？"

"她说不能离组，怎么也要在这儿赖到收工。"

"赖"这个字眼用得挺有灵性。

陈谅开了车门，走之前交代："那你让她在车上待着，别出去扰乱秩序。今天我安排不了，明天会跟统筹商量通告，你们按通告单时间来。"

亚婕高兴地答应："好嘞！"

李闻达不可能对演员低头，一边用替身顶着一边把球踢给了制片。

制片把电话打到易辙手机上，易辙才知道剧组乱了套，有点恼火亚婕没及时汇报，了解前因后果时已是晚上八点，过了剧组正常收工时间，溪川在回家路上。

他只好直接往她家去，两人前后脚进门。

溪川见他风尘仆仆，嫌小题大做："多大点事？"

易辙脱了外套往沙发里一坐："李闻达一贯这样，他年纪大，用的编剧也年纪大，三观和当下就有差距。他之所以能在那一批电视台制作室导演中脱颖而出，就因为带了几个徒弟，本质上没什么区别。你想硬着扭转他的创作思路根本不可能。"

"那他不能像前几个剧那样靠边站，让徒弟拍，他当个监制？"

"本来鱼丽也是这么打算，但谁知他最近创作热情高涨又跃跃欲试了呢。可是合同上签了他是导演，他做导演该做的事又名正言顺。我和赵元商量下来，这么解决，让他拍他的，陈谅拍陈谅的，他那部分当个B组，挑着用。"

"那你来我面前做什么说客？"

易辙笑中带着歉意："这不是只剩下一个问题嘛，再怎么分，李闻达手里不可能没有你一场戏，这明摆着把他当猴耍，他会闹翻天。"

"你要我领一份片酬打两份工，该演的得演，不该演的也演？还得跟李闻达逢场作戏，演戏中戏？"

"辛苦一点，少是非啊。不然你在剧组闹罢工，不又是一场公关危机？你有个性，公关一下也没什么。这种涉及职业道德的，公关了对你名声影响不好，最好别沾。"

溪川不想听他说教，转头问亚婕："明天的通告出了吗？"

"发来了，我转给你。"亚婕操作手机转发，"B组有你一场戏。"

溪川质问易辙："按这个进度，这剧要拍几年？"

他赔笑脸："一开始不能动作太大惊动李闻达，后面慢慢加戏追上来就是了。"

溪川冷笑一声，把手机扔开："一个都市生活剧，被你们拍成了谍战剧。"

这仅有的一场戏对白太长，被陈谅拆成了两场，需要转场景。换场时工作人员开始忙忙碌碌布灯铺轨。

溪川在场边椅子上坐着休息。

陈谅跟摄影师耳语："别停机，尽量多抓些中近景素材备用。"

摄影师会意，把镜头往溪川方向转过去，多嘴一句："她就这么从此不回A组了吗？"

陈谅叹口气："别问我。"

目之所及，远处骚动起来，陈谅逮住个跑过的场务打听："怎么回事？"

"明星来探班。"

刚想问哪个明星就看见了郭俊，穿着古装戏服，在人群中格外醒目，此刻正揽着本组男二号的肩在寒暄。几个助理忙着给工作人员分零食。

他再看溪川，仿佛什么也没听见，一心翻着剧本，好像多翻翻能翻出花来似的。

隔壁就是影视城，郭俊的剧组在里面驻扎一个半月了。他知道溪川在这儿露面，郭俊总会过来的，表面上是来探男二号，其实冲谁来的用不着猜。

柳溪川和郭俊来自同一个经纪公司，对外在场面上关系不错，可作为少数几个知情人，陈谅知道都是演的。

虽然溪川到处树敌，但在跟她敌对的人里，郭俊算得上数一数二地难缠。

柳溪川嚣张，郭俊比她更嚣张，也更有嚣张的资本。男星中的顶级流量，势头正盛，钱和资源围着他转，圈子里没人敢得罪，就连李闻达那种爱摆谱的在他面前都得小心翼翼。

这两人碰在一起，总有热闹可看。

[10] 新仇旧恨

陈谅看着郭俊往这边走来，他身材高挑，穿粗麻布的古装也玉树临风，走路时姿态轻松，鬓边两缕长发随着步履起伏飘逸。

溪川反而显得有点紧张，端起剧本又放下，犹像再三在他快走近时站了起来。

郭俊却几乎没把这郑重放在眼里，不改脚下步速，随意地做了个往下按的手势说"坐吧"，就经过了她。

陈谅见他冲自己来，意外也不意外，电影成功后不少演员都爱挤到面前来套近乎。郭俊十五岁从偶像歌唱组合出道，红得发紫，组合解散前后经历了两年低谷，又很快以演技方面的天赋翻红，在电影里演过出彩的配角，有进电影圈的野心很正常。

以导演的眼光审视，他轮廓深邃，眼里有神，只是因为年轻气势弱了点，单纯的帅气在偶像中不出挑，最佳发展时期应是三四十岁。

郭俊在交际上是游刃有余的，自然地与陈谅握手递烟。

两个男人第一次交谈，气氛却像相识已久，简单聊几句两个剧组工作日程。

郭俊提议收工后晚上一起吃饭："我定地方我请客……"

话音漏进溪川耳朵里，她想着，人红了底气确实不同，来别人剧组还能反客为主。

"淮哥也去。"他提到男二号，"再叫上磊哥。"像是顺带把溪川捎上，"溪川一起吧。"

公开的邀请，她不太方便拒绝。

热热闹闹地做好安排，郭俊动身往回走，转身后收起笑容，脸上显出冷淡的敌意，这表情只能从溪川的角度看见。

他眯着眼，仅仅一瞬间，轻蔑的眼神就从她身上掠过了。

天黑后两三个主要工作人员跟上了导演车，溪川自己一辆车，到了餐厅，郭俊已经早等在门口，换了身便装皮衣，双手插兜。

停车场对面有几个女粉丝激动却不敢靠近，一人一个手机远远录视频拍照，大概是从片场一路跟来的。

迎了客人进门前，他朝她们那边大方地挥挥手，姑娘们就爆发出一阵不可抑制的尖叫。

这店有令人咋舌的人均最低消费，一般人不敢进来。

席间话题大多由郭俊引导，几个演员有点端着，副导和演员统筹更圆滑些，一句接一句地你来我往，再加上喝酒，气氛炒得很热。

他好奇地问秦淮这次演什么人设，男二号说："默默守护型吧，知道她的秘密。"

"男主角不知道吗？"

"不知道。"

"那你才像男主角啊哈哈哈。"他朗声笑起来，试探地往溪川那边扫了一眼，溪川正看着他，说暧昧却更像挑衅，两人对视中较劲张弛，直到他视线往下落一点，她才偏头抿了口酒。

溪川一般瞧不上做演员的男人，进组演戏，出组很少打交道，那些人大多文化水平不高，势利又自恋，十个中有七个妖娆，两个滥交，剩下一个正常人不那么容易遇到。剧组聚餐她能不参加的都不参加，不得不参加就坐在一边凑个人头。

演员统筹担心冷落了她，总特地在话题中带上她，这份好意徒增负担，尴尬笑着回应几次后，她起身离了席，往盥洗室方向去。

溪川补了妆出门，郭俊果然等在门口。

他熄灭了香烟，拽起她的手腕，把她往包厢反方向的通道拖走。分不清他是故意还是无意使那么大力，攥得她手疼。

溪川甩开他转身："你有话就说。"

郭俊趁机凑过来，扼住她的下巴扳过脸，把她抵到靠墙，抛出的不是个疑问句："是你把杨雪弄到我那儿去的。"

"你放手。"她抬手挡了一下，力量悬殊，对方纹丝不动，"发什么神经？不怕被拍到？"

"被拍到也是你勾引我。"他有恃无恐。

虽然让人恼火，但也没办法，只好这么被他挟持着说话。

"我事先不知道易辙想怎么做，更预测不了吴澜。"

郭俊冷笑一声，恶狠狠道："你每次都择得干净。"

她闭了闭眼："现在造成什么严重后果了？没有吧。倒是你，跑来拿我撒气算什么本事？怨气这么大去找易辙啊。"

"找你跟找他有什么区别？还是说……"他居高临下地垂眼，"你最近这么爱耍酒疯，又一脸欲求不满，想换人了？"

"你嘴巴放干净点。"

"立什么牌坊。"他猛地把她的脸往一侧甩开，松了手，在盥洗池边抽了张纸巾，细致地擦着手上的粉底，"我警告你，别在我背后搞这种小动作。否则新仇旧恨我一起跟你算。"

郭俊走后，溪川对着镜子整理了一会儿，稍稍觉得有些虚脱。

唯独对郭俊，她因为的确有愧而底气不足。从前，公司偶像艺人违规恋爱的不止她一个，可只有她没为犯的错付出沉重代价，其他人解约的解约，退圈的退圈。由于恋爱对象是他们组合的，郭俊把组合分崩离析的账算在她头上，不止于此，深究起来还复杂得多。

她和郭俊纠葛太深，每一次私下会面都是不欢而散，见了他尽量避开走。

原以为这次不是私下会面。

多待无意，回到包厢，她和其余人打了声招呼提前离席，郭俊连头都没抬，倒是陈谅和副导看她的眼神有点奇怪。

她对陈谅做了个口型："怎么了？"

陈谅只使个眼色让她看手机。

溪川先退出包厢，再滑开手机。屋漏偏逢连夜雨，"柳溪川片场耍大牌"正往热门搜索的前位攀登。

陈谅知道这热门不是好事，但不知道对她能有多大影响，追出来停在她身后，不知该说什么，只问："要叫司机送你吗？"

她愣了愣，放下手机，摇摇头："我的车没走。"

晚上回到家，溪川洗了澡裹着浴衣打开家庭影院投影，用遥控调出一部灾难片。

旧手机里十六岁那位发来消息："我也查过了，我们之间没有产生额外话费。"

她不禁笑起来，这真是目前对她而言最无足轻重的事情。

"我申请调去权保部以后那边有什么变化吗？"她追问道。

"本来就没有一直在纪律部，能有什么变化。问题是调走以后，你能远离新句？如果依然互掐，调走也没有意义。"

"说的也是。今天他还继续追着我嘲讽呢！不过你为什么老叫他'新句'啊？搞得跟他很熟的样子，感觉怪怪的。"

银幕上，三小时电影的第三十几分钟，灾难片男女主角遥望见对方，仓促的一眼，前面什么也没有，只是一片汪洋大海。

"差不多也该告诉你了，如果不说的话，你会一直蒙在鼓里开玩笑，总之……"溪川已经不太习惯使用物理按键的手机，发得很慢，"新句是我过去喜欢的人。"

"也是你未来喜欢的人。"

"白月光。"

"明白其中关系了吗？"

对方一直没反应，她接二连三地发过去，免话费的确有好处。

小姑娘终于从震惊中回过神来："我未来是不是发生了什么事故导致眼睛瞎了？为什么看上夏新旬啊？"

"你不喜欢他最好，或许没有你，他也就不会死了。"

"等等，你之前说他死了，是真的死了？还是因为我死的？确定不是开玩笑吗？！"

"不是开玩笑，再过几个月，他就已经离开我十年了。"

电影到四十分钟，他们互相自我介绍，惊险又平淡，海风缭乱彼此的额发。

十六岁的自己根本没有意识到危机，回了一句玩笑："毒舌折的寿吗？"

过了许久，她才又追问了一句："能告诉我他的死因吗？虽然他很讨厌，但死得这么早太可惜，可以的话我倒想救他。"

"台风天下河救人，自己体力不支，去世了。"

"夏新旬会救人吗？"

"我以前也不信。"溪川难得地笑起来，把红酒杯里最后一点酒吞咽下去，一瓶根本不够麻痹自己。她闭上眼再睁开。

电影中的男女主角在阳光下相遇，当他问是什么让她不快乐，她用了"Everything（一切）"这个词，他们一边握手一边吵架，但脸上都挂着笑容，这是女人自开头起第一次笑。

溪川跟着笑，甚至没意识到自己在笑，笑着笑着却发现自己不看着照片的时候已经快想不起他的样貌。

"你能发给我一张新旬的照片吗？我想看看他。"

这真是个与理智背道而驰的请求，她觉得自己有点醉了。

> 你以为每一篇小说都必须有个开头又有个结尾吗？古时候小说结尾只有两种：男女主人公经受磨难，要么结为夫妻，要么双双死去。一切小说最终的含义都包括这两个方面："生命在继续，死亡不可避免。"
>
> ——《如果在冬夜，一个旅人》

把溪川推上热搜的是一段外泄小视频，就是她当天在片场剧组和李闻达叫板外加踩剧本的那段，"剧情"太过戏剧性，画面又非常直观，爆料者添醋加油描述的一些"罢演还滥用替身"顺带被信以为真。公关放出了B组统筹通告单，证明她依然在剧组拍戏，平息风波的效果十分有限。

这段视频在剧组内部几个群流传过，几乎人手一份，追溯不了爆料来源。古怪之处在于，通常来说，剧组内部矛盾永远是烂在剧组里，外传的可能性很小。

正如溪川曾说过，剧组会出事是真理，成百上千人的团队挤在封闭环境里工作好几个月，又有时限和工作量压力，连早餐吃包子还是馒头都能引发纷争。

但对于像服化、置景这样的工作组人员而言，这只是份普通工作，不管剧是大是小，主演是否是明星，他们的任务不过是完成好每天常规工作、拿到报酬、转战下一个剧组，一般而言，离组进组都是无缝衔接的，粉丝们追逐的偶像在他们眼里不过是业务对象。

和外送员眼里给哪栋大楼的白领送餐相似，引不起特别关注，他们关心的不过是及时完成这单生意和尽可能多地完成更多生意，今天叫外卖的人是美女还是丑女，她和同事是否在公司吵过架，对外送员影响甚少。

他们与网络离得很远，极少追逐热点，更不会把剧组里的丑闻向外传播，可能影响拍摄进度的事就是可能影响他们及时拿到薪酬的事，对他们而言有害无益。

易辙认为是李闻达负气而为，溪川并不这么认为。

一个剧还没杀青就传出"替身""抠图"的消息会劝退观众，李闻达不可能砸自己的招牌来赌一口气。

溪川心里有个猜测，只是不太确定。

风波在圈外人看来是场地震，姐姐担忧地打来电话询问，说网上骂得很难听，关心溪川情绪会不会受影响。

溪川和她说不清楚，演员不是劳模，不可能光有正面宣传没有负面流言，人人夸的反而不真实，正面负面都是热度，能澄清的负面焉知非福。

其实这些事，她只要和陈谅聊聊天，就能有个基本了解，她大学学的是制片管理，陈谅反而是半路出家。

但不知为什么，他们夫妻比邻居关系还淡漠。

临挂电话，姐姐说："星期天妈妈组织了聚会，让我一定叫上你，吃个团圆饭。"

"陈谅去不去？"

"正因为他忙，去不了。妈想热闹一点，还多叫了几个老朋友。"

溪川有点无语，她和陈谅可是在同一个剧组，怎么他有充分理由要忙，自己就得硬着头皮去应酬。

姐姐补充："妈觉得你是明星嘛，能长脸。家里一起吃顿饭不容易，你就来吧。"

"行吧，我先跟你会合再一起去。"

"那我们下午五点在童话乐园门口见。"

第二话

Summer Fantasy

· ·

什么也改变不了

[11] 路遥知马力

剧组的消息是谁放出的，目前没有头绪。可推波助澜的一看就是季向葵的团队，有几个在话题下兴风作浪的营销号眼熟得很，是季向葵团队养的。

季向葵和柳溪川年纪一样大，甚至因为柳溪川顶的是堂姐的户籍，实际年龄比季向葵小了几月。可就算是户籍上同年，季向葵在一般人印象中也比柳溪川年轻许多，这就是营销的力量，她有个了不起的经纪人，能把黑的说成白的。

季向葵红得晚，长相、气质、风格、履历和柳溪川同类型但又稍稍逊色。柳溪川没什么负面，压在她前面占着资源，她就永无出头之日。

彼时刚掀起明星玩微博的热潮，季向葵的经纪人对流行敏锐度很高，给她立风趣幽默段子手人设，又擅长利用社交网络，在公共论坛大量投放物料，一边借着柳溪川，一边推出季向葵。

溪川也有微博，当时是粉丝数前十的明星，可发微博对她而言就是说说话，不像季向葵那样周全策划团队作战。高兴时说两句，不高兴也要回呛，并不注重"投其所好"，一切全凭自己喜好，留下的话柄不少。

溪川年轻，心智不成熟，冲动情绪化，被捕风捉影连照片都没有一张、空口白牙编的绯闻气得内伤，和网友骂架没占上风气得内伤，被自己粉丝"理中客"的公立言论气得内伤，隔三岔五推通告休息，酗酒毁了嗓子撑不住演唱会的工作强度。

一来二去，资源流到了季向葵手里。

季向葵尤其喜欢制造这种"柳溪川2.0"的错觉，溪川参加前两季带火了的综艺，她势必要参加个第三季，躺着享受前人栽树的红利。

久而久之，在广泛路人的认知里，柳溪川成了私生活混乱、脾气坏的过气偶像，远不如这个大方得体风趣高知的"2.0"。季向葵有百分之八十的粉丝都曾是柳溪川粉丝，跟风说一句"柳溪川各方面不如季向葵"成了当时的"正确立场"。季向葵很快弯道超车。

又过了两三年，那些粉丝开始闭口不谈柳溪川，追星族换了一批，没人知道季向葵是借着柳溪川上位的，只知道季向葵无论人气还是口碑都在柳溪川之上。

这两三年也是资本热钱蜂拥流向娱乐圈的两三年，谁的人气高就捧谁，被捧的锦上添花。除了几个拿遍国际电影奖的上一代大花，季向葵是新生代中第一个片酬不俗的女演员。一时风头无两，甚至没有人存着理智问一句她配不配。

季向葵确实漂亮，但面部骨骼有点宽，并不适合上大银幕，也知道扬长避短，没拍过电影，挺标准的电视脸。她自出道至今电视剧只拍了三部。大量的综艺和营销造成的印象，似乎她早就包揽了几大视后，发微博能拿诺贝尔文学奖。全网一面倒地夸赞，就是这么荒诞。

易辙总是安慰溪川，路遥知马力。

但这一路实在太遥远太崎岖，让溪川看透了沿途的一切。要深究季向葵毁掉了什么，那就是她心底的真诚。小时候她会把粉丝信件一封封不厌其烦地拆读、挑着回复，珍惜舞台，立志要做个榜样，是眼里闪着光、心里怀着感激的偶像。

后来她看清了，哪有什么知音？哪有别人在乎？对绝大多数人来说，追星不过是人生路上一段盲目歧途，听风跟随风的流向，这个偶像和那个偶像没什么区别。

相比感情受挫，梦想的陨落对她打击更大一些。

到去年，狂乱的资本才终于渐渐退潮转向其他风口，淘汰了一些假数据捧出的假流量。水落石出，荧幕上留下演技派。

季向葵和那些相比不算假，只是经历了一次口碑翻车。她和权力中心走得太近，曾经得了不少好处，出事后把她牵扯了进去。

溪川却没有丝毫"日久见人心"的快感。

即便到了这地步，矛头还是指向她的经纪人。溪川至今没参透艺人和经纪人分得这么清是怎么做到的。

季向葵最近学会了低调，微博月更，也不占热搜。但不代表放弃了在倒柳溪川的阵营里兴风作浪。不知道她从何而来的错觉，只要拖住柳溪川，她就还能一战。

柳溪川得了视后，季向葵本来恨得牙痒痒，但见她和胡萝卜一起挂了两天热搜，又幸灾乐祸了一礼拜。那一次没能引起她的警觉。

眼下这次，连溪川也猜错了，其实推波助澜的不是季向葵。

季向葵相当不爽，终于注意到杨雪的存在："到底从哪儿来的？"

经纪人从头等舱候机室对面的沙发座抬起头，娇俏地朝她飞来一眼："玩你玩剩下的有什么呀？稳着点。"

季向葵确实觉得有点索然寡味，不管怎么刷新信息，新出现的言论都是类似论调，一点新观点没有。加戏也好罢演也罢，拍摄过程中出的传闻，通常只有同剧组演员的粉丝关心。那个剧的女二号新偶像出道，离与柳溪川比肩差得远，还有选秀的对家时刻盯着，粉丝惶恐而谨慎，完全不参与讨论。

在郊区影视城的铁路边耗了一下午，陈谅终于发现了柳溪川演技上的短板——这个人跑起步来像家禽，介于鸭和鹅之间的感觉。一场先追逐再侧身下腰穿过防护栏的戏拍了无数遍，执行导演一个大男人都比她动作灵巧，演示得像模像样，轮到她跑就笨拙得毫无美感。

难以置信，她居然是唱跳歌手出道。

"唱跳歌手又没要求跑步技能。"她跑累了，喝着牛奶挤到监视器前看回放，理直气壮。

陈谅无奈地叉着腰仰望苍天，马上光线不够了，妥协道："上替身吧。"

替身换了装过来刚跑了一趟，还没喊停，闪光灯从身后亮进镜头。

陈谅彻底怒了，回头看见四五个记者挤在那儿："谁带的媒体？"

话音没落就看见易辙笑眯眯地挤出来。

易辙把他拉到一边私聊："不是有传闻要澄清嘛，给我们通融通融。"

"你拍照归拍照，别影响拍摄进度啊，眼见着光快没了！"

"按这个进度没法拍照啊。本来要澄清的就是替身传闻，现在拍戏的就是替身可怎么澄清？为什么不让她自己拍？"

还有脸提？陈谅没好气："她自己跑起来像鹅。"

易辙保持了很高的职业素养憋住笑："鹅也有鹅的敬业之处。"

"合着我说光快没了你听不懂？还让我给鹅加戏？"

易辙给他敬了支烟，用打火机点着："要不换场文戏？"

"这场戏，光铺轨道就铺了一小时，看见没？还上了航拍。你让我现在喊停明天再来一遍？"

易辙也知道是无理要求，退而求其次："那你先拍，拍完别急着收工，让她自己再跑一回。"

陈谅勉强答应，走出几步，易辙又在后面追一句："回头你再帮忙接受个采访。"

陈谅挑着眉回过头："得寸进尺是不是？"

婚姻骗子和演员比差不到哪儿去，围观陈谅被采访时，溪川如是感想。

"您觉得她是个敬业的演员吗？"

陈谅强忍住关于鹅的吐槽，面带微笑道："很敬业，骨子里有股轴劲，这是一个好演员必须具备的素质，我很庆幸有这次合作机会。"

"那么之前替身罢演的传闻是误会吗？"

陈谅装作没看见溪川在远处偷笑，侃侃而谈："我们剧分AB组，她不在那边就肯定在这边，一切看通告单安排。至于替身，有些替身是正常拍摄工作必要的，比如光替和高难度动作戏替身，我们剧组目前没有滥用不必要替身的现象。"

"柳溪川小姐和李闻达导演的矛盾是不是真实存在呢？"

"据我所知没有，外传的视频是剧情片段，而且是李导亲自在教戏，希望大家不要被误导了。"

这人睁眼说瞎话面不改色心不跳，演技当真出色。

镜头一关，他不耐烦的神色浮上脸来："阴阳怪气笑什么笑？"

溪川自顾自笑，递上一瓶水，低声嘲讽："看你演起戏来收不住，也是'戏精'。"

吃力不讨好，陈谅狠狠地拧着瓶盖："你找个对象吧，单身久了心理容易变态。"

溪川白他一眼："轮得到你管？我又不是你，多几个也不嫌多。"

"我觉得郭俊还不错。"这句是耳语，后半句用不着遮掩了，"挺关心你的。"

溪川半晌没说出话，一副陈谅看她跑步时的表情。

这么解读剧情，还当导演？

就是在这种情况下，溪川巧遇了季向葵。

男二号女二号要去综艺录制，要离组，这三天主要赶他们的对手戏。溪川腾出空去录片尾曲，虽然开不了演唱会，但平时唱唱主题曲对她来说不难，录歌能修音。

没想到在录音棚迎面碰上季向葵。溪川心里埋怨易辙疏漏，居然没确认过同时段其他音棚什么人约的。表面上，只能冲季向葵勉强笑笑，算打过招呼，免得显得没风度。

季向葵却是个人精，知道什么能恶心到她，特地凑到她跟前来演惺惺相惜，落落大方恭喜她拿下视后，逼溪川不得不跟她商业互吹。说的违心场面话越多，溪川越难受，她的目的也就达到了。

溪川疲于应付，怕她中途又来搭讪，眼睛没离开过手机。不过大白天的，能聊天的人又都在忙工作，她只好去撩十六岁少女："十佳歌手大赛准备得怎么样？"

连高中生都不知在忙什么，等了半天也没回复。

[12] 我宁愿孤独终老

溪川有点心虚，对于十六岁那位，她有所隐瞒。

对方如约用彩信发来了新旬的照片，但显然不能算偷拍的，从男生视线的方向能看出，这个笨蛋在偷拍过程中被发现了。

以此为筹码，高中生又耍起了小聪明，即将参加校园十佳歌手大赛请她支着儿，这只是冠冕堂皇的说法，其实她是想提前知道名次。

但溪川并不希望按原剧情进展。

依照正常的走向，当她在舞台上时悬在头顶的灯掉下来把她砸伤了，而新旬为了救她冲出去扑人，被划伤得比她本人还严重。这是两个人从水火不容到冰释前嫌的转折。

如今看来，所谓的"英雄救美"还是不发生为妙。

她骗了过去的自己——只要别站在舞台中间就能取得更好的名次。

对方迟迟不回消息，让她多少有些忐忑，不知这么重大的改变引发了什么突然事件。

眼前一直让她觉得稍有点困惑的是季向葵，她知道，季向葵和自己同一个高中，比自己低一届，过去一定是有交集的，但她没印象。

季向葵这么穷追猛打，或许从小有过节？自己在明她在暗，溪川存了个念头，想让高中的自己留意一下季向葵。

不过目前，这不是当务之急。

这天的工作结束得很早，录音老师的常规工作时间是从下午一点到深夜十一二点，但溪川提前和姐姐约了见面，不可能加班到晚上，所以第一天没有严格的任务量要求，只大概留了两小时互相熟悉工作方式。

收工后距离五点还有两个多小时。

溪川穿的是毛衣和黑色长裤，轻便的运动鞋，行头不引人注目，只是车停在平民公寓小区外狭窄的街道边，略显突兀。

新人编剧的住址是她向制片要来的。这片建筑落成的时间估计是二十世纪九十年代，米黄的混凝土外墙蒙着陈旧的灰褐色污迹，新置房产不太会考虑这种选择，除了早已居住在这里的本地居民，大多数租住在里面的是经济条件有限的学生和小白领。

这小区唯一的好处就是地铁上盖，还在几条公交线路的交错点，交通便利。

她刚走进楼道，突然收到十六岁的自己怒气冲冲的质问："姐姐会受伤这么大的事为什么不提前告诉我！在你眼里，是不是只有夏新旬的事才算重要！"

一头雾水。

"这不可能，我记忆里从来没有洛川受伤这件事。她怎么样？"

"玻璃掉下来砸到了头，现在正在医院。那能是什么原因，难道我们改变了未来，姐姐就要受到伤害？"

原来突变出现在这里，为什么会对其他人产生影响，她一时半会儿想不明白。

确认过门牌号，她一手撑着门框按响了门铃。

磨蹭了三四分钟，铁门张开一条缝，露出年轻女孩警觉的目光。

溪川把盖了半张脸的墨镜往下拉了拉。

"柳溪川？你怎么来……"

她并不客气，伸手把门缝推大了些："不请我进去坐坐吗？"

女孩在让出通道的同时，与她错开视线，神色不自在。

卧室很小，穿过的衣物随意地散落在床边、椅背上，长桌上摆满各种打印的笔记和资料，像摆摊。看得出不是个有条理的人。

屋主四处翻找，试图找出个一次性纸杯倒水待客。

房间不隔音，隔壁不时传来小孩的哭号声。

溪川不在意她倒不倒水，以这个屋子的卫生状况而言，倒了她也不想喝。她自己找椅子坐下，开门见山："冒充群演身份放出剧组负面消息，是你做的吧，王旗？"

女孩停下忙乱的动作，不忌惮地直起身："今天上门，是来追究责任的吗？"

溪川刚要开口，被隔壁家长一声尖锐的吼叫打断，只好停顿片刻："被谁收买了？"

"没有人收买我。我只是不甘心自己辛辛苦苦的创作碰上你这种演员。你拿着那么高的片酬，耍大牌、踩剧本、滥用替身哪一样做得对得起收入？我爆料错了吗？"

"我踩的不是你写的剧本，是李闻达重写的剧本。"

王旗错愕了几秒："李闻达不是这么说的。"

"你让他怎么说？'他推翻你的剧本重写的剧本被我扔了'？"

"这么说是误会……"

溪川冷笑："你一句轻飘飘的'误会'，谁来补偿我的损失？"

"那也不该是我。我剧本写了八个月，现在已经开机拍摄了，总共才拿到定金五万块，尾款没个影。"

"是我的责任吗？"溪川反问，"作为编剧，你既没本事让制片给你及时结算劳动报酬，也没本事让导演信服你的业务能力，分内事做这么失败，怎么好意思怪别人？"

"没本事？"王旗笑了笑，"这种'何不食肉糜'的话就别说了。这行你比我混得久，换成你是我，怎么让制片结算、让导演信服？"

"换成我是你，吃亏做完该做的事，把遇见的人，特别是欣赏你的人，设法变成自己的人脉。最重要的是，要有最基本的职业道德。你作为主创能把项目负面往外爆料，以后谁敢跟你合作？"

王旗不服气："就算我不爆料，剧组人多口杂，本来就有那么多群演，迟早会有别人……"

溪川打断道："对呀，为什么那么多群演没有做这件事？你仔细想想。"

她愣了愣，放低姿态："其实还有机会补救。那些一线演员可以带编剧进组，你可以带上我啊，你在剧组有话语权，完全可以和李闻达抗衡。"

"这不是正在抗衡过程中就被你搅黄了吗？"

她一时语塞。

"再说以你的心气也做不了跟组编剧，让你改什么就改什么，你咽不下这口气。"

"如果剧情合理，我会配合的。"

"光是'会配合'，还差得远呢。"

她轻声嘟囔："那你今天来，就是为了羞辱我？"

"是为了让你知道你怎么亲手砸了自己的饭碗，不想让你总这么自我感觉良好。我这人睚眦必报。"溪川起身，"让你悔不当初，还算轻的。"

冬雨前线一直停滞不去，行车途中又下了一场雨，到了约定的童话乐园，雨是停了，但小家伙没玩够。溪川又陪着姐姐她们在乐园门口坐了两圈旋转木马。

先前看其他小朋友边玩边拍照留念，镜子就闹着也要拍照。

"可我不敢松开她，哪腾得出手去拍照。"姐姐诉苦道。

"镜子，看这里。"溪川调整手机捕捉着孩子和母亲的笑脸，往旁边望了一眼，每个小朋友总有两个家长陪着，除了妈妈，要么是爸爸要么是外婆，一个人要看住个精力旺盛的人类幼崽难免有些手忙脚乱。

往门外走时，溪川把手机还给姐姐："看不懂你们家这种情况，像个单亲家庭。"

"陈谅在事业上升期嘛，还是别妨碍他了。"

"嫌孩子妨碍他当初别生啊。"

姐姐察言观色："你今天不太顺？"

溪川扭过脸，懒得谈工作："晚上聚餐你爸去吗？"

"他们哪肯见面。"洛川说。

溪川叹了口气，想不明白这是什么恐怖循环。姐姐原生家庭是个烂摊子，父母早分居了，有个不负责任的爸爸，还没吸取教训找个负责任的丈夫，自己家庭又成了个烂摊子。

每次说"家庭聚餐"，总是一桌子只有女人，姐姐呢，好像默默接受了这种现状，从不抗争。

溪川有几年事业低谷，曾羡慕过姐姐的生活，觉得人一无所至少还有个可爱的小孩子陪伴左右，不至于抑郁。时过境迁才发现，姐姐的生活是个无底洞，连起伏的可能性都不存在，从放弃的那一刻就开始一路走低，再也无法回头。

"溪川现在也在体制里？"饭桌上伯母的朋友姓杨，热情聒噪。

溪川回过神，没接上话，洛川先代答了："溪川现在是演员。"

"演员啊，演员也不错，都演过什么电视啊？"看她的表情显然不是真心觉得"不错"。

溪川笑笑敷衍道："没演过什么……"

伯母马上接过话茬："你不是演了那个什么《霜降》？前段时间拿了最佳女演员吗？"

"哦，《霜降》啊，我听说过但没有看过，年纪大了不爱看苦情剧。我们前阵子全家在追那个古装剧《山河契》，了解不少历史嘞。"

溪川皮笑肉不笑："阿姨品位真不错。"

这阿姨一点听不出弦外之音，受了吹捧更加聒噪："溪川长这么漂亮，成家了吧？"

"她呀，她还早呢。"伯母说。

"娱乐圈天天那么多绯闻，不利于找对象的。"阿姨的丈夫突然假装懂行。

伯母说："我们溪川跟那些娱乐圈的人不一样。"

"除了这个，我听说演艺圈里乱得很，什么人都有，是不是啊，溪川？"

溪川掭了掭筷子："每个行业都什么人都有。"

"你总归在那圈子里，到时候找婆家，一听你是演艺圈出来的都吓跑了。"

"是啊，女人最重要的是声誉，以后尽量少抛头露面。"

"傻孩子，演员都是吃青春饭的。应该趁早转到安稳工作上来。"

"就是，跟你爸妈一样在体制内，又体面又安稳，多好啊。"

对外，伯父母还是一直宣称自己是他们亲生的女儿。

溪川只是笑了笑，低头看手机。

或许是感受到了她的不屑一顾，那群中老年人的话题转向了洛川："洛川还年轻，抓紧生个二胎，让你妈妈早点抱上金孙哟。"

姐姐倒是给面子，很能融入："这事得看缘分，不是谁都像您家莉莉姐那么好福气，头胎就是龙凤胎，儿女双全了。"

杨阿姨很高兴："哈哈哈，还是洛川会说话。"

"要不说女人一当妈就不一样，洛川没比溪川大几岁，但是溪川说话做事，还是像孩子一样。"

"溪川你看看。"那位杨阿姨显然碰了软钉子记了仇，"你姐姐这才叫过日子。当明星的名利都是假的。"

两个都是"女儿"，亲生的被夸，伯母当然更高兴，关切地朝溪川看过来："其实也不是我们说你，实在是看你一个人，大事小事连个商量的人都没有，让人心疼。"

当事人给小外甥女盛了碗汤，漫不经心道："和经纪人商量就行。"

杨阿姨像遭遇一桩奇闻，大呼小叫起来："经纪人又不是家里人哦，二十七八岁已经不好找对象了，过了三十更不值钱。"

另一位阿姨附和道："是啊，得考虑以后嘛。"

溪川心里有刻薄的话，但出于饭桌礼仪没说，只是低头吃菜。

杨阿姨表演欲上了头："我朋友儿子，三十八岁，上市企业老总。小伙子很好的，就是个子不太高，一米七，和溪川般配的。"

她丈夫说："我这里也有不错的小伙子。溪川啊，你跟我合个影我拿给他。"

溪川拿手机准备拨电话："我叫助理送照片上来。"

"不用送嘛，生活照多自然。"那位大叔道。

"没化妆，我不想拍照。"溪川冷着脸，继续摆弄手机。

伯母见气氛不太对劲："没化妆也漂亮啊，你这孩子，就是爱美。"

姐姐一边拉扯她的胳膊一边打圆场："拍个合照，别扭什么。"

那群中老年人已经开始热热闹闹地互相传递手机打开相机。

"不用各位操心，我一个人过得很舒坦。"溪川放下筷子起身，"我吃好了先走一步，你们慢用。"

姐姐在一楼通往大堂的通道里才追上她截住："溪川，不要闹脾气，跟我回去。"

溪川抽回手："听他们说话我吃不下饭。"

"毕竟是长辈，三观不一样你要谅解。再说妈还在场，你这么任性走了，让妈多难堪。"

"已经给够了面子，如果是别人，等不到提出合照我早走了。"

"不就是张照片，给他们拍也无妨。"

"饭局照传在网上会引起多少不必要的麻烦，你是嫌我负面不够多吗？"

洛川愣了愣，这层面她确实没想到："不都是长辈？哪会有什么负面影响？他们可能连网都不会上。"

溪川嗤笑："在家待久了，你根本不了解外面的世界。"

洛川恼火起来："就算我不了解，那里面一堆年纪是你两倍的人不了解？他们说得有什么错？女人最后还是得结婚。事业再好，没有家庭也不完整。"

溪川叹了口气："姐，你为什么结婚？"

洛川转开视线，看向一边不说话。

"是怕被周围亲戚朋友瞧不起？"她追问道。

洛川沉默不语。

"压抑自我，整天做家务带孩子，这就是你所谓的幸福生活吗？"

"世界上本来就没有两全其美的事。"洛川说。

"那我宁愿孤独终老，也不会选你那件事。"

吵架是极耗精力的一件事，特别是和至亲吵架，即使嘴上占了上风，依然让人感到心力交瘁。

溪川甚至不得不倚着酒店门前的柱子才勉强站稳，车从地库开到地面让她等了六分钟，磨磨蹭蹭让人心烦意乱，本想上车借机发顿牢骚，没想到车门一开，易辙坐在里面。

她一脚迈上去，又诧异地僵住了。

这见鬼的反应正中下怀，易辙得逗地笑了，朝她伸出手把她拉进去："怎么？我不能来？"

"有什么事？"她坐定后问。

"听说你下午去手撕编剧，追追八卦进展。"

溪川转头看向窗外："想用的人，用之前修理一下。"

易辙还在笑："我看人比你准。打个赌吧，那女孩修理不好。"

她飞来一个白眼："修理不好对你有什么好处？笑得这么欠揍。"

"你刚吃的是家宴吗？怎么感觉像吃了炸药呢？"

"一群长舌妇说话夹枪带棒的。"

"说什么了？"这个人一副幸灾乐祸的调调，居然还笑。

"说——"溪川理理思绪，什么"被催婚"之类的家长里短着实丢脸，"说经纪人不是家里人。"

[13] 意外惊喜

"比家里人强吧。你要是找个跟你同龄的，到了工作热情高于感情的阶段，每天分不了两小时给你。要找个比你大十岁以上的倒还行，想拼事业年纪也不允许了，可你又看不上。经纪人多好，事业就是你，'007'地围着你转。"

"自夸起来要点脸。"

易辙笑着摸摸她的脑袋："我前天去杭州谈完事顺便看了咱妈。"

溪川的生母，总被他这样称呼，似乎因为他做人周到，比溪川本人还讨她喜欢。

"她说她想和叔叔一起经营民宿，问我意见。我觉得挺好，他们还年轻，闲不住，经营民宿受你这边影响小，地理位置又在景区附近，对他们身体有好处。"

溪川是出道成名后才找回生母的，当时妈妈开个小店做生意，很以她为傲，但名气是把双刃剑，她事业不顺的那几年，黑粉总去店里制造事端，妈妈不得不把店关了，虽说忙着再婚也没闲着，但一直没有再做生意，怕给她造成不好的影响。在溪川看来确实是自己影响了她，心里过意不去，提到这个话题格外敏感。

"她都没有问我意见。"

"她说问你你也不懂，你哪会做生意。"

"我会得要命。"

"是要命。"易辙笑过了接着说，"她说你审美好，等到装修的时候找你参谋。我看了看他们准备选的地方，在交通交汇处，客流不小，装修注意隔音就有益无害。明年下半年还要开个新景点，上海周边游又能热一阵。定价在三千左右合适，主要面向家庭客户，也能拆成单间招待小情侣，比较灵活。"

妈妈的直觉没错，这类事和他商量不会出错。

没获胜的争执让姐姐耿耿于怀，车已经开出去两个街区，她的微信还在一条接一条追过来。

"你真的很没有良心。再怎么说爸爸妈妈把你养到成年，从来没向你要求过回报。可你呢？连表面功夫也懒得做。出来吃个饭保持笑脸相迎对你来说那么难吗？你自己做孤家寡人是你的选择，可我和爸妈不是孤家寡人，我们有亲戚有朋友，有正常社会关系，照顾一下大家的颜面对你来说这么难吗？"

"前几年我知道你遇到事了担心你，去你家陪你住，下大雨赶到你家，你没有好脸色对我，开了门就进房间了。从那次我就发誓不再去你家了，那样的豪宅不欢迎我们这样的平民，你那样的职业女性也看不起我们这样的家庭妇女，我心里都清楚。可是我想不通从小到大我到底哪一点对不起你，怎么会有你这样一个冷酷的妹妹，连基本的情分都不讲。"

"去年你来我家吃饭，我正犯腰痛，还得帮镜子洗澡，从浴室抱她到房间在门口差点站不起来，你什么反应？站在一边帮都不帮忙扶一把，一个劲地冷嘲热讽说陈谅不管事，说我像寡妇。陈谅是我一纸契约的丈夫，你是我有血缘关系的妹妹，你又有多关心我？别人批判我不进取没事业就算了，连你也瞧不起我，我真是没想到。"

姐姐也许没注意，每条微信八九行在手机上是很大一片面积，轻易能刷一屏。

溪川刚因为看见易辙而情绪有所好转，看着这些好心情又荡然无存。她没有回复，只是望向窗外长吁一口气。

易辙把手机接过去看了两眼，从车上冰柜里拿出威士忌给她倒了个杯底的量，碰碰她的胳膊。

溪川回过头没接："我明天要录音。"

"录音怕什么。"他把酒杯塞进她手里，"我们签了个新人，十八岁，扔去一个校园剧剧组拍戏。又乖又水灵，制片和投资人都喜欢。"

溪川蹙了蹙眉："被你说得像拉皮条。"

易辙笑起来，继续道："大家都喜欢，非要把主题曲给她唱。但是这孩子吧……"

"五音不全？"

"五音不全还能修。你知道的，节奏感没有才最要命，修都修不了。最后录了一堆素材丢进AI去学习特点，再找代唱歌手录音，让AI用我们家小朋友的方式跟着唱。"易辙掏出自己的手机播放音频，"你听听。"

溪川听了几句，笑出声："这也太'电'了，跟初音未来似的。"

"句尾太重，没有人声自然的震颤，后来我叫他们把尾巴切短做轻一点。你再听这个。"易辙又放了一段。

"很真实，你不说还真听不出人工智能味。"

"所以嘛，明天录音，喝点酒怎么了？你人不去也问题不大。"

绕了这么一大圈……

溪川抿着酒笑："你这是怂恿我作弊。"

"得分情况。拍戏就不让你喝了，脸容易肿。"

"你才脸肿。"

他默不作声地笑了一下，原谅她这种小学生式的斗嘴。

"我觉得你姐很清楚她的处境，用不着你来指出。她发这么多也不是冲你来的，有时候得给自己洗洗脑，借说服别人说服自己。建立乌托邦制度的重要环节是'睡眠教育'，从婴儿期给人枕边放个喇叭，循环播放安分守己理念，明白这个原理吗？不管是别人说还是自己说，只要听得遍数够多就会信服。我倒是同情陈谅。"

溪川嗤之以鼻："他有什么可同情的。"

"一纸契约的丈夫也能感受到，除了一纸契约没剩什么了。他是个很敏锐的人吧，能写出那样的剧本。"

溪川已经能熟练地从剧本里分出王旗写的部分和陈谅改的部分。王旗年轻气盛，难免在处女作中暴露过多自我，贡献了大部分尖锐的讽刺。但陈谅不一样，他花五分力写又花五分力藏，欲盖弥彰让情节有了厚度。

写东西的人本身矛盾，剧本里有不少无足轻重的漏洞，王旗把主人公定在二十七八岁的年纪，想造出沧桑感，可她自己才大学刚毕业，写的台词常常锋芒毕露，不像出自二十七八岁的人之口，完全没经过历练。但是这些，用人物性格鲜明也能强行解释过去。

可有一处漏洞让人始终不理解，"与父母断绝关系"的人设背景是王旗给的，剧中父母的作为却没到罪大恶极的地步，反而让人觉得主角"作"得过度。

溪川原本以为这是陈谅写的，六亲不认没家庭观念，可不就是渣男心境。

换到王旗身上，这么冷漠又这么决绝，就让人困惑了。

"不过父亲重男轻女，母亲唯唯诺诺。什么样的女儿会因此跟亲生父母断绝关系？"连姐姐吵架说的气话都把"有没有血缘关系"分得那么清晰。

易辙听出她思维跳跃到剧本那边去了："要么是现实中她父母比剧里更恶劣。要么她是我认为的那种人——'宁我负人，毋人负我'，不能用。"

下车时她犹犹豫豫，脸躲了一半在车门边发出生硬的邀请："进来陪我喝一杯？"

易辙套上外套起身跟下车，回头嘱咐司机在门口等着。

运动鞋走在地面上几乎没有声音，四下过分幽静。

他的视线跟在她身后，觉得她今天非常邻家。

她低下头凑近操作界面刷指纹，家门响起低沉的蜂鸣声，向两侧打开了。站在玄关换鞋，她没急着开灯，还俯着身，一点没注意到屋里的异常。

易辙的手突然微妙地往肩上压过来，着力在把她往身后带。

她诧异地抬起头，循着他的目光往落地窗边望去，又过了须臾才从黑暗中依稀辨出人的轮廓，环绕着一星烟火。

她猛地伸手拂过触控开关，整个室内瞬间通明。

郭俊懒散地叉开双腿，坐在正对门口的一侧沙发上，半垂着薄薄的眼皮咬着烟，冷笑着上下打量她，目光又往易辙身上晃一下，嘲讽的意味明显。

溪川经历了两三秒的慌乱镇定下来，认为没必要就自己的人际交往对他做任何解释，倒是他根本没立场突然从自己家冒出来："你怎么进来的？"

郭俊把香烟捏在手里弹弹灰，答非所问："有公事找你，不想站门口等。"

"什么事？"

郭俊傲慢地冲易辙扬了扬下巴："你回避一下。"

"公事我不能听？"

"不能。"

易辙熟悉他这副德行，成名早，被惯坏了，以自我为中心，什么人也不放在眼里，就差横着走，无法无天无下限。

他当然犯不着跟这种不懂人事的小孩计较尊卑，只是担心自己离开后溪川的安危，和她交换眼神，征求意见。

溪川也担心自己的安危，但易辙要是坚持留下，恐怕成了僵局，他什么也不会说。

"我去车上等你。"他会意地捏了下她的手，转身推门出去。

溪川踩着鞋跟把另一只鞋换了，手机屏幕无声地闪了闪，是易辙打进来的，她按了接听把它反扣留在鞋柜上。

没想到郭俊并不急着进入正题，阴阳怪气道："你这叫'跟他什么都没有'？"

怎么回答，易辙在电话那头听着都尴尬。

溪川叹了口气："你觉得有什么就有什么吧。"

两双眼睛对上，郭俊眼里冒出火来。

半晌，他从口袋里掏出一沓照片摔向茶几，一大半滑到地上。

溪川一张张捡起来看，困惑而触目惊心，全是女人的正面黑白照，一丝不挂，湿漉漉带着情欲的眼睛甚至显出几分艺术感。只是照片上的人，是杨雪。

"这……哪儿来的？"

"我拍的。"

"她、她知道你拍吗？"

"她让我拍的。"

这冲击有点大，溪川扶着沙发坐下来，不知该说什么。

郭俊很讨女孩喜欢，随便动动手指就有人不管不顾往上扑，她知道。

但她没想到杨雪作为一个上升期艺人能缺心眼到这地步。

局面让人有点不知所措，像家养的狗狗出门把邻居家的猫咪咬死了，还骄傲地拖着尸体回来邀功。

"焕姐怎么说？"她指的是公司现在的公关总监。

"她不让我往外公开，你去说服她。"

"当然，任何一个女人都不会同意你这样毁掉一个女孩子。"溪川声音打着战，"这种照片放出去，她会被人指指点点到四十岁。"

"你也不同意？"郭俊死死盯住她，语气很是失望。

"对，我不同意。"她把照片放回茶几，往他那边小心翼翼地推了推。

郭俊咬牙切齿："然后你就坐等她变成第二个季向葵？你是圣母吗？你有没有事业心？"

"这和季向葵不一样。吴澜手里只有跟我重叠的资源，你毁掉了杨雪她马上换一个新人还是这样做。但杨雪……她、她这么信任你，你还是个人吗？"

"你还是个人吗？我这么做是为了谁？"

"我不需要你为我做这些伤天害理的事情。"

郭俊垂下眼想了想，若有所思地点点头，起身准备走："所以关键是吴澜。"

"不是，你等一下。"溪川拽住他，"重点不是那个。"

郭俊停下来，回头居高临下地看她。

"你喜欢杨雪吗？"

男人眉头拧起来："你怎么会有这么疯狂的念头？"

到底谁疯狂啊？

"不喜欢你跟人上床，还拍照？"

"关你什么事？"

郭俊把她的手从自己外套上掰开扔下去，嫌弃地偏开脸："说话一副老妇女腔调。"

溪川无语。逻辑鬼才就是这样，每隔几个月要被他气得血压飙升一次。

目光落回茶几上的照片，真是烫手。

她收拾着，门开门关两次。易辙应该是从电话里听见，又看他走出去了，大概没猜到是这样的"意外惊喜"，支着沙发靠背幽幽地笑："我赞成公开。等吴澜开始炒绯闻了，郭俊也被动啊。"

"渣男。"

"嗯……那照片放我这儿保管吧。"

"滚。"

[14] 什么也改变不了

易辙检查了门锁，百思不得其解："没有破坏的痕迹，你确定密码不是你自己告诉他的？"

"怎么可能。为了安全起见，我每星期换一次密码，这才刚换的。"溪川端了杯酒倚墙而立，抱臂旁观。

"是不是密码太好猜？"

"我像好猜的人吗？用支付随机验证码设的。"

易辙能进她家门，是因为录入了指纹，没想到密码还有这么多玄机，无话可说，把门关严实落了锁："要不要住酒店去？"

"明天再说吧。今天他知道你在这里不会再来，又不是变态。"

"这还不是变态？这和'私生'有什么区别？要不是自己公司的艺人，得报警。"

溪川笑了，有点疲倦，往房里去准备卸妆，庆幸明天能睡到中午。

"我留下来陪你？"易辙跟在后面试探。

"随你。"

他接了个电话，脸色突然凝重，叹了口气。

溪川回过身，警惕地盯着他，等他解释。

"杨雪进郭俊房间的时候被拍到了。"手伸到面前，他说，"照片给我。"

溪川挑了挑眉，没动作。

"不会曝光的，但要用这个拦住吴澜。"

溪川又穿过起居室，从书架上把夹在书里的照片拿给他。

易辙快速翻了一遍："这小子摄影水平挺好。"

又开始渣男间的惺惺相惜了。

溪川睨他一眼。

他笑起来，把照片放进大衣内侧："我去去就来。你困了先睡。"

溪川自顾自去洗漱更衣，爬上床才摸出手机上了会儿微博，讨论已经冷却。

视频是在剧组住的酒店走廊拍的，只拍到郭俊先回自己房间，杨雪后敲门进房间，之后杨雪再出来，发生了什么、发生的时长全凭解说，也全没有证据。

双方工作室发了声明，还有导演和其他主演跳出来旁证全员在场，双方粉丝抱着救命稻草咬死了排戏之说。

这是记了一笔，将来肯定容易被说道，但眼前应该算云开雾散了。

吴澜这时候大概濒临脑出血，煞费苦心折腾一番，没想到房间里玩出惊世骇俗的反转，反而授人以柄。

另一个手机也不安宁。

十六岁那位发来的消息像质问："你知道夏新旬会上场救人的对吗？如果没有你的提醒，他救的是不是我？"

"是。"

"你对他最初产生好感是不是因为这次事故？"

"是。"

"就算我远离他，就算受伤的人不是我，他也同样会去救。恐怕不管我改变了什么，都无法改变他的人生。"

入睡前她心情愈沉重。

做练习生的时候跳舞跳累了，她总爱去公司楼下买杯冷饮，坐在窗边喝完才回舞室。穿白T恤的高个少年常常同时出现，隔着几米若即若离，或买点什么，或喝点什么。

起初她以为是巧合，时间长了觉出点不对劲。

往他看过去，一张桀骜的脸孔总是藏在阴影里，饶是如此也能捕捉到眼底的阴沉。

想开口打个招呼，对方却走得飞快，便利店开门关门欢快的乐曲声仓促响起，慌乱间面目显得模糊。

公司在鼎盛期出道、未出道的艺人百十号，以男生居多，相似的英俊年少，流水线商品一样，非脸盲症患者都深受困扰。

以为这一次记住了，下一次再见又不能在匆匆一息对视中及时辨认。

很久以后才知道他是当红偶像，在当红偶像中又是无名小卒，组合里的老幺，海内海外人气都排不上号。商业化程度不够，台风青涩，像个学生。过早的曝光让他在获得关注和维持自尊的路上障碍重重，他一定找到了一套行之有效却偏离正轨的方法。

名利加身真是最有效的镀金。

隔几年，前呼后拥中他还是那么沉默，却存在感爆棚。换个身价，连眼底的阴沉都成了深邃。

易辙说得没错，以她的角度看，他一直以来的行径更像个"私生"。

令人悚然的尾行，自说自话的决断，事无巨细的干涉，进展不如意后的偏执。

从前的可怕之处在于他是同公司艺人，不能用对付普通"私生"的手段处理。

如今他得了为所欲为的权力，又紧攥她的亏欠，日益失控。

这一觉睡到上午十点，却没得到多好的休息，因多梦而疲惫，只是不记得梦的内容。

她打理好自己从浴室出来。

易辙在厨房岛台前摆弄榨汁机，发出一阵噪音。单调乏味的一天从莹白晨光、嘈杂声息中浮起具象。

她完全不知道昨夜他什么时候回来的，不打招呼也不客气，坐下去抓起个三明治咬了一口。

他偏头瞥她一眼，只穿了件衬衫："不冷吗？"

"热。"她一反常态，懒洋洋的很没精神，不追问昨天的事处理得怎么样，也不追问吴澜看到照片是什么表情，好像那些八卦跟她一点关系没有。

"喝果蔬汁还是牛奶？"

"随便。"

以为是录歌没挑战让她提不起精神，没想到好几天过去总是走不出浑浑噩噩的状态。

她怀疑自己是不是身体出了问题，是在片场。

剧情里一次离别，场景中明确要求流泪，她明白情绪到了，可就是没有眼泪，内心空白一片。

现场僵持的困扰用眼药水很快解决了，拍摄正常继续。

陈谅察觉到她的反常，哭戏对她来说应该从来不是问题，中午吃盒饭时才抽出空问："你怎么回事？好像心不在焉。"

她没有说话，埋头吃饭。

"看回放，表演没有层次，张力也不够，光有眼药水制造的眼泪，表情神态跟不上，显得很麻木。这是场大戏，你将来自己看看肯定会后悔的。"

"我也不知道怎么回事，那天和姐姐吵完架以后一直这样。"

"吵架了？"陈谅移开目光，回想一下妻子的状态，近两天并没有显露出额外的不悦，反而因为筹备女儿的生日宴而有些亢奋。

孩子读的是私立幼儿园，和公立幼儿园办学理念不同，学校很注重搭建家长孩子间的关系人脉，每个孩子过生日都得办个聚会，不需要多铺张，有主题有特色更讨巧。

镜子去年生日还没进幼儿园，今年是第一次办。这入学半年来，洛川吸取了许多孩子过生日的经验。虽然家里活动空间小办不了，得放在酒店，但她还是胸有成竹，陈谅的人际圈嘛，随便来两个演员朋友就够撑面。

陈谅忽然想起，今早或是昨日出门前洛川交代了任务，让他邀请溪川，这时才意识到奇怪之处，她自己怎么不邀请？

原来是吵架了啊。

"为什么吵架？"

看陈谅脸上闪过恍惚，溪川就知道姐姐根本没跟他提吵架的事："还不是老一套，选事业选家庭，三观不合，互相觉得对方可怜。"

"你没必要逼她，她毕竟没你这个资质。镜子满周岁的时候我就希望她能出来做事，带她去跟IP作者谈过一次合同，她压根不是婚前那个人了，正常商务谈判被她弄得像相亲，眼神躲躲闪闪，说话吞吞吐吐，看得我着急上火。"

"我本来想过跟易辙商量，让她去我们公司做个商务类的工作，不需要坐班，灵活度大。"

"那你就是坑易辙出钱帮你养全家。"

溪川瞪眼睨来："话别说得这么难听。"

"制片管理是她自己的专业，都能不自信成那样，没救。和社会脱节太久了，思维跟不上，哪里的职场也不会扶贫接纳这种人啊。"

这明摆着贬低人，溪川又不爱听："她是有缺点，可你也不是三头六臂样样行啊，换你去做家务不也够呛？"

"所以我的意思是，她就适合家里蹲，也只有家里蹲的能力，你再替她着急也改变不了什么，少说两句避免很多矛盾。"

陈谅说到了点上，最近压在心上的感觉就是这种"什么也改变不了"的无力。

也许不仅仅是因为吵架，她总感到被巨大的悲恸灭顶淹没，而这悲恸没有由来，整个人非常空洞。

演员统筹乐颠颠地跑来给陈谅报喜："陈导，追星戏那个明星特邀，你看我给你码了谁！"

溪川伸过头去扫了一眼，头皮发麻，郭俊。

陈谅却很高兴："制片那儿没意见？"

"开玩笑！郭俊！十天档期就五万，要人从隔壁喊。他能有什么意见？制片主任说今天晚上亲自掏腰包请大家下馆子。"

"追星戏有什么必要？不该删了吗？"溪川插进话来，"角色都这么丧了追什么星？这么穷拿什么追星？"

演员统筹急得�："又丧又穷才要追星啊姐姐！精神寄托！"

"要追你追，我才不追。"溪川合上饭盒盖起身就走。

陈谅在身后意兴阑珊地讽刺："全世界有没有一个你处得来的人？"

就这句话，让她生了一下午气，与剧组预热聚餐的其乐融融氛围格格不入。

到收工时制片主任跑来呼朋引伴张罗吃饭，溪川像没听见，甩脸上了保姆车。

"这又怎么了？"制片主任讨了个没趣，指着女主角背影问陈谅。

"作呗。"陈谅收拾着本子椅子，连眼皮都懒得抬，"越理她越来劲，谁都别正眼瞧她就能治好。"

制片主任脸青了："哎哟我的祖宗，你思想怎么这么危险。"

[15] 悲恸失去了根基

晚上的饭局不是全剧组的，定在B组附近的郊区酒店，要了一个包房，除了制片组人员，来了两个男主演作陪，李闻达没来，女演员也没到场。

陈谅本以为是个男人帮拼酒的局，进了包房才知道是个商务饭局，演员统筹拉来了好几个年轻女孩，一一介绍，这是小涵那是小洋……都是影视院校大一的学生。

陈谅了然，这局名义上是冲自己来的，也可以说不是。自从上个电影票房爆火，这种事时有发生。如今这些小姑娘十八九岁野心勃勃，刚考上大学就削尖脑袋往电影圈挤，能攀上的关系一般是演员统筹、演员副导。他们游走在大大小小的剧组，负责招募主演之外的角色。

姑娘们看上的可不是主演之外的角色，演员统筹却没这个权限，主演一般得制片、导演定，要考量的因素太多，有人气有经济收益，通常不会冒险用新人，可姑娘们又没自知之明，一门心思想结识导演，认为见了导演就有机会。

于是这类饭局出现了。导演们心照不宣，赏脸吃吃喝喝，给合作方一点面子，演员统筹们有了面子就去忽悠小姑娘——要主角不是没可能，得舍得本钱去活动关系。

正是这个原因，演员统筹、副导们的女朋友总是年轻漂亮的新人小姑娘。小姑娘们"舍了本钱"没捞着主演又能怎么办呢，眼前有个配角只好将就演了，有总比没有强。大部分女孩在三五年间攒了一堆打酱油的配角，还没让观众记住名字，从头开始路就选错了。

回到饭局上，演员统筹"哥"来"哥"去叫得亲热，埋怨着名叫小涵的女孩子："快点来给陈导敬酒，怎么一点不机灵！"话是说给陈导听的。

陈谅的职业病是看人先看看脸上不上镜，这女孩……身高一米七四，骨架粗大，大眼睛扁平脸，瘦成皮包骨也不精致，生活中能算大美女，外貌条件在荧幕上发展有限，更适合去演话剧。可人家敬酒总不能不喝。

女孩鼓着脸把并不好喝的白酒一口闷了，拿出手机要加微信。

演员统筹在一旁撺掇："谅哥下个片考虑考虑我们小涵，挺不错的，上学期专业第一台词第二。"

陈谅点点头："行啊，到时候来试试戏。"

名叫小洋的更青春活泼，绕了半个桌叽叽喳喳跑过来："我也要加导演，我也想试戏。"

陈谅看她适合演网剧，杨雪那类型。杨雪当初也是这么认识的，她算运气好，后来被吴澜签了，找对了自己的路。

二维码页搁桌上，一群女孩子加上了微信，脸上洋溢着幸福，演员统筹回去肯定得吹牛："没骗你们吧，导演见上了，角色预定了，哥什么时候食言过！"

这边酒继续喝，手机"嘟嘟嘟"进来好几条微信，不用看也知道是小姑娘们斟词酌句发来的开场白，希望留个深刻印象。

过两天导演若是不回微信，演员统筹又得说了："怎么可能阿猫阿狗的微信全回，当然得哥帮你周旋才行啊。"

饭局上的同行，没一个看不懂其中名堂，酒席间多几个可爱靓丽的小姑娘活跃气氛，当当男人们吹牛的听众，谁会拒绝呢？

零点三分，陈谅进家门，玄关处留着一盏小灯，洛川照例睡在沙发上。

他没管她，脱下外套，随手搭在沙发扶手边，进房间找换洗衣服洗澡。

待到听见屋里响起持续的水声，洛川迅速起身从他外套口袋里掏出手机，滑开屏保。果不其然，又新加了一串女演员，一个个点开，每个人都年轻漂亮、说话语气谄媚。陈谅没回复，但不代表现实中没有交流。

她知道导演在片场处于权力中心，平日工作所有人都配合他的指令，这是工种赋予他的优越。工作之外呢？如今他事业有了起色，生活中也被越来越多人众星捧月。

他会和这些女人发生关系吗？她不愿去想。

小时候她做过不止一次这类事，替爸爸删掉手机里忘了删的小三短信。发生了什么不重要，只要妈妈不知道就不构成伤害。

她把手机放回陈谅的衣服口袋，重新躺下。

借着玄关处微弱的灯光，她发现窗边白墙上那块霉斑又出现了。

为什么会反复出现霉斑？她怀疑附近排水管渗漏，排查起来可是需要叫物业上门的大动作，劳民伤财。

夏天雨季曾有过一块粉饼大小的霉点，她用软抹布擦去了事。但现在它不仅再度出现，而且面积扩展到手机那么大，看来得买些乳胶漆来粉刷才能掩盖。

商场的戏不好拍，场地虽然选在郊区，但附近有好几所高校，不管工作日还是双休日，客流量都不小。外联制片协商下来，可拍摄的时间只有三小时。

"Cut。"陈谅精疲力竭地用对讲机叫停，朝溪川走过去，"理解不了？要我给你讲戏？"

剧本上，她和男主角吵架，互甩耳光，冷静下来泪流满面，一转头正好与男二号偶遇。商场理应有路人，摄影机轨道铺设受柜台限制，场面调度比较复杂。

偏是溪川迟迟进入不了状态，耳光甩了无数个，真的假的都有，她依然一张无动于衷的脸。

男演员知道问题不是出在自己这里，默默走到旋转门外抽起了烟。

"还是那个原因？"陈谅又着腰低声询问。

她却不想承认，绷着面孔拿出了大牌的架子："为什么不清场？"

陈谅微怔，四下扫视了一圈："清了啊。这都是群演。"

她的视线落在站在副导身边的郭俊身上，男人们在边抽烟边闲聊，郭俊透过腾起的烟雾懒洋洋地盯着她，叼的是一支外烟，又细又长，显得他阴柔邪气。

陈谅顺着视线发现端倪，笑出一声："他？又不好赶走。这不是正好让你体会'难堪状态遇见最不想遇见的人'吗？"

溪川并不笑，淡然说："打乱我步调了。改天再拍吧。"

陈谅没辙，知道她只是找个台阶下，剩余时间不足以拍完这场大戏，只好鸣锣收兵。

往后连拍了七天公路外景，陈谅和制片、统筹协商时的说法是：趁天气好，把特殊场地、需要武行的大场面拍完，后面就轻松了。

大场面走得慢，一天两三场，争取了不少时间。

但一颗心悬着，溪川的情绪一定是有了障碍，这些拍完她还恢复不好就棘手了。

其实不能算天气好，虽是晴天，但是郊外风大，灯光组蔓延起了流行性感冒，只用了一天又传染了摄影组，片场人人抱着保温壶靠感冒冲剂续命。

雪上加霜，第七天，雨戏。几个主演被消防车浇了一晚上，剧情需要，柳溪川不能撑伞。制片怕她跟着生病影响拍摄进度，强压着陈谅在后半夜换了替身上场。

因为拍了夜戏，次日午后才开工。

外联制片又掉链子，没谈下地铁，地铁戏移到实景棚里拍，这才有了第一个不再"风中凌乱"的内景，其余人稍事喘息，女主角和男二号两个人在"站台"跳上跳下，被武术指导折腾掉半条命。

一场戏拍得很碎，陈谅不满意，烦躁地指挥执行导演重新摆弄他们的位置。

大半天，更准确地说是八天来的疲劳挫折蓄积到这一刻，咬破一个缺口。

"秦老师，女演员重得抱不动吗？表情控制一下。"话是冲男二号去的，可难堪的是谁大家心知肚明。

现场鸦雀无声，气氛冷却了长长的几秒。

在一旁看戏的制片敢怒不敢言，疑心他在公报私仇。

溪川逐渐明白空虚的麻木感是从何而来，过去的改变生效了。在一些新产生的矛盾记忆中，夏新旬并没有和自己有过多的交集，他们只是普通同学关系，但他依然在高中毕业后因救人而丧生。

十年来这件事对溪川造成的心态影响并没有消失，可是两人之间的情感联系——这些影响的缘由消失了，悲恸失去了根基。

现实变得更糟了。

她已经没了主意下一步该怎么做。十六岁那位倒没受她左右，依然在继续和新旬针锋相对，发来的短信汇报最新进展，她又当众对学生会试用的量评系统提出异议，反遭到男生吐槽她是犯个人偏好错误的佼佼者。

年轻真好，没烦恼。

镜子小公主的四岁生日宴定在一家高消费的粤菜酒楼。姐姐家目前的经济状况是"大钱没有，小钱不缺"，买不起市中心十六万一平方米的豪宅，点够山珍海味宴客的排场还算有。镜子的同学家境在中产以上，自己这边又请了几个明星，洛川拎得清，眼下不谈节约。

到场的明星中有两个本地节目主持，早过气了，嘴上硬撑资源多多，"上周和××喝酒，昨日与××小聚"。洛川忙着招待时把吹嘘听进耳去，辨不出假，反而羡慕不已，话里话外请他们关照陈谅的事业。

名叫杨雪的女演员却不一样，戴着帽子口罩进包厢被家长自发认出来，几个年轻妈妈围着讨签名，小孩闪着崇拜的目光叫姐姐。

镜子顿时感到自豪，跟在这姐姐身边黏得紧。

杨雪和四岁小孩很能玩到一起，带了礼物来，哄得小朋友们绕膝聚了一圈。

陈谅和溪川是剧组收了工才匆匆赶到。一进门见到这种场面，溪川脸上当即挂不住笑。

杨雪却没有半点眼力见，火上浇油地扯着陈谅说笑："导演，镜子太可爱了，我认她做干女儿你看好不好？"

"这我决定不了，你得问她妈。"陈谅随口敷衍，没当回事。

杨雪又亲昵地去叫洛川："姐，怎么样？"

洛川开口前先露出笑，还没来得及说话，被溪川抢白："这里又不是福利院，平白无故认什么亲？"

杨雪脸色稍稍一僵，须臾缓过来，甜笑着给自己解围："干妈而已嘛，又不是要抢宝宝。"

"是啊。"溪川挑了挑眉，"宝宝有什么好抢，不如抢老公。"

陈谅天灵盖被猛击一捶，怔怔地回头去看她突然发难。

反而是洛川先呵出声："溪川！"

溪川接住了她眼神里的怨愤，对视几秒，心知自己才是不受欢迎的人，放下礼物，无声地推门退出去。

有点意外，跟出来的不是姐姐而是陈谅，跟来的目的却是道歉。

溪川穿高跟鞋，腿又短，走得再急，好像也到不了让他"追"的地步。

这人插着兜悠闲地逛，说："下午抱歉。'天气好'这种借口骗骗统筹还行，现场的谁都知道是为了迁就你，集中连拍这么多天外景大家都累，容易生怨。制片还护着你，更是捧杀。我做个样子好顺顺气。"

她停下来瞪眼："你以为我刚才这一出是还击？"

"不是吗？"陈谅兀自一笑，"我记得你最讨厌被说胖啊。"

有正当理由，有郑重致歉，不过归根结底，还是公报私仇。

[16] 剑拔弩张

以为这晚能与家人挤进包厢一聚，混在人群中为孩子唱唱欢快的生日歌，做好了沾染点热闹的准备，可又变成独自一人的漫漫时光，像进入一个旖旎梦境，提早醒来一无所有，只剩长夜，更显空虚。

出门走下台阶，烈风扑面，溪川昏昏沉沉，缩颈拽起衣领，跌跌撞撞踏上缓缓驶到眼前的车里。

车窗外金色车灯川流不息，她汇进河中央，却不知该去向何方，摘下墨镜露出迷惘的眼。

不想回家，家中空空荡荡。

车上有酒，足够一醉方休，醉之前她嘱咐司机保持行车，无所谓开到哪里，她只当坐进小船，享受摇摇晃晃浮浮沉沉的快意。

家人朋友隔了心，一个不剩，如今连"白月光"也不再是"白月光"，全世界没一处与她相连。努力伸出手想抓住什么，捏紧了手心才发现肥皂泡一个个碎掉。

司机携她兜兜转转三个半小时，应了一句歌词，往城市边缘开。终于没再听见后座的声音，回头一看，大小姐梦得很深。

这种无法定夺的时刻，只好致电老板拿个主意。

易辙刚结束饭局从夜场脱身，听了汇报默默蹙一蹙眉。

她家有人能自由进出的怪事还没破解，人事不省地送回去怕不安全，以她的身份横躺进酒店怕又被曝光节外生枝。他权衡再三，让司机把人送往自己家去，他从另一方向动身会合。

抵达时间两车不差三五分钟，车门拉开，密闭空间里酒香浓郁。

她睡得很乖，眼睫一动不动，脸颊烧红娇娇可爱。轻薄的羊绒大衣没有纽扣，只在腰间虚虚系住，玫粉色衣裙张扬地露了一半，零下几摄氏度依然光脚穿单鞋是女明星的独门绝技，十二厘米鞋跟好似冰锥。

易辙头疼地揉揉太阳穴，俯身进去把她拦腰捞起来。

她毕竟无意识，动了动侧脸紧贴他胸口，双手勾过去，嘴里却冒出个让人哭笑不得的称谓："爸爸……"

夜色中清晰可闻。

司机憋着笑，用关上车门的巨响来掩饰。

易辙的脸色像刷了层漆，却不复威严，只好转身走得更快，好在怀中人轻如羽毛，抱着不怎么费力。

溪川被卸下鞋扔在床上，他先管了自己再管她。

外套往衣架上挂好，回头看她慢吞吞侧过身。

他应酬时喝过酒，话比平常多："你喝这么多，酒量却总不见长，没天赋也练不出来，图什么？"

她微张了眼，转过四分之三张脸，望他半晌，好像在苦思冥想这是谁："图醉生梦死，快乐无边。"

他屈膝坐她身边，一手抽开腰带，一手恶作剧似的捏一捏的脸："明天又要浮肿，看你怎么上镜。"

"我要请病假。"她像装病赖床逃学的小孩，一说谎先傻笑起来。

"什么病？"他手上宽衣解带动作没停，从衣柜里翻出睡衣往她胸前扔过去。

她蜷腿坐住，把一件衣服正反翻弄来回看，犹如看不懂怎么穿。

醉得只剩下单细胞，易辙叹口气，指望她生活自理根本不行。

她自知不行，放下睡衣讨好地冲他笑："轩辕……"

这是终于想起他是谁了，叫他从前的姓，语气又是撒娇，听得他很恼火。想起刚认识那段时间她就这样，天生的演员，撩人是拿手好戏，撩过又拒人千里，让人心猿意马，她却反复无常，翻脸比翻书还快。

她需要拥抱又怕被欺骗，矛盾不能自洽，饿极了吃饭，吃饱了摔碗，都是本能。

好歹他也不羁年少过，从来都是他片叶不沾身，没有任人挑逗玩弄的道理，高手过招，输在比她多有一颗心。

这人酒戒不掉，戒人倒是利落，没人能治得了。

明知是妖精，叫你的名字哪敢答应？

他皱着眉直接把她塞进被子，眼不见为净："不会穿别穿，睡你的觉。"

她把脑袋藏进被子里，好像快活安逸。

他去隔壁洗澡，水要冷，心更应该冷，多想想她的薄情寡义就能达到效果。同样是酒后真言，她说过："世界这么无聊，不过一起杀杀时间，许你玩游戏，不许我玩游戏？我没有拦着你不让你找别人，谁要认真就变得无趣。"

他想想没错，划清界限的时候她就很认真，的确无趣。在公司要拉开距离，避免闲言碎语，条条框框多了一堆，设限的总是她，毫无意义。声称要及时行乐又放不开，横竖是她说了算。为此跟她吵过架，可吵架谁能吵得过她，牙尖嘴利，到最后觉得自己也过度认真了，变得好无趣。

这样若即若离，神经被碾断许多回，已经十分迟钝，她要做什么他只管配合，不再去动一点脑筋想动机原理，工作上要操心的事已经够多，哪还嫌神思空闲。不过总是有心冷到底的错觉，随便扫他一眼又热起来。

她肯定被憋坏了，早凭本能钻出来呼吸，胳膊夹着被子一侧卧躺，顾头不顾尾。微弱月光下，整个后背裸在外面。

他可不想像个保姆给她盖被，那还叫男人？自己到处漏破绽怪不得别人。

扔下浴巾，带着未散的水蒸气，从身后把她揽住，体温飙升。

叫她名字叫不醒，确认了可以放胆胡闹。

她一觉睡到日上三竿，肌肤相贴醒在男人怀里，吓得魂飞魄散，从棉被里把自己当鱼雷一样弹射出去。

易辙眼睛都没睁，翻身躺平，抬起一只胳膊盖在眼上挡光："跟剧组请假了，说你被传染感冒病倒。不好说女一号失心疯喝到烂醉如泥，传出去丢人。"

她头痛欲裂，卷着被子坐好，佯装镇定："最后把我送你这儿来了啊。"

"深更半夜没有垃圾回收站营业。"他遮着半张脸，主要是不敢露脸，佯装坦荡，生怕一句话露怯，激得她跳下床直奔厨房提刀回来。

房间里静下来，剑拔弩张。

她感受到那根从左侧太阳穴穿到右侧的无形钢钉，到这地步还想回放出什么残存记忆，只能从他露的半张脸上搜索作案证据。

他被沉默逼得冷汗森森，干脆决定先发制人，抬头蹙眉瞪她："这么早起来干什么？"

理直气壮的态度让人不禁自省，是不是失忆中干了什么惹他不高兴的事？

她满腹狐疑地躺回被子里，睡意全无又不敢再动，不如先想一想，手机放哪里。摸了摸枕边，没有。这又不是自己家，他哪会那么贴心。

手里没东西消磨时间，以她的性子连一刻钟也熬不了，看落地挂钟秒针走过一圈，跳下床自力更生去冲澡清醒。

隔间门关住，他才长吁一口气，偷笑庆祝劫后余生，又不免嘲笑自己，不过成年男女耳鬓厮磨，何必这么怕她，好像惧内。有些人也是，看着是母老虎，实际是纸老虎。

一句腹诽没想完，纸老虎突然猛地拽开推拉门，探出个水淋淋的脑袋，又吓得他无端哆嗦一下，幸好她被水糊着眼没注意。

"我洗发水呢？"

她在这里本来是有一套东西，可是太久不来，他嫌占地方认为过期给扔了，说出来又成了欠她的。

他"啧"一声："挑什么？用我的会死？"

"你的洗不干净发胶。"

说得好有道理，竟让人无法反驳。

只好爬起来出门给她找，找的是储藏室里没开封的一套，扔了她的总要留个退路。不知道怎么回事，自然而然变成这种奴才伺候主子般的局面，做人应该有点骨气。

易辙把新洗发水拆了封，搁在浴室外地上敲敲门，等她伸手出来拿。才不是主子，分明是宠物，这么想才心里舒坦。

他在另一个房间洗漱完，回床边发了半天呆，她才裹着浴巾出来："我的衣服呢？"

语气不客气，真不拿自己当外人。

她跟在他身后，又追加一句："我还要吃药。"

"什么药？"他动作慢下来，回过头。

"布洛芬。"

"怎么了？"

"头疼。"

"活该。"他继续翻箱倒柜，找出两条裤子，发现怎么也找不到衣服，才想起昨天跟她置气，把睡衣从她手里拽走直接扔床边地上了，绕到另一边床侧捡起来拿给她。

她没有接，脸上写着"地上的脏衣服我不要"。

要把这件事捋清，势必涉及讨论"谁扔的衣服"之类的细节，他才没那么容易中招，简单粗暴把衣服蒙她脸上，爱穿不穿。转身出去找药，回来她还坐在那里，衣服扔一边，瞪着他，犟得要命。

他不跟她一般见识，把药塞进她嘴里，随她爱吃不吃。自己拿起手机翻阅公事信息，前三条是广告部门的琐事，只需回复"好"，第四条来得更早，六点多钟，是他刚替她请好假睡回笼觉的时候，底下人征求意见：溪川早预定好的综艺，明天就要录制，今天一早得到消息杨雪也要挤来上同一期，要不要推了改期？

郭俊那事之后，吴澜才消停了几天？真是精力旺盛。

易辙边回微信边问："杨雪要跟你上同一期综艺，不行吧？"

溪川把含了半天的胶囊硬吞下去："当然不行了，这不废话吗？"

他听这一声蜂鸣警报，诧异地抬头，看她像火苗一样蹿起来，心想您也精力旺盛，突然起念逗逗她，笑着继续往手机里输字："不如一起参加吧，谁不想看女明星扯头发打架？"

她居然当了真，伸手来抢手机："扯秃了算工伤？你负责？"

"我负责。"打打闹闹多幼稚，他刚发完消息，不屑地扯着嘴角仰脸，任她把手机抢过去。

确认了已回绝才罢休，却不想一个失策重心不稳，人跌在他身上，头还是晕，被他吻住两秒才醒过神。

四目相对，火冒三丈，有人平日戏里戏外勤于练手，耳光扇得娴熟。

他气定神闲把脸转回来，像只被摸了一下："今天请假，明天旷工，扑到我身上来杀时间，又想玩什么游戏？"

[17] 那你为什么不开心？

说完，他的唇又覆上来，她再次抬手，被他带着手腕轻轻推走，教育小孩的语气："只可以打一下。"

"发什么神经？"她吹胡子瞪眼，气势汹汹。

他不在意地笑笑，捧起她的脸："也对，上电视和女人打架，不如在家和男人睡觉。"

话说得暧昧，她感到危机，跨过他手脚并用爬走："要发神经去外面找你的Mary、Sunny、Ivory，我现在脑袋已经熟透了，碰的角度不对会像西瓜一样炸开，麻烦白车拉警报来救。"

她怎么总能生动勾勒卡通画面。

"120才不救西瓜。"他笑深一点，"醒过来这么不可爱，昨晚是谁要亲要抱？"

"就猜到你又动手动脚！"她脸上挂不住，一生气就要张牙舞爪。

"动手动口。"他还好意思纠正。

自然是打不过，被不费吹灰之力地制服，只好逞口舌之快："乘人之危不要脸，你走开。"

"不走。"他抱着她温存，一双眼痴情地望着，连眨一眨也不舍得，好像在求她同意，"乘人之危就不等今天了。"

她手脚不得要领地乱挥乱蹬，很快把体力耗光，喘息着作罢，脸色一冷："你姐姐妹妹那么多，干吗跟我过不去？"

语气变了，他最怕她严肃，停下动作撑住床："你又来。"

"是不是非要吃到肉才能了却一桩心事？"她打人不算狠，破罐破摔才是真狠，"那你自便。"

被她恶意揣度却不动气的本事他也练出来了，开口是自己的节奏："明天……是工作日，你又没工作……"

她抬起一点头，疑惑他突然想起派发什么通告。

"我们去登记结婚好不好？"他问得轻描淡写。

空气凝固三秒。

他憋笑失败。

她才反应过来，抄起个枕头往他脸上砸过去："这种玩笑能开？"

他被砸了也笑得停不下来："我没开玩笑，我是笑你瞳孔突然散大。"

不知道人是怎么进化的，这种生理反应为什么还存在？简直是卖主求荣。

溪川脸皮薄，又虚张声势砸一个枕头过去："缺德，什么鬼话都说得出来。谁要嫁给你？先拿十亿聘礼来提亲再聊。"

"不跟你签婚前协议，就差不多。想怎么办婚礼，铺张还是简约，你说了算。"

她眨眨眼睛，终于意识到，无论是打架还是拒婚，场面都过于滑稽，于是爬进被窝从长计议："我要跳槽，哪有你这样色令智昏的老板，随随便便身家分一半，明天股票就跌停板。"

"有没有点常识？'你嫁给我'这种利好，至少十个涨停板。"

"啧啧啧，原来是抠门精，聘礼还要股民出。"

他无奈地深深叹气，可怜无辜一张脸："你是风箱成精，两头堵？"

她终于冷静下来，喃喃低语："我是不知道你突然吃错什么药了。"

"陈谅说你十几天心神不宁入不了戏，叫我最好带你去看精神科，我看你……"

"关他屁事。"她又恼羞成怒。

当然关人家事，人家是导演，你入不了戏。

他自顾自说下去："我看你昨天喝了那么多，是两年来头一次，以前是事业受挫还情有可原，现在这种没来由的更让人担心。我只剩一个念头，不能没有你。"

溪川在心里无端迁怒陈谅："你听他胡说八道，根本没有的事。"

他把她连被子一起抱紧："我对你不够好，老是装聋作哑，以后弥补你。"

她已经习惯用讥讽掩饰感动："求婚能治病？"

"看来是不能病急乱投医，会把人吓得瞳孔扩散。"

听他又染上笑意，忍不住想再打一顿。但他只笑这一句，下一句又认真起来，退到她眼前问："那你为什么不开心？"

她却答不上来。喝酒的直接原因和姐姐的幸福有关，可是说到底，那是别人的家事，何至于哭天抢地？而"时空对话"造成的异动她更无法形容，新甸死了快十年了，还成了和她没什么关系的人，一切变得虚无。既没有什么可以守着，也没有任何盼头。四大皆空，六根清净，哪还有不开心？

"你说出来。"他端起她的下巴，"我想办法。"

其实不就是这个道理嘛，能确诊的病总会有解药，怕的是病源都找不到。

"或者你想解闷，拿我寻开心也行。"他把脸贴近，耳语。

距离这么近，她只要转个头就能吻住他抱紧他，冲动在心里涨潮，外化成动作，却成了别过脸推开他。不争气，像个鸵鸟。

她还在失神，门禁突然响起音乐，立刻变成惊弓之鸵鸟："谁？"

易辙瞥一眼挂钟，皱了皱眉："张琴。我本来让她晚一点来。一点，在她理解中就一小时。"

"她来干什么？"溪川扫视房间，到处是乱扔的衣裙，满地狼藉，一派混乱纠缠事后状。公司高层突然冒出来，颈上这颗西瓜真要爆炸。

他开始穿衣："我明天晚上要去岳海出差，走之前把你的事交代给她。你后天下午去拍杂志带着她，她和汪姐关系好，我让她订好地方请汪姐组局约个饭把品牌的人叫来，你自己去一趟没问题……"回头看一眼，她鸡飞狗跳收拾东西，不知道在没在听，无奈了，"没问题吧？不用慌慌张张，我带她出去说，你头疼回去躺着吧。一会儿阿姨过来做饭会自己进门，你也不用理。"

溪川虚脱地倒回床上，颓到让人发笑。

他短短两三分钟变身成功，成熟稳重又斯文，走过去俯身亲了亲她的额头："等我回来一起吃饭。"

过了一会儿，她听见窗外一阵汽车发动机的轰鸣声，突然猛地睁开眼，心有余悸，睡意全无。

正是这个原因，等他回来一进门她就甩脸。

"怎么了？"

"你昨晚怎么回来的？"

他一头雾水，把车钥匙随手扔在茶几上，脱外套："开车回来的。"

"你出去吃饭，怎么可能不喝酒？"

原来在追究这个。

"相当于没喝，就二两。"他垂眼漫不经心地说。实则昨天接到电话，着急往回赶，哪怕只一点点路，也还是找了代驾。她以前酗酒发生的意外不少，惊动医生护士上门来输液的事常有，还有两次差点在浴缸里溺水，晚上留个车在身边总归方便点。

"你这么不当回事谈什么弥补？坑我当寡妇？"

咄咄逼人的冷言冷语听着反而心里暖，他怀疑自己有受虐倾向，嬉皮笑脸："嗯，看来我要活荒唐点，才好让你牵挂。"

一个抱枕丢过来："你浑蛋！我没跟你说过我爸怎么死的？"

是车祸。他不笑了，转身去抱抱她，享受被她再打几下，滑跪得很快："我错了，我叫的代驾。"

阿姨端菜出来，他还不放手，旁若无人地缠缠绵绵。阿姨熟视无睹，对这边的偶像剧不感兴趣。

她一边难为情一边起了疑："你是不是每天都带人回来？"

被她气得肝疼，他横眉怒目，又吵上了："是！数你最刁蛮任性没情趣，凶成这个样子，顶奢都不敢找你代言，不知道擅长收钱还是收命。"

溪川在家休息一天，剧组没有女主角，只能逮着外景往死里拍。

回去到下午才轮到她一场戏，在公路上开车追车，调度很麻烦，不过和她没关系，她只要负责坐在车里补点近景，远景有替身。

陈谅在一旁拿图纸开会，讲机位，本来根本没叫她。可是执行导演有异议："大炮从这里过去镜头会带到她。"

讨论了几个方案，为了避免给后期制造不必要的麻烦，陈谅把她从化妆师身边叫过来，从图纸上画出一段直线距离："这么一小段，直路大道，你自己开，行不行？"

"我？"溪川嗤笑，"我不会开车。"

"啊？"傻眼。

"我没驾照。"她补充道。

一群男人目瞪口呆。陈谅诧异的点在于，连洛川这么个家庭妇女上街买菜还会开个车，她坐车坐惯不奇怪，可为什么会连驾照都不考一个？

难以置信，怀疑她就是懒，随便找借口。

副导说："那只有硬跑了。万一穿帮靠后期吧。"

开机了才发现她真没撒谎，有个剧本里明确要求的动作，陈谅在对讲机里又提醒了一遍："打方向盘前挂挡。"

她东张西望："哪个挡？"

"倒车你说哪个挡？"

她依然一无所知。

执行导演只好趴住车窗上手教："那个R，不不不，你得先按那儿，对。不能一只手动吗？"用对讲机，"导演，要不手别拍了吧？"

连这点指令都复原不了，陈谅嫌她废柴，没耐心跟她一个镜头一个镜头抠，剩下几个近景特写草草拍掉，剩下的交给替身，大家松了一口气。

溪川从车上出来，跳下挂车，亚婕过来替她撑着伞扶她一把："今天拍完了吗？"

她接过水站在路边喝了几口："晚上还有夜戏，得转到市里去拍街景。"

"去车上休息会儿吧，时间还长，磊哥说撞车戏拍到天黑能收工都算快的。"远处传来一声巨响，亚婕回头看了一眼，"现在都真撞实拍吗？这么野。"

当然不可能真撞实拍，只是不知道电影导演来拍电视剧，在标新立异搞什么花样。

溪川困惑地眯起眼。

亚婕没太在意，转回来操作手机："晚上在法租界拍吗？我看看堵不堵车。"

"不是，在市中心。"

"啊……那清场工作量好大，一天下来这么辛苦，还加大戏。我看最近统筹有点丧心病狂。"

"没办法。李闻达那边有效进度太慢。"

闲聊间，身后大路上一群场务高声呼喊又跑来跑去，不像是正常工作状态，喧嚣混乱。亚婕好奇地又回了次头，居然看见一个人抱着灭火器狂奔："怎么回事？我去看看。"

天干物燥，郊区的烈风卷着尘土呼啸，视野尽头蹿起跳跃的火星。

真出事了。

人们慢慢反应过来，往同一个方向聚拢过去。

只有溪川站在原地，一动不动。

像个被封印的傀儡，神色木然空洞，令人不寒而栗。

[18] 只要你开口

现场出事时，没人能想到这和柳溪川会扯上什么关系，发展就这么离奇。

信息时代出了事故，凡是不用上前帮忙的，人人第一反应都是掏出手机记录实况。现场几百人，除了拍摄事故车辆，边边角角谁被拍到都不奇怪。完全静止的溪川在狂乱躁动的场面中的确显得有点突兀，一段三分钟的视频，她从入画到结束没有任何动作和表情。

非要深究，共情力差也不犯法，但观感不好，很容易引起大众反感。建立在这种反感前提下，平时可信度低的谣传会被信以为真，有了最佳滋生土壤。几天之间，半真半假的传闻席卷了整个社交网络，全民义愤填膺。

按照爆料的说法，剧组发生意外是因为十来天外景戏、每天十二小时以上超负荷运转造成工作人员过度疲劳，而这完全是为了迁就柳溪川行程。她与总导演不和，增加B组工作强度，她因入戏困难给统筹施压，左右通告排戏，她又经常称病请假打乱剧组拍摄计划。身为女主角自己出镜的戏没几场，有好事者对照"流出"的通告单，找到了柳溪川在每一场使用替身的证据，大量路透照片中，追逐戏让替身跑，雨戏让替身淋。最致命的是，车祸事故伤势最重的正是替她开车的一位替身。

这些谣言要逐一反驳不是易事，一波未平一波又起，高潮迭起。YXC的公关只能见招拆招，疲于应对。

如此直击大众痛点，节奏控制完美，幕后当然有推手，季向葵团队作势要向杨雪团队示范先前吴澜玩的那些不过是小儿科，真正的翻手为云覆手为雨是将一桩毫无爆点的意外无限发酵。

第四天，就在热度快要过去时，这位重伤的替身在ICU去世。

"实在没退路了，能放出溪川因生父车祸过世而患PTSD（创伤后应激障碍）的消息吗？"公关总监焕姐在请示电话中语气绝望。

"不行。"易辙想都没想，直接拒绝了，"她现在情绪怎么样？"

"倒是还好，剧组停工，其他活动也取消了。亚婕一直在家陪着，她没出门没上网，应该知道一点但不多。"

因为突发的舆论风暴，易辙在岳海的活动遇到瓶颈。这剧能打的牌本来就只有李闻达导演和柳溪川主演，现在拍摄出了安全事故，又赶上溪川被抵制，虽说成片播出至少要一年后，但对眼下的采购排期谈判非常不利。

相比起来，这边的形势更加严峻，不是赶回去协调公关的时机。

"没有季向葵的新闻可以放出来冲抵影响吗？"

"溪川这事已经霸占了今天所有热搜，所有人眼睛只盯这个，抓人眼球也讲先入为主，没有与之相提并论的能转移注意力了。"

"不，我要一个方案，与所有人相关，从现在开始铺垫……"

焕姐已经会意。

易辙无须多言："能把季向葵顺便带上更好，她应该付出点代价。"

"下周死者告别式，要不要安排溪川出席悼念？我们拍些素材，让她借机会再回到公众视野。"

"她在片场和死者打过交道吗？"

"没有。"

易辙沉吟片刻："那别叫她去。连我都控制不了她的想法，死者家属想必情绪也不稳定，你替自己省点事，避免两种易燃易爆品相遇。"

"会不会显得太冷漠？"

"改天带她去医院，装病索性装到底。怎么说，发生医闹的概率要小得多。"

"明白了。"

可是易辙不在，谁也不能说服溪川别去告别式。易辙得到了消息只能放任她去。

告别式是继死者去世以来的新高潮，多如牛毛的娱乐自媒体当然不会错过这个机会，抱着柳溪川会出现的一线希望，他们也要不遗余力地在会馆外搭起长枪短炮。话题中心的那个人只要能走进他们的镜头，脸上每一个表情都可以任凭解读，连没表情也可以。

讽刺的是，曾经出现在无数镜头里，却从没有得到过任何关注的替身，因为死亡而成了主角。

她按时出现了，黑色大衣，黑色手套，从下车到走进会馆行色匆匆，摘下手套俯身在奠仪簿上签下自己的名字，与死者家属照过面，鞠躬行礼，没能让人捕捉到戏剧性的突变。

长焦镜头转向场馆内部，继续窥探。

到场的大多是剧组工作人员，也有曾经合作过的，叫得上名字的演员很少，郭俊是个例外。

如果说其他主演多多少少受了些道德绑架不得不来，郭俊本可以避开这摊浑水，他只是个特邀客串，没必要露面，没有人能把他和这个事故剧组联想到一起。这时候除了粉丝，没人会觉得出席者格外善良，它只能加深一个人与负面相关的模糊印象，当细节被时间冲刷，人们脑海里只会留下"他也在那个杀人剧组"的概念。

仪式在进行，单调乏味。

只有死者的亲人在小声啜泣。

溪川目不转睛地盯着灵堂前方的大幅遗照，既没有呜咽也没有流泪，只是保持着肃穆，但是在来宾中并不突兀，其他人表情大多如此。

并非所有人都活在社交网络中，可以想象死者妻子这些天过得多么心碎煎熬，不可能有闲暇去打开娱乐APP追热点。

她认定的"罪魁祸首"不是柳溪川。

人们依次到遗照前肃立烧香的环节，那位妻子收住了泪水开始发难，对陈谅冷冷道："难道你不应该给他跪下道歉吗？"

陈谅错愕地抬起头。

美术组长意识到事态不对，第一时间上前劝阻家属："弟妹，别这样，以大局为重。"

他自己整天唠叨抱怨导演、统筹朝令夕改的时候，可没有以大局为重。B组不断调整拍摄计划的确给美术置景添了不少麻烦，片场天天加班，置景更得夜夜通宵赶工才能保证第二天拍摄顺利。美术组长没少跟统筹吵架，无济于事，怎么拍、什么时候拍依然是导演说了算，出了门他没少发牢骚，只是牢骚一旦传开就由不得源头。

死者妻子揪住陈谅不放："明知道因为拍戏日夜颠倒，大家体力不支病倒了一大半，还要加戏赶拍，出了事你一句轻飘飘的道歉就算完了？这么草菅人命，你有一点愧疚吗？"

无由的意外，她不甘心不接受，非要找一个人来愧疚。

执行导演连忙上前帮忙解释："弟妹，这事赖不着导演，都是我的错，我应该跟小赵多走几遍流程。你说得没错，剧组倒了一大半，我们总觉得感冒是点小病小灾，没当回事，对吃了感冒药不便开车没提高警惕……"

执行制片接话补充："小雨你别着急，剧组买了保险，这两天保险公司还在确认事实，赔偿很快会到账的。我们剧组也给小赵募捐了，一定会保证你和孩子……"

"我现在不是要赔偿。"死者妻子打断道，"也不是要你们为我献爱心，这些天你们为我们孤儿寡母忙前忙后，我记在心上。可是这个人，他作为现场最高负责人负什么责了？这么多天过去连面都没露过，他算什么？高高在上的官老爷吗？我不是个无理取闹的人，我今天就要跟该负责的人讨个说法。"

一听这话锋就偏了题。怎么搞成了剧组内部的对立？

演员统筹作为和替身长期合作的人，一直要滑头没出声，但眼下闹成这样对谁都没好处，不管怎么说，陈谅以前对他不错，以后还要仰仗陈谅关照吃口饭，不帮着说话过不了关："小雨，你先别激动，人死不能复生，得朝前看。阿杰跟了我不少年……"

"跟了你不少年你更应该为他讨还公道！"那妻子转脸对关系最近的人肆无忌惮地嘶吼。

郭俊站在人群最后，小声嘱咐助理去把会场门关上，继续旁观这场闹剧，或者更准确地说，继续穿过人群凝望溪川。

太傻了，柳溪川，你那么聪明怎么会看不清前方路障。

不，你看清了也会去撞。

就像你总是明知故犯去爱那些不值得爱的男人，你想要白马王子救你于水火，可你得是白马王子喜欢的那种女孩。你是吗？不是吗？为什么到头来每次冲锋陷阵的只有你呢？反而是你一次次挡在这些男人身前，救他们于水火，再把脆弱的后背留给他们去伤害。

你对那个已经丧失理智的女人好言相劝："你说你不要赔偿，又逼所有能伸出援手的朋友选边站队，只为要给他们提供工作的人下跪认错，转身后你一无所有，拿什么养孩子长大？这不是一个母亲该做的，你会后悔。"

可惜那女人陷入偏执根本听不懂，又把矛盾推向"同样是演员，替身死不足惜，空长一张漂亮脸就能不食人间疾苦"。

没有人懂你，没有人懂得这是你和自己母亲的对话。

你反而太过洞悉人间疾苦。

如今喜欢你和讨厌你的人都没有机会再听你在舞台上唱歌，如果他们有幸听一听，或许能懂。

彼时他与她所在的组合同台演出的次数不少。

曾经她独唱一首老歌，关于浪漫婚礼。原唱翻唱众多，唱了二十年，无一不在极尽表现快乐幸福。可是当安静的伴奏响起，她摘下话筒，少女声音空灵清澈，一开口全是伤感，只在一个语气词收声的句尾带了点转瞬即逝的期盼。

一样的词曲，她没有一副金嗓，却有那么与众不同的演绎。

让人恍然大悟，一场婚礼也可能是失去所有幻想的婚礼。

词作者没有明确表示她唱的才对，但在那之后给她连写了十首歌，捧她做天后。

她错过了能够成就天后的时代，甚至在这个时代无法再发出声音。

被修音的现场，被粉饰的人设，被扭曲的解读……使她面貌模糊与其他偶像无异，人们已经不记得曾经只有自由的灵魂才配做偶像。

现实的喧嚣冲击到眼前，让他梦回惊醒。

死者妻子歇斯底里将她推搡得踉跄，幸好被演员副导扶了一把没有摔倒，很快，其他亲属把悲痛欲绝的妻子架走。告别式草草收场。

外面的镜头没能捕捉到纠纷现场的画面，只好发挥笔杆下的自由。但一人一个说法，叙事出入削减了真实性，给公关留下了辟谣的空间。

人群四散，郭俊在她转身前拽住她的手腕，往另一个方向的侧门疾步出去，在楼里会堂间穿梭，转了无数个弯才从一个小门抵达户外，直接上车，郭俊的车。

长期与"私生"和狗仔斗智斗勇的经验让他的团队警觉性更高。

上了车，溪川还没反应过来，郭俊的助理已经开始拿着手机一个接一个报车号，和司机分别从两侧倒车镜排查周围车辆。仪式进行时，殡仪馆外方圆五百米停过的车牌他都拍了照。

在第一个十字路口停车，助理回头报告："只有一辆，四点钟方向。"

只有一辆车跟着也不能冒险。

郭俊把帽子口罩扔给溪川，等她戴好，拉开左侧车门："打车去公司，别回家。"

只露了一双眼的溪川短暂回眸，跳下车上了隔壁车道的一辆空出租。

绿灯亮起，隔壁车道左转，这条车道继续等待直行，分道扬镳。他留了条缝隙，看那辆外观普通的出租车渐行渐远才关紧车门。

我能帮你，溪川，只要你开口，不开口也可以。

[19] 现在我回来了

众所周知，"谣言的杀伤力=信息重要性×信息模糊性"，如果一件事情极其重要却又透明度低，谣言就会盛行。

最后取代车祸事件获得关注的，是有人在网上放出了一则含糊其词的圈内爆料，大量删帖封号让民众更加确信其真实性。

网民们自认为发现了"真相"，原来柳溪川捕风捉影的新闻闹得天翻地覆是为"真正的大事件"挡枪。

危机得以解除，后果有些两败俱伤。

但不能任由"细思"进化成"神思"，只能应一时之需，没有实证填充很快会被反向质疑，亟须新的真实热点来覆盖。几天后，已经很少再被提起，因为其他新闻影响了正常社交网络的信息流。

根据电视台公开消息，郭俊和杨雪要录制同一档竞技性综艺，这两人粉丝前一阵才极力澄清绯闻，经纪公司却做出这种毫不避嫌的安排，简直不可理喻。

溪川自己的剧组因安全整顿停工，又不是任何流量的粉丝，对网络热度毫无兴趣，闲下来的日子过得乏味，代言和广告丢了不少，仿佛失业。

不过代言和广告都是市侩生意，丢了不足为惜。大部分游戏和快消广告本就是"一锤子买卖"，商家花重金找当下最红的艺人，一两天完成合作，下一次有下一次时最红的艺人，很少有谁万年长红，因此后会无期。在合同签完尚未履约时，一旦艺人出现负面，他们撇清得最不讲情面。

电视电影是另一种风气，只要危机在可化解范围内，资方和平台一般不会因为艺人一时的负面影响而重新考虑取舍，影视制作周期长达两三年，娱乐圈总是风水轮流转，避一避当下风头就能解决的问题，不至于非要拿出"丢卒保车"的实际举措。

转移焦点后，易辙和鱼丽林总与岳海卫视的谈判不算困难，至多是被找借口压了压采购价格，电视台没在排期上过多做文章。

飞机晚上在虹桥落地，他没急着回家，先去了溪川的住处。焕姐说她"因为不太上网所以情绪还行"，他不相信，她和她的手机一刻不能分离。

溪川家装修是她自己设计的，美式休闲风，不土豪不冷淡，温馨舒适品位好。非要挑点毛病，就是房间多，色彩层次也多，经常找不到人，有时大活人明明在墙前站着也不容易看见。

易辙在屋里来来回回转了十分钟，才从地下室一堆垃圾里把她捞出来。说垃圾可不是修辞，抱枕本来五颜六色，周围散落着吃了一半的膨化食品包装袋和喝空的啤酒瓶，够精彩纷呈，她埋在里面分不清头脚，和垃圾们完美合体。把人捞出来的同时一本漫画从沙发边滑下去，很好，连读物都这么垃圾，配套。

"软沙发里睡觉明天又要喊浑身疼，上去睡。"易辙感觉她喝得不多，把她弄了个半梦半醒，扶住一侧胳膊管教。

溪川眨眨眼，用了很长时间才聚焦："你回来了。"

"王亚婕人呢？"

"赶走了。"

"为什么？"

"她太啰唆。"

"你这生活状态，是个正常人就该啰唆两句……"他这啰唆还没起头，对方直接倒了，全身重量横在他腿上，像只耍赖的猫，不是愿意听取意见的姿态，他头疼，"我刚下飞机没换衣服，浑身脏。"

溪川一动不动。

他没脾气，把她翻过身抱起来搬上楼，还是不放弃啰唆："我走以后你就没干点好事，叫你别搅局，你跑去灵堂和家属吵架。"

"我没吵架。"

易辙笑了："那是。你跟谁对话也不能算吵架，话都让你一个人说了。"上了几步台阶他正色问，"有没有因为目击车祸想起父母？"

他明显感觉到怀里的女人身体紧张起来。

她沉默几秒，没有正面回答，只说："我妈给我打了电话。"

"安慰你？"

"没有，叫我回她家过年。"

"你想去吗？"

"不想。"

显然她不愿讨论这个话题，他不再勉强。溪川在感情方面不那么宽宏大量，小时候母亲弃她而去，理智是说服她体谅了对方的难处，相处也和和气气，可面临合家团圆的讨论，总要分"她家""我家"。没立场指责她小肚鸡肠，毕竟谁也没有被抛弃的经历。

他把她安置妥当，坐在床沿谈正事："剧组在筹备复工，陈谅问你状态有没有好转，能不能排感情戏？"

"排吧排吧。"溪川不耐烦地转过头。知道陈谅可不是关心她健康，时刻想着工作，一点人性没有，又大男子主义，总一副"跟你这种小女人说话降低格调"的调调，电话都打给经纪人，好像找家长告状的班主任。

但"家长"关心的是健康："怎么好转的？"

她却答不上来，想到药盒包装上一个病症描述——无名肿毒。情感联系断了好歹有个明确节点，续上却连缘由也找不出，只是在某天夜里突然因噩梦而惊醒，泪流满面，忽然间情绪充沛。

去问十六岁那位也说不出个所以然，苦思冥想得出结论，应该是因为把将来会死的消息告诉了新旬，最近和他主要产生了这样的交集，之后由于各忙各的，甚至一连几个星期没见过面。

可能吗？

女生告诉男生"你很快就要死了"，然后他们关系就变好了？

事实就这么令人百思不得其解，在逐渐更新的记忆中，他们真的又撞一块儿了。两个人都不太正常。

这样无厘头的一番变故，不仅没让溪川心生"珍惜拥有"的人生感悟，反而更深感荒诞虚无。

原以为刻骨铭心的感情可以说消失就消失，记忆可以抹杀，情绪可以清空，失而复得毫无令人欣喜若狂的实感，连爱情的起点都是子虚乌有。人生如戏，甚至不如戏，谈不上入戏出戏，更像玩一局游戏，结束画面后可以无动于衷地退出重来。

大概过去已经太久远了，真正折磨人心的总是现实。现实中打翻一盒甜点，可能比回想起过去和好友一拍两散还伤肺伤心。

"我做了好几天噩梦，梦见车祸。车胎爆了之后翻下路基，我追过去救人，驾驶室里是你。"

听起来惊悚，至少不吉利，可也不好怪她这是诅咒。

易辙明白她的意思，朝她笑了一下："对不起。现在我回来了，你好好睡吧。拍戏我陪你。"

他果然没食言，复工第一天从早上六点化妆陪起。其实没什么高危高难度工作，都是前阵甩下的感情戏。只不过同一个场地，有机场送别，就有机场追星。

郭俊也在，但没有直接的对手戏，所谓"追星"，就是明星走通道过，主角在人群跳，现实中还同时同地，拍戏不用同框，分两遍拍。

溪川蹦跶的时候，郭俊得闲在一边围观，眼睛扫见易辙又犯恶心，腻歪成什么样了，这种无聊情节也值得探班？

大部分时间是郭俊被围观，他那历时半个月的热度不减，好不容易出了棚在公共场所露面拍戏，哪怕只是走个来回，媒体和粉丝也会把机场围个水泄不通。

陈谅有点忐忑，接下去一场戏格外悲情，现实环境是这么嘈杂的追星气氛，怕溪川没状态。外联在耳旁火上浇油地絮叨邀功，说机场这个场地谈下来有多么艰难，哪些个剧组都要不到，时间紧迫，过了这村没这店。

溪川换好了衣服，一边咬棒棒糖，一边跟男主角对台词，态度极不端正。

她坐着男主角站着，陈谅叉腰观察了两分钟，看不出情投意合，皱了皱眉，提议道："走一遍吗？"

溪川不解风情地摇摇头："我不用，你呢？"

男主角不可能认这个输，自信满满："拍吧导演。"

小学生。陈谅心里骂。

不远处真正的小学生又掀起一波尖叫声浪，吵得人脑袋嗡嗡作响，真是祸不单行。收音已经彻底放弃了，入不入戏随缘吧。

正式开拍，剧本从找人开始。溪川定了十秒，闭眼睁眼，转身，二百七十度，步履凌乱却定点精准，摇臂跟住，与群演相撞擦肩，机位跟拍面部特写，她的焦急和张皇从监视器里传递到监视器外，所有人呼吸被带着走。

"Cut！"导演突然喊停。

她表情收得快，冲摄像机眼睛一瞪脑袋一歪。

"灯箱入画，怎么搞的！"穿帮使人烦躁。

各部门各就各位往回走，女主角走姿尤其不像话，退了二十米，好好转个身能死？隔着监视器都看不惯。好在一到位又变得人模狗样。

场记忙里偷闲在后面小声议论："导演，我觉得这剧能爆。"

拍四分之三了你才觉得能爆？

陈谅不予置评，绷着脸白他一眼。

重来一遍，情绪动作像倒带回放似的在长镜头中复刻，丝毫不受影响。陈谅想，李闻达此人是一绝，封面上写"戏精"的剧本找她没有错。

机器灯亮到灯灭像耗尽了生命，戏停了半晌，现场没一个人出声。任凭小学生们怎么包围式狂热，这一隅就是悲得沉重。化妆师都是女的，在镜外支着脸红着眼忙着擦泪。

陈谅无奈叹气："补妆，拍特写。"

机场戏进展比预计顺利，没到最后通牒时间收了工。后面只有一场亲热戏，场地在机场附近一个酒吧，所以才排在同一天。陈谅边上车边交代："人可以减一半，反正到那儿也要清场。"

执行制片跟上车："那个……柳溪川不让清场，说人太少很尴尬，热闹点她比较有安全感。"

"啥？"陈谅以为听错了，"热闹？安全感？她看剧本了吗？"

"我觉得……看了。她说'反正又不暴露'。"

陈谅刷新了世界观，往窗外望一眼，女演员看着挺正常，在经纪人陪同下上车转场，非要揪有什么不对劲，就是还在吃没吃完的棒棒糖……有种灾难预感。

[20] 神来之笔

柳溪川在她这个"咖位"的演员里属于随和的，剧组同事对她好感多一些。这里的随和并不是指为人亲切会拉关系，而是工作上替大家省事。

大部分主演外务行程多又娇气，通告安排迁就演员需求，一场戏拍两个小时，等五个小时，演员出组站台代言回来情绪又不在状态，只能转场先拍别的，都是常态。很少能碰上主演迁就场地需求的大剧，到一个地方扎下根痛快尽情拍完，时间不在交通上耽误。

她业务能力强入戏快是一方面，经纪人脑子好会协调是一方面，请假按天请，不像个别演员，一个月能请十九回半天假，自己奔波劳累，剧组怨声载道。

和机场场地一样，酒吧场地也分上下半场，不过挑战没那么大，情绪是接戏的。

剧情是她发现男友出轨，一个人到酒吧买醉。这场地选得讨巧，彩玻璃多，灯一照，红的蓝的光影在脸上闪动，不用特别演，心事就显露出来，陌生男人过来搭讪，她像猫一样仰脸打量。她拉着男人穿过光怪陆离的走廊，镜头跟随摇晃，表情是下了决心的破罐破摔，转个弯，接着便是翻涌的情欲。

这半场很简单，光影表意。后半场剧本笼统，只有寥寥三句，就差白纸黑字地写"请导演自由发挥"。

等布光时溪川和特邀演员聊天熟悉，他是个男模，巅峰时期在前两年，海外版*VOGUE*封面常客，身材养眼，报出的体脂率让同为演员的她也感到惊讶。

男模手里擎着香烟没有抽，寒暄式问："这种的，你拍过吗？"

她不计较对方没看过自己以前的剧，诚实地说："没拍过主动的，我演十八岁，从农村进城。"

男模听懂了，那戏简单，懵懵懂懂被男人带着就行，点点头又笑着质疑："你演农村人？"

"小看我。"她不服气。

他从手机里搜出她的名字点进代表作，拿着剧照问："这个？挺……可爱，但像要攀高枝又把自己搭进去那种。"

那是《霜降》女主角人设。

她愣了一愣，然后笑得前仰后合："看得真准。"

执行导演说完机位之后捎带汇报了一句："演员状态不错。"

陈谅觑眼往监视器里瞄，她在谈笑，很松弛的样子，没有一丝紧张或者忸怩。他卷着单薄的剧本走过去讲戏，画面只给到半身，镜头会比较碎，动作幅度要小，起伏靠机器推拉制造，专注表情。

"第一遍双机位。有一个机位跟你的手。"他把溪川赶开，自己和男演员面对面，教她手先停哪里再往哪里移动，撑在哪里抓紧哪里施力，明明一本正经，她却在旁边"哧哧哧"地偷笑，惹得男演员也笑，俩男的演这个就是怪怪的。

"你严肃一点。"导演瞪眼，"记住了吗？"

她"嗯嗯"点头，挤过去迅速学了一遍，没走样。

"给个表情。"他看了摇摇头，"别闭眼睛。"

"什么？"她意外错愕。

"眼睛传神，要睁开。"

"一般都闭眼睛。"

"那是享受，你这不是享受，要怨愤、委屈、痛苦。酗酒你不舒服吧，这是另外一种自虐，感觉一下。"

她好像被扰乱了思路，苦恼地支着头冥想。

陈谅对化妆师招手，指着她颊边的头发，仿佛讨论一个静物："这边和这边再卷一点，这儿最好毛糙一点。"

化妆师打理好她的头发，陈谅退了几步："走一遍。"

男演员像道具似的迎上来，他不露脸只露个肩背，要的是女主角的神情，确实和道具没差别。两人从门边推推搡搡开始纠缠，动作很流畅。

陈谅看完抱臂沉默好半天，非常不满意，只是在斟酌怎么表述，想委婉点："表演收一收，你不是那么风流放荡的人，如果本来风流，那就不算自虐，算……放飞自我，能知道差别吧？"

差别就是，溪川的表演没一处对，换个男演员他要骂人了。

从她大大咧咧不让清场就能看得出，她把这戏想得太简单掉以轻心，实际这场要演好很难。

陈谅教完戏给他们留了点空间，去检查了一遍机器，回来才问："再来？"

两人按部就班重演一遍，动作没错，机位跟得更熟练。

陈谅依然抱臂站得老远，无语凝噎。是怨愤、委屈、痛苦了，可像从教辅书最后抄了答案一样，没一点自己的理解，每一种情绪各自为政毫不相容。他其实说不清问题出在哪儿，只觉得这样不行。

易辙见迟迟不开机，从监视器那边转弯过来看看情况，听见导演还在循循善诱地梳理："别说仇怨对象不在这里，就算在这里也不应该这么锋芒毕露表达出来。你不是个捉奸现场上前打一架的女人，而是找个不为人知的角落作践自己……"

易辙倚在门口，觉得服装不太好，一件低胸黑色连衣裙，性感是性感，却很仪式化，显得酒吧买醉不是临时起意，也不叫"作践自己"。不过也就导演是电影导演，整个剧组都是电视剧剧组，对服化要求不能太高，他们的考虑到"适合场景"就可以，想不了那么深远，漂亮就行。

溪川注意到这道视线，抬眼望过去，他眼睛像雨夜的荷塘，涟漪在月色下一闪，又暗下去。

导演的絮叨"嗡嗡"地飘远了，直到他问："行不行？"

她回神点头："我试试。"

男演员把香烟往拍不到的窗台一搁，穿回T恤，一个干脆利落的动作推她抵墙就算开始，由她主导再把T恤脱掉，贴近她散乱的发丝在耳边颈侧贪婪亲吻，听她若有似无的喘息，眼角的余光瞥见她闭了眼，他小声提醒"眼睛"，她才惊醒似的猛地睁开眼。

一遍走完，陈谅还是不满意，不仅是因为闭眼失误。比刚才强一点，表情对了，味道不对，总感觉她心里对角色不太认同。现在有男演员搭戏都差口气，等会儿正面特写那一遍，男演员位置可是摄像机，无实物表演，更够呛。

可是再一遍遍排练、调戏，怕演员疲劳。

只好过一关算一关。

陈谅坐回监视器那边，各部门就位。

易辙却没走，站在门外，场工头跟他套近乎递了支廉价烟，他接下，目光没离开过溪川，从她偶尔睨过来的眼神看出较劲，想笑，环境不允许，现场没人说话，气氛很严肃，导演的态度能给每个人施加压力。

正式演的这遍没有惊喜。

陈谅为了不影响她情绪说："挺好，这条可以，再保一条。"

第二条勉勉强强。

到无实物这遍果然是灭顶之灾，男演员一撤，所有问题暴露出来。

陈谅喊完"Cut"生无可恋地对着屏幕扶额半晌，摘下耳机用对讲机把溪川叫来监视器前，跟她一起看了遍回放，转头问她："像不像中了机关枪，死不瞑目？"

他平时生活中毒舌，但做导演一般自控得好，这是气晕了。

溪川脸"唰"地红了，只能耸耸肩给自己解围。

陈谅顺过这口气，心平气和一点："节奏不对，也不可能对上，所以动作幅度要小，靠镜头摇，你只管表情。"

"嗯。"她点过头，挺挫败地回室内去，途中经过一堆电线，放慢脚步。

易辙趁走廊里左右没人，伸手捏一下她的手心，被狠狠甩开。心里"啧"一声，又躺枪了。

各就各位。

陈谅没抱太大希望，慢吞吞喊："Action（开拍）。"

她有半分钟垂着眼什么动作都没有，忽然抬起头，眼里像磨灭了光，被慑住似的微微动起来。

不需要提醒，经验丰富的掌机一见架势赶紧跟上。

陈谅坐直了，往监视器俯身过去。

男演员站一边观摩，手上的烟烧了长长一节，烟灰自然落。

和导演的预想不太一样，在怨愤、委屈、痛苦之下是沟壑难填的什么，费解，挠得人心痒，无法与她产生共鸣，却产生了另一种效果，被神秘深深迷惑。

本来应该因痛苦而显得漫长的一场戏，演了许久，体感却白驹过隙，还有点依依不舍就临近尾声。

剧本当然没写怎么收这个尾，导演不喊停，她只能自由发挥，停住起伏一声喟叹，一颗泪落下，很凄美。

陈谅像当头挨了一闷棍，紧攥的拳顿时松开，遗憾这狗尾续貂。

文艺矫情的脆弱不该出现在这里。就算是真哭了，高级的悲伤也要把画面藏起来。

"这条很好，再保一条。"他在对讲机里说，"补妆。"

溪川抹抹脸，琢磨他的意思，"这条很好"听起来不像客套，"再保一条"说明美中不足，嗯，大概眼泪不好。

易辙在帮着化妆师看："这几缕头发再卷一下，不接戏了。"溪川一眼扫过去，眼白居多，他不作声退远了。

第二遍陈谅才品出意味，除了表层的痛苦，表演中还有阴暗的欲望，明知故犯，以退为进，她的理解比自己更深一层，"戏精"可不是什么纯情无助小白花。

这次的收尾和上次不同，她只是往左侧转头，正对上一块彩玻璃。镜头追过去接下映在玻璃上的模糊的脸和眼神。

转头过程中一片橙色光飞快地掠过她的眼，像烟花绽放，留下深沉的夜。

简直神来之笔。

最后的定格她直视镜头，眸光盛着这样深沉的夜，复杂又神秘，有奇妙的化学反应。

陈谅只能体会出其中一点负气，但还有更多难以捉摸的成分。这要是个电影，影评能从这眼神里解读出二十种内涵。

"Cut（停拍）。"他又有了新的遗憾，这为什么不是个电影？之前拍的那些鸡毛蒜皮配不上这场戏。

只有易辙自己知道，最后那眼神是冲他来的，机位跟上来挡在中间之前，她从玻璃反射里瞪的就是他。

收工后，亚婕第一时间给她披上外套，又折回去收拾杂物和椅子。

易辙跟在溪川身后往车的方向去："这次是我的疏漏。以后一定看仔细，这类戏事先都让改了。"

不足一页剧本的一场戏，他压根没留意。

可溪川根本不是气他没留意。

她虽然不会演，但是要强，对谁都开不了口要求改戏。看了无数电影做了无数功课，下的筹码太多，变成单方面宣战的一场较劲。她要演活色生香游刃有余，甚至不让清场，硬留下他来旁观，叫他刮目相看心存嫉妒。没想到纸上谈兵行不通，被导演吐槽"像中了机关枪"，彻彻底底丢了面子。

易辙已经算很懂女人心，但也懂不了这么百转千回的别扭女人心。

溪川不理不睬，健步如飞上了车。

他却没跟上去，撑着车门说："让王亚婕陪你。晚上我和鱼丽有个饭局。"

说曹操曹操到，亚婕抱着一堆水杯剧本折叠椅赶过来，刚跑到车跟前，就看见一个喝空的矿泉水瓶从车里飞出来，砸到老板膝盖后弹到地上。

女生小心翼翼往里面探个头，这气势在仙侠剧里差不多得是女主角入魔那一刻的标配，烟熏妆吊梢眼，连唇色都该是黑的。

又来了，"离婚冷静期"。

易辙折腰捡起乱扔的垃圾，拉上车门前叮嘱司机："别走隧道，走高架。"

第三话

Summer Fantasy

··

也想任性一次

[21] 太欺负人了

离开后易辙给亚婕发了条微信："到家知会一声。"

四十分钟没收到微信又追来一个问号。

亚婕如实汇报："姐姐就要走隧道，现在堵在隧道里一动不动。"

又过了四十分钟，还是没收到微信："还没到家？"

亚婕回复过来："已经过了堵的路段，姐姐晕车，在路边吐，等她吐好应该很快能到家啦。"

易辙真想直接给溪川去条信息——活该。但是想想，还是算了，不跟她一般见识。

溪川到家已经将近九点，亚婕担心她空胃难受，留下来给她煮了点粥，折腾的时间太晚，第二天又得早起，干脆留下住。

溪川边喝粥边打开手机："家里没啤酒了，得叫一箱送来。"

"姐姐你少喝点啤酒，听说是凉性的，对身体不好。喝红酒反而好一点。"亚婕在料理台前冲洗碗筷。

"红酒不行，我一喝就醉。"

"你一喝就两三瓶当然醉。"

"啤酒两三瓶就不会醉。"

"哪有这种比法。"亚婕把碗筷收进橱柜，打开冰箱，"呀，不是有这么多啤酒吗？你想要多少？"

溪川纳闷地回头看了一眼，愣住了。冰箱里齐齐码着两个六罐装的啤酒，整整一打，不对，其中一袋被拆开缺了一瓶。

她明明记得早上想泡谷物早餐时，一听存货也没了，还用手机备忘录记了一句"要买啤酒"。四下张望，沙发旁废纸篓里扔着个啤酒罐，拿起来摇一摇，是空的。

"怎么了？"亚婕见她在屋里乱窜，不明所以。

她没理会，跑到冰箱边摸摸里面的啤酒罐，至少已经冷藏两小时了。

有人进过家，这个人八成是郭俊。

"没什么。"她拆了一瓶打开喝。

亚婕正收拾剩下的粥，门铃响了，她跳着跑去接，回头说："是俊哥。"

溪川无语，现在倒是学会按门铃了。

郭俊进了门，亚婕高兴地跟他打了个招呼就回客房去了，不得不佩服，他在公司内外这些小姑娘面前伪装得挺翩翩君子。

溪川看看时间叹口气："这么晚上门，有事吗？"

郭俊不见外地自己找沙发坐："我没事，你有事。白天老男人陪着你，你就不好奇晚上他去干吗了？"

他嘴里的老男人就是易辙，没比他大几岁，称呼一向这么不尊重。不过溪川在他嘴里都是老妇女了，只当他胡说八道。

"能干吗去？和鱼丽的人吃顿饭。"

"是，鱼丽一帮人是没错。但他带了谁，没告诉你吧？"

"他带了谁？"

"翁唯语。"郭俊见溪川面无表情，补充说明，"新人小妹，十八岁。"

溪川想起来，他提起过，说"又乖又水灵"、唱歌不行的那个："这有什么奇怪吗？签了艺人，当然要带见片方给她接戏。"

"你不需要接戏？"

"我不缺戏。"

"你可真是……翁唯语有执行经纪，为什么要他亲自带去接戏？一个新人犯得着吗？公司里多少人都知道他带了翁唯语去，没一个敢告诉你。不信打个电话问问琴姐焕姐，看她们怎么搪塞你。你是不是不知道翁唯语长什么样？"郭俊冷笑一下，掏出张艺人卡放在她面前，拿起她刚开的那罐啤酒当镇纸压住，"我觉得你可能需要多喝点。"

三十二开的艺人卡，薄薄两页，履历只有本科在读和刚演的一个校园网剧，其余是女孩子的剧照、艺术照、生活照，五官像溪川，脸还有点少女婴儿肥。

她不自然地笑笑："很正常，这个圈子本来就是后浪推前浪。"

"这个圈子？"郭俊长叹一口气，怒其不争，"是这个男人吧。男人爱的不是一个女人，而是一类女人。你会老，他会找年轻的代餐，用属于你的资源去造新人。看看季向葵，像你一样对经纪人死心塌地吗？资本家就是这么无情，不会因为你跟他睡过一张床念旧。你长点心早看清吧。"

她早看清了，也没有上台面的对策。

她不是第一天认识易辙，他本来就那性格，眼前诱惑多，要忙的事情也多，单单女朋友他顾不过来，经常眼不见就忘了生活中还有那么个人。溪川没自负到以为他在自己这里浪子回头了，只不过就算他忘了自己，还会有与自己相关的工作追到他眼前去提醒。

她跟他使性子，让他捉摸不透，玩"你浪我更浪"的推拉，不过都是刷刷存在感。装不在乎不是真不在乎，空有个"形"上的洒脱，叫他去找别的女人是因为不叫他也会找，不如嘴上逞个强，在他面前争一口气。说到底，自己的幼稚自己清楚。

可连工作上他都要寻新鲜找替身，这真是动摇了根基。

她心里郁郁不乐，不过不至于在小朋友面前哭哭啼啼，把艺人卡放回圆形的茶几台面，拿着那瓶啤酒慢慢喝，送他出去的时候裹着毛衣柔声细语说："你要来找我就发消息提约，别老是突然起意，来了没人就擅自进门，或者这点小事打个电话也能说清，没必要专程跑一趟。"

"这点小事？"郭俊回身立在她面前，被气得直挑眉。

女人果然脑子进水，她没比杨雪睿智到哪儿去。

暖黄的廊灯从头顶直射下来，她脸色却是晃眼地白。

他真不喜欢她身上优柔寡断的部分，担不起他对"大女主"的期望，但是看了又忍不住心软，耐着性子多说两句逆耳忠言："考虑解约吧。你指望他和你捆绑为你在公司争取利益，不可能的。"

溪川回去把卧室门从里面反锁了，还是小孩子气。

易辙那些风流做派她是看清了，但不代表她能接受上半场带别人出行，下半场又回来找自己。

她往床上一躺，心里都是寂寞。捡起和十六岁自己互通信息的那个手机，对方絮絮叨叨汇报了一些演讲比赛不公平的无聊近况，学生们鸡毛蒜皮的烦恼，在她看来不足挂齿。

她不禁在想，如果和新句从学生时代走到今天，他会如此吗？啊，看看今天的陈谅就知道，男人的喜新厌旧说不定是刻在Y染色体上的。

第二天早上四点，亚婕的敲门声把她吵醒："姐姐，要准备出发了。"

这天的戏要化个伤妆，接之前拍的地铁救人戏。得提早一小时到片场。

出门前她四下寻找线索，又找亚婕求证，易辙昨晚没来。

免不了失落，不让他进门是一回事，他根本没想进门是另一回事。

中午就着郊外的沙尘吃了剧组统一便当，还有半小时休息时间，她回自己车上补觉，易辙冒了出来，自说自话上了车，转过椅子面对她，扔来一沓册子："梁均豪手里的新剧策划，问你感不感兴趣。"

项目案、人设、前三集，挺齐全。

溪川草草翻了翻，烦躁地拧眉："编剧是谁？"

"王旗。"

溪川没说话，直接打开车窗把策划书扔了出去。

不喜欢归不喜欢，也不能把签了保密协议的东西满街乱扔啊。易辙无奈地起身下车，绕出去把策划书捡回来。

"你不是挺欣赏她的吗？"

溪川闭目养神："离谱，交际花做女一号。"

听见他的笑声。

"是，小梁也是这么说，正让她大改呢。你先看看故事框架，有民国的韵味也有大格局，不是恋爱'玛丽苏'，你可能会喜欢。"

溪川睁开眼，淡淡说："你昨晚才拿到的策划，就知道我会喜欢了？"

"我上午在看啊。"

"看我像交际花？"再迟钝也能听出这话里带刺了。

易辙有点蒙，猜测是不是她昨天的气还没消，如履薄冰地解释："小梁的意思是，这种不完全'伟光正'的角色要点演技，不是什么人都能演，演了还容易出彩。没影射你是交际花。"

"那你的意思呢？"

易辙微怔，继而露牙笑起来："我倒希望你是交际花。"

溪川没笑，面无表情："像乔琪乔希望葛薇龙那么希望？底线不要，只管出去给你捞钱？"

易辙盯着她沉默好几秒，咬得牙关发紧，直接把策划案对半撕了："你这么想，就当我没提过。"

亚婕在车门口刚露个脸，看见里面对坐的两人一个撕东西，另一个冷脸说"撕得好，再撕响些"，搞不清楚状况，吓得缩回去。

司机吃了饭姗姗来迟，离车五米远被她劝退："里面吵架呢。"

过了几分钟，老板灰头土脸地下车，看起来明显是被赶出来的，又不愿承认，优哉游哉假装是出来抽烟，他平时又不太抽烟，此地无银得搞笑。

亚婕离他三米远，正努力憋笑，突然被搭了讪，心虚得吓了一跳。

"你男朋友是互联网行业的？"易辙在吐出的白雾后面问。

"哦是。"说得这么高大上她一时没反应过来，"大厂码农。"

"你老不回家，他没意见？"

"他能有什么意见？他自己天天十一点多才回家，我回家也照不上面啊。"

"那不影响感情？"

亚婕大大咧咧笑起来："老板你真说笑，我们底层打工族哪有资本谈感情，先赚钱生存再说呗。"

"话不是这样说。趁剧组在上海，你多回去培养培养感情。以后不是总有机会，万一在横店开机，一组团五六个月，两地分居，想见面就不容易了。"

亚婕看他面色严肃一本正经，纳闷好半天才醍醐灌顶，差点又笑出声。

不就是赶人吗？绕这么大弯，还充满人文关怀，让人受宠若惊。

"好好。"她乖乖点头，"我今天回家去。"

易辙算盘打得虽好，但跟不上溪川善变。

一下午拍摄没跟她再说上话，天黑导演一喊收工，她在回车半路甩了他，高调宣布："别跟着我，我不回家。"

"去哪儿？"

"约会。经纪人管这么宽吗？"

易辙脸色微微变了一下，不理会嘲讽，警觉的眼神盯住她，声音沉下去："什么人？"

她挑衅地眨眼昂头："三十八岁上市企业老总。"

知道她在胡说八道了，他一手撑住车门弯起嘴角："二十八的不再考虑一下？"

溪川漠然地转过头，对司机说："老宋，关门。"

和姐姐吵架的好处是谁也不用道歉，拖个几天双方能心照不宣地揭过，不记仇。这一阵事杂，一晃过去几十天，她打电话说要上门蹭饭，姐姐自然欣然接受。

天时地利人和，陈谅不在家。

拍摄近尾声，DIT（数字影像工程师）完成追上拍摄进度，粗剪在同步进行，陈谅不是去跟剪，就是去查带。溪川决定好好珍惜这段收工后肯定不会巧遇他的温馨家庭时光。

吃过晚饭，镜子双手捧着苹果脸，扑在餐桌边认真观察："小姨你在干什么？"

溪川正嫌自己手工废柴，转转眼睛："镜子你现在认识几个字了？"

"认识一千多个！"她骄傲地说。

"这么厉害啊！那你来和小姨一起粘剧本好不好？"她分了卷透明胶带给当场征用的小苦工，"像小姨这样，把缝对齐，检查一下字是不是对得上再贴。"

姐姐正往厨房收碗碟，往她们摆的摊瞥一眼："剧本怎么撕得这么碎？"

"经纪人发脾气撕的。"溪川抬起头撇撇嘴，告状语气，"好过分吧？"

"这也太欺负人了。"姐姐叹口气。

"太欺负人了！坏蛋！"镜子一知半解地跟着学舌。

[22] 总有夫妻的错觉

其实很简单的手工活，镜子干得像模像样，溪川却手忙脚乱，总是在把胶带移到目标裂缝前就粘住了别处的纸页，怕撕了纸页抖来抖去又沾了更多页面："镜子快来救救小姨。"

镜子兴奋地拿起剪刀帮她剪断胶带，觉得自己很能干。

"你也真是，小时候手工做得那么好，现在什么都让助理干，功能都退化了。"姐姐在一边笑。

"镜子是左撇子哎。"溪川注意到镜子拿剪刀的小手。

姐姐脸色陡然一变，厉声喝道："跟你说过多少遍别用左手。"

"你凶她干什么啊？"溪川抬起头一脸茫然。

"她不是左撇子，只是跟风幼儿园小姐妹故意学的。"

"那也不用凶她吧，学学怎么了？我助理二十三岁还天天学女团涂肿眼睛的橙色眼影呢，模仿是人的天性啊。"

姐姐冷着脸："你不懂儿童教育这时候不要说话，我在教训她，你做什么好人？这样的场合跳出来唱红脸，只会让她讨厌自己的妈妈。"

溪川转头看看镜子，小朋友懂得察言观色，见两人话语间充满火药味，鼓着脸低下头，情绪低落了。

她摸摸镜子的圆脑袋："镜子乖，帮小姨粘好这个。"

说完跟进厨房关上门，正色问洛川："陈谅……你也不让他发表意见吗？"

"他每天没几分钟和镜子相处。"洛川机械地冲洗料理池里的碗碟，"没错，对他我也是这个观点。尽义务的时候做隐形人，其他时候没资格说三道四。"

溪川无言以对，沉默半晌。

"你向他提过要求吗？该他尽义务的时候。"

"没有。有些事不需要开口，如果他真的关心体贴，什么事都会想在你前面。"

"那他呢？给你提过意见吗？他不喜欢每天一进门就看见你在沙发上睡觉，跟你说过吗？不说你能想到他会对这个有意见？"

"他说过。"洛川苦笑一下，"我也能想到。我是故意的。"

溪川一时语塞，完全无法理解故意每天早早在沙发上"躺尸"能达到什么目的。

"我不想跟他睡一张床。"

"为什么？"

"因为恶心。"

溪川沉默了长长的几秒："从什么时候开始？"

"我怀镜子的时候。外面那些女人不止他一个男人，指不定带什么病回来。"

四五年了，姐姐一直知道，自己一直像个智障似的跳脚，要揭穿渣男的真面目，简直滑稽。

"既然你这么想，为什么不跟他离婚？"

"离了婚去干什么？再找个男人未必不这样，嫁他的时候我以为中了乐透，找到全世界最好的男人。一个人带个孩子，出去工作不现实，排除我是你姐，如果你是老板，就算助理这种简单工作，你愿意雇我还是二十三岁听调教的小姑娘？"

"那就这么将就下去？"

"去镜子她们幼儿园开开家长会就知道了，将就的是绝大多数。"

姐姐算是非常早婚，溪川记得当时的社会潮流，连当红女明星都在事业巅峰期接二连三地闪婚退圈，最热门的电视综艺全是相亲配对，好像受宠爱、被圈养才是幸福的定义，姐姐的选择不足为奇。

近些年风气变了，流行独身不育奔事业，女明星们大概隐居得不开心，又接二连三复出。

这一两年极端思潮有个回落，大家恢复理性，宣扬职业女性和家庭主妇各有各的战场，一样值得尊重。

进退维谷，思潮和流行都是陷阱，因为A面和B面都是悲剧。一次选择，承担后果的只有自己。

回家的车上，手机里弹出一条娱乐新闻，有个女艺人前辈去世，六十岁，因为单身，已逝九天才被邻居发现。溪川曾和这位前辈多次一起上过综艺，内心感慨万千，不出意外的话，自己的结局也会是这样吧。

她恹恹地进门，还没来得及按亮玄关的壁灯，就被人捉住手腕抵在墙上。

温暖而带有压迫感的身体贴过来，他转而吻住她的耳垂低声呢喃："别再生我气好吗？"

溪川喘过一口气："是你啊。"

他抚过她脸颊的动作停滞一秒："不然是谁？"

她胸口还有不寻常的起伏："我以为是郭俊。"

易辙怔了怔："哦，你以为是郭俊也不挣扎一下？"

"嘿嘿，就是太奇怪才反应迟钝，他不打我都算好的。"

实话实说，因为乱闯民宅的前科，脑海里蹦出的第一嫌疑人是郭俊，之后就被亲吻清空了思路。是实话却不能叫人信服。

"换成我早生气了，气疯了。"

"还好意思气？"溪川蹲下去换鞋，"现在谁进我家都像进自由市场，干脆我去住酒店，你们俩搬进来同居、一起吃火锅、唱二人转，其乐融融。"

"他又跑来过？"易辙撑着墙等她。

溪川叹口气："我都快习惯成自然了。"

"明天我叫安保公司来一趟。"

溪川站起来埋怨："你也不开灯，存心吓人。"

"玩情趣懂不懂。"他笑着把灯打开，一眼瞥见她慌张往身后藏的纸页，"这是什么？"

"不给你看——""看"字只说了半截就被他抢去了。

是粘好的策划书。

他笑得更深一点："傻瓜吗？叫我重新打印一份不就行了。"

肯定不行，溪川这么爱面子的人："不是我粘的，镜子粘的，镜子练手工。"

他手抄着口袋，跟她进房间："那镜子看了剧本，觉得写得怎么样啊？"

溪川派活给他，把大衣脱了让他挂："镜子觉得剧本没她爸不行。"

他挂了衣服回过头："怎么说？"

溪川认真道："她的剧本说实话有点'中二'，第二个本子了，套路也就这样，剑走偏锋立个反派做主角，'错的是世界不是我'。前面那个显得好是因为陈谅改得好，改过之后感觉不是自负是自嘲。人还是得上点年纪，写出来的东西才沉得下去。"

易辙咧嘴笑："人家是'青年导演'，'上年纪'的话可不要当面说。这剧本指不定真会转到陈谅手里改。"

"为什么？"

"不告诉你。"他卖着关子，"我说我生气了，你还没有哄我。"

"反正我对陈谅不感兴趣，对剧本也不感……"

他打断道："主动吻我，我就不气了。"

这么简单，溪川飞快地亲他一下："嘻嘻。"

他笑着继续说："梁不想在鱼丽做这个剧，他想带这个本子跳槽金跃传媒。"

"什么跃？"

"金跃。你可能没太听说过。前两年做的剧大多是顺位第二、三出品方，都是跟投。但现在有意图要做制作主控。"

"一个新公司？"溪川蹙眉困惑不解。

"老板是影业董事长赵一凡的女儿赵絮。以前金跃跟投剧都不用投钱，过审困难的剧只要没踩线，挂它的名字就能畅行。关系过硬，不仅能保驾护航，还能让竞品过不了审。"

"所以……梁均豪弄了个其他公司拍不了的本子，想一鸣惊人？"

"这本子一方面是投赵絮所好，民国是她喜欢的题材，她自己平时常穿旗袍。另一方面是为了你，戏写得要多难有多难，需要在赵絮那儿做点工作，让她觉得市面上没别人能演得了，点名施压要你。"

"我非得演这个剧？"

"全电影班底拍电视剧，方方面面都是顶配，你演了不会吃亏。你想演电影只有这么一条路，跟赵絮合作，搭上她爸爸的资源。只要赵絮认准了你，易珂不敢得罪，否则YXC这么多艺人演一个剧禁一个剧，股东会活埋了他。"

溪川说不出地感动。他做的局，伏线绕了一个银河系，原来为了让自己演电影。亏他还有心运作，自己早已经面对现实断了念头。

易辙没注意到她含情脉脉的视线："陈谅也是同样道理，他是电影导演，可赵絮要按头他来拍剧，他也拒绝不了，除非他以后不想接影业的片约。"

"知道了，听你安排。"溪川说。

易辙听她语气乖，抬起头，又得寸进尺笑着揽过她的腰："不过'交际花'，你是不是得练练勾男人啊？"

溪川笑靥甜甜地俯视他："我看剧本，第三集就杀人了，要练也先练这个。"

易辙边笑边从口袋里掏出振动的手机，接听电话时抱着她没松手："现在吗？好，我看看。"

他挡住手机对溪川："开一下电视，岳海卫视。"

溪川跑去客室把电视打开调准频道，原来正在播郭俊、杨雪一起录制的那期综艺，后期字幕和特效有点过分，明明两人距离好几米远，非要指鹿为马强加所谓的眼神粉红互动。

易辙那边电话没挂："不用。其实无所谓，不发声粉丝会辟谣的。发声指责谁？得罪电视台？人家也要收视率。他知道是这个后果还要求去，别玩不起。"

挂了手机，他转头见溪川紧张兮兮地盯着自己，又忍俊不禁："没事。"

"郭俊主动要求去的？"

"是不是英雄救美在你这儿挺刷好感？"他倚在沙发背上笑着看她，觉得好单纯。

"这种……不知道该怎么回报。"

"有的是机会。你进电影圈带他一把就是了。"

"电影圈。"她白他一眼，"你算盘打得好，八字没一撇的事。"

"怎么没有？很大一撇。赵一凡手里有个电影已经筹备一年半了，剧本完整，奔着拿奖去的，可导演是孙佳玮，不听使唤。赵老本人也有想推新一代导演的意愿，如果陈谅能入局，这项目很快能动，筹备期怎么也不可能拖进两年，很近的事。更近水楼台的是，制片人黄忠是你姐姐大学时的老师，如果洛川能帮陈谅疏通一下这层关系，今年之内吧，你们都可以无缝衔接进组。"

溪川垂眼暗忖，姐姐厌恶陈谅这个人，但不会跟他的事业过不去，毕竟他成功与否关系到家庭经济收入。想来真是现实，夫妻一场，没有了情分，变成利益共同体，更像合伙人。

"我跟姐姐说一说。"

而真正的合伙人做久了又变得黏黏腻腻，消失了边界，总有夫妻的错觉。

入睡前溪川想，他什么都找自己商量，和翁唯语那种小姑娘肯定没这些共同语言，跟他斤斤计较太小家子气。

啧啧，才多老，就产生这种精神胜利的大老婆思想，可能被渣男PUA（情感操纵）了。

"你睡这里。"溪川转身把易辙拽住，"我要听'出色猪猪'的故事。"

"真是跟镜子一个德行。只有五岁之前的儿童才会听同一个故事一百遍都不厌烦。"他无奈地靠回床头，拿出手机翻找到上次停住的地方给她读，"现在没什么能伤害你了。秋天的日子会变短，也会变冷；叶子会从树上摇落；圣诞节会来临；然后是冬天的白雪。你会活着享受冰天雪地的美……溪川。"他停下来转头认真对她说，"我不会离开你，更不会突然死掉，没必要担心这个。"

"嗯。"但是泪水已经模糊了她的眼。

"说到圣诞节，你可以来我家吃年夜饭。我妈和我姐都很喜欢你，老爷子不喜欢你，正好加速气死他。"

她破涕为笑，抽抽鼻子躲在被子里小幅度摇脑袋："还是不要了，大过年的。"

[23] 新年好

白天溪川照例得去片场拍摄，易辙没跟着，在她家带安保公司每个角落排查一遍，毫无线索，只好让他们先换了个新门锁。

"他确实是输入密码进门的，但输入记录只有一次而且准确无误，说明他很确定密码，都不需要试错。"

溪川无奈地笑着抿一口手中的美式咖啡："变成灵异事件了。"

"别笑。"易辙很严肃，"这不是你们女生觉得浪漫的默默守护。他认为你是他的所有物，不经允许随意进出你的私人空间，给你带礼物，坐在你的沙发上喝你的饮料，享受在你的世界为所欲为的那种感觉，你是他自恋的道具。如果他是个普通的陌生人，你肯定会报警。他是你同事又长得帅改变不了整件事的性质，这是病态迷恋。我担心当他觉得你这个道具非常不听使唤的时候，会变得暴力。"

"哦，你变成心理专家了。"

"做你经纪人怎么能不是心理专家？世界上如果存在一万种心理疾病，你至少占了九千种吧。"

溪川翻了翻白眼不予置评，继续喝咖啡。

"给你再招个助理和你一起住，日夜陪着你，你是不是不太能接受？"

她点点头："不能为了防止一个人进入我的私人空间，就让另一个人进入我的私人空间吧。"

"那换个顶层公寓呢？他恐高，至少来去不会那么频繁。"

这解决方法听起来像胡闹，她笑着摇头："我喜欢现在的家，我自己花心思布置的。"

"我再想想，这一阵我只要没事就陪你。"他抬手看看表，"几点收工？"

"不好说，陈谅已经狗急跳墙了，天天强行打光夜拍昼赶工。"

正说着，现场制片开始在远处吆喝开工。

"你去吧，我等你，没我你进不了家门。"他得意地坏笑起来，"只录了我的指纹。"

她把咖啡和大衣一股脑塞给他，跑去拍戏了。

易辙试了口咖啡，已经有点凉了，等不到她收工，想着大概要陪着熬夜，干脆喝了剩下的。

没想到这个瞬间画面又让亚婕激动起来，热血沸腾地飞奔回车上传播八卦："老宋老宋，你猜我刚看见了什么？老板和姐姐喝同一杯咖啡！同一杯！"

宋师傅平静地点点头，笑而不语，司机的职业素养约束着他守口如瓶，且不随便嘲笑他人少见多怪。

晚上收工时已过了十点，溪川累得不想说话，易辙累得不想开车，他自己的车扔在片场，跟了溪川的车回家。

车里只剩亚婕一个人还有精力抱怨："这么冷的天拍夜戏真是没有人性，我已经感觉不到我的脚趾了。"

"你可以在我那儿泡个澡再回去。"溪川说。

"之后的每天都要像这样一天拍十页纸吗？"

"应该是，制片想在年前杀青。"

"太惨无人道了，哦，姐姐，后天的广告，她们把服装发过来了，可我觉得都不太好看。"亚婕说着把手里的iPad给她递过去，两人坐得太远，溪川伸长了胳膊也没够到。

易辙在中间接了一手，又突然把iPad放下，拉住溪川的手腕把袖口往上推了推，手臂内侧泛起一层淡淡的红。

亚婕也看见了，皱着眉俯身过来："这是怎么了？什么疹子吗？"

"过敏了。"易辙放开胳膊，扳过她的脸检查，手指抚了抚颧骨外侧，"这里……也有一点。"

"怎么办？去医院吗？"

"疲劳导致抵抗力下降而已，也可能是被风吹的，应该吃点药就好了。"溪川轻描淡写地说着，拿过易辙腿上的iPad继续翻看，"服装确实……太土了。"

易辙忧心忡忡："这样抢拍不行，我来跟剧组交涉。"

"但换了服装，姐姐你有时间试吗？"

"请了假有时间也不去干这个。"易辙转过头嘱咐亚婕，"公司里找个身材跟她差不多的练习生，明天带去逛街，试装拍照发过来，选定了让甲方埋单。"

"身材差不多的练习生……"亚婕用iPad打开艺人库，挠着额头一个个名字点进去。

"孟仪凝。"易辙说。

亚婕迅速后翻找到这个名字，仔细对照数据："好，就是她了，明天我和她一起去。公司再来个人到片场陪姐姐吧。"

溪川笑眼朝他扫过来，揶揄道："哦，练习生小姑娘的身材你好熟嘛。"

易辙装没听见，带着手机移到最后排，给制片打电话交涉通告。

往年YXC年会，溪川觉得没意思，不太出席。但今年应该有些热闹，选秀风潮又起，易珂想做回老本行，开了个计划挑了一批唱跳练习生，年轻新面孔多起来，公司氛围梦回十年前。

她对怀旧不感兴趣，只对影视部的翁唯语感兴趣。

易辙劝她在家休息，她长了一根反骨，非要去看个究竟，不过真实意图没跟易辙说，权当她喜欢凑热闹罢了。

年会其实是工作人员的会，平时艺人们在外风光，回公司懒得表现，顶多出一两个节目意思意思，员工们倒是盛装打扮纷纷登台亮相。

溪川这些天过敏时好时坏，皮肤状态不稳定，索性连妆都没化，素面朝天扎了个马尾穿个运动卫衣就跑去了，躲在人群里东张西望。

这一晚，易辙顾不上她，也不会来靠近。溪川一贯的意思是在公司要避嫌，暧昧不清显得不专业，起不了好示范管不住新人，徒增谈资。

可是偷偷找了一晚上，溪川也没看见和自己相像的那张面孔，心下有点怀疑，该不会是"照骗"？

就在她从盥洗室回来收拾东西准备离开时，却在走廊上被突然喝住。

"翁唯语！不是叫你别来吗？"语气甚是恼怒。

她诧异地回过头，见是焕姐。焕姐认出是溪川也一脸惊惧。

两人在走廊尴尬地对峙长长的几秒。

溪川犹豫着开口："我正好奇，为什么她不能来？"

杨欢焕为难地咬了咬嘴唇："老板特地叮嘱不让她来。"

溪川心往下沉："有什么是我不能知道的吗？"

杨欢焕挠挠头顶心，焦躁道："你也知道按公司的规定，粉丝不能在艺人身边工作，连做助理都不行。"

"嗯？"溪川没听懂，两者有什么关联。

"那丫头是你的粉丝。"

"啊？"感觉自己变成了只会重复单音节的傻瓜。

"黑料一大堆都跟你有关，好不容易才公关掉。"

溪川拧起精致的眉头："易辙知道吗？"

"当然不能让他知道！是你的粉丝他知道，所以他说阿俊已经够让人头疼了，绝对不能让小语有机会接触到你。"

"不，等一下，意思是易辙不知道小朋友对他有那么大恶意是吗？"

"是的……"

"然后他还带小朋友出去过。"

"呃，这我们也拦不住。"

"你们就不怕孩子激进起来，给他下个毒什么的？"

"啊，那不至于，她算是很温和的粉丝。"

"温和？"

焕姐努力增加自己的说服力："她现实中不敢跟人吵架，只是在网上有点……那个。"

"好吧。"溪川不知该说什么，无奈地叹口气，一时没有像样的对策。无论出于什么心理，易辙比较照顾翁唯语是事实，只不过小朋友有她自己的想法。

而公司内部，易珂主导的偶像艺人那块业务似又有兴盛之势，对易辙而言不是个好气象。因为前任董事长交接班不彻底，公司一直是两个阵营对立，内部争夺从资本到资源。

回程车上问他细节，果然脸不是一般黑："今年……不，已经是去年了。在培养阶段砸了七千万进去，年收不到千万，六千万的账面亏损，靠临时收了个影视公司侥幸填平。今年易珂还打算继续这么烧钱，影视就算开挂也不知道怎么才能抵债。"

"股东没有意见？"溪川问。

"只能说他非常擅长给股东画饼。精力没用在经营上，出口在那儿吧。"

"如果……我们能参投赵一凡那个电影呢？一方面有盈利，另一方面也能拉动股价。"

易辙摇头笑笑："这种稳赚的生意不会带我们玩。"

"不试试怎么知道。"

溪川没拿翁唯语这些荒诞不经的小事给他添堵。

他继父不信任他，只是看他能干拿他当职业经理人用，防他防得紧。易珂在公司能处处限制他，都是老爷子的授意。

这种关系，过春节还得硬凑在一张桌上吃团圆饭。易辙的妈妈完全不过问生意，自然看不穿这对假父子间那些虚与委蛇。

溪川知道得太多，到了老头跟前，脸面上哪里收得住敌意。老头就更看不顺眼溪川，别人不知道，他老人家见过合同，溪川经纪约解约金只有两千万，说她这个

"咖位"的演员交不上两千万没人信，迟迟不解绑要么不是为了钱，要么是为了更多钱，横竖都讨厌。

所以，虽然易辙发了邀请，但多一事不如少一事，人家的"团圆节"让人家去过。

除夕夜她自己一个人在家，看了半个电影就早早休息。

幸好住在市中心，禁止燃放烟花爆竹，周围没什么节庆气氛。

睡到午夜，突然被掀了枕头，溪川迷迷糊糊爬起来，是易辙。

"你没在家住？"她有点惊喜。

他答非所问："你睡得太浅了，随便动动就醒。"

"什么东西？"她从枕头下摸出一个红包，倏忽笑了，拆口查看，"多少钱？才一百，你也太小气了！"

"压岁包放太多不嫌硌得慌？意思意思得了。"

"不硌，多多益善。"

易辙笑起来，把口袋翻了个遍，连带零钱都塞进红包："这样满意吗？"

溪川看看挂钟，正巧倒数计时，把鼓鼓的红包塞回枕头下，高高兴兴躺回去拉过他的手，一眨眼，到了农历新一年。

"新年好。"她看着他说。

"新年快乐。"

[24] 如镜知己

女主角经纪人提了意见，制片不敢再丧心病狂地赶戏，通告排到了将近元宵，年初一还人性化地放了一天假。

陈谅没回家，留在剪辑室剪片。

下午李闻达来了一趟，刚巧他剪完酒吧那场戏，光影漂亮得一塌糊涂，女人迷失的神秘的脸在特写镜头里摇曳，没有音轨，眼神道出千言万语。手、手臂、腿侧，就这么点裸露的皮肤，在细碎快切画面中显得暧昧。

李闻达觑着眼睛死盯屏幕半晌，看不出所以然："这是……实拍？"

"借位。"陈谅赶紧转身给他递了支烟点上。

"哦。"他抽了两口才给出评价，"演得挺好。"

陈谅缄口笑笑，心想明明是拍得好。

到了杀青宴，他才发现溪川是演得好，只要她认真演起来。

酒桌上全然看不出她和李闻达闹翻，并且摄制全程没见面，两人互相敬酒相谈谦恭，李闻达把溪川的演技吹得天花乱坠，溪川一句"靠李导指点提携"把功劳都让走，全剧组举杯祝收视长虹，好不热闹。

假笑久了脸有点僵，溪川去盥洗室补个妆，进门遇到王旗，微怔一下，往她身边站过去："拿到剧本费了吗？"

"差百分之十的尾款。"

尾款几乎是拿不到的，只签了百分之十，她说："那还算可以。"

"可是署名不能给我。"

其实据溪川观察，鱼丽两个制片对她还可以，大概了解她一得意就忘形的性子，在这上面压一压她，好长期合作，并不一定是坏事。

溪川淡然说点场面话："剧情大改了，我不知道最后剪出来是个什么故事，给初稿的编剧没署名也正常。"

"可是没署名，我还是没作品，下部剧又得战战兢兢看人眼色。"

这话听着幼稚。

溪川笑了笑："谁能做事不看人眼色？积累了经验总没有坏处。"

"我真想不通，给我加个名字，哪怕是片尾署名，字幕上占两厘米的地方，他们又没任何损失，为什么要故意害我？"她好像格外丧气，没等溪川说一两句安慰话，突然转过头，"你能帮我去跟制片说说情吗？你说一定管用，合同都是你说了才签的。"

溪川一时语塞："你是不是对我们的关系有什么误解？"

"梁哥叫我下一个剧本照你的形象写，意思是往后还有合作吧？"

"写不写是你的自由，演不演是我的自由，有没有合作在进组前谁说了都不算。"

"我为了专心写那个民国剧，把工作辞了。"

"你这逻辑我又不懂了。自己付出更多，就自己承担更大风险，和别人有什么关系？"

"没想到你这么冷漠。"王旗不甘地笑，"倒是意外地很贴角色。"

溪川懒得再理会这种怨天尤人的小朋友，补好唇妆回了包厢。带来的酒已经被他们喝得差不多了，没坐一会儿，后期制片抱拳告辞："我吃好了，大家的任务结束了，我的任务才刚开始，我先回去剪片。"

有几个人纷纷站起来附和："那我们也回了。"

陈谅把酒杯里最后剩的一点干掉，紧随后期制片和剪辑师之后："我跟你们一个车走。"

"别走啊，男同胞谁都别走。"赵制片起身把大家喝止，"剪片也不急今天嘛，我们还要转战继续下半场呢！"

李闻达打了个酒嗝咬着牙签笑问："下半场定在哪个场啊？"

副导意味深长道："什么场不重要，还是什么人重要。老赵安排的什么人？"

"绝对条儿正。"赵制片边说边伸手拉住陈谅，"陈导可千万不能走，这么英俊怎么能不潇洒。"

溪川本来都披了大衣准备出门，听见陈谅在一团乱中被拖住，又停下来，不带指向地冲桌边所有男人说："有家有口还潇洒，合适吗？"

几个勾肩搭背的人回头看向溪川，气氛一时冷住。溪川目光剜着陈谅。

桌上的半圈人更是面面相觑，眼神比画了十几个来回。

陈谅见躲不过去，低声讨饶："别让大家难堪。"

"谁难堪？我不难堪。"溪川一副有穿透力的嗓音在包厢里穿梭。

陈谅尴尬地回头笑笑，拽起她胳膊肘把她拖了出去。

半晌，制片主任问出声："在剧组搞一起去了？"

生活制片一脸蒙耸耸肩，表示没看出迹象。

李闻达作为少数知情人哈哈笑道："哪儿呀。陈谅、柳溪川，姐夫、小姨子。"

"真小姨子？"制片主任瞠目结舌。

李闻达认真点头："真的。"

"俗话说'小姨半个妻'啊，怪不得李导镇不住的悍妇，陈导……"见李闻达脸色微变，制片主任意识到自己口不择言，赶紧转了话锋，"也镇不住。"

陈谅把溪川拎到走廊，关上包厢门："能不能放过我，别跟我过不去？你和李闻达不都能维持个表面和谐吗？"

"李闻达又没娶我姐为妻。"

"我和你姐的关系早名存实亡了，我跟你解释过。你自己感情空窗，就把精力全花在管闲事上。"

"你说名存实亡就名存实亡？你们达成一致已经协议离婚了？我姐就是因为你在外面瞎搞才凉了心，你说得出她的不是吗？上台面的，不是'在沙发上睡觉'这种可笑的找碴。"

"你家有那种智能语音助手吗？"

"什么？"

"天猫精灵、小度音箱那种。"

"没有。"

"你可以买一个看看，你姐就像个智能语音助手。问她天气她可以回答，叫她说笑话也能说几个，她不懂可以给你上网搜，搜不到那就没的聊了。知道这感觉吗？她从来不会主动跟你说点心里话，对人对事从来不发表见解。我要合作演员，都得试试她能不能跟我写的剧本产生共鸣。她是我太太，她跟我之间真正的交流是零。"

溪川知道姐姐就是这样，和自己同样不能交心。她以为是婚姻把她变得不幸福，陈谅却说是她把婚姻变得不幸福。

她长叹一口气："你们让我对爱情很绝望。"

"对不起。"他语气听起来分外无奈，"我自己对爱情也很绝望。"

"但你也不能出轨。"

"你也看到今天这种局面，有时候推不掉，总要跟着去嘻嘻哈哈转一圈，水至清则无鱼，不是谁都是一线女明星可以到处甩脸。但我没出轨，我也不觉得没出轨值得骄傲，相反我很迷茫，不知道自己在守着什么。"

"还有镜子呢。"

"我曾经幻想过镜子出生后会改变她，让我们亲密起来。我想觅一知己，什么都可以跟她分享，什么都可以和她商量，不藏任何秘密，看见她就能照见我自己。但是……"他哽咽着说不下去。

"姐姐父母婚姻不幸，她对婚姻期望很低，而你又对婚姻期望很高，如果你觉得不满意，应该跟她交流，而不是这样两个人消极逃避。你是男人，你不能主动一点？"

"我怎么没主动跟她交流？"陈谅自嘲地笑起来，"你真应该去买个天猫精灵，看你跟它聊七七四十九天，能不能感化它修炼成人。"

"没有挽回的余地吗？"

"主动权在你姐那儿。她活在一个茧里，那个茧让她很安全，所以她不打算走出来。别管她了，你过好自己的生活，其实郭俊……"

"哦，郭俊！"溪川白眼差点翻上天灵盖，"什么傻子才能和你做知己啊！"

走出酒店，天空刚开始飘零星的雪。

溪川看看夜空，伏在车窗上对司机说："我先自己走走。"

亚婕在后排问："要伞吗？"

她摇摇头。

这条街很静，酒店周围是政府机关楼和大绿化带，晚上没人上班，四下染着寂寞。她喝了酒不觉得冷，走得晃晃悠悠，车在车道上缓慢地跟。

仰起头，沉沉夜幕中筛下雪花，轻柔地擦过脸颊。

她知道今天易辙也有应酬，忍住了没打电话去骚扰他。

他的交际圈层次比陈谅高一些，即使在剧组也很少需要和执行制片以下的人打交道，没那么不加掩饰地声色犬马。不过类似活动会有吗？也许只是她不清楚。

走了大约一站路，雪下大了，路面变得湿滑，高跟鞋使步履维艰。

她上了车回家，把自己沉进浴缸，好好泡了个热水澡，上床睡觉。

第二天上午没安排工作，睡到自然醒，窗外洒进来的阳光异常明亮，她下床把虚掩的窗帘"哗啦"一下打开，原来是有点积雪，不厚，地上薄薄的一层，快被晒化了，透出水泥的颜色。松枝上倒是堆得有点声势，沉甸甸压着。

这明亮让她心情转好，去牵好被角，却在枕边捡起一张拍立得照片。

是自己睡着的样子。

溪川蹙蹙眉头，怀疑就是昨晚的照片，不像是幻觉，梳妆台的椅子移动了位置，对比照片的视角，看似就是坐那儿拍的。

她用了十来秒才厘清思路，易辙不会这样来无影去无踪，大概是郭俊来过，让人有点毛骨悚然。

他本可以不留痕迹不被觉察，却故意留下一张照片，或许是为了表达对她换新锁的不满。

她冒了身虚汗，没想好该怎么处理，暂且把照片夹进书页。

吃过饭她给易辙发了条消息："你在哪儿？我想出门散心。"

"怎么了？"他回了消息，说明正忙，不忙的时候都是电话回过来。

"想你。"

他回得很快："确定不是想放健身教练鸽子？"

哎呀，怎么有这种人！以小人之心度君子之腹！

溪川气得扔下手机，她明明都忘了下午教练要上门。

面朝下埋在被子里，感觉到手机在不远处又振动几下，摸过来看看，他又发来一条："我安排一下，晚上去陪你。"

易辙过来时已是晚上七点多，计入晚高峰交通时间，应该是从公司直接来的，大概推了个饭局。但时间有点尴尬，再开始准备食材不知什么时候才能吃上，好在他在这方面不讲究，随便叫了个快餐外卖把自己打发了。

溪川坐在岛台对面望着他望得出神，欲言又止。

他一抬头："被你看得心里毛毛的。"

她笑起来："不心虚哪会怕被看？我有话跟你说。"

他等了几秒："说啊。"

"等你吃完再说。"

"更吓人了。"他坐端正了点，另起话题，"你想出去散心，想好去哪儿了吗？"

"没有。我就是临时起意。"

"是该放松一下。不过天寒地冻的，你现在这样也没法去人多的地方。不如我开车带你去上海周边泡泡温泉，你最近不是皮肤不太好吗？"

她点点头。

易辙把餐盒一推："我吃完了，你可以说了。"

"再吃点。"

他把大半杯饮料灌下去："真吃完了。"

溪川往沙发那边走，他跟着过去。

她从茶几上一本杂志里拿出那张三十二开艺人卡放在他面前："这个女孩长得像我，你带她去吃饭，我不开心。"

易辙垂眼抬眼，视线一转，看她的角度自下而上，显得她的神色格外有威慑力。

"谁告诉你的？公司的人？这么爱搬弄是非，我要开人了。"

"郭俊。"

他一时语塞，这要开起来好像有点难度。

易辙拉她在自己身边坐下，耐心解释："那天林文亮带的伴是虞旸，我带你去，你成什么了？"

溪川怔了怔，虞旸在圈外看来是个不红不入流的演员，但圈内不是这种看法。

娱乐圈谁红谁不红有时候不能看表象，像自己和季向葵这样总在台前风口浪尖上的，也许算有点存在感，但也辛苦。

虞旸那种没观众缘，可是大火的剧中主要配角可以随便演，大火的综艺可以想去就去，自由自在，在圈内人人都会让她三分，因为她是林文亮的人，人人都知道。

林文亮的正牌夫人是他的公司合伙人，知道虞旸的存在，眼开眼闭不追究了。

"你一来不喜欢应酬，二来一向不愿别人误会我们的关系。"他拉住溪川的手腕捉过去，"我就是少说了一句，没想到你会介意。"

"我是介意这女孩和我长得太像，难道你看不出来？"

"当然看得出来，否则为什么爱屋及乌？"

"谁知道是爱屋及乌，还是喜新厌旧。"

易辙看了她长长的几秒，眨眨眼，笑起来："你这样闹脾气，像吃醋。"

溪川倾身过去，大胆地直视他的眼睛："我就是吃醋。"

[25] 占有欲

易辙怔了半晌，冒出一句："你喝酒了？"

"没有。"

"怎么没喝酒比喝多了还吓人？"

"因为不想再做天猫精灵。"

"什么精灵？"听着不是正经玩意。

"不重要。"溪川慢慢说，"你了解我的问题，我爸爸去世，妈妈离开，'白月光'也早逝。我最讨厌蜘蛛，可就算是知道一只蜘蛛注定要死的故事，我听了一百遍，还是不能承受。"

她突然严肃，让他感觉紧张，半开玩笑来缓解："没到一百遍，才二十遍，我可以再接再厉。"

溪川给面子地微笑："我不是没有爱人的能力，也很清楚爱的是谁，只是一天学不会面对失去所爱的可能性，我就迈不出这一步。"

他故意挑挑眉："爱的是谁啊？我不太清楚。"

其实没指望她承认什么。

她却忽然攀着他倚过来，不知道是慌得没找对位置，还是害羞而小心试探，先碰到他的下巴，接着才吻住他的唇瓣。她很少像这样主动，准确地说是从来没有，易辙被闹得一头雾水，但还是生理性的条件反射占了上风，顺水推舟。心里的悸动像触电一样飞快地蔓延到肢体末端。不用言语，该表达的算表达到位了。

他下意识地抚摸她的嘴唇，看她明显脸红起来，不明所以，轻笑一声，有点不知所措。

一不留神心理活动脱口而出："你这样我有点不习惯。"

他接着问："要喝杯酒吗？"

也不是正经在征求意见，说着就起身把酒和酒杯拿来，一人半杯倒上。

溪川很局促地接过酒杯，喝了一口放在手里，又冷静了一会儿才继续说："我习惯把你推开，是怕束缚了你，把一个人的问题变成两个人的问题。我不能给你一份高质量的感情，没立场还限制你去找别人。可今天我要说实话，你每次去找了别人我真的不开心。"

虽然没弄清是出了什么大事让她这么反常，但是他回答得认认真真，不是敷衍："我以后不会去找别人了。"

她像抓住救命稻草似的双手抱住那个红酒杯，不敢对视。

"说这些不是为了问你要承诺。"

他果断地否认："我没这么想。"顿了顿接着说，"其实我想通了，我找谁对谁都不好。你换位思考，你愿意找个男朋友，他每天百分之九十的时间都围着另一个女人转吗？"

溪川抬起眼睑，摇摇头。

"现在你正当红，又是我的工作对象，围着你转是改变不了的事实。既然我也不能给别人一份高质量的感情，就没必要去祸害别人，还引来整天吵架指责影响情绪。要认真谈感情，至少等到你过气我闲下来吧。"

溪川在脑子里来回捋了两遍才跟上他的思路："那我不是很惨？过气了，你还丢下我去谈恋爱。"

"不能跟你恋爱吗？反正你过气了也没事干。"

"哦，这还差不多。"她慢慢喝剩下的红酒。

易辙等了一会儿，见她心满意足没话说了，确定真没出什么大事，又忍不住想笑，这么大张旗鼓确认心意，可爱兮兮的。

他随手拿起艺人卡扔到一边："这种小孩的醋有什么可吃的。你真是越活越回去了。"

刚伸手想摸摸她的脑袋，手机又振动打断。

她抱膝待在一旁盯着他接电话，表情变得严肃，话语间漏出的线索很少，但能猜到不是好消息："又掉了代言？"

"也不算。合同走了一半没声了。"换句话说就是掉了。

剧组传出接二连三的负面消息之后，快消品代言掉了很多，倒是便宜了杨雪，她本来就更受年轻受众欢迎，最近炒绯闻又收获了最大热度。

炒绯闻只是一方面，在拍的古装剧因为她吃到人设红利，另两个女主角佛系，颇有喧宾夺主之势。在宣传中给外界的印象已经像她才是唯一女主角。

"没什么。"溪川宽慰他，"她那么年轻，起点又不低。风水轮流转，总会转到她头上，难道不干正事专盯着她生闷气？"

"高奢这块资源吴澜还碰不到，顶天拿个'挚友'，和你构不成竞争。得想办法在这上面做做文章，稳住局面。"

可资源是有限的，同"咖位"的女艺人六七个，只要伸出手，碰到的就是别人的蛋糕。

溪川按着太阳穴叹了口气。

易辙以为她嫌麻烦："不要发愁，杀青出了剧组，接下去是宣传期，你时尚感摆在这里，曝光度上去，自然什么都有。"

他说得轻巧，其实相比起来，她更喜欢在剧组拍戏，虽然辛苦，但没那么多算计和是非。

溪川有点犯困。

他看出她眼神迷迷糊糊，笑着问："还泡澡吗？我去给你放水？"

她摇摇头，下午锻炼完已经冲过澡。

"那你先洗漱去床上躺着看电影，累了就先睡。"

等他洗完澡回卧室，她已经睡着了，只留一盏昏黄的床头灯，但她特别笨，脸朝灯的方向睡。

枕头边放着厚厚一本《弦理论》，她为什么对科学突发兴趣，这些奇奇怪怪的地方连他都理解不了。

取过来翻了翻，掉出张卡片，他以为是书签，从被子上捡起才看清是照片。

照片里她睡得和眼下一样安静，显然不是她自拍的。

除了自己，还有谁能看着她睡觉？

瞬间有点恼火，又突然明白她说"你带这个女孩去吃饭，我不开心"是这样一种心理。不管观念怎么开放，有爱情就会有占有欲。

他本来打算去别的房间睡，她是个蛮纯情的女人，古怪想法又多，除非醉得不省人事，否则并不习惯身边多出一个人，距离太近容易闹得双方不自在。他不想做得太过，给她留下总对她有所企图的印象，更多时候在努力营造一种温馨的家庭氛围。

今天有什么不同，她掏心掏肺说了真话，可主动权依然在她。

他不禁自嘲地笑笑，掀开被子，赌气般把她揽进怀里。

他没这么早睡，玩了会儿手机，抱她不紧，手机最后放在两人中间的被面上。第二天早晨，手机闹铃照例响，还带着振动，溪川被吓得一哆嗦。他的手被她枕着，感觉到，没睁眼就笑醒了："真胆小。"

她根本没睡够，虽然被他拉过去搂紧，自己又找了个合适的姿势，呼吸恢复均匀。

他却已经按生物钟慢慢恢复意识，闪过个念头，那照片该不会又是郭俊犯了病的杰作吧？偷偷潜进来拍照片留下来吓她？怎么想的？

郭俊总让他觉得像个定时炸弹，溪川对郭俊的冷处理也让他觉得忧心。

她很念旧情，在对方做出实际伤害举动前不可能翻脸。可易辙担心，一旦发生实际伤害就是重大伤害。

溪川彻底醒来时，易辙早衣冠楚楚地在客厅里搅着咖啡，脚边是她的小行李箱："帮你收拾好了。"

她蒙蒙地呆立片刻才想起还有去泡温泉的计划，转头往窗外望，前夜又下了雪，这点积雪倒是不至于阻碍出行，可是结了冰，高速上开车不安全。

"天气不好，要不别去了？"

"别来这套。"他笑着揭穿，"你就是懒。我把事排开空出一天不容易。"

已经好多次了，她说要出行，临出发又反悔，宁愿窝在家里。

溪川挠挠头："好吧。可确实不安全，要不坐高铁去？"

他想想一路上掩人耳目鬼鬼祟祟的可能情形就头疼："那叫什么旅行？"

易辙把她连拖带拽地弄上车，上路前在门边抽了根烟提神，手伸进车窗去捏她的脸："我开车你还不放心？"

不放心，她心里默默吐槽。

果然，过了收费站没多远，就听他自言自语："好像走错了。"

已经好多次了，以往是工作路上出岔子，更焦灼。

途中她实在晕车难受，在一个休息区停下喘口气，他给自己找补道："你看，出来多好，吃到你喜欢的烤香肠了。"

可惜吃完香肠，没开出多远又反胃吐了。

易辙劝她乐观："这样吃也吃了，还不会发胖。"

溪川实在精神不振才没瞪他。

本来四小时的车程，硬是让他开到了天黑，溪川已经被他车上的导航忽悠瘸了，忍不住拿出手机打开地图输入目的地："为什么还有一个多小时啊？"

"谁让你晕车，走走停停。"

"说明你开得烂，我坐老宋的车从来不晕。"

"老宋的车你上个月还晕，王亚婕告诉我了。"

"就算停车，也不至于停了这么久！"

"不是说过走错路了吗？"

"是不是男人？男人开车方向感很强的。"

"这是性别歧视。"

两人一路拌嘴消磨掉了剩下的一个多小时，到酒店早已过了餐点。易辙塞给她两块巧克力，给她放好温泉水就出了门："我去附近找找看有什么吃的。"

溪川泡了半个小时，终于从寒冷和疲惫中缓过来。

附近商业并不发达，易辙无功而返："没好吃的，有几家小店，看起来不卫生。还是叫客房服务。"

她趴在池边望着他认真翻餐单，为一路发牢骚不好意思："你辛苦啦。"

现在恶魔溪川休眠中，是天使溪川在值班，他习惯了，头也没抬："那你怎么报答我？"

"唱歌给你听。"

他愣了愣，抬起头。

他是喜欢听她唱歌，但她很小气，连以前的CD都不让他在车里放，不知道为什么别扭。

"你唱。"他得寸进尺地提要求，"我不要听以前唱过的。"

"今天我……"带点伤感的歌词从她唇齿间向他漫过来。

> 今天我寒夜里看雪飘过，
>
> 怀着冷却了的心窝飘远方，
>
> 风雨里追赶，
>
> 雾里分不清影踪，
>
> 天空海阔，你与我，可会变？

水雾萦绕她，模糊她湿漉漉的眼睛，他安静地听着望着，是情动的，后知后觉，过去出的专辑里有另一个女声，她不让他听的是那个。

[26] 天真幻想

第二天下午动身回上海，回程一路雨夹雪，幸亏易辙没再走错。

溪川穿得少。进门后第一件事是转向酒柜取了瓶酒，没兑水，"咕咚咕咚"一口气喝下去，身上暖了，脸色立竿见影地红润。

易辙忙着停车，从后备厢取行李，打开地暖，来回走动时目光给她一点理会：

"空胃喝酒，你别醉了。"

"你晚上想吃什么？叫外卖还是随便煮点蔬菜汤？"她从冰箱前回过头，把两个番茄几个土豆拿出来在岛台上摆开，"存货只有蔬菜。"

"放着我来弄吧，你不要舞刀弄火，喝了酒。"话音未落，她手里的酒杯无意中磕到料理台边缘，酒泼出去一半，"已经醉了？"

她回过神，抽了一大堆纸巾扔过去吸水，脸上还有点残存的惊恐："冰箱里有一碗樱桃。"

"樱桃怎么了？"他诧异地走过去拿出她说的碗查看，艳红的色泽被象牙白餐具衬得异常显眼。

"现在不是应季的，何况我没买过。"

易辙没从樱桃本身看出端倪。

"是不是郭俊又擅自来过？"

溪川其实也有这种怀疑。

他踩开垃圾桶把樱桃倒进去："来历不明的东西不要吃。"

来历不明的东西不止这一样，溪川四下检视，很快扫见岛台上调料罐边多出来一碟瓜子，一股脑倒了："我平时也不嗑瓜子。"

易辙蹙着眉："我怎么觉得他这些行为已经升级了？"

"不对。"溪川摇摇头，"我觉得不像郭俊，像是普通的'私生'。"

"郭俊还是不普通的？"

溪川没理睬他的揶揄，跑向卧室，门是感应的，到门口往两侧打开，她慌慌张张退了两步，正好撞上跟过来的他。

易辙扶住她的肩，觑起眼："这是什么花？"

"雏菊。"

一束雏菊摆放在床铺正中间。

他走过去拿起来打量，最后打开窗往院子里扔了出去。

"《霜降》。"

"什么？"他狐疑地关好窗回身。

"樱桃、瓜子和雏菊……都是《霜降》的关键道具，跟男二号的感情戏有关。"她心有余悸地在床边坐下，"像看剧走火入魔的'私生粉'。男二号，你还记得吗？腿不好使很卑微的那个。生活不如意的人比较容易代入自己。肯定不是郭俊。"

易辙觉得她说得有道理，把窗帘拉起来："你明天去岳海，正好我可以叫安保公司过来。监控得安装一下，还有报警系统、二十四小时的保镖也配上。不能再掉以轻心了。"

这种追上门的极端粉丝好长时间没见。从前做偶像歌手时常有，三天两头报警也控制不了。影视剧粉一般没那么疯狂，再说溪川这两年剧的产出不算多。

"据你的直觉，拍你睡觉的是谁？"

"你看见了？"溪川有点意外，转头去看那本书。

"嗯。"

她认真想想："不好说。拍照这种行为本身很难界定，到底是示好还是恐吓。不过摄影是他的爱好……"

说着她想起了杨雪。

杨雪这两天不太安宁，自己折腾出很多是非。公开活动拿白眼翻粉丝、酒店就餐时怀疑自己被偷拍非要删邻桌的照片、在高铁上穿鞋踩踏座位、出行时几十个保镖开道被路人拍照嘲讽、发阴阳怪气的"勿念"微博反呛营销号……说是负面，又没严重到影响资源；说是炒作，又显得太不珍惜羽毛。

杨雪截至目前只是个网剧女主角，资源没好到让人眼红的地步，不太可能存在对家这样下血本，有这财力为什么不营销自己？

看情形是她的团队在往"黑红"方向去。

总觉得自从"裸照事件"之后，吴澜对她的规划从长远培养转而成了尽早套现。吴澜的操作符合经纪人常规做法，这圈子一向这么现实。

像易辙这样待她的少见，她这样待易辙的也少见，怪不得郭俊记恨。

从前做偶像时的风气，新人出道合约苛刻，公司运营态度像管教劳改犯，艺人和管理层总是势不两立，同为艺人习惯报团取暖。"队友"对郭俊而言与家人无异，友情在他心里占了不轻的分量，溪川和公司高层共进退，在他看来是一种背叛。

他的理解是，她"恋爱脑"病入膏肓，需要警钟长鸣。

《奋斗》剧宣在岳海有三天行程，陈谅也得参加，吃过晚饭在收拾随身携带的衣物。

洛川突然冒出来分配任务："后天幼儿园要举行民俗节的活动，要求孩子穿中式服装，你明天上午有没有空带她去商场买一套？"

陈谅连眼皮也没抬："我明天出差。"

"我这几天不太舒服，老觉得很累，躺在床上都爬不起来，预约了明天看病。我要是能去我带她去了，不会来麻烦你。"

"你跟我说这些有什么用？我早上八点半的飞机，六点半就得去机场。既然两个人都没空，给她请一天假好了。"

"节庆活动这学期就一次，别的孩子都打扮得漂漂亮亮，父母陪同参加。咱们的孩子一遇到亲子活动就请假，让她怎么在同学中……算了。"洛川见自己絮絮叨叨一堆，陈谅却并没有耐心听下去，自讨没趣，离开了房间。

儿童中式服装网店上很多，可就算本地卖家，此时下单一般也要等到第二天下午才能发货，更不用说明天去机场的去机场、去医院的去医院，家里无人收件。

她只好一家一家问过去，能不能让闪送上门去取。卖家们要么发货地是批发市场晚上要关门，要么嫌麻烦。折腾到九点多钟才好不容易联系上一家店主愿意发闪送，地址又在极其偏远的郊区，收货员去了一个来回耗时两个小时。

等衣服收到，镜子早就睡了。

洛川拿去过水清洗，心中浮起一丝苦楚。全过程陈谅漠不关心，对如何解决孩子的问题只一句"请假"敷衍了事。

他这性格往好处说是随遇而安，细想是不够重视，成了家像做完一项任务，感情几乎没有投入。

洛川感到累，身心都累，已经站不住了。

她自觉要的不多，只求他在外人面前扮演好父亲好丈夫的角色，但作为她生活重心的幼儿园活动，在他那儿根本不值一提。

朝夕相处了几天，到分别时有点依依不舍，溪川嘲笑自己没出息，有些人更没出息，只剩一只手转着方向盘开车入库，另一只手拽着她不肯松开。后一辆车上的工作人员下来，亚婕都往这边走了，他还借着视角盲区在置物箱底下拉拉扯扯。

溪川好不容易赶在亚婕过来前抽出手，气得捶他一拳。

他心照不宣地笑起来，下车给她拿随身行李。

"在外面别惹事。"临走时他说。

这叫什么嘱咐？

溪川白他一眼，戴上墨镜跟着大部队走了。

在头等舱候机时收到十六岁那位坦白自首的短信，她千叮咛万嘱咐叫她别和新旬像从前那样一起去参加演讲比赛，不希望他们交集太多，她却不听劝。

不仅一起去参加了演讲，还告诉她："路上我们聊天，我把'时空对话'的事告诉他，他没觉得意外，但这神经病居然分析起了概率，说既然九年多过去本可以改变很多事，却没救活他，证明是失败率太高的必然事件，浪费时间。这种话从本人嘴里说出来是不是太自暴自弃了啊？"

溪川垂眼长叹了口气，扯了扯嘴角，还真是新旬的个性，面对什么事都这么理性。

高中生又继续说："不过他说万物都有概率，连爱情也不例外，听起来好新奇。你猜按照简易恋爱模型，找到人生挚爱的概率是多少？"

"百分之三十几。"溪川回道。

"咦？他也告诉过你？"

"学点高数吧少女，有了文化不至于这么容易对男生产生崇拜。"

对方反唇相讥："你们不是只来往到高中毕业吗？为什么同化到说话都一个刻

123

薄调调了？"

溪川无声地笑笑。

小姑娘追过来的下一条让她笑容很快收了回去。

"回家时我顺便跟他聊起了改过名字，他觉得过继给伯父母还好理解，改成已故女儿的名字让人想不通，一路都在吐槽很诡异。"

这件事她从前没有对新旬提过，新旬只是和大多数人一样，最多不过知道她跟随伯父母和堂姐一起长大。

用已逝堂姐的身份活下去，意味着她真实的身份报了死亡，本没有必要再提起。

她的真实户籍在爸爸工作单位的集体户口中，不存在特别价值。让她耿耿于怀不能割舍的只有她从前的名字，是爸爸起的。

"为什么有自主权以后没把名字改回去？"有一年爸爸的忌日，易辙陪她去祭拜时问。

"成年后改名字太麻烦，何况已经用现在的名字出道了，就当是艺名吧。再说，我叫'溪川'对姐姐而言很重要，她希望有个完完整整的家。"

当初提出让她改名入籍的就是姐姐，坏掉的娃娃要修好，断掉的发卡要粘好，家里死了人，只要再来个人名字一样就算完好如初，姐姐很天真，要求这么低，怎么可以连这点幻想都不给她留。

易辙没吐槽过"诡异"，只是就着她唱的《送别》把祭酒洒进泥土里："你爸起的名字很温婉，寄托了爸爸的期望，要你脾气好一点。只有做个温柔的人才算把爸爸起的名字用在心里，不算忘本。"

纯属仗着她不敢在墓前打人，一本正经地扯淡。

接机的工作人员直接把溪川一行送到广电大厦。下午台里有个娱乐节目的访谈，制片、导演和男主角都比她先到。

李闻达中午没收住，和台领导拼了半斤酒，到做节目时给记者添了不少麻烦，回答和内容创作、主题思想有关的提问驴唇不对马嘴，赵制片出了一身虚汗，无比庆幸叫上了陈谅同行，勉强招架。

做完下午的活动，晚上又是应酬。

易辙在上海张罗那个高奢的头衔，YXC跟来的其他人不够分量，显得不尊重，溪川不得不自己出面。

台领导们终于如愿以偿跟她吃上这顿饭，很意外她为人爽朗不摆谱，酒倒多少喝多少，敬酒都是一口闷，高兴得不得了。副台长醉得当场要开包房里的劣质卡拉OK助兴。

陈谅怕溪川喝多，明天还有招商的公开活动不能耽误，帮她挡了几杯，认识到自己是来四处救火的。

洛川在医院一直坐到下午才等到检查报告，报告上都是术语，她看不明白，但是一连串不在正常范围内的数值让她隐约感觉有些不妙。

回到医生办公室听分析，证实了猜测。

比她年长许多的女医生用稳重到近乎麻木的神情说："你先回去消化一下这个消息，不要心理负担太重。我给你约下周一下午的时间，你再和家属一起过来，有几个治疗方案的选择我们可以探讨。除了成熟的方案，现在每天都有新药发明……不用担心，好吗？"

"我应该做什么？我是说，有什么是我能做的？"洛川问。

医生又重复了一遍她的基本观点："你不需要急着去做什么，首先第一步是要以良好的积极的心态去接受。"

于是她心态良好地放任自己突兀地冷笑起来，笑得停不住，也许在主任医师见过的千奇百怪的绝症病人中，这不算怪。

一直以来她认定世界上不存在没有解决方法的难题，兵来将挡水来土掩。

生活的真相竟是这样，你自以为要得很少就容易幸福，它却能收回去更多。

[27] 也想任性一次

洛川和陈谅高中三年都是同班同学，大学不在同一个学校，从大二开始交往，本科毕业后很快结婚了。

陈谅的妈妈当时非常反对这桩婚事。她是个资深律师，专打离婚官司，大概经验丰富，一开始就看清了其中的隐患，更不用说当时的额外情况，还有陈谅"受了诱拐"转去洛川的行业，在妈妈眼里各方面都有些头脑发热。

她不喜欢洛川，也尽量避免卷入小两口的生活，不常来往，再加上因工作关系在广东定居，见面的频率每年也就两三次。

洛川和自己娘家倒是经常走动，但洛川妈妈又是彻底的享乐主义高龄少女，指望不了她在生活中能帮上忙。

幼儿园要求双亲参加的亲子活动，也有不少家庭派出的是妈妈加奶奶或者妈妈加外婆的组合，可是很不幸，洛川的场外援助也不存在。

其他家庭爸爸在画脸谱的同时，妈妈在剪窗花，双线并行。洛川一个人没有四只手，虽然不是比赛，但速度明显落后，镜子着急又失望，也知道根源在哪儿，小声抱怨了好几遍："爸爸怎么又出差，每次我们幼儿园有活动他都不在，他是不是有外遇？"

洛川本来心里委屈，正闷闷不乐，听到这词手上的剪刀滞了一下，笑起来：

"你还知道'外遇'？什么叫'外遇'？"

"'外遇'就是一个男的每天假装去上班，其实遇见了别的女的。"

居然理解得不是很离谱。

洛川哭笑不得，作势绷起脸："妈妈怎么说的？不能缠着小姨给你看手机上那些不三不四的东西。"

"什么叫'不三不四'？"镜子撑着脑袋问。

"大人手机里的东西都'不三不四'，小孩子不可以看。"

"哦。"

洛川放下剪刀，把她抱近一点："镜子可不要出去到处跟别人说爸爸有外遇哦。爸爸是大导演，工作忙是应该的，没本事的男人才整天缩在家里带孩子，明白吗？"

"明白了。徐晓天的爸爸就没本事。"

洛川蹙了蹙眉，没法自圆其说。镜子的同学徐晓天家女主外男主内，妈妈是企业家，爸爸是家庭主夫，平时每天都是爸爸亲力亲为接送孩子，倒也不能说人家没本事。

洛川怕童言无忌，镜子把这话抖到人家面前去，只好含糊其词一笔带过。

"徐晓天的爸爸有别的本事，你不要管别人家。"

镜子不解，可看妈妈已经不耐烦就不敢再问了。

生理不适影响了心理因素，最近洛川情绪失控的次数越来越多，早上出门前给镜子煎荷包蛋时锅里的油温太高，溅出来把手烫了，手背上红了一大片。一时找不到出口发泄，眼前的人只有懵懵懂懂的镜子，她把平底锅往水池里摔，能听见声响的也只有镜子。

镜子被吓着了，没吃上鸡蛋，不知道妈妈在为什么摔东西，大气不敢出地背起小书包下了楼。

到这会儿，洛川手背上红色褪去，只剩下一个暗紫色的小圆点，不过是这么点大的油星子，也能让她崩溃。

但她没放弃对镜子进行亲子教育。前一天的采访到晚上就播了，她抱着镜子在电视前看"爸爸的工作状态"，镜子听得云里雾里，全程目光呆滞，只会在溪川出现时冒出"哎，小姨"的热情观众反应。一刻钟的访谈对小孩子来说很煎熬，结束后逃命似的跑去睡觉了。

洛川留下继续看招商见面会的内容，屏幕中溪川穿着红领白衬衫和红色短裙，光彩照人，像二十二三岁刚大学毕业的女学生。自己和她本来只有一岁差距，看形象状态却成了两代人。

人的一生原来这么短暂，刚起了调，没听出旋律，就戛然而止。

她也想任性一次，什么都不操心。

学着溪川开了瓶红酒，越喝越伤心，一个人在客厅里边哭边看电视。

镜子听见动静，穿着睡衣出来望了一眼，躲在墙边探出个脑袋："妈妈你怎么哭了？"

洛川笑一笑："妈妈高兴，好久没这么高兴了。"

镜子又歪着头听不懂，被催进卧室去继续睡觉。

洛川喝得不省人事，直接在沙发上睡了，不知过了多久，突然被孩子的号啕大哭惊醒，冲进厨房。镜子想喝水又不敢叫她，自己跑去按下烧水壶开关，倒水时举不动壶，全泼在自己胳膊和腿上。

晚上十点半，溪川接到姐姐电话，在电话那头语无伦次地哭号，说镜子自己烧开水烫伤了，人在医院，打陈谅电话又不接。

和广告商的应酬没有结束，晚饭后转场在KTV唱歌，一群男人吵吵嚷嚷顺带闹酒，听不见电话太正常。

溪川把陈谅从人堆里揪出来："镜子烫伤了在医院，姐姐一个人照顾不了，我要取消明天的行程现在赶回去，你也一起？"

"烫伤？"陈谅苦笑着扶额，"工作干一半取消行程？"

溪川翻个白眼："你想怎样？你又不是总导演，地球缺了你不转？"

"带孩子都带不好。"陈谅无奈地叹口气，这话不是对任何人说的，只是感慨。

溪川把亚婕从包间里叫出来，忙着四处打电话，通知团队收拾行李退房，跟电视台方面沟通取消行程。

陈谅没那么多关系需要协调，懊恼地抄着手靠在走廊里抽了支烟，他就一个小行李箱，路过酒店时上楼拎出来就行。

意外发生，工作中断，任谁都觉得丧气。

溪川风风火火，做了决定后一直在行动，没闲下来回味，匆忙赶到机场，好不容易追过安检准备登机，又遇上航班取消，一瞬间才有些情绪失控。

陈谅和亚婕去柜台办理改签，溪川则一刻不停地跟姐姐通电话，镜子送了急诊在做初步处理，姐妹俩哭哭啼啼咒骂航空公司，仿佛航空公司应该对镜子受伤负全责。

亚婕办好改签，回来把自己的手机递给她："老板找你，电话打不进来。"

溪川愣了愣，把手机接过去。

易辙交代道："你先办正事，把你姐电话挂了，让她把医院的地址、楼层、病房号和联系方式用微信发给你，你再转给我。我现在先去医院，机场有公司的车在等你，你到了直接过来。"

溪川捂住脸缓一缓，一边啜泣一边按他说的一一照办。

接着他把电话挂断，又拨了她的手机："你把手机还给王亚婕。"

溪川照做，亚婕拧着眉从大屏幕上收回视线，也烦躁起来："刚改签的那班飞机又取消航班了！"

易辙在手机那头听见，叫溪川让亚婕接电话，说了几句。

亚婕没顾得上转述，把手机换给她，叫上陈谅又匆匆跑了。

溪川焦躁得眼泪止不住往外涌："为什么老是取消航班？说好要飞的不飞，不讲信用。"

"上海天气不好。晚上每个航班入座率又不高，飞一趟亏本一趟，就用这个方式把客人集中到一班飞。"

"太过分了！都是奸商！"

易辙笑她骂骂咧咧，做无用的叫嚣像吉娃娃，安抚道："我让王亚婕帮你和陈导去买之后所有航班的机票，看哪个航班飞，上哪架飞机，总会有起飞的。廉航的也买，你不介意凑合一下吧？"

"不介意。"她抽抽鼻子。

"我想也是。没的挑了。"

"要是坐高铁说不定更早到。"

"欲速则不达。其实确实应该坐高铁的，上海雨夹雪，夜航不太安全。"听他说着话，夹杂明显的一声关闭车门声，接着传来发动机轰鸣声，似乎是上了车，"你穿严实点，这里好冷。"

溪川终于平静了一点："你不要酒驾哦。"

"我没喝酒，才开完会回到家。"

和他预料的一样，后续航班接二连三取消，总算有趟起飞的廉航，溪川和陈谅得以登机。团队其他人不那么着急，在机场等航空公司安排改签。

两人赶到医院时，小可怜镜子已经处理好伤口睡着了，发着烧，输着液，该吃的药都吃了。易辙去了之后给她调了一个单人间，洛川在病房里守着。

陈谅一走进去就闻到浓浓的酒味，先忙着确认镜子的伤势，等结束了才觉察那酒气是从洛川身上传来的，顿时明白好好的孩子怎么会自己去烧开水，简直难以置信："你一个人在家酗酒？连水都不给她喝？"

洛川已经自责过了，眼下精疲力竭不太想说话，很小声答了句："我身体不舒服喝点酒缓解。"

这轻描淡写的态度更让人恼火，陈谅不由得拔高声调："柳洛川你到底在干些什么？"

溪川看不下去他盛气凌人兴师问罪的态度，用比他更响的音量反呛："你自己不也喝酒吗？"

"我没在工作的时候喝过酒，照顾孩子难道不是她的工作吗？"陈谅吼回来。

溪川还想吵，被易辙连拖带拽架走了。

上了车她还没平息，大幅度喘气。

"不要掺和人家夫妻的事，你这么激动在走廊里吵闹，被路人拍到，还以为你医闹。"易辙帮她系好安全带，劝道。

折腾了一晚上，她乏力又委屈，使劲揉着太阳穴，一张口带出哭腔："我也不想管，可是他对我姐姐实在太差了，说不清差在哪儿，可能你在一边看着还觉得他占理……"

"我理解你的意思。"易辙从容把车开出去，"但我在一边看着觉得没有你想的那么糟糕。他们夫妻俩其实挺平等的，不平等不会产生这种认知误差。"

"啊？这还平等？"

易辙笑了笑："陈导对你不也这样吗？尊重你是个演员，才会用导演身份跟你对话、给你提要求，你们也经常吵，甚至都动过手。碰上杨雪，他除了说说场面话夸人漂亮，能谈什么正经事？"

"他和我姐也没什么可聊。"

"他的感觉很明显把你姐当搭档了，任务分配很明确——我的工作是养家糊口，你的工作是管好镜子，一定要共同努力迈向美好未来。你姐需要的不是搭档，她想要个情感上的依靠，出了错会给她安慰的人，而不是跳出来追究安全事故责任。"

"嗯。"

"这点误差，说开了就能解决，又不是原则性问题，没有人自私，也很平等看待对方，已经比很多夫妻强了。"

"这样吗？"

易辙在红灯前停下，趴在方向盘上回头看她，咧嘴笑起来："这么容易炸毛，是不是看电视会砸电视啊？"

"我怎么炸毛了，我只是路见不平……"

"你就说砸没砸过吧。"

"没有！"

"我不信。气得脸都发青。"

[28] 脾气很好人很乖

溪川被拖走后，房间里恢复阒寂。

陈谅和洛川各自占据病床一角沉默，没有眼神交流，好像都心虚不敢看对方似的。洛川把湿毛巾翻了个面，帮镜子擦擦脑门上的汗。

陈谅的目光一直浮在镜子的小脸周围，突然发问："你的手又是怎么回事？也烫着了？"

洛川微怔，继而反应过来他是指左手背上那点疤："没有，是做菜时被油溅的。"

陈谅不知道该说什么，又沉默片刻，掏出手机搜了搜附近商户："斜对面有个快捷酒店，你去开个房休息一下吧，不需要两个人守夜。"

洛川瞟了他一眼："你去吧。"

"我明天得去剪辑那儿定调色。让你去你就去，中午来换我。"

洛川心里刚开始有点感动，听他这么说觉得是自作多情，把目光调开去，收拾病床上的杂物，出了门。

溪川折腾了一晚上又急又气，旅途奔波，着实累得不轻，在车上扯着安全带睡着了。下车后一头扎进浴室潦草洗濯，出来又接着倒头睡。

易辙在她身边停留一会儿，帮忙从她头发上把洗脸时粘上去的魔术贴摘下来，忽然回想起晚上留下深刻印象的洛川。

洛川不是像溪川这样的精致上镜脸，但是生活中的美人，比溪川高，身形五官都大一号，但不显粗壮，刚刚好。举手投足有种大家闺秀风范，读书时肯定是优等生，四平八稳地优雅，或者也可以说呆板。如果说有种人一眼望去觉得适合家庭生活，大概就是这类。难以判断她是天性如此，还是后天在"姐姐"的身份中接管了一些责任，潜移默化养成。

这就是易辙感觉古怪之处，陈谅喜欢的应该不是洛川这类。一个做导演的，还做得比较出色的男人，在艺术上很有创意，在感情上怎么会挑中这么循规蹈矩的女人，还早婚早育？溪川提过一点他们的家庭情况，洛川父母似乎没给过陈谅经济、事业上多少关照，不过也许只是溪川天真的理解。

睡了三个多小时，易辙的手机闹钟又把人吵醒。这回她没被吓一跳，而是很熟练地摸到手机塞进脑后枕头下。

闹钟停了，时隔须臾又响，她发出深受困扰的呜咽，他伸手过去取手机又被她推开，有点无奈："不关掉它会一直响。"

溪川于是不动了，由他把闹钟拿去关掉。

易辙输完手机密码，人已经清醒过来，微信里有公司的人转发来的东西，一些微博链接、一些事件概述，要他定夺，他昨晚没抽出空看。

《奋斗吧少女》发了一支片花，看转述昨晚溪川上过热搜，公司已经联系处理了。他手机没开声音，点视频播放，知道了原因。

全剧唯一一场情欲戏作为重要噱头被放进片花，出现的位置按进度条来看，算是预告的高潮部分，而且不是他事先特地确认过的陈谅剪辑的版本。更露骨，更情色，不得不说李闻达在这方面天赋异禀，虽然拍摄时没几个裸露镜头，但男人的手女人的腿，特写组合在一起，曝光时间够长，就能引人遐想。

片方选择这么做能理解，同样的宣传投入最好能引起最大的关注度，影视作品不是艺术品而是商品，能被热议是大家喜闻乐见的。溪川当初合同签得严苛，所有与她有关的物料必须由YXC确认过才能公开，这条显然没有确认过，但与鱼丽的合作来日方长，不至于为这点小事追究违反合同对簿公堂，警告归警告，抗议归抗议，拿他们也没什么办法。

更何况通常的做法是，既然木已成舟，片花已经公开，热搜也上过，不可能派黑衣人去给看过的观众洗脑，还是优先考虑如何物尽其用。

当事人此刻一无所知。

易辙轻轻碰了碰她耳畔的头发，居高临下看着她。她依然没睁眼，像得了什么鼓励似的整个人压过来，把他拦腰抱住。

知道她只是单纯撒娇，可是联想起刚看的视频，有点微妙。

他清清嗓子："平时可以迟到，今天不行，上午有个会，要投票决定……"

她愈加放肆了，紧紧缠住不让他走。

易辙哭笑不得，抱着她安抚了好一会儿，才把她从身上卸下去，翻身下床："我快去快回，等我回来再吃饭。"

她卷了被子侧身背对他，不开心地"哼"了一声。

这"哼"的一声，让易辙一上午会都开得不太安稳，话也懒得说。

会上讨论的是要不要收购一家体量较小的娱乐公司，主营编舞、舞美和舞台设备，可以自负盈亏，外带两个资质不错的练习生。光以收购角度考虑，是个优质选择。

前几年YXC精简业务，把这些相关部门裁撤了，演出时请外包。易珂此举又是想扩大自己的事业版图。在易辙看来只会更进一步侵蚀影视部门的资源，当然反对。

公司内部没有统一意见，投票结果，易辙以微弱的优势否决，但他知道易珂不会那么轻易放弃，还要继续游说鼓动，直到达成目的。

散会后易珂心里不爽，也要给他添堵，在电梯里嘲讽他现在推自己女人打色情牌，"挺豁得出去"，想必是追了《奋斗》剧的"热点"，当笑话看。

易辙沉住气，冷笑一下："她很乖的，让干什么干什么。不像有些小偶像，什么不满都往社交网络上抖，爬到公司头上作怪，艺人没学会赚钱倒学会踩公司。"

提到的是这几天练习生那边出的丑闻，有个小妹妹和公司一个总监偷偷恋爱，产生情感纠纷，连发二十多条爆料。

易珂正为此焦头烂额，被打中七寸，没了声音。

其实易辙不戳他，他自己也觉得烦躁，当今的练习生比过去难管多了，不知道一个个疯小孩脑子是什么构造。过去练习生的恋情得小心捂着、见光就死，现在自己往社交平台爆料；过去谈谈梦想和奋斗就能搪塞，现在天天跳着要求签劳动合同、交五险一金；最神奇的是还能兼做狗仔副业，偷拍郭俊的照片卖给"私生"赚外快，普通狗仔都赶不上他们勤劳，一个月逮住好几起，让易珂颜面尽失。

亚婕中午挤电梯下楼吃饭，在角落听见这恶意往来的对话，直接在心里把易辙扔垃圾桶了，什么狗男人？片花风波她知道了，社交网络风波她有耳闻，但高层关系她捉摸不透，弦外之音也听不出，替朝夕相处的姐姐抱不平，这糖里藏毒的一对不嗑也罢。

回去途中，易辙特地路过她喜欢的酒店打包带了好吃的。进门时见她穿着居家服窝在沙发里看书吃冰激凌，叫她放下过来吃饭。

她理都不理，又把书往后翻了一页。

易辙放下餐盒往她那边看，眼圈青黑色，小脸气鼓鼓的，不像是为了早上的事生气，估计是睡醒后看过手机，走过去把她手里的冰激凌拿掉，谁知她眼泪扑簌簌滚下来。

他错愕地看看冰激凌，确定冰激凌不承担主要责任，搁在茶几上，腾出手去扳她的肩："这么委屈？"

她被他硬掰着别过脸，目光相撞，只是刹那之间，她又把视线移开。

"不委屈，反正我很乖，让干什么干什么。"

一句话把易辙吓得灵魂出窍，两眼一抹黑。

YXC是个娱乐公司吗？是间谍公司吧！

路上停车打包几盒菜的工夫，话就传到她耳朵里了。

"又是谁嘴这么碎！"易辙真佩服得五体投地，把她揽过来哄，"我那是跟易珂打嘴仗呢，你听听也知道不能当真啊。我错了，我给你下跪。"

说跪就跪。溪川从沙发上跳起来，飞快地跑出他的下跪范围："你就会来这套。"

易辙无奈地站起来追进卧室，被枕头砸个正着。

"我一早起来就把赵元说了一顿，威胁他往后的宣传我们不参加了。"

"参加，怎么不参加？开个跳脱衣舞的见面会收门票最好了。"说的都是赌气话。

易辙笑着给她擦眼泪："那我不答应。"

他拢着她的头发往后捋，凑过去给她打，只管亲亲她的脸，亲到了就很高兴："你其实脾气很好。"

"讽刺我？"

"不是。你一般生气不超过五分钟，来得快去得也快，扛过这五分钟就没事了。"

溪川不是认真跟他生气，就像他说的，不可能当真。只是一睡醒看见片花，心里堵得慌，又叠加了这句话，迁怒到他身上。他靠过来弯下脖子温柔地印上她的唇，她就什么抱怨也没有了。

"认认真真拍的剧，我不喜欢这种打擦边球的营销。"

"我知道。"

她脸上挂不住，还是提了要求："不能让公关处理吗？一上午推送没断过。"

"已经处理了。你这是点开看过，大数据判断你感兴趣才一直推。"

她闷闷地问："你们男人为什么对这个有这么大热情？去看片不够吗？清清楚楚明明白白。"

易辙笑了笑，抚着她的脸颊捏捏她的耳垂："别的男人我哪知道。我只对你有热情。"

"你滚吧。"

"哦。"他非常听话地退开了，避而不看她，站起来往外面走。

溪川还想骂他落了空，心里不自在，肚子又饿了，早闻到香味进了门，跟着爬起来准备吃饭，刚走两步被他突然折回身拦腰抱起来："哎？你干什么啊！"

"老是叫我滚，我就滚呗。"

"放我下去。"威胁加恐吓的语气。

"好啊。"立竿见影地松了手扔到床上。

[29] 横刀夺爱

床两米宽，真丝床罩太滑，她想爬走手肘找不到着力点，轻易被他拽住。

他生就一副好衣架，瘦高斯文，办公室空调间里精英的模样，但其实很自律，比她一个需要上镜的人还常锻炼，有漂亮的肌肉线条，身体俯过来会让人感受到压力。

她不敢那么张狂，还有点后知后觉的茫然无措。

他专注他的，她只是象征性地挣了两下，就动不起来了。

是怎么回事？刚赌气哭过，肚子还饿，时机是不是不太对？

拂到一处伤口，她"咝"地抽了口冷气，他垂眼看了看，是一道两厘米的浅表伤，很新，像是被什么刮的。

"怎么破了？"

"嗯……不知道。"

这个笨蛋能敏锐点吗？他不禁产生了怀疑。她性格太过活泼机敏，但什么人会划拉这么长的口子不知道怎么弄的？有种不祥的预感，要降低期望。

他抱紧她安抚，刚把她放下躺平，她突然说："暂停，等一下。"

不是，反射弧这么长吗？

易辙有点蒙，她恼羞成怒，拉过枕头砸他脸上。

他把枕头掀开："不要老是打脸。"又生无可恋地笑，"你干脆一刀捅死我算了，给个痛快。"

溪川微微一怔，神思似有些恍惚，脸色沉了沉。

他觉察到她微妙的情绪变化："怎么了？"

她犹豫着说："我有个秘密要告诉你。"

易辙当场呆住。

她不走寻常路他是知道的，但这是什么操作？

不管怎样，怀里突然空了，女主角突发奇想爬到床头去翻箱倒柜。

易辙扶额长吁一口气："需要准备公关的秘密？"

"不，不用的。"她找出那个非智能旧手机，钻进被子等开机。

易辙只好也翻身钻进被子，支着脸百无聊赖地等。

"我可以用这个手机这个号码和十六岁的我互通短信。"她好像怕他不信，调出信息界面举到他面前。

"嗯，然后呢？"

"我的'白月光'，新旬，十八岁去世了。你知道的。"

"嗯。"

"所以我劝自己从一开始就不要和他来往，这样的话，可能他就不会死。"

"说好要买彩票的呢？"

溪川愣了愣，想起吐槽剧本时是说过："最近不怎么缺钱。"

"哦……"

"总之，发生了点意外。你记得我没有办法入戏那段时间吗？那时候我们没怎么来往过，但他还是死了。因为没太多交集，他的死变得和我没关系。连锁反应是此时此刻的我对他的情绪也变淡了，不仅情绪变淡了，还记得和他曾经认识这个事实，就像记得看过的电影剧情——Jack和Rose是一对，再感人也不是我的切身体会，所有与他有关的情绪都恍如隔世，心里没有任何感觉。"

易辙认真听着，等她说完，忽然明白了点什么。陈谅说她情绪很差无法入戏之后，他和她的关系也改变了。

他原以为是自己怕失去她追得更紧了，这只是一方面，另一面溪川的回应的确和从前截然不同。

是斩钉截铁的拒绝，还是举棋不定的接受，其中态度差异他分得清，正是这样的原因，以前哪怕她消沉酗酒和他一张床上睡，在浴缸里溺水被他救起来，他也没和她发生过关系，他不喜欢勉强。今天的溪川不一样。

"这不是很好吗？你不再被过去困住，释然了。"

"改变还在继续，我也控制不了十六岁那个我来回折腾。在最新进展中，她和新旬又来往了。"

"对你有什么影响？"

"暂时没有，因为新旬还是在十八岁去世了。但我害怕，如果有一天，出现那个从理论而言最完美的结局，新旬没有死，后来和我一直交往到二十七岁……"她抬起惊慌的泪眼看向他，"你离开了我，甚至对我完全没感情了，怎么办？"

易辙愣住了，半晌才厘清思路："不是……等我捋一捋，你说你和他在过去发生变化，没太多往来了，你对他的情绪就变淡了？"

"嗯。"

"那是你变心了啊，你为什么第一反应怀疑到我头上？怎么不怀疑你自己变心离开我？"

"哦。"她眨眨眼睛，"也对。"

"哦，也对？"易辙掐着眉心，感觉头好疼，"真出现你说的情况也没什么可担心，像你说的他没死，那他就没光环，他后来跟你交往，我追你，大家公平竞争。我现在能追到你，重来一遍也能追到。"

"你不会追有交往对象的女人。"

"前提是，这个先来后到我不认。排队时走掉的人，难道还能第二天再插进原来的位置，声称自己昨天排到这里？"

"真的吗？就算我离开你，你也会把我追回来？"

"今天回家就把'横刀夺爱'当座右铭写在墙上。"

溪川笑起来，被他双手捏住脸。

"傻不傻？我还以为你要打开衣橱拖出具尸体。"

她低头绞着手："我就是害怕……你怎么接受度这么好？"

"比处理尸体省心多了。"

"我是说，'时空对话'这种事……"

"发生在你身上一点不奇怪，没什么奇怪能超过你本人，你当我面变哥斯拉我眼睛都不会眨一下。"他摆弄着旧手机，"我这样跟她发短信，她也能收到吗？"

"不知道，你想干什么？"

"打声招呼挂个号。"

溪川蹿过来抢走手机："你别勾搭未成年。"

性质这么严重，吓得他赶紧松手，撑着床退开笑："还是蛮奇怪的，你们是一个人，但实际又是两个人，喜欢的也是两个人。分歧已经出现了，她想要的是和'白月光'一直走下去，你想要的只是不要死。"

"是。可现在主动权完全在她手里。"

"那不一定。'谁控制过去就控制未来'，后面还有半句，'谁控制现在就控制过去'。你这么聪明，想做什么做不成？"他轻轻抚着她的脸，"你说得对，我爱的不是十六岁小女生，想抓紧的也只有眼前这个你。"

溪川攀住他的脖子，凝视着他小声问："要抓紧我吗？"

他笑起来，把她拖进被子里："肯定的。公平竞争也要抢占先机。不抓紧时间，万一明天一觉醒来变三角恋就麻烦了。"

好像没有她想象的那么悲壮，撕心裂肺血流成河什么的，都没有发生。她神志清醒一点才发现自己代入错了，预设的都是电视里的难产画面。

结束后她累得不想动，像个生活不能自理的智障被他抱去洗澡，爬回软软的床上就睡着了。醒来时窗帘半开着，可窗外天是黑的。

他注意到这边的动静，视线转过来，合上笔记本电脑，拉上窗帘以防她要坐起来。

"你姐说镜子退烧了，烫伤面积不大，也没有感染，情况还好。我跟她说你着凉生病，今天不过去了。明天你早上有个广告，七点出门两点拍完。下午四点半有个会。中间两个半小时你应该能去看镜子。"

听着头大，她蹙眉问："什么会？"

"金跃的会。赵絮想见你。前五集剧本发到邮箱了，你想看吗？"

"不不不，现在不看。"她蒙头躲进被子，仿佛被笔记本电脑追杀。

易辙笑着过来刨出她的脸："饿不饿？想吃什么？"

"谷物早餐。"

"现在不是早餐时间。"

"没有规定早餐一定要早上吃。"

易辙去给她拿来了谷物早餐，顺便把中午的海鲜汤热了一下。她兑在一起吃得津津有味，又甜又咸，也不嫌味道古怪。

"男主角定了吗？"

"黎月行。"

"哇！"

易辙一时没憋住笑："'哇'是什么意思？你给我解释清楚，'哇'是什么意思？"

黎月行是很帅，不只长得帅，十七岁模特出道，十九岁拍校园剧进入影视圈，二十二岁主演国民剧平均收视率破三，拿到视帝。二十四岁已经拿过金×影帝了。演技和运气都让人羡慕。

溪川不好意思地抱着谷物早餐往旁边闪："'哇'的意思……是感慨，这个剧真有钱。这得多大投资啊？"

易辙饶过她了："投资是不小，但听说他片酬就要了个友情价。"

"我呢？没钱吗？"

"有一点。"

"有一点是多少？"

"问那么多干吗？缺钱买彩票去。"

"我不赚钱，你会不会在公司压力很大？"

他望着她的黑眸里都是情意："这不用你操心。"

"那明天早上的广告能'放鸽子'了吗？"

"不能，你已经放过它一次鸽子了。"

"想跟你待半天，不好吗？"

"不要拿我当旷工借口。"

溪川收起殷勤别过脸："不喜欢你了。"

易辙不跟她计较，笑嘻嘻进浴室去洗澡。

她吃完洗漱过，一时不能重新入睡，留了盏壁灯，侧躺着玩手机。

他靠过去看一眼，是她自己的智能手机，在逛网店选拼图，松了口气。

"你发现能'跨时空对话'以来，有和'白月光'本人通过信吗？"

"嗯？"她不明所以地转过头，"没有。怎么了？"

[30] 比较

"我有一个疑惑。"易辙说，"在我记忆里，你一直有个'白月光'在十八岁去世，从我第一天知道这个人存在，他的身份就没有改变过。为什么？"

"不知道。"溪川陷入茫然，"难道客观世界根本没有改变过？只是我的主观记忆在变，感受随之而变？"

"或许就像生活和演戏并行。生活其实不变，但你会入戏，会有因戏产生的情绪。多的是演员难以出戏，一直沉浸在情绪延续中，带着这样的影响去生活。"

"那我和精神病人有什么区别？都活在一个人的世界。"

"我就是担心你精神上难以承受这样反反复复的负担。一个人因为意外死了，和很多次有希望救活却没成功，是不一样的感受。"

"那我应该怎么办？已经开了头，她也不可能停手。"

"放下那个手机不要再去联系。她爱做什么做什么。你无非是等对方掷骰子，可能面对两种结局：什么也没有改变，生活继续；或者某天醒来多出一个长跑多年的男友，要在两段感情中二选一。那就简单多了。"

"你说得对。可我这个人好奇心重，我肯定会忍不住，做好的题会想翻到最后去对答案，做错了会想知道正确答案。"

"你信任我吗？手机放我这里。如果哪一天实在记忆难以理解、情绪波动太大，想知道为什么，跟我商量，一起决定要不要去问她、要对她施加什么影响，后果至少有个人跟你一起承担。"

溪川把床头柜拉开，把旧手机关机后给他。

他将手机收好，回过身，双手捧着她的脑袋在额头上亲一下："再说我也不喜欢你老想他。"

溪川顺势把脑袋靠过来，枕在他肩上，细细的胳膊从他腰际穿过去："你好小气哦。"

他笑起来，设定好闹钟，把她抱住。

"所以，还好吗？"

"还好。"

他就不客气地又折腾到两点多，还说了会儿悄悄话。

现在她意识到之前那场亲热戏一开始演得有多脱轨了，导演一再喊她"收一收"算是很克制的表达。绝大多数时候她是典型的体验派表演，仗着天赋和经验横行，在这方面只能退回表现派，学习的影片太杂，她却没经验分不清好坏，设计的技巧不太符合常理，过于浮夸。

好在她有个优点，放得开不露怯，在片场犯的错，过后不会总是懊恼。

听她一本正经地总结教训，还归纳出理论，易辙不由得发笑，这时间的聊天内容真是闻所未闻，关于灯摸摸她："快睡吧，明天还有拍摄，留点精神。"

不出所料，早上六点闹钟响了，那么点精神残量根本不足以支撑她起床。

易辙怎么哄也无济于事，体会到自食其果的无奈。

"算了，反正到现场再化妆，你可以再睡一刻钟。"他自我安慰道。

溪川装没听见，并不理会这个一刻钟倒计时。

最后是亚婕要进来取下午换的衣服，在外面按了门铃，她才从床上蹦起来逃进主卫。

易辙稍稍收拾了一下房间，出去给亚婕开门。

小姑娘有点反常，冷淡地扫了他一眼，招呼也不打，就进衣帽间收拾去了。

溪川洗漱好换了轻便的运动装出来，接过他递出的牛奶，小声抱怨："身上没力气。"

他轻吻她的侧脸："晚上回来早点休息。但是你……"说着笑了，"气色挺好。"

溪川白他一眼。

"上午你不用跟去拍广告，帮我去商场买这个拼图，网上买今天送不到。"她边交代边把截图从手机上发给他，"一起去看镜子带着。"

"不能叫老宋抽空去买？"易辙觉得自己大材小用。

"他会买错。你也看清楚片数。"

易辙皱起眉："两千片的纯白地狱？这是你玩还是镜子玩？"

"我和镜子一起玩。"

亚婕抱着衣服准备出门送到车里，易辙看见她手里的衣服，知道是溪川挑的："我以为下午你会投其所好穿旗袍。"

"赵总自己要穿吧？我也穿，难道去跟她比美？"

易辙想了想，第一次见面的确不合适，还是她想得更周全。

溪川跟在亚婕身后出门，回头强调："两千片。"

考虑到医院病床床单是白色，他自作主张买了黑色拼图，下午在医院碰面，她没表示不满。

镜子烫伤面积不算大，小孩子恢复得快，看起来精神不错。倒是洛川脸色不好，憔悴得像一夜老了好几岁。

"我姐夫呢？"

洛川说："他还有工作。"

溪川把怨怒写在脸上，易辙给她使眼色让她克制，陈谅又不在这里，骂他也只有洛川和小镜子听得到。她有个明显深呼吸的动作，把话咽回去。

探过小病号离开住院部，她问："陈谅待会儿会在吗？"

"不会。"易辙摇摇头，"导演还没定。今天只是赵单独见你。"

"那就好，我怕在外人面前跟他打起来。"

她上午为拍游戏广告卷的发型还保留着，穿的是复古的绿色软呢套装。在这个乍暖还寒的季节，周围大部分人没脱颜色灰暗的冬装。她走在人来人往中很惹眼，再加上特别的明星气场，即使戴着墨镜遮了脸，身边没有随行人员的簇拥，还是被路人认了出来。

易辙见远远近近几个人在小声议论、作势要上前搭讪，怕在这里耽误时间，赶紧拉着她加快步伐，迅速把她塞进车里，上车后指派了两个小助理下车："你们不用跟去了，留在病房看有什么需要帮忙的，孩子就一个人照顾，换个手都不方便。"

溪川第一次见赵絮，地点定在金跃的会议室，说是会议室，更像会所。沙发围着茶几，多了休闲少了正式，还有老熟人梁制片作陪。

赵絮的形象和她想象的差异不大，三十出头的年纪，穿旗袍，但是一副受西方文化影响的派头。易辙事先介绍，她是留学加州，在好莱坞工作过。

这种美国留学归来的"影二代"其实很难应付，喜欢带回些不符合国情的美剧制作模式搞革新，影响常规拍摄，赵絮未能幸免。

她提了一些额外要求，要主演试镜，要举行剧本朗读会。

以溪川现在的地位，都是片方追捧着她，已经很少有电视剧剧组会要求她试镜。不过她没意见，演技又不是拿不出手。剧本朗读会就更不必反对，她倒是很高兴能增加这个环节，过去拍戏时常有年轻当红的同组演员无缝衔接进组，不仅不花心思研读剧本，表演还带着上一部戏的人设情绪，各种串戏。

可是赵絮又提出全剧顺集顺场景拍摄，这就有点离谱。

顺集顺场拍摄有利于演员入戏，但弊端太多，首先是制作时间的拉长、制作成本的激增。这个剧目前不缺资金，缺时间。对一线演员而言，时间就是金钱。

等待拍摄是资历浅的演员最重要的一部分工作内容。大组优先考虑将主演戏份集中拍摄，会同时考虑场景、主演档期尽量科学统筹。配角也许一天内早一场戏晚一场戏，中间只能迁就地等。

顺集顺场景意味着一视同仁，你是女主角，但下一场同场景的戏是女二号对龙套，你也得回车上等。

溪川虽然心里有异议，但没当场说出，打算回去再跟易辙商量，去通过制片进行沟通。因为赵絮这性格太不好惹了。

聊剧中间穿插闲谈，赵絮不避讳地提到其他一线演员，没有一个好评，这人"脑子不好"，那人"经纪人有病"，说话的内容语气已经超出直率范畴，有点咄咄逼人。

诚然，按她父亲的圈内势力，她是不怕得罪任何人，张扬跋扈源于那份底气，她自己知道且不打算收敛，放话"从国外回来，你知道，美国人说话比较直，不搞那些弯弯绕绕"。

溪川心想放屁，品牌的高层大多是外国人，她不是没合作过，一样搞派系，一样钩心斗角，美国人没有多么高尚，她不信赵絮去迪士尼工作说话也这么"直"。

这种高高在上的合作方，让溪川有点担心将来剧组的融洽程度，不过她好歹是个演员，不至于想什么都显在脸上。

临走时赵絮对她评价很高，夸她衣品好，又夸她有书卷气："也确实——"她转头邀请梁制片来附和，"比季向葵强，是吧。"

梁制片可不敢公开随意评价一线女演员，特别是当着这么多工作人员的面比较两个一线女演员，冒着虚汗打着哈哈蒙混过关。

溪川听这话好像别有深意，留了个心眼仔细琢磨。

一开始她以为同一个角色也考虑过季向葵备选，上了车才觉出不对劲，她看过剧本，猛回头质问易辙："季向葵演女二号？"

该来的还是来了。

易辙用几不可闻的声音答："双女主角。"

溪川什么也没说，顺手抄起个文件夹朝他砸过去，上午拍摄对流程用的纸页掉了一地。

跟上车的亚婕习以为常，泰然自若去后排找位子坐，连眼神都没给老板。

易辙对回过头的老宋说："开车吧。"

"这个剧我不会接的。"溪川没再看他。

"有什么不好？"易辙苦口婆心的调调，"话题自然存在了，你也不用担收视压力。你有什么可担心的？就季向葵那演技，应该她担心。"

"没什么不好你就不会瞒着我。"

"我没瞒着你，只是你没问。"

溪川冷哼了一声，一路不再说话，脸色阴沉得吓人。

下车时易辙看她穿高跟鞋想伸手扶她一把，被她闪了过去。

这局面，有点像老鼠跟着猫进了门。

刚把公司的人关在门外，溪川就把手包、脱下来的两只鞋一个接一个往他脸上扔，幸亏准头有点差。

第四话

Summer Fantasy

. . . .

如果翻篇像换季

[31] 敌人

易辙举双手投降先稳住她，从开放式厨房拿起厨房钟按下定时："给我五分钟，倒计时。说完我就走。"

"我知道这次会面让你很不舒服，都是不合理要求，但你不相信我吗？她会——收回的。"

溪川面无表情抱臂靠在沙发边："你当然能让她收回，本来她也不是认真的。你以为我看不懂？赵絮的目的只是试探我，想看看我是不是个疯子，能不能控制自己的情绪。"

他耸耸肩："你做得很好。但我听说季向葵做得更好，当她走出金跃大门时都和赵絮姐妹相称了。不得不承认，她比你会来事，那是她的特长。"

"所以你打算发挥什么作用？那些条条框框首先触动的是季向葵的利益，对她百害无一利，在你提出异议之前，她的团队就会让赵絮——收回。"

"你不是已经看到她的利用价值了吗？"

"就为了给你省事？"

他坦然道："对，这些鸡毛蒜皮的小事有人能代为解决当然好，因为我要集中精力打一场硬仗。你以为你的敌人是赵絮？是季向葵？"说着摇了摇头，"是黎月行。"

观点有些新奇，她愿闻其详。

他耐心往下分析："你演技是好，擅长塑造角色，让观众分不清虚构现实，以为生活中真有这么个人，追到你床边给你送花。但黎月行演技也好，擅长制造名场面，在营销方面非常讨巧。愿意看五十多集电视剧深入了解角色的人毕竟少，几分钟的名场面却可以在任何社交平台迅速抓人眼球。这是你的剧，但他有本事把这变成他的剧。"

她替他总结中心思想："你希望把季向葵引进来，帮我成为焦点。"

"观众会像秃鹫一样紧盯你，生怕错过最精彩的争端戏码。他们预设了一些女人和女人的战争，你却可以借此悄悄在女人和男人的战争中获胜。"

溪川很失望，他一点不从她的需求考虑："我不喜欢任何战争。"

"由不得你不喜欢，因为你的'咖位'还不够傲视群雄。不管你想不想，一线电视剧女演员在与男演员竞争中处于劣势，他们通过舆论散播谣言——女人和女人在一起只会钩心斗角，女人多的地方麻烦多，女人在职业上一定会依附男人，有女人存在的剧婆婆妈妈不好看，男人可以撑起事业线，男人可以承担幻想，男人和男人搭配更平等，男人有更大格局更广胸怀。社会环境就是这样给公众洗脑的，连女性为主的消费市场都为此埋单，男演员甚至可以拿走你的化妆品代言。你想上位，撒娇没有用，因为权力是男人的命，你要控制权就必须打败他们、从他们手里抢，利用你能利用的一切，不喜欢也要去作战，这是件你死我活的事。面对季向葵你不会考虑双赢，面对黎月行你也不要天真。"

道理确实如此，她唱不出什么反调。

"但你知道和季向葵不可能双赢。"

"在这个剧里只是各取所需。虽然可以让赵絮收回她的要求，但是接商务请假出组的次数肯定得减少，更别想轧戏。六个月与世隔绝对女演员来说是很致命的浪费青春，需要维持曝光度是你和她共同的难题。你们多么敬业拍戏只有几个死忠粉丝关心，更多人对低级趣味的冲突上瘾，他们好奇强酸和强碱放一起会中和还是爆炸，那就吊足他们的胃口。万众瞩目，你想演什么给他们看才是你的自由。"

溪川脸上不加掩饰地浮出嘲讽："你对你的公关手段太自信了，玩这种杂技不怕失控？"

他却以退为进："我接受失控，我不觉得我能控制一切，你最好也别这么期待。"

她赌起气来："你只能控制我。"

他照单全收："没错，那是我的工作。"

趁她一时间思维短路，易辙继续说："而你的工作是去剧组迎接挑战，不是休闲度假。大家都不喜欢自己的工作，相信季向葵也不喜欢，可是冤家路窄，不得不聚在一起互相恶心。但我会跟你进组，陪你保护你，可能失控，我只能说我尽力。"

厨房钟突兀地响了，很不合时宜。他不得不分神去让它安静。

被他按头理智，她心里堵得慌，决心给他添堵："你到底爱我吗？为什么对我这么残酷？"

"没错，我逼你早上六点起床，逼你去不喜欢的剧组，我不近人情，我对你严格是因为见过你在事业低谷，我知道你要什么而你不知道。拿到视后你就做好了第二天开始过气的准备，但我知道你要去更高的巅峰。如果我不爱你，我会做好经纪人本该做的那些——给你接尽可能多的商务、让你轧戏带新人、榨干你最后一点利用价值，哄你做个三流明星。"

话说到最后有了点怒意，他抿唇平复一下心情，给自己找了个台阶下："五分钟过了，你自己考虑，我明天过来找你时，你告诉我这剧你接还是不接，如果你对我们俩关系有新的考虑，可以一起告诉我。早点休息。"

他不走，溪川会赶他走。

但是他主动走了，她又顺不过这口气，一脸不高兴，手边再找不到东西可以扔。

最后应着他关门的声音，从头上拆了个发片丢过去，重量太轻，用了全力，只落在自己脚边。

院子正对着起居室的落地门，自从加强安保以来已经不轻易拉开窗帘。

眼下室外天气已经不像深冬时那么冷，再加上溪川反感他擅自进门，郭俊就站在树荫下抽烟，观察了一会儿池里的鱼，水面下自己的脸随着涟漪闪烁不定。

她回来时他就看见了，跟在后面进门的易辙他当然也看见了。于是他稍稍迟疑，没急于上前招呼，还在回味刚才一闪而过，却在视网膜上留下深刻印记的残影。

她今天穿着淡绿色薄呢套装，里面是丝质白衬衫，春天的气息。

几秒后橙色的灯光从厚重的窗帘后面透出来。

院子里寂静无声，室内的声音被完美隔绝。

他只能听见静谧中自己的一声叹息，沉闷而微弱。一阵坚硬的凉意，像冰一样把他冻起来。

以柳溪川的年纪，交往一两个男人本来无可厚非，他不想评判什么。

交往没问题，问题出在交往对象上，她走的都是歧途。

她很有才华，但又很天真、理想主义，总是对那些权力上峰产生不必要的崇拜和钦慕，在剧组她仰望导演，在公司她仰望总裁。真正的恶是这些男人明知故犯，利用她懵懂的慕强，把对她的利用和掠夺延伸到这个房间里去。

易辙从里面出来，在门廊下整理了一下衣服，头也不回地上车走了。

他看看手机，不到十分钟。

郭俊扔了烟蒂，没进去，不是所有劝告她都愿意听，在这方面她很浑。

毛毛雨下起来了，他动身从后院离开，浴室的珐琅彩窗亮起来，同样看不见室内，只有帘子的曲线在随气流缓慢浮动。

溪川吃过沙拉，躺在浴缸里洗泡泡浴，手机投屏在对面电视上，播放的是从网上找的黎月行的"名场面集锦"剪辑视频。

以前只知道他演技好，没仔细留意过。

他有一双容易让人沉溺的眼睛。获奖那个电影里准备复仇时，动手前一秒盯着目标气势爆表，阴鸷藏在深陷的眼窝里，锋芒是往回收敛的；爆红的剧中，临死前使眼色暗示情人远离，诀别瞬间道不尽千言万语，白驹过隙的留恋与深情，吸引力很致命；还有个略有耳闻的电影里，演的是双目失明的孤胆英雄，几分钟的长镜头眼睛一下没眨，还带动作戏，明摆着炫技，但相当令人折服。

限制反而是他那张过于精致的脸，美得雌雄难辨，存在感太强，做不到完全成为剧中人。即使演黑帮或是变态这种符号特征极强的角色，观众也能很清醒地知道荧幕里的只是演技很好的黎月行。

但易辙的看法一针见血，黎月行的优势在于能用于营销的素材很多，在这个快餐文化流行的时代，短视频里几十秒的演技，传播更为有效，毕竟肯坐下来看五十集剧的人只是极少数，这对溪川不利。

所以就算剧本中女主角色再怎么出彩，女主角的物料更多关于剧情，而对男主角的物料可以聚焦在演技，但是对不了解剧情的新观众来说，当然也是男主角会更加吸睛。

影视圈虽然面向女性市场，但和其他行业一样，最高决策的出品人、投资人、制片人、经纪人、导演等，还是以男性为主，他们决定了观众能看见什么。男演员本来就更容易进入他们的群体，拥有更大的上升空间。女演员要融入并不简单，要么依靠经纪人，要么像季向葵那样八面玲珑。但即使是季向葵，也经常被排挤在外、被巧妙"安排"。

和季向葵互相利用各取所需是个出路，可是与虎谋皮，说不定发展成腹背受敌。

易辙当面没质疑，其实怀疑所谓的超自然现象完全是溪川精神失常产生了臆想，看过手机才确定不是她的问题。

手机在他这里，本机号码一样在不断给本机号码回信息，内容是絮絮叨叨的校园琐事，机主人格挺像个高中生。

他当然没无聊到去和高中生聊天，手机关机保存电量，免得急用时没电，还得临时充电。

超自然现象没对生活造成影响，可以置之不理。

这两天让他烦闷的消息是，《奋斗》剧的擦边球宣传过于大张旗鼓，被要求播映前把此类镜头删减，也就是说，很出彩的那场戏在成片里留不下来，可惜了。

这消息第二天溪川去医院看镜子时被陈谅告知，有点遗憾，但不至于为此纠结。她能做到出剧组就出戏，不太回想之前的得失。

耿耿于怀的人是陈谅，他很看重艺术效果，言语间对李闻达有点"成事不足败事有余"的抱怨。

其实艺术效果对这个剧的影响最微不足道，高风险来自戏外。

溪川在病房里陪镜子玩了会儿拼图，亚婕陪着无聊，坐一边玩手机，刷到《奋斗》剧男二号秦淮的负面消息。

有个女演员在微博上控诉他，没激起什么水花。主要因为秦淮已婚，不帅不红，有点演技有点资历，平时在各个剧组演演男二号男三号，稳定得像上班族，没什么人关注。

"女的是谁啊？"陈谅好奇插问。

"王莉。"亚婕哭笑不得，"这名字也太路人了，还不如'王亚婕'，能红吗？怎么想的？"

"新人，还是演过剧？"

"看履历演过不少大剧呢，这脸没印象，估计是跟组。哎，她演过《麓境》和《来来往往》，姐姐你记得她吗？"亚婕说着把手机递到溪川眼皮底下，这两个都是溪川主演的剧。

溪川认真看看她的样子，想不起这个人："就是跟组吧。"又算了算年份，"多大年纪啊？这么早的剧也演过。"

"不大呢，二十四岁。出道早吧。"

陈谅本来对着窗外在抽烟，迈着步子凑过来看了一眼，语气很不屑："整容脸。这么多年没混出头，想红炒作吧？"

这吐槽让溪川听着很不舒服。

"你不也这么多年刚混出头？"

"你是不是一天不跟我抬杠就不舒坦？"陈谅蹙起眉，退回窗边，"这事闹大了对你有什么好处？"

溪川横了他一眼："结了婚还能被人揪着炒作，一般人履历上也没机会这么浓墨重彩。"

两人话不投机半句多，各自把脸转开不再交流。

这也是矛盾，陈谅不在医院露面，她要恨他不尽家庭义务，陈谅来医院换了姐姐回家休息，她又恨人在眼前总这么讨嫌。

"你真要跟黎月行搭档？"陈谅突然又转过头，换了个话题。

"我还没打算接。"

"不要接。"陈谅严肃地说。

[32] 商品

天刚晴没一会儿又下起了雨，这几天一直阴雨绵绵，还没到梅雨季节。

回家的车上，亚婕接到品牌方的通知："她们说看预报明天也有雨，改了进场流程，我发给你。"

明天是溪川代言的高奢品牌举行春夏大秀，她有一场走秀任务，从上午就要开始试装化妆，得从早忙到晚。

过了一分钟她才想起问亚婕："今天凌晨你没去我那儿吧？"

"没有。"女孩愣了愣，对这个问题表示奇怪。

想来是亚婕的可能性不大。

早晨四点被安保公司的电话吵醒，询问她是否正在开门外出。溪川当然没那么早起床，瞬间反应过来也许是有人进了家。她可不敢做恐怖片炮灰，随便拿个不像样的"武器"出去硬碰硬，而是反锁了卧室门躲在里面，等安保公司派人上门。

安保公司在屋里什么也没找到，也没发现强行破门的痕迹，根据他们系统显示，四点多这次是户主本人自己刷指纹开的门，因为觉得时间反常才致电询问。

事后她发信息问郭俊，他否认在凌晨去过。因此猜想："大概是上次送花的私生。"

"不过还是吓人。"亚婕说，"也不知道是怎么做到的，姐姐要不要去住酒店？"

她的视线朝着窗外，半晌才让老宋掉头去易辙那儿："经过亚婕家可以把她放下。"

去之前给他发了信息问他在不在，易辙因此不觉得意外。

才一天没见，他就感觉像过了很久，上午联系过她，她没有回复，推测她没拿定主意，便没催。

给她开了门，她直直往里走，把外套扔在沙发上，开门见山："这个剧我要接下来。"

易辙见她神色并没有那么愉快，冥冥中觉得可能有隐情："发生什么事了？"

她轻车熟路地从他酒柜里拿了瓶红酒打开，也给他倒了一杯："我去医院看镜子，碰见陈谅，他叫我不要接。"

"为什么？"

"分析了挺多理由，听起来中肯，归根结底一句话，'没有对比就没有伤害'。"

易辙笑出声："是故意激将，别放在心上。"

"是半开玩笑，还有一半，连他都认为黎月行演技比我强。"溪川冷静地抿了口红酒，"我不这么认为。我不是自大，他的片我昨晚看了。"

"觉得不过如此？"

"觉得技巧性很强，但是对角色没有认同感、不入戏，怎么能算好演员？"

"技巧性强有两方面原因：第一，他接戏比你频繁，技术活练得多；第二，他作品一半是电影，慢工出细活，质量自然好。"易辙拿着酒杯把她牵回沙发边坐下，"他的整体演技七十分，个别亮点九十分，拿这几个亮点去营销成了一万人认同的一百分，这一万人中可能只有两千人看过他完整的作品，经过洗脑还未必能看出他的七十分。而你是始终如一的八十五分，作品量不多，寥寥一千五百人知道你的八十五分。有战场对你是好事，伤害的是谁，反正不会是你，前提是……"

"我需要季向葵打个配合。"

易辙慢慢喝酒望着她，笑了笑，轻轻在她唇边吻她一下："讲道理的时候多可爱。"

溪川的神情却并没有明朗起来，把杯中的酒一饮而尽："可我对我们俩关系有新的考虑。"

"怎么说？"他声音有点凉意。

"我不想公开，理由我当初不想跟你交往时说过。"

她说过明星看起来光鲜，但在整个职业环境中只是被制造、被营销、被转化利润再生产的商品，再昂贵的奢侈品也是商品。而易辙是YXC的总裁，是决定商品投入多少成本、如何被生产和营销的那个人。当她和这个人发展出一段工作之外的关系，人们会自然而然地认为商品被不科学、不公正地投资和溢价。

会承受更多压力、可能被指责投机的人也是她。就像没有人会根据虞旸的真实表现给她真实回报，她的演技不会再被讨论，资源不会以此为评判标准给予她，她只剩下一个身份，那就是"林文亮的女人"。当然，她的真实表现很差，可以说她是因此受益。换一个想要努力实现自身价值的人，这有害无益。

在没有建立亲密关系时，尚且有那么多风言风语。

真让他们找到实据，未来和过去，她所有的努力就付诸东流了。

很浅显的道理，娱乐圈和所有职场一样，如果你升职加薪，又恰好和负责让你升职加薪的人恋爱，那你本来有多优秀就不会再被看见了。

"进剧组我们不能住同一间房，而且我不能给你保证到哪一天才有转机，你可能会觉得非常别扭，因为你是个男人，还是习惯了一直掌握权力的男人……"

"你在给我打预防针吗？"他笑着打断道。

"我预见了不好的结果，但我在之前的每一步都叫停失败……"她有些忧心忡忡。

"那你这次也不能成功，就是注定失败。"他捏捏她的脸，"我理解你，我们不用公开，其实我无所谓。"

"你现在是无所谓。"

"我永远都无所谓，我就是这种人，你要上位就让你上位。"话有内涵，被溪川瞪了一眼，他笑起来继续说下去，"我有你就够了。谁要在乎杨欢焕、王亚婕、你的那些粉丝怎么想，他们难道会因为我少了'柳溪川男朋友'这个标签就讨厌我？"

"嗯，那不会，已经很讨厌了，多一个标签更讨厌。"

"不，等等，为什么讨厌我？"

溪川想了想，得出主因："因为你对我不好。"

"我对你不好？"

"你说见过我在事业低谷，还说知道我想要什么。但好像当时你没为我做什么嘛，资源资源没有，公关公关不行，哦！你塞了一只狗给我养。"

这个报复心很强的女人开始以牙还牙了。

易辙沉默了几秒："这得说清楚，是我带你去看心理医生，医生建议你养只狗转移一下注意力。"

"嗯，原来我想要的是狗。那你何必对我这么残酷，再给我买只狗不就好了。"

"不好，对狗不好。"他嬉皮笑脸，伸长胳膊去搂她，"别生气了。"

溪川佯装赌气别过脸，谁知一眼瞥见墙上多出来的字画，"横刀夺爱"他还真找人写了，怔了一秒，憋笑没成功，捶他说："你幼不幼稚！"

他支着头眯起眼："就是想看你笑这一下。"

品牌大秀时杨雪也在，但自进场坐下就垮着脸。她是品牌大使，可柳溪川是全球代言人，还有走秀。平时通稿狂轰滥炸，身边人人吹捧，到这种场合才现了原形，地位还是分高下。连身上这件礼服她都看不顺眼，不收腰，凸显不出她的优势。她知道柳溪川穿的肯定是高定，装备不一样，当然每次出场效果都不一样。

不过郭俊是嘉宾，会出席，这让她心情稍稍好了点。

他一来，她就和另一个"大使"换了座位，和他做了邻居。

这让吴澜看见，心情差了不止一点。

秀场的座位次序规定严格，按"咖位"分的，即使同样是"大使"，也会因关联产品线的受重视程度、获得头衔的时间长短而有差别，人家愿意和她换位，当然是因为她主动要求从高往低换。

吴澜已经一千零一遍提醒她，娱乐圈没有真爱。她偏不信，整天想入非非，嘴硬说是为了炒作，没见过炒作把自己搭进去的，简直被她气出脑出血。

郭俊其实也有点头大，整个肢体语言在往远离她的方向逃，生怕被拍到照片，无中生有地解读，她喋喋不休地说个五六句，他才礼貌地点点头。

因为是女装品牌，只有嘉宾会是男艺人，郭俊好不容易等到另一侧的男嘉宾入座，才终于抓住救命稻草，转过头去热情交谈，直到开场，再没有回过头给杨雪机会。

杨雪百无聊赖，目光呆滞地看模特从眼前过去，这一季明明是春夏，颜色却暗沉像秋冬，衣服都挺丑的，除了之前在拍照区看见柳溪川穿的那件银色西服裙。

杨雪觉得那条裙子明明写着她的名字，柳溪川一大把年纪，穿那么闪亮青春，装嫩。

柳溪川是最后一个出场，职业模特都走过了才到她。金色刺绣的上身过渡到夜蓝色桑蚕丝的落地裙摆，麦穗扣系起的蓝纱披肩，编发中嵌着细编绳，垂下半截面纱，耳坠是过肩的流苏。

郭俊的视线追着她由远及近，看得出给她的造型尤其花心思。

主题是巾帼戎装，整场秀金灿灿明晃晃，模特们演绎得太刚健了。

到她这儿，力量中有点柔美，像鸣锣收兵后在月光下一个转身，女战士成了女战神，担得起压轴。

杨雪既看不懂主题，又解读不清郭俊的目光是专注还是深情，总之让人心情更糟，原来好看的衣服留给柳溪川了。

结束了秀，到晚上的酒会，溪川一出场，杨雪更气炸了。

她又换了礼服，一条金银纱的缎面长裙。

下午模特穿过，当时杨雪没觉得好看，混在一片金色银色晃眼的反光中，轰轰烈烈地过去，这会儿她才反应过来，这条裙不仅收了腰还露了腰，远远望去，衬得人纤细像沙漏。

做代言人太幸福了，时尚圈那些名编、名摄影师都围着她转。

吴澜就不行，只能给自己弄个大使，还是美妆线的。这么想着，杨雪又没好气地借小事讽了吴澜几句，吴澜气得不想在场面上为她张罗，早早回去了。

名编、名摄影师的确围着溪川转，但聊的不是什么正事。

这一整天外行内行的话题，都围绕那个名不见经传的控诉性侵女演员王莉，性侵事件爆出来后，舆论对她太不友好，很多人与陈谅想法类似，觉得她只是为红炒作。这些不友好的议论似乎激怒了她，她开始报复。

昨晚到今晚她干了一件事——每天在微博上爆一个名字，都是影视圈内人，跟随着名字的还有日期地点。据"吃瓜群众"解读，那些大概是伤害过她的人。

溪川作为和她共事过又把她忘记的同行，每次被问起这个人都有点微妙的尴尬，幸亏第一次被化妆师问八卦时，已经努力把她想起来了。

在《来来往往》里，王莉戏份稍多一些，好歹是个有名有姓的配角，演的是抢了女三号男朋友的一个小三，和女主角当然没有对手戏。

亚婕帮溪川找出这段背景，她有了点隐约印象，那个剧里这姑娘有演技，长得也比整容后漂亮，因为角色人设被观众骂了一阵，骂过那一阵就没了音讯。

如今再听说她，就剩戏外戏，还是闹剧加悲剧。

溪川只觉得悲从中来，其实不是易辙残酷，是世界就这么残酷。

好原料太多，可大部分商品都是快消品。

易辙的感慨比她的要具体点，杨雪就是个快消品。在这样势利的圈子里打拼，心理失衡其实是人之常情，悲哀的是身边没有人开解她。

九点多溪川说累了，打过招呼先行离开，偷偷跟他咬耳朵："回家等你。"

他还不能走，酒会没散场，要继续应酬。

杨雪喝多了在吧台前笑得很疯，杯子没拿稳酒洒了半身，满上后居然锲而不舍地想去追郭俊聊天。

易辙实在看不下去，半途把她截住，不由分说地把她拖下楼塞进她自己车里，拍拍车门让司机送走了。

回到酒会上，见郭俊在事不关己地继续交际，不禁叹气，蹙着眉把他单独拽到一边私下说："能不能妥善安排杨雪？真要自毁自爆，免不了给你制造大麻烦。"

"没你麻烦大。"郭俊呷一口香槟，露出灿烂的笑。

顶流的运气可不是吹的，这张乌鸦嘴说麻烦，麻烦立竿见影了。

回到家，两小时前甜甜蜜蜜说"回家等你"的人不给开门，易辙有种不祥的预感，自己进了门，果然溪川拿着"罪证"开始审判："我前脚刚走，你后脚就去撩杨雪！"

易辙一头雾水地看她手机里的照片，原来是拎着杨雪上车时，路过一个时尚博主凹造型搞街拍的区域。

博主发了九宫格，有两张背景里暗藏"奸情"，这事只在该博主粉丝和杨雪粉丝群体里小范围炸了一波，很快被YXC公关联系删了。

删了就删了吧，"吃瓜群众"王亚婕还特地把照片存了私下发给溪川，这个叛徒有没有想明白工资从哪儿来的？

易辙低声下气解释完前因后果："我是怕她当场发疯，对大家都不好。今天的焦点应该是你。"

他话音没落，她手机响起了新闻弹出提示声。

杨雪爆了个热搜。

溪川叹着气给他看："她可能放过我吗？"

[33] 如果翻篇像换季

虽然对杨雪搞事的能力早有心理准备，但这个头条新闻溪川跟不上剧情了。

标题是"杨雪公开认爱柳溪川"，热搜第一也是"杨雪柳溪川"，但已经瘫痪，点进去广场，实时停止在所有人一头雾水询问"咋回事"那一秒，作为当事人之一的柳溪川刷新了十分钟，没弄明白是咋回事。

十分钟后系统终于恢复正常。杨雪的争议微博已经被团队删除，好在有无数营销号截图复盘。

杨雪发了一条微博："你睡了吗？我睡不着。经纪人说我太普通，离开她什么也不是。我居然不觉得憋屈，看见你我才知道什么叫天生璀璨。见过你回家时我努力记住每个普通的路名，就像你当初努力记住我普通的名字。如果翻篇像换季那么简单就好了，我会新买一颗不爱你的心。"

问题出在配图，是溪川在酒会上的造型，四分之三侧面，没看镜头。不是媒体图，也不是黑照，反而很有意境，像电影里一帧。

溪川思维短路了几秒，茫然地转头向易辙求证："她爱的不是我吧？"

"不是。"易辙笑岔了气，"这么文艺不是杨雪的风格，是想发给郭俊投其所好的吧。"

"图呢？什么情况？"

"估计选错了。所以说，醉酒女艺人手里的手机就是定时炸弹。"他边笑边走到一边，去给公关打电话。

溪川挠挠头，把自己手里的定时炸弹放在被面上，小心翼翼往远处推了推。

真相是，杨雪本来打算给郭俊发的是微信，手机里最后一张照片是因为看上了那条露腰的裙子，想学个搭配的妆面——女生日常，怪就怪手机夜景摄影功能过分强大，一通阴错阳差的操作失误制造出这种神奇局面。

乱了套。

YXC公关部已经开了好一会儿电话会议了，没商量出对策，因为这种事真是有生之年头一遭，见过手滑，没见过滑得这么彻底的，连个前车之鉴也没有。

易辙通完电话回来，还没停住笑："她们的意思是暂时按兵不动，全网所有数据热度爆表，先观察一下舆论反应，等杨雪那边回应了我们再回应。"

杨雪团队一晚上没拿出回应，吴澜以为自己已经习惯了杨雪的蠢，没想到还是参不透她的逻辑，打了上百个电话想问问她什么动机，可惜杨雪早在"郭俊不回微信"的遗憾中沉沉睡去了。

直到第二天早上，杨雪微博才更新了一条义正词严的声明，大意是为自己酒后失言道歉，只是把柳溪川视为敬仰的前辈，致谢品牌。没人信。

溪川不会回应，云淡风轻地给她点了个赞，听凭随心解读。

舆论像一节脱了轨的列车，朝所有人始料未及的方向疾驰而去。

女明星钩心斗角比美争艳的戏码看多了都是俗套。这样细腻的女性关系既新奇又美好，杨雪那段吹捧的几处用词还有点洗脑，广大群众愉快地玩起了梗。前一阵她因为耍大牌端架子跌进地心的路人口碑，竟一夜翻盘——大牌、架子肯定是团队造孽，真实的"普通小雪"明明那么谦逊卑微。

因为夜景模式拍照美丽而被夸的手机，顺应民意迅速官宣了她为代言人。

吴澜经此一役敏锐地发现，时代变了，公众喜欢看热闹，"雌竞"只是热闹中的一种，而且是无聊乏味的一种，不推陈出新会积蓄越来越多反感，杨雪误打误撞好像走出了一条没人走过的新路，反响意外好，是时候考虑给她打造新人设了。

全民"吃瓜"狂欢之际，世界的一角，有个人已经被气疯了。季向葵的经纪人其实比吴澜敏锐得多，为了树立季向葵的新形象，已经为此铺垫了三四个月，所有商务活动全部围绕"女性楷模"展开，独立、坚韧、事业心、爆发力、知性美……正向标签加身，一遍遍加深公众印象，怎么先锋怎么来。没想到杨雪又突然半路杀出，不搞迂回作战，直接把终极人设盖章在柳溪川脸上。

什么人设都是第一眼新鲜，后面成了东施效颦。三四个月来的成果化为乌有，季向葵认真开始思考杨雪是不是克自己。

生活还在继续，新一天，溪川早定好的行程是另一个品牌活动，广告部门反应神速，已经把物料上的标语全部换成了"天生璀璨"。

她只是心里默默吐槽"一个银行信用卡有什么好璀璨"，明面上没有反对。挺正常的，往往是还没搞懂娱乐风潮如何缘起，就已经集体投身于新的娱乐流行。

亚婕不太开心，这股无厘头的新风向把她关心的爆料盖过去了，女艺人微博又发出了一个新名字，可社交论坛上没人分析。

"朱志良，这是谁啊？没名气。"

溪川补妆时听亚婕在一旁嘀咕，觉得名字耳熟，很快记起来："《来来往往》的演员副导。那个人我有印象，当时说话油腻招人厌，女演员离他远远的。听说吃钱也相当厉害，配角想上他手里的戏，要返他三成。"

亚婕皱了皱眉："这料没意思，再坏也只是个工作人员。"

溪川同样觉得纳闷，从台前得罪到幕后，她想达到什么目的呢？这么一闹，她自己可没退路了，圈内盘根错节的人情关系，一般人不敢再用她，要退圈去结婚生子，名声也不好听。

"如果是炒作，这不是越来越没有声量吗？"

"我觉得就是炒作。"亚婕神神道道地推理，"你看啊，她不敢写明事件经过，光是爆时间地点名字，这样就不怕被告诽谤造谣了。她什么也没说，都是你们自己猜的，拿她没办法。"

不是没可能。

亚婕继续阐述自己的理论："圈里多的是为了出名人都疯了的，无所不用其极。王莉和杨雪哪有什么区别，只差在运气好坏。"

"可仔细想想，她前面曝光的明星也不是红的，而是有些人脉资源的。"

"红的她贴不上去吧。"

"你也觉得她是为了接戏倒贴，那又怎么会是为了出名炒作。"

亚婕愣了愣，感觉的确自相矛盾。

活动快接近尾声，溪川接到姐姐打来的视频，接通了对面却是镜子。小姑娘哭哭啼啼说妈妈在家里晕倒了，溪川才想起今天镜子刚出院，姐姐怎么会突然晕倒？疲劳过度？这账又得算在陈谅头上。

溪川先指挥亚婕帮忙打了120，一直和小镜子保持通话直到急救上门。

本来后续行程是转战去摄影棚，把新一季的广告海报拍完，现在只能先沟通请假，往后推了四个小时。

在赶往医院途中不断打陈谅电话，他大概在剪辑室，把手机静音了，始终没有接通。

等易辙接了亚婕的汇报赶到医院时，她已经压着胳膊坐在走廊里等检查报告。姐姐揽着镜子，姐妹俩相对无言，神色像灵魂出窍似的。

他莫名地有点不安，往溪川身边坐过去："怎么了？"

溪川吐出一口气，交代亚婕："你在这儿陪姐姐等报告，和老宋一起送她们回家。我坐小车去摄影棚。"

亚婕表情凝重，点头答应。

从楼上下来，易辙想追问为什么姐姐生病她却抽了血，她倏地转过身主动说："我姐姐得了重病，不做造血干细胞移植撑不了几个月。"

易辙哑然，怔了几秒问："所以你要捐吗？"

她把手里的棉球扔进医用垃圾箱："等配型结果。"

他知道从科学的角度考虑不会有很大副作用，可就算普通献血他也会觉得心疼，退一万步说，针管是要实实在在刺进身体里的，又不是扎个假人。心里一时闷住了，甚至闪过阴暗的念头，希望配型不合，但那是她的亲人，有些话不能说。沉默了许久他才再开口："她父母呢？这种……是不是直系亲属配型成功的可能性更大？"

"父母刚通知到，姐夫还没接到电话。"溪川疲惫地摇摇头，"我真不理解她为什么要瞒着。她说才确诊不久，没想好怎么处理。她老是这样，好像藏着掖着麻烦就会自己消失似的。这种事，自己一个人怎么可能应付。"

易辙抚了抚她的后背："别担心，现在医学很发达，会有办法的。和父母约个时间，大家一起商量一下吧。"

晚上拍摄结束回家后，趁她去洗澡，他在电脑上来回查移植手术的条件和过程。果然不像想象的那么轻松无害。

溪川擦着头发出来，操心的还是眼前鸡毛蒜皮的小事："姐姐现在身体不好，还要经常跑医院治疗，根本顾不了镜子，接送她上幼儿园都吃力。姐夫也不可能扔下工作。至少得请两个人，一个照顾镜子，一个照顾姐姐。"

易辙放下电脑："这些应该陈谅去考虑。"

溪川没留意他的弦外之音，自顾自说下去："外面的育婴师说不定会虐待小孩，要不然让镜子先跟着我……"

易辙被吓得虎躯一震，紧急打断："不不不，你不会照顾小孩，你没时间，你也不能扔给我。"

溪川回过神，瞪他一眼："谁说要扔给你了。你这个人……啧啧，'患难见真情'。"

他笑了笑，把她拉到腿上坐："其实我早就想说，你为别人家的事操心太多了。你姐姐成家前和你是一家人，成家后陈谅才是她的家人。像今天这种突发情况，她生病了，镜子第一时间打电话找你而不是她爸爸，你不觉得有点不对劲吗？"

"那是因为陈谅每到关键时刻就掉链子。"

"别翻旧账，就说眼前，今天你没给他机会就已经开始代行其职了。解决他家里的事可是他的义务，不是你的。他忙你就不忙？你比他更忙。"

溪川刚舒展开的眉头重新拧起来："他是导演，会比我早进组吧。他能知道男主角定了谁，应该已经谈得差不多了。这还是我让姐姐给她老师打电话，帮他讨来的工作……到时候我们走了，姐姐身边没一个人……"

"你姐姐双亲健在，怎么可能身边没一个人。"

"她父母哪叫父母……你说我是不是扫把星……"

"打住啊。"易辙弹了下她脑门，把她抱起来塞被子里去，"非要讲迷信，陈谅比你更扫把星。你脑已经乱了，现在不适合思考。"

她确实脑子乱了，从下午到现在耳朵里都是"嗡嗡"的杂音，手心冒着虚汗，无意识地掐得指尖泛白，其实她不愿去想，有相当的可能性她会连姐姐都失去。

只有把注意力放在解决眼前的鸡毛蒜皮上，才能暂时不去想。

即使配型合适，手术成功，姐姐能延续几年生命？

易辙接了公司电话回来表情异常严肃郁结，她紧张地坐直了。

他清了清喉咙："那个在网上爆料的王莉，你有没有跟她说过话、有过实质性交集？"

溪川困惑又迟疑地摇摇头："出什么事了？"

"她刚爆了林文亮的名字。"

溪川飞快地摸过手机，点开亚婕先前发给她的微博链接查看，那个女人新发的微博是一串不带感情色彩的文字：年月日，酒店房号，林文亮，甄宇。

同时同地两个名字，细思极恐。

果然，这三观尽毁的狗血事件迅速登顶话题榜，把小清新杨雪挤去了一边。

"出品人、男二号……再闹大了——"易辙顿了片刻，下了很大决心才说出那句她不想听的话，"你的剧不可能播。"

[34] 小算盘

"我们得联系上她……"溪川冷静地说，"得了结此事。"

易辙的目光黯了须臾，转而苦笑。

"还用你说？从她爆料秦淮那天，就开始忙着各处找人，不只我们公司，这剧的出品方、投资商，利益相关的大大小小公司十几家，全都疯了一样，掘地三尺想把她找出来。连远房表亲都找了一遍，她故意躲起来的，没有人能联系上她。"

"酒店找过吗？"

"北京、上海、东阳，凡是她可能出现的城市，所有酒店都在找。"他摇摇头叹口气，"除非她不是用自己身份证入住的。"

溪川想起他抛出的第一个问题："除了因剧产生的关系，你为什么怀疑是针对我？"

易辙朝她看过去，她柔和的面部线条在昏黄的灯光下显得不太真实，影影绰绰："我一直在考虑她的动机，越闹越大，将来很难在圈内生存了。"

溪川点头附和："我也是这么想。"

"最有可能是手里有张王牌，想敲一笔退出。今晚这局面让我有不好的预感，她已经把林文亮这个重磅炸弹抛出来了，还能去要挟谁得到这笔钱？我把她履历上那些剧组相关人员琢磨了一遍，这些剧组都没有出一线男明星，论制作方老板的地位，林文亮已经到顶了，只有爆你能引起比爆林文亮更大的地震。换句话说，只有你比林文亮更怕她乱咬。但我实在想不通，你会有什么把柄在她手里。"

溪川慢慢道来："两种可能，要么，她针对的就是林文亮，林文亮出的价格她不满意，就先把他丢出去让他见血。现在还有转圜余地，她只爆了时间地点名字，没有公布细节，只要得到她想要的，还是可以删了微博说句'逗你玩'全身而退。对一个想退圈的人来说，涮一把网友挨几句骂换了实在利益，是很划算的买卖。"

"另一种可能呢？"

"要么她只是情绪失控，昨晚热度被抢不甘心，怕将来发声再没有人关注，所以抛了个大料，说不定在伤害过她的人中，林文亮、甄宇这两位碰巧做得最惊世骇俗，这样的话就简单多了。"

"所以你确定自己和她绝对没有交集？"

溪川耸耸肩："你不了解《来来往往》这个剧，大IP，作者本人编剧，话语权很大，白纸黑字签在合同里，对剧本台词任何改动都需要获得编剧签字许可。女一号戏份场次、台词量都是最多的。我不是第一个女一号，开机六天，女一号因为无法一字不落背台词而被换。拍摄四个月，每天摄制时间超过十二小时，下戏后我还得回房间背台词，几乎没出过门，外界消息都是助理告诉我的。除了跟我有对手戏

158

的演员在戏中见面，其他人不可能有交集。我确定。"

"那就好。"易辙沉思片刻，又问，"你记得当时自己住的房号吗？"

"怎么可能记得？"

"杨欢焕查了这时间地点，就是拍摄期在剧组所在酒店。我在想有没有可能，你住在附近，太沉迷于背台词，客观上对她的遭遇'袖手旁观'让她记恨了。有的人考虑问题就会那么偏执。"

"哦，那不可能，我记得楼层，我住三楼，和主演们在一层。这是四楼，是导演们、制片们住的地方。"

"这样……好吧。先别绞尽脑汁了，也许是我们紧张过度，十八线小演员大多不聪明。"易辙替她盖好被子，关了壁灯，转头盯着窗外一片虚空。

溪川的反应已经让他确信，她一定隐瞒了什么。

甄宇是湾区导演，前几年湾区影视业比内地发达，制作经验更丰富，内地大公司偏爱组湾区班底剧组。近些年，如果剧集主创中有湾区人士，除了对内容审核，还要增加一道背景审查的工序，耗时一到几个月不等，容易拉长回款和播出周期、增加资金成本，因此内地大公司为了省事省钱，又尽量避免聘请湾区导演。

甄宇算是技术上比较过硬、圈内口碑没出现过问题的，只是因为这几年没接到戏，很久不出山了。

溪川和他只合作过一次，应该了解不深。眼下爆出这么大丑闻，她竟没有丝毫对真假的质疑，第一反应是"封口费"。

林文亮平时玩得有多大，易辙当然知道，但他肯定溪川不知道，在他眼皮底下这两人没什么深入接触，明摆着不熟。溪川应该只是听说他的一些事。如此不熟又时常见面，她没感慨一句"林文亮怎么会是这种人"也很奇怪。

因此他才怀疑，溪川是不是作为目击证人被迁怒，也被她否定了。

但今天出了这么大事，她还沉浸在姐姐重病的噩耗中，他不好打破砂锅地逼问，只好让她先休息。

第二天溪川没有工作，晚上在姐姐家开家庭会议，易辙陪着去，想听听安排。

有点意外的是，陈谅的母亲居然专门为此事从广东飞过来，这对一位公事繁忙的资深律师、律所合伙人而言难能可贵，特别是她还不大喜欢洛川。

当然，洛川亲生父母肯定更得到场。

洛川爸爸扫视了一圈客厅里的面孔，发现个眼生的，问易辙："你是哪位？"

溪川轻描淡写地代答："我男朋友。"

易辙的心停跳一拍，点头打了个招呼，有点不自在。

洛川爸爸只是随口一问，并不关心，点个头，反应平淡。洛川妈妈多看了两眼，上下打量，观察长相气质，暗自感慨难怪前不久叫溪川去相亲，她要气得跳起来。

怪陈谅不该在这时候碰巧喝水，一口呛住，咳嗽了半天，大惊小怪的样子。

洛川身体不好，已经和镜子在卧室里休息了，没机会亲历这戏剧性的一幕，她要是在，说不定会好奇追问。

言归正传，配型提上议程，也许正是因为洛川不在场，她爸很直接地表达了不想配型的意思："这个手术我问过了，对女人影响很小，对男人影响较大，所以你们能配上就尽量你们去啊。"

洛川妈妈不满地冷笑："对男人影响什么？"

"影响生育。"

洛川妈妈忍不住翻了个白眼："你还生育？你还算个男人？现成的女儿见死不救，你还想给谁当爹？"

"我又没说见死不救，只是说你们先配啊，配不上了我再救嘛。"

陈谅妈妈感觉到火药味甚浓，怕吵起来场面难堪，插嘴打圆场："我今天查了些资料，好像父母一般都是半相合，双胞胎妹妹倒是全相合，让溪川捐献这个干细胞就行了，反正她也年轻。"

"溪川不行。"易辙脱口而出，意识到陈谅妈妈似乎不知情，而他又几乎说漏了嘴，正僵在那里，洛川妈妈大大咧咧顶上来，把这窗户纸捅破了。

"溪川不是双胞胎妹妹，是堂妹。"

易辙继续对陈谅妈妈解释："堂妹最多也是半相合。"

"为什么是堂妹？"陈谅反射弧有点长，"不是双胞胎？"

提问之后冷了场。

依然是洛川妈妈思路清晰简而言之："嗯，不是双胞胎，溪川不是我们亲生的，是过继的。"

陈谅和易辙对视一眼，两个人满脸震惊。

易辙震惊于陈谅和洛川这么多年夫妻，连这都不知道。

陈谅震惊于连自己都不知道的"家族机密"，易辙早知道。

场面一时格外尴尬。

"那……"陈谅妈妈艰难地捞回正题，"就亲家母先做配型吧。洛川什么时候开始化疗？"

问的是陈谅，陈谅回答："明天，明天给她办住院。医生说越快越好。"

"那好。我这两天在这里，可以负责照看镜子，但我那边工作不能长期放下，你们打算以后镜子由谁来照看？"陈谅妈妈视线在对方父母脸上游走一个来回，两人的目光都避开了。

"我来照看。"陈谅说。

"哦，你啊……"陈谅妈妈拧起了眉，知道自己儿子恐怕不是这块料，说得比较委婉，"你不是还要工作吗？"

柳溪川影视作品展

金簪 庵境雷 精灵一响贪欢 坠落 小怪物 夜影 不期而遇 鲸 降灰 斗吧少女 未来往往

一响贪欢

夜影

灰降

鲸

斗吧少女

未来往往

坠落

她不是那种时下流行的高眉深目锥子脸，很传统东方，平时清淡无瑕——好肤质雾面哑光，眉眼原生自然不经修饰，只靠正红唇彩提气色。进了剧是块好画布，打扮成什么样都可以。

季向葵虽然人品不太好，但长相也是中国审美的温婉漂亮。

不得不说，新剧的选角有眼光。

他把车顶上天窗打开，一瞬间有风灌进来，异彩的街灯映在她眼底，流动得更快了。

她有心事的样子也别有风情。

他忍不住伸手将她耳侧被风吹乱的发丝拂开。

她回过神，转而冲他一笑，把手里的烟递到嘴边让他吸一口。

林文亮在微博上公开回应王莉的"指控"，大言不惭地说，几年前、成年人、两情相悦的事又翻出来唠叨是别有用心，他"绝不会对邪恶势力妥协"。有网友骂他，他理直气壮对骂，让人"月经不调早该医吃药，免得上网发神经"，还挂了好几个路人的照片，吐槽"要看脸，这种没机会"。上蹿下跳把自己送上热搜，民众震惊于这么大企业的老板，谈吐这么粗鄙。

其实顺理成章，他位高权重，身边常年只有吹捧和恭维的人，很多年连句逆耳的话都没机会听。不是艺人，平时社交平台又用得少，没有专业公关配给他，一整天从早到晚突发性的过激反应，公司也没有哪个下属敢出面制止他。

到了晚上，王莉被激怒了，不再满足于只发时间地点名字，而是发了上千字的小作文控诉林文亮。

当初她对角色有自己的理解，觉得即使是小三，也不该只是个作恶工具，希望导演能考虑给她加几场戏，说明她执意插足别人感情的成长因素和环境因素。

导演表扬她很有想法，但加戏影响拍摄进度，带她去制片房间商量。

后面的"商量"过程成了她不堪回首的记忆。

林文亮反唇相讥："你要求加戏，跑来敲我房门，事后也确实给你加戏了，够意思了吧？你自己演得差招人骂红不了能怪谁？你要是不愿意、反感，后来怎么还主动上门那么多次？能给你角色的时候我哪次没给？仁至义尽。"

"绝不妥协林文亮"战斗精神十足，场面格外热闹，全网兴奋到凌晨。

但对圈内人而言，经过一天的混战，事态愈加让人难以捉摸了。

王莉已经沉迷于与林文亮按回合制缠斗，没有再爆出新名字，不像是有所图谋，也不像有特别针对，许多人暂时松了口气。

与其说网友为王莉义愤填膺，不如说林文亮以一己之傲慢自大犯了众怒。到第二天，鱼丽传媒官方账号已不得不禁止评论留言，以免每条新剧动态下充斥上万条谩骂。

隔了一天，林文亮的社交账号终于被公司停用。王莉又开始一串串名字往外爆，不过都是小角色，多是她后来参与剧的选角导演之流。看起来仅仅是一个无出头之日的女人失控发泄。她确实越来越失控，好几次口出狂言被平台禁言，又用亲戚朋友的账号继续疯狂。

因为没出现王莉攻击或敲诈溪川的迹象，易辙也就没追问她隐瞒了什么，网上那些闹剧他没再多注意，公司公关部除了观察舆情也停止到处找人。

配型结果出来了，让溪川失望。易辙认为这样最好，洛川父母理应对女儿尽点心意，溪川身体本来就虚，拍摄工作强度那么大，做了手术怕她吃不消。

过几天再见到陈谅，是在金跃组织的试镜中，看来导演已经定了。

说是试镜，其实只是片方想看看主演对手戏的感觉。

溪川和季向葵在整个剧里没几场正经对手戏，大多不过是聚会群戏两人在场，所以没有试的必要。梁均豪安排得巧妙，她到达金跃时季向葵已经走了一刻钟，没照上面。

一进会厅，看见靠在沙发边和陈谅聊着天的黎月行，现实中他好像没镜头上那么光彩熠熠，穿个便装外套，头发没做过造型，但比起普通工作人员足够英俊夺目。

溪川穿件米白色套头毛衣，长卷发松松地披着，脸上是淡妆，只有嘴唇点了红红的唇彩，不如第一次见赵絮时着装正式。

两个人在外形上一点往民国剧中人靠拢的意图都没有，也算默契。

黎月行见她进门，微笑着起身，加了个手势算打招呼，像敬礼又不是敬礼，一丝一毫不局促，仿佛彼此是认识十来年的老朋友。

可溪川知道那亲和是演的，他目光漫不经心，甚至有些烦躁，或许和刚离开的季向葵有关。

运气太好的明星都容易这样，谦逊是装的，傲气是真的，越大牌越故意放低姿态，刻意营造一种"首富也吃街边摊"的随性。

溪川笑是笑的，下巴微微抬起来，视线转得很快，好像不拿他当回事。

黎月行稍觉得意外，但没显在脸上。

工作人员在场中间早架好了机器，陈谅不仅要看现场，还要看镜头里的状态。

所以溪川和赵絮没寒暄几句，就准备开始了。

陈谅见她和黎月行连半个字的对话都没有，多问了一句："你们要不要先聊两句熟悉一下？"

黎月行没来得及回答，溪川已经先摇了摇头，他不便再要时间，站起来走过去："来吧。"

易辙坐在赵絮身边，陈谅下意识往那方向看一眼，觉得他在这里不太好。

以前并不觉得，是不知道他们的关系，现在知道了，男朋友看着演感情戏，多影响发挥。

陈谅无奈地喊了"Action"，镜头上灯亮起来。

试的是剧本很靠前的一场戏，黎月行演对她钟情，溪川演撩人又故作姿态，虽然是电视剧剧本，但像电影，台词寥寥数语，两个人台词说得很有张力，准备了很多神态动作上的设计。

结束后赵絮叹服地鼓起了掌。

陈谅不怎么好发表意见，以前他知道季向葵演技一般，期望值相应不高，现在竟说不清两段戏哪段更糟糕。

男女主角剑拔弩张在飙戏，并且不接对方的戏，像两条平行线各走各的，只有张力没有吸引力。

他不禁又往易辙的方向看了一眼，发现他没在座位上，整个厅里没见人影。现在他又觉得还是易辙在这里好，他在这里溪川演成这样情有可原，他要是一开场就出去了，那真找不到什么原因，撩人撩得毫无风情，不像交际花，像高傲大小姐。

离开金跃上了车，易辙才问："你演得怎么样？"

溪川不以为意耸耸肩："及格吧。关键时刻你还回避啊？"

她笑着，易辙却有点严肃："你想多了，我接了个电话。那女的死了。"

"女的？"

"王莉。"他平淡道。

[36] 危机公关

"怎么死的？"

"听说住在一个小姐妹租的房子里，昨夜从天台坠楼。警方通报只说失足坠落，小道消息很多。说是得了疑难杂症一直没确诊，身边病历一堆，有核磁共振的片子。所以有可能是意外，也有可能因病出现幻觉。"易辙苦笑。

"为什么不是自杀呢？"

"自杀这个说法被提供住处的姐妹第一时间否定了，她笔记本电脑都是待机状态，没关机。警方还在里面找到一份接下去几天准备在网上爆料的名单，按日期排好的。"

事态变得扑朔迷离，溪川拿出手机上网，消息已经不胫而走了，流言对死者很不友善，易辙没有提起。

她去世时在想什么呢？溪川不禁深思，她那么年轻，是个很要强的女孩，连治病都要刨根问底，但回想起自己的人生，最漂亮的十年一直在向一个演员努力，付出了代价，也没有积蓄，跌进了旋涡随波逐流，总想着下个角色、下下个角色，再争取一次或许就能功成名就。在最后那一刻，她觉得值得吗？

大众终于知道了她的名字，为她惋惜，誓要为她争取公道，要为她追究真相，但其实只是怀着对阴谋奇情的期待。

溪川正沉默不语翻看论坛上的议论，突然有电话切进来，是郭俊，有点意外。

接听后更觉得意外，对方一开口就是兴师问罪的语气："你是不是打算永远不回家了？"

溪川愣了愣，追不到行程的跟踪狂反客为主，质问被跟踪者为什么不回家，未免太嚣张了。

可郭俊理直气壮的架势反而让别人理不直气不壮。

溪川寻思似乎确实赖在易辙家太久了，本是一时兴起，什么东西都没带，缺什么现买什么，稀里糊涂得过且过。

但今天出了这么大事，她心里有点乱，尤其不想在今晚回去。

"我……嗯……网购的快递还有两个没收到。"

郭俊无语数秒。

"那你让他接电话。"

他？溪川反应过来是指易辙，他在开车不方便接听，她又不想接蓝牙，只好给他举到耳边。

易辙听对方说了些什么，"嗯"啊"好"啊地回应着，最后使眼色示意她挂断："我先送你回去，再去一趟你家。"

"出什么事了？"

"他说抓到一个入室的'私生'，让我去处理一下。"

"贼喊捉贼？"

易辙笑："是啊。真不知道谁给他的自信，认为他和普通'私生'不一样。"

车停在门口，溪川自己回了住处，吃了蔬菜沙拉，打开网络电视，演员王莉的过世引发了一些讨论，已经进入主流视野。

另一个同样不入流的女演员在网综节目上，把矛头指向了王莉本人："王莉虽然伪装成受害者，但在她精神崩溃前她一直是既得利益者，通过不正当手段获得了角色，挤占了其他演员凭实力争取机会的空间。"

溪川叹了口气，其实大家都是同一套规则体系的受害者，何必自相残杀，掌控权力者默认不正当交易者才能获得机会，错的不是被迫进行交易者，她们不是夺走实力者机会的第一责任人。

她换了个频道看恐怖片，欧美的。和日韩片的区别在于，没什么细思极恐之处，不容易引起对身边人性的怀疑。纯粹的血腥与暴力堆砌，反而不太恐怖，离现实很远，正好聊以放松。

看着看着，她在沙发上睡着了。

被弄醒后睁眼看见他，从沙发背面俯身过来，脸悬在上面吻她的唇，很轻。

她伸出胳膊做了要抱的手势，他就转过来把她捞进怀里坐下，抱着她交代来龙去脉："是安保公司的技术人员，利用权限别有用心留了你的指纹，完全是个人行为。报警处理，人现在被带走了。公司那边已经表态把他辞退。郭俊嘛……"说着又忍不住笑，"只能说是路过。我提醒他别做得太过火，他还不太服气。"

"他那古装剧什么时候杀青？"

"快了。"

"出了组，他忙起来应该就好一点。"

"你对他太纵容了。"

溪川无奈地笑起来："有没有觉得像父母在讨论怎么管教熊孩子？"

"你的教育方式不大好。"易辙亲她的脸颊，欣慰她总算笑了，自从下午得知王莉去世的消息，看得出她开始忧郁，共情力太强，很容易被这些影响心情。

他从口袋里的小袋子中取出一条手链帮她戴上，是她前些天遗失的那条，但她戴着首饰出门，不可能让他捡回了包装。

"你又买了一条？"

"嗯。导演家也找不到。我问王亚婕要了个式样。"

戴好了，溪川转转手腕很满意，嘴上说："不是说了嘛，丢了算了。"

"平时你想要就买，买完也不在意，玄关堆七八个快递盒也懒得拆。送什么都很难讨你欢心，难得丢一样东西反而让你惦记上了，机不可失。"

溪川眼睫颤动了下，对上他的视线，深情缱绻。

她知道他看得出她有心事，但没追问，只是小心哄她开心，温柔体恤。好在事情了结，以后可以不再提起。

然而事与愿违，王莉的死并不意味着结束，倒更像点燃了引线。

罪魁祸首林文亮没遭报应，让很多人意难平。

曾经做过演员、忍受不了林文亮而退了这行的女人们，接二连三站出来对他进行指控，林文亮没胆再回应。

但这没能激起大风大浪，就像易辙说的，演员这行门槛低，出不了名的大多文化水平也不高，说话颠三倒四翻来覆去，剧情很难追。

民众对这些名不见经传的演员并不太感兴趣。

转折出现在鱼丽传媒一名已离职女性执行制片发长文，揭露公司恶劣工作环境之后，在林文亮的领导下，不仅女演员备受困扰，连女性工作人员也被视为消遣，明明本职工作兢兢业业，就是得不到晋升。

长文逻辑清晰，有理有据，让鱼丽传媒在这场舆论战争中腹背受敌。

合作方女性员工最多的服化组也相继现身说法，揭露在剧组中工作强度极大，却地位最低，挑不出毛病就找迷信的借口说女人晦气。

讽刺的是，这样的出品人、制作公司一直主打针对女性收视群体的大剧。

观众开始在过去他们制作的影视作品中挑刺，攻击其价值观腐朽。很不巧，前阵新剧宣传时赵制片的一段言论被翻了出来。

被问到鱼丽的片单计划中有没有女性职场剧，他的回答其实比较中肯："你要去做女人创业剧、减弱情感戏，真正的大女主，描述她怎么艰苦奋斗、在行业沉浮，这非常难。特别是和去做女人的恋爱焦虑、婚姻焦虑相比，表现她的夫妻、婆媳关系、怎么处理家庭事务和抚养孩子，或者离婚怎么被人追求。这两个故事你去找十个女观众让她们说心里话，肯定都会对第二种更感兴趣。"

女性观众在社交平台上发起十几万人投票，想看创业剧的人数一骑绝尘。

李闻达也傲慢惯了，受访时被问及对此投票结果持什么看法，他说："投票不代表真实选择，女人嘛总是口是心非的，嘴上说着不要，身体却很诚实。"还以为自己抖了个机灵，没想到因此遭到比制片更猛烈的口水战攻击。

虽然不清楚《奋斗吧少女》这个剧的详细剧情，看制片和导演言论风向，就知道又是个价值观落后的灰姑娘爱情剧，抵制浪潮掀起来，不少人跑去投诉。

虽然没有公示禁播，但是鱼丽传媒已经接到了暂不播映通知。

林文亮迫于投资方、董事会压力，宣布辞去鱼丽传媒董事长，退出公司管理层。

已至这步田地，很难再闹出新的戏剧化大事件，人们的注意力转向他们所熟悉的那些人，一个个追着要表态，溪川受到前所未有的压力。

如何回应，已经严肃到了需要和整个公关团队开会商讨对策的程度。

溪川最近出门有被娱记纠缠的风险，也不敢回家。为了保险起见，公关团队上门来，在易辙家会合。

"非要问我真实的看法，我觉得老赵说的很难接受，但没错。电视剧在分类中属于大众传播，评判好的标准是追求最大受众群体，让他们能看懂喜欢。虽然作为演员，我很想产出有艺术性、思想先进的作品，可是拿身边来说，创业剧我可能会看看，忙起来可能还没时间看，姐姐、伯母、我妈妈一定都更喜欢看爱情、家庭剧，你妈妈肯定也和情感剧更有共鸣。现实女性地位这么差，能在事业上出人头地的凤毛麟角，公众意识没觉醒，要电视剧牺牲商业利益来冲锋陷阵就强人所难了吧。"等人上门时，溪川一边给鲜花浇水一边说。

易辙从身后环住她的腰："答应我等会儿他们来了别实话实说好吗？"

溪川笑嘻嘻转过身，正跟他卿卿我我，门铃响了。

公关总监带了六个人，加上亚婕也过来了，沙发围坐了一圈，溪川感觉不好，这像是以一敌多的战场，只有易辙不想坐，靠站在她身后。

"别去讨论电视剧应该往哪个方向制作了，我们需要往回倒带切中重点，否则大家还会咬着你不放。他们想看到的是柳溪川如何回应选角性丑闻。"公关总监坦率且直接。

溪川还是产生了明显的抵触情绪，嘲讽道："他们想看到的是我承认我的角色也都是睡来的。"

话虽难听，但本质没错。公关总监无奈地耸耸肩："即使你否认了，他们也会根据你的站队继续猜测。"

"我倒是特别愿意代表月亮判林文亮死刑斩立决。"她牙尖嘴利。

"这么长时间过去，你没有第一时间和其他女演员站在一起攻击林文亮，已经对你非常不利。"

"因为我没有经验可以和大家分享。"

公关总监平静理智地劝："只有行业内部人士能明白主演的选择依据是商业利益，不是用性可以置换来的，但很难让广大民众理解这个道理，现在也不是科普和说理的好时机。你应该在生命中用很准确清晰的措辞、郑重地撇清自己的嫌疑，不要讥讽，不要反讽，他们听不懂。"

他们听不懂就非常匪夷所思了，在听之前他们就该懂了才对。

她主演的第一部剧是娱乐圈题材，需要大量音乐版权，当时在巅峰期的YXC拥有顶级歌手、偶像组合和音乐版权，本身就是投资方之一和联合出品方。柳溪川作为YXC当红偶像中唯一长着演员脸的女艺人，为什么出演女主角，用脚趾也能理解吧。

鱼丽传媒是联合出品方之一。那个剧在商业上大获全胜，最高收视率至今保持电视台前三的纪录。溪川成了观众眼熟的演员，演技也不错，林文亮作为制片留意她，并在下一个剧继续用她，难道不是顺理成章吗？

合作过几次，她要价合理、事不多、好说话、担得起收视，又有什么理由不让她做女主角？

这么显而易见的事实，居然需要郑重地发表声明，本身就够荒诞了。

她心里的不爽在于，一边口口声声为女性争取权益，一边要业务能力优秀的女性自证清白。

"你们合作过很多次，所以要格外小心。表达对林文亮的憎恶必须比其他人更甚，这需要提前和林总沟通一下，千万不要造成他一激愤重新跳出来掐架的局面。"公关总监说。

易辙插话："这我会去沟通好。"

公关总监拿出事先准备好的资料递给溪川："这是接下去几天我们为你安排好的发声机会，正好借此机会恢复公开行程，每个场合回应一个主题，相应内容已经帮你拟好了，但有可能需要根据网络舆情临时调整……"

溪川诧异："你的意思是……我本人，直接在视频里回应？"

"是的，你有演技，长得漂亮，很容易让人共情，这是你的优势。"

"不能直接在社交平台上发一篇文字声明吗？"

"那样效果不好。正如刚才说的，你第一时间没有发声，现在已经太迟了，再发文字声明显得刻意而没有诚意。不用担心，这不会是直播，我们可以准备好内容反复拍好几遍，选……"

"不，我不想对着镜头说这些。"溪川生硬地打断，让场面陷入尴尬。

公关总监用试探的眼神看向易辙。

他沉吟片刻："发文字声明吧。"

"可是……"

"就这么决定了。"

[37] 一念之差

公关总监离开前整理好准备带走的资料，抬头直视溪川："我能私下问问吗？想跟你合作的公司很多，为什么总是选择鱼丽？"

她抱臂倚墙而立，唇角一掀："经纪人挑的，可能他被策反了吧。"

对方回望易辙，礼节性地冲他笑："那今天先到这里，声明文案我们今晚拟好和您确认。"

待一行人出了门，溪川把一沓纸扔过去摔在门上。

易辙迈开步子去抱住她："她们怎么想，真的不重要。"

溪川把脸埋在他衣服里，轻声说："谢谢你刚没和她们一起逼我录视频。"

他没回答，只是摸摸她的脑袋，叹了口气。

事到如今，溪川的种种反应已经说明她所隐瞒的事情非同小可，是她无法在镜头前谈笑风生的阴影。正常而言，艺人有所隐瞒，经纪人必须要逼问出真相，才能让公关做好应对准备，可她是溪川。

公关应付得来的小事，她一向喜欢在危险边缘试探，权当锻炼团队应变能力；公关应付不了的大事，她不会任性妄为，只能相信她自己的判断了。

"别再想了，喝点酒早点上床休息，好好睡一觉，第二天醒来声明一发什么事都没了。"他说着去开酒给她倒了半杯。

没想到溪川突然开了口，刚咽下去一口红酒让嗓音有些沙哑："拍《来来往往》的时候，我演得很差，自己还不知道……"

他听着难以置信："怎么会演得很差？"

"因为台词，一个字都不能改，不允许即兴发挥，全部注意力集中在背台词上，没有办法入戏。我有个毛病，学生时代养成的坏习惯，一使劲背书，眼睛就直了，会盯在半空一点不动。"

是毛病、坏习惯，他想象一下却觉得有点可爱，笑起来。

她肩膀放松下来，又抿了一口酒："这样拍了两天，导演终于忍无可忍了，晚上收工后把我叫去剪辑室查带，回放已经拍好的粗剪片段。剪辑室很多人，后期制片、后期导演、剪辑师们，我还带了助理，导演当着那么多人面指着电脑屏幕对我说'看见了吗？你的死鱼眼'。"

"甄宇？"易辙困惑地皱眉，"按理说那些导演一般说话比较温和啊。"

"急坏了吧。开机六天换女主角，前面拍的都作废，来了个新女主角拍了两天能用的素材又不多。"

"你哭了吗？"

"没顾得上哭，意识到问题是挺严重的，赶紧回去拽着助理练。之后的几天一直胆战心惊，要注意眼神，台词又经常多个词少个字，NG（重拍）次数变多，还影响其他演员发挥。再加上晚上回房间加班背书休息不好，脸色不好导演不高兴，眼圈黑了导演也不高兴，一根弦绷得快断了。"

她稍稍停顿，换了一口气。

他没催，只是等她继续说下去。

"就这样过了几天，导演叫我去剪辑室，我以为又要挨骂，没带助理。但导演没骂我，给我看粗剪说有进步，说看到这样的成片才觉得这剧有救了。"

他跟着舒了一口气："很高的评价。"

"所以我很开心，从来没那么开心过，从剪辑室出来一路聊天，导演说他对角色的理解，我也说对角色的理解，走到主创住的楼层，电梯门开了，制片在外面，正准备出去。"

"林文亮？"

溪川点点头："他还问我们要不要跟他一起去吃点夜宵。导演说不去了，我们得聊一下明后天的戏。实际上，我们不只聊了明后天的戏，还聊了对角色的理解，我的理解和导演不谋而合，他明显很高兴。我们甚至可以敞开说哪个老戏骨其实演得并不好，纠正不了的话剧腔与生活剧格格不入。他分我一罐啤酒，喝了酒我更加话痨，把进组前紧急做功课看他很多以前的剧说了出来。他问我学了些什么。我分析了几场我喜欢的戏。他说我能看懂戏，以后会大红。但我也说了我觉得有遗憾的戏，想象中那场戏不该发生在那里，如果在什么什么通道拍会感觉更好。他笑起来说他也遗憾，因为确实不该发生在那里，只是外联搞不定场地。后来他跟我聊实际拍摄的难处，我才知道一个剧组在镜头之外是怎么工作的，感觉很新奇。气氛一直很好，好到我忘了时间。"

他知道这些都不是重点，已经听出愉快中暗藏隐患："但是？"

"但是他突然站起来开始吻我。"

意料之外，情理之中，他接不上话了。

她咬咬嘴唇，才接着说："我呆住了，大脑一片空白，虽然我觉得很不舒服，可不知道为什么拿不出行动。就在这时候，林文亮直接刷着甄宇的房间卡进来，我真是被吓得魂飞魄散，一下子回过神，推开甄宇给他鞠了个躬，就慌慌张张夺门而去。冲到电梯口还在喘。"

他低眸看着她，好像穿过她，直接望见了当年那张惶恐无知的脸。

她自嘲地笑一笑："仔细回想我干了什么？我和导演单独在电梯里有说有笑，制片看见了。我主动去导演房间，喝了酒，待到深夜，然后发生了这种事，被制片逮个正着。我勾引了导演。制片看见了吗？一进门的时候大概率看见了吧。他会怎么看我？认为我很轻浮，还是这种轻浮的女人在剧组司空见惯见怪不怪了？我甚至怀疑，制片会不会向经纪公司告状。这件事我跟谁都没有说，收工后再也不出房门，制片也好导演也好，看见就绕道走。杀青出组之后，我花了好长时间才从那种羞耻的恐慌中解脱出来。在我印象里一直是这个版本，我越了界，侥幸没有被追究。"

易辙不知道该说什么，"她傻""她是个笨蛋"这种话说不出口，只是好心疼想要抱住她，这种时候才想起来，她是个幼年丧父、生母不在身边、自力更生的女孩，伯父母能教她什么？她懂什么越不越界？她根本不知道哪里有界。这个笨蛋居然以为制片是来捉奸的领导。

"那时候经纪人是……景添？"他努力回忆，那时候他认识溪川不久，她连续进组拍两个大剧，几乎一整年没怎么见面。

"嗯。添哥叫我去哪儿都必须带助理，我没听话。"

"嗯……等一下……"易辙拿起手机开始给公司发消息，"公司里年轻小姑娘不能让男经纪人带，得赶紧换了。男带女，还是尴尬，话没法说到位，后果可能很严重。因为你很难想象小姑娘……"单纯起来有多智障。他发完了消息把手机放回桌上，抬起眼看向溪川淡笑一下，没往下说。

她已经从刚才的情绪中缓过来，喝了口酒，还能开玩笑："也给我换一个。"

"你不是小姑娘了。"他顿了顿，"所以你后来见到林文亮，其实挺怕他？"

"不是怕，是心虚。我幻想他可能早不记得了，继续选我做主角应该是不记得了。知道他有外室我反而如释重负，说明他不是道德标准很高的人。"

易辙嗤笑出声："不是不高，是相当低。"

"你道德标准很高对吗？要不然你不会那么背后讨厌他。你每次和他出去我都好紧张，怕他发神经追忆往昔把这事告诉你，你会怎么看我。"

"我……"他认真想想，忍不住微笑了，"我会认为你和甄宇在剧组谈过恋爱，他不是挺帅吗？上了点年纪但是有腔调，在导演里算很帅。我肯定不会觉得这里面有什么交易，你不是那种人。再说我讨厌林文亮不是因为道德标准高，只是因为他太麻烦。你直到王莉把他老底揭穿才知道他是什么人？"

她脸色又沉了回去："直到王莉曝光了那个时间地点人物，我才知道发生在我身上的事原来可以有另外一种版本。"

"是同一天？"

"不是，地点不一样，王莉去的是林文亮的房间。"

"哦，对。"他顿悟。

"但就是在剧组拍戏那段时间，林文亮和甄宇原来是这种关系，他进门时的心理活动和我的想象南辕北辙，如果不是我当时脑充血跑太快，我就是今天的王莉，有什么恐怖片比这更恐怖？"

只是设想一下这种可能性，他也觉得胸口闷得慌，掏出烟来问："我抽一支，你抽吗？"猛吸了两口他斩钉截铁地说，"不会的，你不是她，你不需要出卖自己去换后面的角色。"

"王莉根本没有选择。她可能还没反应过来就发生了这种事，事后可以反悔吗？怎么解释自己主动走进制片房间呢？事已至此，还被加了戏，付出这么大代价换来的戏，只能好好演下去，可是没想到演得太好让观众恨之入骨。怎么办？演这样恶毒的角色出了名，其他选角导演看见真善美的角色也不会想起她，然后她成了坏女人专业户，还是无脑坏女人。出路在哪里？林文亮还记得她，求他办事他答应过。只要发生过一次，人的心态就完全变了，不可能再回到原来。"

"你不会这样。"他还是坚持己见。

"换了任何一个女人同样是灭顶之灾。我可能当时角色比她好，可是出事了能不能照常演好戏都不一定。我也不会觉得自己还有资格和你在一起。也许我根本不会离开YXC，拒绝了林文亮，听天由命，等唱片公司给我找角色。也许我还是会离开YXC，没有你，被雪藏那一年我就被淡忘了，和YXC所有离开的艺人一样，说不定我走运能签个公司复出，可是能接到的角色又会比王莉好到哪儿去？我不确定我会掉进什么境地，唯一确定的是我比她自尊心强，会死得早一点。"

易辙已经找不到论点论据来反驳，只是把她紧紧抱进怀里。

想保护她、珍惜她、善待她，还是劫后余生的感激，心情五味杂陈说不清。

他蹭着她的头顶感慨："简直要给林文亮送面锦旗了。幸亏他自我感觉良好，女人不主动，他不会追，跑了也就跑了。"

"他是真发自内心地认为那些女人都是主动的？"

"对，他认为个人魅力使然。所以他现在是真恼火，觉得这些女人利用他还反咬一口。"

"太荒谬了。"溪川苦笑着摇头，用力把他抱紧。

知道一念之差可能造成的后果有多可怕，再遇到什么挫折，或许都觉得算幸运。

公关发的文字声明，网友并不埋单，还是把溪川视为和林文亮一丘之貉。

对此她无所谓，公众是鱼的记忆，七秒前会因为莫名其妙的事情辱骂你，七秒后也会因为莫名其妙的事情好感你。

林文亮已经离职，只要把男二号的戏份全部剪掉就可以播。但男二号和女主角的对手戏占了篇幅的三分之一，全部剪掉时长不够，投资不可能回本，鱼丽不同意，电视台网络平台都不同意。

最后多方协商，补救措施是把溪川和男主角、女二号拉回剧组补拍。陈谅已经进了金跃新剧，忙于勘景不可能再抽身回去，导演还得靠李闻达。

调整故事情节补拍，又是李闻达导演，这剧质量能不能及格未知。

多拍四十天的付出，也只能换来这种收获。

但想想看，总好过被噩运裹挟的王莉。

再加上连日阴雨，溪川一边拍戏一边郁郁寡欢，其实整个剧组都垂头丧气，她在其中并不显得另类。

只有易辙知道她心里在想什么，有时间就尽量陪她，但公司有很多经营事务需要处理，他只能两头奔波。

她每天的娱乐消遣只有早晨在化妆室那半小时，陈谅一般在送镜子去幼儿园的车上，和他视频跟镜子说说话，顺便向他吐槽李闻达的工作习惯有多奇葩。

日子过得很快，姐姐第一轮化疗结束回家，效果比预期要好，医生说再做完一轮就可以准备移植手术了。

这大概是近期唯一的好消息。

[38] 缺席

“我闻到一股阴谋味。”溪川出门前接过易辙递去的剧本，封面上终于加了新剧名，而不再以“民国风云”代称——众所周知，王旗总是起名无能。

“我到底是什么番位？”

不得不说，她嗅觉真是敏锐。

易辙掐着时间点给她剧本，就是想趁乱蒙混过关，结果没有得逞。

“你和季向葵平番。”他含糊其词。

“黎月行一番？”

“嗯……虽然含金量不高，但到底人家是影帝，排你俩后面就是三番了，不太合理吧。”

“所以我是三番。”

易辙音量顿时大起来：“怎么可能！”

“你看看剧名啊！以为我没文化？《玉带金簪》，玉带在前，金簪在后。”溪川较真地来回指着两个词，指了三遍，“玉带，金簪。清纯的，世俗的。季向葵的角色，我的角色。”

"是这个意思吗？我以为只是标榜'民国《红楼梦》'提高格调。"易辙满脸惊诧地接住她扔过去的剧本。

"别吹牛了，还碰瓷《红楼梦》。你去要求改名，改成叫《金簪》。"

易辙挠挠头，这难度有点大："最近好像不流行两个字剧名。"

"那就叫《金簪金簪》。"溪川边穿鞋边说。

感觉像个开门密码，比两个字剧名还离谱。

"我让她彻底换个名字吧，金啊玉啊的好俗气。"

"说不定是季向葵起的名，太像她的做派了，阴险狡诈。"溪川跺着脚白他一眼，"看人家经纪人多贼，你，没有文化。"

易辙关了门跟在身后笑："行，我没文化。"

连个剧名都暗箭难防，这剧组天斗地斗其乐无穷。

果然，没一个省油的灯。

读本会要协调三个主演的档期，选的这天不太巧，在星期天。本来娱乐圈没什么双休日可谈，问题是镜子的幼儿园不能调休，陈谅没地方塞小孩，居然把她带到金跃来，指望偶遇王亚婕蹭个保姆。

没想到溪川体恤助理，放了她的假。连金跃也没有闲散员工，都是要加班开会才来的。唯一不必须出席会议的熟人就是易辙。陈谅满脸堆笑地望着他，他只能回以皮笑肉不笑。

以前他见过镜子好多次，大多数时候是坐在车里远远瞥一眼，干干净净的小朋友，梳两个羊角辫。现在没人给她梳头，披着头发有点乱糟糟的，他不会捯饬小女孩，决定不提，免得给自己找事。

"咱们俩挺有缘分。"易辙把镜子领到离会议室较远的走廊坐着，"你会唱歌吗？唱个来听听。"

"一首歌一百元，点歌两百元。"

"谁教你的？"

"小姨。"

易辙从口袋里翻出两百给她："收费是没错，但是价格吧，有点虚高。"

镜子充耳不闻，把钱收进小挎包："你想听什么歌？"

"《送别》。"

"我不会唱。"

"你小姨连这都没教你？那你会唱什么？"

"《卡路里》。"

"退钱。"

"小姨说不可以退。"

这个诈骗犯……

易辙为了避免听《卡路里》，被迫点了一首全世界儿童应该都会唱的生日歌。

季向葵姗姗来迟，她经纪人Brett一进大楼正看见易辙在逗小孩，浮夸地咋咋呼呼："哎哟易总，带闺女来了？"

易辙无语，掰着镜子的小脸转过去："像吗？"

"可太像了！怪不得总说闺女像爸爸呢！"

假死了。

"你不进去开会吗？"季向葵善解人意，"小朋友可以让彤彤带着玩。"

她指了指她的助理，易辙看过去，觉得那女孩没眼缘："不用，我休息一下。"

会议室里该到的都到齐了，季向葵居然有心专门准备了零食来给大家分，阳光玫瑰葡萄和进口坚果，每个人都有份，哄得赵絮很开心。

季向葵很擅长活跃气氛，她一落座整个会议室都闹腾了，Brett更是一张嘴皮能说会道，才两分钟就拽着陈谅约好了晚上品酒的局。

溪川只是担心镜子的去处。

言归正传，梁制片主持会议，大家安静下来象征性翻开第一集剧本，但第一个步骤应是先听导演和编剧阐释，赵絮这才发现不对劲："编剧呢？"

梁制片为难地笑："她请假了，是这样，我们这位编剧不是专职，她本职工作在央企，今天领导要求加班。"

溪川记得上次杀青宴王旗说她已经辞职了，虽觉得奇怪，但没急于发表意见。

赵絮淡淡遗憾："那我们只能改期了，这次是制片的失误，让各位老师白跑一趟，实在不好意思，我们中午在公司聚个餐，这次用的厨师班底是准备进组的，请大家先品尝一下提点意见。"

在场的所有人瞠目结舌，尤其黎月行。几个主演日程非常紧凑，百忙之中抽空来开个会，竟因为新人编剧请假而扑了空。

梁制片吓得直冒冷汗，抢在有人抗议之前劝赵絮："赵总，您看，今天导演和主演已经来了，我们可以先照常进行，到时候把会议记录整理好抄送给编剧，这样她下次过来也能跟上，不耽误事。"

"我这么说吧，编剧不来这会是没法开的，这是对剧负责，也是对大家负责。"赵絮说，"我了解国内常规电视剧制作，编剧给定的剧本，演员能把台词背个九成已实属难得，其余靠即兴发挥。我不反对即兴发挥，电视剧毕竟不是舞台剧，这么大台词量要求一字不差对主演来说太不人道，其实也影响演员入戏。据我所知国内这样操作成功的案例只有一个。"她转向溪川笑问，"苦不堪言吧？"

溪川笑着点头。

赵絮继续道："我们可以来试试即兴发挥，看实际效果如何。溪川不介意和小盈搭个戏吧。第一集第十九场。"

一个过场戏，极短。

江盈演男主角的妹妹，突然被点名有些措手不及，但见溪川已经合上剧本准备脱稿，她也不遑多让，摆出了架势。

剧情是溪川在露台上看见江盈搭讪。

溪川托腮含笑："曼云你打哪儿来？拖个这么大的箱子？"

江盈又一个措手不及，以为只要背书，她却已经演了起来，不确定自己是不是要演出拎箱子的感觉："我打哪儿来？当然是港口，刚下了船过来。姐姐你这是刚起？"

原句比较短：我刚下船还没吃上饭，姐姐你这是刚起？

溪川邀请："吃过饭去打会儿网球吧。"

江盈答："吃过饭，我得睡会儿，早晨起太早了。再说我没带打网球的衣服。"

"还能短了你的衣服？你只管睡，醒了过来找我要。打完球回来冲个澡正好一起去园会。"

"园会啊？谁请客？我哥去吗？"

溪川掩嘴偷笑："姑娘傻了。你哥去不去怎么问我？去问他呀。"

来回几句邀约的话，江盈知道自己没发挥好，脸色煞白，一收戏赶紧起身鞠躬道歉。

溪川背这么点台词没问题，问题出在江盈那边，因为不熟剧本，想词的时间总爱下意识重复对方的台词。

谁都听得出来，效果像溪川掉进了幽幽谷似的，句句有回音。

赵絮宽容地笑笑："重复台词是常见的小毛病，最怕是一大段话背了边角漏了重点，影响接戏。精彩的即兴发挥不多，大部分是把原剧本往低处带。所以读本会必须要有编剧在，帮理解、找重点，等进了表演大家才轻松。"

她有理有据，众人心服口服，没人敢摆架子，其乐融融收拾东西移步去餐厅。

溪川落在最后，拽住梁制片试探，话没说死："小王又找了工作？上次杀青宴听她说辞职了呀，我听错了？"

"她找个屁工作！"梁制片刚挨了批心里正不爽，逮着她好一顿控诉，"闹情绪呢。我们和导演一起开剧本会，开会时理的情节线她回去不照写，改过来的稿子还是她自己天马行空的。有意见会上提啊，会上统一的意见不当回事算什么？你说是吧。说她好几次不听，骂了她一顿，死丫头就给我请假示威。唉，我哪知道赵总没她不行。"

"其他编剧呢？"

"其他码结构的可有可无，听赵总意思是要填梗给台词的编剧来开会。"

"也是。"溪川点点头，"那你只能哄哄她了，这女孩有点麻烦的。"

"何止一点麻烦啊！又倔又不懂规矩，大牌演员都没她麻烦，一点分寸没有。"梁制片抱怨着，在门口请她先走。

溪川一出门遇上易辙："镜子呢？"

"跟他爸走了。怎么散得这么快？谁掀的桌？"易辙半开玩笑地问。

梁制片逢人就咬牙切齿："一个没来的丫头片子。"

此后几天没合上主演的档期，也不知梁制片有没有搞定王旗。

溪川除了在《奋斗》组补拍，还有个去北京参加公益晚会的活动，她如今本来不太唱歌，但这是"中"字头单位下的任务，没酬劳，且必须去。

易辙跟着同行，他听说《奋斗》剧又出了麻烦，赵制片在电话里不便细说，但鱼丽几个高层都在北京活动，可见麻烦不小。

飞机落地后两人分头行动，溪川带一半随行去晚会现场化妆准备。易辙带一半随行去酒店办入住，再单独去赴鱼丽的饭局。明面上酒店当然开了两间套房，可溪川眼神黏人，下飞机他在耳边悄悄说："晚上我去找你。"

晚上溪川唱完歌，卸妆时给他去了电话："你在哪儿吃饭？要我去吗？"

"不不不，你别来，你先回酒店。我们……快吃完了，准备转场。"易辙紧张得有点反常。

她也反常，平时从来不要求跟去应酬，总是能躲则躲。不知道是不是易辙的拒绝反而激起了她的好奇心，这人坚持起来："那我直接去下一场。"

"呃……听话，别来。林文亮在。"最后这句声音压得很低，其实只是找个充分理由挡住她，并不是主因。主因是一帮男人花天酒地乌烟瘴气，她来了碍手碍脚。反过来，她虽然理论上有概念，但亲眼所见的冲击还是不同。

溪川只好讪讪地挂了电话。

易辙没说谎，林文亮的确在，他虽然被撸下了一把手位置，但影响力还在。鱼丽目前由汪副总主持工作，可是对平台等合作方，打起交道来不如林文亮有分量。

鱼丽的麻烦说大也不大，网络平台落井下石，借口说剧被观众抵制，要重签合同，购片价打三折。

汪总抽着烟，爆了句粗口："这就是敲诈。抵制能抵制几天？等我们补拍完了制作播出，还有什么影响。老肖你说是不是？"

他问的是一合作方领导。

老肖连连点头："片子我看了，成色蛮好，没有什么可抵制的嘛。"

"这帮搞互联网的就是土匪强盗，前几年抢市场的时候对我们制作公司那叫一个捧。现在局势稳定了，过河拆桥。我们上半年播了两个剧，双台三网啊，收视率都是台播前五的，网站到现在一毛钱不付，真是一毛不拔。"

老肖问："什么原因不付钱？"

"没什么原因，就说经济形势不好硬赖。你评评理，他们无赖不无赖？老赖！

我们跟电视台打几十年交道了，电视台什么时候会这样对我们。"

老肖笑眯眯地说："电视台毕竟是公家的嘛，不会乱来。"

"照这么乱搞下去，制作公司没有活路了，打三折，把我们打骨折吧。"林文亮话锋一转，把易辙带进来，"易总往后得高抬贵手，片酬降一降啊。不能两头不给活路，那我们夹在中间的就死球了。"

"已经一降再降了。"易辙转身去敬，"响应号召。"

"号召限片酬的时候，这帮搞网站的最积极，现在看出来了，便宜都让他们得了。现在盘子都得他控，让我们给他们打工，老赵手里一个剧，平台说了算，片酬给这个数。"林文亮摆了个手指，"你看看溪川能不能接，咱们是老交情了，要讲情分，总不能见死不救是吧。"

易辙开始卖惨推辞："我就算讲情分，回去也没法跟董事会交代。不是见死不救，我们也难做啊，现在不光要做演员，相当于把剧的宣发也做了三分之二，到处都花钱……"

林文亮不等他把话说死，抢白道："你先让溪川看看剧本，是个好本子，溪川是个好演员，好本子配好演员，说不定她能答应呢。老赵，把东西发给易总。"

赵制片在林文亮挤眉弄眼的示意下，把资料从微信上传给易辙，抬头干杯："行了。各位，咱们正事谈完，走第二场？"

易辙暗想幸好没让溪川来。

等他刷溪川的房卡回房间时，已经过了午夜，摸黑洗漱完上了床，她突然一转身像考拉似的拦腰抱过来。

"嗯？没睡着？"

[39] 情分

溪川不说话，只往他怀里钻。

小心思太明显。

易辙笑了笑，翻身压过去捏住她的下巴吻她……

结束后，两个人抱在一起，他把她拉到胸前枕着："够不够？洗清嫌疑了吗？"

她没说话，软软地推他一下，企图借反作用力逃走。

他笑出声，把人拎回来抱紧，垂眸注视："我有你怎么可能出去瞎搞。"

"那你这么晚回来。"她终于说了句话，声音哑哑的，听起来很委屈。

"所以我跟你说林文亮麻烦。一般人九点多吃完饭，会所开个包间象征性待一会儿就完了，我也好回家。林文亮非得拽所有人陪他唱歌，总要疯疯癫癫闹到十一二点才散。"

"他唱歌好听？"

"好听我就不抱怨了，你看我像叽叽歪歪的人吗？"

她笑了，又旁敲侧击："你就看不中什么女人？"

"看中你啊。"

"我身材又不好。"

这是实话，她太瘦了，摸下去肋骨和脊椎都硌手，又不是3D建模捏的人，其他地方也丰满不到哪儿去，演个民国剧靠各种垫子塞成前凸后翘。

"我就是喜欢。"他掀开薄被，把她从床上拽起来，"去冲澡，然后换个房间睡。"

床是不太舒服，浴缸也不知多久没清洁消毒了，酒店条件不如家里，只能将就。她对于精疲力竭还得强打精神去淋浴非常不满，嘟嘟嚷嚷，说连自动窗帘都卡住，害她爬上去手工操作。他越听越觉得好笑。

也不知道最后换了房间，被他抱回床上是睡着还是晕厥，蒙蒙地挨着他几秒就失去意识。

醒来时窗帘挡得严实，房间里暗无天日，可她冥冥中感觉不妙，紧张地从枕边摸手机看时间。

他早穿戴整齐，靠在床头看手机，眼皮也没抬："让他们先走了，我说你感冒，等会儿到机场再改签。"

溪川松了口气，像成功翘课一样开心起来，仰脸问："你在看什么？"

"鱼丽给的新剧本。娱乐圈题材，女主角清纯偶像出道，挑战亦正亦邪的角色转型演员上位。那不是你吗？"

"写得好吗？"她好奇地爬起来探过头。

"太悬浮了，根本不是你，这还机智地谋划呢……劝你接《霜降》的时候费了多大劲？哭着喊着不演的人是谁啊？嫌村姑造型丑，啧啧。"

"谁啊？还有这回事。"溪川若无其事地披着浴衣下床去浴室洗漱，没关门，听得见外面的声音。

"没意思，自己演自己有什么意思？"他扔下手机捏了捏眉心，"一个网剧成色的本子想请你，片酬也少，看来鱼丽近期的战略是想做一堆小成本的东西流转资金。你没必要看。"

撇开成本不谈，最近她也不便再接鱼丽的戏。

她刷着牙口齿不清："那你还看。你几点起的，怎么精力那么旺盛？"

"我怕万一有什么沧海遗珠。"

"但是林会不会觉得你不讲情分？汪会不会觉得你不好合作？从此以后都得罪了。"她从浴室出来，一头一脸湿淋淋的，保持奇怪的姿势从他面前过去，像只鸭子一路双手拍着屁股外侧，"我估计鱼丽这样下去没奇迹，到年底，最迟明年就得被岳海台、汉东台中的一家收购。我们可以不在乎鱼丽，可考虑到将来可能背靠卫视，还是得维持好表面关系，而且就算我不演……"

易辙注意力完全不能回到对鱼丽的讨论上，蹙眉打断："你怎么了？"

"屁股疼。"

"肌肉酸疼吗？"

"对的。"

他哭笑不得："缺乏锻炼。"

她怨愤地扔过来一个白眼，加大了拍打力度："我平时干什么要锻炼这块肌肉！"

他笑着把她拉过来摸摸她的头发，不知死活地贫嘴："我的错，应该加强锻炼。"

现在她恢复体力了，把他按在床上用枕头打了一顿。

等她打够了，他撑着脸转过身温和地冲她笑："讲什么情分？有什么情分？《戏精》开机前他想用杨雪换你可不讲什么情分。"

溪川眨巴眨巴眼睛："杨雪不是女二号？"

"带资进的女二号，你容得下？你不走吃亏的是你不是鱼丽，你气走了他们也无所谓。"

溪川垂下眼想了想："那我也没必要置气，我的主要意思是，这种一看就知道是戏说我经历的故事，解释权不能完全交给别人。观众可分不清什么是现实什么是虚构。就算我不演，我们也要在制作过程中控住它不走偏。"

"你是想……把郭俊塞过去？"

她摇摇头："给郭俊这种戏对郭俊不好。"

"那你想……"易辙想不出公司还有谁能担主角了。

"翁唯语。"

翁唯语演过主角，剧口碑还不错，公司下点力气推她一把拿到这个戏，如果能演出点水花就上了个新台阶。

他过于惊讶，沉默许久："可你不是吃醋？"

她撇了撇嘴没否认："这是两码事。"

"溪川。"他认真地盯着她，"你心眼真好。"

她被夸得不好意思，把脸转开："我又没让公司限制她，我只是不希望你自己……"话音逐渐变小。

他心里涌起暖流，把她搂进怀里吻得动情，认真了没两秒又不正经，还辅以画外音："哪里都好。"

觉察到她反抗得有些认真，他动作慢下来。

"嗯……我，有点……"她支支吾吾涨红了脸，"有点疼。"

"我抱一会儿就好。"

温馨了片刻，他又嘴欠："果然要每天锻炼才行。"

民国剧的第二次读本会黎月行没来，大概是在对上一次被放鸽子表达态度，但赵絮并不受影响，还是照计划把进度推进下去，扣掉男主角戏，前五集剧本过得很快，反而显得顺利。

可溪川有些额外的疑惑，问王旗："男主角和女主角在第一季之前到底是相爱还是不爱？为什么开场就像仇家？"

王旗挠挠脑袋，斟酌着开口："嗯……就是这样的设定，一开始关系不好，然后不打不相识。在这之前……应该不爱的吧。"

"按理说不是夫妻，又不相爱，没有利益交集……闹得这么僵，过半集连话都不说了，还有什么必要硬凑在一块儿？"

王旗被问住了，在所有人投来的目光中沉默着。

梁制片其实想替她解围："所以这里的前史，我们还是得想细致点。"

可王旗正在难堪，没听出来，反而脖子一梗开始反驳："前史就是本来有矛盾，深入了解后才相爱。"

"照这个设定，在第一集的时间点——"溪川翻着剧本说，"女主角厌恶男主角，却又叫他妹妹去邀约他，男主角嫌弃女主角，但是见了面又很着迷，迷什么呢？起了色心吗？怎么到第五集就成了真爱？"

"他……爱情本来就……说不清道不明吧。"

溪川留了好几秒空白时间，只是盯着她看，让她体会自己说的话多不像话。

陈谅支着脸点点头："这里的感情转变确实……"

"还有他妹妹的作用呢！"王旗突发灵感，"第一集到第五集他妹妹一直在撮合他们啊，怎么能一点效果没有？"

"这就是我想不通的另一点，你有兄弟姐妹吗？"

"我？"王旗愣了愣，无声地摇摇头。

"兄弟姐妹不是这样相处的，至少我家、我朋友家不是。这里的妹妹好像没有自己的生活，一直是经编剧指点促进男女主角感情的道具。我们家姐妹还会偶尔聊聊对方的感情，成年的兄妹谁整天全部精力扑在对方的恋爱中？小盈这个角色拿掉道具功能，几乎没有存在的意义，我们不知道她有怎样的成长经历，也不知道她自己是什么性格、有什么能力、在想什么。"

"那、那些还没有写到。"王旗争辩道。

"如果她真是主角，在出场的第一场戏就该写这些。"

江盈往前翻剧本，莽莽撞撞发出"哗啦哗啦"的声响，仔细看看自己的第一场戏，果然一出场就是道具。

"对对对，我跟制片开剧本会时也这么提过，应该给妹妹更好的出场设计，不过……编剧的考虑是这场戏从画面上重在表现你。"陈谅帮王旗向溪川解释，"因为穿旗袍在这个洋房露台上，画面感比较有风情，她甚至想加一个升格镜头。这我们可以再商榷。"

"但我觉得首先应该把戏给女主角……"王旗插话进来。

却又被梁制片打断："这个过场戏不论给了谁，对两个人表现都很弱，如果硬加升格的话，就像导演说的，会很矫情。"

溪川不太明白，怎么读本会开成了剧本会，主创又开始讨论具体场景，目光在他们三人之间游弋几个来回，顿悟了。

这就是梁制片上次抱怨的原因，剧本会定下的结论王旗没修改，还是按自己的想法一意孤行。

在场的所有人都感觉到了主创之间的不融洽，会议室气温骤降。

[40] 仰慕

"对不起，前史部分我确实没有考虑得很透彻，但这是我个人比较擅长的感情线走向。"王旗说，"我的设定是他们一开始不太待见，但又有若即若离的磁场，这种注定不能在一起和注定被吸引并存的感情戏是我偏爱的。女主角风光时男主角不能近身，女主角在低谷他飞腾达又有了隔阂，当两个人功成名就，也理解了对方的心意，时局又拆散了他们。也许制片和导演有其他更合适的关系设定，但如果换掉任何一个节点，我写起来可能就没那么有感觉了。"

她态度诚恳也在理，一大半人已经被说服。

梁制片妥协地耸耸肩。

江盈没觉察到刚才剑拔弩张的气氛，抬起头单纯地笑："我也好吃这个设定哎。就是很难写的，搞不好就显得女主角很作。"

溪川松松地攥拳在嘴边挡了挡笑意，心说王旗的女主角一贯很作。

王旗看见了她的动作，微微侧过头。

溪川正襟危坐："我们现在是在'女主角风光男主角不能近身'的阶段吧？目前阶段阻碍他们在一起的具体是什么？"

王旗注意到赵絮从另一个方向投来的视线，似乎也在请她回答这个问题，紧张得手心冒汗："家世地位差异……男主角……毕竟出身名门。"

"你的意思是我的社会地位低，但从前五集门前宾客云集的现状，还有曼云妹妹对我的态度来看，我不像个社会地位低的人。"

"平时社交……当然不至于……但是涉及婚姻就会三思。"

"我们现在已经开始谈论婚姻了吗？"溪川言下之意是一个交际花一个玩咖，

怎么会因为身份地位止步在交往之前。

"是……这说明男主角其实一开始就很郑重对待这段感情。"

又鬼打墙回到了原点，原本不待见的女人，如果只是痴迷于美貌风韵，怎么会一开始就郑重？因为认识到地位差距、意识到无法走向婚姻，就在感情萌芽期感受到阻力？

溪川还想开口，见易辙给自己使了个眼色，就垂眼不说话了。

其实易辙坐在对面，就是为了必要时提醒她及时刹车。

一直没出声的季向葵压根没仔细听大家对剧情的探讨，这时才笑眯眯插进嘴来问："等一下我有个问题，现在已经内定那个角色是女主角了吗？"

提问冲着王旗的方向，她这才意识到自己失言："呃……不……我指的只是戏剧功能上的女主角。按戏份来说差不多，和男主角感情对手戏比较多的反而是另一位。"

"这样啊。"季向葵保持微笑，"其实我在这方面倒没什么意见啦，只是根据我们签订合同的约定，对外应该统一口径。如果平时大家习惯了称呼我的角色为'女二号'，以后对外万一说漏了嘴容易产生不必要的纠纷。"

"没错没错。"赵絮打圆场道，"大家平时提起时注意一点，我们有两位女主角。"

听他们的意思，季向葵对番位咬得很紧，而且已经签死在合同里。其实情有可原，近三年季向葵发展比溪川好，如果不是这次她拿了视后，恰逢季向葵遭遇丑闻，她连争取平番的资格都没有。

易辙体会到了在平列结构剧名上做文章的难度，只能要求彻底换个与人物无关的名。

会议继续进行，赵絮最后做了总结，委婉提醒主创尽快完善剧本。

散场后溪川拽拽身边的梁制片小声说："有问题，这女孩虽然以往一贯特立独行，但对制片和导演有基本尊重，不至于完全听不进意见。"

陈谅听他们议论的是王旗，主动留了一步跟进话题："对，上个剧本讨论时说得对的她会听，不是你说什么她都听不懂的那种小孩。"

梁制片点头附和："现在感觉底气太足了，哪儿不对劲。"

溪川说："乐观来考虑，可能手上接了别的活忙不过来。你签了合同吗？"

"合同是签了，但没到付款的节点。"

"她生活拮据的话，是不是也有可能缺乏工作积极性？我上次杀青时听她说辞了工作，那意思是用《戏精》的百分之九十剧本费撑到现在。"

"不少了。她一个单身女人有多能花钱？"梁制片不以为然，"我半年还花不了这么多呢。"

"没你们想的那么复杂，我知道是怎么回事。"易辙在一旁插兜靠着墙，"早前看过王旗写的另一个剧本，这都是那个本子里的梗，她在这儿偷懒，生搬硬套自己抄自己呢。"

梁制片恍然大悟："这小兔崽子！"

易辙笑笑："我来解决吧，那个本子我签了保密协议，你们就当没听我说过。先别让赵总知道，这时候换编剧不利于稳定。"

梁制片颇有同感："对对，赵总眼里掺不得沙。"

陈谅蹭了溪川的车回自己公司，因此她没找到机会在车上追问详情，到家时已经自己想透了八成。

"你话说了一半，不仅仅是本子撞梗这么简单吧？"溪川边换衣服边问易辙。

"一周内看过的剧本，我怎么可能记忆力强到记得人物关系情节。"

"鱼丽那个戏？"

他点点头："我猜王旗起初稿应该在《戏精》开机前，第一次见你那段时间，她对你还有点仰慕，或者觉得你对她还算赏识，日后有可能合作才动的笔。这也能解释为什么前期人设美化成分过多。后来，她应该知道很难再跟你合作，鱼丽对那个剧定位也不是什么大制作，下笔就有点放飞自我了。"

"她没想到鱼丽会把本子给我。"

"她当然想不到。鱼丽给你本子有两重目的：万一能低价找你演，那皆大欢喜；如果你不演，看了剧本会提几点抗议，但不可能提太多，就算给过你面子交换过意见，事后也不可能再去追究。王旗不可能想到人情世故这层面。"

"所以我才说鱼丽这招损。娱乐圈剧情节要是新鲜，观众大多是奔着窥私去的，一定会猜测其中这个人物影射谁，那个人物影射谁，这些事件对应现实中哪些事件。一对号入座，'哦，原来内幕是这样'。经历被曲解却拿他们没辙，他们声明了那纯属虚构。我们不能放任鱼丽不管。"

易辙表示赞同："等老赵从北京回来，我再约他了解详情。"

"我的男主角对应现实中的谁？"溪川突然好奇。

"这就是关键所在了。我跳着看了前中后六集剧本，一目十行，开始以为偶像团体初期有点谁的影子，后面剧情完全架空虚构，就没放在心上。读本会上王旗一理思路我才回过味来，那是她臆想的你和郭俊啊。"

"郭……我跟郭俊连绯闻都没传过吧。"

易辙笑："这剧播了就能传了。惊天内幕。"

她不知道该说什么。

他忍俊不禁分析给她听："你想想，你风光的时候他不能近身，都是偶像。你被季向葵拉着陷入低谷，他正好转型影视翻红。如今两个人功成名就，一个视后一个流量也没法交往。放民国剧里漏洞百出，换个背景是不是豁然开朗？"

溪川瞪他一眼："你还笑得出来？"

易辙对郭俊原本心存芥蒂，溪川对他的纵容像皮肤里扎进一根刺，虽不至于伤筋动骨，但存在感难以忽视。不过今天开会可真把他逗乐了，编剧要硬扣个爱情的帽子都没法自圆其说，"说不清道不明的爱情"，这会儿想起来还要发笑。

一边笑一边把她拉到身边坐，亲亲她的耳郭，他小声说："我不像某个人爱吃醋。郭俊笨了点，你不喜欢，我知道。"

溪川推他一把："又来洗脑。"

他胳膊撩过来摸摸脑袋："是事实嘛。"

溪川正色说："你要帮翁唯语运作这个项目，我得先见见这小孩。"

"为什么？"他跟着严肃起来。

"看看她是不是个定时炸弹，王旗这种。免得项目启动了后患无穷。你看人不准。"

他挑眉看她，像听天方夜谭："我看人不准？"

"有被害妄想症。把每个人都往坏处想，同样分不清好坏。对别人戒心那么重，态度不友好，眼神都是嫌弃，你当别人感觉不到？"

晚风灌进窗，显得客厅空旷，他起身去把窗户关上，修长的身体顺势靠在那里，转身望着她："我从来没把你往坏处想。"

从来，说得太绝对了。

他一定还是有些时候觉得她不好，但大多数时候无条件相信她，这其实已经足够，她不去锱铢必较，领情地点点头："就我一个反例，还能举出第二个吗？"

他立竿见影举出第二个："我妈。"

溪川无奈地看着他，扯回正题："安排个饭局。"

他想了想："安排两个。"

易辙的计划是，让公司的人带翁唯语出来假谈戏，他和溪川假装跟另一群人在同一个酒店吃饭，装作意外碰见，溪川去她那桌坐几分钟就走，免得吃整顿饭让她有机会过多介入溪川的生活。

搞得像谍战剧。

"太夸张了吧？十八岁小妹妹能当场按下核武器按钮吗？"溪川简直无语。

"你的粉丝没有正常人，参考郭俊。"

被害妄想症，晚期。

饭局的实际情况有点出乎所有人意料，在溪川和易辙一起出现的五分钟里，翁唯语和她的直接交流只有进门时起身喊"前辈"打招呼。

剩余时间，小姑娘安安静静地端庄坐着，听大家谈事，大眼睛忽闪忽闪很灵光，只是安静但不木讷，叫到她时话题都接得上，谈吐有分寸有礼貌。

公司宣传部和她年龄接近的小员工没心没肺地把话挑开："你不是姐姐的粉丝吗？赶紧让姐姐给你签个名。"

翁唯语面露难色，摆摆手："我、我没有带海报。"

"随便拿张纸好嘞！"她经纪人从酒桌转盘上取下一盒纸巾往她面前送，"随便拿一张，快点去。"

"不用，不麻烦。"她支支吾吾，突然把头埋低，好像分外尴尬。

易辙对溪川点点手腕的位置提醒时间："那我们该走了。"

匆匆一面就这么结束了。

下楼的电梯里，溪川评价："孩子挺好的。"

"是吧。"易辙按下一层，"都觉得像你，不仅是长相，聪明劲也像，有礼貌也像。上次带她去跟林文亮吃饭，她很讨人喜欢，林文亮说像你小时候，只是比你小时候内向点。不过今天，看起来太正常了，一点不像粉丝见偶像。"

"我知道怎么回事。"溪川出了电梯，稍停一停回身等他并肩，"其实早就不是偶像了。如果不是公司公关去查过她以前的网上言论，恐怕她自己都不会愿意提那段黑历史。短则一两年，长则三五年，青春年少时头脑发热的仰慕，只是自己和自己的梦跳圆舞曲，梦醒了会回到现实。时隔这么久，你们非要按头让人家认偶像，多尴尬。"

易辙下台阶，怕她高跟鞋走不稳，刚想伸手扶她，她已经自己走了下来。

"你在这里等我开车过来。"

"我和你一起走过去。"

易辙跟在身侧认真察言观色："你会不会觉得失落？"

溪川笑起来："也就你老是'粉丝粉丝'挂在嘴边，如临大敌，什么时候见我念过？刚出道那会儿我才天真呢，以为来的都是知音，其实不过是一些远处的喧嚣。这个人走了那个人来，研究个体没什么意义。喧嚣的整体始终不变，那只是他们自产自销的热闹。"

溪川不知道的是，此时此刻，楼上的包厢里，翁唯语正抹着眼泪被经纪人数落："给你机会了，你自己遇到重要场合没出场能怪谁？跟你说过多少遍，不要畏畏缩缩，何况这也不算重大场合，这点出息，当什么明星？"

明星什么的再从长计议，小姑娘心系别的要事："那你还能帮我拿海报去签名吗？"

"不能！要去自己去！刚才叫你怎么不动？弄得大家都僵了，溪川不尴尬吗？溪川也尴尬啊！我丢不起这人。"

翁唯语抽抽搭搭："姐姐最讨厌在餐巾纸上签名了。"

经纪人愣了愣，伸头问杨欢焕："有这个毛病？"

杨欢焕"哈哈"笑着夹菜："是的。因为扔餐巾纸拒签被骂过五六次。"

但溪川没必要知道这些。

她很喜欢这行业，正因为这行业里都是耀眼浮华，也都是过眼云烟，浓缩了世态炎凉，时刻在失去，也时刻让她清醒。

她需要这点清醒来把自己磨砺。

灯火阑珊，夜风舒爽，她牵过易辙的手，与他十指交缠。每分每秒，什么都失去，始终留下的那些才显得弥足珍贵。

这条路可不比陈谅家楼下的区间路，来来往往都是人，易辙一时有点惶恐惊惧。

但夜色中风光这样美好，月影与霓虹晕染着她的侧脸，他舍不得放手。

第五话

Summer Fantasy

灾后加速效应

[41] 两难

　　相对溪川平时的日程，这是个略显平淡的周六，原本从早晨七点到晚上九点只有一项工作，在《奋斗》剧组补拍。

　　她照例在化妆室和姐姐视频，要求看看镜子。

　　奇怪的是，姐姐迷迷糊糊反问："什么镜子？你先用自己手边的吧，我还没起床呢。"

　　视频被挂断了，溪川看看时间，七点一刻。

　　姐姐自从出院以来因身体不适，每天不到六点就会醒，睡到这么晚还真少见。

　　溪川担心她更担心镜子，妈妈一直睡着，谁知道她会不会又去烧水摸电。分别打了陈谅和护工的电话，都没有接听。只得向剧组请了半天假，去家里看看。

　　人到了家门口更加不安，按了十分钟门铃都没人来开门。

　　她继续打姐姐手机直到接听，问人在哪儿，回答在家睡觉。让姐姐来开门，姐姐开了却说没人。两人鸡同鸭讲好几个回合，最后溪川怀疑姐姐病得神志不清，叫她用微信发来定位，人果然不在家，而是在一个完全陌生的地址。

　　溪川困惑重重，赶到地址，是处住宅，按了门铃姐姐亲自来开门，可整个人精神状态和平时完全不同。

　　"这是什么地方？"溪川惊诧地进了客厅，四下打量。

　　"我家啊。"姐姐比她更加惊诧，伸手过来摸她额头，"你怎么了？"

　　溪川顾不上和她絮叨，在屋子里仓皇地来回转。

　　置物架上有个小相架，里面居然是新旬的遗照。她看不明白，蒙蒙地指着相片问跟上来的姐姐："为什么要把新旬的照片放这里？"

"我……"姐姐目瞪口呆，"不是一直放在这里吗？溪川你怎么了？为什么一大早冲过来问这个？"

一直？

溪川想要再问却一时找不到提问的方式，脑子里闪过无数念头，一开口突然反胃想吐，刚撑着置物架稳住自己，又眼前一黑，什么都不知道了。

在医院醒来时，看见的第一张脸是易辙的。

他靠在窗边听姐姐小声说话，面朝病床这边。

姐姐一个重病病人，竟然无视禁烟标识，探身去窗外抽着烟。

不对，在短短几秒内更新的记忆中，姐姐从来没患过病，她甚至没有结过婚，更没有孩子。没错，一直在早晨那个地址独居。

造成这样剧变的原因一定与"时空对话"有关。

溪川挣扎着靠着坐着，易辙注意到，大步流星走过来问："你好点吗？低血糖晕倒了，其他还有哪里不舒服？洛川说你一大早冲上门说胡话。"

姐姐掐灭了烟跟来："应该是因为低血糖。低血糖的症状是会说胡话。"

那股恶心反胃的感觉依然没有消散，溪川顾不上那么多，问易辙："我的手机呢？"

姐姐马上把手机送上前："这里。"

大概是刚才掉在姐姐家，被她细心收起来的。

"不是这个，另一个。"溪川接下手机，对易辙说，"放在你那儿的。"

"哪个？"

"非智能机，银色外壳，给你保管的。"她逐个说出关键特征，他却依然满脸茫然。

"我见过吗？"

"我回去找。"溪川伸手要拔输液的针头，被他及时拦住。

"不不不，你把营养液输完。我回去帮你找，找了拿过来。"他把人按回床上出了门。

姐姐好奇地追问一句："怎么突然急着找个手机？"

溪川没有回答，疲倦感向她袭来，更多的记忆在脑海里冲撞，搅得她头痛欲裂。

她所经历的过往有了天翻地覆的变化，夏新旬不是她的"白月光"，而是姐姐的，直到十八岁去世。姐姐在那之后再也没喜欢过其他人，这么看来比自己深情得多。陈谅，大家一直都认识，是新旬的死党，也是姐姐的朋友，但他们之间没有任何感情纠葛。

洛川见她脸色苍白冒着虚汗，差点想叫医生。

溪川摇摇头拽住她，胃疼不严重，头疼估计是因为信息量太大脑子过载了，这并非迫在眉睫，她放心不下姐姐"不治自愈"的重病："我没事，我做了个噩梦是关于你的，梦见你的健康出了问题。我不需要人陪着，你去做做血液检查，让我放心。"

姐姐不以为然地笑："梦都是反的。"可看她神色凝重颇为坚持，只好妥协，"好，我去做抽血，叫亚婕上来照顾你，她应该没跟阿辙走吧？"

"我不要人照顾，我想一个人待一会儿。"她勉强挤出个笑，"没事的，在医院能出什么事？"

姐姐离开后不久，易辙拨了视频电话过来："我到家了，手机你放在什么地方？"

"不是我放的，是你。"溪川想了想，启发他，"我给你保管的重要物品，你会放在什么地方？"

他想，既然重要，当然是保险柜。

果然在保险柜里找出了旧手机，他对着手机给个镜头："是这个吗？"

"是。"溪川如释重负松了口气。

"现在拿过去给你，你不要乱跑。"他叮嘱了一声挂断了。

旧手机的存在他压根不记得，很大可能整个"时空对话"他都没有记忆。溪川难免觉得泄气，好不容易下定决心把秘密告诉他，一切又归零了。

她一个人安静地坐着，从混乱中慢慢厘清思路，这一定是小时候的自己干了什么出格脱轨的事造成的后果。

原以为只不过小打小闹影响自己的情绪，怎么会让姐姐的生活发生剧变？家都没了。

一想到那么可爱的小镜子凭空消失，甚至没有人知道镜子存在过，她就心绞痛。

在新的记忆里，姐姐没成家，也不是家庭主妇，从电影学院制片专业毕业后，顺理成章入职大影视公司，从策划到执行制片按部就班晋升，如今已经主控过一个票房非常成功的项目，在业内有了些知名度。挺让人唏嘘的，陈谅总觉得姐姐像寄生虫一样离了他就无法生存，可事实是两人各奔前程，姐姐的事业不比他差。

陈谅依然是导演，没什么变化。他妈妈的指控完全不成立，看来转行去做电影是他心之所向，不是哪个女人能左右得了的。

易辙虽然搞不清前因后果，但知道那手机对溪川很重要，从家到医院，平时怎么也要近二十分钟的车程，他十分钟就开回来了。

溪川一拿到手机，忍不住连珠炮似的质问那一端的高中生，对方却一头雾水，发誓赌咒说自己在睡懒觉什么也没干。

大概变化不是即时发生的，有一定滞后性。

这带来一个坏处，很难确定究竟是哪件事导致了现在的变化，想纠正无法对症下药。

她试着平静下来，拿出点成年人的稳重，反过去宽慰对方："未必是坏事。说明彼此不是生活在平行世界，因果有其必然性。只要找出真正的原因做出修正，不仅能把姐姐的家庭找回，连新旬也有希望救回来。"

目标是暂且这么定下了，但更多的争辩开始在脑海里展开。

姐姐的血液检查基础报告三十分钟就出了，一切正常，更详细的检查结果还要等几天，但眼下看来重病应该不存在了。

溪川离开医院时才意识到，就姐姐个人而言，其实因祸得福，没了重病，没了家庭拖累，也没了破裂的夫妻关系，至于镜子，她根本不知道她曾存在，又谈何失去。修复一切，对姐姐真的好吗？

输完液易辙带她直接回家，向剧组请了一整天假。

溪川一路话少，似尚未从震惊中回过神来，默默教自己从其他角度思考，去接受新变化。

她自觉接受得不错，没想到进门后，会被一件本来不足挂齿的小事击倒——转身抬头发现墙上挂的"横刀夺爱"不见了。

此前她忙着厘清姐姐的经历，几乎没顾得上细想自己。

易辙从卧室放了东西返回，看见她像断线的木偶一样怔怔地靠着沙发坐在地上，小心地拽了拽她的胳膊："怎么了？哪儿不舒服？"

她只是摇头。

"进去躺着休息。"他把她抱上床去。

之后她一直躺在床上，整整几个小时连姿势都不变。她不想一件事去追问易辙记得多少，只听天由命等自己的记忆更新，一会儿流泪，一会儿发呆。

易辙当然百思不得其解，对他来说，只是女朋友突然没来由地崩溃。他不敢追着问，怕更加刺激她，只能一会儿冲个毛巾来给她擦脸，一会儿端碗糖水来给她暖胃。

夜深人静，终于等到她决定说点什么。

溪川坐起来把一切和盘托出，"时空对话"的起源又说了一遍，他翻看手机中的对话排除了其他可能性，慢慢消化了这个事实。

过去本来是什么样，现在成了什么样。只要记得，大事小事都告诉了他。

和她猜测的一样，易辙没有其他"时间线"的记忆。

处处是两难，让她无法不患得患失。

要把姐姐的家庭孩子找回来，却有可能让她再次患病。

"站在全知视角看，我甚至觉得姐姐现在的人生是更好的选择。"

但易辙的观点是："还是应该找回来，病可以治，她的人生不该由你来取舍。你自己想要的未来，应该从眼前往后做出努力，而不是从过去重启，对谁都是如此。我是这么认为的。"

"我应该引导小时候的我，再多做些小实验弄清变化的规律，再告诉她要救人，也许就可以避免出现这么严重的蝴蝶效应。"

"别自责，这种事谁也没碰上过，就像我说的，永远不要质疑你之前的决定，任何时候都可以开始，亡羊补牢不晚。"

他这么冷静理性让她平静不少。

溪川沉默片刻，道出更多担忧："上次我跟你说这些，你想当然地认为，就算我们之间感情关系被改变了，只要你再把我追回来就不成问题。你还……还让人写了幅字挂在客厅，'横刀夺爱'。"一提起就想笑又想哭，"现在连那幅字都不在了，你根本什么都不会记得。就像陈谅不记得和姐姐做过夫妻，他压根不知道有这种生活存在过，怎么可能会想去做点什么，追回妻子女儿？"

"可你不是记得吗？就像现在这样告诉我。"

"万一你根本不认识我呢？难道我拿个破手机找上门，对你胡言乱语？"

他想象了一下忍俊不禁，捏一捏她的脸颊望着她的眼："从我认识你，只要你认定的事没有什么做不成的。溪川，你不是普通女人。现在还没有发生，考虑那些极端情况为时过早，没必要陷在里面让自己不开心。普通人的生活也可能遭遇不测风云，没见谁思考明天自己被车撞瘫痪了该做哪些准备。"

他说得在理，她还是免不了慌张后怕，扑进他怀里紧紧抱住他。小女生的呜咽顺着衣料褶皱往上蹿："我不能没有你。"

易辙知道她这一天过得惊心动魄，劝也劝不住，吻着她的额头轻轻安抚："我更是。"

[42] 灾后加速效应

易辙从前说些海誓山盟的话，溪川只是过过耳，并不较真。

如今更没法跟他计较，"永远"和"绝不"都没了意义，他会忘记，而且不是出于他的主观意愿。

她感到前所未有地孤独，仿佛和世界的联系又断了，只剩下自己。

早上醒来她做了个小小的决定："我想回家去住。你愿意来陪我你就来，觉得上班远也可以不来。"

"为什么？"易辙本来半梦半醒，听见她的话像兜头一盆冷水。

"姐姐的生活在新'时间线'上发生了改变，她不住在原来的地方了，我猜原因应该是当初结婚买房，选那个地方是陈谅做的决定。昨晚睡前给陈谅发消息问，果然印证了这种想法，是谁的选择就是谁的住所。"

"所以？"他没听明白这和她想住哪里有什么关系。

"这是你的家。我怕哪天醒来你突然不认识我，把我一脚踹下床去。"

易辙哑然失语长长的几秒，猛地笑出声："我在你心里这么正直吗？一觉醒来看见床上出现陌生美女，一脚踹下去？"

"不然呢？"溪川瞪大眼睛。

易辙感到不妙，言多必失，含糊不清地扔下句"我没那么粗暴吧"就往浴室里躲。

溪川愣了愣，追过去刨根问底："那你还想怎么样？"

他招架不住，"哈哈"笑着讨饶："起码要自我介绍交个朋友吧。"

溪川小拳头照他背上瞎捶一通："让你交朋友！你那么缺朋友！"

易辙实在是跟不上思路，怎么还能跟假想中的自己吃醋。

玩闹归玩闹，他其实很担心溪川老毛病又犯。遇到事她喜欢拒人千里，把自己封闭起来，习惯一个人单打独斗。当初因为季向葵做局而事业受挫，她就是这样，连易辙都推开，不接受帮助，话里藏刀，自己情绪不好又拒绝外援，还一边和网友吵架，恶性循环。

他原先不够成熟，跟她认真地生气，认真地赌气走远，对彼此都是伤害。花了很长时间才明白，她说"也可以不来"只是逞强给自己留退路，并不是真对人无情冷漠。

他想这次一定要头脑清醒，任她再怎么装清高都要紧追不舍，无非是锻炼自己脸皮厚一点，好过剩她一人孤孤单单。

"也好。"他说，"在自己家你更自在一点，免得麻烦王亚婕天天跑来跑去取衣服，时间耽误在路上。我反正行头简单。"

换了她在洗漱。易辙倚在门口从镜子里察言观色："要不要再请一天假？"

她往脸上泼着流水："不要。我想早一点杀青出组，好准备下一个戏。拖拖拉拉总是夜长梦多。"

"也不急这一天两天。"

她擦干脸，从镜子里望了他一眼，脸色突然沉了沉。

他心里一阵紧张，却听她说："其实我最难接受的是镜子就这么不见了。"

反应了一会儿才意识到，她是指陈谅和洛川那个四岁多的女儿。易辙没见过，缺乏具体概念，但他能理解，溪川自己就时常孩子气，大概的确很容易和小朋友玩到一起。

他跨过去把她拥在怀里，和昨晚温柔的安抚有些不一样，吻得很深，弄得她头晕晕的缺氧。

"嗯嗯嗯？"要知道还有五分钟就得出门了。

他松开她，恶作剧地笑："这么喜欢小孩，自己生一个。"

溪川反射弧很长，半响才听懂暗示，红着脸从水龙头下接了一捧水甩他脸上："你怎么不去生？"

"我又不喜欢小孩。"易辙满脸无辜地擦擦水，跟着她出浴室，"你这是叶公好龙。"

上午在公司处理完昨天今天的常规事务，下午易辙约了鱼丽的赵制片喝茶。

他从北京回来第一件事是回复易辙的信息，这和易辙之前的措辞严肃程度有关。但谈生意讲究战术，赵元在他剧组里那一亩三分地转得开，再往上的层面就缺了很多韬略。易辙不跟林文亮直接谈而是让他带话，就是不想留一丁点讨价还价的余地。

赵制片十万火急地赴约，生怕怠慢，一开始就处于下风。

易辙不疾不徐花了一刻钟摆茶滤茶，最后才把那娱乐圈剧的剧本扔出来："这剧你们打错了主意。我们坦诚点吧。这一看就不是给柳溪川的本子，想用杨雪？"

赵制片脸色僵了僵，刚想否认，被他一个手势打住。

易辙把身子往后一靠："吴澜这几天在找借口拖你，我把话放这儿，合同她不可能签，你不信等着看。"

赵制片尴尬地喝茶："是，杨雪也是我们主要考虑的人选之一，易总您了解这个剧的实际情况，片酬离溪川平时的价位差远了，这么点预算，我们只能在这一茬新冒头的小花里选。"

易辙懒得拆穿他从头就没考虑过溪川，像溪川自己推测的那样，递本子只是挂个号的意图，免得将来撕破脸。

"理解。"易辙点点头，"但今非昔比，杨雪得指着我们吃饭，经过上次她那么一闹，能不能绑上我们一起双赢成了她起死回生的关键。当然，我的目的不是堵死大家的路。从你的角度考虑无可厚非，选杨雪嘛，总归比选和溪川八竿子打不着的其他小花强，至少有了话题热度。"

赵制片心里打的鬼主意被他摆上台面，脸青一阵白一阵地赔着笑："我们确实有难处。"

"话又说回来，对鱼丽而言有话题热度是好事，对制片来说可不是好事。平台占百分之二十投资，这笔钱不用现金入账，而是以主演片酬折算。平台演员经纪部和影视部各自为政，不是进了演员就有了宣发。缺了百分之二十制作费，又缺了宣发费，再有话题没有实打实的钱，让你这个制片怎么做？"

谈起这个，赵制片也一筹莫展，四千万预算的制作三千万并非拍不下来，只不过他个人能操作的空间就小多了，这事关他切身利益："易总给指条明路？"

"我们公司的翁唯语上次你也见过，长这样一张脸演这个角色，话题不会比杨雪少。现在平台也认她。你去说服汪总和林总，我就要杨雪那份合同。片酬不变，我得拿走。但开机进一成投资，让你好做。宣发我们做了，反正肥水不流外人田，条件是合同里加个特别约定，剧本得根据我们的要求定制。"

"汪总林总那边好说，只要剧进展顺利，细节他们懒得管。不过这剧本……"赵制片为难地挠挠头，"不瞒你说，编剧就是《戏精》的编剧，王旗，那孩子不太受控制。"

"不听话的天才不如听话的庸才，何况她算不上天才。想想当初为什么器重她，无非因为她拿五集敲开了溪川的门。但我们家溪川有个毛病，口味变得快。你们留着她也没用啊。我可以给你半个月时间，等她把《戏精》那边补的剧本完成，这边再换编剧。"

赵制片心里盘算盘算，不至于在个小丫头这里卡住，像易辙说的，又不是什么不可替代的天才，还是保制作费重要："成。"

"合同可别拖半个月。"易辙垂眼用杯盖撇撇上面的茶叶，"我说的条件今天有效，麻烦两边法务部下班前抓紧把合同过掉。"

"这好说。"老赵沉不住气，露出了股勤备至的笑意。

又被背后偷偷黑了一回"口味变化快"的溪川，此刻还在片场兢兢业业补戏，也许冥冥中有些缘分，她看见了正忙着跟服化组对群演衣服的王旗，但没互相打招呼。

陈谅出组了，剧本又是现写的，只剩王旗一个人在较真，她在工作负责方面无可挑剔，哪怕是尾款没付的工作。但新人的稚嫩在于，很难跳出自身局限看全局，她参加工作不久，带着学生气，要复习完一门功课再做另一门，现实的截止日可不是白纸黑字写在教学计划里。

精力有限，她只想到民国剧开机尚早，不用急着投入全部，却想不到孰轻孰重，丢了西瓜捡了芝麻，怠慢不该怠慢的人，会满盘皆输一无所获。

易辙如果事先跟溪川商量过，她不会同意他做得太绝。和易辙不同，她习惯跟年轻后辈共情，总爱在她们身上找自己当年的影子，自然而然宽容心软。也因此，易辙才不跟她商量。

现实点考虑，她对别人善良换不来别人对她善良。

他承认做得绝，也承认藏着卑劣的私心，"她想要的都给她"说起来轻松，过程中总会有牺牲品。

收工后溪川径直回家，屋子好长时间没住，被迫收拾打扫卫生。

其间易辙发来消息说被一点事绊住了要晚点回，她反而松了口气，不用绞尽脑汁去重新给他准备吃的。

溪川家不像他家请了每天定时上门的佣工，她平时需求低，几乎不怎么吃，靠沙拉水果营养补充剂和垃圾食品随便打发，用不着兴师动众每餐找人来做饭，如今要搬回来，他一周七天有四天应酬，请人不好请，筹划怎么应付他一个人的晚餐也是个负担。

她兴致勃勃买了菜谱来学，一晚上从入门到放弃。不太好意思，趁他到家之前，乔装打扮鬼鬼祟祟出门，把烧煳的锅扔到小区外马路边的垃圾桶，毁尸灭迹。脑子里还闪过一念，这让娱记拍到该怎么解释。

十一点他才回来，一进门还是闻到味道："烧煳了什么？"

"没有呀。"她边退边笑，"小区烧树叶吧。"

易辙没继续追究，拉她到沙发上坐下，拿手机给她播放视频："看这是什么。"

她看不清，放大放大，放到能看清瞬间呆住。

在北京那天晚上被拍了，之前没开灯没拍到，拍到的只有他把她从浴室里抱出来给她穿衣服的一小段，后来压根没在这个房间。

一个常识，娱记会拍的才不是你扔锅。

她害臊死了，但没有太多愧疚，共犯在眼前，他有一大半责任。

"我记得……嗯……对面隔得很远很远才有一栋写字楼，半夜怎么还有人？"

"在离机场最近的套房对面架个固定机位，能费多大事？拍到明星的概率不小。你先给我说说窗帘怎么回事。"他记得她在浴室里嘟嘟囔囔抱怨过，故意哪壶不开提哪壶。

"就是……自动遮光帘卡住不动了，布帘不能完全拉上，我爬上去扯不动，弄了半天，然后就……"

"就放弃了？"

"没有，我用发夹夹起来了。"

管屁用。肯定是晚上掉了。

"这是'时间线'改变之前的事吧？"

"嗯？嗯。"她不知他提问的用意。

"也就是说，每条'时间线'都是这么拉窗帘的？"

她认真想想："没什么出入。"

易辙不禁扶额叹息，嘴上信誓旦旦"你不是普通女人"，但每条"时间线"拉个窗帘都半途而废的人，还能指望她干什么。

"能解决吗？"她惴惴不安地问。

媒体曝光前通常会事先来问，只要价格合适都能谈妥。何况她单身并非出轨，又不是偶像，除了画面香艳点，性质也就是曝个恋情，不算什么花钱买不下来的重磅大料。

易辙点点头揶揄道："为了保全我的名誉我才买的，下次光有你我就不买了，谁让你不拉窗帘。"

"我想……"她憋了半天，红着脸抬起头，"我们公开吧。"

这着实有点突然。

"我觉得……不好。"他一口回绝。

"怎么不好？我又不是偶像，和我同龄的女演员结婚成家的大有人在。公开了就不用担心被拍这种东西，曝光完全是侵犯隐私，是他们不占理。"

"溪川，创伤性事件会让人重新评估人生，突然决定结婚生子，这叫灾后加速效应。不要一时昏了头。"

她默不作声。

他继续阐明观点："娱乐业的终极本质是造梦。大家不说，谁能否认想看的是你和男演员擦出火花传出绯闻，这样才能让屏幕外的人入戏。黎月行本来就已经是半个绝缘体，你还宣布恋情给他加个隐性的'隔壁老王'身份，这剧还让人有什么盼头？"

她抱着膝鼓着脸："你有'绿帽'情结。"

"你以为我愿意？这个剧你演得好我第一个拒看。"他笑起来，靠近一点，拉过她的手翻着面检查，"没弄伤自己吧？以后不要炸厨房了，想吃什么告诉我。"

[43] 树敌

易辙做了早餐："面点你可以吃。昨天你想吃的玉子烧也做了，不过你只能咬一口，长期不吃正常东西突然吃太多，难以消化，对胃负担过重。"

溪川靠近了爬上桌去咬一口："我是想做给你吃，你不要给我做好吃的，吃出了食欲我又戒不掉。"

他俯下身支着岛台："崔海峰在筹备的新片，明年年中开机，古装。有个十分钟的配角，我想给你要过来。"

崔海峰是第五代导演中的领军。名导的商业剧情片，别说配角，连龙套都有一堆流量抢着上。

溪川啄米似的点头表示愿意："演美女还是侠女？"

"演杨玉环。"

她吓得面条从嘴里掉出来："你可真是……情人眼里……哈。"

易辙憋不住笑："趁机养养身体吃胖点。"

"你怎么想的？"

他没再开玩笑，正色道："第一个电影冲奖去，不管大奖小奖尽量给你弄一个。往后，太一般的角色配不上你，不能乱接。但与其闲着等机遇，不如客串几个符号性人物夯实位置。中国贵妃嘛，有助于提升商业价值，将来出了国门好做注脚。"

"嗯嗯。"溪川继续吃面，歪过头，"想给我弄个什么奖？可以是影后吗？"

这人真不谦虚。

易辙又笑起来，捏捏她的脸："尽量吧。可我说实话你别不爱听，你演技其实没到，这行也是熟能生巧，你经验太少。近几年A类影后平均年龄在三十五以上，不是选世界小姐。再说影业那个剧本不是女主角戏，出影帝的可能性更大。"

"你看过剧本了？给我看看。"

"没有确定剧本，是孙导搞了一半扔下的半成品。三年前那个案子改编的。"

"我……是被杀的吗？我记得……现实案件我还被家暴了吧？"

"是啊。"他看她的表情忍俊不禁。

好在她很容易满足："算了算了，有电影演已经很好了。"

他看看手机时间："你今天不用去剧组？"

"读本会。你忘了？"读本会的开始时间晚一些，在上午十点。

"今天约了人，陪不了你。自己能行吗？"

"行。"

她打开那个非智能旧手机，有新信息，看了一眼翻起了白眼："她说据她推理，时空变化这么大是因为她在家装了个秋千，拆掉应该就恢复了。靠不靠谱？"

他帮她捋了捋头发，顺手碰碰她的耳朵："你小时候挺乐天。"停顿片刻他问，"别的'时间线'，我们是怎么在一起的？"

"我追的你。"她张口就来。

"扯淡。"

"真的。"

"我不信。你这么懒，又不愁没人喜欢，你会追别人？"

但感情这东西谁说得准。溪川觉得自己承认吃翁唯语的醋就算追，起码是往他面前迈了一大步。眼下这条线她明目张胆吃的醋更多，也可以算她追他。

想起翁唯语，她想起更重要的事："我觉得公司现在的后辈除了翁唯语都不太行，只有腰部演员。现在名导都直接去院校招新人，相比起来，YXC没什么竞争力。"

"昨天开会听他们说，看中个大一女孩，刚开始聊，已经被孙佳玮签掉了。"

"所以我让焕姐去艺考机构里物色，一是年龄更小，二是抓紧机会在被院校录取前就签下来。她找了四个，签之前我去见见。你看。"她在微信上把PDF格式的演员资料发过来。

他逐个点开，最后评价："都一般。"

"你觉得一般就对了。你看看现在公司里的小朋友，和我是一个风格，为什么？因为大家知道你审美偏好，明知红不了，但让你看着舒服，至少招进来的孩子在公司里能分到资源。鸡蛋放在同一个篮子里，对整个公司而言不是好现象。审美是多样的，你不知道将来会流行哪一种，公司只做一种，路就走窄了。"

易辙不服气，翻着其中一个女孩指给她看："我说一般是客观事实，不是偏好。你看这眼睛不大，眼距太远，用尺都能量出来。"

"这种叫作高级脸。"

"你开心就好。"易辙出门前给她带上外套，"你还挺有老板娘的觉悟。"

"怕你再过五年就失业了。"

她说的是实话。他擅长判断市场，经营人脉，给艺人搭配合适的资源。眼前的成功建立在一个基础上，无论是溪川还是郭俊，进入他视野时都已经是A级偶像，锦上添花是他的强项。从无到有地做新人，根本不在他能力范围里。公司的发展就像目前旗下艺人，一眼能看见尽头。

黎月行的公司不一样。

他是非科班出身，从广告海报上被经纪人挑中的，说明他有天分，也说明经纪人有眼光。更难得的是，像黎月行这种潜力股，他们公司每隔三年产出一个，营销思路从来没出过错。在易辙把他们列为竞争对手后，溪川才特别留意，那恐怕是比季向葵更强的对手。

这次的读本会人都到齐了，没人敢在赵絮眼皮底下公然作妖，假模假式拧成一股力，好像都进入了状态。

但溪川直觉隐隐有些不妙。黎月行和季向葵的对手戏准备充分，台词非常熟练，对自己的戏却明显敷衍，台词现编，虽不至于发挥不好，但在用心程度上有差别。

起初她怀疑，难道他觉得自己演得不如季向葵，只把她放在眼里？

回家时在车上悟到，自己演技比季向葵强，黎月行因此故意避开。应该是已经定下方向，要重点拿他与季向葵的单场对手戏营销，他营销演技，季向葵要热度，打的是各取所需的配合战。溪川与他演技相当，没资格做陪衬，当然要限制她的表演传播出圈。

晚上跟易辙一诉苦，有点告状的意味，在学校心里添堵回家告家长："他们孤立我。"

"哦，策略没错啊，换我也这么做。"易辙笑得轻飘飘，不以为意地说别的话题，"我明天要出差，这周就回，你照顾好自己。"

她揪着他不放："我们没有什么对策，对黎月行？"

"他想得美。挑对手？不由他说了算。"没办成的事，他一般不喜欢先公开计划。

他不在的几天，《奋斗》组里溪川的戏份终于顺利杀青。

她其实早没心思在那边，眼见着没水花也火爆不了的剧，剧本早变形到离初衷十万八千里，再投入都是浪费时间。按她一贯的急躁，根本拿不出多少耐心去拍完。

易辙连哄带骗给她洗脑要有始有终："有时候无心插柳柳成荫，什么商品受欢迎有个基本标准，但什么商品能大受欢迎真没法预测。"他拿了她随便投资的MCN公司来举例。

她去年账面上有闲钱，想着赚点小钱就拿去投资了，没想到今年财报一出，利润吓她自己一跳："这些网红赚得比我还多。"

他本来也不觉得奇怪："打下沉市场，什么时候都比较容易赚。"

这位财迷没深思其中原理，只是发着"收购YXC指日可待"的大梦美滋滋了好几天。

坐等被收购的YXC娱乐总裁回程飞机落了地，没急着回家，先约了赵絮吃饭。

在打过交道的人中，赵絮是相对单纯的，目的很明确，在乎的只有制作。她是想真正做点作品出来打口碑，眼前阶段赚钱都是其次。

这种单纯的人，投其所好相对简单。

易辙给她看了王旗写给金跃的剧本，不用添油加醋，她就气得火冒三丈。他轻描淡写地把这页揭过："正好这剧是我们公司的艺人主演，已经让他们换编剧彻底改过了。"

赵絮稍稍顺过了气，没说要换编剧，进展到如今换编剧不理智，但易辙知道她从此不会再把王旗当作人才，只是当作员工。

一方面她自己并不无辜，另一方面要给溪川领这一功。

赵絮欠YXC的人情就是欠溪川的人情，有借就会有还。

更大的惊喜还在后面。

国内一线的名导，市井小儿都能如数家珍，但一线的摄影指导，只有内行才了解。摄影指导在电影制作中重要性不亚于导演，甚至有位获过奖的青年导演，在片场离了资深摄影指导的保驾护航，都不敢开机，摄影指导因私事离组几天，他宁愿剧组停机空转几天。

陈迈文就是这种级别的摄影指导。几乎所有在国际上拿奖的中国导演都跟他合作过，他已经六十八岁高龄，近些年定居加州没回过国。

易辙家里父母姐妹旁系直系全是做影视娱乐业的，入行早，和陈DP（摄影指导）交情很深。

"他同意出山，但年事已高，撑不了高强度工作，档期只给了一个月。我想，已经够定调整个剧的重要场面了。"

赵絮女承父业，对电影行当不能更熟，本就是秉着一颗电影心在做剧，这份礼的重量她太清楚，惊喜有点回不过神。

这剧原本定的摄影指导也是拍电影的，比起陈迈文当然差远了，小商品与艺术品的差距。如今就算是大制作的电影，也未必请得动这位。

她甚至有些惶恐，放下刀叉，往椅背靠去："那易总想要什么？"

民国剧《金簪》官宣的这天，社交平台上热闹得很，普通用户刷不出与这无关的信息流。

柳溪川和黎月行平番，季向葵三番。但剧名叫《金簪》，这个平番谁先谁后不言而喻。

保密工作做得太好，当事人事先不知道，还是做皮肤护理的美容师刷了微博转告。溪川还没感受到惊喜，先受到了惊吓。

名不正言不顺的，脚踩影帝，他真敢做。

不过能秒懂他的用意，不只为图个虚名，要树敌就树出点声势来。做众矢之的，好过被边缘化。

她一上车就追问："你怎么搞定赵絮的？赵絮又怎么搞定黎月行的？"

前一个问题他卖关子没回答，只说："崔海峰那个片男主角是黎月行，他没必要为了个先后顺序把赵一凡得罪。"

"话是这么说，他肯定咽不下这口气。"这一招相当于开局直接宣战，"你真有恃无恐。"

"不服气的人多着呢，接下去就靠你自己了。"易辙把车开出去，"让他们服气。"

[44] 进组

《金簪》的开机地点不在上海，距离上海两三个小时车程。季向葵几天后有商务活动，赶着拍她和黎月行的对手戏。

溪川晚几天进组，易辙想她总要带个开车的，就没和她一起出发，先去了趟公司处理事情，晚上和她会合。

亚婕和生活助理在楼下卸行李。

梁制片带溪川去总台领了房卡，进了电梯有点尴尬地说："你在3518，黎月行隔壁。特地留的房间。"

溪川不解地瞪大眼睛。

梁制片讪讪笑着："赵总叮嘱的，意思是让你俩拉近一下距离，培养培养感情。"说着别扭地挠挠头，"我都说没那个必要。"

溪川没说什么，这不是他能拍板的，不想让他为难，于是点点头接过房卡，又问："给阿辙留了哪间？他可能很晚到，就不去叫你了，你给我吧。"

梁制片过了那道尴尬之槛，语气轻快起来："辙哥挨着你，3520。亚婕和那个小姑娘在3207，离电梯近，3209空出来给你放东西，我待会儿带她们过去。这酒店条件一般，委屈你了。"

出门拍戏，她没指望条件能有多好，酒店内部看起来就是经济快捷型，南方潮湿，走廊里闻得到霉味。不过外部环境不错，在郊区，占地面积大，像个园林，车开进来满眼的绿。

"就我们一个剧组？"

"对，这边包下来了。"梁制片靠近走廊尽头一扇窗，指给她看远处，"那栋是他们这儿的内部招待楼，只接待领导，现在没有领导来，过两个月不好说。反正要来也就来几个人。"

梁制片转个方向接着说："我们在这儿住了有半个月，各方面还是挺方便的，唯一美中不足的是这酒店隔音不太好，所以给你们安排在靠里面一点的位置。不过伙食很好，厨师班都进组了，赵总挖来的。"

溪川听到这里憋不住笑。

梁制片自己也不好意思再吹牛，随便说点实在的："你和葵姐的两份餐单独做，想吃什么你可以点，不想见人可以让亚婕拿了给你送到房间。"

"那不至于。"剧组都是同事，是人们对待她态度最正常的地方，不像大街上一不小心被围观偷拍，她很珍惜和人正常交往的机会，很少躲人，"化妆组在哪间？"

"3305到3311。"他见溪川拿出手机准备记，"你不用记，我把主要工作部门的房号已经发给亚婕了，等会儿也发你一份。"

溪川把手机收回包里，跟他走过最后一段走廊，这附近应该都是主演，这会儿去片场了，四下鸦雀无声，让人对"隔音不好"没概念。

到3518门口，梁制片用手上剩下的那张房卡把门刷开，一进门，两个人愣住了。

这是间婚房。

房间里按照婚礼标配布置，到处是悬挂的红色装饰物，床头还贴着喜字。

溪川乐了："这剧会红啊。"

梁制片也是第一次进来，先捡起地上一沓从门缝里塞进来的通告单，窘得狂薅自己头发："哎哎这个……怎么都不收拾一下呢……不好意思，我喊人来撤。"

他把房卡还给溪川，打着电话慌慌张张走了。

溪川在沙发边上坐下。

过了一会亚婕送她的随身行李过来，一见这架势也笑："挺隆重哈哈。"

溪川把3520的门卡给她："快去看看隔壁，别等深更半夜一进门也是个婚房，还找不到人撤。"

亚婕去了就回："隔壁正常的。"又问，"隔壁要换床单被罩吗？"

表面功夫总要做做的，溪川打开箱子往外拿东西："我带了，给他换一套吧。"

话一出口意识到露馅了。

他的床单被罩应该他带才对。

好在亚婕粗心，没觉察有什么问题。也可能亚婕聪明，看破不说破，陪她玩自欺欺人。

撤换房里的装饰，再加更换床单被罩，又彻底打扫了一遍卫生，时间过得很快，一眨眼到晚上七点半了。

梁制片索性叫上溪川、亚婕一起去餐厅，在片场拍戏的人已经陆续回来了，没看见季向葵。

制片说季向葵极少在餐厅吃，要么拿回房间，要么叫外卖。江盈也特别爱叫外卖。赵总怕出食物安全事故，三令五申禁止叫外卖，可挡不住两个难伺候的主角，天天公然在楼下大厅找蓝衣师傅接头，现在全剧组只好睁只眼闭只眼不管了。

相比起来黎月行很省事，通常都在餐厅，很少特殊要求。

果不其然，边吃边聊天，没一会儿就看见黎月行趿着拖鞋进来了。

他应该是收工回来冲了个澡，头发还是湿的，套件卫衣就甩着大长腿来了，进门看见溪川远远打了个招呼，和梁制片对上眼后索性端着餐盘坐了过来。

其实场面挺尴尬的，网上两家粉丝正打得不可开交，也心知肚明两边团队不对付，还得坐一张桌上吃饭，装气氛融洽。

黎月行好奇地问梁制片，和一个同姓的演员前辈是不是有亲戚关系，这在业内挺常见的，名演员的亲戚大多在幕后做影视相关，他觉得两人眉眼有点像。

谈到私事，梁制片腼腆笑笑承认是一个地方来的，按辈分是叔侄。

黎月行颇为夸张地一拍手："我就说嘛，制片这么帅！"

制片受了恭维不知该说什么，生怕说错什么把双方得罪，只能老用干笑填冷场。

黎月行倒不觉得别扭，溪川猜他有季向葵那种技能，专让别人尴尬，自己落落大方。话题都是他主动发起，又问溪川在高速哪个口下的。

溪川哪认识路，倒是亚婕能答上两句。

一来二去，桌上只剩他们俩的声音，其实也不错，但他又觉得冷落了溪川，非要硬拽上她，只能把这些天组里的情况转述给她听："被导演折磨死了，拍电影也没这么惨过。"

"导演怎么了？"溪川领情地问。

"完美主义啊。一场双人室内戏拍五个多小时，来回喊停，反复拍。"

"演员状态不好？"

黎月行当然知道她说的那个"演员"不是指自己，直接摇摇头："跟向葵没关系，一会儿挑角度毛病，一会儿挑光线毛病，反复拍三十遍，别说向葵，我都没状态了。"

溪川困惑地拧起眉，以前陈谅没这个毛病。

"他对向葵算脾气好的。"黎月行又接了句，"照这个进度向葵后天走不掉，统筹得重新排戏。"

梁制片打圆场道："导演也是精益求精嘛，应该的。"

"背后抱怨领导，拉近同事关系"环节告一段落。

为了避免回去和他同行继续尴尬，溪川故意当着黎月行的面，向梁制片打听最近的便利店地址，说吃过饭要先去买点生活用品。黎月行自然先行离开了。

在便利店她很快体会到黎月行所言非虚，陈谅确实像吃了炸药，他要的几种烟都没有，和收银小哥说话的语气比抢劫犯都不如。

亚婕抱了一小盒牛奶放在他身边柜台上，引起了他的注意。

越过亚婕的头顶，他睨了一眼溪川，脸上不仅没换出"他乡遇故知"的亲和，反而堆积了更多不屑，从鼻子里"哼"出一声。

溪川把话挑开："我招你了？"

"没招，就是觉得挺荒唐的，咱们这剧番位按年龄排？"

剧组肯定多的是人觉得她配不上这个位置，但她没想到导演是第一个。

天知道跟他八竿子打不着的事，他瞎起什么劲。

"按商业价值。"溪川漫不经心反呛。

陈谅等收银小哥给他找零钱，一时走不掉，又冷哼一声："算什么演员。"

溪川转头问收银小哥："你认识我吗？"

收银小哥笑起来，拼命点头。

"你认识这个导演吗？"她用手机上网随便搜了张崔导的照片。

"崔海峰吧。"知名度足够他认识。

"那你认识他吗？"溪川笑着指指陈谅。

那小哥明显不认识，只是微笑，把钱给他找出来。

溪川挑衅地拍拍陈谅的肩："我做演员，比你做导演，做得成功多了。"白眼一翻径直走了，也不等亚婕。

估计陈谅被晾在身后气个半死。他活该。

回房间后，溪川捡过通告单，一直看剧本等易辙。过了十点，有意思的事来了，女人咿咿呀呀的声音突然像唱山歌一样，在空荡荡的房里回响起来。

3520是个空房。

溪川毛骨悚然地四下打量，该不会这不只是个婚房，还闹鬼吧？

她一边顺着墙根到处听，一边脑补新婚之夜新郎把新娘杀了，新娘说做鬼也不放过他的聊斋小剧场，终于在套房外沙发上停住了。

找到声源了，没什么灵异事件，隔壁是3516。

好你个声称"盛世美颜、人间仙子、单身等爱、宠粉狂魔"的黎月行。

她忍不住笑，太逗了，赵絮让他俩培养感情，听墙脚的感情。不过不觉得意外，他跟郭俊差不多大，精力旺盛的年纪，这才有点像正常人，平时八面玲珑密不透风太假了。

手机蹦出一条微信，易辙问："你住哪间？"

想必是到了。

"3518。"

易辙在走廊里也听见声音了，跟在去给他开门的溪川身后进房，挑眉笑："隔壁是谁啊？"

"男主角。"

"女的是剧组的？"

"谁知道啊。"溪川不关心，把浴室灯给他打开，"我刚才试了，水有点烫，你小心点。"

易辙亲亲她的额头，进去洗澡，出来时她在用荧光笔画剧本，隔壁的山歌还没消停，佩服她看得进去。

"陈谅不待见我，说话阴阳怪气。"她又仰脸告状，"我跟他吵架了，明天拍戏说不定要给我穿小鞋。"

易辙很佩服她这吵架速度。

"你明天什么戏？"

"主要还是拍季向葵，我只有个大场面，宴会那场。剧本好奇怪，要我唱一段歌。本来张力挺好的，插一段歌特别冗长，结构也散了。"

易辙拿过她带来的浴巾擦水："编剧里有知道你唱歌好听的，想特地加个高光吧。这你不要提，象征性唱一唱。正常来说陈谅能感觉到，他会删的。你要求删戏没人会觉得你在为剧考虑，只会觉得你不想唱歌、耍大牌。"

"陈谅不正常，黎月行说他极不正常。"

易辙笑着指隔壁："他自己这样就正常了？他明天几场戏？"

"一整天戏。"

这么密集。

"怎么？他有商务吗？"

"他有个综艺。我和葵去星光之夜回来他就走。"

易辙想起他那个综艺了，做演技导师，无奈地笑："好吧，跟统筹的世界大战要开始了。"

[45] 撞破

旅途奔波大半天，都很累了，隔壁却还没有休战的意思。

注意力很难不被抓取，溪川缩在被子里憋不住笑："叫得太假了，这肯定不是演员。"

易辙半合着眼，的确觉得有点喜剧效果："他们是不是不知道隔音效果这么差？"

"他顶头最里面一间，我这间又一直没人住，肯定没人告诉过他。"溪川踢踢他，"你去做件好事，敲门跟他说一下。"

易辙没动："你不觉得……我去敲门，也暴露了什么吗？"

哦对，易辙不应该住他隔壁。

溪川坐起来，气沉丹田，亮开嗓唱了四句《青藏高原》，世界终于安静了，心满意足地躺下。

易辙把她揽进怀里，轻声笑："有点同情他。这可能会留下心理阴影。"

第二天上午溪川没有戏，但七点举行开机仪式，要求尽量全剧组都到，她准备结束后再回来补觉。去片场的车上宋师傅一路打哈欠，抱怨昨晚有个女的夜半歌声。

亚婕说："对对，你们那栋楼都听见啦？《青藏高原》，大家都猜是江盈这个死丫头在发癫。姐姐听见了吗？"

"没有，我睡得早。"

开机仪式无非是常规那套，烧香拜佛求开工顺利，没什么新鲜事。只不过其他人穿着打扮普遍随便，三分之二的人眼都没睁开，唯独季向葵做了精致的妆发，还不是她剧里的妆发，一会儿得卸了重新化妆，就为了大合照上漂亮，真够拼。

易辙不算剧组工作人员，没参加开机仪式，睡了个懒觉，因此直到下午溪川拍第一场戏时才看见季向葵，觑着眼睛跟她半天，又不敢盯得太紧，悄悄问溪川："季向葵脸怎么了？只看见张嘴。"

知道他的意思，早发现季向葵变成了只有嘴会动的木偶。

溪川陷在椅子里翻剧本，眼皮也没抬："医美。"

"什么神奇的项目？"

"线雕。"

"不影响拍戏吗？"易辙有点惊诧，这明显没恢复好。

溪川耸耸肩："说不定陈谅精神不正常跟这有关。"

可惜她猜错了，陈谅的不正常是自发的。

宴会这场戏试镜时走过一遍，没几句台词，重点是男女主角眼神交流。男女主角没问题，陈谅主要在和群演死磕。他非要玩个一镜到底，现场按设计走位又走不出他预想的效果，于是进入了反复试错状态，演一遍，觉得不够好，左边删两个群演又重来，重来仍觉得不行，后面添一个群演再看看。

可怜的男女主角像掉进了倒带机，被迫跟着给十遍二十遍戏，导演几乎没注意。

这对人的心理生理都是摧残。

到了第二十多遍，溪川精力有点跟不上，演得离第一遍差点，黎月行却是差了一大截，已经完全精神涣散。

要演一见钟情，溪川感觉他满脸写着生无可恋，机器一停直接开始打哈欠。

208

如果是平时，他早甩手走人了。偏偏赵絮亲自在监视器后盯着，赵絮可不觉得是导演的问题，完美主义是认真负责的体现，黎月行有意见就成了黎月行的问题，他不敢。

终于，导演搞定场面调度，注意到了灵魂出窍的男主，在对讲机喊他的角色名："英世移动的时候给点深情的眼神。再来一条。"

黎月行正背对镜头面对溪川，倒回去前给了她一个哀怨的眼神，昨晚《青藏高原》的仇先搁一边了，此刻是同病相怜。

这种拍法对体力是极大消耗，就算季向葵只是在背景里面瘫，走位也必须精准。

三个主演间的较劲变成了"忍一忍，绝不做发脾气第一人"。介于溪川有手撕导演的前科，另两位把希望寄托在她身上。

不幸中的万幸，陈谅对剧本的判断力尚存，删了她唱歌的那段。

直到天黑光线不够了，才勉强过了这场戏。表演并不在最好的状态上，溪川觉得泄气，没卸妆直接回车上，上车就躺倒。易辙跟上车，心疼得要命："晚上我找导演沟通一下。"

"不急。"她头昏脑涨，没有更多话，休息一会儿缓过来才说，"也不是针对我，他们这么拍好几天了，先看看卖的什么药。"

溪川回酒店躺了半小时，又生龙活虎起来，晚餐算开机宴，吃烧烤自助，餐厅还是那个餐厅，不过把就餐地点搬到了楼下户外。

她想去参加，被易辙拦住："你不一定要去。明天季向葵离组，要给她践行，她肯定是主角。"

可她是耐不住寂寞的人，执意要去凑热闹。

下楼就看见季向葵坐在长餐台的中间位置，周围是制片组导演组一群大老爷们儿，确实有众星捧月的味道，朗声咯咯笑着，脸却紧绷，看起来瘆得慌，再加上医美恢复期不能喝酒，有点闹不起来。

另一桌角色以有姓名的演员为主，亚婕提早下楼占了座，兴奋地招招手叫他们过去："姐姐想吃什么？我帮你拿。"

溪川往周围餐盘里扫了一圈："我要点玉米蘑菇。"

话音刚落，黎月行从烧烤区回到桌边，自来熟地往她和江盈面前的盘子里分别拨了点烤鸭："刚出炉，吃点。你们不要过去。这么热的天碰到哪里烫伤就不好了。"

江盈素颜梳个马尾辫，青葱可爱，高高兴兴道了谢开吃。溪川再推辞什么显得矫情，只好领受心意。

黎月行在对面坐下，易辙看他两眼，拿着餐盘起身去取餐了。

黎月行说："今天领教了吧？"

溪川迟钝了两秒才反应过来他指的什么，只是笑笑，眼睛往江盈那边瞥了一下，意思是提醒他人多口杂。

没想到江盈缺心眼，比他还直接："在《奋斗》那个剧我的戏大部分在A组，但有几个大场面也是陈导拍的，当时觉得他挺随和呀，业务能力又强，没现在这么丧心病狂。简直浇灭我的从业热情。"

溪川本来在专心致志切烤鸭，听她声音收不住，赶紧举起食指碰碰嘴唇。陈谅就坐在她身后那桌离得不远的位置，不需要人传话，耳朵好直接能听见。

江盈回头看了一眼，吐吐舌头。

在《奋斗》剧组溪川和她对手戏不多，不常照面，并不熟。这段时间接触下来，她是那种讨人喜欢的元气少女，很能感染别人开心。她出道的那个选秀有些国民度，其他甜妹型的女孩最高名次在十名之外，前十名看着像个"没背景的个人练习生小盈和九位护花姐姐"组合，她一个人数据断层，别的选手得靠和她拉近关系而蹭蹭人气。

都说观众眼缘是玄学，其实不过是商业运作成功。江盈长了一张到二十七八岁还能演少女的娃娃脸，神态又机敏，在长辈面前懂事听话。海选就被平台高层挑中，不用与经纪公司分约，投入可见盈利，像女儿也的确是"亲女儿"，编好人设剧本，推手早早开始圈粉，同类竞争对手被淘汰，喜欢这一类的只能喜欢她。

出道后接的角色都是主角的妹妹，没攻击性没杀伤力，本色出演，稳扎稳打。不出什么意外，下次能在中小成本剧里名正言顺担主角。

但总有意外。

吃饭时黎月行比昨天更热情，说他开餐前和后期在门口抽烟，后期夸溪川厉害，重复演那么多次还能撑住平均水准。

江盈顺嘴附和："这算什么，《奋斗》组的化妆师姐姐说，拍送戏，加跑动撞人动作那种，导演喊'再来一遍'，川姐姐两次掉眼泪的秒数都能一模一样。"

溪川捉摸不透黎月行频频示好的用意，怀疑有什么阴谋。

晚餐后水落石出。

制片吆喝大家在泳池边喝点啤酒唱唱歌搞联谊，转场中亚婕追上溪川跟她咬耳朵："江盈喜欢黎月行。"

"啊？"她惊得忘了走路。

亚婕总有办法迅速在剧组混几个小姐妹，小道消息特别多："据说读本会第一次见面就主动要微信。"

真够呛的。

亚婕还不知道昨晚黎月行房间的声音，溪川蹙眉仔细回忆那声音是不是江盈的，觉得不像，也可能是主观不愿接受，虽然他们只是剧中兄妹，却莫名有种悖德感。不过如果是江盈，倒能解释黎月行今天的过度示好了。

他或许有意和江盈发展一下，大家见怪不怪，不会拿这种事往外曝，一般工作人员想曝也没有渠道，黎月行的公关不可能让这种消息有机会面世。但只有一种情况例外。

比如郭俊上次在剧组内被拍到视频，是吴澜找人拍的，如果没有杨雪的照片，YXC的公关很难阻止吴澜借此炒作。

黎月行提前示个好，言下之意希望柳溪川万一撞破手下留情，别做《金簪》组内的吴澜。

他自己是演电视电影的"资源咖"，对粉丝的依赖度不如郭俊，传个绯闻不至于伤筋动骨。但江盈要是在现阶段因此流失大量粉丝，马上就会被平台抛弃。

就像帮派斗争打得不共戴天也讲道义，事先达成默契，不要动对方家人。

溪川坐在人群外缘，开了听啤酒慢慢喝，视线从一张脸到另一张，默默猜测人际关系。季向葵今晚也稳重得反常。活跃的都是二十岁上下的小姑娘。

前几个唱歌的是击鼓传花到了跟前，但江盈表现欲强烈，没心没肺地主动要唱，没人跟她计较。

演员副导拿了吉他来给大家伴奏，可是学艺不精，前几首就唱唱断断，江盈点国外流行歌曲，他只好承认不熟、弹不下来。

"吉他不就那几个和弦嘛，伴个奏有什么难的？"小姑娘知道原理，噘着嘴撒娇。

演员副导其实很宠她，无奈能力所限，转身抓易辙救场："辙哥会弹，让辙哥来。"

易辙懒洋洋地从沙滩椅上坐起来接过吉他，低头调了调琴弦，流畅地弹出了前奏。

江盈在选秀中是声乐组，开嗓八分像原唱，英文发音也很标准。

行家一出手，就知有没有。

专业的搭配专业的，这一曲不像剧组联谊曲艺杂谈，像听现场演唱会，结束后一片叫好，掌声哨声捧场。

年轻小姑娘都围过去要求点歌，易辙很绅士地有求必应，又任劳任怨伴奏了几首，收下许多赞美和崇拜。

小妹妹们"叽叽喳喳"吹捧："辙哥可以出道了！自己出道吧！"

惹得制片主任哈哈大笑："你们都多小啊？是不是没有千禧年之前生的？"

有一个举手："我1999年的。"

"这真是时代的眼泪了。"知情的工作人员都在笑，小妹妹们一头雾水不懂他们笑什么。

溪川紧了紧抱膝的双臂，跟着笑起来，有点幸灾乐祸的意思。她其实很喜欢看他弹琴，吉他弹得很好，钢琴弹得更好，专注的神情是她熟悉的，任何时候都撩人。

等到起哄中有人想起真正的歌手，大家才开始东张西望找溪川来唱歌。

易辙抬头往先前一直留意的方向望过去，她已经不在原来的位置上。

园林深处有说话声，因为四下静谧，所以异常清晰。

女的说："你到底想怎么样？接下去还有四五个月，你打算一直这样对我？"

男的说："我想分手。四五个月，只做同事更轻松。"

"这算什么大不了的事？至于分手吗？"

"在你眼里可能不算事，但我最讨厌感情上的不忠。"

"从你认识我的第一天我就是这种人，现在来说你最讨厌什么？大家都是成年人，你别装单纯。"

"大家都是成年人，没人有义务永远为你的行为埋单。"

"我的行为是为了我们的将来。"

"你的将来，和我有什么关系？"

女方甩出响亮的一记耳光。

矛盾升级，打架就没有剧情了。

溪川胆战心惊退着走，生怕踩中残枝败叶，在电视电影里，这种场景中发出声音的路人通常会被灭口。

易辙找了借口放下吉他去住宿楼找她，刚走到楼下，正巧赶上她丢盔弃甲般从另一个方向跑来撞进怀里："怎么了？"

溪川慌慌张张做了个噤声的手势，拖着他回了房间才简明扼要概述："陈谅和季向葵是一对！"

"哦。"易辙坐在床上怔怔看她。

"哦？他本来，在别的'时间线'上，是我姐夫！"

这么说来她反应过度情有可原，易辙点点头表示理解："不过他现在又不是你姐夫。"

"还是感觉像出轨。"她抱着自己的脸走来走去。

"这可能对你不利。"易辙想得更加现实，垂眼开始在脑子里分析得失，"在片场，他向着季向葵……"

"可是他们俩要分手。"她才想起另一个重点。

显然这个消息比前一个对易辙的触动大："什么？"

"我刚才就撞见他们要分手的情景。"

开机仪式当天，导演和主演之一闹分手，太棒了，这剧组还能乱成什么样？易辙想，一起来吧。

[46] 曝光

212

有了这些线索，溪川突发灵感，拨通亚婕的电话询问："陈导是哪天开始每场戏反复拍几十遍的？"

亚婕还在泳池边玩，就地问了灯光师大哥，回复道："一开机就这样了，准确地说是开机第二天，因为第一天他们在拍片花里的街景，第二天主演才进组。"

"拍街景的时候没和群演过不去？"

"没有。"

和溪川猜测的一样，陈谅比季向葵早进组，考虑到季向葵的脸至今没有完全恢复正常，季向葵应该是在进组前一周内做的医美，即使在交往，陈谅也是在她进组后才知道的。

"我知道为什么陈谅突然变得吹毛求疵了。"挂断电话，她对易辙说，"他需要大量素材，好在剪辑的时候挑出季向葵没那么脸僵的镜头。看看吧，明天季向葵出组，应该就好多了，再回来时脸也恢复好了。"

易辙听出她恼火中有些闷闷不乐，把她拉到床边坐下，笑着安慰："怎么了，人家是男女朋友，这点私心，挺正常的，换成我也会为你这么做。"

她的眉头还是没舒展开，叹了一口气："我觉得窝心，是因为他从来没有对我姐姐这么好。"

易辙微怔，最近她经常拿两条"时间线"上的人和事做对比，由此生出许多感慨，他没有太好的对策。

他捧起她的脸吻住她的唇瓣，试图打消这些胡思乱想，但没有奏效。

她轻轻推他，挣脱开这个吻，胡思乱想又更进一步："会不会在某条'时间线'上，你对季向葵比对我还好？"

"我不会喜欢季向葵，肯定在哪条'时间线'上都不会。"

"你又知道了。"她忍不住想，你连自己声称要横刀夺爱都不记得呢。

"我知道啊。"他笑起来，"你以为这条'时间线'她没敲过我的门？"

"啊？什么时候？"她板起脸，"你给我说清楚。"

"你不需要知道得太清楚。"他笑得更深一点，续上那个吻。

晚上两人都至少喝了一罐啤酒，吐息中留有甜的麦芽味，还有轻微的酒精作用。刚刚在楼下听他弹吉他，一如回到许多年前，此刻又坐在床边讨论其他时空的人生可能，有种微妙的倒错感，好像已经一起过了几生几世似的，复杂的情绪在心里翻涌。还没来得及思考更多，已经和他拥吻着倒在床上。

她脑内一片混乱。

意乱情迷中的一丝理智在惴惴不安，担心门没有反锁，别人可以从前台拿到房卡直接进来，又担心隔音效果不好，出现隔壁昨夜的失误。

就在这时，门铃不合时宜地响了。

动作停顿一秒，她呆呆看着悬在自己上方的这张脸，完全傻掉。

他起身，稍做整理。

她一边迅速从架子上扯来睡衣，一边问："谁？"

"溪川，我们有点事找你经纪人商量。"她迟钝了须臾才辨出是黎月行的声音，黎月行也在更努力地把情况说明，关于那个"我们"，他补充道，"豪哥一起，你要一起来吗？"

她清清嗓子："啊……我睡下了。"

与此同时，听见隔壁的门铃又响了，吓得她一激灵。

忙中出错开始，智商已经下线，她竟然准备立刻去开门，被易辙拉住，点点脸颊，耳语着提醒："脸红。"

她赶紧用手捂脸降温，否则一开门肯定要穿帮。

等门铃声响过一阵，又传来梁制片的声音："溪川，辙哥不在。你知道他去哪儿了吗？"

"我不知道，我先回的。"她极力撇清嫌疑。

打脸的手机铃声立竿见影地响起来。

溪川瞬间呆住。

想必是梁制片开始打他电话，而易辙的手机响在她房间里，当然，房间外应该也听得见。

经历了三秒死亡之后，她硬着头皮继续演下去："啊，他手机落我这儿了。"

"哎？那怎么联系上他啊？"梁制片的声音听得出有点大舌头。

估计他和黎月行都喝多了。

她怕这两个醉酒笨蛋徘徊在门外耗时太长、动静过大，莽莽撞撞把更多人招来，照镜子看自己脸色已经恢复正常，边埋怨着"不能明天说吗？他可能跟哪个小姑娘跑了"，边裹紧睡衣出门去赶人。

梁制片也看见易辙被小姑娘围住了，心领神会地笑起来，转脸征求黎月行意见："明天行吗？"

黎月行确实喝多了，居然露出痛苦的表情卖起了萌："那明天我先请病假行吗？"

梁制片比他更痛苦："祖宗啊，那你让女主角一个人跟谁演去？"

溪川从对话中悟出他们的意图："是因为陈导的事？"

两人没有否认。

溪川长吁一口气："那没事了。明天豪哥你开机前暗示一下导演，就说磨合得差不多了得加快进度，给他个台阶下。保证没事。不用这么兴师动众去交涉。"

梁纸片说："我暗示过，不止一次。"

"以前暗示没用，明天才行。我问过大师了，真的，你相信我。"溪川信誓旦旦，"不管用你找我。"

214

梁制片想了想："好吧。"

溪川又赶紧去哄黎月行："不管用你也找我，好吧？"

他考虑的时间比梁制片多几秒，最后点了点头。

两个捣乱分子终于乖乖各回房间。

溪川好不容易喘过一口气，进门抄起枕头去打易辙："让你不静音！让你不静音！"

易辙笑着招架："黎月行是不是知道了什么故意来报复啊？"

溪川狠狠瞪他，又打过去："你手机响之前他能知道什么！"

他连人带枕头抱过来，笑："小声点。"

"还笑得出来，明天去拜佛求他醒酒后断片吧。"溪川泄气地躺倒，"他肯定一想就明白了。"

易辙给她盖好被子："反正你也没打算拿他的事要挟他，扯平了，有什么关系？"

说起这个，溪川又突发奇想，转过身问："昨天他房里的会不会是季向葵？我听陈谅的意思，好像季向葵劈腿了。'不忠'，原话是这么说的。"

易辙摇摇头："不可能的，季向葵不看皮囊挑人，她只对有用的人感兴趣。黎月行这点资源，在她眼里太没用了。"

溪川龇着牙，"啧"了一声："你还挺了解季向葵？"

他垂眼看她气鼓鼓的表情，又浮起笑意，不安分地逗她："不敢了解。"

"你还来？"她勉力抵抗。

他倒是装无辜，轻声细语地提醒："嘘，隔壁有人了。"

"我们明天……睡3520。"她一边怨怼地瞪他，一边想出对策，3522是季向葵的房间，明天就没人了。

这又被他逮住把柄。

他挑挑眉："哦，明天？"

确实如溪川所料，季向葵离组后，梁制片稍稍提醒，陈谅就顺坡下驴恢复了正常。

剧组里隐情太多，暗流汹涌。陈谅和季向葵，她和易辙，黎月行和疑似江盈的不明姑娘，关系错综复杂。

她除了认真演戏，一根弦绷得紧，生怕哪天一个错漏捅了马蜂窝。

易辙老笑她草木皆兵，紧张过度。

他其实没有一直陪伴，也没必要一直陪伴，剧组拍戏很枯燥，天天无非是每个场景四遍五遍来回演，旁观比身在其中更无趣。公司不能完全脱手，他每两三天在上海和剧组间往返。

剧组外倒是风平浪静，除了季向葵团队放了几张路透照片去比美，没什么新鲜事，比美也不算新鲜。

季向葵团队的常规操作，放溪川的未修图，她自己的精修图，再推一堆通稿吹吹状态、身材。除了两家粉丝，没路人关注这种东西。

倒是在这几天里，《奋斗》剧放出了第二支片花。李闻达毫无思路，只把全剧中溪川情绪最饱满的戏拼凑到一起，居然歪打正着在短视频平台红出圈了。

短视频平台常规视频长度为十五秒，用户没那么多时间来沉浸，对好演技的定义只能肤浅，歇斯底里的冲突就是好，最直接外化的笑骂最容易煽动情绪。

逗趣的是，王旗自己还记得圆溪川和李闻达翻脸那个传闻，当时辟谣的口径是演戏，她就补了场戏，踩剧本发生在辞职剧情里。本是个补丁，被李闻达一股脑剪进了片花，意外戳中了打工人爽点，属这段传播最广。

还真像易辙说的，她那么用心地入戏出不了圈，一锅大杂烩反而无心插柳，观众们看着没头没脑的短视频交口称赞，吹这演技是大银幕级别的。

旧剧盖过了新剧热度。

新剧热度很快又卷土重来，不过她不是主角。

陈谅和季向葵的恋情被曝光了。

溪川原以为自己和黎月行比较危险，黎月行的团队整天盯着她，散兵游勇的狗仔整天盯着黎月行，没想到掉以轻心的那边先曝了。

从曝光视频的服装来看，应该是季向葵进组头两天偷拍的，剧情有点让人诧异，一开始在吵架，季向葵打了陈谅一耳光，接着两人又抱在一起亲上了。

溪川只是感慨，陈谅怎么老是被扇耳光？

想想自己也扇过，嗯，他就是欠扇。

挺荒诞的，两人已经在闹分手了，这时候传出恋情，是认还是不认呢？

季向葵团队也许预估不了利弊，也许和陈谅统一不了意见，迟迟没有出来回应。

剧组里倒是风平浪静犹如无事发生，没有人情商低到跑去导演本人面前打听八卦。

陈谅照常开工收工，不想让人看出他被季向葵经纪人烦得要命。他本来打定主意要分手，她的团队却极力主张公开。与其他女演员不一样，别人担心公开恋情影响接戏，她却苦于传闻缠身，急需一段能见光的正常恋情来洗白，和年龄相近的青年导演交往，对她正好。

骑虎难下，他又不甘心被利用。

午休时洛川打来电话，应该是看见了曝光视频，关心他有没有受影响。

"你是希望我受影响，还是不希望我受影响？"

对面一阵沉默。

他意识到是自己胡乱迁怒了，冷静下来："对不起，这东西不像碰巧拍的，我怀疑有人针对她。"

"不是我。"洛川说。

"我知道。"

她犹豫了片刻，鼓起勇气问："视频里你们吵架，是因为我告诉你，黄老师硬把她塞进电影加角色的事吗？"

陈谅没回答，算是默认。

"对不起。"

"没什么。我迟早会知道的。"

"我……没想挑拨你们的关系。"

还用得着挑拨吗？

陈谅自嘲地笑笑，被迫对全世界隐瞒的那句话，至少可以对她坦白："我跟她分手了。"

[47] 顺其自然

季向葵还没有回剧组，她经纪人先来了。

陈谅以前就不太喜欢他，总觉得言行细节矫揉造作，但不能否认为季向葵工作时他很专业。

眼下，这种专业用来对付自己了，陈谅哭笑不得。

晚上收工后Brett在餐厅守株待兔，跟着陈谅回了他房间。

"我手上有四个待签的合同，大家都在拖延时间，虎视眈眈地盯着我们，拖下去只会对我们不利……"

"Brett，我得提醒你，我和向葵分手了，现在没什么'我们'，只有'你们'。"他嘴上生硬地拒绝，但还是客气地请他在沙发上坐下。

"分手不代表恩断义绝，陈谅，连我都还把你当朋友，我今天来是抱着这种初衷，如果我错了，你告诉我。"

"可是伪装成情侣支持她，不是朋友该做的。"

"你们本来就是情侣，只不过现在不是，在过去很长时间里，你们都在以情侣的方式相处，那么自然，不是无中生有，这不叫伪装。"

"不可能再那么自然了，她触及了我的底线。抱歉，Brett，分手是我深思熟虑过的决定，并非一时冲动，不会更改。"

"就因为这件事否定过去的全部，对她来说不公平。"

"那谁对我公平？"

"我认为她没有对不起你的地方。"

"她都给我'戴绿帽'子了，还要怎么对不起我？"

Brett微笑起来："我不得不说，这种想法既贬低了她，也贬低了你自己。她是你的伴侣，不是你的所有物。如果在爱情中一对一的关系是必要条件，就不会出现这些现象，这说明性本身只是一种受供求关系影响的资源，和其他资源相比没什么特殊。在我看来，小葵只是用一种资源置换另一种资源，并不代表感情上的背叛，别人站在旁观的角度，可以认为她这种置换不值得或者不道德，但得失由她自己承担，也只跟她一个人有关。你没有立场向她索赔，如果你不把她视为所有物，那她就有支配自己一切资源的自由。"

陈谅在Brett发表长篇大论时一直看着别处，不得不佩服他的巧舌如簧，可是他不想听这些歪理邪说，向门口走，去给Brett开门："我是个很传统的人，接受不了那么开放的观念。"

Brett只是仰头看他，没有起身离开的意思："OK，你不接受，我尊重你，但是传统不代表唯一正确。她做的事她自己承担后果，分手是资源置换的附带损失，她理应承担。不过这个附带损失是你的观念造成的，而不是她做资源置换的必然结果，有很多接受开放关系的夫妇，他们也感情深厚过得很好。是你造成了她的损失，所以你不要一味以受害者自居去指责她了。"

陈谅的手从把手上放下，在门边站住："我们打开天窗说亮话，我现在甚至怀疑，她和我在一起也是为了置换资源。"

"你没有给过她工作机会。"

"但将来有可能。"

"这种置换不会是长线交易。随着时间推进，她的吸引力必然下降，你能给她的工作机会却是偶然出现，赔本的概率太大了。更何况她决定和你在一起的时候，你第一个电影还在筹备，这种导演全国有两百个，潜力股不是这么筛选的。"

他走回沙发重新坐下，又停顿了好一会儿："你当时反对她跟我在一起对吗？"

"我的意见对她只是个参考。"

"我知道，我只是好奇而已。"

"我没有反对。人不是只有工作，她在感情上需要你。"Brett看出他有些动容，前倾过来追加一句，"她现在依然需要你。"

"我可以保持沉默，你让她爱说什么就说什么吧。"

Brett想要的结果不止于此，单方面宣布恋情像倒贴，他要陈谅用自己的好声誉积极地为季向葵背书。

"你对她还有感情对吗？"

陈谅把视线挪开，久久无言。

"从你知情到跟她分手，这过程中你在片场还是很照顾她。"

"是她告诉你的？"

Brett点点头："她心里有数。你不只在感情上支持她，在工作上也一直支持她。只要不触及你的底线，其实你很欣赏她那种步步为营的作风。感情不会突然消失，不用伪装，顺其自然吧。在工作上你可以继续支持她吗？"

陈谅叹了口气："尽量少安排我公开演戏，我不是演员，可能演砸，而且我这个人习惯把不满写在脸上。"

"当然啦。"Brett起身和他握手，"不为难你就是不为难我。"

在季向葵返回剧组的前一天，陈谅和她分居两地同时公开了恋情，一条文字简短的微博加一张以前的合照，完全是季向葵团队的策划。陈谅所做的不过是登录账号，把微信上Brett发过来的文案粘贴到微博发布。

舆论控制得不错，几乎是一面倒的祝福。粉丝们觉得登对之余也获得证据：陈谅是业内人，前途大好的导演，如果季向葵过去的丑闻是真的，他可能和她交往吗？一夜之间，过去的一切传闻无论是否证据确凿，都笼统地归为"泼向她的污水"被封存。

美中不足的是，季向葵本人会错了意，回组后过分热情，甚至秀起了恩爱。这让陈谅有点尴尬，不知Brett是怎么传话的，让她误以为彻底拨云见日。

如此过了一整天，陈谅受不了，回酒店时没坐导演车。

"你头发太长了。"季向葵看着他上车。

陈谅弓着腰愣了愣，在她附近找地方坐下，摸着自己的头发："是吗？回头找化妆组剪一下。"

话题又滑向了亲密的边缘，让他不太方便开口。

车启动后行驶到下一个路口。

"确认一下，我们没有复合吧？"

季向葵诧异地转过头盯着他："那现在算什么？复合冷静期？"

陈谅耸耸肩："也许Brett没替我把话传达到位，配合你的宣传不代表我能把这页揭过。"

"我以为你是个表里如一的人呢。"

陈谅被噎得没话说，现在她可以倒打一耙指责他虚伪了。

季向葵拍了一天戏很累，已经没力气吵架，语气有点丧："我实在想不通你到底有什么不满。不过如果你想要一个陪你风花雪月的女人，那我确实不是。"

"我想要一个对我坦诚的女人。"他很快地接嘴，"你做决定之前来找我商量，不见得没有别的办法要到角色，你想要的也不是女一号，那能有多难？我是导演，我可以推荐你。"

季向葵嘴角浮出一丝无声的冷笑，把头转向车窗外。

谁推荐了谁？他完全搞错了。男人总这么自我感觉良好，也不想想，创造过一个票房好成绩的年轻导演那么多，大部分是昙花一现，这种摆明冲奖的电影怎么就挑中了他。

她不会说自己完全是为了他，但两全其美有什么不妥？

挑明了他自尊心又受不了，最后闹得鸡飞蛋打得不偿失。

姐姐主动提出来剧组探班，让溪川感到意外。

过去的"时间线"没有这种先例，现在的也没有。她一到酒店房间就叫溪川签保密协议看电影剧本，好像使突然造访看起来合情合理，但电影不是下个月就开机。

易辙看过前一个版本的剧本，改动不大。

"编剧又改了一稿，添加了几个配角和新的人物关系。"洛川解释道。

易辙看到了那些改动，和溪川无关，并不关心，转头问洛川："执行制片定了你？"

"没有，我现在暂时是项目经理。"

"导演定了陈谅？"

洛川点点头："他合同已经签过了，一般不会有什么变数。"

溪川看完了，放下剧本："我的角色只是负责被打被睡被杀掉？像个枕头。"

易辙笑起来。

姐姐安慰她："剧本还会改很多遍的。"

易辙不想用梦幻泡泡迷惑她："对你的角色改动幅度不会太大，这不是一个女性主义电影，我跟你说过，是男主角戏，旨在挖掘男主角的内心。"

"为什么要挖掘杀人犯的内心？"

易辙又笑，知道她爱钻牛角尖："因为故事最先震撼了一群男人吧，他们决定深挖一下到底是什么让一个好男人成了杀人犯。这故事要是被赵絮看中来操刀，可能就是你的戏了。"

溪川不屑地翻翻白眼。

姐姐看看时间起身问："晚上吃剧组饭吗？"

"怎么可能？你专程过来。"易辙边往外走边说，"我安排好了。是不是应该叫上陈谅？"

洛川转头用眼神征求溪川的意见。

她其实不想叫陈谅，却拉不下面子当面拒绝，只好口是心非："我无所谓。"

易辙知道她在别扭什么，她说过在其他"时间线"上姐姐和陈谅婚姻不幸，她愤愤不平，又警惕不想要他们再走得太近，矛盾得很。他劝过她顺其自然，但收效甚微。

吃饭时她抱着这种初衷，聒噪得反常，缠着陈谅聊工作，几乎不给姐姐机会和他直接交流。

即便如此，易辙还是能看出端倪，洛川和陈谅间有些不为人知的故事。

陈谅平时嘴毒，可今天一晚上喝酒抽烟话少，光顾着听溪川叽喳，眼睛却总不经意往洛川那边扫。

洛川两次想开口都被截走话头，忽然间意兴阑珊了，垂眼埋头捡菜吃，反思自己冒冒失失跑来这里究竟是要做什么。

前几天刚听他说已经分手，转身又看见他们公开恋情的消息。

她觉得好像受了诓骗，潜意识反而希望被他骗，借口追问要个说法。但是出了酒店被冷风一吹，清醒过来，有些事不挑明才留有希望。

酒店离住的地方不远，他们散步走回去。洛川和溪川挽着手走在前面，在一个十字路口停下来等信号灯。

陈谅慢慢走近，目光照拂在她脸上，看红色灯影变成绿色灯影，眼眸里有许多涟漪。

他咽了咽干涩的喉咙问："房间给你安排好了？"

洛川脑海里一瞬间闪过诸多念头，告诉他房间所在，他可能找过来，也可能没找过来让她失望；来了是单纯叙旧，还是展开未来，又让人犹豫不决；话要说清，还是继续浑浑噩噩……最后她说："我去溪川那儿和她聊天。"

陈谅闷声笑自己，点头"哦"了一声，又抽一口烟。

读书的时候，他追过洛川五六年，人际那么简单，事都不成，现在怎么可能成，想多了。

[48] 一损俱损

陈谅的房间比主演的高一层，电梯内外道别，没那么多戏剧化的缠绵留恋，但他的确嫌门关得稍快了点。

显示屏上变了个数字，他还沉浸在回味中，迟钝了须臾才走出去。

刷响门卡的声音突兀地划破长廊中的寂静，显得有些孤单，可是这孤单像一缕烟，倏然消散。

有温暖的身体挂住他宽阔的肩，手臂缠住颈，脸贴住胸膛。

陈谅于微光中看清她的眼，被酒精迷得愈加妩媚，赶在她滑下去之前捞住她，另一只手在身后带上了门。

公开恋情的弊端之一：女朋友来要你的房卡，谁都不疑有他。

陈谅叹了口气，把人往沙发上带："你这是喝了多少？"

"一斤多吧。"她咬字不清，笑起来娇嗲，放肆地埋头亲吻。

"不要撒酒疯。"陈谅把她安置在沙发上，累得大喘气。

"剪头发了？又太短。"她没轻没重地揪揪他的头发，好像在为刚说他就照办而高兴。

陈谅其实没那意思，反而是因为晚上易辙说洛川来探班喊吃饭，才去理了个发，细究起来有些心虚，任她揪头发："短点精神。"

季向葵抓着头发借力，又黏黏糊糊爬上身来四处点火。

陈谅知道她的酒量，一斤多不至于神志不清，不和她多闹，双手扶肩把人定住："我气还没消。"

"你气呀。"她哂笑一声，换了耳语，"你继续气。"

早上六点三刻，陈谅深陷在导演椅里，喝第二杯咖啡的同时，用指尖掐按鼻梁，"嗡嗡"噪音不知是在脑中还是耳畔作乱。

溪川带着妆袅袅婷婷往这边走来，定制的旗袍，金线迎着天光随步幅一闪一闪。

转弯前冲他礼貌地微微点头。

陈谅不仅简单地点头回应，还发出声："她走了？"

"嗯。"高跟鞋响声的节律一点没变，人影很快消失在墙后。

作乱的噪音顿时静了，消失得太果决，让人怅然。

也好，他想，只当是尘埃落定。

又过了一刻钟，季向葵姗姗来迟，一路跟人打招呼，春风得意。她穿得素许多，却走出一派大观园里王熙凤的潇洒肆意，别人待她都带着点面对女主人的恭敬。

陈谅抹一把脸，哭笑不得。

这两人角色给错了。柳溪川硬演顾盼生姿也演得出，季向葵演纯真痴憨却差了点，活生生憋成呆滞木讷。太可惜，她要是碰上柳溪川的角色，一张口能透尽盛极而衰的灯红酒绿。

戏里按部就班，照本推进无甚新意。戏外却波澜迭起。

工作到半上午，第一个大换场休息还没到，陈谅已经注意到周围不少眼神看过手机后，又指向了自己。

用脚趾都能猜到，一定是季向葵那边又出了妖。

最近他生活中最戏剧化的章节已经不在监视器里了。

故作镇定地撑到换场，他打开手机，果不其然，季向葵豪放喝酒的视频夺人眼球，Brett体贴地发来应对说辞，被他滑向一边置之不理。

视频他倒是看了两遍，一遍比一遍恼火，原来她昨夜来找自己之前还坐过别人的怀、揽过别人的颈，觥筹交错，流连忘返。

早知道会成这种局面，一旦松了口，她就会得寸进尺，认定他不介意降一降底线。

午休时她追来解释，不太冷静。他带着凉透的血液反而镇静，和她隔了很远，像从地理上划清泾渭。

"剧组里有人盯上你，说不定这会儿已经跟过来想拍我们吵架分手。先去解决这个问题吧。"陈谅把她拽进树荫下，一手插兜往远处看，"别在我这里浪费口舌，我不会再和你演戏，不拆穿已经仁至义尽。"

季向葵稍稍平静："你不能拿这种事来指责我。昨晚是赵絮叫我去的，我能不去吗？"

"她叫你坐人家腿上了？"他先放了绝情的话，可又忍不住跟她斤斤计较。

"她要我去干什么不是明摆着？她放不下身段，也知道柳溪川可能掀桌，江盈不懂世故，一个个做大小姐，资方来了女演员全都避而不见？去了难道还能端架子？"

陈谅无言以对，知道她有她的难处，以她一贯的作风，这种事只能轮到她。

但她一贯的作风，原本他不讨厌，甚至反被吸引。

回想起来，正是这些细节让他觉得她很像柳洛川。

洛川读高中的时候早熟得过分，能扛事，不软弱，敢想敢做，浓烈灿烂，陈谅完全被这种女生震撼。

只是像归像，还是不一样，季向葵有点太过了，过犹不及。

和这种人真的好难讲感情，陈谅心灰意冷，指责谈不上，只剩下一些同情，觉得可恨之人必有可悲之处。

"我还是这句话，别来说服我。你要哭要争辩，不如找Brett好好商量解决办法。"他扔下镇静剂一样的话，回了片场。

谁知这一天的意外还没结束。

到晚上，新的高潮又出现。

一组照片似炸弹急剧扭转情势，是昨夜在路边拍的陈谅与溪川，动作并无逾矩之处，旁白却添油加醋捕风捉影。拍照的人一定知道身边还走着洛川和易辙，但算好角度，画面里就只有两位主角，无关紧要的被裁去，恶意不言而喻。

倒霉的是溪川，几年来小心翼翼，唯一传出的绯闻，竟扮演小三。

公关打来电话讨论如何回应。

她倒不急，抓来江盈和几个小助理一起打牌，松弛得腿跷在茶几上："还没轮到我说话。"

陈谅也知道该他说话，只是顺不通其中道理，女朋友劈腿，大家盯着他要态度，逛一截马路，大家又盯着他要态度。认恋情居然有这么多麻烦售后。

和季向葵把话说满又能怎样，现在还不是得积极配合去圆谎，越绑越紧。

Brett还没离组，张罗这点场面对他来说很轻松。如今一损俱损，两个团队不得不打配合战。

还是昨夜季向葵和赵絮他们应酬的包间，溪川和陈谅也有一同来合影。倒是江盈懵懵懂懂跟着凑热闹，不介意从牌局转战到这里，不是利益相关人十，出现在照片上反而更添说服力。

有图有真相，几方对外统一口径：我们和谐剧组亲友聚餐，怎么被拆开传成神神鬼鬼？

季向葵只是酒后活泼，陈谅和溪川也并非单独私会，人人在场，团建活动。

讨论了一天等戏看，谁知等来一个乌龙，顺带着又推一波宣传。

只有陈谅心里郁结，这么一来，两三个月内不方便宣布分手，免得阴谋论卷土重来。如果不是针对季向葵的视频和针对柳溪川的照片几乎同时拍摄，他甚至会怀疑这是季向葵的阴谋。

回房后溪川才打破持续一路的沉默，向易辙揭开她"聚众赌博"之谜："我本来在怀疑，剧组里有谁的眼睛同时盯着季向葵和我，偷拍造谣，不像是局外人。"

"你猜是江盈？"易辙问。

"猜错了。想看我不在意的话她会有多失落或疑惑，但一点蛛丝马迹也没漏。她应该比杨雪聪明，季向葵和我的代言掉下去确实可能落给她，但势必降级，为了一两个挚友头衔和几场站台冒四面楚歌的风险，不值得。背靠平台的格局让她犯不着。"

易辙接过话来："对她是没好处，对黎月行是损失相当大。他现在是需要放点风声炒情侣的年纪，本来季向葵是首选，'咖位'和年龄都合适，可以放心站你对立面，但经过这几天，没他可操作的空间了。截至现在辟完谣……"

"只剩我了。"溪川调皮地往隔壁扫一眼，"怎么还没听见摔碗摔盆的声音？"

黎月行不会和江盈炒作，他的势头和江盈匹配不上，发展定位差距很大，一个电影时尚路线，一个网剧小言路线，一个实力，一个流量，即使是真情侣也不好炒。现在眼见着季向葵要和陈谅演好一阵情比金坚，他没法再扎进来客串遭人骂的男小三。

除了陈谅，他现在应该是全世界最不开心的人。

"焕姐打听到，早晚两个热搜都提前打过招呼，早上的完结了，晚上的没有。"

打招呼是给技术准备时间，能这样做的团队，只有跟平台签了框架的几个。YXC是其中之一，因为有郭俊这么个顶流。除此之外，公关总要认识几个平台的技术和财务人员。

溪川接着说："考虑不一样的做法是不同的人，就好猜多了。"

"季向葵。"易辙从冰箱里拿出准备好的果碟放她面前，碟底碰击台面似一锤定音，"真是严重失误。"

这样的爆料像地震，公关最怕一波未平一波又起，余震有时杀伤力更大。

曾有过阴损的先例，第一次放的料刚被辟谣，偷拍者马上放出推翻辟谣的第二批影像，叫后续所有声明彻底失去公信。

按理说，照片拍到了陈谅和溪川在马路边，Brett有理由怀疑他们在酒店里也被拍到，拿大合照来澄清风险极高，两家酒店装潢风格不同，一旦偷拍者再甩出陈谅和溪川在不同装潢酒店内部的照片，他就功亏一篑。

除非，季向葵就是放出照片的人，她知道什么有什么没有。

她有充分动机，要陈谅为女友站台也许并不容易，但陈谅不会陷溪川于不义。

本来陈谅也能想到这层面，他只是没想到溪川不招不惹，她也会无事生非派人去跟，常人、非常人，思维是差那么一点。

溪川晚上被安排拍合照辟谣后才确定是她，但早上放季向葵料的人……她眼睛顺时针逆时针地转，还没思路："你认为是谁？"

易辙专心剥水果给她，唇角漫不经心弯起来，说话慢条斯理："我不知道啊，和你又没关系，干吗费那么多神思。"

她撇撇嘴，看他表情就知道他心里有人选，卖什么关子。

"刚才回来的路上听Brett说，要让陈谅、季向葵一起出席。"他笑着抬眼，"你好奇，到时就留意谁脸色难看。"

[49] 你等着

季向葵看了手机里那几张照片足有半小时，不断用手指放大移动，企图挖掘出一切尚未注意的细节，包括每一个画面里陈谅的眼神和微表情。

连Brett都觉得有点太钻牛角尖了："你要找几个陈谅这样的男人还不容易？何必这么计较，鬼在意他心里有柳什么川呢。"

"柳洛川。"季向葵放下手机，"跟男人是谁无关，从小就只有我抢别人东西，第一次遇到这种见缝插针千里送的，好新鲜。"

"也许人家没那个意思。"

她冷笑一声："我看眉来眼去的架势可是双箭头。真没想到，找人跟柳溪川吃到我自己的瓜。这女的我有点印象，柳溪川的姐姐，上高中时号称姐妹花，可她只是高，长得挺一般的。"

"在影业策划部，只是个小制片。不过我刚打听了一下，她可能负责你看中的那个项目。"

季向葵撑着精致的脸："这不就对上了？我说怎么消息走得这么快，演员合同我还没见到，就有人给陈谅通风报信。小手段不怎么高明。"

"你说有没有可能，她还在陈谅那儿领了功？声称定这个导演有她帮忙活动？"

季向葵嗤之以鼻："她什么职位？她帮忙活动？"

"陈谅不会这么认为啊。"

季向葵瞥见房里有人送来的花，被助理用玻璃瓶养了起来，放在白天能见日光的窗台边。她便走过去，给花喷了喷水。

"想办法把她弄走吧，不然以后进了项目部抬头不见低头见，心烦。"

Brett以为她两步路的工夫已经有了主意："你想怎么办？"

"影业策划部有没有人跟她不对付？"

"她是黄老的学生，听说比较能干，进公司一年半，还没主导过项目，也就没做砸过项目。不过她参与的项目不少，又懂剧作，很受赵一凡信任。"

"参与项目？怎么个参与法？"

"参与开会、参与剧本，有三四个电影，编剧达不到导演要的笔力，都是她亲自上手改。"

"也就是说……控制欲很强嘛。"季向葵愣了愣，光从照片上看不出来，还以为她是温柔贤淑型，没什么攻击性，"她进影业之前在哪里工作？"

"在子公司'精灵谷'。"

"做动画片？"她嫣然一笑，做动画片的合作班底会很复杂，经常需要对接美日韩港台技术团队，"先查一查，看看有什么文章可做。灭门案电影的编剧也要找机会套个近乎。"

Brett明白她的意思，点点头。

没做过完整项目，意味着别人不了解她的能力，容易对她的决策产生怀疑。

控制欲强则会让人感到威胁。

这还是常规职场套路，娱乐圈更有其他金手指加持。

最近流行的一招，是揪小辫子在舆论上打击，减少她的盟友。

合作对象中外国人多，经常对某些事件不敏感，在突发大事件站队时反应迟钝，甚至没有反应。

只要舆论引导得好，没有反应也代表一种态度，一个人很轻易就被扣上帽子，合作方都会被逼着表态，称赞过他的人会被认定立场模糊，再往后就像阻隔瘟疫传播，连合作方的合作方都得尽量少说话。

当一个人失去声援而被孤立，就很容易从其他方面攻击了。

这是效率最高的一种办法，如果找不到敏感错漏，各种争议话题也可以拿来做文章，娱乐圈归根结底属于文化界。像她们这种亲自动笔写剧本的，留下的破绽一定不少。

想弄走一个制片比弄走一个演员简单，她又没有专业公关团队，哪懂这些机巧。

季向葵心里甚至已经生出了胜利的快感，对柳洛川的打击是第一个层面，欺负姐姐顺便让柳溪川不痛快是第二个层面，一箭双雕多好。

翌日，白天是一整天季向葵和黎月行的对手戏，动动嘴皮谈情说爱而已，陈谅在监视器后面无表情，并没有深受触动或有感而生的表现，只是疲倦。

傍晚时分溪川来了，第一场戏就着夕阳要拍几个镜头，她不用上，替身上。

剧情是男主角第二天要离开，季向葵特地赶到他家楼下等车来，送手织的围巾给他，两人在楼下话别，男主角不经意瞥见对面洋房楼上柳溪川换衣服的剪影，被收走了魂，连季向葵都注意到了。

替身比她身材好，窗边造个影子，戏的重点不在她这边，所以不需要她。

季向葵用眼角往上挑了一眼再回落，接一个近景给戏。

导演喊了停，黎月行知道问题没出在自己这里，松弛下来叉着腰稍稍走动休息。

陈谅在对讲机里点名季向葵的角色："书仪眼神不要那么锐利，收一收，再来一条。"

众人各就各位，季向葵又演一遍，陈谅又喊了停："你找一下感觉。"

光线就这么一会儿最适宜，很快要天黑，黎月行怕拖到改天重拍，帮忙提点她："更多的不是生气，是失落。"

季向葵先笑的。

"为什么不生气？男人被勾走了还不气？"

黎月行跟着笑起来："气是有一点，不能多。你是大家闺秀嘛，不能太外露。"他说得很委婉了，季向葵演得像热血青年，劲劲的，好像下一秒就要冲上楼扇狐狸精一耳刮子。

再来一遍，导演还是不满意，真僵住了，光线一点点暗下去。

黎月行反复搭戏有点心累，这么简单的一个情绪一个眼神，怎么就演不好呢？其实能看出她的毛病，和性格有关，不是那种习惯反思自己的人，生活中出现这类事，跟随本心她大概要先恨情敌，不会觉得自己比情敌差在哪里。失落从何而来？压根理解不了。

可戏必须得演，他试着让她回忆模仿："想想林黛玉。"

导演也是差不多的意思，让她情绪"藏着点"。

不说还好，说了完全走偏。

季向葵一垂眸，哪是民国闺秀，分明是反社会人格杀手，藏的是复仇心，整个人气质又现代。

黎月行笑了场，给大家作揖道歉，问季向葵："你看过《坏种》吗？有点像那小女孩。"

季向葵虽然没看过，但知道不是什么好话，冲他皱鼻子。

陈谅在监视器看见，心里拔凉，演情侣的处出兄妹感来了，这叫什么事？

亚婕蹦蹦跳跳跑回车里报告："还早呢。陈导让打灯拍了，还把盈盈的表演老师找过来跟她聊，老师示范她照着演。"

江盈拍摄经验少，特别是感情戏不太会演，单独配了一个表演老师跟组。她年纪小，情有可原，用在季向葵身上就有点损人了，毕竟已经走马灯似的演过十来个女主角，收视率还不低。

溪川惊异地挑眉："季向葵没闹情绪吗？"

亚婕没领会她的意思，"哈哈"笑着继续另一条支线："她照着演都演不像，急得黎月行想反串女角替她演。"

溪川心想，好吧，这也没意见，真是一物降一物，只有陈谅吃得住她。

易辙听说陈谅进入较真模式，估计有的等了，下车晃到附近咖啡店买了两杯咖啡，又接了几个电话，回来时在路口正碰上梁制片来喊人，招呼道："你亲自来？"

梁制片笑出两排牙："出来晃晃，太无聊了。您亲自送咖啡？"

他确实很少在剧组叫饮料外送，要么自己买要么让亚婕买，怕途中经手的人多加点料，被害妄想嘛，体现在方方面面。

"我也晃晃。"易辙笑着把咖啡换了手，掏出烟递给他。

梁制片摆摆手拒绝："抽了一下午了，嘴都苦了。"

易辙把其中一杯咖啡转向他："那你喝这个，本来买给王亚婕的，焦糖拿铁，不苦。"

梁制片高兴地接过去："我都有点饿了。陈导说拍完再放饭，不到九点能拍完？这杯是溪川的？"

"对，她喝美式，什么都不加。"

"那你呢？"梁制片喝着咖啡随口问。

"我，不爱喝。"易辙讪笑着，其实是他捡溪川剩下的，她一般喝四分之一杯就扔给他了。

一到车门前，他看见溪川的神情就愣住了："怎么了？"

好像哭过。

溪川没回答，扫见他身后的梁制片知道是催场，和他擦肩而过下了车。

易辙又去问亚婕："怎么了？"

亚婕一边取走他手里的咖啡，一边小声说："不知道，我没说话。"

溪川跟梁制片已经走出了一段距离，亚婕赶紧带着咖啡和毯子椅子追上去。

"Cut！第三十二场。"陈谅其实依然不太满意，但知道再磨下去季向葵也演不对。

终于换场了，现场工作人员想放烟花庆祝。场工们忙着搬轨道和机器，化妆组忙着给黎月行补妆。陈谅正要跟着大部队走，被季向葵拽了拽手肘。

"你整我？"她声音很轻，语气却不客气。

陈谅微怔，蹙起眉："怎么可能。"

季向葵可不听他辩解："你等着。"

说完转身就走，留下陈谅心情变得更糟。

黎月行倒是看得准，季向葵不是会找自己错的人。

陈谅没处说理，窝在小椅子里发了会儿呆，抬起头看见溪川过来了，喊化妆师给她补妆，补了回来觉得怪："眼睛怎么这么红？"

化妆师挠挠头。

溪川自己回答："风吹的。"

陈谅被噎得接不上话，明明连一丝微风都没有。

黎月行也补妆回来了，又恢复了精神，一边吃助理手中的小糕点，一边和服装师说笑，花蝴蝶似的。

陈谅看不顺眼，接下去一场沉重的戏，这显然不是沉重的气氛。黎月行要演的剧情是上楼告诉她自己明天出国，溪川要演的剧情是想留又没有立场留人。

片场的女性生物没几个不喜欢黎月行的，总围着他"叽叽喳喳"，陈谅心里烦，实在看不下去，把那一伙工作人员喊得散开："安静安静！这么吵演员怎么入戏啊？"

没人敢说话了，化妆助理等他吃完最后一口，上前给他又补了补妆。

黎月行其实没有开机前酝酿情绪的习惯，总是机器一亮他就演，机器一灭他就停，突然留给他一片寂静，他有点无所适从，挪到溪川身旁去搭讪："陈导今天心情不好。"

溪川看出来了："嗯。"

黎月行俯身在她耳边问："前天你和向葵其实不在一起吧？"

溪川撑起眼皮盯着他，把外套扔给亚婕，进室内了。

[50] 心结

室内有些阴凉，溪川脱了外套，只有内外两件绸缎睡衣，显得单薄。执行导演安排她靠在窗边，景深里有个金丝鸟笼，画面要带上，构图好看。

黎月行低头跟进来，手里拿着剧本，一副临时抱佛脚的样子，这人在读书时肯定是仗着天赋偷懒，还能得高分的类型。

溪川和他对了遍词，没用上演技，他果然台词顺序不太熟。

又听他走完戏评论剧本："写得挺好的，只摸摸脸，还没摸到就走了。这要在其他剧里，起码得亲一个，还带旋转三百六十度视角。"

合着您刚看剧本？

溪川看过那种烂俗偶像剧，画面从脑海里浮起来，抿唇憋住了笑。

黎月行见逗不笑她，猜她已经在酝酿情绪，觉得没必要再聊什么，去一边背词了。

易辙有点不放心，从车那边过来了，这会儿在监视器前跟陈谅说话，等到时间差不多，陈谅开始频频往镜头里看，他才退到一边。亚婕把溪川候场时坐的椅子搬过来，他摇摇头没坐。

陈谅在对讲机里问："准备得怎么样？"

黎月行抬眼看姿势都已摆好的溪川，痞痞笑着往外间走出来，把剧本一扔："可以了。"

溪川倚着窗棂，微弱的光线亮在脸上，像站在画框里，和年代感的环境融为一体，染着旧旧的颜色。

陈谅觉得差点什么，指挥执行导演给她点支烟夹在手里，看了半晌又觉得不接剧情，撤掉了，这才喊："Action。"

黎月行在门口把装围巾的纸袋放下，低声唤她的名字，仿佛怕惊扰了什么。

她回过头不说话，只眨了下眼。

他心里的弦突然绷起来，她的演技在眼神里，松弛又充满控制，给人压力。刚才导演觉得缺失的韵味一下子填了进来。

他不用刻意演，本身就有点局促，用一段四五行长度的台词，一边察言观色，一边断断续续向她说明自己将要离开、为什么离开、不得不离开。

她脸上挂上淡淡的笑容，抛出一句："为什么要告诉我？"

他感受到编剧下笔时想要的效果，猛地被推远。原来柳溪川是这么厉害的，他原以为这场戏他台词多，他主动发起，是他的戏，没想到她只有直来直去寥寥数语，还能把戏眼抢走。

陈谅离开了导演椅背，往前倾身过去。他设想过几种演法，但没有特别令人振奋的灵感。像她这种他没想过，但又很容易懂。台词她一个字没改，字面意思是冷漠的事不关己，可眼睛红红的像刚哭过，眼神传递的姿态很低，那么短短几句话，句句如同藏在水面下冰山般的潜台词。让人瞬间脑补了许多没演的剧情——

她是不是早看见了他在楼下和别的女人说话？是不是故意换衣引他上来？他来了是不是让她既高兴又失望？

接着是道别本身，她认真地听，默默揣摩过他说的每个字，掂量自己在他心里的分量，不敢再泄露真心，端着姿态激他赶他，抱着一点期望他会认输留下。最后他离开又复返，想触碰她的脸，终于还是没有，离开时不忘顺手拿走纸袋。

光看剧本，只能体会他对她一片深情却遭到冷遇，演出来成了双向的推拉与试探。

但监视器前只有导演戴着耳机，其他人听不见声音。所以易辙看了几个回合的神色往来，以为演的是挽留，因此又看不懂黎月行为什么在演胆怯。向亚婕要来溪川那份剧本看了台词后，他突然心虚。那些精彩的戏瞬间成了对他的批判。

作为演员，溪川的天赋在于很擅长利用自己经历过的情绪，这种留不住人的委屈无疑是他给的。再多看一秒他都觉得如芒刺在身。

陈谅喊"Cut"时，易辙已经逃回车上去等着了。

机器一停，刚才对视间的电流有点让人尴尬，黎月行回她身边等近景，开玩笑地又在她脸边抬了两下手："玩暧昧哦，高级高级。"

谁知导演认为感觉到了，可以有别的尝试，在外间说："从进门开始再来一条，走过去抱着亲一下。"

黎月行的脸被打肿当场呆住，连溪川都在笑。

他笑着咬唇，对溪川吐槽："导演今天……不在状态……无心创作你知道吗？"说着又转头嬉皮笑脸喊话，"借位吗，陈导？"

导演用对讲机喊回来："再装纯，换替身上。"

他很抱歉地朝溪川耸耸肩，插科打诨："今天脾气也不好。"

各就各位了，陈谅和服化组对过剧本，围巾不是关键道具，不影响接戏，用对讲机叫黎月行："出来不用拿纸袋，就落在那儿。"

黎月行心里停跳一拍，刚才那次就忘了拿，重大失误。

他是有点晃神了。

一个很小的细节，却意味着重大改动。男主角和女二角演了一整天的约会、聊天、散步，最后递出的围巾是带着温度的信物。没人能想到这一天会这样结束，几个眼波几句夹枪带棒的话，就造出一个旖旎梦境，里面充斥着魅惑和欲望，像个无解的谜，把那循规蹈矩的儿女情长衬得很幼稚，一笔勾销。

下车回酒店的几步路程间，易辙提议说："明天不用拍戏，不如找个安静的酒吧把酒单滚一圈，好好放松一下。"

溪川摇摇头："你明天还要开长途车，多不安全。我也怕喝多了到晚上脸还消不了肿。"

盒饭在车上已经吃过，回到房间她去冲澡。

他一直坐在外间听里面滴滴答答的水声，做贼心虚地怀疑她又在哭，等她出来一眼迎上他讨饶的目光，像个做错事的小学生。

溪川笑了笑，好像情绪好多了，他斗胆把她拉过来坐腿上。她跟他说起手机制造"时空对话"的事，他果然又没印象。

证据放在他面前，他来回翻看来自过去的短信，似乎是些鸡毛蒜皮的絮叨，让他神色愈加困惑。

她长叹一口气："她最近给我发的有用信息也少，可是有些记忆会自己来到我脑袋里。"

"今天得知什么？"

"又回了老路，新旬还是没活下来，奇怪的是姐姐也没有找回自己的家庭。新旬不是姐姐的恋人，姐姐却也一直没恋爱没结婚。真让人泄气，好像事情只会朝坏的方向发展。"

更多的细节她没有对他坦白，记忆还不只这些。她记得十五岁时收到来自未来的短信，不听劝阻把一切告诉了新旬。

他们在广场分开，但两人的家在同一个方向，他觉得道别后再遇有点无所适从的尴尬，故意避开她走，但也许受某种神秘力量驱使，他们一再地相遇，直到最后在红绿灯前，面对面堵个正着。从那时候起，就相信了命中注定。

可是命中注定的不仅只有感情，还有死亡。他那么聪明，给过她很多希望，甚至幻想在他的努力下，自己不用动脑筋一切就能迎刃而解。关系远比曾经更好，羁绊也比曾经更深刻，但最后还是同样的休止符。

她不想对易辙说这些，自己都还没有厘清思路，不断增加的和"白月光"的回忆，就像是对他的背叛似的，她估计易辙不可能不介意。

他被蒙在鼓里，以为她在担忧姐姐，笑她单纯："单身不代表不幸福啊，她自己的选择而已。她是没结婚，可你怎么知道她没恋爱？"

溪川敏锐地听出了言外之意，狐疑的眼神盯过去："你又知道了什么？"

"不知道啊。"他肯定知道内情，笑得很坏，"我只是觉得成年人各有各的生活，你没必要替别人操心。"

到晚上准备睡觉时，拍戏时她的神情还一幕幕印在脑海中如梦随行，他终于决定去解开她的心结，从身后抱住她："溪川，以前我不是故意的。"

溪川没反应，一动不动，脸藏在长长的头发里。

他伸手把头发拨开拢好，抱得更紧："我以为你不愁没人爱，只是享受暧昧关系。"

他说的是实话，不相信有人会因为惦记"白月光"而走不出来，现实地想想，那肯定是借口。但她为什么总是情到深处就把他推开，他完全猜错了，实在太难猜。

她装作没心没肺玩世不恭，有本事演一副高傲姿态和他的女朋友同桌吃饭，没有企图心也没有嫉妒心，好像只把玩弄人心当乐趣，耐性被她磨光，原来有许多倔强和挽留他没看出来。

她用手肘给他狠狠一下："你还恶人先告状。"

每次她发狠拳打脚踢起来他就想笑，一点也不成熟稳重。

他吻一吻她的后颈，低声下气："是我的错。我以后都对你好，眼睛只看你一个人。"

这才是最让她担心的，现在局面换个角度看，像有了个不断失忆的男朋友，连"时空对话"都要一遍一遍再解释。来之不易的感情，说不定哪天就像姐姐的家庭一样人间蒸发。

呼吸、叹息，又有好多隐忧开始瞒着他。

一切都是变数，让她好难享受单纯交往的快乐。她又陷入无措，不知道手里要抓紧什么才能留住，后悔从前那么多珍贵的时光被自己浪费。

不过如今他对她了解深了，偶尔能猜到她的害怕："有没有哪条'时间线'上我不爱你？"

她微怔，停顿一秒，缩在他怀里摇摇头："还没有。"

"不会有。"他非常笃定。

【未完待续】

MEMORY
HOUSE

MEMORY HOUSE

记忆坊文化

夏茗悠 著

下（全二册）

江苏凤凰文艺出版社
JIANGSU PHOENIX LITERATURE AND
ART PUBLISHING

图书在版编目（CIP）数据

夏日再临：全2册/夏茗悠著.—南京：江苏凤
凰文艺出版社，2022.6
ISBN 978-7-5594-6834-5

Ⅰ.①夏… Ⅱ.①夏… Ⅲ.①言情小说–中国–当代
Ⅳ.① I247.5

中国版本图书馆 CIP 数据核字 (2022) 第 079603 号

夏日再临：全2册

夏茗悠 著

策　　划	北京记忆坊文化
特约策划	朱　雀
特约编辑	朱　雀
责任编辑	白　涵
营销统筹	杨　迎
封面设计	小贾设计
封面绘图	镜　子
版式设计	天　缈
出版发行	江苏凤凰文艺出版社
	南京市中央路 165 号，邮编：210009
网　　址	http://www.jswenyi.com
印　　刷	环球东方（北京）印务有限公司
开　　本	670 毫米 ×970 毫米 1/16
字　　数	619 千字
印　　张	30
版　　次	2022 年 6 月第 1 版
印　　次	2022 年 6 月第 1 次印刷
书　　号	ISBN 978-7-5594-6834-5
定　　价	78.00 元（全 2 册）

江苏凤凰文艺版图书凡印刷、装订错误，可向出版社调换，联系电话 025-83280257

目 录

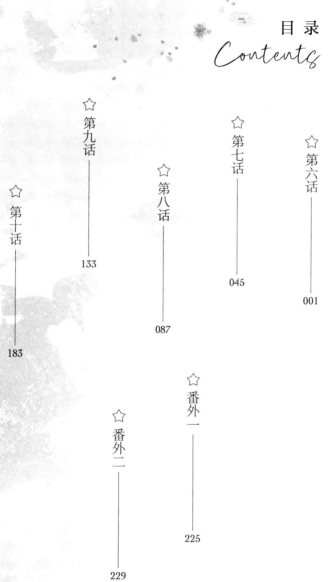

——有没有哪条时间线上我不爱你？

——还没有。

——不会有。

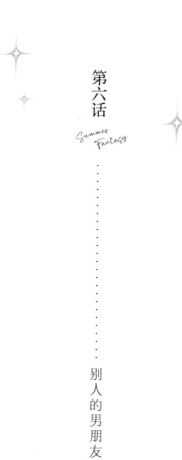

第六话

Summer Fantasy

別人的男朋友

[51] 重叠

从剧组到上海，易辙和溪川两辆车，这让行程变得很无聊。她只在刚上车时和亚婕聊了会儿天，之后听着音乐打瞌睡。

隐约听见耳机外亚婕在絮絮叨叨："我想养只狗，小小的那种，柯基还是马尔济斯好？"

她合着眼没说话，亚婕去后排和其他助理讨论了。

中途她醒来一次，听见话题已经变成议论业内八卦，在社交平台上，影业今年四月刚刚在票房上创造新纪录的国漫电影美术团队核心人员，被爆出不良影响。

这不足为奇，好莱坞精英遇上不甚了解的事，总爱开麦多嘴，没几个经得起严格推敲。

不过上映期热度最高时没被深挖，怎么下映了反而成为焦点，这不合常理。

溪川摘下耳机，回头问亚婕："今天刚爆出来的吗？"

"今天上了热搜，不过四月初就有人在论坛说过整个电影班底都有问题，当时没人注意，帖子好像被删了，现在流传的是截图。我发给你看。"亚婕说着从微信上把图发给她，"哎，对了，这不是洛川姐的项目吗？问问看有什么内幕呀。"

溪川看着发帖截图，当时爆料人指控的重点是，电影制作团队超过一半是外国人，不能作为国漫代表，这位艺术总监曾在网上点赞一些时事，只出现在某个小标题下被一带而过，掩盖他的做法显然不是删帖的初衷。

这部电影因打破票房纪录，在刚过去的国际电影节上备受追捧，许多聚焦动画电影的创作论坛中都有其身影。

洛川作为中方执行制片出镜率不低，不可避免地谈到过去与美术团队一起工作时寻求方案的过程，对创作者的专业敬业自然大加赞赏。在公众心目中，她代表了影业欣赏这位艺术总监，并为之删帖掩盖丑闻的势力。溪川隐约预感这轮风波会对她造成影响。

但她想起易辙昨晚的话，成年人各有各的生活，在不断更新的记忆中，姐姐工作能力很强，应该用不着自己操心。

回到上海她开始化妆，易辙跟在身边交代星光之夜的事宜："上次'天生璀璨'事件你没认真回应，这是自那以来你和杨雪第一次在同一公开场合露面，吴澜的意思是希望你稍稍给点示好的信号，不会太费神，只是在红毯上等她一下之类的，我认为对你没有坏处。"

溪川用眼角的余光睨他，说得这么冠冕堂皇，故意拿话激他："我不要和女孩炒新闻，要炒就和帅哥炒。"

"谁啊？"

"黎月行我看就不错。"

易辙抬眼看看一起憋笑的化妆师和亚婕，严阵以待："他人都不在怎么炒？"

"采访时透露理想型呀。"

亚婕在一边笑出声。

易辙无言以对，把采访稿拿过来递给她："现在已经没有人关心你的理想型了。"

溪川认真扫了一遍提问："这么乏味，干吗都问我剧的问题啊，我又不是导演，导演不是在场吗？"

亚婕飞快地插嘴："导演要负责秀恩爱吧。"

"Brett那边通过气，今晚你和季向葵要演好姐妹，等着揪你们仨破绽的人不会少。"易辙嘱咐道，"提到那晚的事说话注意点。我觉得稍微避一避吧，他们爱怎么秀是他们的事。"

溪川突然想起活动主办方之一是影业："我姐姐是不是也会到场？"

"对，晚上有他们公布片单的环节，她不能不到，这会是旋涡之一，你一概回答'不了解'就好。"易辙说。

溪川听出不对劲，蹙起眉："什么意思？她怎么了？"

亚婕扬了扬自己的手机："她的名字已经上热搜了。"

事件比想象的更快发酵，不可能没有推手，洛川只是个幕后制作人，本没那么容易进入公众视野，针对性更加明显。

"是谁在推波助澜？"溪川问。

易辙扫了一圈室内，人多口杂，不方便猜测。溪川明白他的意思，没再打破砂锅。

等妆发做好，人都离开，只剩他们俩的时候，他才接着说："水很深，你不要管。到现在这地步，可能是为了转移视线给影业挡枪，更严重的问题是合拍片投资比例和资金流向不合规，影业当然不希望注意力集中到那方面。所以晚上，不管是自爆还是自燃，她怎么回应你都不要往外跳。"

溪川垂眼斟酌："影业有没有可能丢卒保车？"

"这个卒不必丢，又不是洛川本人有问题。她要是这次真能挡下来就成了功臣，对她以后在集团内部发展更有利。"

虽然嘴上吐槽，溪川还是依照安排，在留影区笑容可掬地等了杨雪，两人一起合影。

星光之夜有两家主办方，一个是影业，另一个是时尚集团。因此女星数量远超男星，但女星与女星合影的很少，不是谁都愿意同框比美。

溪川的服装和造型一如既往明艳，她本身长相偏清淡，每次出场自然得借助烈焰红唇和一般人撑不住的礼服营造气场，这与她的时尚定位相符。

杨雪却换了造型，不再东施效颦，一袭裸色长裙，干净妆面配奶茶唇色，在一大堆红发黑裙硬凹与年龄不符造型的小偶像中，柔和轻盈很别致。看来上次无意中走出的文艺俏皮路线，已经成为她的新标签，吴澜总能把人设从方方面面诠释完备。

季向葵这次是挽着陈谅出场的，造型是顶尖的团队打造，红气养人，再加爱情滋润，熠熠生辉。

易辙遥遥望着，觉得现场没有女星能与溪川和季向葵相提并论了。溪川有种气定神闲的风度，一看就是从小美到大随心所欲，任何时候任何角度都不忸怩做作。季向葵同样是这种类型，医美做得节制，现在恢复好了，没大动过五官，比其他女星自然得多。美中不足的是她嫌自己脸部骨架宽，习惯用发型遮挡，生怕拍照时挑的角度显脸大，这一丁点不自信造成了她和溪川的一丁点差距。

溪川缓步前行，注意到了人群外易辙的那道目光。不知怎的，高中时新旬来看校园开放日开场舞彩排时，看向自己的目光也变得鲜明了，像崭新的记忆。虽然隔着时光，但他们出神望向自己的目光重叠起来。说来幸运，她总能遇到对她这么专注的人。但隐隐的不安更加强烈，她不禁怀着歉疚，越来越频繁地想起新旬，对易辙不公平，这感觉像精神出轨。

真出轨的人反倒大言不惭，季向葵此刻正一本正经地回答记者提问："近期没有结婚的打算，因为两个人都在上升期，还是以事业为重。"好像不在上升期他们就有机会结婚似的。

陈谅脸皮没她厚，在闪光灯前有点不自在，尬笑着移开视线，忽然看见了站在采访区外围的洛川，两人四目相对，他读不出她眼里的意思，只觉得更加难堪，连假笑都难以为继了。洛川很快收回视线，随人群离开。他很想追上她随便说点什么，但只是想想。

这郁结很快转化成对季向葵的不满，离开人们的关注后，他小声埋怨道："采访的问题Brett不是应该事先筛选过吗？为什么留下这些？"

季向葵理直气壮地耸耸肩："不回答这些，难道让你评价我的演技？他们现在感兴趣的就是恋情，如果我们不提供素材，就不能成为一个话题，牺牲这么大总要值回票价吧……"

陈谅无话可说。

季向葵替他整了整领带，这从远处看一定非常亲密："难得你出场配合一次演出，今天晚上可要尽量跟我形影不离。"

陈谅叹着气扯扯嘴角："你真是物尽其用。"

这么众星云集的场合，台面下的较劲不少，人人都想做焦点，有组队营业的，有在造型上用力过猛等着通告艳压的，但最终，都抵不过负面新闻。

就像鲨鱼池里的一点血腥，人们不想承认，却忍不住趋之若鹜。

在影业公布片单的环节中，其实洛川负责的那个新电影非常不起眼，摆在靠后的次序，也没有公布男女主演。按照正常走向，媒体应该会更关注排在前面有名导、名演员的阵容或者已经制作完成的影片。

但由于今天下午起，柳洛川成了挂在热搜上的名字，她所负责的新片被留意了，正好是根据现实事件改编，人们对这事件非常熟悉。自然地，在之后媒体提问环节成了主角。

第一个提问就锋芒毕露，记者问新片是否依然考虑重用国外团队。

洛川是领了任务来的，不想在国内、国外的问题上过多纠缠，透露了导演主演都是中国人，再被追问是谁就不能明说了。

又有记者追问，对之前的动画电影艺术总监的事情有什么看法。

她的回答就不那么得体了，按照正常思路应该明确表达立场撇清关系，可她看起来犯了蠢，开始大谈"艺术无国界"。

当被问起新片创作主题方向时，她又继续丢出破绽，说要拉开与其他罪案片的距离，加入"对社会的审视与反思"，因此聘请了专业的好莱坞编剧团队进行改编。

可想而知，这样的论调，不到十分钟就被骂得登顶。路人网民义愤填膺："为什么凶杀灭门又成了社会的错？""对中国社会的审视反思为什么又要让外国人来做？"

溪川知道原委，只能对此回应"不知情"。

陈谅就没那么熟悉公关套路了，他知道洛川不傻，以为只是一时失言而横遭攻击，心里还在为她打抱不平，耳畔却响起季向葵与资方的玩笑："要我说，找什么社会的错？搞那么深刻大家看不懂。不如找我做女主，一句红颜祸水就解释了呀。"

资方顺势抬出恭维："那又有别的说不通啊，贫民怎么娶到向葵这样的大美女？"

季向葵乐呵呵地在对方肩上连拍带揉一把，娇嗔道："武大郎还要娶老婆呢，有什么说不通。"

陈谅气得脸发青，临走时抓她手腕的力度有点失控，到走廊无人处被她甩开抱怨："你弄疼我了，有毛病啊？"

"你到底要不要秀恩爱？当着我的面对人家发什么花痴？"

"逢场作戏而已，有什么啦？你吃哪门子醋？是不是想复合呀？"季向葵居然先跺脚，"小心眼！"

陈谅反而被她骂蒙，一时竟想不出反驳之词，烦闷得掉头就走，冲进消防通道连下两层楼，一转弯愣住了。

洛川刚挂断手机，怔怔地看着半层楼梯上的他："怎么了？"

"没事。我……出来抽根烟。"他放缓了喘息，按正常步速走下台阶，"你没事吧？"

洛川苦笑一下："是我不该先跟你说角色，不怪别人把我当眼中钉，以牙还牙，我认了吧。"

陈谅越听越糊涂，好半天才悟出大概："今天针对你，是季向葵做的局？"

洛川抬起张恍惚的脸："你不是在为这个生气？"

[52] 防备

陈谅停顿了半晌才发问："你怎么确定是她？"

"片单公布前，公司公关说的。"洛川扬了扬手里的手机。

陈谅打消抽烟的念头，转身准备回到会场去找Brett对质。

洛川拉住他的手肘："别冲动。我是当时太生气才会口不择言。冷静下来觉得得不偿失。更何况你……"

他停住，借着廊道里昏暗的光线看她，等下文。

"何况你同意配合她炒作恋情，我不知道涉及什么，你也不用告诉我，已经做出了牺牲，就不要因小失大。"

陈谅心中突然涌起一阵暖意，他不用挑明，她就知道恋情并不真实，没有误会。他着急解释："没有交易，主要是为了在拍的剧不受影响，还有部分原因是溪川。"

他完全回避了做决定时对季向葵还有感情的事实。

洛川微微偏头，恍然大悟："你和溪川的照片是她找人拍的？她跟溪川不和我大概了解，可她怎么能这样对你？"

陈谅愣了愣："照片不是她……不确定是不是她找人拍的。只是当时的情况按这方法处理最好，否则对溪川影响太大。"

他忽然没了为季向葵辩解的底气，既然她会做出利用网络舆论攻击洛川的举动，使些手段逼自己陪她演戏也不足为奇。

洛川善解人意地笑："你能为溪川考虑，真好。"

陈谅被夸得心虚，心情却好了大半。

"但我不太理解她为什么针对你。你对我也只是问了一句，高层发话给她加角色我知不知情，我找她求证时没提是你说的，何况她立刻和盘托出还不以为意，又没有谁冤枉她……"

她垂着眼睑沉默地听，许久才看向他："说不定……没那么复杂，也许她只是听影业的人说考虑导演时是我推荐了你，想把我从项目上弄走。"

这倒很有可能。陈谅了解季向葵，她一向宽以律己严于待人，自己在外面可以"逢场作戏"，陈谅身边出现任何可疑的异性，她却攻击性很强。

"对不起，没想到会影响你的工作。"

"严重了。"洛川摇摇头，"我不是演员，舆论影响没那么大，过几天就过去了。"

她越是轻描淡写，陈谅越觉得过意不去。

"会把你从项目上弄走吗？"

"本来执行制片的职位就待定，现在，定我的可能性不大了。不过黄老师手底下干活的人不多，把我完全踢出局不可能，我继续做好我的工作就行，如果有任何我能帮上忙的事，你只管开口。"

她的意思表达得很清楚，在这个项目上捞不到好处，光做事没有回报。

陈谅觉得欠她太多，不禁在心里自嘲，以前怎么会认为季向葵和她相像？两个人明明有天壤之别。洛川在工作中有些手段，但从不会把这些手段用在亲人朋友身上。

他胸腔里有种奇异的冲动在来回冲撞，理智告诉自己不合时宜，却抱着侥幸开了口："要不要一起出去喝两杯散散心？今天，这么多事……"他下意识往楼上看了一眼，笑道，"你我这种幕后人员，不参加合影没人惦记吧。"

"改天好不好？"洛川为难地笑了笑，"你下来之前我刚挂掉公关的电话，让我提前回家不要在外面逗留，免得再节外生枝。"

陈谅猛地清醒，想起眼下她还在危机中，要是今晚被拍到和自己的照片，不知会掀起怎样的轩然大波，既歉疚又局促，连连点头："对，直接回家，改天再说。"

等她从楼梯下去消失不见，他心中才泛起一点失落。

很熟悉的失落。

今天是因为公关危机，改天又会有别的原因，洛川一直是这样和他保持距离。他其实知道根源，她父母感情极差，导致她对建立稳定的长期关系没有信心。

别说她了，就连他只听她说过部分家事都感到无奈，好像大部分的婚姻走着走着就成了平行线，没有正面冲突，只有各自出轨和视而不见，懒得去争吵、沟通、挽救。

在这样家庭氛围里长大的洛川，根本无法在少女时代投入那种理想化的甜甜爱情，到了现在的年纪，就更冷静更理性了。

溪川平时窝在剧组拍戏，欠了不少通告，回一趟上海忙得马不停蹄，一天六七个行程连轴转，到第二天晚上十点多，才得空打个电话关心一下姐姐。

"没事，只是职位调整。"洛川的语气听起来轻快，不像强颜欢笑，很快转了话题，"你手头有五百万可以借我吗？"

事出突然，溪川有点蒙："你……要做什么？"

"就这个电影，放了点投资份额给员工，我只能拿出两百万。你借我两年，按年化百分之十五计利息，行吗？"

溪川顿时明白了，不可能放份额给所有员工，这算是对她职位调整的补偿："我……手头没有那么多，这得跟阿辙要。"

易辙正靠在床另一头用iPad看邮件，听见被点名，一头雾水地看向她。

姐姐沉默两秒，难以置信道："你自己连五百万都没有？"

"嗯……我卡上只有一百多万零用，其他都是阿辙在打理。明天跟他说说，应该没有问题，公章私章都在他那儿，直接让他签了就好。"

易辙重新低下头去看邮件，手却不怀好意地掐了她一把。

溪川怕痒，闪出去很远，回头看着他笑，听见姐姐在手机那头严肃地说："溪川，你这样是不行的，怎么能把全部身家都放心交给一个男人？经纪约已经掌控在他手里，分他一半，决定权还在他，这还说无可奈何，怎么能连自己的收入也归他管？你们现在是感情好，将来又有谁说得准？"

"嗯嗯，他这个人控制欲很强，已经习惯成自然了。不过我会注意的。"

易辙把iPad放下，眯起眼睛促狭地看着她，拽住脚腕把人拖过来。

两人悄无声息地打打闹闹。

姐姐却很忧心，感觉她根本没听进去，语气更加恨铁不成钢："你真的要注意，这可不是开玩笑。"

"我不太方便说，又没到分家的时候，说了反而影响关系。要不你明天约他要钱，顺便帮我提一提？"

他挠到她痒痒肉，她呜咽了一声，瞪他。

好在姐姐的注意力在正经事上没听见："你明天不在场吗？"

"我明天……好多通告，很难抽出空。你和他直接谈就好了，我跟他打个招呼。"

听起来还是由他说了算，并且不需要和她商量。洛川更加焦虑，忍不住劝："溪川，你小时候挺聪明的，怎么现在像被下了蛊似的？脑子被僵尸吃掉了？"

"没有啊。"她笑嘻嘻地说，"我精力有限嘛，一边演戏一边经营忙不过来，我们只是这样分工，各管一块。"

"那你不能对他那块不闻不问，一点防备心没有吧？"

"他会告诉我的。"

这回答差点让姐姐晕厥，感情全靠男人自觉。再戳她脑袋也没用了，不如明天直接去敲打易辙。

溪川挂了电话，腾出手来打人，报复他的得寸进尺："坏蛋！"

"谁坏蛋？"他笑得很含蓄，"是你先说我坏话。"

她正色盘腿坐端正："让姐姐觉得你精明有头脑也好，这样一来，你提的商业建议她可能采纳，换我去说服肯定不会听，她戒心重，而且不认为我比她更聪明。"

他与她对坐，嬉笑着挑挑眉："精明？有头脑？哪有那么好的评价，她觉得我是诡计多端阴谋家还差不多。"

"你不能把人往好处想？"

"你姐姐也没把我往好处想啊。"他正经起来，"她找你借钱？"

"五百万。"

易辙微怔，被气笑了："你说你被我压榨得连五百万都没有？你姐姐没劝分吗？那她很克制了。怎么，你不想借给她？"

"不是。我听她意思，大概是拿到了电影百分之五或六的投资份额，现在这阶段一切没成定局，她可以要到更多的，只是她吃不下来。你不是正好想分一杯羹吗？这是个机会。你明天和她谈，让她去要更多。"

他有点惊讶，通话这两分钟她想了这么多："你觉得要多少？"

"百分之四十。"

他支着脸沉默，心中计算："很难，制作方各种散钱，再加上赵的关系，影业要控盘，剩不了这么多。"

"那尽可能多。"

"股东那边……可能会有疑虑。"

"理他们干什么？"她眨眨眼睛，"哪次赚了钱他们念你的好？都觉得你赚是应该的，赚得少还不满意，像养不亲的狼。易珂一句话，他们转身跟着'扑通扑通'往火坑里跳。"

他笑起来："他们还觉得我是养不亲的狼呢。你想撇开YXC？"

"嗯。我姐姐代表我去谈也名正言顺。"

"这么大份额，只能谈风投。"他提醒道。不用YXC的钱，那只能用溪川自己的钱，电影是面向受众的生意，风险很高，他不像平时运作YXC那么放得开手脚。

"亏了你养我。"她大大咧咧地往后倒下去，头枕着手，"我吃得少。"

他笑着把她像抱娃娃一样搂过来："行啊。"

她定定地看着天花板，声音有点低沉。

"阿辙。"

"嗯？"

"你是不是认为曝光陈谅和季向葵的是我姐姐？"

他当时说让她星光之夜等着瞧，没想到她真会去察言观色。

"我怎么认为……"他想说不重要。

她固执地坚持要答案："你看着我说。"

"是。"

她皱起眉："她怎么想的呐？陈谅？值得两个女人这么大动十戈？"

[53] 征服

"这个嘛。"他笑了，"很多人有征服欲，男人女人都有。洛川和季向葵是同类。"

她想争辩姐姐没季向葵那么多坏心眼，但刚确定她曝光了别人恋情，这话好像说不出口。

以往"时间线"上的姐姐也是如此吗？

她忽然想起，从前姐姐就翻过陈谅的手机，知道他在外面花天酒地，回避和他同房，只是抵抗方式更消极。仅仅不愿捅破最后那层窗户纸，归根结底，不算妥协。如今她似乎并不介意暴露锋芒，易辙看得出她强势，陈谅也不傻，有意思……

"她们俩我是不太懂，但原来陈谅比较喜欢女强人。"溪川喃喃低语，"相比其他'时间线'上，外貌明明一样，他明显喜欢现在的姐姐。"

"陈谅又不差，长得帅、业务强、有才华，应该也很有自信，会想征服更高级的女人。"

"那你呢？"她亮闪闪的眼睛转过来，又挖好一个新坑。

他不想回答，落吻在她唇上，把嘴堵住。

哪能什么都给出定义，越深的感情越模糊复杂。他是经纪人，没交往时溪川从来不隐瞒，和有好感的男人出去吃顿饭都会报备。

为什么那些人处一处觉得不行？甚至没有让人想顺理成章进一步深入了解的冲

动？论样貌、人品、谈吐，并非个个都挑得出难以容忍的毛病。这些问题抛给她，她未必答得上来。

星光之夜引发了一个小惊喜。

有个高奢品牌原本一直在接触季向葵，经过了漫长的考察期，却临时改弦易张，一天之内拍板决定，同时签了柳溪川为代言人、杨雪为品牌挚友。

最高兴的人是吴澜，更加确定新路线走得无比正确。杨雪最近学乖了一点，认识到自己羽翼未丰暂时离不开吴澜，老老实实听从安排进了两个田园综艺，不再奢求电影大饼。因为保持了曝光度，而江盈总在剧组拍戏请不出假，所以拿了好几个本想找江盈代言的游戏广告，在小花中营造出数一数二的"咖位"，当然，这也拜吴澜数据做得很好所赐。

郭俊却烦透了她，深夜十一点的内环高架上，一边开车一边打车载电话跟她吵架。

知道溪川在上海待不了几天，他本来打算收工后顺路去看她一眼，没想到甩掉了狗仔甩不掉杨雪，这个笨女人自己还甩不掉狗仔。

"你能不能别老跟着我？"

"我要去找柳溪川，谁跟着你了？我和她现在是'好姐妹'。"

郭俊无言以对，只好下高架打道回府。

杨雪似乎没有明确目的，三不五时跑来他这里刷刷存在感、添添堵，引起他注意就心满意足地跑了，不按套路出牌，气得他翻白眼。

易辙和洛川约了晚饭，不大正式，在一家有包间的私房菜馆。服务员过来添了两次柠檬水，把空调温度设定在二十二摄氏度，比起完成这几个简单动作，她在包间里逗留的时间太久了，眼角的余光总往易辙那边瞟。

她俯身柔声细语说："先生开车来的吗？餐后提醒我给您停车券。"

洛川看出端倪觉得好笑，想起溪川没心没肺又难免担忧，易辙是挺招人的。

凉菜很快上来三个，他在对面动起了筷子："五百万，借是可以借，但我建议你不要借。个人投资电影风险很高，再加杠杆……"他摇摇头。

洛川不以为然："这是我的项目，我可以控制风险。"

"问题就在这里，距离上映时间太长，还有无穷的变数。你只占百分之五还是六的投资份额……"

"百分之五。"

他搁下筷子。

"不能保证这一直是你的项目。我就不让你设想二选一了。"他搁下筷子眯起眼，"因为项目没了钱也会同时打水漂。"

"那你的意思是？"

"这钱让我们来投，帮我争取到百分之三十五左右的份额。你的两百万自己收着，我这里给你七个点。"

确实不低，洛川微笑起来："机构做影视基金的朋友帮我评估过这个项目，风投利润率会在百分之六十以上，七个点差得有点远。"

"但你没有风险。洛川，我不知道你的想法，如果我是你，我会更看中权力而不是钱。第一个独立项目不是为了赚钱，你更需要借助集团这个平台，码住你的人脉关系、打通一些渠道，把这件事做好，将来赚钱会非常轻松，多得是送上门的钱。"

洛川下意识地用餐具包装纸绕着手指："你是让我做好制片？"

"我要投这么大份额，也希望有人能给我做好风控，反过来你要想控住项目，背后必须有资本支撑。将来谁投项目都一样，我可以无条件信任你，但其他人总会看看你的履历。"

"百分之三十五。"洛川沉吟片刻，"我不能保证，只能尽力而为。但你投这么多，风险更高。"

"所以我才说，个人投资不要找影视项目，利润太低，风险又大，还不如买点基金。我不会等到院线结算回款落袋为安那一刻再算收益，这笔'将来'收入带来的额外利润比它本身要大，里面多的是金融玩法，少量资本是转不动的。"

洛川有野心，但不是盲目的野心，她知道确实得量力而行。

两百万，她已经把这些年的所有积蓄拿了出来，另外五百万如果是借钱还得支付利息，算算这笔账，她一个人要扛住两年其实很吃力，单拿返款压力小不少。

"你不会和溪川一起回剧组吧？我需要你在这里把合同敲定，这件事得快，拖久了我不知道我能有多大影响力。"

易辙点点头，继续吃菜，又听见她问："YXC投？"

他抬起眼："和YXC暂时没关系，走溪川两个公司的账。跟影业那边，你就说她本人要投资，这样你也方便出面，亲妹妹又是主演，谁都不能质疑你引入这个投资的动机。"

"但是……百分之三十五不是一笔小钱。"洛川非常意外，"她自己公司有这么大现金流？"

"去年投MCN和网综赚了一些，不是她自己的片酬。"

洛川愣了愣："你替她打理得挺好。"

"MCN是她自己挑的。"

听起来他们俩目前还处于有商有量的状态，不是易辙一个人独断专行，并不需要自己操心。洛川斟酌着该不该替溪川开口。

"不过我昨晚听她在电话里说，公章私章都在你这儿，你直接可以做决定。"

她低眉敛目，温和地笑笑，"她虽然嘴上不会说，但也是小女生，有时候安全感比财报上不断增长的数字更重要。她也很情绪化，有时候任性，很容易被一些虚无缥缈的感觉所左右。"

话说到这里，她打住了。

易辙沉默了一会儿才回过神："嗯，我明白你的意思。"

虽然只是因为溪川满嘴跑火车引发的误解，但是有家人关心她理解她，这让他听着有点感动，也替她高兴。

后来的整顿饭，他们像家里人似的有一搭没一搭地聊着天，因为不太费脑细胞，易辙甚至犯困。

结账时他多给了两百作为小费。

等喜出望外的服务员离开，洛川夸张地叹了口气。

"怎么？"

"看来低领制服对什么男人都管用。"她一边打趣一边从他拉开的门往外走。

易辙失笑，优哉游哉跟在身后："听不懂，我当你在夸我。"

但他忘了要停车券，服务员追了半条走廊送过来。

又一次确认，易辙是什么都心里有数，却不给多余的眼神，城府太深。洛川转身在走廊上驻足等待，想起了陈谅。

陈谅在星光之夜次日，就乘高铁赶回了剧组，又抢着拍了一天男主角戏，因此没来得及再约洛川，那一别之后只在微信里通过几句话，谈的都是工作，得知她职位调整。

溪川把通告跑完跟车去了剧组，易辙得留在上海处理合同，翁唯语小朋友在鱼丽那边的剧，已经根据修改意见又出了一稿剧本，离开机不远了，需要安排的杂事多起来。

她到达剧组的时候，黎月行又已经离组去录综艺了，组里三个女人撑不起一台戏，江盈每天到自己出镜时才露面，一拍完就缩回酒店房间，避免被误伤。主要还是季向葵和溪川的斗法。

因为根本没什么对手戏，斗得也很幼稚。

溪川从地上捡起从门缝里塞进来的通告单扫了一眼，又全是夜戏，知道是季向葵去统筹办公室搅和而来的。

手段像高中女生一样，耍小聪明还沾沾自喜。

亚婕也像高中女生一样生气："统筹是傻的吗？她要怎么拍就怎么拍？那干脆让季向葵当制片算了。我明天就去找统筹。"

"算了。"溪川不是不想争，只是觉得拍夜戏她还凑合，生物钟使然，平时早晨头一场戏她都有点精神萎靡不在状态，到午夜十二点却依然精神，反正夜戏早晚也得拍，不过集中一点而已。

没人用抗议回应季向葵，拳头打在棉花上，她愈加生气，到第四天终于找到个出口。

第三天改了一次通告单，下午六点发了一版，晚上八点又发了一版，对比之下很容易发现改动。

季向葵还是日戏，换了B组来拍。溪川还是夜戏，换了A组来拍。

除了总导演自己，没人敢跟统筹提出这种调整。

于是，翌日晚上七点，季向葵拍完自己的戏没走，跑去A组，站在导演背后叉着手盯监视器。陈谅回头自下而上看看她，架子比导演还大。剧组这么多工作人员看着，他又不好赶人，让场记去找了个椅子给她，自找台阶下："你来学习啊，坐着看吧。"

季向葵把椅子往旁边一踢，金属剐蹭地面的声响异常刺耳，引得十几个人侧目，她还嫌没能一脚踢翻不够气势。

服化组的小姑娘们尤为兴奋，个个两眼放光，等一场期待已久的女明星大战。

但陈谅没给她这个机会，找了个借口让她和跟组编剧去改动剧本，再加上重新打印剧本下发的时间，至少有一刻钟休息。他把季向葵从监视器前带走了。

[54] 阴影

季向葵被他拎到僻静无人处，连打带踹挣脱他的手。

陈谅没生气，只是觉得她在片场当着那么多人踢椅子让他很没面子："又有什么不满了？"

"你躲着我干吗？有种像个男人大大方方一起工作啊，怎么那么幼稚？"

"我幼稚？"陈谅似笑非笑，"我什么迹象体现出在躲你？"

"不躲我你为什么改通告？别告诉我通告被改了你不知道。"

"我是导演，跟着女主角走，拍主剧情，怎么成了躲你？"

"一番女主角？"季向葵冷笑，"要不是她背后搞小动作，轮得到她当一番吗？"

"她又不是你。你以为谁都像你一样。"

"你又知道了？你天天躺在她床底下证明她的清白？"季向葵翻翻白眼，"'白莲花'人设还真有人信了。"

"她一番是因为易辙把陈DP请来了，虽然我觉得这也不怎么好，但不是你想的那种原因。我建议你考虑换个经纪人吧，Brett给你什么资源了？整天让你自己瞎搞。"

"那你呢？你明知道我没有靠山，你又给过我什么？"

"这就胡搅蛮缠了不是？你没有靠山我也没有。现在说这些没有意义，让我回去拍戏。"

"我不让。"

她堵了路，还揪住他衣服。

"剧本改好了，你把我拖在这里耽误进度。"

"我们和好吧。"

陈谅无语。

"别老吵架了。"

"是你在找我吵。"

"收工来我房间找我。"

"通告你改的，我得三点收工。"

"我等你。"

"你睡你的觉吧，还得六点半起床。"

"你不来找我，我就去找你。"

"你找我干吗？给大郎喂药？"

季向葵微怔，笑颜又很甜："小气鬼，我只是随口一说，你还记仇。"

陈谅拧了拧眉心，叹口气，只能让着她："你先松手，快回去休息。收工我给你发微信，你要是醒着我就去找你。"

"不许骗人。"

"不骗人。"

她终于松了手。

他一边慢慢把被她揪出来的衣服褶皱抚平，一边回了片场，心里又被搅得很乱。

虽然天气热了，但是深夜拍戏气温还是偏低。一到换场时，溪川不是抱着保温杯灌热水，就是在楼梯上来回跑，见陈谅总像谷堆似的窝在椅子里。

换场前陈谅说给她找的枪太轻，没质感。道具组临时去库里翻箱倒柜了，因此这段休息时间有些长，工作人员布置好现场都逛开了，抽烟的抽烟，聊天的聊天。

周围没人，她往机器这边靠过来，在距离两三米的地方停下："你不起来活动活动？"

陈谅不说话，颓废地摇摇头。

"又吵架了？"开机前溪川看见季向葵过来闹事了。

"没吵。"

"你和她现在算怎么回事啊？"

陈谅抬起眼睑看看她，作为伪造澄清合照的当事人之一，她是知道自己和季向葵闹矛盾的，瞒也瞒不住。但他也搞不清这算怎么回事："没事。就是有点累。"

他说的是真话，季向葵有很多缺点，可感情不是说断就断的，她笑的时候或者胡闹的时候，有些小细节过了眼，仍会心里一颤，但紧接着整个人就像被苦闷淹没。最让他难受的就是她的锐意进取，百般武艺用来攻略他，这让他感到前所未有地疲惫。

"那你和我姐又算怎么回事？"

洛川于他而言像天边的云，看得见触不到，想象是柔软的，但也只是想象。季向葵却像手里的水，能感觉得到它从指缝里流走。

他沉吟片刻："你知道我追过她很长时间，本来过了这么多年我放下了，眼不见自然相安无事，渐渐淡了就不会老惦记，我和小葵交往也是想认真专注眼前。就像你也很少想起新旬了吧。"

他突然提到新旬让溪川有点意外。

"可能他刚走那一两年，你要和别人交往还不那么顺利。他走了五年八年之后，和男友相处就很少会为此分心，对不对？别跟我说你没男朋友……"他笑起来，气氛松弛了一点，他点了支烟来提神。

她才想起现在的"时间线"上，陈谅并不知道她和易辙在一起。

"大多数时候你是体验派和方法派的演员，现在输出质量平均水准不错，不是青涩恋情能给你的吧。"

她没有否认，喝了几口水，又拧上瓶盖："别来分析我。"

"我想最近，应该是工作接触变多，你姐姐没有男朋友，小葵的有些做法我又很难接受。"他说着自嘲地笑笑，"所以会想……是不是还有可能……"

"也许只是因为距离而过度美化，你和季向葵恋爱受不了她，和我姐在一起又接受不了她的缺点。"

"有这种可能。"

"那你喜欢她哪点呢？"

"她很能干也有主见，有过人的自信和胆识，想办的事一定要办到……"

溪川打断他提醒道："季向葵也是这样。"

"对。但你姐姐不会处心积虑地对我，很温柔，相处起来不会有压迫感。这会让人觉得……自己在她心里是特别的。"

原来男人也会沉迷于被偏爱。

副导演和场记分别从场景里和录音师身边回来了，溪川倚着墙没动，但也不好再跟他讨论感情话题。

道具组长冲她招招手跑过来："试试这把怎么样。"

她拿起道具，摆一个利落的姿势，枪口直接对准导演。

周围人笑起来，副导和陈谅差不多年纪，开玩笑道："一看就是记恨已久。"

陈谅把烟搁在桌边，从她手里接过道具掂了掂："枪是不轻了，你的问题。太舒展，动作软绵绵，像唱戏，没有紧张感。"

溪川把枪拿回来又甩了几下，越发不像样。

副导笑个不停："叫潘哥来示范，潘哥当兵退伍的。"指的是外联制片。

"潘哥回酒店睡觉了。"有人告诉他，"武指在。"

最后这场戏比预想的拍得久。

收工之后，陈谅还是如约给季向葵发了条微信："睡了吗？"

她很快回复："都起了。"

他看看时间，的确差不多该起床了。他于是留在片场没走，等了半小时，去化妆室碰她，这反而更好，他本来正犹豫去房间找她不吵架又能说点什么，化妆室全是忙忙碌碌的人，没那么尴尬。

他在附近找椅子坐下，和她聊了几句拍摄，问了问B组工作状态。

季向葵心满意足，也不吵闹了："你快回去睡觉吧，眼圈都黑了。"

第二天A组的戏从下午开始，他没睡几个小时。

开头是一场大戏，要化妆的女演员有几个，公共化妆间挤满人。溪川化好妆回车上等着，亚婕又"叽叽喳喳"唠叨起了她的梦中情犬。

"姐姐你看，可爱不可爱？"她疯狂地给溪川翻手机相册，小白狗娇气得很，躺在婴儿车似的装置里，还枕个奶黄色带白蕾丝的小枕头，会看镜头，伸着一只手，好像在打招呼。"两个多月的小马妹妹，好贵，一万四。可是超可爱对吧。我想交定金了，一回去就能接。姐姐你养过狗，有什么建议可以传授？"

"不要养。"

"哎？"亚婕微微怔住。

"建议就是最好不要养。"她把话说得更清楚。

"为什么？"

她垂下眼，松松攥了个拳："你的心脏，差不多这么大。但是它死的时候，你心里会破个这么大的洞。"她比了个碗口大小。

亚婕哑然失语，车厢里空气急剧凝固。

她继续说："创口这么大，是没有办法愈合的。平时你可能嫌它烦，因为它还有好多缺点，长牙时咬坏你的包和鞋，家里人一多就兴奋到随地撒尿，送快递的上门也小题大做地狂叫。要命的是，它一死，所有缺点都美化成记忆点，你越想越忘不掉，看着别人的狗都会想，怎么不像它那么麻烦，是非标准都颠倒了，好像是麻烦才让你亲近。"

亚婕默默把手机收起来问："它怎么死的？"

"太贪玩。咬开窗户溜出院子去找外面的大狗玩，被咬了。"溪川抽了张纸巾按住眼睛，"但是已经不能骂它了，只能骂自己。"

她抬起头长吁一口气，让自己平静一点："如果你养狗，它寿命就那么长，一定会死在你眼前。所以不管多可爱，看看照片就好。"

"哦。"亚婕认真点点头。

溪川深呼吸，从车门下去，一抬头正迎上易辙，愣住了。

行道树荫罩着他的脸，看起来已经在这里站了有一会儿，为什么没有上车，应该是听见自己在里面哭。两人的视线毫无阻碍地相遇。他欲言又止，最后伸手把她拉进怀里。

本来想跟着下车的亚婕走到门口又退了回去。

"对不起。"他的声音从上方落下来，"我不应该送你那只狗。"

她抵在他胸口摇摇头，想说不是他的错，又感觉他把自己抱得更紧了些。

他是特地赶过来给她过生日的，户籍的缘故，她的生日不是身份证上那个，剧组没人知道，他怕她孤单，想给点惊喜，但现在她的感受好像并不是惊喜了。

那只狗出现的时间本身不是好时候，她被季向葵和网络舆论弄得情绪很糟，几乎没有一天不跟他吵架。有时候他甚至觉得自己快要被拖垮了。没办法，带她去看心理医生，在心理医生面前都能吵起来。

医生说她没病，只是情绪调解不好，养个宠物转移一下注意力可能对她有帮助。

他去买了那只狗，狗也有狗的问题，不知道为什么那么调皮，但好像反而因祸得福，她一心去和小狗斗智斗勇，整天弄得鸡飞狗跳，去她家不是在和狗吵架，就是关了狗的禁闭，他是解脱了。

似乎后来渐渐养出了感情，他不太清楚，因为她不太工作，他却有自己的工作生活，好长一段时间，两人各过各的。

后来狗死的那天，早上七点被她电话吵醒，说狗狗不见了。他去她家帮着到处找，调监控又沿途搜寻，监控里看见它被大狗咬伤叼走，猜测了各种可能性，最后在小区草丛里找到小狗的尸体。

比她说给亚婕听的更难受，有些细节不能深思，它朝着家的方向，还爬了好长距离，平时被宠成宝贝，最后后悔想回家了吧。但他知道溪川一定会深思。

埋狗他没让她去，生怕她崩溃。

她当天边哭边喝醉，事过一周还经常流泪，他推了所有事守着她，她似乎恢复力还好，两个星期后不再哭了。

回想起来，这本来就是让他愧疚的一件事。

应该跟她共患难的时候，其实他逃避过，远离过，还给她留下过创伤。

[55] 水火不容

戏照例又拍到凌晨，每天她头发上全是硬硬的发胶，回酒店房间必须要花很长时间洗头，等吹干头发天快亮了。

易辙一直等着没睡，觉得挺遗憾："生日都变成昨天了，早知这样应该前天来。"

"正好年纪大了不想过生日。"她爬进被子里。

他笑起来："怎么好意思说自己年纪大？你永远比我小。"

"你哪天回去？"她翻身过来。

"嗯？怎么我刚到就想让我走？"

"不想让你走。但是怕上海还有一堆事等着做，在这里陪我荒废。"她声音又软又绵，仰起头盯着他眨眨眼，"又不肯去看拍戏，是吃醋吗？"

"黎月行不在我吃什么醋？"

"哦，他在你就要吃醋。"

被她绕进去了，他把她抱到胸前来："连续拍夜戏我听王亚婕说了。现在累不累？"

"当然累，每到拍摄过半就觉得体力透支，下次给我找轻松点的活。"她开玩笑地捏捏他的下巴。

"好。忙完这阵带你出去度假。"他放她躺平，伸手关掉她那边的床头灯，在她额头吻了一下，"睡吧。通告一会儿我去解决。"

静谧的黑暗中只剩下彼此的呼吸声。

十来秒，她眼睛适应了房间里微弱的月光，捕捉到他喉结上下移动，缩进被子里偷笑。

"干什么？"

"定力好强哦，这么客气。"

"你这家伙……"他转身挠她，"怎么这么皮？"

她咯咯笑着，因为怕痒而躲来躲去，不消片刻身上已渗出薄汗。

大概是分别了好几天，又或者是生日有特殊意义，交缠间一发不可收拾。

之后他久久地抱着她，让她觉得很安心。

他就是这种人，无论什么时候都优先考虑她的感受，睡在身边哪怕只有一点神志，半梦半醒间都会拉她过来抱在怀里继续睡，比起翻云覆雨，她更喜欢这些温暖的时刻。

她问："阿辙，你和我在一起会偶尔想别人吗？"

"谁啊？"他没反应过来。

"前女友什么的。"

"不会啊，有什么好想？"

完蛋。溪川心里胀满歉意，她以为瞻前顾后是人之常情，特别是听了陈谅的坦言举棋不定。可易辙就不想。太对不起他。

"干脆……我们去找个山隐居吧，养养鸡种种菜，只有你和我。万一你哪天突

019

然忘掉我，周围也没有别人，我可以先敲晕你绑起来，再从长计议，慢慢感化你重新爱上我。"

他一开始还认真听，听到一半已经笑出声："敲晕我？凭你？"

"我偷袭。"她严肃地补充。

"好好，听起来是万全之策。"他欺近了轻轻吻她，眼底都是笑意，"你想多了，用得着绑我？还清场？才爱上你？"

"那不一定。"她眼睛跟着他，"就像我姐姐，一夜醒来老公变成别人的男朋友，她是不知道，知道不就是三角恋吗？"

"不一样。听你说，你姐和陈谅在别的'时间线'夫妻关系并不好，陈谅还抱怨过你姐姐不够真实坦率。"他坐起来，"我大致理解其中有因果逻辑，重大变化不是随机发生的，人的本性没有变，会隐藏自我的个性到每条'时间线'都会隐藏，只不过选择隐藏的部分不一样。我们应该不会遇到这种问题。仔细回想这一路，在某个时间节点你曾经考虑过'如果不认识我说不定生活更好'这种选择吗？"

她怔怔地摇头。

"我也没有。所以我们不会突然不认识的。"

"那段时间……"她翻出睡衣穿上，犹豫着开口，"我推了所有工作，让你在公司受到很多质疑，你没想过吗？"

她其实是事后很久才意识到会给他添麻烦，当时只想着自己，自己被算计，自己在低谷，自己情绪反复，自己养了只狗都留不住，任性起来理直气壮。

不提找他吵架发泄这种鸡毛蒜皮，唯一负责的艺人十八个月不工作，还得维持日常公关投入，换任何一个普通经纪人，这么长时间做不出收益都难以在公司立足，更何况他本来就整天被易珂他们盯着纠错。

"没有。"他确实没想过，也不觉得有多伟大，只不过思维如此，遇到问题就解决问题，反思也只有"没有更成熟地照顾好她""再来一遍一定做得更好"。他说："男人不会想那些。"

她拥抱他更紧了些。

"你饿不饿？吃蛋糕吗？我带了一个。"

"饿了。"

她吃饱喝足，睡了踏实的一觉，到下午两点才在他刷卡进门时被吵醒。

他把新出的通告单递给她："戏少排了几场。Brett还在办公室跳脚，季向葵新接了一个综艺，就在隔壁市录，统筹让她录完当天立刻返回接第二天拍摄，她不干。"

"立刻返回怎么了？"

"说她坐久了车脚会肿，穿不进高跟鞋。"

溪川翻了个白眼:"那她做不了灰姑娘。"

档期的难以协调比想象的更棘手。

为了录那个比拼演技的综艺,黎月行一个多星期没回来,好不容易回来,《奋斗》剧播出,溪川因一些必要宣传离组。男女主角几乎见不上面,这戏没法拍,统筹愁眉不展。

正好溪川不喜欢上综艺,怕娱乐效果影响观众看影视作品时的代入感。和鱼丽协商的结果是尽量让江盈去跑宣传,平台正求之不得,冲突看似迎刃而解,可江盈也是主演之一。

《奋斗》剧不出意料地热播,江盈露面又多,商务随之增多,她几乎就这样一去不复返了,同样麻烦。

陈谅只好天天在片场临时改剧本,把一些并非需要江盈出场的台词分配给其他女演员,其中当然有季向葵,这又生出了新是非。

Brett不满足于"雨露均沾",在一旁多嘴多舌:"我们小葵化妆两小时,多一场戏,就只给两句台词,不合适吧?要么这场戏彻底别给她,放她回去休息;要么多给点戏份,不枉她辛苦一趟嘛。"

"回去休息吧。"陈谅眼皮也不抬,继续在剧本上写写画画。

季向葵本人离得不远,必然听见了,脸色明显往下一沉。

梁制片急忙凑上来打着哈哈圆场:"陈导你可不能坑我,档期内把小葵闲置在酒店,超期了要加片酬的。"

陈谅不再说话,专心把台词分完让人去重新打印剧本,人手一份。

溪川拿到剧本后蹙起眉,点着季向葵的其中一段台词:"这话让江盈对我说本来很单纯,她年纪小,看男男女女都觉得是长辈,哥哥们喊得亲昵,人多热闹她才高兴,是小孩子气。换个人说这些话,就显得别有深意了,出席的都是适龄男人,她一个有婚约的名门闺秀兴奋什么?还一味劝我同去,为什么?"

周围人听了都笑,觉得有道理。陈谅寻思的确疏忽了年龄身份差异,这台词给群演都比给季向葵合适,谁都能说只有她不能说。

季向葵却不爱听,本来刚才争戏份就吃了个瘪,面上是友好微笑,嘴里却找话狡辩:"不是很正常吗?"

"我会去就不正常了。"

"怎么不正常?风尘女人要往上爬,掉进男人堆才眼放光。"

这是在暗示前一阵林文亮的丑闻,关注过八卦的人不会不知道溪川牵涉其中,听得出已经不是在就戏论戏。

现场气氛倏然尴尬,没人敢接话。

陈谅本来在考虑让季向葵和谁换一句,听她在这儿挑事,干脆把她的角色名画掉换了个人，抬起头说："不是让你回去休息吗？怎么还在这儿？"

季向葵愣了一秒，气得拔腿就跑。

Brett刚开口："陈导……"

陈谅顶过去，语气不客气："你管不管得住你们家演员？"

没辙，Brett只好跟着离开，换个人劝。

似乎收效甚微。

后面几场戏季向葵没再回来，梁制片派人三请四请回酒店去找，都吃了闭门羹。

演员副导发不出人，又被陈谅骂，很是为难，只好告知实情。

这无异于火上浇油。陈谅没想到，她看不出台词不贴人设、出口讽刺别人、把气氛搞砸，她从头到尾不占理的事，还能气性大到罢演示威。

陈谅一向吃软不吃硬，本可以先甩了戏改天再补，他偏不。干脆把季向葵正常该拍的戏都改给其他配角，赌一口气：剧组照常运转，不是没她不行。

季向葵一不做二不休，第二天直接去外地拍广告，请假的同时人已经离组，与其说"请假"不如说"告知"。

梁制片顿感心力交瘁。

这在意料之中，当初写剧本时，就猜想季向葵和柳溪川会水火不容，特地少写她们的对手戏，还以为要这种小聪明能保平安。谁知江盈离组，季向葵补位，导致她俩接触多了。都不是省油的灯，不可避免地产生摩擦。当初没料到的情况，还有导演和季向葵的情侣关系，剧组恋情像办公室恋情，很难不影响工作。

剧组暂时没有停摆，是因为柳溪川的单人戏份还没拍完，再过两周，江盈和季向葵不回来一个就无戏可拍了，消息肯定要传到赵絮耳朵里，那也是个暴脾气，只怕会越闹越僵。

[56] 拖延

上个鱼丽的戏，溪川在赵制片和梁制片之间挑了赵，就是因为赵制片年纪大，处理矛盾时脸皮比较厚，遇上难缠的、不专业的，能搁下面子把人磨得没脾气。她果然没看错，这点梁均豪做不到。

梁制片找了Brett两次，请季向葵回来拍戏，没成功就放弃了。

他的解决方法居然是放慢现有的拍摄节奏。

以陈谅的速度一天拍十页八页剧本不成问题，现在因为主演大部分不在组里排不了戏，放慢到一天只拍三四页，快接近拍电影的速度了。只要不停机，消息就不会传到赵絮耳朵里，暂且得过且过。

工作人员乐得懒散没人挑明，只有陈谅无奈。

拍摄间隙，休息补妆时间也明显变长了。

溪川闲得晚上和易辙一起在房间里追《奋斗》，第二天跟陈谅聊起观剧心得："叙事节奏挺快的，剪辑师编剧能力很强，可以说剪辑救了剧。"

同时，鱼丽用上了它最擅长的营销轰炸，激烈的社会话题讨论每天占据七八个热搜，不过营造的氛围也像真金白银一样落到实处，一时间，没看过这剧的人好像在生活中跟不上流行，观众群被绑架着指数级增长。

陈谅很清醒："现在说'救'早了点，四十集以后李导盯剪，他的口味和现在大部分普通观众不一样。"

"把烂尾说得这么含蓄。"溪川笑，"不过烂尾就烂尾吧，看了四十集才烂起来，不会影响收视率大盘。"

他摇摇头："我觉得平庸，最多算过了及格线。我不会把它视为代表作。"

陈谅对作品看得很重，否则不可能为了剧作当面让季向葵下不来台，平时闹闹别扭只见他妥协，如果是严重影响拍摄，这事业狂就会较真。

溪川还是笑："拍剧都是这样的，习惯就好了。一开始全心投入，搞剧本时最有激情，慢慢地，剧组里糟心事一件接一件，心里明白多的是人拖后腿，手上在做的活已经知道单凭一个人再怎么努力，都不可能成为传奇，最后说不定连自己都泄了气，已经想着下一个，不过，下一个也一样。"

"你有点悲观。"陈谅跟着扯扯嘴角，"没开始就这么丧，后面电影怎么合作啊？你都不看好。剧本看过了吗？"

"就是看了剧本才不看好。"

陈谅有点意外："怎么呢？我觉得挺好，剧情已经很完整，感觉不需要太大改动。"

"我的戏不好看。"

"你没什么戏啊。"

"所以说……"她挑了挑眉，没往下说。

"你太要强了，不可能在每个作品里做唯一的主角，总会有主有次。"

"我没想做唯一主角，只是这'次'得太水了，作为顺次第二番位，连我都像个道具，更别提其他配角，副线支撑不了主线。归根结底，只是男主角一个人脱离背景发神经，凭什么出彩？疯出新高度吗？"

"这个电影，与其说根据现实事件改编，不如说根据新闻特稿改编。当初那篇特稿之所以触动人心，就是因为很多中年男人从其中感受到人生的无力，大家的情绪需要一个出口，能找到这个出口才是好电影。《灰鲸》要表达的重点，是一个沉默的庞然巨物、自己心中的英雄，如何被那些琐碎的生活负担和精神压力一点点拖累、侵蚀，直到同归于尽。周围的一切都是作为负担和压力而存在，把这些做得精彩纷呈就模糊了重点，让人眼花缭乱。"

"新闻特稿本身自带记者的立场和视角，电影这么偷懒？需要连立场和视角都照搬？你是要冲奖的，别告诉我你没这个想法。冲奖片无非是要挖掘一桩悲剧背后的深层矛盾，可我现在看不到深层矛盾。不是搭几个棚户，展现城中村的脏乱差就意味着社会残酷，你敢讨论的其实只剩下性别矛盾。太小儿科了，陈谅，这样的抨击软弱到像隔靴搔痒。"

"明白你的意思。"陈谅笑着吸了口烟，"但是照你的意思再往下挖……"

"所以我认为一味归咎于社会很幼稚。试试看人性矛盾，大家的情绪需要出口，可是所有人只有一个出口，就必然造成挤占倾轧。灰鲸有灰鲸的故事，藤壶也有藤壶的故事，它们不该只是一片背景。"

陈谅豁然开朗，笑眯眯做了个"有请"的手势："藤壶来说说，藤壶有什么故事。"

"反正逆来顺受不会是我的风格，这太不现代了。"

纸终究包不住火。

剧组磨洋工才五六天，梁制片就在大晚上慌慌张张跑来敲导演房门。正好溪川和易辙都在陈谅那里，和他聊电影剧本。

梁制片见易辙在，反而觉得是好事，他和赵絮地位更接近，如果能出面协调，说不定能劝住赵絮。

原来江盈一直不回剧组，可不是忙于宣传这么简单。

《奋斗》的热播给了她不少机会，有个台播新剧邀请她加入。与《奋斗》不同的是，这是个青春群戏，结构分三人支线并行。她虽然依然是二番，但已经成了女主角之一，再加上人设加成、感情戏偏重，本质上她戏份最多。而女一号只比她大一岁，不过出道早，扛过三四次台播收视，更像是用来负责对台发行和招商任务的工具。

换句话说，她能在这剧中吃到最大红利，却不用承担责任压力。天上掉馅饼的好事，是她越级上升之路上稳扎稳打的重要阶石。恐怕平台都没料到，这么快就能接到这样的橄榄枝，原计划想让她在自制网剧中磨砺一两年。

不过世事不可能十全十美，这青春群戏上周已经开机，角色原定的演员是另一位和女一号旗鼓相当的小花，同样做过台播剧女主角，因为一直在对制作方施压番位，搁置了合同迟迟没有签订，甚至用开机不进组作为要挟。正好《奋斗》的热播让制作公司看到了江盈的演技和流量，而且谁都知道，用江盈相当于上了网播价位保险，换角在一天内敲定。

因此，江盈现在正在轧戏。

《金簪》是她对外官宣过正在拍摄的新戏，轧戏传出去对剧和演员都不好，青春群戏的制作方与她的经纪人达成一致，在拍摄期间秘而不宣，甚至放出了一些

"启用新人"的传闻来障眼。外界完全不知道江盈参与了这个剧。

但圈子很小，优质项目的流转范围又广，要封锁消息可没法像网络删帖那么简单。

与赵絮相熟的投资人在汉东卫视的招商PPT中看见江盈的名字，打听清楚详情再转身告知，只用了两天时间。

眼下的现状，剧组内外没有任何人知道江盈去了哪儿，江盈也不知道赵絮已经知道自己去了哪儿。赵絮要在第二天赶来剧组，准备换角的想法只事先向梁制片一人透露，此行目的一是征求导演意见，二是了解按换角与否两种处置方式继续推进工作的难度。

"拍摄过半换主要演员，就算不担心资金，肯定也是换角麻烦更多。江盈这个角色本身谁来演不重要，最麻烦是她绝大多数戏份是和三个主角对戏，现在三个主角本来档期已经很难协调，如果要重拍江盈的戏，相当于前功尽弃，后续三个主角也不可能挤出这么长档期补拍。"

梁均豪想动员一切力量劝阻赵絮，却没料到第一步就在陈谅这儿碰了钉子。

陈谅提出的是相反意见："江盈在那个剧实际就是女主角，不可能实现轧戏而不影响两个剧的质量，如果非得影响一边，她肯定保她是女主角的戏。考虑到她很可能不再回来我们剧组，及时止损是不是更理智？"

"导演，您可不能松这个口让赵总冲动，损失怎么都避免不了，咱们关起门来说句实话，这种事不算新鲜，撑一撑也就过去了。直接换角相当于跟平台翻脸，金跃做第一个剧就搞僵平台关系，以后可就难了。更不用说第一个剧的发行都是难题，再不缺投资，最后还是要买方埋单才能回本，购片价打折，投资人脸色不会好看。一边得罪平台，一边得罪投资人，这后果我们担不起。"

梁均豪还是单纯，想不到陈谅根本不在乎金跃。

金跃的未来关他什么事？他一个立志往电影圈发展的导演，接这两个电视剧本来只是为了置换电影资源，金跃成不成一线制作公司、与不与他保持合作，不在他的考虑范围内。如果做成烂剧，倒不如让它流产，以免播出影响自己口碑。

"反正制作质量优先是我的观点，明天赵总来了我也是这么说。"

梁均豪为难地转向易辙："易总您帮着劝劝导演……"

虽然是歪打正着，但他求助易辙客观卜没错。

鱼丽的制作方向发生了变化，他们没什么筹码能和平台谈判，只能压缩制作成本沦为看人眼色吃饭的供应方。小成本剧已经不再适合溪川。

金跃如果能一炮打响，是个不错的长期合作伙伴。

易辙当然不会希望金跃和平台在起步阶段，因这么个小角色而翻脸。

他还没来得及开口，溪川已经突然插进话来："我觉得导演说得没错，我也是演员，这么缺乏职业道德的演员留不得，一个剧的水位是由短板决定的。"

梁均豪一副欲哭无泪的表情。

易辙不动声色地抬起眼睑："你不要这么理想主义，得考虑外围关系……"

溪川强硬地打断："都考虑外围，核心不重要吗？把质量核心抽走，这个剧剩下什么？一堆不尊重市场的买卖关系、无视行业规范的人情关系，最后用营销造出虚假繁荣掩盖腐朽，是你们的职业目标？"

"我的职业目标是提高商品溢价，不管它本身值不值。"易辙慢条斯理，往梁均豪方向递去眼神示意，"这也是制片工作的重要环节。"

溪川顿时冷了脸："我在你眼里就是商品？"

"你不要偷换概念。"

"你现在眼里除了钱还剩下什么？"

"没钱哪来你的今天？"

溪川转身就走，还用摔门声强化了戏剧效果。

屋里另两人许久不敢出声，特别是梁均豪。大明星都有脾气，和经纪人吵架司空见惯，但溪川进组以来低调温和让他们放松了警惕，这场架吵得又突然，似乎是急转直下升级成人身攻击，一点让人插话圆场的余地都没有。

沉默，室内烟雾缭绕。

易辙勉为其难道："我去看看。"

"对对对，赶紧看看去。"解铃还须系铃人，梁均豪如释重负，马上恭送。

陈谅还不忘拍摄，嘱咐道："别闹得哭哭啼啼，肿眼睛影响明天接戏。"

易辙回到溪川房里把门反锁，蹙眉进了内间，十分严肃："演技能不能收一收？"

她从床上歪过头，很紧张："假吗？穿帮了？"

虚张声势她在行，但在熟悉的导演面前演戏心里还是有点发怵。

"没有，吵得人真实。"他故作深沉地捂住胸口，"心脏会痛。"

不出意料被飞来的枕头砸了一下。

[57] 协商

易辙的立场其实和梁均豪、陈谅相比要复杂得多，他既要保护好金跃这个长期伙伴，又得维持好与陈谅这种未来名导的友谊。将来在溪川的事业版图上，台播大剧和院线电影都有着不轻的分量。

他今晚才刚从梁均豪处得知江盈轧戏将被处理的消息，当下就被扯着站队表态，溪川怕他思考不充分陷入被动局面，因此故意挑事，带人离场。

易辙很清楚她的意图，无论她选哪一边，他都会站另一边。

在外人看来，溪川和易辙应是一体的，今晚双方争吵，说明内部意见没有统一，明天选哪一边都情有可原，多了一晚上能商量。

"明天赵絮来了你打算怎么办？"

他在她身边坐下，顺势拉起她的手："大方向是保这个剧，你付出了很多，这对你来说太重要了。赵絮是个聪明人，不会希望第一炮就成了哑炮。换掉江盈应该是最后的选择。"

"但是？"

"但是江盈那个青春剧不可能永远秘而不宣，一旦让外界知道它的存在，轧戏就成了不争的事实，用替身抠图也瞒不住，这会使赵絮做质量标杆的初衷化为泡影。一个主角轧戏、抠图完成的剧，再怎么营销也不能打出良心剧的牌。"

"不仅得说服赵絮留下江盈，还得说服江盈老实回来把戏拍完。"她总结道。

易辙核对了一遍顺场景表："江盈的戏还剩下一百多场，按前两个礼拜陈导的删改方式，估计能精简到五十场左右，如果能做到所有主演在组里这种理想情况，考虑场地和天气，集中拍摄半个月能完成。"

溪川一边认真听，一边摩挲自己的指甲玩。

"首先陈谅就不会愿意配合，他今晚态度已经很明确，对轧戏的演员强烈反感。"

"赵絮能压得住他。"

"那赵絮自己得立场坚定。"溪川有些担忧，虽然出品人能压制导演，但赵絮心高气傲又一直想做精品剧，让她来给导演施压，为轧戏演员开绿色通道，她自己心里那关都过不去。

"这你不用担心。"

她猜他应该已经有了对策，具体商谈细节没必要追问，那么就切入下一议题："要主演都在组里，最难的还是黎月行。季向葵这几天只是和陈谅置气……"

易辙插嘴道："《奋斗》热播她心里本来就不爽。"

"一阵子的事。之前的事件对她有影响，季向葵最近接不到太顶级的影视资源，她会珍惜这次机会。但是黎月行麻烦多了。"她喃喃自语，"他和江盈要是真的……那还有点转机。"

易辙笑着揉她晃神的脸："从哪儿听来的八卦？"

"亚建说的，而且你进组第一天，不也听见黎月行房间有人吗？"

"江盈？感觉不像。"

她不服气："有天晚上我一出房间，正好江盈也从房间出来，可她突然脸色煞白掉头回去了。我还以为她对我有意见，仔细想想才悟到，她是不好解释走出来的方向。正常出门是往电梯那边去，她却往另一边来，这个方向只有我和黎月行的房间。"

"就你精。"他并没有太过惊讶，平静地笑了笑，"不过就算是她，剧组情侣也不能当真，出了组谁记得谁。"

"你这个人！要相信爱情！"

易辙被她逗乐："相信啊，只是不寄希望。黎月行……还是得想想有什么实际利益给他。"

"也是，江盈配不配合还要打个问号。"她想想也泄气，侧身躺在他腿上，"指望她绑定黎月行不切实际。"

"要真能绑定，经纪公司做梦都会笑出声。"

"是不是每个经纪人都做过旗下艺人和顶流恋爱，被带飞资源的美梦？"

"我就没有。"

"你想占为己有啊。"

"但就算是翁唯语，我也不希望她现在去恋爱。"

"你吃着碗里的瞧着锅里的。"

"怎么可能。"他笑笑把她揽过来，"只是觉得事业没打好基础就三心二意，多少会影响发展的。我倒是存了私心，希望江盈能因为这件事受点挫折，她上了这个台阶，翁唯语以后会很难与之竞争。"

这边正闲聊，忽然听见通告单从门缝下塞进来的声音。

易辙起身下床去捡，扫了两眼："季向葵回来了？明天加了三场她的戏。"

溪川愣了愣，转而笑："陈谅通风报信了吧。"

知道赵絮这次进组火冒三丈，她也不敢造次，平时当天返回都要扯皮，今天连夜赶回来，还主动要求安排明天的戏，真够拼的。

下午太阳快落山时赵絮到了剧组，要开会导演得在场，来早了他没收工。

陈谅回到酒店直奔统筹办公室，赵絮在那里等他。

电梯门一开，看见梁均豪和易辙站在楼道窗口前抽烟聊天，陈谅诧异："怎么不进去？"

梁制片把烟掐灭："这不等你一起吗？"

进门后各找沙发坐下。赵絮一个人靠着办公桌面向外站，是判官的架势。

陈谅开门见山："昨天我跟梁制片已经表达过，我不信江盈能从那边女主角戏中抽出档期，我们不要天真，越早换演员越早止损。"

赵絮暂时不让人与江盈的团队沟通，在内部意见未统一前贸然打草惊蛇，不过梁制片昨晚又催了一次江盈回组。

"她团队态度倒是很好，我觉得可以沟通，只要再让他们挤出一周时间，把正面有台词的场景拍完，其余用替身顶一顶，不是拍不完的。"

陈谅冷笑一声："那这条剧情线算是废了。"

梁制片赔笑道："本来也不是主线。"

"这么说不如干脆剪光这条线。"

"片长会不够。"

"全部剪光也不过少十集。"

"陈导。"梁制片正襟危坐，"少十集，采购价可就少六到八千万。"

陈谅叹了口气，往沙发后背靠去："我不是说钱不重要，只是硬凑出这十集影响成片质量，全剧单集采购价都相应下降，多十集反而总价少两千万，这两千万还不包括延期造成的成本增加。"

"但这只是理想化地算账，不到实际结算时，谁也不能打包票少了这十集，质量就好到收视率飙升、让单集差价达到两百万。现阶段我们应该尽量保时长控制风险。"

赵絮看向一言不发的易辙："易总行业经验丰富，你怎么看？"

"我更倾向于陈导的观点。"易辙顿了顿，不顾梁均豪惊诧的目光说下去，"留着江盈，往后要协调的工作存在太多变数，制片组负担太重。"

梁制片立刻表决心领任务："那都是制片的常规工作范围。"

赵絮思索片刻，又转头问统筹："统筹有困难吗？"

"为了保险起见，至少得要江盈十天的档期，陈导也得删一些过场戏。"

"陈导？"赵絮问道。

陈谅闷闷不乐："我尽量配合。"

赵絮嘱咐梁制片："和她的团队沟通还是以友好协商为主，别太强硬。就说我还不知情，一方面起个威慑作用，另一方面免得没有回旋余地。"

"明白了。"

赵絮知道陈谅有情绪，借口留他与统筹筛选必要场景，应该是想顺顺他的脾气。

梁制片和易辙先行离开，一出门就沉不住气："昨天没能说服溪川？"

他抄着口袋不紧不慢地走着："赵总是个有主见的人，哪边强势，她反而会倒向另一边。你和陈导各有各的道理，与其僵持在风险分析上，不如往实际操作推一步。"

梁制片跟着走了好几步，回味他刚才对赵絮说的话，的确嘴上说赞同陈导，却立刻把话题引向了留住江盈后工作如何展开。

他顺手按下电梯按钮，征求易辙的意见："你认为我现在应该跟江盈摊牌揭穿她轧戏吗？"

"赵总不是说友好协商吗？这张牌先留一留。不过你可以敲打她，说'再删戏就虎头蛇尾没下文了，导演只能考虑把前面已经拍完的删掉一些'，看看能不能把她骗回来。"

"骗回来？"

"就一个小姑娘，一个小姑娘助理，你还扣不住人吗？"他进了电梯。

梁制片恍然大悟，"嘿嘿"笑着跟进电梯："我还是不够腹黑。"

赵絮只在剧组待了一晚上，发了条空景风光朋友圈，黎月行就紧赶慢赶回了组，不过他到达时赵絮已经走了。

她不能久留，也是为了伪装成普通的探班，消息封锁得严密，剧组内部只有六七个人知道江盈轧戏的事，连演员副导都以为是正常请假。

导演、统筹带着助理加班加点筛选出不得不拍的场景，万事俱备，只等梁制片去协调尽可能多的档期。

梁按照易辙出的主意在电话里施压，没想到江盈的经纪人使出了不可破的一招——寄病假条。

按照合同，江盈只要能出具三甲医院的病假条就不算违约。台面上的理由是在一次活动中江盈眼部受伤，需要时间休养，经纪公司和医院医生关系够硬，开的是长达一个月的病假，直把梁均豪气得眼冒金星。

相信她过了这个月能再开一个月，一个月又一个月直到全剧杀青，完全如陈谅所料，她根本不会回来。

"看来没法友好协商，仗着背靠平台把人当傻子耍！"梁制片平时很少发火，在统筹办公室摔了叠剧本。

因为收到病假条是下午拍摄时间，溪川和陈谅在片场。这时候只有易辙能帮着拿个主意，是否到了必须摊牌的节点。

不过中途，黎月行的执行经纪来办公室要后续五天的通告单，来了就没走，一直拉着统筹助理对剧本和顺场表。

他们不方便当着外人再和统筹讨论下去。

没等第二天找到机会，早上十点，一档娱乐自媒体节目就曝光了江盈的恋情。

女主角是江盈，男主角也是新晋选秀偶像。

粉丝们刚送他们出道，事态的严重性不仅局限于大量脱粉，连平台目前正在进行的选秀都受到了影响。

曝光视频是夜间拍摄的，清晰度很低，两位偶像的后援会只能一口咬定并非本人。

确实有些古怪，画面中男孩女孩没戴口罩，不太符合他们平时的出行习惯。

地点在KTV门口人行道上，两人卿卿我我，说话还要拉着手。路人网友倒是"吃瓜"不嫌事大，直呼甜宠偶像剧。

[58] 抢戏

梁均豪又陷入犹豫，对方团队此刻一定焦头烂额在紧急商议如何公关，这时候打电话过去，未见得能有良好收效。

易辙的建议是，不如等江盈经纪人主动联系，绯闻闹得满城风雨，已经一举推翻了受伤休养的借口，总要给个说法，说不定到时辟谣还要求剧组背书。

梁均豪等得焦灼，去统筹办公室寻求一点精神慰藉，刚到走廊，就看见统筹大姐卷着剧本百无聊赖地在散步。

"怎么了？"

统筹翻着白眼摇头："刚跟黎月行的经纪人吵了一架，没一个省油的灯。"

黎月行的经纪人只有进组和开机仪式那天来过，梁均豪猜她指的是一直跟在他身边的执行经纪，女的，短发干练寡言，没什么亲和力，但是工作一板一眼不作妖，平时倒不难说话。

想起她昨天也在这里待了一下午，当时梁均豪心里烦乱，没太注意她交涉的内容。

"顺场表有什么问题吗？"

"找碴嘛。我们剧本在电脑里每页是四十六行，通告单上的页数是按这个计算的，但印刷版剧本因为打印机排版，本来最多只能打印四十五行，他经纪人又提出要减掉分场和空行，实际平均每页三十七行，应该按三十七行算总量。"

梁均豪听得云里雾里，紧皱眉头："有什么区别？"

"同样拍十行的戏，按每页三十七行计算是零点三页，按四十六行计算是零点二页。意思就是说，通告单上写一天拍了七点五页戏，实际可能拍了八点五页，工作量太大了。"

"还真是斤斤计较。"

"对啊，本来页数也是毛估，现在连顺场表都要重做，没事找事。"

梁均豪扶额，哭笑不得："算精准点也好。"

这天上午其实没有季向葵的戏，可她主动跑去片场，美其名曰"观摩学习"，实则指望看笑话。好在今天有炸楼场面，到现场围观的跟组群演本来就比平时多，不显得她格外兴奋。

就像亚建在剧组听说过江盈和黎月行的绯闻，季向葵的助理彤彤也听说过，关起门来早八卦了一轮。

不过为了八卦，第一时间跑去片场近距离围观还是很少见的。

"难道你不好奇吗？黎月行平时那副盲目自信的样子会变成什么样？"她扯下毛巾擦干刚洗净的脸，开始一层层涂抹护肤品。

彤彤起得比她早，此时生物钟不太活跃，靠在门边一脸茫然："他挺开朗友好的啊。"

"很傲，你不会看。他和江盈交往肯定抱着'青睐你是你的福分'那种高高在上的态度，做梦都想不到江盈多的是选择。"

"真这么想也很正常啊，'咖位'差多了。"

"年纪差多了怎么不说？江盈年轻漂亮，比他小四岁，才刚起步呢。四年后成就谁高谁低谁猜得准。人的运势来了，爆红只要那么一部剧。"

"那他现在还是有资本骄傲。"

"自以为是呗。"季向葵收拾好了自己，回眸一笑，"我最喜欢看男人被打脸了。"

黎月行在演技方面很有悟性，或者说天赋，但他不是天才，比较偏表现派，要情绪的时候能轻松给出几种演法，收放自如。

偏偏今天的戏巧合得离奇，男主角从国外一事无成地回来，碰见女主角与人相约在咖啡馆里递消息，以为她有了新归宿，逡巡在店里店外观察许久，狼狈万分。

不知统筹从何得来未卜先知的灵光，前几天排戏时就预见了今日突然的风波。

这一场，咖啡店内外，男女主角都有戏，但只有女主角和别人有台词。

黎月行靠在对面门廊下，脸像浇了层冰霜，一双眼又黑又暗，有剑气，更有惹人怜爱的失落，钩子似的把人拽走。他自己设计了一个小动作，掏烟没有掏出，愈显仓皇。这个转折之后，另外半场在说些什么，连预谋暗杀剧情都无人关心了。

那边有台词，可这边有紧绷的弦。

陈谅不禁屏着呼吸紧盯监视器，心里觉得很有意思，男女主角用演技来抢戏，总给人意外惊喜。看剧本时归类为他的戏，实操时成了她的戏，剧本里她的戏，一开机又成了他的戏。

季向葵没看出抢了戏，只是冥冥中预感将来播到这里，可能又是个黎月行的名场面。这叫什么？情场失意，事业得意？丰富的人生经历助人一臂之力？

这样的表演，陈谅没什么可挑剔，按部就班走完近景特写，喊"Cut"转场。

下一场演乱世重逢，重逢不是难点，他要在街角叫住她，夹枪带棒地嘲讽几句，她听出他有所误会，却碍于任务在身不能澄清，两人不欢而散，分道扬镳。

截至这里都是感情戏，陈谅不担心，这种欲说还休的纠缠，黎月行延续本场状态不在话下，也是溪川的拿手好戏。

担心的是此后的危险场景，不仅对场面调度要求高，对演员的瞬间演技也有挑战。剧院从二楼开始爆破，位置在两人中间、双方背后。

陈谅看了四种特效的预览都不满意，最后决定实拍。

实拍风险很高，搭了七天的景只能被炸一次，必须一条过。为了画面漂亮，要木屑墙瓦飞溅，技术团队请了顶级的，能不能完全按设计实施让人忐忑。更悬的是，男女主角都只有一条避让路线，不是说群演受伤无人关心，而是即便群演擦伤也不影响后续，男女主角碰着伤要影响后续一两周拍戏。

双方团队在这种事情上都不好说话，费尽口舌才交涉成功。黎月行演过动作电影，这样的场面在电影中常见，往常的保险还没这么周全，说服他的团队反而容易点。溪川平时敬业，很少提出有什么不能做的，这次易辙咬定了不让步，非要用替身，可是镜头限制，需要她的面部特写，只有一次机会一镜到底，用不了替身。最后是溪川自己点头，他好像还因此生气，没来现场看拍摄。

陈谅能理解，本来在这方面女演员就比男演员娇贵，男演员脸上多个小伤痕，演动作片硬汉更加分，女演员留了疤，可得不到观众宽容。

这场戏对溪川的演技反而要求更高。黎月行只要听见爆破做出自然反应：震颤、回头、停顿，在烟尘中逆流追向她，除了演深情，其余都是人的本能。溪川按人设应该要演出国仇家恨先于儿女情长的决绝，她原本就在暗杀的预谋里，对爆炸会有心理准备，理想化的演法是不慌不乱，常规的身后远距离爆炸做到不慌不乱不难，这可是从爆炸现场穿过。谈什么演技？陈谅提都没提，只祈祷她在升格镜头里能维持好最基本的表情管理，讲戏时专注于反复强调行走路线，安全第一。他怕演员要记得太多，万一忙中出错。

现场气氛难以避免地紧张起来，战前没人说话，剑拔弩张的磁场互相影响，连化妆师补妆时手心都冒冷汗。

易辙扬言不来只是毫无作用的抗议，其实不可能不来。他站得很远，目光落在哪里都觉得危机四伏，脑子里一些离奇想法乱窜——看她穿的高跟鞋，鞋跟又细又长，关键时刻崴了脚走不动怎么办？

一再确认各部门准备就绪，陈谅喊"Action"的声音都不那么稳。

演员走到既定位置，爆破开始。

果然总有意外，飞溅的碎片略微超出了既定范围，有个不知成分的小东西击中拍摄远景的机器。

一股热血直冲上陈谅的脑门，他目不转睛地紧盯着溪川。她没有停顿，按计划的速度和方向顺利完成，迈进车里。所有人才松了口气。

季向葵和所有人不一样，她没看柳溪川，没看屏幕上的画面，只看了陈谅，心里有点灰溜溜的。如果那是自己的角色，如果让陈谅提心吊胆的人是自己该多好。

她本是来看黎月行吃瘪，谁知让自己窝心，早知道不来了。

停机后溪川下了车，工作人员集体欢呼鼓掌。

陈谅顾不上，他在看回放。

现实中接连两下一瞬的爆破，被慢镜拉得很长，细节被无限放大，却无懈可击。爆炸的一刻她没有回头，连本能的哆嗦都没有，走得慢而稳。无数碎片擦着她身后飞过，仿佛近在咫尺。她的眼神在顷刻间转变，从含情的苦楚中绽出勇气和快意。

直到画面停住，陈谅毛孔全部张开，心潮久久难以平静。

易辙迎上去，又不敢离得太近，克制住想抱紧她的冲动，隔着亚婕旁观化妆师帮她整理妆发，看从她头发里择出两块碎片，又加深一点体会刚才是多么凶险，胸腔突突地跳几下，如鲠在喉。

溪川根本不像镜头里那么云淡风轻，满脸劫后余生的憨笑，抓着亚婕"叽叽喳喳"地分享奇异体验："吓死我了吓死我了，声音好响好响感觉脑瓜要裂开了。"

很刺激是吧？易辙觉得心累。

黎月行先去监视器看了一遍自己的表演，可圈可点，得到了陈谅的夸赞，再看一遍溪川，受了难以言喻的冲击，不小心露出有点惨兮兮的笑，这样的对手真能激起人的好胜心，他第一次有希望这剧永远拍不完的念头。

转身走回场景里，溪川在那儿碎碎念叨"吓死了"，黎月行笑起来告诉她："可以啊，你稳得很。"

执行导演跑来确认："你们俩没事吧？有台机器坏了。"

溪川吓一跳："没拍到吗？"

"没事，有航拍呢。飞机要是都给打掉，那是核爆。"虽然有点损失，但顺利完工让人浑身舒畅，执行导演开起了玩笑。

拍摄现场气氛没这么好过。

梁制片挂了江盈经纪人的电话。对方为轧戏道了歉，解释说曝光的恋情其实是新接的青春剧正在拍戏，现在越闹越大不好收场，只能公开进组拍戏的情况，希望《金簪》剧组这边能帮着说说话，证明江盈在本组的戏已杀青，免得给孩子的演艺生涯添上污点。

和易辙猜的一样，承诺三天后做好安排，就请假回来继续拍戏。

梁制片没痛快应允，有点冷淡地以"需要和导演统一口径"缓冲了一下。这边刚挂断，片场那边的电话立刻接进来，汇报爆破戏一切顺利，他才想起今天拍摄有这样一道难关，不禁唏嘘。

有些演员在高危现场冒险，有些演员连基本的职业道德都守不了。

轧戏其实在业内很常见，并不见得是坏事。真正功底深厚的演员，特别是像黎月行这种表现派，入戏出戏只是一瞬间，只要档期协调得开，轧戏也能出好戏。可江盈显然不具备这种能力，连正常拍摄经验都少得很。

通话时统筹在一边察言观色，断了电话着急追问："怎么样？江盈说给多少天档期？"

"没说，还没讨论到。"

制片的回答让她很失望，发起了牢骚："这两年出来的新人没几个像样的，阿猫阿狗都能上电视了。长得一般般，演得就这样，还一点规矩都不懂，实力配不上野心。"

外联制片正好来统筹办公室，出了电梯就听见他们在走廊里对话，心急火燎地插进话题："江盈还不能回来？她那个学校的景只能留五天了哦。"

"学校又怎么了？"梁制片烦躁地蹙起眉。

"放暑假了，要租给培训机构。"

"别租了，我们花钱包下来。"统筹没好气地怼恿制片，"钱让江盈老板出。"

[59] 一了百了

下午四点以后没了溪川的戏。炸楼演起来倒也不累，只是精神高度紧张，事后有点脱力。回酒店后她洗完澡直接睡过去，反正剧组生活都这样，没什么规律，抽空补觉。

昏昏沉沉中被易辙摇醒，听见他的声音响在耳侧："七点多了，起来吃东西。"

这还是她进组以来，第一次行使让厨师开小灶的特权。

"让他们用应季海鲜给你煲了点粥。胃不好少吃刺激性的，这几天不拍夜戏了，咖啡也少喝。"

溪川爬起来朝着床外接过碗："不生我气啦？"

他还是冷着脸，不说话。

她热情落了空，怏怏地噘起嘴，垂眼用勺子在碗里瞎搅。

他又有点于心不忍："我觉得没必要冒险，现在还是这个观点。你这人容易头脑发热，兴趣来了什么都不管不顾。科技这么发达，什么特效做不出来？"

"你也听陈谅说了，全CG效果不好？"

"那个钻牛角尖的，你被他带偏？是，真实极限环境中，演员面部神采血色不一样，但你没发现，都是电影在挑战实拍吗？因为大银幕上才能看清这样的细节。电视机屏幕就这么大，更何况大部分人还在手机上看，根本就是吃力不讨好。"

"有这样的机会，至少可以为以后拍电影积累经验。再说主要是黎月行也同意了嘛，我不答应拍显得很矫情。"

"矫情重要还是安全重要？在这种事上攀比逞强不幼稚？"

"知道啦知道啦。"她不爱听，端着碗爬去床另一边背对他，装作认真吃饭。

过半晌，她没头没脑地来了一句："听说我死过。"

易辙正收拾被她满床乱扔的剧本，以为她在扯哪里的剧情，诧异地抬起头："什么？"

"在别的'时间线'上。"她回过头。

"什么'时间线'？"

万万没想到，他居然又没记忆了。

她喝了一大口粥，放下碗，跑去行李箱中翻出旧手机，把"时空对话"从头又

035

说一遍，然后把易辙扔一边自己看手机，进一步搞清来龙去脉。

因为高中时的她误以为"自己能活到二十七岁"是一定的，所以决定十八岁时一劳永逸代替新旬去救人，没想到连自己也能死掉。新旬拿着她的手机等了十年联系上小时候的她，才把"时间线"又变更回去。当然这些，她并没有切身的体会，就像易辙没法知道其他"时间线"上发生过什么一样。她又重新和过去的自己联系上，更新的记忆里出现了新旬救回她的这段。

换了他沉默许久，极力发散思维，最后有点困惑："我……没有印象。"

"你当然不会有印象，像这么大的改变，我会直接从你生活里消失，十七八岁就死了的我不可能还能遇见你，从来不认识我的你也会照常生活，也许认识了其他女人，也许和别人在一起。'时间线'变更回来，我又自然而然出现在你面前，在你记忆里别人就消失了，一点痕迹也不会留下。"

易辙已经没在看手机里的短信内容，她这些话让他心里不是滋味，有点急躁地把她抱过来，埋头在她颈间。

她轻轻摸他的脊背安抚。

"不过你真冷静，知道自己死了没受到很大冲击吗？"他问。

"自己死了就一了百了了呀。当然好过身边重要的人死了。"

"别这么想。"他松开她捧住脸认真说，"要珍惜自己。你才是最重要的。"

她迷迷糊糊点头："我也不会故意死的。"

讨论无常的生死好像太遥远了，他回到现实："好好吃饭。"

说起这个她又注意力偏离正轨："有没有发现最近伙食变差了？不是说今天，是这两周。你看——"她塞了一嘴，鼓着腮回过头，口齿不清道，"连你都瘦了。"

"是。每天在楼下等外卖的人越来越多。你想吃什么告诉我，我去找食材让他们做。"易辙起身继续收拾，要碰到那个旧手机时迟疑了一下，"这个手机……要不要我替你保管？"

她脸上一呆，继而弯着眼睛笑起来："你以前也这样提议……"

"如果哪天你突然消失，我发现这样一个手机，打开看了总能想办法补救。"

"以前不是这个理由。"她没心没肺地笑着，"你没有安全感啦？"

何止。溪川平静地说这些事，他听着却像锯齿在心上割，前所未有地急切地想要抓紧点什么，来之不易的一切好像很容易灰飞烟灭。

这一刻她真实地存在，近在咫尺，能够触碰，眼睫下神采奕奕。

实在难以接受没有她的可能性。

"以前你总要听《夏洛的网》，我还没什么感觉，只是偷偷不以为然，听这个有什么用？不如看几遍《死神来了》，什么血浆飞溅都见识过，不就很快免疫了。"说着他自己都笑。

溪川跟着笑，往他肩上轻飘飘地捶过去，手顺势被他牵住，没松开。

可她脸上罩着一层阴云。

"我……我还是希望新旬能活过来，你能理解我吗？"

他的眼神含情脉脉，却让她心虚得不敢直视："听说他等了十年，应该比以前更希望了吧？"

经过反复磋商，江盈轧戏的矛盾，以一致对外的方式解决了。平台没想到以此为导火索，选秀的反对声会闹得那么大，被点名警告。与谈恋爱犯众怒导致出道程序受质疑相比，轧戏只是区区小事，他们自然要避重就轻。

江盈的经纪人向对方剧组协调出十五天档期，换这边官方对外澄清"江盈的戏份已基本杀青，只待换拍摄地后补拍个别场景"，还亲自送她回剧组来。

江盈近期不敢再抛头露面，商务活动主动被动地全部取消。

"说白了，我们也是受害者。"她经纪人向制片诉苦，"明明就是拍戏，被歪曲成恋爱约会，周围都是工作人员和机器，偷拍的狗仔会不知道是拍戏吗？无非是太红了，遭人算计。"

梁制片说话不客气："一开始不轧戏，谁能算计到你？"

"不能这么绝对嘛。"她感受到制片的怨气，赔着笑脸，"我们多拍几个戏碰运气，万一哪个红了，其他剧播出时也受益啊。"

梁制片只觉得三观不合鸡同鸭讲，再论战下去毫无意义。

江盈回剧组之后日子却不好过。

几个主演感到和她缺乏共同语言，态度比较冷淡，没事尽量不产生交集，在片场看见也不打招呼，该对戏时就在戏中合作。

这本是正常相处方式，普通白领上班族也不见得非要和同一个办公室的同事做闺密。

但江盈小孩子心性，接受不了，突然倍感难熬，认为受到了排挤。

要说谁认真针对她，那只有陈谅。陈谅对她的戏丧失了创作热情，可又觉得对一个小姑娘甩脸有失身份，干脆去外地复景。

这个举动的内涵意味太明显了。

这几天为了赶江盈的戏，所有人围着她转，偏偏导演离组换B组导演来拍，从早到晚流水线一样完成任务量，摆明了不重视她。

小姑娘脆弱的玻璃心粉碎，晚上躲在房间里一边背剧本一边哭鼻子。

从参加选秀的海选开始，她就顺风顺水，一张满满胶原蛋白的青春少女脸人见人爱，有了人气又有粉丝追着吹捧，出道后有平台撑腰，出去什么工作都是被合作方哄着捧着。没人骂她，只是遭了点冷遇，就受不了了。

经纪人姐姐找理由宽慰她："你多心了，怎么可能会有人讨厌你呢？只是赶工期大家工作很忙，一天工作十三四个小时，没空停下来闲聊。我在制片办公室听说是因为外地置景出了问题，导演才赶过去救急，制片主任也一起去了，好像要推翻重造，这可是大问题，当然比常规拍戏要重要一点。"

"真的吗？"她眨眨眼睛，不太相信。

"真的。"经纪人打开笔记本电脑把她拉过来，"这是今天剧照师给你拍的照片，还没修，你看看，多好看。这么好看的妹妹谁会不喜欢？"

江盈把电脑搁在腿上一张张翻过去，还是眼泪汪汪，却已经逐渐又露出笑脸，沉浸在童话般甜蜜的梦里。

陈谅一走，季向葵也缺乏工作热情。

以往她每天早上起床的动力，就是打扮得漂漂亮亮去陈谅眼前转一圈，现在一睁眼就没劲。

她还有个毛病，收工后不能看剧本，一看就犯困，比褪黑素还催眠。

总而言之，剧组生活白天晚上都无聊。

她趴在床上自己做美甲："我发现黎月行可能移情别恋了，这两天在片场老和柳溪川眉来眼去。"

彤彤刚从服化间把给她洗的衣服搬上来，正一件件往衣橱里挂。太了解她的习惯，没跟着大惊小怪，她说她"发现"，不如说她"希望"，身边缺少戏剧化事件她就失落。其实最戏剧化的一般是她自己。

彤彤回头望她一眼："做了指甲不会影响接戏？"

"贴上去的，摘下来不就行了。"

纯粹消磨时间。

"你为什么不请几天假跟着陈导一起去？就当公费旅游。"

"他又没叫我，我自己戏还没拍完。"

彤彤替她着急："姐姐你主动点呀，现在近水楼台不抓紧机会，以后进了电影，那个柳洛川又要时不时冒出来硌硬人。"

一提柳洛川，季向葵又不高兴，把指甲一掰一扔，不玩了。

她确实听说柳洛川阴魂不散，经过上次的风波，只是不署名她是执行制片，事情还是她干。彤彤说得一点没错，进了组她又会借着工作机会往陈谅面前凑。

不能再任性跟陈谅冷战了，得想点办法。

有了斗志又来了精神。

[60] 别人的男朋友

第一次敲门声听着不太真切，溪川以为是附近其他房间有人找，隔了两分钟，又传来清脆的接连三声，停顿两三秒又三声，像暗号。

易辙果然警惕起来，眼神先一步往门的方向射过去。

"谁呀？"溪川缓了口气，连滚带爬跳下床，顺手裹了件外袍。

"是我，姐姐。"江盈的声音。

她感到纳闷，拉开门探出头。

小姑娘一个人站在走廊里，微笑得有点紧张："你已经睡了吗？"

不到十点，说睡了有点奇怪，本来也只是在床上玩。但她又担心说还没睡，这小朋友虎头虎脑地冲进房间。

一时僵在那里。

江盈把这瞬间的尴尬理解成疏远，顿时有点语无伦次："我们公司投资的动漫电影上映了……那个……这里是三张票……"

原来只是邀请她去看电影。可是又不太寻常，这种事如果放在以往，只需要让她的助理把票拿给溪川的助理就行。她大概真的很在意溪川会不会和她一起去。

溪川明白过来，飞快地接过票，仔细看着日期，离剧组最近的电影院："明天收工后，我们卸了妆直接从片场一起过去。"

"好呀！"江盈开心地原地跳了跳，保持着雀跃回了自己房间。

能感觉到轧戏这事和后来的舆论反响，对她的心态影响很大。在此之前，她或许并不懂轧戏不好，只是一夜之间变得炙手可热让她有点飘飘然，一听"大制作""大投资"就激动地答应公司好好迎战，以为是读书多选一门课那么简单，给自己贴的是"加倍努力"的正能量标签。但是两边不讨好，一夜之间身边的人又对她态度冷淡，也许还不止如此。

溪川下意识往黎月行的房门望一眼。

谁都能感觉到黎月行工作时不太想搭理她。

下午有场戏，江盈表现不好，别说是陈谅在一定让她过不了关，就连B组导演乔姐也难以忍受，给她细致地梳理了一遍情绪转折，什么地方是紧张的，什么地方是兴奋的，什么地方变成了失落又重新燃起希望。

可是轮到江盈排戏，比第一遍演得更差，这就是轧戏的弊端，她已经把自己代入了青春剧的状态，在那里面演天真烂漫、敢想敢做的职场新人，相当于本色出演。

黎月行见这场戏卡在她这儿，NG十来次找不到状态，只好上手指导："不要哭丧着脸，眼神都呆滞了。"

她思路有点被搅乱："导演刚才让我别笑。"

导演让她别笑是为了接戏，上一场前情是刚传来战争前线的危机消息、父母决定去香港避难，这当然不是傻笑的时候。

黎月行叹口气："让你别笑也没让你丧脸啊，你就这两个表情吗？"

江盈心里委屈，他和导演意见不一致，该听谁的？不指导还不要紧，一让她左右为难干脆变成木头美人了，眼神放空没表情。

最后乔姐觉得这戏耽误太久，下一场的群演等得不时发出噪音，即使不满意也只好勉强允许过了。

溪川在他们后一场，化好妆在车里等了一个小时，在场边又等了一个小时，眼见黎月行和江盈两人情绪糟糕，互相影响。准备转场拍摄前，本来想宽慰小姑娘几句，谁知群演因等待时间过长已经擅自跑了一大半，戏拍不成了。

乔姐在现场当着所有人面大发雷霆，骂演员副导，可人人知道怒气有七成是冲着江盈去的，江盈自己心里也有数，躲一边红着眼圈含着泪。

黎月行也够无情的，把她当空气，目不斜视地从面前经过匆匆离场。

溪川走之前拍了拍她的肩膀。

大概就是这个原因，让她觉得溪川是剧组唯一还可能和她好好相处的演员，晚上才来了送票约电影这一出。

溪川拿着票回房间把门锁上。

易辙问："有我的吗？"

她回过神笑起来："没有，就三张。"很明显只算了溪川、亚婕和另一个小助理的人头，"谈恋爱的动画片，想你也不要看吧。她可能会带助理，一大群女生出行，你去做贾宝玉？"

他招手让她回床上去，拿着票看看时间，散场要将近午夜："看完我去接你。"收好电影票，"大张旗鼓的，我还以为这么晚谁来找你。"

她脱了外衣，舒服地躺进他怀里："不知道她有没有叫季向葵。"

易辙轻笑一声："季向葵不在组里你没发现？昨天下午五点以后就没排她戏了。"

"咦？没待两天又走了？"

"陈谅不在她根本待不住。"

"那她以前怎么拍戏的。"

"我听说……道听途说，不保真哦。"他一副说来话长的调调，"李向葵之前播的那个大古装戏，不是演技突飞猛进吗？是因为那时候已经在和陈谅交往，没有住在剧组，住在附近的酒店，陈谅天天接送她去片场，拿着剧本一句一句教她怎么演。统筹组晚上出门闲逛经常看见，有时怀疑他是司机，有时怀疑他是表演老师。后来陈谅的电影上映了才知道他是导演。"

溪川现在好像对陈谅、季向葵的关系已经良好接受了，反而感慨："啧啧，看别人的男朋友。"

"看什么？"易辙侧过脸挑起眉，"我也陪你对过戏啊。"

"那叫对戏吗？你就站一边念词，人家导演会教戏。"

"谁不会教戏？"易辙从她枕边把电影剧本顺过来，随便翻一页，"就这个了，'她脱下睡裙，将他的手抚过自己的腰直到胸口，摆出柔软的姿势'，脱吧。"

"讨厌。"她笑着打人。

"你这样不柔软。"他故作严肃，"像相扑运动员，认真演啊，笑什么笑。"

"你压到我腿了，过去点。"

他的一只手按剧情内容放着，另一只手拿着剧本照读角色台词："'你不想离婚吗？''这是我最后一次和你在一起'……这谁的戏？男二号吗？"

"嗯。"

他不禁蹙起眉，腾出手翻了页："这是陈谅加的戏？上一版剧本没有吧。"

"嗯。"

"怎么能因为自己被'绿'，就让男主也被'绿'？导演这样的思想不危险吗？"

她躲在底下咯咯笑："不危险。"

易辙又往下看了几行，不受控地爆了句粗口，把剧本往旁边一扔："这段你不能拍。"

她明知故问："干吗啊？"

"我肯定要弄死男二号。"他把她从床上捞起来，扶正她的脸威胁道，光是侵略性的眼神就让人脸红心跳。

陈谅本是为了躲避江盈才找借口去复景，不承想这边真的出了大漏洞，一共两个棚，同时施工的有七个场景，其中两个大景和开机前美术设计出的图纸不沾边。

照片上看起来已经觉得不对劲，到现场后他气得差点脑出血："不是反复强调一定要中国风吗？这一看就是日本风啊。"

"不是正好抗日吗？"置景组长晕头晕脑地狡辩，被美术指导瞪了一眼。

陈谅觉得额头上血管在跳："这不是日本人住的地方啊，是男主角家的老宅，我军的地下联络站啊。"

美术指导急忙打圆场："不不不，这不是日本风。施工还没完，等漆工上了漆就好了，没有那么多颜色。"

陈谅舔舔嘴唇，满脸的"你在逗我"，明眼人都能看出来风格和颜色没有直接联系，颜色单调也是个简约日本风。

"停停停，别施工了，这肯定要推倒重来的。"

制片主任吓得脸色骤变："导演，只有六天了，还有六天就要转场过来拍摄，这可不能重来。"

"那你说怎么办？让我在这种景里拍？"

没人说得出能怎么办。

回酒店会议室开了四小时的会，主题反而变成集体说服导演，将就着把景用下去。置景组长非说那不是日本风，只是机关太多显得像。制片主任则一味地提醒超预算和工期不够的现实。到最后陈谅不想说话，不知道该说什么。

到了饭点，他也不想跟他们一块儿吃盒饭，一个人晃到街上，就近找了个人少的酒吧生闷气。

坐了有一两个小时，身边传来轻快的女声对酒保说："一杯Martini，给他续一杯。"

陈谅转过头，并不觉得惊喜，冷淡道："我不想续。"

"听我的。"季向葵坐在右边的高脚椅上冲他眨眨眼。

她化了个挺美艳的妆，让人耳目一新。

平时她走裸妆清纯路线，这样一捯饬，大明星的范儿出来了。

陈谅条件反射地回头四下看看，有没有狗仔跟着、有没有被人认出来，好在酒吧里光线暗。

她笑出声，娇媚地撑着脸："我们不是公开了吗？"

他想了想，有道理，现在被拍不会有什么影响。

"听说你对景不满意？"

酒保把酒上过来，他只是埋头喝，并不想和她聊天。她这样穷追不舍更让人觉得一刻也不能喘息。

季向葵用手肘推推他："给我看看，搭成什么样了？"

陈谅滑开手机锁屏，打开相册放她面前让她自己看。

"是觉得像日本房子吗？"

她一语中的不怎么让人意外，来之前肯定有人告诉了她。

"木质的东西太多了，现在没上漆，都是原木色，所以更显得没质感。"

又是上不上漆的论调，陈谅忍不住反驳："上漆不能解决问题。"

"黑色的做旧一点呢？"她好像在认真出谋划策，"另外再添一些仿石砖的东西，一个有年代的大宅空间得高耸拥挤，不该是这种横向开阔的。要有井、石桌、石凳、青瓦、青苔……"

陈谅逐渐听进去，觉得似乎看见转机，能想象出在这基础上做些改造的样貌，也不用推倒重造。

"总之石头的东西应该比木头的更多，这一个长廊可以上面搭个架子，弄点乱蓬蓬的爬山虎或紫藤花，下面种点杂草，拍的时候带着景深会有荒凉沉重的感觉。他们家不是很多年前就住到上海洋房了吗？这老宅显得太干净了。"

"对。"陈谅接过手机，抿了口酒，美术方面最怕到处空空荡荡干干净净，要乱得有设计才是难点。

"我看，置景方面被吃了钱。"

"嗯？"陈谅没想到话题会往这方向转。

"你没装修过房子吗？"

陈谅挠挠头："我买的样板房。"

"框架简约的日式性冷淡风最便宜了，中国风很花钱的。"她点点手机，"和当初的效果图整体外观没什么差，明显是偷工减料造成的。"

"是吗？"

"他们现在统一战线来对付你，说你吹毛求疵逼你妥协，肯定都捞了不少。你得好好跟梁均豪合计一下了，他第一次带大组没经验，被这些人耍得团团转。演员那边也控不住。"

"演员出什么问题了？"

"你不在这些天，经常群演提早走群戏被取消，我让彤彤找群演打听了一下，给他们的钱比市场价少，超时费没有发，人家当然到点要走。可我看梁均豪不像会克扣超时费的人，很可能报给剧组的钱是支出了的，中间有蛀虫。你得让他查查账了。"

不奇怪，人情世故方面季向葵一向比他懂得多，待过的剧组也比他多。

陈谅把杯里剩的酒一饮而尽，拔腿就走，走出两步才意识到扔她在这里不太厚道，停下来催促："喝好了吗？我得去跟制片打电话。"

季向葵深深吸气，鼻孔出气，心想自己怎么会喜欢这么个人。

可他等在一边盯着她，让她不得不加快速度把酒喝完。

第七话

Summer Fantasy

· 此一时彼一时

[61] 私心

他这个人在某些细节上很绅士，比如出店时总是记得帮你撑着门，女士优先。但这些绅士的表现又很表面形式化，没有行为标准指南的时候能做得出人意料地糟糕。

出了酒吧，陈谅回酒店一边牵着季向葵走，一边给梁制片打电话。她本来穿着高跟鞋要跟上他的步速就吃力，途中鞋跟还被不平整的路面卡了两次，全过程完全称得上是拖行，最气人的是到了酒店楼下，快进电梯时他才挂断电话回过身问："我是不是走太快了？"

季向葵挤出笑容，摆出点摇晃的醉态："没有。是我刚才喝得太急，有点晕了。"

算他间接造成的。

陈谅不太好意思，扶过她的手肘把她拉进电梯："我送你回去，几楼？"

"九……九〇……"她蹙眉迟疑半晌，扶额笑起来，"我忘了，我看看。"说着掏出房卡正反面来回看。

看样子醉得不轻。

陈谅把房卡接过去刷了电梯。感觉她平时酒量不止这么点，也许真是喝得急了。

"你该不会没吃晚饭？"

她眼神迷离，表情茫然。

看来是没吃，空胃喝酒。陈谅无奈地一手拎着她一手摸出手机："给你叫个外卖。"

把她送回房间扔在沙发上，他忙着清洗水壶给她烧开水。

她没有睡着，视线跟着他转来转去，人走到哪里，哪里就响起一阵"乒乒乒乓"声，显得房间里愈加安静。各方面迹象都表明这不是个温柔细心的人，不过没关系，她又不想过柴米油盐的居家生活。

正出神，他走近了弯腰递过一杯兑好的温水："喝一点。"

她坐起来，一点不信任他试过的温度，小心吹气试着不烫才喝了几大口。

她垂眼盯着杯里的水面："他们背后说你脾气坏难相处，他们不了解真实的你。"

陈谅愣了愣，宠溺地帮她一理睡乱的头发："说话都大舌头。"他看看手机站起身，"外卖不能送上来，我下去接。"

这个人看着粗枝大叶，到底是搞创作的，在精神上的要求比一般男人高一点。"别人不了解你"这种话，他很受用。

每个人都感觉自己有不为人知的真我，没有的多说几次就有了，像星座指南一样时不时来两句，他就会觉得只有她体己。

她其实半点没醉，只是"酒后真言"这种套路，他很受用。

陈谅从楼下拿了外卖上来，一盒盒拆开放在她面前茶几上："有饭有面有点心，你饿了挑着吃。我在这儿打电话影响你休息，先走了。你一个人能行吧？"

她像小猫一样乖顺地躺着，抱住抱枕点点头。

他反而添了点牵挂，把自己的房号写在电话座机旁的便签上，嘱咐她有事拨电话后，带上门出去了。

季向葵没缠他，倒不算什么心机。她坐了好几个小时高铁加好几个小时汽车，踩高跟鞋出去找他又被"拖行"回来，实在累了。再看他心思全悬在工作上，应该也没别的兴致。她跑来找他已经把姿态放得很低，怎么能倒贴到床上去，太一厢情愿反而吃力不讨好。

等陈谅一走，她跳上床拨通服务台电话，叫了个上门足疗。

男人不能惯着，要让他们惯着你，这条真理迄今尚未出现反例。他留下的房间号不能浪费，早上六点半她打了求助电话："好像喝的酒不太好，头疼死了，你那儿有药吗？"

陈谅当然没有，立刻起床跑药店给她买，还乐在其中，颇有点英雄救美的自豪。给他英雄救美的机会也讲技巧，不能难度太大，难度太大他做不到还要恼羞成怒，像这种鸡毛蒜皮又磨人的跑腿活儿最适合他了。

梁制片挂了陈谅的电话去到财务室对账，置景之前审得不严，已经说不清是铺张浪费还是有人中饱私囊，总之，制片主任没做好工作。演员副导倒是证据确凿虚报了账目，每天的超时费在照常支出，按季向葵的说法，群演却没有领到。

他连夜跟赵絮通电话汇报，把制片主任和演员副导换了。施工过半又在赶工期，置景组不好全换，公司另外派了监制进组，监督赶工的同时把控好每一项支出审价，这边能开的口子就不大了。

置景组长有点情绪，在修改装饰方案上频繁找碴抱怨，但制片主任说换就换起了敲山震虎的作用，他不想拿不到后续款，终究没闹起大风大浪。

季向葵和陈谅一起回组，到了高铁商务座候机厅里才听说全部变动，心里"咯噔"一下："连演员副导也换了？"

陈谅诧异地看着她："有什么问题？"

她紧锁眉头："后患会比较多。"

梁均豪还是经验少，剧组是个人情社会，人情关系盘根错节，进来干活的人没有不拉帮结派的。他把做工的人换了，再来一批人接手剩下的一半的工作，这没什么问题。可是把挑人上镜的人换了，上过镜的人要跟着走，再来一批又不能克隆出一模一样的脸去演剩一半的戏。

陈谅没意识到危机，看着她笑："你认真起来好像我妈。"

季向葵一副无话可说的表情。

"我妈又没有不好。她很能干的，八面玲珑，风风火火，思想比我前卫。你要是见了，说不定可以跟她做好姐妹。"

她在心里暗暗"呵呵"，这么多优点陈谅一个没遗传到："你像你爸吧？"

"不像，我爸也强势，所以他俩见面就斗个没完。我跟你还好吧，我都让着你。"

她笑而不语。

很少听他提他的家庭情况，只知道他爸在河北工作，他妈在广东工作，地理上两地分居，一家三口不算亲密，各过各的。

她家就戏剧化多了，早年父亲婚外情出轨第三者和母亲离婚，闹得满城风雨。父亲和小三结婚至今已经十余年，母亲等她上大学也再婚了。她被判给母亲，过了几年清苦日子，进社会后依靠的人脉主要还是仰仗父亲。

这些情况陈谅了解，猜测她因为家庭破裂有个不幸的少女时期，很能激起他的保护欲。

其实她自己感觉平平，只从中得到一个教训：千万不能变成像母亲这样坐以待毙的女人。

回剧组后，麻烦事果然如季向葵所料，纷至沓来。

跟组演员中有一大半是演员副导所属选角团队的关系户，许多人为了表忠心借机找合同漏洞要求离组。

他们这些人工资不高，一个月四到五千，一个戏拍半年，收入不过两三万，刚够解决温饱问题，在一个剧组表现再好也就这个价，抱紧选角团队的大腿才能做到无缝衔接进组。

梁制片一刀切一时爽，解决跟组演员大换血又前前后后耗了一礼拜，好不容易把风波平息。

其他演员变脸影响不大，演男女主角司机的两个大叔换人有点棘手，前序情节中出镜频率太高，还自带一点幽默剧情。

陈谅只能想尽办法躲两张脸，镜头还是一不留神会带到，工作进度赶不上来。

遇上动作戏，柳溪川也不让人省心。

陈谅不知道她是怎么做到的，但凡跑个步跳个台阶，总是远看像同手同脚，仔细看又不是，肢体不协调却找不出毛病在哪儿。

他把耳机一扔，把经纪人叫过来看回放，指着监视器质问："你说这是怎么回事？"

易辙说："太疲劳了。"

陈谅气得想人身攻击："给她接运动品牌代言是不是得倒贴钱？"

场记在后面"扑哧"一声笑出来，陈谅正好扭头喊他："让演员副导叫替身准备好。"

拍摄停下来，溪川被带去化妆室换后一场的服化。

等替身的间隙，易辙给陈谅递了支烟："她不擅长这个，动作戏给她少安排一点，扬长避短，大家都省事。"末了他补充道，"电影也是。"

陈谅诧异了："电影她没动作戏啊。"

"我看剧本里加了几场，和男二号的。"

陈谅吸了口烟，反应过来："你说亲热戏啊。她自己要加的。"

易辙惊讶地挑着眉："是吗？"

"她说希望她的角色能改得更有自主意识，我琢磨着，有自主意识的人婚姻不幸肯定想着离婚，你说呢？"

原来是这样一种考虑，易辙觉得不方便干预创作："这样啊……你和她商量着定吧。就是控制一下尺度。"

"那还差得远呢。"陈谅笑他大惊小怪。

"男演员定了吗？"

"男主角就那三四个影帝中间转，等剧本定了让他们挑。男二号我还在想，本来觉得黎月行不错，演过黑帮，又有张力，其实编剧写第一稿脑子里就是他在《走火》里的形象，但他不肯接男二号。"烟雾从他眼前掠过去，显得很忧郁，喃喃自语道，"得找个新人，啧，不好找。最近出来的都是暖男、温柔派、弟弟型，硬汉一点的又不够帅……陶沙怎么样？"他回头问场记。

场记一边撇嘴一边疯狂摇头。

"郭俊呢？"这话他是仰起头直接盯着易辙问的。

易辙像被人当头敲了一闷棍，他很高兴导演能想到让郭俊进电影，但郭俊那德行，视线范围里出现溪川，容易激发他的精神病基因，更何况还有这种戏，再怎么控制尺度，从亲吻到搂抱不可能少。很危险，很恐怖。

偏偏场记在一边没心没肺地击掌："郭俊好啊！"

易辙整个人不好了。

"郭俊他……呃……没档期。"

[62] 江湖再见

"没档期啊……"陈谅略带遗憾地重复了一遍，"可惜了。合适的演员本来就不多，没文化的演不了。"

副导演听见笑着插进话来："谁没有文化了？"

"现在的演员啊，大部分都没有，所以只能演暖男，酷不起来。"陈谅开始散播他的歪理邪说，"你想啊，他们从小不好好学习，没文化，让人看不起惯了，哪儿来自信？所以让他们演酷，一个个装成面瘫呗，根本没体会过被别人崇拜仰慕，那种胸有成竹的感觉。到二十好几了才凭脸混口饭吃，有了点粉丝，又过度膨胀，那不叫自信。像三代贵族和暴发户的区别，自信也是种财富。"

副导知道剧情，故意拆台打趣："不就演个水产市场混混吗？怎么还要求胸有成竹了？"

"混混也要胸有成竹，才能混出头啊，你把这些演员丢到水产市场去，他只能卖个鱼，说不定碰到强势的老阿姨，还要被对半砍价。气场懂吗？气场。"陈谅边笑边说，边说边再次看了眼易辙，捡回刚才的话题，"本来觉得……"

易辙摸不清他欲言又止是什么意思，没接话，静待下文。

陈谅前倾过来压低声音，一副神神秘秘的样子："他们真不是一对？"

易辙迟钝了两秒："谁？"

"郭俊和……那个。"陈谅用擎着烟的那只手胡乱示意了一下溪川离开的方向，好像讨论别人八卦有失他身份似的。

易辙没什么表情，慢吞吞反问："你觉得像吗？"

"我觉得……"陈谅明白了他的意思，扭头冲副导演嚷，"我就说'不是'吧，你非跟我说'是'。"

"什么我说是？明明……"副导一看易辙转头递来的眼神，立刻反应过来，不能让导演没面子，"对对对，我猜错了。对不住。"

陈谅悟到自己是踩了雷,不管溪川和郭俊有没有点什么,反正易辙不待见郭俊。和外界传闻对上了,他们YXC内斗很严重。郭俊肯定是易珂那边的人,难怪和溪川没进过同一个剧组。

半是打圆场,他又随口提了两个其他男演员和副导一起讨论,话题算糊弄过去了。

易辙心里还觉得有点悬,希望陈谅别对郭俊太执着,把提议提到溪川面前去。溪川虽然不会怪自己知情不报,但她心软,有好资源不会想郭俊错过,到时候说服她又要费周折。

他倒不是吃醋,郭俊这家伙发起神经来谁都控制不住,也会影响她正常工作。

这绝不是吃醋。

到了周末,江盈的戏份快赶完了,准备离组。

溪川怕最后这些天的剧组气氛给小姑娘留下心理阴影,也为了答谢她上次送的电影票,出面请大家去唱歌,给她送行。

工作人员对江盈没什么意见,她折腾点事拖拖工期,大家还能拿超期费。关键是陈谅,江盈在乎的也是陈谅。

陈谅是溪川亲自去请的,为了避嫌,大晚上两人站走廊里较量。

"我不去。我拍戏躲着她,你没看出来吗?"

"你跟小孩子较什么劲?她这么小,要接什么戏又不是她能决定的。你甩脸只有她看得见,真正拍板的人又看不见,她在你这儿受了气,也不可能敢告诉老板。弄得小女孩天天灰溜溜算什么本事?有本事你去揍她老板啊。"

"我不能开这个口子你懂吗?这是态度问题,她不认真对待工作,我还对她笑脸相迎,那我不成了助长这些不良风气的人吗?"

"谁会这么上纲上线天天盯着你,检查你的态度问题?"溪川白他一眼,小声嘟囔,"再说了,你自己没有不良风气?刚进组了为季向葵那张脸可劲折腾我们,没少耽误拍摄吧。"

陈谅被打中七寸,噎得说不出话,叉着腰沉默半晌。

"我让季向葵去。"他说。

"季向葵去管什么用啊,又不是季向葵给人脸色看了。人家孩子要走,好歹让人松口气吧。"

"我去接季向葵,点个卯就走。"陈谅咬咬牙,好像做出了极大让步,甩出严正声明,"我是不会参与唱歌的。"

溪川达到目的了,临走用眼角睨他:"你就是跑调,不敢唱。"

"谁跑调?你不要信口开河乱传谣,我跟你说,我是导演里面唱歌最好的,我还会唱美声……"好斗分子的叫嚣声一直追到电梯口。

出于这个原因，陈谅第二天一进包间就被梁制片逮住不放了："来来来导演唱一首，唱首歌再走，导演会唱美声。"

众所周知，酒店隔音效果不太好。

说是唱歌，男人们一多又闹起了酒，抽烟的也不少，包厢里乌烟瘴气吵吵嚷嚷。

溪川借着闪花眼的镭射灯光东张西望，没看见中心人物江盈。

她觉得奇怪，出门去寻，易辙见她起身想跟过去，被她摆手劝退了。

江盈没走远，在包厢外的走廊转弯处一个人徘徊，一抬头看见溪川居然又有点惊慌失措。

溪川向她走过去："你不进去吗？"

"我……不了……我在这里透口气。"

可她神色忐忑不安，不像出来透气放松的样子。

"你在等人？黎月行？我帮你叫？"脑海里最后残留的印象，他好像坐在易辙那群人中间一起喝啤酒。

"不用不用。"江盈手忙脚乱地搋住她，有些讨好又有些尴尬地笑笑，"我没有故意在等，我也没什么特别的话要说，我、我就是随便晃晃。"

哦……完蛋。

溪川瞬间明白过来，黎月行房间里那个声音不是江盈，但江盈真喜欢黎月行，最后一天在剧组，她想找机会告白。

挺……小女生的，可黎月行显然不是纯情到陪她玩心跳回忆的那种人。

江盈无缝衔接地出组进组，后面那个青春剧可能是她事业的重要里程碑，这时候节外生枝不是好事。

溪川往包厢的方向回望一眼，拉着她往前走了一段，找了个空包厢进去坐下说话。

"你喜欢黎月行？"

她没肯定也没否定，垂着眼，倒是比刚才稍稍冷静，却好像聚焦不了视线。

"喜欢也不要现在说。现在的情况你也感受到了。你这次只是误传了绯闻就闹得这么大，出事后公司也不是无条件护着你，利益面前会有取舍。他比你更清醒，不可能在上升期搁下事业陷入恋情。"

"我知道，我没想要一个什么结果，只是觉得明天就离组了，以后不一定有合作机会……"

"你要谈感情，至少先赢得尊重。轧戏之后他态度冷淡这么多，你就应该懂了，有事业心的人只会尊重有事业心的人。"

江盈沉默着点点头。

"你现在没有恋爱的资本，再过几年吧，等你的男孩粉丝不再只把你幻想成女朋友，女孩粉丝不再担心你一恋爱事业就化为泡影。好好工作，让大家见过你可爱容貌之外的实力，那时候再说。你看葵姐姐，她现在宣布恋情就没人反对，扛得住收视的女一号，谁能否定她交了男友就不能扛收视了？"

小姑娘听进了道理，却免不了丧气："再过几年他都不记得我了。"

"所以要一直红，越来越红，不记得《金簪》剧组的你，但不能不认识一线明星的你。等将来再见时，让他看见更闪闪发光的你，不好吗？反而你卑微地追着他，更容易被忘记，要站得够高才不会被随便抛弃，事业伙伴、工作、感情都是如此。"

"可是我演技不像他那么好。"

"天赋是一部分因素，可演戏是个技术工种，练习和经验更重要。你很幸运，手上不缺本子，用心多演几个剧肯定会一直进步的。不过以后别轧戏了，能力还不够就一心二用，可能两件事都做不好。"

她坐在这里说这些话，才有种真切的"时空对话"的感觉。

主观上她其实希望有这么个人，能把道理讲给过去的自己听。

波伏娃在《第二性》里说："男人的极大幸运在于，他不论在成年还是在小时候，必须踏上一条极为艰苦的道路，不过这是一条最可靠的道路；女人的不幸则在于被几乎不可抗拒的诱惑包围着；她不被要求奋发向上，只被鼓励滑下去到达极乐。当她发觉自己被海市蜃楼愚弄时，已经为时太晚，她的力量在失败的冒险中已被耗尽。"

她曾经无数次在事后幻想过，有个人能回去每一个分岔路口，告诉自己该怎么走，别受感情旋涡的诱惑，别受流言蜚语的影响，别停下脚步，要保持前行的速度。可是没有。

她并非对现实不满意，而是对自己厌弃，为什么这么笨，懂得这么慢？

也许正是因为这份执念太深重，她才有了那个手机。

江盈虽然不能完全与她感同身受，但已经体会到她的好意。

回包厢时，季向葵正在唱一首慢歌，周围闹酒的人安静了点，歌词里有"爱""缘分"和"舍不得"，对江盈来说很应景。

溪川坐下后遥望她，她听得痴痴迷迷，眼睫亮闪闪，装作不经意地往黎月行的方向扫几眼，每次都很快移开目光。

半首歌结束，有人见江盈进来，吆喝着："小盈还没唱过，小盈来个专业的！"

她又恢复了平日的灵动，跳到点播机旁边去选歌。

屏幕上歌名一出现，全场哗然，乔姐带头揶揄："怎么唱这么老的歌啊？是你这年纪唱的吗？我那个年代都不听这个。"

"我妈妈听啊。"江盈接过麦克风跑上前去。

易辙先前看见溪川和江盈一起进门，这会儿又听小姑娘感慨万分地在唱"经过多少失败，经过多少等待，告诉自己要忍耐"，暗自发笑，往她身边挪去，凑近耳畔小声问："你又给小女孩洗脑了？"

什么洗脑？说得这么难听。

她转过脸想回嘴，感觉到他刚放下冰啤酒瓶的那只手搭上自己的后腰，被冷得一激灵。

他好像是故意的，微笑着看她，调整了坐姿靠得更近点，循循善诱："回去吧，这里很无聊。"

"回去更无聊。"

"我让你不无聊。"

"你也想被洗脑？"她支着脸回过头来笑问。

"嗯。"他肯定喝多了点，不分场合地在背后用手指蹭着她的腰线。她敏感怕痒，被撩得往旁边躲，心里大呼不妙，得赶紧把他带走。

起身的刹那她有些失神，听见不远处季向葵的声音传过来："那我们先走了，明天见！小盈，江湖再见！"

溪川不想和他们同行回酒店，又下意识地坐回沙发，不小心撞在易辙身上。

"嗯？"

他好奇她怎么又坐下，却看着她笑："没想到这么远的路……"

这么远的路，曾经熟悉的花一样的女孩们都已消失不见。

到今天只剩下自己和季向葵。

[63] 此一时彼一时

季向葵和陈谅一起散步回酒店。因为喝了酒有些兴奋，陈谅又恢复了以往的热络，从出门开始就习惯性地牵着她，也没走太快。

季向葵见气氛不错，顺势提了接片的事："有两个成本不高的电影找我，你帮我看看能不能接。"

"有剧本了吗？"

"有，我发你，"她说着慢下脚步操作手机，从微信里传文件，"下个月就开机了。不过没关系吧？两个月能拍完。《灰鲸》我是配角，肯定不需要一开机就进组。"

陈谅想了想，不至于互相影响，又问："什么题材？"

"一个IP改编的爱情片，一个话剧改编的喜剧片。"

"我回去看看剧本。"他把手机收回口袋，转头问，"你不休息一阵吗？干吗把自己弄得这么忙。"

"这几年能忙一忙，过了年纪想忙都忙不起来。不像做导演，年纪越大含金量越高。"

陈谅笑笑："你要听我的真实想法？这两种电影只要排期合适，赶上节假日，票房不会太差，口碑不会太好，评分在六分到七点五分的区间内，发挥空间不大。如果你只是维持作品曝光率的目的，都是不错的选择。"

她宽容地笑起来，难得不吵架不撒娇，安安静静说说话，两人如同进入了朋友般的谈心模式。

"你是说我缺乏追求。"她一点不介意，"那我承认。我很有自知之明，我的脸不适合大银幕，我也不会骗自己能用影后级别的演技来打破形象限制。与其伸手去够遥不可及的星星，不如抓紧眼前实在的机会。读书时我从来没拿过年级第一，但保持在年级前五十名还是能帮助我上个985学校。"

985学校之间也有区别，他想。

"你更适合大型古装剧，服化能修饰脸型，表演形式化一点也不出戏。"

"我知道。但是风险很高，六十到八十集的剧，连轴转一年也就拍两个，这两个成片质量怎么样、能不能进入一线卫视古装配额、宣发力度大不大、电视台会不会乱剪，到处是陷阱。一个大古装从开机到播出前后三年，中间稍有闪失压了剧，就会出现半年空白期。如果收视率惨不忍睹，有可能直接从一线跌回二线……"

陈谅宽慰她："因为一个剧爆火，从二线直冲一线获奖封神的也不在少数。"

她摇摇头："不是打游戏，一旦掉下去心态就会变差，选剧更放不开手脚，因为害怕'咖位'一降再降，有时候宁可赋闲在家也不敢冒险接剧，慢慢地，出现一两年空白期，圈里就查无此人了，好本子考虑人选想不起你。"

"所以才说一个好的经纪人很重要。"他自然而然与她谈论起了易辙，"柳溪川两年没有作品还能再上新台阶，不是运气可以解释的。"

她知道这些道理，点头赞同。

《霜降》在柳溪川的作品中不算最好的，却拿到视后，完全归功于易辙的公关运作。另外这两年间，柳溪川的商务资源几乎没少，要不是YXC这个平台也做不到。可是YXC这么庞大的公司，鼎盛时旗下艺人数以百计，老板不一定能记全名字，能不能在内部分配到资源，也和经纪人在公司里的话语权相关。

季向葵在YXC待的时间不长，对易辙和易珂都示过好，易辙不太买账。易珂手下艺人很多，属于广撒网的类型，给过她一个剧的女一号，算是助她在影视方面崭露头角，但因为没达到他"一夜爆红"的预期，对她再没有后续投入，直到解约，她都辗转在各个YXC参与的剧里做配角。

"我的意思是，你需要这样一个为你全盘规划的人。"陈谅总结道。

她只能苦笑，要找到一个在大平台说得上话又敢为你花钱的经纪人，谈何容易。

如今她有自己的工作室，可以与Brett这样有操盘能力的资深经纪人合作。但这类经纪人大部分只想利用她现有的"咖位"名气直接转化利润，并不会再增加投入为她开拓更多可能性，所以她只能尽可能多地产出影视作品、上综艺、接广告，刷脸搞"题海战术"。

和陈谅在一起，是她给自己找的一个小"外挂"，且不提他将来有可能给自己带来电影资源，陈谅在导演中业务能力拔尖，至少能帮她在剧本上把关，这一点靠她自己可看不准。他清闲的时候能一对一教自己演戏，有个贴身导演好过任何表演老师。

不过，嘴上不能说得太功利。索取是真实，付出也不是谎言，管它真真假假，她喜欢陈谅在身边，这不是杜撰的。

她转过身，想倒退着面对他说，却又觉得太肉麻不好意思，继续往前走着，声音从前往后漏过来："那种人可遇而不可求啦，我不指望那么好运，全世界能有几个人像你这样一心向着我？"

陈谅像被塞了颗定心丸般高兴："这倒是。"

这夜是晴朗的夏，天际隐约点缀着零星星光，稀薄的云往不可知的方向飘。

他觑着眼惬意地仰望了一会儿，她就毫无觉察地走远了。

回过神他没急着跟上去。

"哎。"

她被叫住的瞬间好像卡了壳，不明所以地站着。

"过来。"

她有点困惑，但是倒了回来。

他在她走近还差两步时，急切地把她拽过来吻住，扣紧她后颈的姿势简单粗暴，酒精让感官麻痹，纠缠得磕磕碰碰，其间因为失重，她一不小心从人行道边缘掉下去，嘻嘻笑过后又无比执着地继续。

她觉得自己好像一只被钳制住脖子的猫猫，完全卸掉了身上的力道，任他摆弄。

以江盈离组为开端，主要演员的戏份陆续杀青，剧组弥漫着离愁别绪。几个月低头不见抬头见的熟面孔成批地离开，不过除了江盈，其他人并没有送别会的待遇，在这行混得越久对分别越习以为常。

溪川有时会想，这和穿梭在不同"时间线"里体会不同人生很像。

她在本地场景的戏已经结束，转战另一个城市的场景前，先回上海拍了些广告和杂志。

姐姐一听说她回上海，就约了饭聊电影进展。

她明显感觉到，现在这条"时间线"上，姐姐的生活品质比嫁给陈谅时要好得多。在约饭的餐厅类型上就有所体现。

从前她掌管家庭收入和开支，自己的消费总会为孩子的教育经费、家庭生活开销让步，再加上眼界局限，经常消费的餐厅更接近父母那辈的选择，以经济型、家庭型的本帮菜和粤菜为主。

现在她手上的钱只有自己一个人的收入，却花得潇洒，姐妹聚餐在外滩的西餐厅。

溪川先到，坐着等她下班，在爵士乐声中自酌一杯鸡尾酒，体会到姐姐摆脱家庭束缚后的自由。

差不多半小时后，洛川从闪着光的玻璃墙后冒出来，老远就冲她招招手，穿黑色短上衣和细高跟鞋，精心打扮过，人也精神很多。

刚落座就一边拿起点餐单，一边询问溪川已经点了什么，颇有主人翁的姿态。

"只点了酒，我还不饿。"溪川回答。

洛川完全没看菜单，直接对跟来的服务生连珠炮似的报出一串菜名，服务生几乎来不及记录，待他离开笑着对溪川强调："他们家龙虾汤你一定要试一下，太好吃了。"

看来是常客。

几分钟后言归正传，洛川的习惯是开餐前把正事聊完："男主角定了梁鸿远，已经在走合同。"

"哦……"溪川有点困惑，比自己年长十来岁的男主角，已经拿过东京影帝了，"可他还缺奖吗？"

"所以啊，这个片要冲的奖是导演奖，要捧的人是陈谅。"洛川往后靠去，露出些许担忧之色，"你这个位置，赵总是有疑虑的。毕竟有很多电视剧受欢迎的演员，一上大银幕就水土不服，他想在退休前搏一下把陈谅推出去，担心你这里风险太大。我怕还有变数。"

"投资协议都签了，还可能变？"

"投资协议没约定必须由你做女主角啊，又不是带资进组的合同。之前他没这么纠结，梁鸿远进来以后整体配置一下拔高，让他觉得希望更大了，才开始动心思想换个电影圈的熟脸，但求无过。"

自己的确资历不够，怪不得别人质疑。溪川也一筹莫展："陈谅知道吗？"

"知道。他是力挺你的，他跟赵总说过好几次，这个年龄线上脸熟的女演员他没有看得上的，不用你就从话剧圈挑个新人。赵总又犹豫新人风险更大。另外他女儿，赵絮嘛，给他看了些《金簪》的物料，担保你演技没问题。就是因为有这两方面因素，否则他早换人了。"

溪川明白，如果是影业内部讨论过一两次已经被打消的念头，姐姐根本不会再拿出来告诉自己，既然把话递出来，说明非常危险。

她十指交扣支着下巴，思索片刻："现在找谁能增加一点对赵总的影响力？"

"梁鸿远。"

"我跟他互相不认识。"

"易辙有没有办法去认识呢？"

溪川忽然灵光乍现："哦！《金簪》的制片是他的亲戚，不过是远亲，不知道能不能牵得上线。"

"你让易辙尽快活动一下吧。不是这月底就是下月初，赵总会让我找几个女演员来试镜，我当然可以找几个人来做陪衬，不过谁都知道我和你的关系，不能找得太差，要和你不相上下。但最后陈谅来定夺他可能会有异议，如果搭戏的男演员能帮你说话，把握就更大了，赵总不能硬塞一个只有他满意的人强迫导演和男主角去配合。"

溪川点点头："我知道了。"

她的思绪还停留在对被换角的担忧上，话题不知怎的过渡到了陈谅身上。

姐姐旁敲侧击地打听陈谅和季向葵现在到底什么关系："他亲口对我说他们分手了，但后来星光之夜又出来搭伴营业，实际在剧组呢？据你观察感觉他们怎样？"

"我感觉他们已经复合了。姐，你干吗非要蹚这浑水？"

"怎么能说我蹚浑水？论先来后到，我认识陈谅的时候，季向葵在哪个角落？"

溪川愣了愣，眼睛瞪得溜圆："我以前以为你不怎么喜欢他，否则怎么那么多年没有在一起。"

"此一时彼一时。"姐姐的笑容无懈可击。

曾经她忙学业事业，不想有多余的羁绊，朋友那么多，什么时候出门都不至于寂寞，为什么非要谈恋爱。

何况她小时候就见识过父亲这种男人，她明知是爸爸把信用卡给小三用了，还是称信用卡被盗刷直接报警，爸爸赶到派出所后为了掩饰自己出轨，居然表态不认识小三，全然不顾这么做对方可能面临牢狱之灾。对妈妈够差了，对小三也没好到哪儿去。什么是真爱？爱自己才是真爱。

她从父亲身上得到了启示，看待感情过于冷静和悲观，耳朵里听着表白，内心却很难不嘲讽质疑。

但是这两年，也许随着年龄增长，她没那么偏激了。周围环境发生了翻天覆地的变化，身边同龄的女性朋友陆续有了恋情有了婚姻，邀约闺密聚会十次有九次不能成行，见了面她们要聊感情聊家庭，她觉得缺乏共同语言。而同龄的男性追求者，不是像陈谅这样走出执迷另寻新欢，就是把她当床伴乐得不谈感情。

从繁忙的工作中抬起头来时，寂寞感已经在身边无处不在了，人生只有工作又变得好无趣。

她忽然警醒，能做高高在上大众情人的时光就短短几年，要么适应这种落差，要么动动脑筋把手中的风筝线抓得更紧。

在少女心被颠覆之前，她记得他少年的模样，敛长的眼尾老是翻出嫌弃的余光，毒舌起来相当欠揍，完全不知道该怎么面对夸奖，害羞时会故作不解风情，口头禅是"啰唆"。

这么一点残存的印象，总让她在理智中心存侥幸，也许他会比其他男人好那么一点。

陈谅转行入行，她给的意见和帮助不少，发展得好对她事业是有帮助的，这不冲突。凭什么到了初见曙光时，让季向葵来摘取胜利果实？

溪川却总是好天真，把一切单纯理解成"吃回头草"，露出那种恨铁不成钢的表情。很正常，这孩子当年高三转学后走读，天天回家，连养父母从那时起已经感情破裂都没注意到。

她笑笑，算了，没必要推心置腹地剖白，她反而觉得溪川和易辙像走钢丝，一个太蒙一个太精，热恋时当然没什么破绽，但说不好哪天栽个最大的跟头。

[64] 小气

易辙难得想起公司里还有其他艺人，抽空去翁唯语所在的剧组转了一圈，她本人在拍戏，没说上话，请制片吃了顿饭。

他们的剧已经用前五集素材出了一版片花，还没有对外发布，制片给易辙手机里发了一份。他不经意地扫几眼："男主角……是哪个公司的？"

"平台的，够呛吧？本来选秀出身不会演戏，请了表演老师跟组又不听教，一停机抱个手机打游戏，导演愁得快把自己揪秃了。"

连片花里偶尔闪现的几个镜头都能看出演技差。

"但女二号看着还可以。"

"运气不好。本来刚上大一就被崔海峰选中，新人当名导女主角，以为前途无量，没想到片子到现在还没法上映。人呢，总抱着一上映就能名利加身的想象，毕竟演过崔海峰的女主角，一般的戏看不上。一蹉跎就到了大四，长得也不如小时候水灵了，自己着急了，开始到处接戏，但没人认她这个履历啊，还说得难听，'有些人就是命里带衰'。你想想，谁敢用？"

"这不就有人胆子大吗？"易辙笑笑，"让我猜，是林总塞的人？"

制片"哈哈"笑着："就是林总才敢用啊，他今年运气已经这么差了，还能再差到哪儿去？"

听起来林文亮经此一役，愈加无所畏惧了。

易辙有点反胃，这顿饭散得很早。

回家司机开车，他又拿出片花看了一遍，这次专注看翁唯语，但也不是只看翁唯语，他心里知道那角色演的是溪川。

一遍又一遍地看，还是觉得翁唯语和年轻时的溪川相比差点味道，差在哪儿他说不清楚，细究起来，大概差在溪川看着让人高兴快乐。

最初的交集是他每次忙完工作看见溪川，就有种这一天所有烦恼都结束的惬意。

像吃播都是干同一件事，对着镜头吃东西，氛围却有差异。隔着屏幕，有些人的吃法能让人相信那东西无比美味，有些人吃得却让人觉得难受，总要怀疑是不是一转身要催吐。

到家时溪川窝在客厅沙发里看电视，他进门才把灯打开，往电视屏幕扫一眼，挺反常的，在看古装剧。

通常她看国外电影居多，目的大多是为了学习演技。

"怎么？想演古装剧了？"他走过去挨着她坐下。

"没有。"她笑嘻嘻仰起脸，用遥控静音，重新选了一集，"我们来玩游戏。你看这个，猜猜剧情。"

易辙不明所以，转头仔细看才发现，她用遮光胶带把电视机字幕位置贴起来了，这会儿又关了声音，难怪剧情要靠猜。

他配合着看了五分钟："男的和女的在吵架，严重的吵架，嗯，闹分手。"

"根本不是，女的父母去世了，男的在安慰她。"她把声音打开验证。

"安慰人干吗面露凶相？"

"那就是表情管理的问题了。"

她换了个剧又让他猜一次，同样离实际剧情十万八千里，光看画面以为高高兴兴结婚，其实女孩是在伺机逃婚，让人不禁诧异："那她总笑什么？"

"笑场而已。"

再往下看，有看着像懦弱男配角，其实人设是高冷男主角的；有看着像狰狞反派，其实是正面主角的。完全想不到，关了声音没了字幕的剧竟有这么精彩。

最离谱的就是那个伺机逃婚却频繁笑场的剧，让人好奇到特地去关注片名，居然是杨雪的成名作之一《娇柔袭心姜宝珠》，网文IP改编，轻松搞笑古风，从年轻群体里火起来的，被评为当年的网剧盛典年度精品。

业内都有所耳闻，不过因为听名字就不对口，大多没打开看过。

频繁笑场的不是杨雪而是女二号，但这样明显的拍摄失误，想不通导演怎么会让场景通过。

又逼人翻出片头去看导演的名字，王小松，履历上显示是导演系本科加研究生，正经科班出身，在《姜宝珠》之后拍了五六个同类古装网剧，不过没能再创造这个剧的热度，名字听着耳生。挺让人匪夷所思。

有些缥缈的线索似乎能解释这一切，出品人是黄忠，表面看是新公司的小成本网剧，但公司高层要么是前网络平台原创剧部门副总监，要么是资深电影制片人，都来头不小，投资拐了几个弯后应该有影业的参与，洗脑的病毒营销精准攻略下沉市场，火爆也就不难理解。

看着一乐算了，这种班底不太可能与溪川的事业线产生交集。

易辙放下这团纠结，转而关心眼前："你晚上有没有吃饭？"

"叫了外卖。"溪川摸出手机打开订餐软件，"还有……哎？五百二十五米。那快到了。"

他顺势起身走出门外去接，好像正巧迎上，不一会儿转身回来，打开塑料袋点点餐盒数量，有些纳闷："你吃得了这么多？"

"给你点的，怕你光喝酒，什么也没吃。"她跳下沙发，跑来岛台边一起张罗。

易辙把餐盒依次打开，拆到一碗燕窝羹，显然不像晚餐菜品，迟疑了一下："嗯？"

她紧张地伸手来接，着急得语速加快："这个不是，这个是我点的，准备明天当早餐。"

"我想也是。"他把餐盒重新盖好，见对方的动作急躁得像抢，忍不住笑出声，"不会吃你的，怎么遇上吃的这么小气。"

她略微红了脸，抱起餐盒往冰箱方向去："谁小气了？那些够你吃的，你不小心吃掉了我的，那我明天得空肚子出门。"

但是餐盒还是温热的，不好直接放进冰箱，犹豫半晌暂时放在了微波炉顶上。总之，要与可以吃的餐点保持距离。

他视线跟着她在原地转两圈，眼见着那片红悄悄蔓延到耳郭，不免觉得好笑。

像个藏零食的小动物。

等她坐回身边，把脸捞过来亲了一口。

她又欲盖弥彰地东拉西扯了好些琐碎的话题，早上去拍照妆发出了什么问题啦、下午品牌活动商场里秩序很差啦。

他一边把她喜欢的菜挑出来，一边一搭没一搭地听，随意迎合几下。

她吃着吃着，终于忘记刚才的窘，想起正事："今天和梁制片联系过了吗？"

"嗯，他很愿意帮忙。"他把远处的酱汁取过来帮她加进菜里，"不过他认为光打电话力度不够，要等他约好时间，专门从剧组回一趟上海来组局吃顿饭。这是没错的，互相不熟就打电话求人办事，脑子都没概念。一旦吃过饭把酒喝开了，有了点交情，那什么都好说。"

溪川若有所思地点点头，又问："那我们需要准备点什么礼物吗？"

"梁均豪这个人很实在，要准备什么直说了。他说梁鸿远对其他东西不是很感冒，只有艺术品能投其所好，听说最近刚置了处房产，缺朱德群的油画来装饰，如果能弄一幅给他，应该就成了。"他说得轻描淡写。

艺术品可不是小打小闹，稍稍关注过拍卖会就知道，大一点的画幅动辄上亿，最近似乎还涨过价，就算是小画幅也不像走进商场能买到那么轻松易得。

溪川拧起眉："废话。一幅画比电影投资还贵，什么事办不成？算了算了我不演了。"

他笑着捏住她的脸："这可不能小气。你不要操这份心，我去想办法。"

溪川忧心地叹口气，只是求个门槛代价就这么大，让她倍感压力。

"这么贵重的东西，不如直接给赵一凡，他本人收了说不定更起作用呢。"

"他怎么敢收？再说他在这个项目上所图的并不是私人利益，没两年要退休了，最后这一搏，能成功推出名导，以后才方便在业内帮衬赵絮。"

溪川明白道理，却一筹莫展。现在花这么大代价有求于梁鸿远，进了戏还怎么拿他当搭档？易辙没怎么考虑这个层面。

"没事的，人家肯提出条件反而是好事，就怕毫无头绪一通瞎买，还送不对门路。反正钱赚回家总不能换成元宝埋在地下。"话在这里顿了顿，"投资在你身上没有什么不值得。"

第二天易辙出门前，她正在吃那碗燕窝羹。

他促狭地往那边瞥一眼，故意走到她身后居高临下地盯着，明显感觉她手上动作僵了一僵，憋笑评头论足："看起来不错。"

沉默许久。等他离开去房间拿了车钥匙重新出来，她才好像下定什么决心似的问道："你要来吃一口吗？"

"不要，不会抢你的。"

溪川鼓着脸，舀起一勺冲他招手："来吃一口。"

"不吃。"

"你来吃吃看，是真的还是假的，听说现在燕窝大部分是假的。"

易辙快憋不住笑了，低下头去换鞋："我哪有这种本事，吃一口能鉴定真的假的。"

"来嘛。"

他直腰抬起头，见她还为难地举手在那里，支起一个破功的笑脸："看来我在你心里真的很重要，肯为我忍痛割爱，把吃的让出来。"

她听出揶揄的意味，愤愤地"哼"了一声，自己把那勺吃掉了，梗着脖子争辩："你冤枉人，我根本不是小气。这又没有很贵，想吃多少都可以叫，想什么时候叫什么时候叫。"

哦，可是眼前只有一碗。

他已经开了门，又折回去按着肩吻她，轻舔过唇瓣，一点点甜："嗯，不是假的。"

[65] 手起刀落

梁均豪为人实在，打听到他的远房亲戚影帝目前就在上海，很快约好了饭局为易辙牵线搭桥，等到敲定饭局的前一天，特地请假从剧组回上海张罗组局。

易辙却有些焦虑，一方面去弄画得费点周折，他以往不好艺术品收藏，一时找不到合适的购买渠道。再加上上半年的春交会上，朱老先生的画作刚拍出过亿高价，打破以往纪录，整体价格必然水涨船高，按市场规律考虑，这时候入手不是明智之举。但溪川敲定角色的事又等不了。

好在他母亲平时爱买东买西，给他介绍了几位拍卖行资深人士，牵线让他先去了一趟香港，再去了一趟巴黎，最后从另一位华人收藏家手中购得一幅，创作于一九八五年之后，但与朱老其他晚年作品相比尺幅不算大，让他担心分量不够。

另一方面，因为对这方面了解不深，只是临时抱佛脚补了些知识储备，他怕饭局上装同好露馅，摆明了投其所好的送礼显得功利性太强，梁鸿远不会把他当朋友，也没有一丁点交情，拿了东西会不会按计划推进事情都不好说。

他同样不了解梁鸿远的人品，收下东西却不出力的人不是没有。要想彼此互相了解，需要时间，但现在缺的就是时间。

梁鸿远人品如何尚没有定论，不过显然他是个城府很深的人，表面看颇有亲和力，高雅粗俗来者不拒，喝了三轮酒，在酒店喝白的时，已经和易辙称兄道弟，但他喝得不多，看不出醉态。之后移步到KTV喝的是洋酒，反而梁均豪吐了好几回。过了午夜，又在烧烤摊喝了点啤酒，梁均豪早醉了，只剩梁鸿远和易辙边吃边聊。散场前让司机捎上梁均豪，影帝转身对心里敲着鼓的易辙发出邀请，周末去他新置的别墅里小聚。

易辙知道，赛点来了。

回家时溪川睡得晕头晕脑，他酒喝得兴奋，睡不着，看着电视等了两个小时，她醒过来，转告她进展。

"那周末我要去吗？"她问。

易辙摇摇头："我还摸不清楚梁鸿远的套路，梁均豪虽然说他并不见钱眼开，对朋友很帮忙，但在场面上浸润这么多年，不会是那种曲高和寡的主。就是不知道他那个度停在哪里。我去跟他套交情，说难听点是巴结。你将来跟他搭戏要平起平坐，没必要涉入太深，你假装不知道才好，也方便他假装你不知道。"

原来这些关系平衡的层面，易辙都想过。

"那么你和梁均豪一起去？"

"梁均豪不去，他说送贵重礼物这种事知道的外人越少越好，他本身和梁鸿远关系不近，有他在场，怕梁鸿远收起来有顾虑。"

"可你一个人上门，算什么聚会？"

易辙露出苦笑："梁均豪也这么说，他建议我带上女朋友。因为梁夫人最近在别墅布置软装，她肯定在，他们夫妇接待我们情侣，我们带一点装饰物上门贺人家乔迁之喜，不仅顺理成章，而且显得少几分功利。问题就是，这么几天我上哪儿去找个假女朋友。"

溪川"扑哧"笑出声："找选角团队码一个，组织两轮试镜好好挑一挑。"

没想到这人不仅不感同身受，还幸灾乐祸。

易辙无奈："不能找演员，最好懂点艺术能把话题聊起来。你有没有信得过的小姐妹能借来演个戏？"

"有啊，就在你身后，打个招呼吧。"她说着认真招招手。

易辙可没兴趣回头去看她的"阿飘"朋友："你看你多失败，连个闺密都没有。"

"我哪来的时间交朋友。"她反唇相讥，"说起来你才失败，没对象家里也不给介绍相亲，本来这种场合带门当户对的相亲对象去多好。"

"我这么年轻相什么亲？三十不到，还是和漂亮大姐姐谈恋爱的花样年华。"

"找你的漂亮大姐姐去。"

这倒是提醒了易辙，他亲姐姐在NYU Tisch（纽约大学帝势艺术学院）读书时有个女同学关系很好，工作后一直保持联系，上次去加州还一起吃过饭，三十三岁，谈吐不俗，请回来帮个忙应该不难，对不上口径之处，还能用不在国内定居蒙混过关。

半夜两点，又有人敲门，和昨晚一样，后期导演来找导演抱怨黎月行的执行经纪。

前一夜季向葵留宿在陈谅房里，她就来过一次。两个人半夜被拎起来，目光呆滞地听她控诉。这一夜陈谅躲到季向葵房间，她肯定先去敲过陈谅的门没找到人，马上折返来季向葵的房间。

公开恋情的坏处之一。

剪辑室每天收工后，收到当天素材就要进行粗剪，赵絮没法长期待在剧组又想时刻追踪进度，素材每天要及时上传到金跃公司内部网盘，工作量不小。

偏偏碰上黎月行的执行经纪较真到烦人，每天吃过晚饭就去剪辑室查带，拿着小本本一条条核对黎月行当天拍摄的戏有没有失误部分。等她结束工作一般要到九点，剪辑师从九点开始剪片，忙到午夜才能交上工作，严重影响休息。

后期导演不便与名演员的团队起正面冲突，忍了她一阵，最近忍无可忍了。这种事本应找制片出面协调，但制片请假离组，导演成了剧组的主心骨。

陈谅没有做这种居委会工作的经验，他一个平时连女朋友都不爱哄的人，面对半夜捶门的中年大姐完全束手无措。季向葵倒是想帮着劝几句，可大姐嫌她解决不了问题。

后期导演发泄完自己走了。季向葵倒回枕头上："制片哪天回来啊？"

"说是大后天。"

季向葵很绝望："这叫什么事啊。一个女导演天天半夜敲男导演的房门，搁哪儿都不合适啊。"

陈谅叹了口气，他自己也被闹得整天休息不好精神衰弱："平时没感觉制片做了什么工作，以为他天天混日子捣糨糊，没想到人一走真不行。"

"昨天早上摄影部门又跑来化妆室找服化吵架，你应该管管。"

"吵什么？"陈谅没经过化妆间，对此一无所知。

"服化组都是南方人，在制片走之前给生活制片提了意见，让多做点清淡的菜，摄影组这会儿发现不对劲，又找生活制片抗议，说带肉的大菜少了没力气干活。生活制片甩锅让他们和服化协商，矛盾直接对上了。"

"不应该啊，什么事都让意见冲突的双方直接吵架决胜，那要生活制片干吗？"陈谅无奈地摇摇头，"不过说实话，生活制片不是差在这里。你老叫外卖感觉不到，大家为什么有意见，归根结底是伙食整体变差了。哪像每顿三十元标准的饭菜？看着有十元标准就不错了。"

"揩油都会揩的，你可别把这个捅到制片跟前去。"想起梁均豪换人手起刀落的利落，她心有余悸，"不剩几天了，到时候他把生活制片换了，这么点业务没人接单，大家连饭都没的吃。"

再过两三个小时就要准备起床出工，睡也不是起也不是，两人只好坐在床上闲聊。

"要不我让Brett去找统筹谈谈，让她出面协调一下。都是女的，讨论这种鸡毛蒜皮好说话一些。"

"我听到的消息，黎月行经纪人在得罪后期导演之前，就把统筹组得罪了。"

季向葵无语。

陈谅忍俊不禁："这是我待过的最鸡飞狗跳的剧组。"

季向葵说："那是你待的剧组少了。"

按照往常惯例，旗下艺人进组出组本不需要向易辙汇报，但鱼丽这个戏他帮忙搭了班子，管得比较多。执行经纪出于尊重打来电话跟他招呼一声："剧组停机了，翁唯语说她被关在酒店也没事干，想出组回家休息几天，等通知开机再回去。"

"停机？为什么停机？停几天？"

执行经纪如实从头说起："说是导演对男主角不满意，情绪崩溃，放话说'要么换男主角要么换导演，有他没我'什么的，所以现在把导演换了，执行组也带走了，剧组停机休整，等新导演来接手。原来的导演走之前还为薪酬付到第几期闹了一顿，昨天晚上刚走。新导演进组还得几天吧。"

易辙顿时想起，好像上次听制片抱怨过男主角不敬业，但二选一的情况下，平台居然选择换掉导演，真是太乱来了。

这比换制片部门任何职位都来得伤筋动骨，制片组毕竟是保障部门，导演组可是创作部门。不仅仅涉及创作协作中各部门人情关系，而且导演在剧组话语权大，旧导演可能带走主演，新导演进组后，可能对旧导演选定的主演不满意，导致又一轮换角和重拍在所难免。

身为局外人，易辙想着都觉得头疼。

现在的讨论关键，好像不是翁唯语应不应该回家了。

执行经纪这边的消息来源都是翁唯语小朋友，没什么高层信息。易辙挂了他的电话，给赵制片去了个电话，一开始没接通，占线。五分钟后老赵主动回过来，听声音都哑了，想必焦头烂额。

易辙慰问了几句，制片秉着家丑不外传的原则，把混乱轻描淡写地概述过去："不过现在都解决了，导演换了王小松，三天之内能进组。"

"谁？"

"导演吗？王小松啊，《姜宝珠》那个王小松。你放心好了，人很好说话，我打听了，他的剧组气氛一般都特别好。主演资料我发给他一看，他就夸小语漂亮气质好，小语这边不会受什么影响的。"

易辙的反应完全能用僵住来形容。

要不是跟着溪川看过一集网剧，还对这导演的烂水平没概念。

连笑场镜头都给过，剧组气氛能不好吗？

"王小松他……嗯……你慎重点。"

"他怎么了？"

[66] 因为爱情

赵元不是那种以作品质量为优先考虑的制片，他年纪大，早年参与过不少台播的重大任务剧，如果是个较真的人，今时今日的电视剧、网剧他应该一个也看不上。正因为他从善如流，能够把粗制滥造理解为新潮和流行，才能在时刻变化的行业内混得如鱼得水。

再加上翁唯语这个网剧，只是他主管项目中微不足道的一个，鱼丽对这剧的规划也不是做口碑，只是为了在维护平台关系的同时赚些快钱。

如实告诉他王小松的艺术水平有限，恐怕不能动摇他的选择。

因此，易辙在短短几秒钟想出了另一套说辞："我有过耳闻，王小松不满足于只做导演，还有意识地在经营自己的制作公司，前几次与他合作的制片都碰到类似的问题，他在拍摄过程中会不断游说片方，指出制片的工作缺陷，制片不是遭到撤换就是被架空，为了保持剧组稳定，接手的制片是他女朋友。他一般就是这样给她创造工作机会的。"

他说的这些料不容易被证伪，和演员类似，一般导演都会注册公司来签约走账，至于那是实际运营的制作公司，还是仅仅用于流转资金的空壳公司，如果不是特别熟识之人很难查证。对于要求三五天内进组救场的导演，赵制片应该没有时间精力进行深入背调。

"这样啊……"赵制片的声音果然听起来迟疑了，正如所料，他最关心的还是自己的工作能不能顺利展开。

易辙在去赴饭局的路上，蹭了溪川参加活动结束后回程的车。

溪川听见他说起"王小松"这个令人印象深刻的名字时，已经好奇地回过头来，别有深意地冲他嗤笑，像个田鼠。

他八风不动地继续对手机那头扯淡："《姜宝珠》是他唯一没有干预制片组工作的剧，一炮走红后，随着他话语权增大，后面几个剧不同程度地遇到类似状况。剧组气氛好，一方面是因为他志不在创作因此宽容，另一方面是在广结善缘积累人脉。我想他的目标应该是，等练好了手，将来用自己的公司接网络平台的承制，他做导演、女朋友做制片，内部消化整块蛋糕。"

赵制片开始找冠冕堂皇的借口："啊，难怪《姜宝珠》之后拍的剧质量都受了影响，不如《姜宝珠》火爆。一个导演太看重利益不重视创作，这可不太好。"

只有这种情况下他们会提及质量。

"不过现在是拍剧的旺季，线上有点经验的导演几乎都在组里，实在不好找啊。不知道易总有没有靠谱的人选推荐？"

"我得先打几个电话问问档期。"他接下这个临时任务，既有怕赵制片最后走投无路还是找了王小松的成分，但又是个机会，如果能推荐一个能力不错经验不足的导演进组，将来获得的回报，可能会在公司新人获得高番位角色上体现。

他挂了电话，直面溪川揶揄的坏笑："怎么？"

"张口就来。"她知道易辙和自己看电视那天才刚记住王小松的名字，这些日子主要精力一直放在梁鸿远那边，不可能抽空对王小松在剧组里的工作方式增进了解。

但他没有半点歉疚，坦然耸耸肩："一个能力欠缺的导演和一个利欲熏心的导演，杀伤力是一样的。我只是采取了说服力更强的口径。"

"一样大吗？你明明更讨厌无能的人。"

易辙笑起来："对，无能在我这儿代表一文不值。我会更倾向于用利欲熏心但能干的人，只要能做好他的事，能吃到钱是他的本事。"

"你有备选的人？"

"回去后打个电话问问洛川，他们学院的后辈可能很需要这种机会。现在更重要的任务是搞定冯薇。"

冯薇就是被邀请来冒充易辙女友的那位姐姐，她知道此行目的，这项任务对她而言有点大材小用，因为她在加州的本职工作是公关。

成熟好莱坞工业体系中的公关和国内公关从业方向有本质不同，媒体舆论引导只是他们工作中比较常规的一部分，更重要的是提够得上门槛的演员游说评委获得奖项，这不算贿赂，是完全合法的，就像总统竞选，需要金钱铺路，一些对冲奖有意的演员在公关上投入的费用可以是天文数字。

上一个十年，许多国内影片和华人明星喜欢玩出口转内销的镀金套路，这些影片本身够不上好莱坞专业奖项的品质要求，好莱坞留给国外影片的机会也不多，同样是"买"奖，只能买些水奖，但没关系，客户不在乎，只要利用国内海外的信息差，无论有没有含金量的奖项都能吹出分量。冯薇刚入行时，这类业务是公关公司的最爱，活动难度不大，国内资本又舍得投入。

但近十年这块市场渐渐冷了，有全球化消除信息差的影响，也因内娱崛起要利不要名的风气更加赤裸。在提升明星商业价值的考量中，奖项作用很大，但只局限于专业度受到认可的奖项，水奖失去了吸引力。

冯薇所在的公司开始把公关范围，拓展到对华语电影更加友好的欧洲奖项。

出身豪门交际圈的冯薇在犹太贵族中很有些人脉，做这份说客工作得心应手。当然她有足够的敏感度，现在还没到一年中最繁忙的颁奖季，像梁鸿远这样的潜在客户值得她专程来一趟上海。

易辙提前一周订好了市中心以分子料理出名的餐厅，为冯薇接风，溪川同行。吃什么冯薇不会在乎，但仪式感不能少。这也是溪川的一次重要亮相，易辙认为冯薇这条关系在日后拓展海外市场时会有帮助，如果溪川能给她留下不错的印象，让她在遇到合适机会时主动想起溪川，会比有求于人时再花重金聘请有利得多，这就是他所谓"搞定冯薇"的意思。

冯薇生在美国，从小受西方教育长大，从外形到举止体现得淋漓尽致，身材高挑，古铜肤色，进门就给了溪川一个热情拥抱，辅以典型的应酬微笑："总算见到你了，经常听他提起，我看过你的剧集。"

溪川倒是对她的长相有点意外，以为出身贵族、在好莱坞呼风唤雨的女公关，应该是那种高贵冷艳型，不知道是不是飞国际航班穿着随意的缘故，冯薇显得太平易近人了，甚至算得上甜美可亲，像出国度假时端着松饼来敲门套近乎的华人女邻居。而且她也不像三十三岁，走在易辙身边，只会让人认为他们俩年纪相仿。

易辙今天话少稳重，落座后翻开菜单开始点菜，把主场让给两个女人。

餐桌上并不缺话题，冯薇对今年国内影视圈现状很感兴趣，关于这些，溪川能和她聊得起来，她们很快亲近熟悉如姐妹。

易辙不觉得意外，溪川一向女性缘很好。

只是……有时候好得有点过度。

饭局结束后，易辙准备派车送冯薇去为她订好的酒店，她却直接提出了要求："我不想住酒店。溪川家在上海，我可以住你家里吗？"

溪川脸僵了一下，找不出拒绝的理由，几乎是条件反射地答应下来："没问题。我们可以接着聊天。"说着递了个眼神去征求易辙意见。

这哪是单纯的征求意见？分明是驱逐令。

冯薇住在溪川家，他再住过去不太方便。冯薇不知道他们是情侣并且住在一起，否则不会提出这样的要求。这几天只能暂时分开。

他只好无奈地把她们送到家，再打道回府。

不过第二天吃早饭时，冯薇已经意识到了自己的失误。毕竟前一天出门时没料到会有这么一番突袭，溪川家有男性存在的蛛丝马迹太多。

感到进退维谷的人成了冯薇。

进门鞋柜中有双定制皮鞋，上次见面时她见易辙穿过。

她一边咀嚼燕麦，一边飞速思索这是怎么回事，在国内艺人和经纪人保持亲密关系是一种信任契约、传统习俗，还是人家本来就是一对？

不管是哪种可能，闹得人有家不能回，这乌龙实在太尴尬了。

她干脆放下刀叉直接表达歉意："亲爱的，我不知道你和易辙在约会。他请我来扮演他的女伴说服梁鸿远，我想当然地以为他应该是单身。我不是说他非单身有什么不好，只是思维局限，以为如果他有女朋友犯不着请人出面，直接带女朋友去就行了。昨晚在餐桌上我肯定是喝蒙了……"

溪川两小时后有硬照拍摄的任务，不能胡吃海塞，正抱着一碗沙拉专心吃草，听冯薇拘谨的措辞有点好笑。

"约会"这个词用得很妙，它无法界定实质性关系在哪个维度，不容易触到雷区。你可以和一个人约会，也可以和许多人约会。

溪川搁下碗去拉拉她的手："没事的，怪他没有把前因后果说清楚。我是他女朋友，但在说服梁鸿远这件事上我不便出面，相信你想得明白。"

"我明白。"冯薇放松下来，笑着呷了口果汁，"不过实在震惊。易辙……我们认识十多年，可能一直不算关系特别近吧，他每次出现都处于那种工作模式，在我印象里……很专业、冷静，不像是会碰自己艺人的那种人……我这么说不是想评头论足。"

溪川不希望她觉得易辙不够专业，解释道："在他成为我经纪人之前，我们就已经在约会了。"

"哦，这就可以理解了。"冯薇若有所思地点点头，恢复了之前的热络，八卦地笑起来，"因为爱情才特别用心是吗？我见过的其他国内经纪人只会做三件事——抬价、砍价、谈约，说是经纪人其实和房屋中介没什么本质区别。相比起来，他是不太一样。"

[67] 人事已尽

周末，易辙和冯薇如期赴约，去梁鸿远家接受了夫妻俩的款待。这次宴请进行得很顺利，结果却有些含混不明。

易辙准备好的画按计划送了出去，梁鸿远却回赠了一幅。易辙那点临时抱佛脚的知识储备当然不够用，好在冯薇确实是行家里手，从小到大家里耳濡目染，说到哪个风格领域都能应答自如，梁鸿远把她当成真正的同好不足为怪，其实回赠的这幅画是赠予冯薇的，既然两人是情侣，那么在梁鸿远看来就没什么区别。

他会出此举动还有个原因，就是对冯薇的工作感兴趣。梁鸿远出身于文艺世家，爷爷是电影制品厂的制片主任，父亲是同单位的导演，母亲又是当时最知名的女演员之一，三岁入行，七岁扬言要拿奥斯卡。如今他不缺钱，不愁片约，人生目标只剩"名垂青史"这一条，东京影帝还不能停下他的步伐。冯薇视他为潜在客户，判断并没有错。

这结果让易辙不太满意。送出画又得到回赠，这叫礼尚往来，冯薇与梁鸿远达成双向的合作意向，这叫各取所需。朋友勉强算交上了，梁鸿远却不欠他什么人情，也不需要给出什么承诺。说白了，折腾了一大圈，给冯薇和梁鸿远牵上了线，但对溪川的帮助没有落到实处。

晚餐后与梁鸿远单独喝酒聊天时，易辙委婉地提出了希望他在《灰鲸》选角中支持溪川。

梁鸿远早猜到他的意图："柳溪川，她很不错，在新生代演员里非常亮眼，我太太非常喜欢看《霜降》。又能得到YXC力捧，以后肯定前途无量。但我不得不说，电影和电视是两个行业，电视业一般而言只要控制好宣发就能控制好风险，可电影不一样，成功和失败都能轰轰烈烈。你知道《灰鲸》这个电影，赵总对它期望值很高，想要冲奖也想要票房，从孵化阶段已经引起了广泛关注，如果两种预期都没达到会输得很难看，而且涉及社会敏感话题，意识形态出现偏差会有很大风险。说到底这是个大企业，什么都不做没人说你，多做就会多错，它不能承受任何冒险。"

易辙点点头表示赞同。

梁鸿远继续说下去："回到选角，这个电影的配置目的性显而易见，男主角保格调，男二号保票房，主要演员预算都消耗在这两个角色上。女主角和其他女性角色片酬不会太高，只求不功不过。但柳溪川是个高风险因素，本来完全不应该出现在选择范围里。她没有剧情电影女主角的经验，电视剧拍得也不算多，可能一鸣惊人，也可能一败涂地，谁也说不准。可对《灰鲸》来说，一鸣惊人的女主角不是必要的，她可能锦上添花，不添也没多大问题。但如果她一败涂地，与电影格格不入，就会拖垮全盘。"

"但人总有第一次，谁也不是生下来就有大银幕经验的。"易辙呷了口酒，慢吞吞地说。

"你对她以前的路线规划没什么问题，但为什么在转电影的节点上变得冒进？正常电视女演员转向大银幕，可以先在名导大制作商业片中，刷几个花瓶式配角的经验，等观众自然眼熟这张脸。不至于像现在这样硬顶，任谁来一看这个选择，都先质疑'柳溪川？她会演电影吗？'。《灰鲸》本身投资不大，资源不会向她倾斜，是女主角却没有戏点，但又不是一个对演技没要求的角色，方方面面吃力不讨好。就算演得再出彩，人们也不会把票房算在她头上，更没有机会拿到有分量的奖。又图什么呢？"

易辙笑了笑，心想自己大概对溪川太盲目了，他还真臆想过她借此拿奖。他不便明说YXC内部有易珂那股阻力，在限制溪川往电影圈发展，不容她刷配角经验试错，机会只有一次，只能含糊其词道："根源不在她本人，是我们公司需要她尽快突破，一鸣惊人。急于求成是不得已之举。"

梁鸿远听明白了，端酒杯的手换了一边："既然是YXC商业战略上的考虑，那我就不多说了。当初赵总拿剧本来找我时，说女主角拟邀彭羽清，他大概也觉得柳溪川不好说出口，我就那么一听，反正女主角戏不多，彭羽清就彭羽清吧。如果当时他说的是柳溪川，我可能不会接。"

彭羽清演过的电影票房一般，但是是文艺爱情片的熟脸。客观地说，放在《灰鲸》这种片子里显得中庸，也不会出戏，完成自己那部分表演不拖后腿，确实是更合适的人选。

易辙听说过最早关于《灰鲸》的传闻，就是由彭羽清担任女主，后来没再听赵絮、洛川她们中的任何人提过彭羽清，以为肯定没戏，后续所有的码盘讨论都建立在"彭羽清不演"这个前提下。

可梁鸿远接戏是近期的决定，赵一凡又把彭羽清提出来，不知出了什么变数。

"彭羽清不是有个爱情片差不多时间开机吗？"

"对，不过听说那个片延迟了。"

这真是个坏消息。

梁鸿远继续说："《灰鲸》那时候递到她手里的剧本是前一稿，女主角戏份更少。我想这次如果赵总再找她，她不会拒绝。"

所以试镜人选中说不定就有彭羽清，她可能会是溪川最大的竞争对手。

梁鸿远见易辙神色变得凝重，反过来宽慰："不过这段时间我听到很多声音，合作的导演、制片都对柳溪川赞不绝口，我也看了她在电视里的演技，她应该会是个很好的合作对象。影业组织试镜时我会到场，在表现差不多的情况下我保证支持她，但我不能给你打包票一定能说服赵总。如果你还有其他牌，最好一起打出来。"

手里的牌，易辙已经出光了。

梁鸿远这个保证的意思是不起反作用。如果执行制片、导演都给加分，男主角不减分，还不能说服赵一凡用溪川，那就没什么加成能影响到他了。

回程车上，冯薇谈起那幅画："这种都是拍卖会上的热门，收藏界的硬通货，如果不急于出手能小赚一笔，虽然折腾了点，但是不算有损失。"

易辙摇了摇头："在画上没有损失，事没办成就是损失。我现在觉得送画这个主意不太好，给对方留有余地，要送他不能退回的'礼物'才会鼎力相助。"

冯薇明白他指的是资源一类，笑着反问："你要是有梁鸿远不能退回的'礼物'，为什么不留着给溪川？"

易辙想起梁鸿远刚才说溪川没希望争取奖项的话，逼冯薇给出客观评价："溪川一点冲奖的可能也没有？"

"倒也不是，国外评委对国内娱乐圈不太了解，你们在这里讨论'咖位'、番位、曝光量没意义，出了国门都是同一起跑线。梁鸿远这种一提再提的当然另当别论。但彭羽清这种相对于溪川并不算领先了什么，没有人知道溪川，也没有人知道彭羽清。如果我没猜错，这片子冲奖是想借梁鸿远的势，对女演员没要求，也正因为没要求，大家都足以胜任，所以可挑选余地就大了。"

这么说，冯薇早看出溪川的不利，演女主角的门槛太低，在一大群候选人中，溪川经验落后。

站在赵一凡的角度来思考，他可能根本没花多少精力在女主角人选上。

现在梁鸿远已经定了，悬而未决的位置只剩下男二号。据梁鸿远透露，赵一凡想口碑票房两手抓。也许在这个人选上还能做做文章。

易辙觉得没有到听天由命的时候，又打起精神在脑海里把流量小生过了一遍，果然这位置的人选范围就很小了。

不是网上刷刷虚假数据就能称为"顶流"，要撑起电影票房，粉丝数量得非常过硬，这样的人全国不超过三个，甚至连黎月行都够不上。

黎月行的死忠粉丝不够，胜在路人中评价不错，不招反感，又有演技，所以他的电影一般比较卖座。

但是眼下要用的是哪怕成片质量不高、靠粉丝硬撑也能扛起票房的顶流，又要会演戏，那就只有偶像转银幕的郭俊和刚一夜成名的陶沙。

郭俊从前所在的团体被称为"最后的天团"，粉丝基础自不必说，他本人出道年纪小，很符合养成系的路线，客观发展又随市场转型，沉沉浮浮切中要害，走到今天可以算是在流量界所向披靡。

　　陶沙则是吃了题材红利。亚文化圈虽然小众，但声量很大。粉丝数量不多，却很擅长造梗出圈，引爆病毒营销，有事半功倍之效。几场考验下来，无论他出的是什么作品，成绩都相当可观。

　　此外，还有个童星出道玩音乐的男孩，数字专辑能卖出天文数字，不过因为形象局限，迄今为止只有一些商业大片请他客串，电影男主角没有担当过，无须考虑。

　　屈指可数的几条路线中，郭俊当然是最便捷也最可控的。

　　易辙现在已经不去想用郭俊的种种弊端，当务之急是让溪川搭上这艘船。

　　没想到抛出大致计划，第一个反对的人是溪川。

　　"我和郭俊太熟了，演感情戏会笑场。"

　　易辙蹙起眉："不是感情不好吗？笑什么呢？"

　　"真的会笑，条件反射。"

　　在一旁听懂了人物关系的冯薇，也不赞成把溪川和郭俊"打包"进电影："赵一凡要是自己把郭俊纳入考虑范围那很好，但这个方案如果由你提出就变质了，会让他觉得对这个电影的控制权下降。"

　　易辙无奈地笑笑："没那么严重。"

　　"当然严重。他是影业的一把手，冒着风险来做这个电影，为的就是推出陈谅，并让陈谅记他的知遇之恩。你算什么？一个经纪人，不用承担任何风险，却插手了百分之五十的选角码盘，我可以不夸张地说，梁鸿远不愿涉入太深也有这方面顾虑，如果连他都帮着你施加影响，那看起来成了什么？这部影片百分之八十码盘由你操控。失败了风险由影业承担，成功了陈谅最该感激的人却成了你。赵一凡绝对不会允许被人这样分走权力。"

　　易辙知道她说得在理，沉默着不想回应。

　　溪川也劝："你对这件事太沉迷了，单方面过于钻牛角尖，反而会触动赵一凡的警觉，以为你在对他发起挑战。"

　　他一点不想听这些理性分析，从溪川说对戏会笑场开始就生了闷气，一言不发地拉开门跑去院子里抽烟。

　　溪川叫车送走冯薇，冯薇表示理解，让她在玄关止步："回去吧，哄他一下。你还年轻，错过这次不要紧，来日方长。"

　　她回去屋里，穿过客厅去院子找他，从身后抱住他："闹什么情绪啊。现在也没说一定失败。只是人事已尽，耐心等一个结果而已。男二号人选一旦敲定，姐姐肯定会第一时间通知我，到时候还有点时间能活动。"

他转身回头："坐以待毙，等着他们定了陶沙，我可没有任何办法能跟他建立友情。你知道陶沙是谁吗？"

溪川诧异地摇头："不太了解。"

"你当然不会知道，公司除了郭俊，有几个男的你都不知道。他是YXC的练习生，签了他两年没让他出道，没精力管他，也没看出他的潜力，要求解约就放他走了。说实话我不后悔。不过他恨不恨你，我就不知道了。"

[68] 改弦易张

她低垂的眼睫在月色下微动，沉默片刻才说："知道你对我好。你眼里只有我，我眼里更不能只有自己，否则路就窄了。这个人我没听说过，要了解才能判断利弊。你先进来，我们好好充电，说不定明天就能想到出路。"

易辙被她拽进屋里，又被她往浴室方向推："喝酒又抽烟，我不喜欢，快去洗澡。"

他哭笑不得，一时没有思路，只好放弃挣扎乖乖照办。

这夜不易入眠，他一直觉得有什么堵在心里，溪川也睡不着，躺在床上两个手机轮流玩。

他好奇关心一句："小朋友最近忙什么？"

"交朋友。"

他倒是莫名有点紧张，把她揽进怀里小声耳语："不会'移情别恋'了吧？"

她把手机放下，头靠过来："反正怎么折腾都是悲剧，越来越悲剧。"

换他久久无言。不知过了多长时间，黑暗里她呼吸逐渐均匀、绵长。肩胛被她的脑袋硌得有点疼。

醒来时被子里没有人。溪川已经躲在沙发里看电视了。

为什么起这么早？就为了看电视？

他困惑地走向她旁边坐下："今天不是有个广告要拍？"

"我让亚婕去改期了。想休息一下。"

"又擅自给自己放假。"他笑起来，视线转向电视，屏幕中的脸——陶沙，他大致记得长相的，"真关心上了？"

溪川用遥控按下暂停，严肃道："真要用他就太糟了，我不是指对我们来说不好，对整个电影都不好。"

易辙挑挑眉："演技很差吗？"

"不算差，放在一般电视剧，特别是古装剧里是能接受的，在我们这个走现实路线的电影里不合适。他一演戏就起范儿，做戏感很强，话剧似的演法。属于黎月行那种流派，但只是入门了，还控制不好。"

她不说他倒没注意，准确地说易辙也没看过陶沙演戏，只是经常听业内人说起，他在爆红的流量小生中算演技好的，成名剧中两个男主角，他明显好于另一个。

"真想不通陈谅怎么会认可他。"溪川说。

此刻易辙疑心陈谅是不是并没认真考察过，跟着道听途说了。

想象一下这电影当下的搭配组合——自然演技的男主角，寡淡风格的女主角，装腔作势的男二号，三人各成一派，而且在各自的道上走成符号般的极致，烩一起反而成了四不像。

她得出结论："不能让他进这个电影。梁鸿远说得没错，女主角是不是我并不重要，可男二号这个位置太关键了，能决定成败。"

他马上听出她言外之意："你想退出来？"

"现在不是我想不想的问题，试镜只是个把我拒之门外的过场，与其去争取那样缥缈的机会……"她拉过易辙的手，"不如我们走另一条路。别只盯着直接成就我，成就你也能成就我，只不过过程曲折一点，我再等个一两年。"

"你要是不参与，那这电影成败又关我什么事？陶沙演，票房又不会差。"

"别告诉我你决定投这个电影，只是为了票房上小赚一笔。"

他不作声，投资后如何回款他没和溪川商量过，溪川能猜到他另有打算不足为怪，这么多年来彼此已经很了解。

"眼光放长远。要证明你有持续盈利能力，光盯着卡在瓶颈的我没用，这电影的口子不是对我开的，陷入这种窘境不必勉强。"她话锋一转，"想让计划行得通，把郭俊塞进去才是定海神针。理智来说，郭俊入了局，能得到保证的不仅是票房，还有艺术性，更有利于增加你对项目的控制力，好过我入局。一个无足轻重的女演员所属公司，肯定不如一个举足轻重的男演员所属公司在项目上话语权大。"

溪川说得句句刺耳却又现实，他反驳不了，只是感情上接受不了，把头别向一边："和你无关的项目我做起来没热情。"

她捧着他的脸掰过来，哄小孩似的："乖啦。"

没想到她突然来这么一招，他一时没绷住，笑起来把她手打开。

她又追加更坚毅的目光："你清醒工作，早点拿到YXC控制权，才好让我等待的时间短一点。"

"让郭俊进。"他终于正经严肃，"你觉得走哪条路线好？洛川？"

"陈谅呢？"

"陈谅倒是提过，我说没档期直接拒了，估计他不会再主动产生这个念头。"

"你说'没档期'？拒了？"

易辙理直气壮："你不也说会笑场吗？"

溪川挠挠头："那只能走姐姐这边，不过……得注意点……"

他看出她的迟疑："你有什么顾虑？"

"你昨天说，影业找梁鸿远谈男主角时，再次提出让彭羽清担任女主对吧？在他们对外谈合作前，一定内部已经形成统一意见，至少讨论过好几轮，认为彭羽清比我更合适。姐姐不可能完全不知情，可她一点口风也没透，只说了让我们去找梁鸿远和陈谅支持我。"

易辙垂眼沉思："陈谅也没有。"

她的目的可不是秋后算账。

溪川摇摇头："如果是悬而未决的事，陈谅不告诉我才是正常的，没必要把反复讨论的变化全透露给备选人。可是姐姐不一样，她知道尽可能早告诉我们更多详情，我们可以采取一些措施针对彭羽清，至少从导演入手努力去说服，不至于像现在这样被动。"

"你觉得她和你立场不一致？"

"可能不希望我做女主角，可能觉得我们除了投资之外的动作，对陈谅有负面影响。"

"所以你认为她会优先考虑陈谅而不是你？这么'恋爱脑'……"他眯起眼想了想，"那的确可能坏事。"

"还有昨晚发生的一些事也很古怪。八点多的时候，我和自己吵了一架……"

"等等，什么叫'和自己吵一架'？"易辙一头雾水。

溪川定定地望着他几秒："你不会又不记得了吧？'时空对话'。"

"什么时空？"

她跳起来直接用抱枕捂脸把他按倒："啊！我要杀了你！气死我了！"

"什么？什么？"他不明所以，笑着把枕头拿开。

等打闹完了，溪川恢复平静，只好把关于手机短信的前因后果又讲了一遍。

"昨晚是小时候的我主动联系我，说伯父母闹离婚的事。以前我没有这种印象，虽然我们离家出去读书后他们分居了，可是记得读高中的时候，家庭关系一直挺和谐。这好像是因为我改动'时间线'才出现的新情况。"

"你姐姐——"易辙总算跟上了剧情，"小时候那个姐姐什么反应？"

"她没什么反应。伯父在晚餐饭桌上提出离婚，直接进入下一个议题，安排姐姐和我的去向，坚定得似乎不容再讨论。姐姐应该也觉得很意外，说不出话，只呆呆地听着。我倒是闹一顿。"

"你没有立场反对伯父和伯母离婚吧。"

"我也是这么说。所以她才跟我吵架。提到父母，她也不能理解妈妈恨爸爸。"

人称有点混乱了，他琢磨了好一会儿"我"和"她"分别指谁。

"小孩子嘛，以自我为中心。"他感慨道。

溪川踹过来一脚，挑眉威胁："说谁呢你。"

易辙无奈，从旧手机上抬起眼睑："你也太分裂了。"

"总之——"她言归正传，"晚上睡前我脑海里出现了新记忆。姐姐得了抑郁症，除了我谁也没告诉。我是上一趟回上海时发现她不对劲，拉她去医院检查过……"

易辙插嘴问："怎么个不对劲？"

"精神状态很差，而且人瘦得可怕。"

他眨眨眼，努力试图理解。难怪，在他的印象里洛川可不是突然之间瘦下来的，也许自认识起就偏瘦，也许在长达好几年的时间里逐渐变瘦，以男人的观察力大概注意不到。

好在他没那么在意这个细节，暂且认可溪川敏锐。

"以前我没有关于她得抑郁症的记忆，是昨晚刚出现的。我想……会不会是高中时父母要离婚，导致她现在心态出现了变化。"

"至于吗？"他停顿几秒，"不过之前和洛川推进投资时，就觉得她有点古怪，合同细节总是不能当面给出答复。无论再细枝末节的措辞修改，她都不会当面确定或者拒绝，至少要拖到当晚电话回复，有好几次是第二天才回话。当时我以为，只是因为她从来没办过类似的事所以谨小慎微。现在看来，会不会是因为她不太希望你的投资进这个电影，或者是有其他难言之隐，在故意拖延？"

"但最后她还是让我的投资进去了，说明只是拖延，并不是完全拒绝。"溪川分析道。

"难道她父母离婚跟你有关？是不是你太不听话，搞得人家家庭破裂了，她对你有什么意见？"他半开玩笑。

"怎么可能？！我小时候最乖了！"

"我想象不出来。"

"是真的！虽然会撒娇卖萌，好让伯父母觉得我是个小孩子对我关照一点，但我有分寸，那毕竟不是自己的父母，真正叛逆的事情——青春期离家出走、和家长顶嘴吵架、抽烟喝酒文身那些我可没胆做。更加不可能做出什么导致他们离婚的事，话说回来，他们一决定离婚，紧接着就决定了要把我丢回爷爷奶奶身边去，我才倒霉呢。"

易辙觉得她小小年纪还有那么多担忧怪可怜的，于是伸手摸摸面前的脑袋："但最后是什么原因没离婚呢？"

"不了了之。姐姐说那只是因为伯父压力太大又喝了点酒，才发发牢骚，他和伯母道歉，他们和好如初了。不过记忆里姐姐有挺长一段时间老是阴沉着脸，这件事肯定对她有影响的。"

易辙沉默着，理了理思路。

"有什么线索吗？"溪川心急地在一旁追问。

"第一种可能，你和你姐姐之间从少女时代就出现了嫌隙，原因你不知道。她现在不愿帮你，或者出于私心帮你时有所保留，或者单纯在她心目中没陈谅来得重要。第二种可能，是我疏忽了。影业这么大的企业，内部关系肯定比YXC错综复杂。有多少派系？你姐姐属于哪一派？我没做好周边调查，就因为她是你姐姐，这么大投资给她经办了，说不定她工作上有利益冲突又磨不开情面。不管出于哪种原因，看清全局之前，把希望寄托在洛川一个人身上都是兵行险招。"

他有些忧心，不知道一时疏忽给自己挖了多大坑。

溪川却松了口气，往后躺倒，摇头晃脑："你充好电，我就放心啦。"

[69] 烟幕弹

溪川出组的时间意外延长了，受邀去做一个演技类综艺的飞行评委录两期节目。黎月行是这个综艺的常驻评委之一，不知是他向节目组提了建议，还是节目组请他牵线搭桥，总之是他代为发出的邀请。

招商达三十亿的综艺，出场费当然不低，溪川没有理由拒绝。再说黎月行不在组里，她一个人回去也拍不了重头戏，不过请假时，统筹有点不高兴。

易辙只是觉得非常惊讶："你和黎月行什么时候关系这么好了？"

"帮忙递个话就算很好吗？"溪川在收拾这几天去北京的衣服，筛选着往箱子里塞，一抬头见易辙如临大敌地直直盯着自己。

"看来他对你有意思。"

"怎么可能？！"她说着笑起来，"他酒店房里不是进出着神秘女士吗？"

"那有什么妨碍，有的人脸上就写着'不可能专一'。"他在一堆衣服底下翻找笔记本电脑。

"你比狗仔还会造谣。"

"我和你一起去北京。"

"至于吗？"

"我行程也很满啊，谁说是因为黎月行了？"他反将一军，"你心虚什么？"

溪川随手抄起一卷打底裤朝他扔过去，软绵绵地落在身上，毫无杀伤力。

"打人更证明心虚。"

不知是不是为了证明什么，易辙的行程果然安排得满满当当，每天从早到晚忙着应酬，人来人往一茬又一茬，溪川不怎么能见到他。

这天晚上和几个做投行的人吃饭，席间有千机影业的投资人和老板杨总。

千机是个以做票务起家的公司，这两年开始出品电影，短期内崛起为与影业齐名的电影巨头之一，商业路线非常成功，自然是因为谁控制了发行就控制了市场。

饭局不是毫无目的，千机影业出品的国庆档喜剧片《啼笑皆非》在找二级市场投资。

电影业普遍做法都是如此。第一轮投资在项目孵化期就已进入，如果等到上映后一两年票房分账回款，那么资金成本会大幅增加，对投资方而言得不偿失。因为从电影制作完成拿到许可证开始，会适当溢价再招一轮投资接盘，让上一轮投资适当盈利后退出，这样一来，每一轮投资在项目中运转的周期都会缩短。

千机出品的电影在排片上有保障，题材又是合家欢喜剧，再赶上国庆这样的档期，不需要太好的市场判断力也知道稳赚不赔。

酒喝开了，席间账上有钱的都决定投一点，易辙也不例外。

合作意向达成后，聊天范围天马行空起来。

千机在这个档期主要竞争对手还是国影，双方主打的是不同观众群。国影没上最擅长的严肃剧情片，秉着"节庆看个热闹"的原则，旗下子公司精灵谷推了个动画片《误入小雷音》，预计能受到青少年儿童的喜爱，要说它有什么票房保证，首先打的是情怀牌，其次主人公配音是陶沙。

话题不可避免地指向了眼下最当红的陶沙。

听说他要以一己之力对抗《啼笑皆非》的全明星阵容，在票房上一争高下，圈外人士倍感好奇。

搞投行的问："有那么红吗？去年到今年火的几个剧我都看了，唯独这个没看。"

"你肯定不爱看啊，小姑娘才看。我也觉得其他几个更好看。"

"那可不，几个古装权谋剧，好歹我年轻的时候看过原著。"

"哟，看不出来你个大忙人还看网文。"

"我也不算看，听有声书嘛，北京老堵车，干坐着也没事干。"这人哈哈笑过，又追问，"他怎么红的呀？因为长得帅吗？我觉得不帅啊。"

杨总对竞争对手用的演员一般感冒："他们电视圈捧的概念，都是营销，敢砸钱就能红。"

"营销到处是，其实要看运气。"

"他自己有点东西，演技好，能红得长久。"易辙说，"以前是我们YXC的练习生，看走眼了，没抓住。"

这话题走向引起了兴趣。

"怎么回事啊？易总也有看走眼的时候？"

"练习生嘛，肯定是被老易放走的。"杨总意味深长的语气，抽一口烟，他对YXC派系有所耳闻，唱跳艺人是在易珂的管辖范围内。

"也不算，放人我点的头，没收解约金，现在悔得肠子都青了。主要是前几年YXC没想过往电影方向发展，留着电影脸用不上。"

"陶沙算电影脸吗？"有人转头咨询杨总。

杨总蹙着眉回想几秒，认输摆手："我记不起长什么样，这些新出来的我都记不住，有点柔吧？是不是有点柔？反正不在我们这辈的审美上，我们比较欣赏有男人味的。"

"陶沙不柔，挺俊朗的。"易辙笑着抿茶，"听说崔海峰明年年中开机那个古装片找了他演男二号，搭男主角黎月行。"

"哎哟，要一飞冲天啊。"

"崔导挑男演员是一看一个准。"

"这么厉害吗？"杨总眯起眼。

投资人听了心动："老杨手里有什么片在码人？赶紧抢占一下先机。别等到明年也悔得肠子都青了。"

杨总笑："你听小易瞎咋呼，什么悔得肠子都青了，他们YXC长得靓演技好的红人多得是。"

"老易最近在干什么？"投资人问，"忙不迭挖新人？"

易辙摇头："我不知道，他分管他那块，我不过问。"

"他跟MT视频做了一个S级的虚拟偶像综艺，马上要上线了，你不知道吗？"杨总很得意自己对YXC的了解比CEO还清楚。

易辙只是不看好，嘴上装傻。

"虚拟偶像到底是个什么东西，最近老听说，五大网络平台都在做嘛。"席间又有外行好奇。

杨总可是紧跟流行："初音未来你知道吧，就是初音未来那样的。"

"假的人吗？那怎么做偶像？能有粉丝吗？"

"靠经纪公司做人设嘛，真人偶像不也这样。假人比真人强就强在人设不会崩塌，老易也不用担心假人要解约，哈哈哈。"杨总不经意地看了眼易辙，又把放跑陶沙的锅甩给易珂了，"这玩意不得了啊，我们做过虚拟偶像的演唱会票务，没想到也有人看，还场场爆满，那粉丝狂热的。你要知道她们唱歌，都是那种电得不能再电的声音，听久了我都觉得对听力有损伤，但是粉丝不在乎啊，他们觉得很好听，三个小时下来还一身劲，就看三维假人听电音，牛。"

易辙在北京前后待了一周，溪川不知道他具体在张罗什么，过了几天得知MT视频一个大IP剧《夜影》定了自己做女主角，还是亚婕逛微博从营销号上得知的。

等他晚上回来，两人一起喝了一罐啤酒。

"是我被遛了，还是你学会背着我接戏了？"溪川歪着脑袋问。

"还没定，剧本要下周才能出全。我说你要看过全剧本才决定。"

"前五集呢？"

"还行。"他从手机里把电子稿转发给她，"按照原著脉络走的。原著很不错，全剧本应该差不到哪儿去。"

溪川没看手机，只冲他眨着眼睛问："是个什么故事？"

"坏女人的故事，你最喜欢的。"

"才不呢，我从良了。"

"那也行，反正你看着决定接不接。让他们放一放烟幕弹没有坏处，显得你行情好，不是只在那一个破电影上吊死。"

"还赌气呢？"

"我看着像爱赌气的人吗？"他笑起来。

这一周时间，冯薇留在上海会其他朋友，拒绝了易辙派人陪同，等两人回到剧组新片场就去跟他们会合。

冯薇说没在现场看过溪川拍戏，于是看西洋镜似的跟着易辙逛了一圈，感到很新奇。和他们国外剧组影城里打卡上班似的相比，这里到处充满机动随意，居然也能把戏拍成。

"这已经算够规范的剧组了，赵絮扬言对标好莱坞，现实吗？"易辙笑，"给了她的理想重重一击。"

片场内正在拍一场枪战动作戏，因为早上下过雨，到处湿滑，男女主角都有在楼层间跳跃垂降的动作设计，为了安全起见，导演让两个人吊威亚。

黎月行拍过好几个枪战电影了，这种小打小闹不在话下。

溪川平地做点动作都不协调，吊威亚又成了老大难，离地像被绑住的大闸蟹，落地像没被绑住的大闸蟹，一停机鬼哭狼嚎，喊腰疼腿疼。

黎月行跟着受罪，一遍遍重拍，他根本没有运动量，在寒风中瑟瑟发抖。

"有什么难的嘛。"冷归冷，他还有闲情幸灾乐祸，身轻如燕来个后空翻炫技，"有什么难的？"

溪川拿眼白翻他，没力气骂人。

陈谅在一旁孜孜不倦地教导："你回头的时候控制一下表情。"

还控制表情？

"腰快断了，你没感觉吗？"溪川有气无力地问黎月行。

"我腰好。"他嬉皮笑脸。

溪川想蓄力踹他一脚，被拉威亚的师傅无情地拖走了。

导演喊"Action"的同时，黎月行从身后看见她并没完全准备好，楼梯转弯处果然在扶手上磕了一下，这一下没入画，拉威亚的师傅也没停，他擅自做主追上去带了一把她的腰，落地后更是改了动作，揽着她回头开了枪，没给她表情机位。

陈谅看蒙了，犹犹豫豫地喊了"Cut"，摘下耳机跑过去："怎么回事？"

黎月行说："她脚崴了。"

陈谅无语凝噎，着急跑回去回放，从镜头里看，虽然动作改了，但从剧情上解释得通，再重拍不了，勉强让过了。

易辙见提前收工走过来，才知道出了点小事故。

陈谅是班主任向家长告状的架势："太脆弱了，离地五米就崴了脚，回去练练蹦极吧。你看人家黎月行，一点事没有。"

易辙忙着问溪川有事没事，顾不上搭理他，把人从钢丝上拆下来拦腰抱走。

亚婕跟他太熟了，没大没小地顶嘴："黎月行又不穿高跟鞋。"

陈谅气得瞪她："和穿不穿高跟鞋没关系，是太胖了，胖就在半空滚来滚去重心不稳，容易崴脚。"

"那导演你上去肯定四肢都崴了。"亚婕笑嘻嘻，让人不好跟她发火。

黎月行想跟着捡点零笑，不经意打出一个喷嚏。

这一歇就歇了三天，女主角崴了脚，男主角感冒。

冯薇打听这样的工伤剧组怎么赔，溪川光听就乐："给休息算有人性了。"

陈谅才没有人性，不过后面有水下戏，外联制片还没找到合适的水下摄影棚，只好逮着群众稀稀松松每天拍三场戏凑合度日，剧组生活突然又变得很休闲。

[70] 城下之盟

季向葵在陈谅的建议下接了那个爱情电影，已经马不停蹄进组拍摄了，如果进度快，说不定能抢上明年的情人节档期。她在《金簪》这边的戏份还有六天就能拍完，统筹关照她，接下去要连拍好多天男女主角的动作戏，复杂又耗时，她没必要耗在这里等，让她最后六天再回来补。

因此，陈谅的剧组生活有点单调了，每天酒店片场两点一线，午休时被外联喊去看一个水下摄影棚，达不到标准，还发了顿火。

晚上收工回酒店房间，易辙在走廊里堵住了他，拎着烧烤外卖和啤酒。

他正无聊烦躁，就没拒绝，正好有事情想问易辙。

柳溪川要出演《夜影》女主角的消息在网络上传得如火如荼，粉丝们用她以往的荧幕形象做出以假乱真的海报物料，连原著作者都点了赞，互动得其乐融融，看起来不像假消息。可这个剧的开机时间在下个月，与《灰鲸》的拍摄期迎面撞上，还都是戏份不少的女主角，她不可能两个同时参演。

陈谅以为她既然进了大份额投资，演《灰鲸》已是板上钉钉的事，这IP剧的葫芦里又卖的什么药？

易辙反问："导演不知道影业挑了彭羽清演女主角吗？我以为他们肯定和导演商量过。"

"彭羽清？"陈谅揉揉脸，好像才瞬间清醒，洛川提过这人选，"啊……我是听说等我回上海要组织试镜，其中有彭羽清，可没定了她啊，我以为是叫她来陪跑……或者……试试感觉……"

他换了两种说法，自己都难以说服，可能是因为彭羽清和心目中女主角形象差太大，他压根没听进去。

"是洛川跟你说的？"

"是啊。"

这验证了易辙的猜测，洛川早知道真相。

陈谅喝了口啤酒压惊，一头雾水："谁定的啊？定了没人通知我。"

"老大的意思，可能想等试镜时再说服你。"

"这不扯淡吗？彭羽清那文艺性冷淡调调，能演水产市场小摊贩、低保家庭孩子妈吗？"他意识到失言，顿了顿，"哦，我不是说柳溪川像孩子妈，我是说她接地气多了。"

易辙喝着酒屏住笑，替他找个台阶："她至少演过农村来的保姆。"

"就是。"陈谅想了好几秒，还是直摇头，又问，"男二号有没有消息？他们想用谁？"

"不清楚，我们不参演了就没怎么过问。"易辙装无辜，但他知道，只要自己一出门，陈谅下个电话就会打给洛川。

眼下他满面愁容："彭羽清……能配谁啊？我觉得她跟男的彻底没感觉。啊，这么一来说得通了。"他开始乱炸脑洞，"老婆骗婚，发现真相的男人暴怒之下制造灭门惨案。"

听得出导演对这选角是相当不满意了。

易辙忍俊不禁，不太掂得出他现在有多大话语权，可能这次扭转不了乾坤，但他欣赏溪川，将来有话语权时关照得上，是件好事。

果然如易辙所料，跟陈谅喝完酒回房间不到两小时，已经深夜，洛川的电话就追过来了。

"怎么变卦了？传得满城风雨要演大IP，我还以为是假消息。不是说好现在的剧杀青后参加试镜吗？"洛川表面是埋怨的语气，实则为成功推卸责任松了口气。

易辙偏要逗她："没签呢。你这边一定溪川，那边我马上推了。"

洛川有点尴尬，没接话茬，转移话题问："你什么时候回上海？我们见面聊聊。"

易辙猜到，她想聊的是郭俊，而不是溪川。

崔海峰用不用陶沙他不知道，千机出品的孙佳玮导演新片用了陶沙，可是千真万确，再加上崔海峰这边男二号的假消息还在朝阳上空漫天飘着，陶沙最近成了名导们追捧的流量，这可不多见。

热门综艺的邀约一个接一个来了，要说片酬，电影电视怎能和综艺比，录制一周能抵得上剧组拍摄一个月，快钱谁不爱赚？

人家当红炸子鸡，大导大片在手，忙得马不停蹄，哪能看得上陈谅这种半新的导演，以影业计划中那点男二号片酬，也啃不下他了。

洛川正为难，一边冷处理溪川一边想请来郭俊该怎么开口，易辙就通过陈谅去她面前卖了个破绽，以为天赐良机，没想到正中圈套。

"你看，"易辙挂了电话，喜形于色转向她，"这回我没有夺谁的权吧，是他们求着我。"

溪川好像想起什么，笑岔了气："你知道吗？黎月行居然信了。昨天他居然跟我吐槽，说不想和陶沙搭戏，瓜田李下，显得他也怪怪的。"

易辙收起笑容，不满地"啧"了一声："你俩昨天不是没戏吗？上哪儿聊的天？"

"餐厅。"

这两天溪川崴了脚，行动不太方便，他几乎寸步不离，没想到吃饭取餐那短短几分钟，黎月行都能见缝插针凑过来聊天。

注意到他脸上闪过一丝不快，她微笑起来："你最近怎么盯上黎月行了？"

明明进组就听见了隔壁小剧场，他以前从不把黎月行放在眼里，要说有额外想法，也只是提着一根神经，谨防他的团队做什么小动作威胁到溪川。

易辙愣了愣，说："不知道。"

他靠近来坐在床边，把她翻过去掀起身后的衣摆，倒了些按摩油帮她揉开，吊威亚弄得腰上一片青紫。

他一边摩挲一边仔细思考，隐约找到危机感的来源："可能是因为你最近老走神，坐在那里就思绪不在，跟你说话总要说两遍……是不是入戏了？"

溪川脸朝下埋在枕头里一动不动，心里却激烈地斗争着，要不是他说起，她还没发现自己频频走神，但她知道为什么。

新旬的记忆不断填充着更多细节，记忆里那个人的形象逐渐清晰。他给自己信心来越过那个台风天，他嘴上不屑却默默支持自己的决定，他关心自己每一刻的情绪，以前不知道。而她愈加确定，他是个值得喜欢的人。一起经历过的笑与泪是曾经的几倍，对他的感情也在成倍积累。

结局总是无法改变，但她的心情真真切切发生了质变。易辙说得没错，反复不断地失去会改变一个人，可他预测得不对，这改变不是负面的。

如果说"时空对话"让人收获了什么，那就是她终于学会该怎么应对告别和重来。

第一次把"时空对话"的秘密告诉易辙，"时间线"变更后他却忘得一干二净，仿佛换个人。她不可避免地被沮丧袭倒。可是补救方法竟然无比简单，再告诉他就好。第无数次告诉他，他还是会接受，再拉着她往前走，有什么难的呢？

从前感到惶惶不安的一切，说到底又有什么可担心？

他忘掉什么，就去告诉他什么。

他忘掉自己，就去把他从人海中找出来。

只要自己活着，总能在未来做想做的决定。

不管有多么混乱不堪的过去，从现在开始都还有无限可能，原来转个方向去看看未来，会有不同的视野。

七岁玩第一个游戏时就已经明白的浅显道理，无论身后得到几枚金币、吃过几个蘑菇、踩死几只乌龟、丢了几条命，从现在的位置复活过来，你都会永远向前跑。

"阿辙。"

"嗯？"

她转过身，望着他的眼睛："有一件事我很确定，未来我只想和你在一起。"

他发自内心地笑了，尽量避免把手上的油蹭到她衣服上，张开双臂迎她坐起来亲吻自己，把她紧紧拥在怀里。

现实十分残酷，目前而言，时刻黏在一起是妄想。她脚踝的扭伤稍好一点就要复工，上海又有一大堆工作等他回去处理。

冯薇决定在国内跟易辙开个公司，用于承接国内公关业务。但他身为上市公司高管有诸多不便，名义上还是溪川和冯薇合资的公司，溪川本人又不能到场办理注册，手续变得麻烦，拖拖拉拉旷日持久，全部办完冯薇才回美国。

与洛川的会面，他反而一再拖延，姜太公钓鱼的姿态。

心急火燎的人换成了洛川。公司执行经纪来汇报过，她甚至试过通过YXC中层直接与郭俊本人取得联系，因此郭俊现在已经知道此事，虽然想接下这个电影，但他不可能在没得到公司同意的情况下，对洛川给出答复。

洛川以为这件事传不到易辙耳朵里，影业给了她不少压力，她自认为沉住了气，没让易辙推迟见面的次数超过三次。怕的就是在自己发出对郭俊的邀约时，易辙趁机提出把溪川打包进来的附加要求。

当然这段时间，她一直保持公司内部的磋商，可惜高层没有松口，赵一凡始终认定溪川不是女主角的理想人选。

扪心自问，她确实还有能力为溪川做更多，但她觉得没有必要，在她看来，这只不过是溪川唾手可得的许多机会中的一次，没什么特别的。

终于见上面时，从易辙在她面前坐下那一刻，她就开始怀疑他是不是知道了一些内情。

菜一样一样上过来，易辙吃得很随性，大多数时候在听她陈述帮溪川敲定角色遇到了多少阻力，他好像根本不意外，偶尔点点头，不置可否，像个听述职的领导。

洛川忍着不悦，继续提出对郭俊的邀请。

这次易辙倒是很快做出了反应，提出的条件核心只有一点：按郭俊一贯行情支付片酬，不议价。

他完全没有提到溪川，可这唯一的条件还是让她为难。

"一贯行情"是按郭俊平时拍电视剧的价格折算的，简而言之，如果电影要用他三个月档期，那么要支付郭俊平时三个月拍剧的片酬。听起来合理，但实际操作中极少有这样的计算方式。因为电影圈比电视圈"高级"，很多演员低片酬甚至零片酬出演电影，不可能叫上像电视剧那样的片酬。

经济形势一般时，像彭羽清这样大银幕上的熟脸，打包价一两百万就能拿下。就算是梁鸿远这种影帝，真要接片也不完全是为了钱，不会在片酬方面为难出品方，片酬加投资收益加承接后期特效等多重组合，能得到两三千万的利润已经十分满意。

但首先，郭俊要的片酬是指他的纯收入，影业没有多余投资份额给他。据她了解，郭俊此前接拍古装剧的片酬过千万，让一个中等成本电影支付这种高价简直是天方夜谭。

易辙放下筷子，靠向椅背："可能你觉得这样的条件有点不近情理，但站在我的角度考虑，你应该能理解。YXC不是我一言堂，我要让演员出来拍戏，要服众。作为一家以逐利为目的的正常企业，首先要考虑的就是机会成本。为什么要让郭俊来拍这个戏？他如果不拍这个戏，而在这档期内去接一个剧，会有千万收入，如果接的是综艺还会更高。为什么要舍弃那部分收入来接这个电影？为名？我看不到。总不可能是为了做公益吧。只有给到同等的片酬，我才能让股东埋单。"

洛川阴沉着脸："这是偷换概念。电影和电视是不同行业，一行有一行的规矩，怎么可能这么粗暴地等价替换？"

"我还没听说过哪一行有一成不变的行规。"他很松弛地笑起来，摊了摊手，"谈生意只要遵循最基本的生意逻辑，数清楚彼此手里的筹码。我已经亮了牌，是否选择答应我的条件，决定权在你手里。"

开什么玩笑？我把你当妹夫，你跟我数筹码？

洛川尴尬地笑笑，尽力把语气放缓："话不能这样说，虽然是生意，但不只是生意。溪川要进投资的时候你不也说过吗？更重要的是搭建关系。"

"当然，你可以认准郭俊，也可以出门去找其他演员，市场这么大，总能找到你情我愿的合作方，不用特地照顾我。我保证不会让这件事影响我们的关系。"

洛川脸僵了僵，干脆把话挑明："说白了，你还是想把溪川塞进来。"

"不，一码归一码。溪川另有安排了。"

第八话

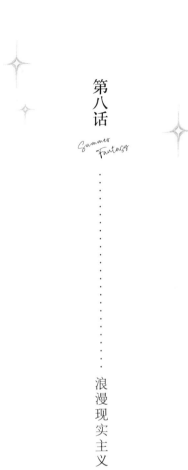

Summer Fantasy

浪漫现实主义

[71] 平凡的悲哀

洛川突然懂了，在YXC的战略布局中，只有溪川是个弱点，用上她才能在谈判中获得先机。笑自己先前怎么没有早注意到这点，居然想彻底抛开自己唯一的筹码。

"溪川的角色悬而未定，这时候在郭俊的片酬上提出苛刻要求，恐怕不明智吧。"洛川又主动把溪川的选角拉回谈判范围内，即使没有希望，她觉得也能打个时间差，先利用女主角选角吊着易辙的胃口，把男二号敲定。

"溪川的角色——"他笑起来，"随缘。有缘合作当然双赢，如果影业定了其他人选，我们也不损失什么，大制作在后面等着。"

"剧集再怎么大制作还是不如电影。除了赚钱，更应该考虑她作为艺人的影响力和品牌价值提升，郭俊也是如此。我相信YXC这么大企业，不至于这么目光短浅吧。"

"行业不景气，只能走一步看一步，落袋为安。洛川，你与其在这儿白费口舌，不如回去尽快和赵总沟通，定价不议价，我们这边是不可能再做出更多让步的。"

洛川终于把注意力集中回到郭俊的谈判上来："可他这角色毕竟只是男二号，现在拿他在电视剧里男主角的片酬对价，未免说不过去。"

"有什么说不过去？你我心知肚明。"易辙用手指在对方与自己之间画了一个来回，"他在电视剧做男主角扛收视，在电影里做男二号撑票房，责任是一样的。"

"虽然对他的预期是这样，但作为男二号没撑起票房受到的压力毕竟小多了，至少商务资源不会因为这种失利，就认为他价值下降。打个对折吧。"

"你能做主吗？"

"当然。"

"七折。"

"这也太……"

"定价不议价的前提下，想降低片酬的方式并非不存在。剧本确定了，可以精准地计算场次安排档期，拖拖拉拉三个月的戏份统筹得科学一点，集中在两个月拍完不是不可能，这不就节省下来了？比较一下更多地置景、多线程拍摄是否反而有利于节约成本……这些预算做好，不需要我来教你们制片吧。"

洛川见毫无商量余地，又不甘心地再打出感情牌："你完全不为溪川考虑了吗？万一女主角最后定了她，不仅再给不出像郭俊这么高的片酬，而且建立在目前的统筹方案前提下，很有可能让她迁就郭俊的档期。"

"溪川有她自己的考虑。这么说吧，她很喜欢《夜影》的剧本。"

洛川半张了嘴，却没说出话来。

听起来很像溪川一贯的作风。做这一行，大家对名利寸步不让，她在意的东西却总是有点特别。有时洛川很羡慕她这种任性，或者说得好听些，洒脱。

这餐饭，易辙让她吃得不痛快，回到家她又煮了个玉米，冷锅冷灶，显得有点凄凉。

等水开的时候，她想，溪川为什么能那么幸运？

她早有觉悟，事业感情不可能两全其美，在每一次选择时，她都毫不犹豫地把时间精力投入工作，毕竟，"感情靠不住"的真理，她已经从父母失败的婚姻中窥见了。

妈妈年轻时也洒脱，还曾婚内出轨，差一点跟别的男人跑了。但两个女儿考进大学这年，爸爸荣升学院院长，家庭地位随着事业腾飞而倒置。爸爸有钱有了地位，扬眉吐气了。妈妈却感到了危机，美貌不如年轻时，事业也谈不上什么飞跃，守住这个家庭让晚年安逸变得重要。她能想出的对策，首先是再生个孩子。

女人总是有这种思维误区，认为生个孩子可以包治百病。痛经吗？生个孩子就好了。乳腺增生吗？生个孩子就好了。夫妻感情破裂吗？生个孩子就好了。

妈妈还依靠现实情况找到了更多充分根据，她认为爸爸总是心猿意马，是对没有儿子抱有遗憾，现在女儿们上了大学，家里冷清，难怪他不爱回家。她工作清闲，正是生个孩子的最佳时机。但她忽视了生物现实，爸爸和她都过了最佳生育年龄，总之，经过一番折腾，还尝试过做试管，没有成功。

生育失败的妈妈很快转移了目标——洛川已经到了法定结婚年龄，让她早婚早育能达到同样效果。于是便开始了对女儿的漫长洗脑之路。

"女儿都已经结婚生子了，他再出去找小三生孩子像话吗？人都是要脸面的嘛。"

"你不为自己打算，总要为妈妈着想吧。"

"我们母女跟他吃了这么多年苦，他现在发迹了，财产都留给别的女人别的小孩，你咽得下这口气？"

这种话自她上大学起，就听得耳朵生茧。在其他不知道的"时间线"上，溪川所经历的催婚催育，眼下变本加厉落在洛川身上。要坚持自己的选择，受到的心理压力不少，承受着这样的压力前行，又很难不对自己的选择质疑。长期以来，她不得不借助安眠药入眠。

对妈妈说不出口的原因还有，她并不认为结婚生子能挽回父亲对家庭的眷恋。简而言之，爸爸根本不喜欢她。高中时为了阻止爸爸离婚，她什么手段都用尽了，最后甚至不惜威胁，虽然得到了她想要的结果，爸爸是不可能再执意离婚的，一直被她要挟困在家庭里，但是对她谈不上还有几分父女情。

这些事，妈妈并不知情，眼看女儿年近三十还没有半点成家的意思，这两年又赶上更年期，对她的怨恨与日俱增，只要通上电话见上面，就恶语相向。

"你对结婚没兴趣，也没看你事业搞出什么起色啊。"

"杨莉莉和你同龄的，读大学就生了龙凤胎，虽然延迟毕业比你晚了一年，但人家工作也没耽误啊，现在儿女双全，事业稳定，哪样不比你好？"

"所以说你当时要进企业我就反对的，混了这么多年混出了个什么样呢？看看人家女孩子过得多轻松。"

这样的冷嘲热讽比之前单纯的苦苦相逼杀伤力更大，她戳中了洛川的痛处。不夸张地说，洛川现在有抑郁症，母亲制造的恐怖氛围至少要负一半责任。小时候洛川没想过，选择了事业，事业也可能让人失望。

工作不像学习，成败和主观愿望并不成正比，不是付出更多时间和精力就能得到令人欣喜的回报。比起工作能力，决定一个人上升空间的，更多的是人际关系的平衡和选边站队的运气。

她所承受的绝大部分工作压力，并不是来自工作难度本身，出校门时踌躇满志，以为只要跟着领导踏实工作，就能在公司逐渐有一席之地。但现在她没那么天真了，领导不是老师，不会把她视为学生，而是棋子。

做执行制片，受夹板气早已是家常便饭。乙方业务单位全是领导的关系户，既不能开除也不能骂，状告到领导那儿去，被骂的人是她。可是睁只眼闭只眼，最后工作出纰漏、工期赶不上，被骂的人也是她。

身边的同事跳槽率很高，一般人干两年就会走。她没走是尚算比其他人明智一点，天下乌鸦一般黑，哪个大公司都这样。真正的出路是找个靠山，找靠山也像一场豪赌，眼光和运气缺一不可。某某副总、某某经理得势时，他的情人在公司耀武扬威，一调去外地被边缘化，情人也被调到其他楼层去坐公共工位。这类事每个月发生许多次，见怪不怪。

两全其美不存在，满盘皆输倒比比皆是，这就是平凡的悲哀。

从前她一直以为溪川和自己是一样的，现在想来觉得有点可笑。

溪川轮得着她同情吗？

溪川的惨算得上"美强惨"，而自己呢？不美不强只有惨，温水煮青蛙的惨。

易辙对溪川有几分真心，轮得着她操心吗？

真心罕见，大家不过都是择良木而居，起码溪川依附的人是一个企业的权力上峰，前景比自己明朗得多。

易辙回家后，估算着溪川收工吃完饭，给她去了个电话。

"我了解了一下，影业那边主要有三个山头，子公司五彩青春的总裁徐少威、精灵谷的总裁顾卫东，还有星海浩瀚的总裁侯云开，这三人势力旗鼓相当。赵一凡退休后，他的位置要么由三个人中的一个接任，要么由其他公司调过来空降。"

"赵一凡属于哪一派呢？"溪川问。

"他不可能属于任何一派，身为一把手不能自己去占山头，只能平衡各派系关系。就像在公司，一旦我过于明显地把杨欢焕当作亲信，张琴就会跟我离心离德，很难展开工作。"

"我不是跟你说过张琴是易珂的人吗？"

"不是你想的那么简单，张琴不会不给自己留条退路。"

溪川憋了半天："你不会和张琴睡过吧。"她非常确定张琴是易珂的人，是基于获悉他们之间暧昧关系的判断。

易辙在电话那头轻笑一声："你想到哪儿去了？！"

他正色继续说："把自己封闭在小圈子里，不是赵一凡这么大领导会做的选择。但正因为要平衡势力，这三个人无论哪一个能坚定地支持你，赵一凡都不能无视他的意见。更何况这三个人能在影业坐到今天的位置，不可能在更高层面没有人，赵一凡不看僧面也要看佛面。"

溪川脱了鞋，把脚跷在沙发上。

别的不说，看来她对姐姐的怀疑没错，当初她问姐姐"找谁还能增加一点对赵总的影响力"，姐姐指着梁鸿远，从一开始指的方向就是错的。

"你认为我姐姐……知道找谁管用吗？"

"我认为你姐姐不是鼠目寸光的打工族，一直没跳槽，想必有点野心。她甚至可能和其中一两人关系非常密切。不过现在你不用钻牛角尖再追究，她可能有她的难处。"

这种劝告溪川一向当耳旁风。

"会是顾卫东吗？她从精灵谷出来的。"

易辙深深吸了一口气："不能根据表象这么武断地认定，考虑这些对你没意义，暂时把你姐当干扰因素排除掉为好。但三个人中，顾卫东确实是我在短期内最可能搭建关系的人选。"

"你想联系顾卫东，却不想让我姐知道？"

"一方面，经由你姐姐联系他反而显得人微言轻，引荐人分量几何很重要。另一方面，如果他们确实关系密切，她自然会知道。不过她知不知道无所谓，只是无关紧要的小因素。现在郭俊片酬的事够她忙碌一阵。"

"你还想把谈片酬的任务交给她？"

"她是制片，这点权限还是有的。"

"可我不信任她了。"

"那没关系，我用的人我一个也不信任，事情办好就行。"

溪川沉默一阵："好吧。你打算怎么和顾卫东谈？他们做动画的和经纪公司很难有业务交集吧？"

"不难。"他轻松转移话题，"《夜影》的剧本你看了吗？"

"光看剧本和角色的发挥空间，我会选《夜影》而不是《灰鲸》。"

"我可没有让你选啊。"他笑着说。

[72] 杀青

谈到合作，溪川首先想到的是经纪公司，但她忘了自己刚有一家公关公司。

不到三天，经由MT影业的朋友穿针引线，易辙已经和精灵谷总裁顾卫东一起打上了高尔夫。

顾卫东三十四岁，已经在这个位置上坐了两年半，也算年轻有为，共同话题很容易找。

易珂和MT视频搞出来的那个所谓S级虚拟偶像综艺刚刚上线，成了相聚时群嘲的对象。

MT影业和MT视频虽然属于同一个集团，但业务独立，一个办公地在北京，一个办公地在上海，两者甚至暗暗较劲。

对于视频那边的失败，影业副总张禹吐槽起来毫无保留。

"上线前万众瞩目，动态预告一上线，全网哗然，说赞助商连夜买站票跑路绝对不是夸张。"

顾卫东作为动画专业人士，当然关注了这大事件，脑海里勾勒一下画风笑出声来："网上嘲讽很犀利啊，说是'我学了三年动画的朋友做的'系列。这综艺不是号称投资挺大吗？怎么一眼望过去像个草台班子？"

"太着急了。听说其他两家视频平台都在做同类项目，想抢在前面先出。"

"我说嘛，推出来的个别偶像连脸部建模都没捏好。"顾卫东好奇更多内幕，转头去找易辙搭讪，"你们YXC那几个好像是主推，还做得不错。"

"我昨晚留意了一下，形象过得去的，人设自相矛盾。"易辙接过话茬，"能看得出各方面敷衍了事，可能目标也就是吸一季广告，没那么远大的理想。"

顾卫东揣摩不出他这是谦逊，还是别有深意，露出有些困惑的神色。张禹连忙追加解释："他们YXC有分工，易总主要管的是影视艺人这块，选秀艺人现在是易珂独管，综艺是选秀那边搞出来的。"

顾卫东问："郭俊、柳溪川、翁唯语都是影视艺人吧？"

"是。"

顾卫东立刻明白了，所谓的选秀艺人部门是个冗余分支，笑笑没有接话，移动到易辙身后的球道上，看他挥出杆才开口："易总对虚拟偶像怎么看？我不是单指这档闹笑话的综艺。"

易辙把球杆递给旁边的球童，转身与他并肩往回走："是我看好的领域，不知道顾总有没有兴趣合作。精灵谷在动画美术方面是最专业的，YXC在艺人运营方面不敢称'最'，但也有三十年成功经验，只要拿出认真的态度，做出品牌不是难事。"

顾卫东也交出球杆，从果岭上漫步过去："这里的会所很有复古情调，我们一边去喝点茶休息一会儿，一边聊着。"

一休息将近一下午，直到暮色四合，一行人才开车返城。

虚拟偶像只是个引线，毕竟要合作这样一个新领域大项目，从策划到上线，没有三年见不到成效。一旦聊开了，眼前的合作契机很快找到。国庆档电影发行竞争激烈，《西游记》算中国真正出圈的大IP，不仅只受国内观众欢迎。易辙提议承接《小雷音》的海外公关业务，电影也可以像明星一样秉承"出口转内销"的思路，出去影展上先镀一层金、拿几个奖项，在发行上赢得先机，这就是冯薇的老本行了。与顾卫东达成合作意向后，冯薇立刻动身，从北美直飞上海，又转去欧洲运作。

一边投资千机影业的《啼笑皆非》，一边参与《小雷音》宣发，易辙的解释是"对冲一下风险"。

溪川没发表评论，对他这种左右手赚钱的行为早习以为常，这在业内不算少见。她反而更关心洛川那边的动向："郭俊的合同走完了？"

"嗯，她告诉你的？"

"没有。前两天郭俊给我打了个电话，不知他从哪里听说的，询问是不是我的角色换了他的角色。"

"怎么？如果是换的，他还能把片酬分你一半不成？"易辙在电话那头开玩笑。

"我没说是，也没说不是，模棱两可地反问了一句'你是这么理解的？'。主要怕他和我姐姐接触时漏出什么口风去，反而影响你和精灵谷的进展。"

"她虽然明哲保身不愿出力，但不至于阻碍你。"易辙宽慰道，"最近和顾卫东接触多了，我确定他和洛川关系匪浅，所以她或许早有所耳闻。"

"怎么确定的？"她好像对八卦格外感兴趣。

"凭感觉，顾卫东尽量避免谈到你，我想他是怕套起近乎把洛川带出场。"

这么说来，与姐姐的关系更加微妙了。顾卫东三十岁时已经结婚，育有一儿一女。姐姐应该很怕溪川把他俩往一块儿联想，这大概是早先她不愿动用自己的关系，去替溪川活动机会的原因，且不说最后能不能管用，让溪川了解太多反而对自己有看法，吃力不讨好的事不如不做。

溪川有些忧心，犹豫着问："她最近身体……精神方面，你觉得怎么样？"

"没影响工作。但如果她是你，我会劝你停工休息几周。"

"我倒是已经劝过她休假了，她未必听得进去。她给我打过电话，通知我试镜时间初步定在节后，别的只字未提，我接了《夜影》、你把郭俊推进去这些事，她权当不存在。"姐姐一贯如此，很多事闷在心里，解决不了的矛盾就视而不见，喜欢粉饰太平。

"我想……陈谅回上海后她应该能好一点。"易辙说。

还有可能吗？

近两天，季向葵回了剧组，嘻嘻哈哈把片场气氛带得很快活，吃盒饭时很自然地往导演摄影组人群里扎。溪川注意到，陈谅老像看疯子似的看她，不是真嫌弃，有那么点"自家人让大家见笑了"的意味。

剧照师喊住她："别走别走，这个景好看，我再给你拍两张。"

她颠颠地跑回来摆动作，得寸进尺地冲棚外招手叫陈谅："你过来，我们合个影。"

副导演乐了，跟着起哄，陈谅磨不开面子，连连摆手："我不爱照相。"

"那我俩照了哦。"季向葵顺手把副导演拽过去，把手里的烟夹在耳朵上，落落大方地一叉腰，笑眼瞟着陈谅，好像在揶揄：快杀青了，组里从早到晚都有人合影留念，越别扭越心里有鬼。

陈谅隔几米看她挑衅，觉得好气，又有些后悔没过去，表情刚有点松动，一旁的小场工来了句："葵姐你头发着了。"

着的不是她自己的头发，是耳边一簇发片，所以季向葵压根没感觉，歪着冒烟的脑袋睁大眼睛："啥？"

陈谅绷不住了，踩着矫健的步子蹿过去把那支烟摘下来拍两下，顺势在位置站定，转向镜头问剧照师："脑袋冒烟照了吗？"

剧照师比了个"OK"的手势。

季向葵这才反应过来，急得直跳："不行不行，快给我删了，影响我形象。"

陈谅揽着肩把她按住："你有什么形象？"

如今要说他们俩是"合约情侣"恐怕没人信了。

组里拍的最后一场戏，不是剧情上的最后一场，因为外联找水下摄影棚不利，男主角又感冒刚愈，水下戏被挪到收尾拍。这棚子只给了半天，满打满算只有三小时能用来拍摄，时间很紧张，打仗似的踩着点收工，导演一喊"过"，集体欢呼起来。

黎月行冲岸上的制片喊得很浪："开个泳池派对吧？"

梁均豪非常霸道总裁地邪魅一笑，大手一挥："晚上都安排好了！"

黎月行刚想转头跟溪川说点什么，她已经披着毛巾在助理护送下跑远了，出戏真快哎。让人怅然若失。

昨天最后一场对手戏男主角死了，导演喊"Cut"之后她在"尸体"身上趴了好一会儿，缓不过劲，黎月行抚着她的背不太敢抱，心跳得飞快，觉得精疲力竭，暗忖拍戏都没这个累。

临近杀青，宣传也按计划往外放了一波，以男女主角的营销为主，当然是双方团队和片商量好的。但黎月行寻思可能不只是宣传，以前她的剧没见她这么配合宣传，啧，女人就是这样，戏里戏外分不清。

十一点多看剪辑，他没让助理去，自己去了一趟，刚好碰见导演在剪辑室，两个男人没怎么热情招呼，只点了点头，专心一起盯着屏幕。

酒店房间里暖黄的灯光一打，画面像加了层滤镜，有些古典的克制又痴缠的味道，剪辑师把白天那场失魂落魄的戏连放了两遍，陈谅闷闷地憋出一句："戏……是挺好啊。"

剪辑和黎月行知道他说的是谁，毕竟男主角变尸体了嘛，再好也好不到哪儿去。但黎月行能找到沾沾自喜的立足点，首先他死相造型不错，其次要不是他演技好，女主角会这么入戏吗？不会。几乎可以肯定，柳溪川对自己有点意思。

杀青之后，他在化妆室卸妆时没碰见溪川，回酒店看见她经纪人站在楼下大堂外的台阶上抽烟，门口车没熄火，想着好长时间没见他了，主动打了个招呼："辙哥刚到啊？辛苦辛苦。"

易辙微微颔首，看他带着助理拖着大包小包的服装进门，随口寒暄："没你们拍水下戏辛苦。"

黎月行脚步没慢，匆匆从他身旁擦肩，也没打听溪川在哪儿，想着反正晚上杀青宴能好好喝两杯。

可到了杀青宴，他没再看见易辙，也没看见溪川，连那两个十分活跃的小助理也没看见。太奇怪了，是在水里泡久了身体不舒服吗？但是做人要矜持，他忍着没问。

按原定计划，第二天大部队离组，主演们还有点额外任务。因为粉丝们热情，放物料的速度比预定要快，赵絮提议加拍两组海报。

黎月行本来到化妆室的点就比通知时间晚，没想到只有季向葵在，实在觉得不对劲，问她："柳溪川呢？"

季向葵拨拨刘海，从镜子前转过头："昨天下午不就走了？她经纪人过来接的，在楼下搬行李搬了一个多小时，你没看见？"

"我……没注意。"黎月行的心一下空了，不自在地扯扯嘴角，含糊其词，"刚到就走啊……"

"那是——"季向葵没注意到他魂不守舍，语气酸酸的，拖长语调，像拉个唱腔，"人家是大忙人，赶巴黎时装周去了。"

"时装周……不还有几天吗？这么急。"剧组人走茶凉这场戏重演几十遍，他都习惯了，不知道这股无名的失落从何而起的，靠在后面的梳妆台上无措地摸摸后颈，小声说，"海报也不拍了。"

季向葵全神贯注地摆弄着那几根不服帖的刘海："能做图的嘛。你是不是找她有事？"

半晌没人回答，她诧异地抬起头，从镜子里往身后看。

刚才他靠站的位置空了。

[73] 漂流瓶联系

妖魔鬼怪最多的时候不是万圣节，而是时装周。

每年时装周，国内群众的乐趣在于品评前线不断发回的魔幻造型照片，平时貌美如花的大明星们一个个被搞得惨不忍睹，是大家喜闻乐见的。YXC旗下艺人总能在一群妖魔鬼怪中，为大家洗一洗贬值的双眼，从前人们以为是YXC合作的造型师胜人一筹，今年YXC小公主翁唯语的华丽翻车事故警醒了世人，事情不像大家想的那么简单。

在粉丝的热切期盼中，翁唯语穿着"睡衣睡裤"来到了巴黎，很快换上了烟熏妆和绑带小黑裙，努力化身街头小妹。

没等观众从清纯校花秒变小魔仙的打击中回血，另一组太空感十足的摇滚迪斯科造型又袭击了大家的眼球，要不是她的杨柳腰还在，真要怀疑小姑娘突然身怀六甲。

第三天，她以一身荧光玫红小礼服回到地球，竟让人觉得还过得去，不过黑发一夜变浅棕，这种色彩搭配总让人觉得在网店爆款推荐栏见过。

不知是否出于对"直角肩"的执着追求，接下来的几天，翁唯语虽然换了好几套造型，但都不肯放下Balmain的标致垫肩，炫酷女孩招摇过市，时尚圈毒舌博主戏称她为"行走的衣架"。

乐观地来看，翻车翻得轰轰烈烈还是不枉此行，至少让很多不看网剧的叔叔阿姨，认识了这位审美叛逆的"小太妹"，并警告家中未成年人"敢学翁唯语就打断你的腿"。

相比之下，可爱的江盈小朋友像一缕毫无存在感的黑烟，从巴黎上空飘了过去，无人在意。厚重的墨黑齐刘海，把她圆圆的小脸勾勒出河豚的曲线，哪怕她身着夺命单品渔网长袜，也没能吸引大家的注意力，或许是因为那件黑色拖地斗篷来自魔法世界，具有隐形功能。网络上对她吐槽不多，有极大概率是没认出来。

不过平心而论，明星们再离谱也赶不上网红，明星看秀要么是品牌邀请，要么是杂志邀请，网红们自己买票各显神通，脱线概率就更高了，花了钱不能白去，魔幻造型伴随通稿满天飞。在一定程度上起了反衬作用，把小花们的口碑挽回了一点。

正面示范不是没有，郭俊自下飞机起就炸了场，一头银发让粉丝们疯狂流泪，梦回天团。这正好侧面揭露了一个真相——

不是YXC造型师技高一筹，而是YXC早期艺人出道环境艰难，能扛着"杀马特"造型吸粉的幸存者们表示，时装周的化装舞会是小儿科。翁唯语小朋友显然败在没经历这重洗礼。

柳女士的出场本来也广受好评，黑金眼影配烈焰红唇，一身吸烟装，自带鼓风机，被全网美妆博主模仿个遍，野心勃勃的女孩们收获"尾牙制胜法宝"。

但是品牌大秀前排一落座，和郭俊同框坏了事。一个比实际年龄年轻，一个比实际年龄成熟，拉大了差距，连姐弟都算不上。

双方粉丝互相指责打了一架，又一起揪着勤奋产出同人文的朋友们打了第二架。

直到前线传回柳溪川和黎月行的街拍合影才偃旗息鼓。

凹造型场所有限，溪川和黎月行完全是偶遇。

黎月行平日营销重点放在演技上，不屑于争奇斗艳，品牌邀请完成任务罢了，意不在夺人眼球，造型普通清爽普通帅，中规中矩。

溪川黑风衣、银耳坠、背头、车厘子唇色。美是美，就是用力过猛。

黎月行一看见她，笑喷了，溪川不笑，黑山老妖没有这个表情。

"你杀青也跑得太快了，我以为以后得靠漂流瓶联系。"

"夸张吧，你明明有我微信。"

溪川倚墙摆一摆厌世脸，显得身边人像好好先生。

"有些事要见面说，看得见反应才有意思。"黎月行转过头狡黠地笑，"我接了《夜影》。让你从经纪人那儿或者网上先知道就没劲了。"

黑山老妖有时也能讶异，眨眨眼睛："你不是说要休假，今年只跑综艺了吗？"

"角色好啊。"

卧底题材，他喜欢不足为奇。但这个剧怪在女主角才是卧底，男主角只是警察，发挥空间反而没她那么大。难得他"伟光正"一次。

"可我还没签。"溪川小声说。

"为什么？"

"有点事还悬而未决。"她语焉不详。

不管还有什么悬而未决，MT视频的策略，是先让营销号放出男女主角消息洗了版，用的就是这套街拍合影，坏女人和好男人，很搭。

这两人现代装物料丰富，剪辑大手连夜开始工作，两人粉丝抱着IP原著嗑得如痴如醉。《夜影》连个影都没有就被炒得火热，成为与时装周"百鬼夜行"共存的另一热门话题。

但是世间常态，有人欢喜就有人愁。

影业的试镜郭俊没能到场，梁鸿远如约而至，可是柳溪川缺席，剩下的只是走个过场，女主角定了彭羽清。陈谅很崩溃，并在之后的会议上不加掩饰地表演了一出"万箭穿心"。

"完全不行，梁老师的戏，彭羽清一个回合都接不住。"他按下遥控，试镜影像暂停在幕布上，"梁老师这边已经在凶杀边缘了，画面一给到彭羽清，马上进入文艺爱情MTV。"

赵一凡并没有否认，只是眯着眼帮忙找借口："羽清毕竟比梁老师年轻九岁，可以理解。去外面找同年龄的女演员，都会面临这个问题。现在只是试镜，说不定正式开机入了戏就好了。"

"我没信心能调好她，她这个风格已经相当模式化。要说年轻，我刚从《金簪》剧组出来，比她还年轻的柳溪川都不至于这样。"

"柳溪川就不要提了，她连试镜都不来。"这情况让赵一凡很意外，他有点生气，转头问洛川，"柳溪川跑哪儿去了？"

"接了个大IP，委婉地说我们剧本没意思。"洛川如实转达。

赵一凡挑起眉："那个大IP有什么意思？你给我说说。"

"女主角是反社会人格、失忆卧底、犯罪集团女掌门、复仇……"

"行行行。"赵一凡不耐烦地挥挥手，"所以我说现在这种猎奇的流行很不好，一个主角出来不带点人格分裂、精神分裂都没有面子。社会做错了什么，动不动就反社会？"

陈谅忍俊不禁："我们梁老师的角色也够反社会的。"

"那是剧本问题啊，为什么我们的反社会不如别人的反社会有意思？"赵一凡忽然较上了劲。

"我们是男主角反社会，女主角觉得没意思很正常。我和余老师本来还在加女主角和男二号的剧情，但要是定彭羽清，真是连创作欲望都彻底没了。"

"为什么？"

陈谅举起彭羽清艺人卡上的大幅照片贴上白板："这是彭羽清。"他又接过助理递来的郭俊照片贴上去，"这是郭……"难以置信地回头，再看一眼这位像极了发型总监的银发男子，问助理，"这是郭俊？"

助理姑娘捧着脸冒星星眼："很帅啊。"

可是挑了最帅最帅的一张呢。

陈谅只好硬着头皮继续说下去："这是郭俊。彭羽清和他就像生活在两个次元，谈不上任何化学反应。可能人生唯一的交集，就是当彭小姐走进店里，郭俊喊学徒去给她洗个头。为什么他不自己去呢？因为彭小姐一看就不会染发烫发办卡，她只能接受洗剪吹。"

洛川掩住嘴，肩微微抖起来。

"柳溪川和郭俊的合照。"陈谅对助理伸出手。

"没有。"

陈谅没发问，但满脸写着"不是让你去找吗"。

助理姑娘一边把柳溪川的个人照递过去，一边解释："合照被粉丝举报掉了。"

赵一凡接话问："为什么举报？"

可惜在座的主创都不年轻了，没有人能给出合理解释满足他的好奇心。

幸而助理姑娘没挑她"拜金继母"或"黑山老妖"的造型，白板上一张淡妆照眼神倔强，比较应景。

赵一凡支着脸盯着白板沉默半响，转向编剧："余老师，要不你先参考柳溪川和郭俊的形象完善一下剧本，我们抓紧报备。"

但他没说女主角定彭羽清，也没说定柳溪川，会就这样散了。

陈谅向洛川打听，洛川也揣测不了赵一凡的心思。

真正让赵一凡转了心思是三周后，备案通过，顺理成章请人吃饭答谢。

饭局上对方夸这剧本不错，提及："前天碰见卫东我还向他打听，他透露主演是梁鸿远和柳溪川。那真是可以期待。"

赵一凡处境有些尴尬，急于推卸责任："柳溪川片酬要得太高，可能不能参演。现在互联网平台请她演剧片酬都很高，我们承受不起哇。"

对方一听不高兴了："怎么能一心钻进钱眼里？我来找她谈话，为了电影事业的繁荣，零片酬来出演都是应该的，作为一线演员，连这点社会责任意识都没有吗？"

赵一凡骑虎难下，赶紧表态："不不不，没到那地步。现在还在和她经纪公司协商，相信应该能达成协议。"

"协商不下来你找我。我最看不得这种唯利是图的风气。现在提倡演员自律降薪限酬，他们还顶风作案！"

"是、是，太不像话了。"

赵一凡不敢冒险"破坏电影事业的繁荣"，第二天让洛川把新剧本给溪川经纪人递过去，可左等右等没回音，洛川回话说："柳溪川从巴黎回来直接去泰国度假了。"

这么拖着不是办法，他又让赵絮约易辙吃饭。

易辙拉上林文亮作陪，苦笑自己"做不了她的主"，让林文亮当证人。

林文亮倒没撒谎，实话实说："他们YXC的艺人是这样的，没有一个省油的灯，我都怀疑他们选人标准的第一条，是看上房揭瓦能力。"

赵絮说："感觉柳溪川还可以，她在我们组算事少的。"

林文亮现身说法："那是正好顺了毛。她在我剧里骂导演、踩剧本哪是谣传？这个电影她不想接，经纪公司强迫她接了，她还能乖吗？"

易辙缓了缓语气："也不是不想接，只是《灰鲸》悬置太久了，《夜影》的剧本递过来她很喜欢，档期不巧撞了嘛。"

原来根源还是档期冲突。

赵一凡决定去把《夜影》的立项拦下来，找出冠冕堂皇的借口："这种又是反社会又是复仇的剧太不正能量，本来就不该拍。"

赵絮先不干了："你不要乱来啊，柳溪川和黎月行再续一个剧，可以让《金簪》热度一直持续到明年播出，能省多少宣发费用！"

"那你说现在怎么办？"

"这种事根本不需要你操心，电影定角本来就应该听导演的。既然陈导这么看中柳溪川，那让他去把柳溪川叫来，叫不来他总得找个备选。这样对上对下都有了交代，导演出于艺术考虑定的人。"

于是，皮球又踢回给了陈谅。

洛川对他深表同情，并体贴地给他订好了机票酒店，送他到机场。

"还是不接电话？"

洛川摇摇头："她压根没开通国际漫游。"

"我不信经纪人都联系不上她。"

"问题是我也联系不上经纪人，给易辙发消息不回，打电话老是转到公司座机，助理记了留言就石沉大海。"

陈谅冷哼一声："说不定是故意的。"

"肯定是故意的。"洛川知道易辙正忙那个在映的国庆档电影，可连顾卫东都没忙到没时间回电。

"这叫什么事啊。"陈谅对溪川毫无头绪，落了地只能像没头苍蝇似的满街乱窜，不就是个演员吗？敢让导演追着跑，真是畸形的行业畸形的生态，"还不如让季向葵演女主。"

洛川淡淡地瞥来一眼，知道他不是认真的，担心的却是他缺乏求人的天赋，"三顾茅庐"可能演成"三打白骨精"。

"要不……我和你一起去吧。"

[74] 散心

下飞机后直奔目的地，到达酒店时已经下午四点多。

洛川在与前台交涉，陈谅把行李交给礼宾，走出门去透口气，海风散发着潮湿的咸腥味。

理论上来说，他没有阻止洛川跟来的理由，洛川算执行制片，码演员属于她分内的工作——他是这么宽慰自己的。

读书的时候，他和洛川的学校相距五公里，上海生源不太爱考外地，他们在高中是重点班，考清北的有几人，但一个班在北京的总共也就六七人。他对洛川又有念想，联系很紧密。碰上五一十一长假，或是刚放暑假还没回上海时，陈谅总会别有用心地呼朋引伴去京郊玩几天，自然会把洛川带上。有时洛川和同学一起拍作业，在郊区取景，也会喊他去帮忙搬搬道具串串龙套。

因此一同出行的经历不少，但两人单独出行不曾有过。飞机上她合眼睡觉，并没有睡着，陈谅知道，是因为他始终提着根神经，居然有点紧张。

他透过玻璃门往里面望一眼，洛川那边还没有办妥的迹象，不知被什么纠缠住了。他走进去无声地靠在她身边台子上。

洛川把护照和房卡往他手里塞过去："你先去房间休息，我得在附近看看其他酒店，这里没有空房了。"

陈谅以一个诧异的表情转向前台。

那位姑娘耐心地对他解释："最近到明年二月都是旺季，当天的客房已经订满，现在只能预订明天的。"

有时候，真怀疑洛川这爱钻牛角尖的个性不适合做制片。陈谅稍稍犹豫，替她决定。

"你给我订的是套房对吧？今晚别折腾了，我在沙发上将就挤一下。把明天的房间订好，我们先去吃晚饭。你什么也没带，一会儿还有好多事要办。"

洛川想想，的确没必要矫情。

陈谅不忘嘱咐前台："万一有人预定了房间却没入住，麻烦你打房间电话通知我们。"

"好的。"

出门时洛川可没打算出国，只是开车去送机，日用品衣物都没拿，临时买的机票，幸好护照、照片都放在车里，过境时没有泰铢，陈谅匀给她的。

从机场到酒店途中下了场雨，不过很快停了。雨季还没完全结束，陈谅不放心，问礼宾部要了把伞攥在手里。

日落时分，街上有点堵车，放眼望去，视野里湿漉漉的地面反射着迷蒙的红光。

她盲目地跟着陈谅走，对比了几个地方，选了利率高的兑换，都是陈谅在问询、决策，表情一直严肃。她把钱交给他，在排队的人群外等候，难得放空自己，享受被照顾。

走出Super Rich（泰国换钱场所），他才如释重负看看手机时间："还好我们走得快，再过十分钟他们要关门了。"松口气后抬起头，"想吃点什么？"

"附近随便吃吧。"她不讲究。

他用手机搜了家泰国菜，往前没走几步就到了。入乡随俗，点的都是咖喱蟹、柠檬虾、冬阴功汤之类的标志性菜，食材很新鲜，但口味一般，最后两人分了菠萝饭把肚子草草填饱。

陈谅翻着手机找到一些旅行经验："说夜市吃的东西比较多、味道也好。你要是觉得这里不好吃，我们坐地铁过去。"

"不用，我们吃完还有买东西的任务，今天紧赶慢赶都累了，早点回酒店休息。"

"嗯，那明天再去。"

洛川好脾气地笑起来："不是来找人的吗？看你像公费旅游。"

陈谅愣了愣，放下手机，无奈道："找人……没线索啊。只知道她在泰国，范围太大了，度假的人应该更可能在普吉、苏梅、清迈。"

洛川叹口气："只能指望明天易辙能回个消息。我已经留言说我们到泰国了，他不至于让我们白跑一趟吧。"

"怎么会跑到泰国来？"陈谅眯着眼琢磨，没有头绪，又抓起手机做起了行程规划，"等会儿买化妆品护肤品去免税店，顺便可以上云顶大厦俯瞰夜景，现场买票贵，我网上订一下。"

这人还是不放弃认真旅游。洛川笑了。

购物和观光结束，打了辆出租车回酒店。在车上，两人手机和邮箱同时收到编剧余老师发来的第九稿剧本，直到下车回房才看完修改稿。

房间里闷热潮湿，室外有独立泳池，陈谅把通往外面的玻璃门拉开通风，从迷你吧台拿出两瓶冰啤酒，打开后递给她一瓶："上次说改天喝两杯散散心，这么久才找到机会。"

洛川笑着喝了一口，继续低头看剧本。

陈谅瞄见她已在看最后一页："你觉得怎么样？"

"感情线比前一稿细腻，不过有些地方，转折还是有点突兀。"

陈谅笑："余老师是个大男人，当然不够细腻。你给提点意见。"

"男主角听见女主角对男二号说要离婚，这一瞬间他慌不择路逃走了，我能理解，但他在外面喝了酒回家就打老婆我不能理解。正常来说，越打不是越跑得快吗？他怎么没有危机意识？要展现他的压力，这不是很好的机会吗？否则拍出来，给人的感觉只是个无脑的狂徒。"

"溪川说把矛盾集中在两性关系对立很肤浅。"

洛川有点听不明白："她……在剧组跟你说的？现在的剧本，激化他行为的不就是两性关系吗？妻子出轨了。我觉得挺过激的，他甚至没有试过挽回。"

"我和余老师讨论，是想把他的压力往深层打一打，他在乎的其实不是感情纠纷。他们之间虽然看起来男强女弱，但实际正好相反，他对妻子不存在感情，只是把妻子当成与社会建立联系的一个工具。他长期以来都是逼着妻子出面，本质是个懦夫。所以妻子要离开他，对他来说就像世界毁灭了。这时候他并不想挽回什么。"

他越说越嫌自己话多，好像在讲戏，又疑似在解释别的什么。

还好洛川没多心。

"那么他逃走……也是因为不敢进去面对另一个男人？不是因为感情受挫？"

"对，虽然他是别人眼里的庞然大物，但笨拙、迟缓、沉默、毫无战斗力。看起来是藤壶寄生于他，其实是他依赖藤壶，一旦被抛弃只能选择毁灭。"

"光看剧本，好像领悟不了这种解读。他逃走后是一个余波场景，光是坐在那儿抽烟喝酒，我会以为他在反思或者想解决问题的办法。"

陈谅笑起来："我妈说，她打过这么多离婚官司，妻子要离开，男人是从来不会反思的。"

"是吗？"

"女人忍受不了贫穷，男人会认为问题出在女人拜金或者社会整体风气拜金上，很少有人想'啊，是我的错，我能力不够赚得不多，让她受委屈了'。就算在你看来是无可辩驳的过错方，家暴和出轨的男人，愧疚感也只有一瞬间，更多的时候他们反过来指责别人，'是你的行为让我忍无可忍，才逼得我家暴出轨，是你的错'。"

洛川想起自己的父亲，他做了伤天害理的事，女儿目击后以此要挟他不许和妈妈离婚，他却只记住了要挟这项过错，对女儿恨之入骨。

她自嘲地笑笑："看来我真是一点也不了解男人，难怪不像别的女人那么容易找到男朋友。"

正常人的反应不该是"这样的男朋友不要也罢"吗？听着很孩子气，陈谅笑着把话题拉回电影："那我们这个主创阵容有趣了，由不了解女人的男人和不了解男人的女人组成。"

"余老师成家了吧？"

"余老师正在和他夫人办离婚，我还以为你是因为这个才找他编剧呢。"

"我完全不知道，是孙导找的他。"

"歪打正着了。"

"如果是现在这样一个故事……"洛川又沉吟数秒，"我会被女主角吸引，她寄生着、被困着，逐渐认清真相，走出牢笼，却在差一步逃出生天时被无情地抹杀，太让人惋惜。我看过一个电影，忘了叫什么。女主角明明有很多机会逃过一劫，却在一次次巧合中被宿命推向杀人狂，有过那么多希望，以为能有转机，最后却只差那么一点点。让人好生气。"

"《追击者》嘛，我和你一起看的。"

"是吗？"洛川从情节回顾中回过神。

"大三，你们学校拉片，我去蹭课。你看你。"他逮住她脸上闪过的困惑打趣，"陪你看电影的人太多了，你都记不住。"

"我连片名也没记住。"

"难道不是因为看的电影太多？"

洛川放弃抵抗，把头扭向一边去喝啤酒。

他一边看着她微笑，一边跟着喝酒，凉意从喉咙流向胃里，反而让人想起过去温暖的细节。

她出声打断了他的思绪："可是男主角的'寄生'该怎么表现呢？相比起来，女主角向光、有生命力，在强情节的旋涡里挣扎，太抢眼了。男主角只是独自闷闷地喝酒，我可能不会去细想他人性的层次。"

"这里我想先试试梁老师演技的感染力，如果不够，就用镜头做一些变化。在楼道里以静止的面部特写为主，从他出门开始，用固定机位远景、大远景展现他的彷徨。他开始沿街走动，镜头自下往上摇，人在画面里下沉，人机之间设置建筑做障碍物。他疾走，机位后拉比他快，虚焦再转实，等他从景深来到前景再虚焦，然后马上切到下一条街道，再等他出现。这样一紧一松，制造一种他总追不上这个世界的节奏。"

洛川安静地听着，已经完全在脑海里想象出画面。一个与环境格格不入的人，一张仓皇神色尽收眼底的脸，不由得把对女主角的同情分给他一点点。忽略性别，好像他才更像自己。这令人窒息的代入感。

她倏忽笑起来，声音有点低沉："你真的很适合做这行。"

陈谅受宠若惊，正在分辨她眼中高光所带的属性，是崇拜还是爱慕多一点，突然手机铃声响起来。

来电显示是季向葵，他跨出门去在泳池边接听。

叽叽喳喳的问句一股脑挤进耳朵里："你到了吗？到了怎么不说一声呀？你一个人吗？酒店怎么样？五星级？影业怎么这么抠呀？和柳溪川见面了？她得意什么呀？换了她吧，女演员到处都是！要不要我请假去陪你？"

其间他隐约听见房间里座机铃声大作，回身往里面望，洛川去接听了。

他看着那个身影："呃……不用，我只待三天就回去，碰不到没办法，算我尽力了。"

季向葵不肯放电话，缠着他喋喋不休吐槽剧组，又说了十来分钟。最后他又保证了一遍三天后就回去才得以脱身，言下之意是没必要用国际长途煲电话粥。

挂断电话后抬起头，洛川已经抱臂倚门站在不远处，他先发制人问："前台来的电话？"

她点点头。

"有空房了吗？"

"没有。问明天需不需要叫早。我说不用了。"

他松下紧绷的神经，莫名的尴尬盖过了忐忑，垂眼道："已经……很晚了，你先洗漱吧。"

"只是说说话，就不知不觉到这个点了。"她笑了笑，视线落在他手机上，"有人催你回去？"

"是……季向葵。"他把这名字抛出来，划清界限，更多是为了逼退自己。

洛川没露出意外之色："说了是出来工作吗？她不至于生气吧？"

"哦，那倒没有。她只是觉得我走得太突然了。"他想想，如果让季向葵知道自己并非一个人出行，说不定真要发脾气。

她温柔地笑笑："你不要觉得被限制了自由，她这性格挺可爱的不是吗？不像我，喜欢都不擅长表达，让人感觉不到。"

他不知所措地咽了咽喉咙，心跳停顿两拍再喧嚣起势，血液往天灵盖冲，打得视网膜一阵暗过一阵。

[75] 歪打正着

这暗示再明显不过，相信再迟钝的人也听得出来。

百分之九十九的男人这时会上前吻住她，然后一切顺理成章地发生。是什么让自己成为百分之一的男人？

陈谅无法忽视那一丝怀疑，当年她父亲婚内出轨对她影响那么大，她会愿意插足别人的感情吗？

洛川是个聪明人，他也不傻，刚才的那番对话显然建立在"她知道他和季向葵

105

复合"这个前提下。

说不定想多了，她没那个意思——残存的理智把这念头推进脑海，怎么也挥之不去。

机会稍纵即逝。

洛川局促地摩挲着一侧手臂，最后侧身让开一条进门的通道："你进来吧，外面蚊子多。我刚在衣柜里翻到了薄毯和被子，已经给你铺好了，你来看看合不合意。那我……先去洗漱了。"

陈谅怔怔地踏进房间，往她引领的方向看去，在沙发上坐下，长吁一口气。

如果洛川想和他发生点什么，应该不会这么快替他布置好沙发。

果然是自己会错了意。

这不是第一次，从前有过许多次，洛川的某些言行让他怀疑她是不是喜欢自己，但事后被证明不过是他自作多情。也许是他太想要那个结果，不知不觉往那个方向对自己进行了催眠。

她说"喜欢却不擅长表达"，为什么不可能只是阐述一个客观事实呢？

他听着浴室里淅淅沥沥的水声，暗自嘲笑刚才那些隐秘的期望，虽然意料之外，但在情理之中。

失落的恍神间，房间里座机又响了。

他毫无意识地接起来，前台礼貌而唠叨地绕了一大圈，好不容易才让人听明白。有位客人房间的浴室出水不畅，主动要求换去了走廊尽头的房间，如果不需要用到浴室，是否愿意入住这位客人的房间，只收半价。

陈谅说不用折腾了，已经准备休息。

挂断电话许久他才回过神，又理了一遍思路，确认自己的理解没有问题。前台的意思是刚才有一间空房，但是洛川接电话时拒绝搬去，什么原因呢？也许是对房间位置不满意。但她对自己没提起，只说酒店来电话询问是否需要叫早。这意味着……

洛川喜欢他是真的。

他坐回沙发上独自傻笑，心里抑制不住地高兴。

难道她没有做好和他发生关系的准备？为什么？

还是因为季向葵的存在吧。但他又没和季向葵结婚，充其量算个女朋友，有那么值得介意吗？

季向葵本人倒是对露水情缘一点不介意，她从来不约束自己，自然没有立场约束别人。

陈谅是个男人，更不会主动约束自己。

但他忽略了洛川的感受，不难想到，洛川需要的不是一夜情，而是一份认真的感情。被这百折千回的思维差异折磨得大脑快麻痹了，他才得出结论。

他为刚才差一点头脑发热，把洛川置于悖德的境地而感到惭愧，虽然冥冥中确实感到有点不妥，但他没意识到问题的严重性。如果真发生点什么，连季向葵都可以把她的尊严踩在脚下。

那么现在的矛盾焦点转移了，要和季向葵分手吗？

就在前几天他还有种突如其来的感觉，和季向葵的感情稳定下来，不会再出现什么变数了。

洛川不出现的时候，季向葵很好，不能算十全十美，但相处起来非常开心，人机灵活泼，整天嘻嘻哈哈乐不可支，连生气时吹胡子瞪眼都自带喜感，在她面前可以很放松，做情人能带给人幸福感。她肯定不会和他结婚，所以现在的交往是一种持久稳定的状态。

而洛川呢，明显给人一种可以结婚，而且能做个好太太的感觉。首先对感情很认真，其次又能干温柔体恤。

关键是现在自己需要婚姻吗？

事业至少在三年内还在上升期，一年中有半年都在剧组，即使只是交往了女朋友，也肯定是两地分居，像眼前的电影这样能正好凑在一起的机会不多，与季向葵或洛川恋爱都是如此。

季向葵当然对此毫无异议，甚至很享受自由自在。

洛川呢？她会不会觉得这样交往和没交往差异不大？她比季向葵年龄大一点，又是态度端正的个性，会不会更迫切地想要结婚？

要不要为了开始一段感情，去彻底结束另一段感情？

他毫无头绪。

翻来覆去地考虑这些事，他一晚上没睡好，偶尔能听见房间里的动静，怀疑洛川也没睡着。

很明显的对比，在决定和季向葵交往时根本不需要考虑，对她说什么话不必过脑，反正她也会把他的话当耳旁风。

正因为深爱才会谨慎。想到这里，他又忽略重点地高兴起来。

洛川确实没睡着，抗抑郁和助眠的药物一点没带。

她也确实想了想和陈谅的关系，大约想了两分钟。

陈谅没有把两个人变成床伴，这让她有点感动，但就算他那么做了也能理解，男人是怎样一种没羞没臊的生物，她是有心理准备的。

此刻充斥着她大脑的烦乱思绪，主要因溪川而起。

溪川看得出剧本存在的问题，她却意识不到，嘴上只能用"不了解男人"搪塞掩饰，陈谅把她当知音，其实自己心知肚明，在艺术方面她好像没什么天赋。

说来可笑，她最初进入这行是因为喜欢看电影，想当编剧。报考学校时征求了相关行业学姐的意见，学姐说编剧是这行的底层，毫无话语权，并不能创作自己想

107

创作的东西。现实的确如此，连余老师这样有经验的老编剧，都得听老板和导演的指示工作。那时候的洛川听说"制片中心制"，于是填报了制片管理专业，通过做制片获得话语权后参与创作，是她理想的职业路线。

工作这么多年，她已经知道这种想法不切实际，话语权和做哪个工种并不直接相关，只有做哪个工种成为头部大咖才能获得话语权，制作公司老板、大投资方、名导演、名演员，他们这些人的声音才能被听见。

除此之外更残酷的是，她越来越能体会到把电影当作爱好和职业，是两条没有交点的平行线。她在艺术方面的天赋似乎足够她做个优秀观众，发现好电影时激动地推荐周围朋友快去看的那种。这和她的工作可以说毫不相关。

她的工作内容涉及范围很广，要算钱管账、处理合约、把难缠的工作人员绑在一起团队作业……唯独和她喜爱的电影内容沾不上边。

说到底制片是个服务保障类的工作，专业打杂，像无论什么公司的行政人事部，不管这公司处于什么行业，他们的工作一样是采购缺少的办公用品。

同理，哪怕业务部门最没有话语权的人，地位也比他们高，因为业务创造盈利。余老师就从来没有一次痛痛快快采纳过她提出的修改意见。

一方面工作场景与自己的梦想相去甚远，一方面逐渐认清自己没有天赋，必然会产生怀疑，是否还要在不擅长的领域苦苦硬撑下去。

人一旦产生了怀疑，就会陷入更加缺乏动力的恶性循环。

这半年以来，她能让自己打起精神是由于陈谅的出现。这个项目能和陈谅合作也许是命运对她的照顾，陈谅毕竟不会故意为难她，是个很好的服务对象。如果项目能成功，她就有了独立管理的经验，不会那么轻易失业了。已经走到这里，应该再咬牙坚持两步。

但是最近发生的种种，愈加挑战着她的承受极限。

陈谅起得很早，虽然没休息好，但因为心情够好并不觉得疲惫。他看洛川有点憔悴，大概和自己一样，并没放在心上。

溪川还是没有任何消息。

陈谅于是提议："既然还这么早，不如去景点转一圈吧，不会碰上旅行团。"

顺势演变成了标准旅游，先逛郑王庙，又去三头神像博物馆，还拍了很多游客照。洛川时不时看看手机，陈谅连问都没问过她易辙有没有回电。她接过好多电话，他没去仔细听，看反应就知道和溪川没关系，是公司里一些琐碎小事。她突然跑出国，工作没交接，自然得远程处理。

临近傍晚，他后知后觉地发现了洛川和自己的区别，她好像真的不怎么开心，对旅游兴趣缺缺，跟在身边，像个随行导游。

"去夜市吃小吃吗？"他觉察到她走不动了，决定放弃地铁计划，"打车去吧。"

她努力地支起一个微笑，点点头。

费了点时间和口舌跟司机砍价，上车后他陷入了沉默。

洛川为什么不高兴？

彼此两情相悦，但是现在还不能给她明确的回应——陈谅意识到这点后，一整天都和她拉开了距离。昨天那种紧张暧昧的气氛已经消失了，两个人只是像朋友似的，洛川应该能感觉到。

她是不是误会了？

以为他就是这样一个不负责任的人，故意装蒜、退缩回去，不了了之了？

陈谅一时变得心情沉重。具体的出路他没考虑清楚，但他正在考虑，没想逃避。在下车前他做了个决定，至少要把准备解决问题的心意告诉洛川。要和她在一起就得跟季向葵分手，要和季向葵交往就得和她做回朋友，他需要时间做决定，但不会劈腿，更不会和稀泥蒙混过关。

他走出几步，回身站定，开门见山："你这样闷闷不乐，是不是因为季向葵？"

洛川差点踉跄一步，紧张地猛抬头，却又马上把视线从他眼前转开。

"是吗？"陈谅在准备说辞，无意识地小声重复，语气意外变得温柔。

也许是因为这样的温柔太突然，她的眼泪突然滚落下来。自己也错愕无比，医生确实嘱咐过抗抑郁的药物不能随便停，才停药一天，情绪管理就失控了。

陈谅惊诧于她过激的反应，打好的腹稿忘得一干二净，一个字也没说出来，当务之急似乎变成了"如何阻止她在马路边崩溃"，随后他听见了一串出乎意料的词句。

"是……也不是……准确说是她经纪人……"

陈谅蹙起眉："Brett？"

洛川点点头，继续语无伦次："其实也不怪他，为艺人争取利益是他分内的事……"

陈谅听不明白，困惑地把她往远离车辆的方向拽了拽。

"主要还是我们公司的法务太……"她竭尽全力想找个合适的形容词，组织出连贯的语言。

法务？

陈谅心里一顿，紧绷的神经松弛下来。

"什么啊？说好出来散心，你却在想工作？"他掰开她捂着眼睛的手，胡乱帮她擦擦眼泪。

洛川听出他语气里的笑腔，吃惊得忘了对他装温柔。

"你有点人性好吧？！"

[76] 感情牌

陈谅认为洛川很美，当然他见过的女演员太多了，客观地说，她不是那种精致得能扛住镜头的类型，但在生活中已经足够引人注目，她有张对大人察言观色的孩子般的脸，小心又机灵的模样，惹人怜爱却不自知，高中时他就这么觉得了。

帐篷里漫出橙色光罩在她脸上，背景里天空和楼房是深蓝色，四周人头攒动，噪音像一层厚厚的茧，把这些暖调的区域包裹起来，她的话听着不太清晰，断断续续，他只能连猜带蒙地去理解。

场面好像回到了高中，那时学校的传统是每个跨年夜全校晚会后，每个班级在分配的摊位上继续搞活动，从教室铺陈到广场，许多班级会租来小棚子，很像眼下的集市。

高中时洛川担任学校的文艺部长，跨年晚会结束前总忙得像打仗，陈谅总被作为固定班底喊去帮忙打杂，等到逛夜市时才能闲下来，对校际活动的印象如今只剩下游园。

"经纪人要求住五星级酒店可以理解，按她的'咖位'应该享受这个待遇……"

听到这里，陈谅大致明白了她和Brett交涉的矛盾点，又想笑，怕再被她吐槽没有人性，只能憋着，暗忖季向葵为什么对五星级酒店有这么大执念，昨晚通电话也在这方面斤斤计较了。

洛川咬着香蕉饼继续说："一开始大家没注意到这一条也就算了，不知怎么回事，法务突然较真，想在合同里把具体酒店名称写清楚，结果一查，三家酒店在差不多十公里远的地方。考虑早高峰堵车，要保证她按时到片场拍摄很困难，于是又明确规定了早晨到达片场的时间。"

"几点？"

"六点。"

陈谅想，合情合理，上午天光通透，七点开拍不算早。

"可季向葵那边一听又不干了，Brett说她要六点三刻到片场，化好妆来。她的专用化妆师规格很高，从韩国过来，出场费一次一万，这笔钱要剧组出。且不说这笔钱本来不必要，还开支过大，韩国的妆面能不能融入剧组也是个问题。"

"我觉得够呛。"陈谅见过季向葵那个引以为豪的化妆师姐妹，也看过她化妆，"她擅长化时尚妆面，拍广告，不知道电影能不能行。"

"还有服装，他说季向葵有自己的挑款师，不用剧组操心。"

"挑……"陈谅诧异地瞪大眼，"她演个水产市场收保护费的需要挑什么款？"

"所以我说这些细节条件我们一一答应根本不合常理，不如退回原点，我们也不要写明到片场时间了，反正实际拍摄本来就是个灵活性很高的活动，如果拍了夜戏，经常到第二天下午两三点才开机。她是演员，在剧组默认要听从通告单安排的，合同里签了酒店级别又怎么样？到时候早上她赶不及自然不会坚持了，而且我想你住在大部队住的酒店，她肯定大部分时间也会在一起。"

陈谅脊背一僵，没接话，好在洛川本意不是在这上面纠结，没怎么停顿接着说下去。

"可是我们的法务死也不能同意，她说我们签了酒店级别却不满足，到时候违约的是我们，季向葵可以大做文章拿这条追责的。我说现实中没有演员会这么做，传出去对她们口碑也不好。她非说有法律风险，不能出这种合同，还把事情捅到老板那儿去。你知道我老板这个人……"

陈谅知道她指的是黄忠，她的老师，按大学里的习惯称为"老板"，并不是公司一把手，而是她的直属领导，管整个制片部门的综合业务。

"他'容错率'很低，听这些鸡毛蒜皮就烦，跳起来骂我什么都办不好，一份合同而已，酒店服化这种小事都压不住演员。我怎么压得住她呢？商务谈判有来有往，你提了额外要求，对方肯定也要提额外要求。季向葵又不是没有来头的演员。"

最后一句的弦外之音陈谅明了。他不知道季向葵是通过投资方还是影业高层拿到的这个角色，肯定有猫腻，提起来他还是有些不悦。

他沉默几秒，开口道："这个法务……又凭什么这么嚣张？懂业务吗？"

"她不懂。但她是法院出来的，有关系。我们影业今年上半年被告了九次，差不多都是知识产权纠纷，在电影上映前被压住了，是她的功劳。"

"庭前和解？"

"延迟立案。在这种事情上时间就是金钱，只要不影响电影上映就行，上映完了案子胜了败了，违约金没几个钱。"

原来是个"有来头"的律师。陈谅听明白了，她这是夹在"有来头"的演员和"有来头"的法务中间左右为难。

"那你不如直接问黄老板'你到底想让我对谁妥协'，让他给你指条路。"

"他哪有路？正因为没有才只会骂人。上周他刚指着鼻子骂了个同事，这女孩儿刚毕业，进公司干了十六个月，剧本会上被当场骂哭，连年终奖都不要就辞职了。辞职后，老板还专门召开了一次会，不仅列数她的罪状，还要我们每个人检讨自己的工作。"

"她犯了什么错？"

"她负责一个网剧，早听说在节后会有政策变动，编剧在放假前一个工作日把材料赶出来了，她却拖到了节后才上传备案系统，这么一拖，审核周期长了三个月，撞上过春节，可能还得加两个月。"

"这确实不是小错。"陈谅略做思索，觉得换自己也要骂人。

"是啊，给公司造成了这么大损失，被骂是理所应当的。正常人都会想，别犯错不就不会被骂了吗？是不是听起来很耳熟，高三那年班主任领队带我们去参观复旦，大家觉得宿舍条件不太好……"

陈谅想起来，笑着接话："她说'清华宿舍条件好，考上清华不就行了吗'。"

溪川自嘲地笑笑："我真是没用，只能和无能的打工人感同身受，看见人家被骂就产生物伤其类的恐慌。"

陈谅一分钟前还在和资本家共情，不太好意思："别这么说，你很优秀的。人之常情，工作不完全是为了工资，被尊重和成就感也很重要。只是抱歉，我没什么做制片的经验能帮上你的忙。"

"抱歉的应该是我，没出息地突然崩溃，让你听了这么多抱怨。"她看见前面有卖奶茶，兴奋地跑去了更远的摊位。

陈谅一时没回过神，隔了几秒才追上去。

刚才他一边听一边心里打鼓，洛川对他说这些，是想让他帮忙做什么？但好像她只是把话说出来就恢复了情绪，原来是为了倾诉，不是为了解决问题，这么容易满足。

他又起了别的疑惑，她平时生活中，找不到另一个人来做这项听她说话并附和两句的工作吗？怎么会这么孤独？

想来她父亲应该不是个好人，那母亲呢？没有共同语言吗？她还有妹妹，柳溪川和她算同行吧。

陈谅犹豫了很久，直到又换了摊位一起吃小章鱼时，才试探着提道："我记得高中的时候你和溪川关系很好。你宠她宠得没原则，她完全是个熊孩子。"

高中时她和溪川不同班，也不同宿舍，每周会跑一次大卖场采购零食，陈谅陪她拎东西，挑零食口味是按照溪川的喜好来的。当时他暗想，这哪像姐姐，更像妈妈。

洛川迟疑了片刻，低声道："我和溪川不是亲姐妹。"

"哦……"他有印象洛川曾经说过，虽然户籍上是双胞胎，"不是双胞胎对吗？长得也不像。"

"不只是双胞胎，连亲姐妹都不是，而是堂姐妹，父母都不一样。"

陈谅慢慢咬着小吃，又想起来更多，新句好像也这么说过，柳溪川是父母双亡还是怎么回事，他不太记得了："不过，不是一起长大的吗？"

"小时候在同一屋檐下当然很亲密，长大了各有各的生活没办法。她和生母和解之后，跟我们家就很少来往了，可以理解，毕竟那才是她的家人。"

"这说不过去吧。"

"什么？"

"养父母和堂姐抚养她长大，付出了那么多感情，她找到亲妈就翻脸不认人，

112

不是白眼狼吗？"

"不能这么说，我们家……情况有点复杂。"

"就算养父母做父母不怎么合格，可你没有对不起她吧。"

"我……"她目光闪烁地摇摇头，像在把什么想法从脑海里赶走，"别聊这个了。"

大概有复杂的隐情，陈谅没再追问，今晚她倾诉得已经够多，多得像梦回高中时代。

他已经清醒地认识到，目前阶段，对洛川来说最重要的不是感情归属，而是工作。在电影开机前，导演和制片确定恋爱关系似乎不是什么明智之举，他决定先放一放，估计洛川也不着急。

她没有求助于他，反而让他觉得应该为她做点什么。

以一个导演的立场，他确实没有理由去干涉演员提出要住五星级酒店的合理要求。但现在，季向葵还是他的女朋友。

挺讽刺的，手里只有这张感情牌，打出去反而是为了帮洛川。

回到酒店，他和洛川在走廊里道别，早早回各自房间。

他猜想季向葵可能并不是有意刁难谁，她应该连洛川的存在都没注意到吧。给她打电话时故意没提洛川，含糊地说是听黄制片透露的消息："Brett为什么执意要你住五星级酒店？你不和我住一起吗？"

"不知道呀，只是按照惯例吧。他是不是拿了制式合同过去？"季向葵果然没心没肺。

"不是，他好像很坚持，还和影业的法务闹了矛盾。"

"那我来跟他说，把这条删掉，我说怎么合同拖了这么久呢！我和你住一间，写在合同里吧！"

"你别开玩笑。这个法务很死脑筋，她一听说不定又觉得有风险，万一不能约束导演跟你住一间，岂不是影业违约了？多一事不如少一事。"

"但你会跟我住一间对吧。"

"你不嫌挤吗？而且肯定有我拍夜戏你没夜戏的时候……"

"我不嫌。"她没等他说完就抢着回答。

陈谅拿她没辙："好吧……别在合同上扯皮，早点签了吧，时间拖久了万一把你换了呢？"

"换了我就以导演家属身份天天去剧组探班，谁顶替我，我就在现场瞪她演戏。"

陈谅无语。

"你找到柳溪川了吗？"

"还没有。"

“换了她吧。”

“你又来了。”

既然确定了工作目标，陈谅就没必要再拖延下去，对洛川来说工作更重要，一直装糊涂拖着她旅游，反而给她工作添乱。

第一天他就想到了溪川来泰国是个很蹊跷的现象，第三天才正经提出："在泰国旅游的中国人很多，而且现在是旺季，以溪川的名气很容易被认出来，她如果是单纯度假，不太应该选择这里。"

“哦，对。”洛川边吃早餐边点头附和，"她以往都去欧洲人更多的海岛。"

陈谅没说自己是怎么猜到女明星想法的，有一次他想拉季向葵去日本玩几天，季向葵拒绝的理由就是在日本很容易被认出来，粉丝要追着合影，狗仔会追着偷拍，提心吊胆根本没法好好休息。

“如果不是她经纪人在胡说，那她到泰国就有正事。所以我昨晚和这边文化部门的朋友联系打听了一下。有个导演在这边勘景，柳溪川帮忙牵的线，还一路陪着。"

“哪个导演？”

“苗焱，女的，你知道她们有什么合作吗？”

洛川突发灵感："肯定是《夜影》！犯罪帮派设定在东南亚，我看了原著！"

这么一来一切都说得通了，包括易辙不想让他们和溪川碰面的原因。

陈谅并不为得出结论而欣喜："这就麻烦了。柳溪川已经在陪导演勘景，关系这么好，很可能合同都签了。"

“先找到她问清楚再说。”

“就算找到她，导演在她身边，我们怎么'策反'她？”

[77] 斗志

“给她看剧本吧。”洛川胸有成竹地说。

“剧本？”

“虽然大家常说电影剧本没那么重要，连进入剪辑阶段都能推翻重塑成另一个故事。但溪川有她自己的一套标准，导演、编剧、制片一直同意向外展示的剧本，多多少少能体现出主创的观念和能力，哪怕最后拍出来是另一个故事，也不影响主创的观念和能力是支撑这个作品水准的基本要素。"

陈谅转念开始思考，现在的剧本能体现出怎样的观念和能力。

“鱼丽的《奋斗吧少女》就是这样，她明显厌恶李闻达的人品，在筹备阶段也不太可能注意到B组导演是你，更不可能预测到，一个剧最后会靠B组导演拍成……"

陈谅开起了玩笑："是吗？我以为她是因为我接的呢。"

洛川跟着笑笑："有万分之几的概率吧。如果不是这种偶发奇迹，那么吸引她的就是剧本。当时的市场流行甜宠，制作公司一股脑跟风，成本低又没有过审风险，何乐而不为呢？《奋斗》的剧本至少证明了一件事，主创有不跟风的底气。当然，后来证明她看错了李闻达。"

"李导开机前没看剧本。"陈谅笑。

"可他会用人，信任你，在这点上比其他刚愎自用的老导演强。"

陈谅被夸得不太好意思，转移话题问："《夜影》吸引柳溪川的又是哪点？"

"是导演对性别特征的把控。在你告诉我导演是谁之前，我也疑惑她为什么会想接这个剧。网文大IP，一系列狗血要素强冲突，很容易拍合格却很难拍好。原著受欢迎是因为文笔营造出与众不同的氛围，这对剧又没有帮助。"

"苗导有什么魔法？"

"她拍的男人像男人，女人像女人。"

陈谅困惑地歪过头望着她。

洛川解释下去："之前她接手的那个剧，原著在网文里算冷门，剧播出前只有几千人看过，却在先后播出的几个同类剧中脱颖而出，也是因为拍摄时不受重视，使得她话语权很大，能随心所欲改剧本、启用匹配角色的新人，可以说，完完全全是苗导的个人作品。"

"我看了一点，陶沙选得不错。"

"更关键的是剧本。别的同类剧看起来和言情剧没什么区别，把其中一个男演员换成女演员，逻辑也完全说得通。可是苗导的剧不一样，很明显就是两个男人，有些选择只有男人才会做，很多话只有男人才会说，面对对方的态度也是对男人的态度。"

陈谅若有所思地点头："怪不得大家对这两个男演员没有留下刻板印象。"

"再仔细看，那个剧里的女人也很女人，绝对不是传统剧里的两种固定形象——挑拨离间的恶毒女配、给主角助攻的亲友工具人，有自己的性别特征、立场、选择、人格。"

陈谅表示理解："但为什么这对柳溪川非常重要？她嫌我们这边给她为人妻为人母的角色不够女人味？"

"因为市面上没有合格的女性职业剧，目前拍出来的，剧本要么是直接转成男人来写，人格、选择全是男性特征，再附加很多'剩女''孤家寡人'之类刻板印象，搞得不伦不类；要么是女人事业成功取决于她和几个男人恋爱，这些男人怎么给她便利。《夜影》里她那条事业线可以算一种极端职场，交给苗导来拍可能会非常出彩。"

"嗯……"陈谅没看过原著，也没看完那剧，无法附和什么，但光听洛川这样描述，他作为电影导演比电视剧导演优越几分的心理也早消失了。

"但陈谅你的特长正好相反，你擅长找到不管是男性还是女性共通的那部分，关注着作为人的本性。你从来不会说，男主角是个男人，演员还是影帝，他就应该是绝对的上位、要牢牢控制妻子的生活，不可以展现出他的虚弱。以我对溪川的了解，这是能吸引他的东西，比起'女人有女人样'，人性的复杂和混沌是更高级、更深刻的。"

"嗯，电视剧没有足够的空间来拓宽双面性的边界，电影在螺蛳壳里做道场，反而能做出更多层次。"

"用现在的剧本还不够，你应该把前天跟我说的那些镜头设计也加进去，这样更容易让她领悟你打算怎么做。"

"那些是男主角戏。"

"让她看到你的能力，但没有用在她身上，这样会激起她的斗志。"洛川与他四目相对，斩钉截铁地点点头，"溪川就是这种人。"

看着她神采奕奕的表情，陈谅突然想，洛川真适合做这份工作。

她为了一个角色，把演员准备接拍的剧，从原著到导演方方面面理解到位，串起所有细节来制定策略，也能揣测对方的情绪点在哪里，这么独特的细致和细腻。

陈谅回房间按照她的想法微调了剧本，接着在朋友圈里打听到了苗焱导演的联系方式，圈子其实很小，《金簪》的B组导演乔姐和苗导就是非常好的闺密，不出名时常在一起拍片。

洛川校对了一遍剧本，把最近两版的改动用其他颜色标注出来，不厌其烦地去酒店借打印机。

"溪川喜欢看纸质剧本。"她说。

陈谅不禁产生了一种莫名的信心，感觉什么事交给洛川一定能办妥。

他们和苗导联系上，赶往约见的地方会面，溪川并不知道，因此看见忽然冒出来的两人稍稍感到意外。

陈谅见她捂头捂脸的形象觉得好笑："这么热的天，你戴个帽子包个围巾，不是明摆着对人说'这里有个人不正常'吗？"

溪川脸藏在围巾里看不见表情，听声音一点没笑，前所未有地冷淡："你们怎么来了？就你们俩？"

陈谅一听火冒三丈，呛道："你想来几个人？派仪仗队来恭请你演戏？"

苗导并不知道电影的具体开机时间，不理解溪川为什么如此让陈导下不来台，打圆场对陈谅说："我们这个景看完了，中午一起吃饭吧。"

溪川又拆了一次台："你们吃吧，我回酒店了。"

在场的还有泰国文化和旅游部门的人，再加上苗导一行六七个人，这让陈谅非常难堪。

洛川见溪川快步往车的方向走，急忙拿着装剧本的牛皮纸袋追上去塞给她："先看一看吧。"

溪川接住纸袋，停下脚步，视线从姐姐脸上移到陈谅脸上，突然问她："你要不要换到我的酒店来住？"

洛川愣了愣："呃……明天再说吧，今天已经订好了，不住也要收费。"

溪川没再说什么，转身爬上车去。

陈谅看这情形，琢磨着她们姐妹俩大概没什么矛盾，那黑脸是冲自己来的——招她惹她了？

他想不出个所以然，一起吃过饭，回酒店路上对洛川感慨："演员还是不能惯着，太把她当回事，尾巴就翘上天了。"

"溪川不会的，可能正赶上她为了别的事生气，我们出现时她已经生气了。"洛川断言。

到晚上，溪川用座机回了电话，打给陈谅，语气不见礼貌，生硬地报个地址："吃了饭来酒店找我，就你一个人。"

陈谅寻思，这是演黑帮已经入戏了？想揍她。

他跟洛川打过招呼，洛川倒是没介意，反过来嘱咐他："别吵架。"

"我怎么可能幼稚到跟她去吵架？"他嗤之以鼻。

两家酒店离得不远，拦了辆出租车就去了。

从餐饮区域一路到后面泳池，都没遇见什么人，再加上天色已暗，所以溪川没遮脸，池水青蓝色的影子晃到她脸上，显得脸色更加诡异，手里拿着那个牛皮纸信封，估计是看过了，这见面的架势还真有点像黑帮接头。她一开口却没提电影，劈头质问："你和我姐姐单独跑泰国来，季向葵那里怎么交代的？"

"交代？"陈谅蒙了，"需要交代什么？"

"你和季向葵没分手吧？"

陈谅有点明白了她的意思，理直气壮地反问："导演需要先分手才能和制片出差？"

"导演需要先分手才能和跟他有暧昧关系的制片单独出差。"

"我俩怎么暧昧了？"

"喜欢吗？喜欢吧。"

陈谅无言。

"开一间房了吗？开了吧。"

"但我什么都没做。"

"季向葵问起来，你打算这么回答？"

"她……她怎么可能问？她根本不知道洛川跟着一起，她甚至不知道洛川和我什么关系。"

"她不知道洛川和你的关系，上次干吗黑她三观不正？"

"你别张口就来。"

溪川不吱声，翻着白眼露了个鄙夷的表情。

陈谅觉得季向葵干得出来，但还是嘴硬："就算有热搜也可能是Brett操作的，Brett自作主张的事多了去了。"

溪川没接话茬："到底谁给你的自信，让你感觉可以在这样两个女人之间走钢丝？"

陈谅自己还得消化一下季向葵知情的可能性，不想跟她讨论私生活："谁给我自信都和你没关系，我们一起过来是为了说服你接戏，你稍微懂事点我们也不用折腾。"

"这戏我不会接。"溪川递出信封还给他，但他没伸手接，"导演在剧组开后宫，其中一个人还是我姐姐，可能好吗？"

"你不接就不接，干吗找这种借口，从来没听说过演员接戏看导演交什么女朋友，管得太宽了吧。你以为你是谁啊？本来觉得你形象还可以，现在看来也不怎么适合角色。"

陈谅掉头就走，被溪川喊住："你把话说清楚，我怎么不适合角色？"

他在三米开外停下说："你以往的戏过得去，不都是因为和角色有几分像吗？持靓横行的歌手、偷奸耍滑的小保姆、觉得全世界对不起自己的作精、把男人耍得团团转的万人迷……但这个角色你能理解吗？什么时候你不是宇宙的中心，让整个剧组追着你跑？你哪里有过挣扎？哪里感受过贫穷？哪里放下过尊严去生存？你就接那个什么《夜影》吧，享受做个高高在上的女老大，演点肤浅的狗血网剧。"

溪川被气得耳朵"嗡嗡"响，手边没别的武器，只能把信封扔出去，但因为没分量，转着圈悠悠然飘进泳池，连陈谅的边都没挨着。

她往泳池那边望了一眼，发出"哎"的一声。

怕不是个傻子。陈谅懒得理她，转身走得更快，下一秒听见人进水里的巨响，回头一看，压水花技术极烂。

他顿了两秒，倒回去站在岸边袖手旁观："你干什么？"

"不要你管。"她说着又钻进水里。

"才听了两句重话就要闹自杀？我可不会救你。"这话她在水面下似乎没听见。

陈谅在岸边站了两分钟，实在好奇她在底下捣鼓什么，才忍不住下了水，把人拎出水面："上上下下怎么可能淹得死？"

"你走开啊，我在找东西！"

"什么东西？"

"手链！"

"叫这么大声干吗？谁让你自己乱扔东西！"

溪川在水下端他一脚，没什么力度，她又钻下去。

陈谅默念了三遍"好男不跟女斗"，才忍住没端她，跟着钻下水，底下根本没什么可见度，又拽着她站起来："很贵吗？几百万？不能等天亮再找？"

"是阿辙给我的！像你这种渣男就知道钱钱钱！"

"阿辙？易辙？你喜欢易辙吗？开什么玩笑，人家会喜欢你？任何一个心智成熟的男人都不会喜欢你这种熊小孩。"

"你放屁！"

"话说回来，你有什么立场谴责我在剧组开后宫啊？你在自己经纪公司都谈了三个吧，比我还多一个！"

"我没有欺骗你姐姐的感情，得到又不珍惜！"

"我什么时候欺骗你姐姐的感情了？！"

她说不出来。

易辙看她浑身滴着水，气鼓鼓地跑回房间，无奈地进浴室给她找毛巾："不是答应我好好说话别打架吗？"

"他骂我！"可能觉得理由不够充分，她又补充道，"还把我推下泳池！"

易辙猜测事实可能正相反。

[78] 浪漫现实主义

正如他的预期。

冯薇为《小雷音》在欧洲运作了两个奖项，营销策略打的是"国漫崛起""文化输出"这类颇具自豪感的情绪牌，国内发行立刻身价倍增。

顾卫东很有魄力，当机立断提档两周，全球上映，本身《西游记》IP在亚洲圈、华人圈受众面就广，又花了点小钱在海外票房上造势。

结果，没等千机的《啼笑皆非》上映，《小雷音》已经打出口碑，成为国庆假期内观影必选。合家欢喜剧片当然不会差，只不过《小雷音》领先九亿票房，超出去不止一个身位，是业内始料未及的。

到目前为止，商业市场判断方面，易辙从来没出过大错，但回到艺人的领域，溪川总能搞出做梦都想不到的意外。

按照他原本的设想，这算是送给她的小小礼物——当初影业把她视为备选，甚至踢出备选，作为正常人心理肯定会不痛快，让导演上门发出诚意邀约，亲口认定她是不二人选，她会开心的。

谁知道她竟能跟导演打起来。

"那你说说看，他骂你什么了？"易辙一边帮她擦头发一边问。

"他骂我只能演持靓横行的歌手、偷奸耍滑的小保姆、觉得全世界对不起自己的作精、把男人耍得团团转的万人迷。是宇宙的中心，让剧组追着跑，没有体会过挣扎，没有感受过贫穷，没有放下过尊严生存，不能理解现在的角色。让我去接《夜影》演肤浅的狗血网剧。"

易辙瞠目结舌，不禁停下动作。

这个人背台词有天赋，而且超爱记仇。可以肯定陈谅说完上述气话，转过身都无法复述。

"你……要不要去冲个澡？泳池水……"

易辙实在找不到内容接嘴，完全可以想象陈谅是怎么被气得蹦出这么一大堆狠话。

溪川没有非要他同仇敌忾的意思，自己先转了话题。

"回去以后，我想去看妈妈。"

"嗯？"他又有些意外。自她妈妈再婚之后，让一个成年人去融入一个完整家庭很难，一般逢年过节她才会计划这类行程。眼下中秋国庆刚过，跨年早得很，本来不是什么特别节点。

"陈谅说我没感受过贫穷。"

"所以你妈是贫穷代言人吗？"他跟不上这跳跃的思路。

溪川也笑起来："我想起小时候了。谁说我没感受过贫穷？小时候我家很穷的。爸爸和妈妈闹矛盾的主要原因都是穷。妈妈出走也是为了区区几万块，不知去向。这些你根本想象不出来吧，阿辙，你才没感受过贫穷。"

"现在是换我被攻击了吗？"

她换上睡衣盘腿在他面前，正襟危坐："陈谅还说你根本不会喜欢我。我仔细想想好像很有道理，如果我爸爸没去世，我在自己家里长大，可能这辈子连遇见你的机会都没有。"

他顺着她的思路设想："做歌手不是必然的吗？"

溪川摇摇头："是因为爸爸爱唱歌，又去世了，我才有这份执念。爸爸要是一直在，我可能……"她翻着眼睛想了想，"最大的可能是考公务员。"

易辙笑岔了气："怎么想的？"

"我爸爸是合同工的司机，最羡慕的人是那些有编制的，'如果家庭收入稳定就好了'，他的执念在那里。如果我一直在他的观念影响下长大，说不定就会认为稳定很重要。"

"别吓人了，就你这性格，做公务员？"

"然后说不定神奇的命运还是会让我们偶遇，比如你去窗口办个事什么的。公子哥的阿辙会喜欢灰姑娘的我吗？肯定呀，我这么好看。这时候阿辙的妈妈就可以出场了，'来，给你一千万离开我儿子'。"

"这叫什么？浪漫现实主义？"

"这叫梦想。"

"我妈为什么这么闲？她自己感情生活理顺了吗？"

"不要在意那些细节。总之贫穷的我一定要收下一千万。"

"我就值一千万？"听着相当不满。

"前提不是我很贫穷吗？你得学会换位思考。"

"思考了一下，最后因为没交税被罚款两千万、判三年以上七年以下。"替她把脑洞圆上。

"什么？"她蹙起眉，"这种收入还要交税？"

"就知道你不会记得。所以你不要因小失大，没了我根本不行。"

她停顿片刻，把脱线的脑洞和笑容一起收了收，垂眼正色："如果爸爸没去世，我就是另一个人，不知道世界上有阿辙存在，阿辙也不知道有我存在。我会有个健全平凡的家庭，有份稳定工作，也许会和适龄的相亲对象交往，他可能不会黏人到只要醒过来就抱着我……"

"喂。"

"可能只是看见我打个招呼'哟，你好'这种普通交往。"

介于她设想的其他男友更古怪，易辙决定暂搁抗议。

"在那样的'时间线'上，我不会有遗憾。反过来想，我又为什么总要为没得到假设中的生活而遗憾呢？现实有阿辙已经太好了。"

"'时间线'又变了吗？"

"没有变很多，变化太大你会直接忘记'时间线'这件事。"

那就是和导演单纯地打一架，突发了人生感悟。

倒是很难得地听她轻轻松松谈取舍，心态比从前好多了。

易辙挑挑眉："所以你一看见陈谅和你姐在一起就跳脚，用其他'时间线'上发生的事来谴责他，是不是不对？眼下，你姐姐和陈谅不是建立在其他'时间线'那些条件、那些选择基础上的人。"

"这条线他也够差劲的吧！哪条'时间线'上，脚踩两条船的都不是好人！"柔情转瞬即逝，她又叫起来。

看来道理跟她说不通，他有点无奈地叹口气："我现在就想知道，哪条'时间线'上你能控制一下别跟导演打架。"

"男朋友跟我说'哟，你好'那条。"

言下之意，只要他存在，就得去收拾这个烂摊子呗。

为表诚意，易辙约了洛川第二天见面，地点定在离她所在酒店更近的咖啡馆。怕她像溪川一样爱记仇，特地解释了头天刚处理完公司的事赶到泰国，没顾上回电。还好洛川理性，不仅没介意，还对昨天陈谅的行为深感抱歉。

"我就是知道陈谅放不下架子求人才跟过来的，也可以说'不出所料'吧。"洛川哭笑不得地摇摇头，"早上我劝他给溪川打个电话说两句好话，他也不打，梗着脖子说帮她找到了手链，应该她打电话来感谢他。"

　　"什么手链？"

　　"昨天不是为了捞掉进泳池的手链，才弄得像落汤鸡一样回来吗？这要开机进组了，天天头疼的人可是我。"

　　易辙想了想，明显陈谅那种说法比"把她推进泳池"合理得多，笑起来："应该是互相把对方当朋友，才会没大没小地胡闹，肯定不会记仇进剧组。"

　　"那溪川现在什么态度？陈谅说昨天她咬死'不接戏'。"

　　"她接不接戏和态度没关系，也不是跟导演吵不吵架能影响的。一个剧一个电影，剧本看了，她都很喜欢，最关键的还是档期冲突，二选一让人有点为难。"易辙暗示道，"赵总要想解决这个矛盾，其实很容易。"

　　洛川立刻明白了他的意思："哦……不过这样操作，溪川不会觉得很辛苦吗？她可是……从小就懒。"

　　说得还真不留情面。

　　易辙笑笑："也从小就爱由着喜好做事。"

　　这么说不过是冠冕堂皇的借口，实际上他知道电影风险高，一举获奖自然皆大欢喜，情况不理想的概率也不小，一旦不遂人意，溪川面临一年半载的事业空白期，进击不利又失守本来的阵地，恐怕会非常被动。

　　演员这行很特别，本来就长期处于选择的冲撞和与时间的战争。

　　吃过一次教训了，哪怕再懒，她自己也有危机意识。

　　洛川对那些残酷竞争缺乏概念，心里不太舒服——易辙真对她感情深，哪舍得让她吃苦，这和其他压榨艺人的经纪人没区别。作为她的家人可不喜欢这种男友，但工作为先，她还是给公司去电商议了。

　　《灰鲸》向溪川要的拍摄档期是三个月，其间跨越了公历年和农历年，有个少晚会和庆典要离组去参加，宽松点算是四个月。

　　赵一凡通过关系把《夜影》的备案拍摄时间往后挪到开春，只是举手之劳，就算他要把这项目搅黄、无期限地拖延审核，视频平台也拿他没辙。不过他女儿出品的《金簪》还指望《夜影》续一程宣传热度。

　　有双赢的途径，谁会去走旁门左道？

　　"告诉过你不用选的。"回去后易辙轻描淡写地说，意味着几方已经协商好了。

　　本来简简单单的商业谈判，交给她和陈谅去解决，硬是能升级成大打出手，真让人匪夷所思。

　　不过溪川也有溪川擅长的，又在看昨晚从水里捞回来晾干的剧本，嘟嘟囔囔表达不满："他们怎么还在给男主角加戏？不给我加点。"

不出所料，果然起了"斗志"。

他突然想起洛川无意中提起的，坐过去笑着拉起她的手腕看看："听说你们昨天弄成两只落汤鸡，是因为甩飞了手链？"

溪川不知道陈谅那家伙回去转述得有没有很肉麻，红着脸把手躲背后藏起来："这个手链，设计不好，动不动就松开，太容易丢了！"

"丢了再给你买，谁让你这么好看，坐窗口都能讨人喜欢。"

[79] 开门红

天气预报说有雨。

但对要拍雨戏的剧组来说，未必是好事，自然雨难以控制流量，无法达到拍摄需求，通常这种场面还是得动用洒水车。

昨天举行开机仪式，本是严格意义上的开机第一天，却没拍什么重头戏。乏善可陈的烧香祭拜、发红包、大合影三件套之后，主演们各自带着困倦的脸回酒店补觉，现场拍摄了几个无关紧要的过场戏，制片组转身投入落实今天用于拍摄的设备，算是给自己留了点喘息机会。

陈谅知道就算有意外，也只会发生在今天，一早起来就有种不好的预感。眺望窗外，阴沉沉的天空由远及近压着房顶，整个视界从天到地都是灰色的。坏心情并不仅仅因天气、预感而起，更多的是因为今天要拍摄场景的剧本，他不满意。

从他拿到手的第一稿开始，这场戏就没让他满意过。女主角和男二号的感情起点，雨中奔跑和短暂回眸，可以拍得很美，又美得毫无灵魂。每次剧本推进到这里，他都感觉微妙的违和，却始终缺乏灵感，用"暂且搁一搁"一带而过，终于到了不能再拖延的这天。

他讨厌这种蓄意的精致，之前在剧本会上提出过异议："像两个大学生似的，不接地气。"

编剧说："确实普通了点，不过也没特别好的创意。"接着他举例很多经典电影中男女主角爱情发生的时刻，也都平平无奇并无更多巧思，"看看演员到时候有没有点睛的表演吧。"

说到演员，又是另一个让他烦躁的话题。

以前他觉得柳溪川和郭俊很登对。她不只漂亮，而且锋芒毕露。郭俊也不只帅气，还有些野心和狠劲。总之两人气质都不平庸，带着攻击性，不是表演，是天生自带的。

陈谅留意过，这两个人见面很少有真正的对视，溪川看他只用眼角的余光扫，郭俊只在她看别处时，用晦涩不明的眼神偷瞄，彼此试探间拉扯着一种紧张的气氛。

正是由于这个原因，他认为他们之间不可能没点什么，能代入戏里也许会非常出彩。

但最近这种想象被击碎了。

柳溪川亲口承认的男友是易辙。郭俊在进组前三天，还和杨雪传了次绯闻，被狗仔拍到的，晚上在车边隔着距离像在吵架，杨雪上前郭俊就退后，郭俊上前杨雪又跑远，来来回回两三次，像同极磁石相斥，不是正常情侣，但说是陌生人又不够疏远，爆料的平台看图说话，将此解读为"情变"。郭俊那群粉丝辟谣辟得心力交瘁。

陈谅和路人一起看看热闹，不知道更多内幕，消息都来自网上。即便如此也幡然警觉，他俩绯闻已经传过好几次了。虽然每次都没拍到什么实质性的画面，以单次而论，感觉有点捕风捉影，可是次数多了，又让人觉得是空穴来风细思太巧，次数多得让剧情推进到"情变"了，真相还能是什么都没有吗？

洛川对此不太高兴，单纯是出于宣传上的考虑，官宣演员阵容的节骨眼，该营造登对感的一方传出和别人的绯闻，很破坏对作品人物的想象。

氛围没了，只能靠光影来补。

摄影灯光组提出的方案超了预算，为了平衡开支，只能从其他部门节约，原定的外部街景由于离影棚车程太远而被否决。替代的场景陈谅看过，没那么有韵味，比理想的破败，反而有利于消除剧情上的刻意感，也就接受了。

但这个备选，到拍摄当天果然出了意外。

这片贫民窟电压很不稳定，一般拍摄也能将就，碰上了倍增的用灯数量，没法不跳闸。消防车进不了片场是事先有准备的，水管长度够用。万万没想到发电车也开不进去，接线长度和规格都不够，拍摄只能叫停。

洛川忙着调车调设备，电话一个接一个不断，烟也一支接一支抽得很凶。

陈谅看在眼里却帮不上忙，带人私下闲逛采了些空镜，和演员们一起闲下来。没别的出路，只有等。

他看见柳溪川和两个饰演她女儿的小演员一起蹲着，不知道破路上有什么吸引了她们，研究得津津有味。

她已经化了电影里的妆，头发染成褐红色，立竿见影显得廉价，而且看起来比实际年龄大，一个没受过高等教育的艳俗少妇，要的正是这种效果。这场戏她头发拢到耳后束起来，露出完整侧面，脸型骨相优越，又有点天生丽质。

两个小演员本来也很漂亮，但是由于化妆师下手无情，把人弄得干瘦灰黄。

陈谅随口问化妆组："待会儿会不会水一淋深色粉就流花了？"

"孩子吗？她俩没有涂深色粉底，昨天开机仪式晒了一小时就这样了。再加上今天阴天，这光。"

陈谅无言。

化妆师笑起来，往郭俊的方向指指："真涂黑的只有俊哥。"

郭俊在二十米开外的椅子里坐着玩手机，已经放弃了他的"杀马特"发色，换了个寸头，肤色确实人为地黑了两度。本应显得健壮一点，也许是因为披着一看就是名牌的驼色风衣外套，显得不伦不类，反而精神萎靡。

这糟糕的阴天，陈谅焦灼地转两圈找到椅子坐下。

洛川在不远处跑来跑去，她已经不在打电话了，但根本静不下心等待，四处和助理们抢活干，搭个轨道推个灯。

时间过得很快，三个多小时什么也没拍，原计划晚上两点前收工看来已是妄想，节约预算的初衷泡了汤。

按照洛川的想法，是打算压缩转场移动时间把内外景挤着拍，内景棚晚上拍摄不受限制，打光就能赶工。

但以现在的实际情况，说不定发电车到达后自然光又变了，万一再照天气预报来一场雨，那可真是祸不单行。外景的单场戏肯定拍不完，再转战去内景棚一路车马劳顿，演员状态不佳，能抢几场戏未可知，影响第二天拍摄的概率很大。

现场弥漫着无所事事的气氛，不可避免地带着丧。

生活制片干脆张罗着开始放午饭。

易辙从车上拿了个折叠椅过来，在溪川身边张开叫她坐，她却依然和小朋友们一起蹲着。

陈谅的目光跟着走，心下更加烦躁。以前怎么一点没看出迹象，明明这么明显。走路时会不经意间搭她的腰，只是工作关系的经纪人哪会有这么自然的小动作？陈谅想想自己跟洛川都没到这地步。

现在他再回头想想郭俊和溪川，滤镜消失，工作激情也人间蒸发。

吃过午饭收了餐盒，又继续无所事事。

好不容易听见喧闹起来，发电车和设备到了，整个现场打仗似的转起来。化妆组跑去演员车上，把打盹的郭俊叫出来补妆。

剧情很简单，溪川带着孩子们冒雨跑回家冲进楼道，郭俊在楼对面的水果店看见。此前两人已经有许多场对手戏，但都发生在水产市场的主场景里，还没拍。这时要的是他动情的眼神，对溪川没要求。

陈谅缺乏激情，没想太细，溪川要不要看见他也没决定，偷懒的办法是看见的拍几遍、没看见的拍几遍，剪辑时随感觉选。

不过，对她没要求不代表容易拍。

奔跑，还是雨中奔跑，陈谅光是想象她那大鹅般的跑步姿势，都能预见灾难现场，实际拍摄时很难苛求郭俊不笑场，因此把溪川暂时赶走了。

光替沿行动路线走了几遍，只能做个定位目标，让郭俊的视线有落点。表演得

125

靠他自己发挥，无实物，凭空动情，挺勉为其难。

近景特写抓了几条，郭俊给的戏中规中矩。陈谅得考虑和光和雨抢时间，差强人意也让过了，心里难免堵得慌。

摄影机没开之前，先让溪川和孩子们跑两次试试。第一次小演员紧张跑错，没到楼道口就撞身上了。再来一次，还是觉得古怪，三个人在跳上人行道前，同时有个停顿，节奏被切得很乱。又加跑了一次，还是在差不多的地方，小朋友多此一举地换了次腿，两个人又撞在一起。

都知道儿童和宠物戏最难拍。陈谅算是见识了，心烦意乱地撂下对讲机走过去。

"怎么回事？为什么老是停一下？"

溪川衣服已经被淋湿了，秋风里感觉冷，蹦蹦跳跳指着路说："那儿有蚂蚁。"

"哪儿？"陈谅烦不胜烦，"蚂蚁又怎么了？碍什么事啊？"

他顺着低下头看见了，愣了愣，不是蚂蚁，是路面接缝下有个蚂蚁窝，快下雨的缘故，一大路蚂蚁忙着搬家。敢情她们仁之前一直蹲地上，是在看这个，那两位本来是小学生就算了，这位女演员也跟着越活越回去……他心中默默吐槽，刚想毒舌两句，突然感觉开了个窍，血液从神经末梢沸腾起来。

就是这个！

他努力自控，没露出范进中举的癫狂，按捺住激动淡淡地说："哦，你们再跑两遍，在蚂蚁这儿定个点，每次停的位置要一样，可以撞，但每次撞得也要一样。"

三个人退回画外去准备。

陈谅回监视器前，跟工作人员确认"大炮和航拍都上"，镜头位置肯定要带到郭俊。他下意识往对面瞥一眼，目光没有转开："那个……加一个特写机位。"

副导演一边诧异地回头看郭俊，一边嘟囔："这遍就要吗？"

等他看见人的瞬间已经明白了为什么。

郭俊正盯着溪川，那种眼神是陈谅一贯熟悉的，丢了魂又发了狠似的，可遇不可求的。

"这小子。"副导演怔怔地挠挠额头，"真具有迷惑性。"

陈谅很难不喜形于色，拿起对讲机："十七场一镜一次。"

"B机C机准备——"

"Action。"

她带着小朋友踩水跑过街道，为了不踩到蚂蚁突兀地停顿，三个人手脚僵硬地撞在一起，这个小插曲让她们会心一笑，未经设计的表情在镜头里被染了光，眼神走向随剧情自然点落，一时看地面一时看彼此，灵动得很。

郭俊在对面是看不见蚂蚁的,也根本不可能猜到她们为什么进楼前停顿,只是看见她笑了。是剧情里以往从未见过的笑,一种本真的神情,一个美的意外。

光在她身边扭曲得厉害,明晃晃的。

他两眼黑沉沉的,像黑洞一样贪婪,痴痴迷迷,做一个刹那间的梦。

取景框捉到的,也是未经设计的动心。

"Cut。"陈谅知道这戏成了,长吁一口气,趁大家去准备下一个镜头,回头叫住忙忙碌碌的洛川,"今天地湿了,明天加场戏拍那个蚂蚁洞。"

"蚂蚁洞?"洛川困惑地皱着眉,拿出手机准备记录,"演员呢?"

"晚上商量。"他拧拧眉心,迫不及待想回去拉编剧开会。

[80] 矫情

编剧老师在剪辑室看了素材,立刻懂了陈谅的意思,手里夹着烟转头问:"两种加法,一种是前面加一场她和女儿注意到这个洞,一种是多加几场,把这变成象征符号反复出现。都行,你看呢?"

陈谅先往洛川那儿瞥一眼,洛川没有要发表看法的意思,于是说:"就一场吧,反复来太刻意了,像小学生作文似的。"

余老师点头赞同:"行。"用夹烟的那只手指指电脑屏幕,"不过这场已经被点活了,真不错。郭俊知道蚂蚁洞的事吗?"

"不知道。"陈谅摇摇头。

"看起来就不知道,给的戏挺好。"

陈谅卷着剧本附和:"他悟性挺好,拍这种戏,蛮自然的。"

"关键是柳溪川要好。柳溪川拍感情戏找对点,还能来点惊喜。我们一落笔,人设就是死的,演员要聪明才能锦上添花。"

陈谅想起《戏精》和《金簪》拍摄时有那么几场,柳溪川照剧演,演的又和剧本设想的完全不同。

"这种演员就像福袋一样。"余老师吐了口烟圈下结论。

陈谅笑起来:"说'缪斯'多好,'福袋'?"

洛川用微信和统筹组沟通好了,对他们说:"明天两个小演员来不了,而且明天开始集中拍水产市场的戏,补这场最快得四天后,要么得一大早去水产市场前,要么得早点收工从水产市场过来。"

陈谅又看向余老师。

余老师挠挠太阳穴:"下午吧,俩孩子上学前看蚂蚁洞有点怪,放学回家磨磨时间倒合理。"

陈谅从洛川手里要来顺场景表:"四天后什么戏?来得及吗?"

127

"季向葵进组，主要有拍她的几场，不过晚上她要去棚里拍单人定妆海报，不可能太晚，预计四五点吧，你看情况，不行就甩一场。"

"隔这么好几天，蚂蚁万一没了呢？"陈谅没提大晴天蚂蚁不肯露面的可能性，琢磨着蚂蚁的档期也挺难码吧。

洛川笑他天真："让道具组捉呗。"

但实际进度完全没按计划走，水产市场的戏拍得慢极了，演员状态不好，尤其是溪川，从第二天下午开始，就不得不拍一会儿歇一会儿，到第三天已经走不动戏了。

鱼腥味是重了点，陈谅也无奈，冲易辙指周围群演："你们家演员娇气是娇气。群演不都好好的吗？没人反胃作呕。你看人家大姐，人家面前还是三文鱼，那海鱼更腥，人家都没事。"

"大姐一看就身体好。"易辙自知理亏，赔着笑。

群演大姐听了高兴，不知道这伙人里谁管事，往这边瞎喊一句："给她弄点薄荷膏试试。"

"说不定有用，晕车不是闻闻就好了嘛。"有人附和。

洛川正要离开，被演员副导拦住。

"我去找，姐你休息会儿。"

洛川坐回道具箱上，闲不下来，又接起了手机。

易辙知道耽误进度陈谅心烦，给他点了支烟："还好是秋冬拍，要是大夏天更够呛。"

"这点味算啥啊，辙哥。"场记苦着脸吐槽，"七八月你去横店试试，都是人汗臭味。我们还穿得少，古装剧群演一人捂一身痱子。"

薄荷膏很快找来了，易辙拿去给溪川。

洛川打完电话，趁休息跑过来和陈谅商量："白酒植入那个剧本被品牌方打回来了，说不行。"

陈谅挑挑眉："怎么不行？我觉得余老师处理得挺融入剧情，作为关键道具又不突兀。"

"品牌方希望突兀。"

"啥？"

"他们想要的效果其实是观众觉得违和，最好还能骂一骂植入生硬，这样更有存在感。"

"那我肯定不能答应，到了被观众骂的地步，我剪辑也得剪掉。"

"我知道。"洛川一筹莫展，"不过当初合同签的就不只露出，还得至少有一场戏，要求男主角或女主角口播。'懂酒懂生活，交天下朋友'那句广告语必须说出来。"

陈谅叉着腰苦思冥想，深吸一口烟："插不进剧情啊，男主角喝酒也是一个人

128

喝的性格，女主角……"

"溪川有一场较劲喝酒的戏。"

"那个气氛下也不好读广告啊。再说女主角说这词不合适啊，成了什么人设？"

洛川有点失望，她本来觉得自己说服易辙的可能性不大，得靠陈谅一起做做动员工作，没想到陈谅第一个反对。

她为难地坐回去："当初我也跟法务说了这条难实现，但她没当回事，只一直在付款进度上较劲。"

又是那个"有来头"却不懂业务的法务，陈谅记起来了，蹙眉抽着烟："这个赞助很重要吗？压不住吗？"

"放平时不至于压不住，这不是预算超支严重吗？拍摄拖一天就多一天的钱，现在压着酒店和部分特邀演员的首期款，能压几天不好说。如果能尽快把这个广告剧本落实，对方首付打进来就能缓缓。"

"还是上个剧组的制片幸福。"陈谅想起后笑了，"梁均豪随随便便超个两百万没在怕的，连开除的工作人员都多结了一期薪酬。"

"怕闹事影响口碑吗？"

"说是这么说，实际是金跃不差钱，替公司省钱他也捞不着好，还不如把该付的都付到位，免得节外生枝。"

"那是真幸福。但我们没有这种不差钱的项目，以前做动画还好控一点，毕竟合作方是搞技术的，在钱上比较宽容。现在日常开支的大头，食宿行都是和做生意的打交道，没那么好说话，拖个三五天他们就要要横搞事，更影响拍摄，也是恶性循环。"

陈谅想了想，现在拍摄进度慢，溪川也有责任，还是又让场记把易辙叫回来，给他看了植入的剧本，让他给点意见。没指望他点头，但指望他能帮洛川想个折中的办法去交涉。

没想到他一开口就转移视线："要是让郭俊来读还好说。溪川那角色读这个有点困难吧，导演？"

陈谅被反问得下不来台，好像他缺乏艺术原则似的，只好顺着易辙的话又去问洛川："郭俊怎么样？他不是更有人气吗？广告商应该更喜欢。"

的确更有人气，可签好的合同要改，广告商肯定会拿番位当借口讨价还价，钱要打折了。

洛川察言观色，见陈谅没有鼎力相助给易辙施压的意思，只好勉强道："我试试。"问易辙，"郭俊不会有什么问题吧？"

易辙摊摊手："这我哪知道，他又不是我带的艺人，我说话他也不听。"

这锅甩太远了吧。陈谅嘲讽："合着你就柳溪川一个艺人？公司老板不能拍个板？"

易辙笑："老板管什么用。到了这级别的明星，公司是他的保姆。"

洛川见这边无机可乘，抓紧时间自己去和郭俊沟通。

走之前，陈谅拉住她小声支个招："可以顺嘴提一提，是替柳溪川解决这个麻烦。"

"提这干吗？"洛川怀疑会起反作用，"同一个公司，别人不干的烂活推给他？让他知道更不好吧。"

"我觉得他对柳溪川有那么点意思。"

洛川将信将疑地去了，闷闷不乐地回来："说不通。"

郭俊也不得罪人，只是笑嘻嘻说代言了酒类竞品，有利益冲突。

"不能吧。"陈谅满脸困惑，"剧的植入和他代言不冲突，他代言的那是鸡尾酒啊，而且合同没规定不能代言竞品。"

"他说他代言合同里规定了，不能给竞品做任何形式的广告。就是个借口。"

"你跟他提没提柳溪川？"

"提了，没用。男人都是狗东西，平时虚情假意，一到动真格就缩起来。"

知道她在说气话发牢骚，可陈谅怎么听出点指桑骂槐的意思，没接话，有些心虚，转头往远处扯着嗓子喊："柳溪川好没好？还要等多久？"

亚婕干脆地喊回来："两分钟。"

陈谅烦躁地看看手机时间，自言自语："矫情死了。一点鱼能有多腥，平时没吃过鱼啊。"

郭俊本以为等个十来分钟就能拍了，连椅子都没坐，谁知中途被制片喊走，唠叨了半天植入广告，回来还是一堆人围着她使尽浑身解数，藿香正气水都灌上了，不禁疑惑：这靠谱吗？

其实接下去的戏很简单，郭俊五句台词，她低头杀鱼敷衍迎合，郭俊感觉她没听，一脚把盆给踢翻，拍完就结束了。

耗在这儿不是办法，但看她脸色惨白也不好埋怨。

虽然一直有对手戏，但是郭俊这几天没跟她在戏外说上过话。鱼腥味是挺让人恶心的，他自己都想掏根烟抽解缓解，不知道烟味对她有没有影响，还是忍了。

对讲机里导演听起来已经忍无可忍："好了没？要拍了，再不拍天黑了。"

无关人员只好散开，化妆师飞快地在她脸上补了几下跑了，就剩了演员。

"你该不会怀孕了吧？"郭俊欲言又止半天，还是问了。

溪川难受得开不了口，怕一开口就反胃，只能冲他翻了个最大的白眼表示愤怒。

其实他自己问完也怪不好意思的，讨了个没趣，不吱声了，听着"争取一遍过，B机C机准备"开始走戏。

大概是台词太少，又或许是她动作太利落，他看着看着居然走神了，心里挺惊讶，她做偶像做艺人也十来年了，平时轮不着自己下厨吧，这杀鱼技术是女性本能，还是为了拍戏特地去练的？他猜是特地练的，偷偷用功这方面，她一贯没的说，思绪飘得远，想起她以前练舞。

视线里手部动作突然慢了，她仰脸看向他，这对视剧本里没有。

他猛地回过神，才听见对讲机里导演暴躁的声音："踢啊！哎，郭俊！"

忘动作了，已经错过了时机。

郭俊懊恼地扶额，双手合十转着圈给工作人员道歉："对不起对不起！"

陈谅烦透了，喊执行导演指挥人换水换鱼。

郭俊看见被拿走冲洗的案板上，一条鱼被完完整整处理干净了，更觉得过意不去，对她一个人说："对不起。"

溪川没认真生气，拽着水管冲手："你想什么呢？"

郭俊不好承认自己看杀鱼看呆了，随便找个借口："那个……植入广告，你不念那个，制片让我念。"

"哪个？"她一脸蒙地抬起头。

"算了。"郭俊瞬间了然，易辙压根没跟她提就拒了，护得真紧。做了个不爽的表情，没再继续这话题。目光落在她手上，被水流冲走血迹的地方，隔一秒又沾了血迹。

"导演！导演！"

郭俊把执行导演喊过来，执行导演又把陈谅喊过来，报告演员手受伤了。

"找我干吗？"陈谅本来就嫌她矫情，焦躁地反问，"手破了找我干吗？又不是我弄破的！"

郭俊略有点无语，提议道："换替身来吧？"

陈谅听了气不打一处来："你见过光替、见过裸替，你听说过这一行有'鱼替'吗？"

"有手替啊，导演。"执行导演不识趣地接嘴。

陈谅瞪他一眼："这一场有特写，这场用了，那每个手的镜头都得用替身，昨天拍的怎么办？前天拍的怎么办？让服化给个创可贴能解决的问题，用什么替身？卖鱼的手上有创可贴不更真实吗？！"

执行导演碰了一鼻子灰，转身去张罗创可贴了。

郭俊眯着眼目送气急败坏的导演走远，回头小声问溪川："你以前和陈导，不是……那个吗？"

"哪个？"还是一脸蒙。

郭俊上次在替身葬礼上以为他俩有什么关系呢，再说他俩还传过绯闻，澄清过，可他知道无风不起浪，澄清都是假的。虽然好奇，但提起来显得自己很八卦。前面怀孕那破问题，已经把他今天的八卦额度用光了。

第九话

Summer Fantasy

从春游到军训

[81] 磨合

两个场工小哥吃力地把装满水的大盆抬过来。

郭俊看折腾坏了他们，又道上了歉："不好意思，辛苦辛苦。"

场工倒不介意，笑嘻嘻地说："别跟我们道歉，跟刚才那条白杀的鱼道歉。"

郭俊也开起了玩笑："那可没白杀，晚上肯定能吃上的。"

"那得跟这条道歉。"场工指着刚被杀了，连案板一起拿回来摆溪川面前的鱼说，"本来这条还能再活两天。"

郭俊笑着往那边看，刚死的鱼更腥，溪川好像脸色更不好了，小声问："你没事吧？"

溪川紧闭着嘴，只是摇摇头。

场工指着水盆说："你踢一次试试。"

"踢了你们不是又得接吗？"

"接就接呗，挺沉的，你踢踢看，不一定踢得动。"

郭俊又往溪川那边看了看，对她挥挥手："你离远点。"

溪川从小凳上站起来退远了。

他往盆上踹一脚，纹丝不动，诧异地又踹了一脚，稍微动了一点点。

溪川在旁边"扑哧"笑起来，弄得他很没面子。

"我说了吧，真的很重。"场工们又认真张罗，把盆抬起来倒了一半水，"你再试试。"

郭俊一脚踢飞出去两米，盆倒扣过去一声巨响，有点扬眉吐气的意思。

"半盆水够了。"场工们开始重新接水。

执行导演刚拿了创可贴回来，被吓了一大跳，原地站了几秒才跨上前："你悠着点，这踢出画、拍不到了。"

"踢太近我怕溅她一身水。"

"一身水怎么了？拍好这场收工换衣服啊。"

郭俊说不出一身水怎么了，有点尴尬，安静地看着助理给她弄创可贴。

这边水接好了，副导演又跑过来："干吗只接半盆啊？"

场工们解释："一整盆太沉了，不好踢。"

"但是半盆不好看，镜头里看着挺怪的。"副导演转向道具组的人，"要不换个小点的盆吧。"

找盆又费了点时间，陈谅等得生无可恋，窝椅子里攒了一堆烟蒂。

道具组长好不容易现了身，拿着一个正红的、一个花的、一个银的："导演，你看这三个盆哪个合适？"

陈谅想了想，不能在画面里太抢镜，懒得说话，指了一下那个银的。

郭俊又试着踢了一次，动作位置都没问题。

陈谅抱着一条过的幻想，踱过去给他讲讲戏："放点感情吧，好不好？稍微给一两个眼神，毕竟不是跟盆演对手戏，盆也不能跳起来反击，不用那么死盯着盆。"

郭俊努力保持严肃，很认真地问："导演，我这时候已经喜欢她了吗？按说喜欢了不该把水溅她身上。"

陈谅愣了愣，清清嗓子教："喜欢是喜欢的。但她不注意你，恼火也不是装的。你是个混混，要有混混的样子，头脑简单点，不要那么绅士，好吧？该怎么踢怎么踢。"

郭俊若有所悟地回到自己位置上，各部门就位了。导演回监视器前喊"开始"，摄影机上指示灯亮起来。自然光已经不太好了，正侧面加了照明，有些晃眼，他下意识地把脸往她那边偏一点避避光。

前半段他按部就班走词，她按部就班处理鱼，动作没上一遍麻利，有点慢。他看不见她的脸，只能看她手上那节创可贴，想她是不是累了。台词说完了，她没出声，是剧本设计好的，可她身体晃了晃，是剧本没设计的。他一只腿刚挨上盆边，突然变了方向，一脚蹬进盆里，伸手把她胸口的衣服拽住了，动静不比踢翻一盆水小。

其实没大事，溪川只是晃了一下，被他拽住的瞬间眼神就清明了。但这动静让周围人以为出了什么大事，离得近的工作人员擅离岗位，往中间狂奔聚拢过去，监视器那边坐着的人也全站了起来，听见执行导演的声音说"没事没事，溪川有点晕"才松下一口气。

副导看演员虽然被人扶着，但自己能站起来，应该没问题，深思后觉得郭俊有点疯，诧异的眼神瞥向陈谅。

陈谅双手叉着腰，脸上写着"看我干吗"的理直气壮，眼角的余光一转，发现洛川正盯着自己。

"我……我就让他给俩眼神。"语气冤得很，"没说别的！"

在天黑前抢一场戏的希望彻底落空了。

事后才知道，溪川整整两天吃什么吐什么，粒米未进，天气转凉又没能量，扛到第三天下午低血糖了，确实没有大碍，郭俊大惊小怪。

回酒店后，易辙看实在不行，找了人来给她输液。平时交集多的工作人员，像化妆师、执行导演他们，晚饭后都去房间探病表达了关心，只有陈谅没去。

本来戏没拍成，陈谅就气得跳脚，周围人还老用看罪魁祸首的眼神盯他，意思是"让你用替身你不用"。

陈谅感觉自己坐在餐厅里像个孔乙己，背负了太多揶揄，忍不住大声嚷嚷："演员这么高片酬，总要吃点别人吃不了的苦吧，凭什么有点困难就找替身啊。更何况这种苦大家都吃了，我们不在现场？她还时不时离开鱼去化个妆候个场，我们跟鱼待一起更久，快情投意合了！导演摄影灯光哪个找替身了？"

洛川在桌下轻轻踢他，低语劝："没说非让你用替身，你在现场坚持原则，跟演员病了你去看一眼显得有人情味，不矛盾。"

"我不去！又不是病入膏肓有什么好看？矫情！我才不助长歪风邪气！你影响了进度，我还去嘘寒问暖？那我下次怎么硬起来？"陈谅声量特别大，表面是对洛川说，实际是为了说给全餐厅剧组人员听，场面激烈得有点浮夸了。

身边副导搁下筷子，掩嘴小声说："硬不起来还这么狂。"

坐斜对面的场记愣了一秒，拍着桌狂笑起来。洛川也没忍住，松松地攥着拳放嘴边掩饰笑意："我替你去看看总行了吧。"

洛川也想知道溪川明天能不能坚持拍摄。

她去的时候，溪川挂着水睡着了，亚婕和另一个小助理在里面一边玩手机一边盯着，房间门敞开着，易辙倚着门框跟她低声说话，眼睛不时往房里瞥。

"明天估计有点困难。"

洛川点点头表示理解，举着通告单说："明天本来也没给她安排太多戏，季向葵进组了，先拍她和郭俊。这样吧，上午放心休息，看溪川恢复情况，如果中午能吃点东西好转了，下午去家门口那场景拍一拍蚂蚁洞的飞页。毕竟两个小演员平时还要读书，来一次不容易。"

"行。不在水产市场就好一点。导演那边……没意见吧？"

"他啊，别理他，就是叫得响，不会较真的。"

"能理解。进度赶不上去，他肯定着急。"

"也太着急了。"洛川按按太阳穴苦笑道，"我们以前的导演，都是临近杀青了才因为赶工暴躁，一进组的时候都很宽容，上百人刚凑一起才互相认识，肯定需要磨合的嘛。像这样刚开机就举起小皮鞭的少。"

还不是替你操心吗？易辙心里想想，嘴上没说。

"导演……连拍三个片了，比演员还无缝进组，精神上疲劳，所以感觉上就不像刚开机。"

洛川微怔，她没想到这层面，顺着话说下去："嗯，而且陈谅典型搞技术的，有点轴，其实很多时候上不上实拍、用不用替身……"

她想说最后成片差别不大，被易辙摆手打断了。

"溪川也轴，她更不想用替身，替了她反而要不高兴。她就是体质不好适应力差，得有个跟环境磨合的过程。"

"是，她从小换季就爱生病，别说工作强度大，没工作她也能折腾出毛病来。"

这边的聊天内容漏进去被听见了，屋里有人叫唤："我没有生病！"

洛川往里看了一眼，笑着拍拍易辙的胳膊："你照顾她，我去问统筹季向葵几点到。"

"你忙吧。"

去找统筹之前，洛川路过陈谅房间给他回了个话："没事了，在挂水，明天走运的话能把蚂蚁洞拍一拍。"

陈谅私下难免有点心虚："易辙怎么说？"

"他不就向着溪川吗？我替你解释了，说你'更是无缝进组比谁都辛苦，弦崩太紧，也是为了把工作做好'。"

陈谅憋屈了一晚上，听了这话才顺过气来，没人站在他的角度考虑，还是洛川善解人意。

不过虽然设想很美好，但是第二天蚂蚁洞的戏还是没拍成，问题不在溪川身上，而在陈谅抽不出身转场景。

因为季向葵这个语言的巨人、行动的矮子。

头天晚上通电话时，她还在跟陈谅一起吐槽柳溪川就是"娇气""矫情"。

轮到自己拍了，只神气活现了半天，就把午饭连带胃酸一起吐了，吐得惊天地泣鬼神。

这让陈谅没处搁脸："你把氧气面罩摘一摘好吗？看着太夸张了。"

"不行，摘了我会窒息。"

"你摘了喝口热水就能好，相信我。"陈谅坚持不懈地举着保温杯，非要给她喝热水。

"热水不管用。"

"热水包治百病。"不知道他哪儿来的理论，他也不知道她哪儿来这么多装备，"你为什么出来拍个戏，车上还带着氧气机？传出去影响多不好？以后外面都

137

会说'进陈谅的组像进集中营'。"

"吸氧让我耳聪目明。"

"衰老是由于氧化反应。"

"你别烦我。"

陈谅只好去烦她助理，指着氧气机问："这得吸多少分钟啊？还能不能拍了？"

"半小时。"助理老实回答。

陈谅刚琢磨半小时还能接受，季向葵就坐了起来："不是吧，阿Sir，吸完氧你不放我回去休息？"

陈谅郁闷："你说你怎么这么不争气？柳溪川好歹坚持了三天，你呢？七步倒！"

说的什么屁话，女朋友生病，他还一副"嫌自家蛐蛐战力不如人"的调调。

"柳溪川只是忍受个鱼腥！哪有鱼腥加空气清新剂的煤油味！"一提起来，她又摘了面罩拔开管子开始干呕。

"嘘——大家都是好心，想给你营造良好的工作环境不是吗？"平心而论，在水产市场棚子里洒满空气清新剂，是演员副导的馊主意，不是他的锅。陈谅在里面待了会儿都觉得头越来越晕，可是他想，大概女孩子会喜欢吧，不喜欢她们怎么会自称"小清新"呢。

人间悲剧，因为这样离谱的意外又放空了一天。

不只季向葵，剩下在现场的工作人员经过这一番乌烟瘴气的折腾，精神状态都不好。陈谅没辙，只好认清现实趁早收了工，回酒店专心照顾季向葵。

好在她恢复力比柳溪川强，一回去喝了碗排骨汤，不至于饿到虚脱。

洛川一碗水端平，过来慰问，让她好好休息："晚上单人定妆海报先取消了。等梁老师进组后跟主角海报一次拍。"

送走洛川，陈谅想起上次和溪川吵架她透的信息，犹犹豫豫地坐床边试探着问："你以前，跟制片打过交道吗？"

"没有啊，没合作过。"

"我不是指合作。"陈谅一边吞吞吐吐，一边仔细观察她表情的变化，"制片跟我们一个学校的，和我同班，还是学生干部。所以我想，你说不定听说过她。"

季向葵歪着头好奇地眨眨眼睛："有什么我应该听说的吗？"

这话问得……

陈谅讪笑着往椅背靠了靠："没、没有。"

[82] 错觉

季向葵缠着他没让他回去，也不是需要照顾，纯粹话痨想找人聊天，说她上个剧组那点破事"叽叽喳喳"到十二点，想开瓶酒助兴，被陈谅阻止了。

"下午还吐得够呛，你不要好了伤疤忘了疼。早点睡觉，你明天戏不少，还是跟郭俊的对手戏。"

"跟郭俊的对手戏怎么了？"

陈谅撇了撇嘴，没直说。今天拍两场已经见识了，郭俊表演有点青涩，很吃状态，和演技强的人搭戏能被带好，季向葵没从上个浪漫爱情电影的人设里出戏，演得不像雄霸水产市场的黑社会姐弟，像傻白甜萌妹妹和爱耍帅的自恋哥哥。

"哦——你也感觉到了吧。"季向葵自说自话道，"他不太喜欢我。"

"不喜欢？"

"机器一停就黑脸，跟他说话爱搭不理的。"

"你跟他说什么话？"

"也没什么，就是随便打听下YXC哪些人还在，哪些人走了，没事闲聊，缓解尴尬呗。"

陈谅大概明白，如果郭俊对柳溪川有意思，不喜欢季向葵很正常。但前提是自己瞎琢磨的，听起来不是很站得住脚，再说郭俊的不友好对季向葵工作影响小，没必要提醒她提防什么，多一事不如少一事，他懒得说。

"不喜欢就不喜欢，连人民币都不是人人喜欢。"

"那不一样，演对手戏的不喜欢，性质就像二十元纸钞不喜欢百元纸钞，不愿意跟它待在同一个钱包。"

陈谅听着想笑，打个比喻，她还不忘让自己面值大一点，什么时候都不肯吃亏。

"你想多了，这几天大家情绪不好，拍摄进度上不去烦的吧。别想了，赶紧睡觉。我冲个澡。"

其实郭俊的确不喜欢季向葵，但没特别针对季向葵，这两天谁跟他说话都只答一两个字，尽量降低自己的存在感，如果可以，他恨不得把自己埋了。

前一天最后一场戏，要是溪川真生了重病，至少晕过去失去意识，都不会显得他明摆着小题大做。

那瞬间怎么就没沉住气？事后一回想，社会性死亡了。

就算是同经纪公司关系再好的同事，能打个晃就紧张成这样？

他不敢揣测剧组的人会怎么想。

正是这个原因，半个剧组去看了溪川，他反而躲房里没露过面，在手机上给她发了条微信。

柳溪川这女人缺心眼，不知道发这条若无其事的慰问微信需要多么厚的脸皮，只回了个表情，而且是默认表情里的"OK"小手。

时隔两天，郭俊还是整个人不太"OK"的状态。

和季向葵这场对手戏，是季向葵的主场，跟一堆群演拼酒，杯子里是水，但场面铺陈开了，季向葵找着感觉突然上了道入了戏，像喝了真酒一样自然，除了把自己的戏演好，还顺利完成了制片塞的几句植入广告。

陈谅挺意外，本来只是试着让她说说看，效果不好就剪掉，没想到那么尴尬的宣传语，她掺在劝酒词里顺嘴就说了，自然得不得了，耳朵差点没抓到。

既满足了广告商的奇葩要求，又没影响剧情，原来她的技能天赋点在这里。

烫手任务顺利过关，陈谅最开心，一喊收工就吆喝聚餐，请大家去喝真酒。为了照顾季向葵和郭俊不被人认出来，剧组特地找了个低消费又黑漆漆的KTV。

郭俊不知道是不是因为太黑认不出来，反正自己的司机助理都不见了踪影，只剩他一个人被演员副导拉着灌了不少酒。

季向葵今天反常地不找男人拼酒，专找洛川，一口一个"制片姐姐"地劝。导致陈谅全程保持高度警惕，寸步不离地盯着，生怕一不留神，季向葵提问自己和洛川的关系。酒也没怎么喝，不敢醉。

她看起来只是闲聊，像问郭俊YXC人员变动似的："听说你们高中是同班同学，我高中时很少留意高年级，那时候他是怎样的人？"

连这样的话题也让陈谅紧张，为什么要主动给她提供这个信息？他不禁懊恼，搬起石头砸自己的脚。

"最明显的是没性别意识，老和班里女生吵架，真让人头疼，当然也是因为一般男生吵不过他。总之要说风度，是一点没有的，其他女生寝室咒他'注定孤独一生'。"洛川沉浸在回忆里，淡淡笑着转了话锋，"不过我们寝室的人对他印象不坏，他就是嘴不饶人，心肠挺好，平时有事喊他帮忙总是随叫随到。"

季向葵"咦"了一声，揪揪陈谅的脸："毒舌的护花使者？你还挺反差！"

陈谅不自在地把她手挡开："护什么花，只是帮她们寝室的人搬行李上楼，高中不是住校嘛，我不信没人给你搬过行李。"

"给我搬行李的人都对我有意思。那可要交代清楚咯，你帮几个女生搬过行李？"

"那么远的事谁记得。"陈谅头皮发麻，把酒杯从她手里拿下来，"喝多了，回去吧。"

"我才没喝多。你不记得，制片姐姐记得呀，姐姐来，揭一揭他的伪装。"

"陈谅——"洛川撑着下巴拖开长音，让当事人心脏瞬间揪紧，"和其他男生比起来算很好的了，没那么多活络心思，认准一个人，眼里就没别人，这你有体会啊。"

话是说得没漏洞，可她眼神含情有点过于明显，陈谅赶紧别过脸避免和她对视，谁知正迎上另一边季向葵顽皮的目光，头一歪问："有吗？做导演看多了漂亮演员，是不是心思活络了？"

"胡扯些什么……"

季向葵半撒娇地用食指戳戳他胸口："认准我一个，可不能想别人哦。"

是撒娇的语气，陈谅却不寒而栗，怀疑她是不是知道了什么才旁敲侧击。

她又转头去缠洛川："姐姐你帮我管住他，制片管导演天经地义。在片场给人'搬行李'的导演，工作态度有问题。"

陈谅又怀疑是自己多心，否则这话对谁说，也不可能对洛川说。

"他不用管的。"洛川温柔带笑，还是直勾勾看着他，反而比咋咋呼呼的季向葵更让人头疼。

陈谅赶紧打岔，扯季向葵："行了行了，说这个干吗。"

"我们女人之间不说这个，难道聊国际关系呀？你保持好'不用管'，管我们说什么？"季向葵顶完他，去拉洛川的手，"他不让我们聊天，那我们来唱歌。你要唱什么？"

"对唱吗？《好心分手》吧。"

陈谅心里"咯噔"一下，偷瞄洛川的表情又不像别有深意。

"粤语的吗？可是我不会唱粤语哎，我们随便选一首女声歌一起唱好啦。"季向葵兴奋地从点唱机前转头征询意见，"这首《第三者》，会唱吗？"

陈谅两眼一黑："要唱唱点快歌吧，场子都凉了。"

她似乎挺认真地在翻歌单，不断提议："*I Knew You Were Trouble*？*Shake It Off*？"

陈谅起身打断："算了吧，我看不只你喝多，洛川喝得更多，大家差不多散了，别影响明早工作。小周——"说着往远处喊来演员副导，"你送一下制片。"接着把季向葵连拖带拽强行弄出了门。

司机匆匆追出来，助理跟上前给她披上外套，陈谅这才发现自己外套没拿，冷风一吹背上虚汗有点凉意。

他把季向葵交给助理扶着，掉头回包间去取，进门听见郭俊和副导演勾肩搭背在唱《爱情转移》，不由得长吁一口气，情歌翻来覆去不就几种题材，这两人总不可能也在影射自己吧。

过度敏感了。

何至于仓皇逃窜？

季向葵在车上酒劲上来了，东倒西歪睡了一路，陈谅不得不把她抱上楼去。人一搁床上开始高兴地"蝶泳"。

陈谅给她冲了个毛巾："又没什么需要应酬的，自己剧组内部都能喝这么醉，你也太疯了。"

"怎么不需要应酬？"她毛巾捂脸滚来滚去傻笑着，"要抱紧制片大腿呀。"

陈谅愣了愣："抱她干吗？"

"柳溪川下个剧是《夜影》，我下个剧在哪儿还不知道呢。你又爱吃醋，难得制片是女的，当然要紧紧抱住啦。"

他垂着眼睑想想，原来她对洛川热情是为了将来的工作打算，自己想到哪儿去了。

之前推荐导演，洛川说只是帮忙提名，还是他本身优秀。季向葵把她想得太能耐了。

"你这种高番位的角色，她哪能拍板。"

"她不能，顾总能啊。"

"谁？哪个顾总？"

她半晌无声，他一回头，发现她呼呼地埋头睡了。

早不睡晚不睡，话说一半睡了，一点责任意识都没有。

陈谅无奈地把她塞进被子里安置好，拿出手机给洛川打电话，没人接，又给小周去了个电话，听他说人已经送回房间才放心。放心后闲下来，又忍不住好奇心，爬上影业官网，把主要领导看了一遍，没有姓顾的，那这个"总"是哪里的"总"？投资人吗？

季向葵这话是什么意思？

不让她走偏门拿角色，所以要巴结女制片，女制片话语权小但身后有个"顾总"，可就算女制片愿意引荐，绕一圈又回去了，哪来的把握这个"顾总"对她不会有企图？要么这"顾总"也是女人，要么，是制片的情人。

不可能的。洛川真要有靠山，也不至于整天在影业受夹板气。陈谅心里默默下着结论，却睡不着了。

他把这归咎于喝酒没喝到位反而精神，把昨晚季向葵想开的那瓶酒打开，喝了半瓶。

郭俊倒是喝到位了，甚至觉得酒有点劣，上头。依稀记得演员副导拉着他称兄道弟，要一起开公司，他没印象最后到底答没答应这么离奇的合作。

散场时依然没找到助理，稀里糊涂跟着制片组的车回了酒店。

制片酒量看起来不大好，下车后扶着树吐了，一群大老爷们儿围着她端茶送水嘘寒问暖，哪顾得上郭俊。

平时被前呼后拥惯了，这么自力更生的机会很少，绕着酒店的楼转了两圈才找到门，深秋气温低，进门前他被冻清醒了，至少是自我感觉清醒了。

进门后他又感到莫名一阵躁，等回过神，已经鬼使神差停在了溪川房门前。

来都来了，心道，成大事者不能退缩。

别人能来探病，他怎么不行了？就算易辙来开门他也理直气壮，大不了问问情况就走。

按响门铃好一会儿才有人来开门，幸运的是，开门的是溪川。

她穿着秋冬季节的长袖长裤居家服，不是他想象中那种性感睡裙，有点失望，但乐观地想，这样一来就不用道歉打扰她休息了，显然还没睡觉。

"我……"声音发出来把自己吓一跳，沙哑得陌生，"我就是来……"

溪川伸手扶他一把："你这是喝了多少？"

把他问住了，他开始苦苦思索。

谁知她跳跃性思维，没等他算出喝了多少，就抛出第二个问题："外面很冷吗？"

大概是摸到他衣服上的寒气了。

这个好像好回答些，他刚张口，她又问："你是不是光喝酒没吃东西？想吃烤串吗？"

"啊？"

"要不喝点茶？你先进来。"

郭俊一口气喘不上来了，忽然感到口干舌燥，的确需要喝点茶醒醒酒。

是做梦吧？柳溪川再缺心眼，也不可能不知道半夜邀成年男人进酒店房间意味着什么。

没等他说出话，她已经拉着门侧身让开道，挥挥小手催他进去。

他按住"怦怦"直跳的心脏，一横心踏进半明半暗的玄关，从暗处走向亮处，眼睛眨也不眨地跟随她把门关上。

意想不到的方向突然传来个声音，吓他一跳："哦，是俊哥。"

他猛地转过头，视界由暗转明，沙发里坐着易辙，还有溪川那两个助理，甚至还有他的助理，剩下几个面生的他没兴趣辨认是谁……一群人其乐融融望向他，友好得就差唱个生日歌了。

还真是吃烤串啊？！

你怎么不说是公司团建呢？

[83] 严肃点

柳溪川是个坏女人。

郭俊愤愤地想。

怀疑自己又一次社会性死亡，找不到也不敢找证据。

喝断片了，有记忆的最后一个画面，就是大家伙像向日葵一样齐刷刷看向他，叫他一起吃烤串，不确定自己在深度醉酒的情况下表情管理能力如何。

听助理说，他喝完茶丝毫不见外，直接倒溪川床上睡了，被扛回自己房间的。

"王亚婕去给你盖被子，你还大方地给她腾个位置邀请她一起睡，她打了电话征求她男人的意见，她男人没同意。"

"王亚婕是谁？"

143

"柳溪川的另一个助理嘛。"

"好吧。"郭俊这会儿还觉得脑袋沉，不能指望记住人名，包括柳溪川的另一个助理、他助理的女朋友，听他在耳边念叨好几次也没记住。

是的，世界就是这么不公平，这俩助理在公司都没说过话，进剧组以后才好上的，关键是才进组几天？

打听完昨晚的前因后果，郭俊不想跟助理再多说半个字了，坐在清晨的寒风中闭目养神。

不一会儿听见了季向葵的说话声，他没睁眼，同样不想跟她说话。

季向葵"哼哼唧唧"发嗲，问执行导演喝得伤不伤。执行导演表示还行，只有制片喝倒了，早上特地没喊她。

"我看制片酒量蛮好的呀。"

"哪能跟你比。"

季向葵经不起夸，整个上午都很雀跃。这让陈谅十分头疼，反复在对讲机里说"季向葵，收一收"。

本以为拍了两天情况能好些，但直到现在，她和郭俊营造出来的依然是一种兄妹感，并且看起来没有一丁点能够矫正的希望。

除了季向葵收不住的活泼浪漫，郭俊也应该承担一部分责任。陈谅不知道是不是一出场时剧本里那句"他的沉默给人一种压迫感"把他束缚住了，这样的压迫感挥之不去，说兄妹都算含蓄的，面对季向葵，他就像看着孙悟空表演的如来佛。

这场重头戏拍了四小时，一直在反复叫停重来。现场每个人在心里找的借口都是"演员昨天喝多了不在状态"，但陈谅觉得问题不止于此。

季向葵要做个见多识广的社会姐，去打破郭俊的幻想，告诉他惦记的小媳妇结婚前是个风尘女，规劝中带着讥讽。她演出来像个刚得知重大八卦、飞奔来和小姐妹交流心得的追星少女。

追星少女遇到了佛祖四大皆空的反应，怎么拍都很灾难。

机器已经停了，陈谅支着脸，窝在椅子里半天不说话。

演员当然知道这一遍还是没能让他满意，但并不知道怎么才能让他满意，各自沮丧着。

生活制片转悠过来问："导演，放饭吗？"

天天饭饭饭！导演懒得理他，只当没听见，转头伸两个指头把演员副导叫过来："双胞胎到了吗？"

指的是演女儿的那两个小演员，不是真双胞胎，只是发型服装一样，陈谅一直没分清谁叫什么名。

跳过下一场季向葵和郭俊的对手戏，后面有一场郭俊和两个小演员的戏，陈谅琢磨着既然他们俩搭一起这么灾难，不如单挑一个试试。

演员副导说："双胞胎还没到，路上有点堵。柳溪川在化妆室。"

陈谅有些诧异："她这么早来干吗？"

"化妆。"说得像是废话。

也许是没人及时通知她第一场戏没拍完。

陈谅蹙着眉低头翻通告和剧本，看柳溪川今天是什么戏。一场被郭俊羞辱欺负的，如果时间够，还有一场跟双胞胎发现蚂蚁洞的飞页。

陈谅搓搓脸："你把她叫过来，先拍三十七场。"

抱着一线希望，把顺序调一下，让郭俊先找到状态，说不定后面就好拍了。

季向葵被通知拍完了，她知道最后一条肯定没过，很纳闷，正要往化妆室走，中途被陈谅叫住，让人给她搬个椅子来："急着往回走干吗？观摩观摩。"

郭俊去化妆室换造型途中没碰上溪川，正好错开，等回到片场，看见她裹着外套在和刚到的两个小演员说话，很日常的场景，这使他没能提前有个心理准备。

导演喊了"准备"，溪川外套一脱钻进室内来。

郭俊愣了三秒，回过神第一反应是找助理要剧本，怀疑自己记错了。

这场戏剧情是女主角缺钱想卖螃蟹，但这个水产市场比较贵的产品被团伙垄断了，不能自己进货，所以来讨好郭俊的角色，知道郭俊对她有点好感，也知道利用女性优势，故意打扮了一下。

剧本里清清楚楚写着"她穿着一条蓝布无袖连衣裙，他盯着她裸露的双臂"，郭俊想，很显然不是自己记错了而是服化看错了，这裙子重点不是无袖而是低胸，裸露的不只是双臂啊！谁会去看她的双臂？

虽说柳溪川瘦吧，胸还是有的，再加上蓝色衬皮肤，土俗土俗的，看过去白花花一片伤眼睛。

郭俊二话没说去找导演了，溪川不明所以地跟过去。

他意见很大地指她："导演，她干吗穿成这样？"

服化组长在旁边插进话来："是觉得余老师写露胳膊太文艺了，好多观众会明白不到这个点。"

"那我是盯胳膊还是盯胸呢？"

陈谅挠挠头："胸吧。"

"不是……这样我还把她赶走了，我什么人设啊？唐僧吗？"

陈谅很为难，看胳膊确实像文艺片调调，放水产市场环境下不合适，可剧情又出错漏了。

他努力自圆其说："你刚听了她的坏话，生着气。"

"我听我姐姐说她风尘，现在她穿成这样来勾引我，于是我生气地把她赶走了。"郭俊复盘了一遍剧情，"我还是个人吗，导演？"

陈谅拧着眉心："你可能……"

"换你，你把她赶走吗？"郭俊质问抗议。

陈谅飞快地扫了眼坐在一旁的季向葵，笑起来："我肯定赶走啊。"只笑了几秒又愁眉不展，"但你是没什么必要坚守底线……"

溪川被冻得撑不住了，搓着胳膊说："如果是因为女儿出现呢？放学时间路过看见了，不能当着女儿的面吧。"

陈谅一拍脑袋："挺好，正好双胞胎也来了。走，试试。"

他起身跟着演员回到场景，一边让他们走戏，一边手拿剧本现改。相当于即兴发挥了，郭俊有点跟不上两个人的节奏，把原本的台词说得很生硬。

"螃蟹？就凭你还想卖螃蟹？"

溪川笑了场。

郭俊冷着脸挑一挑眉："笑个鬼啊。"

溪川边笑边吐槽："霸道总裁上身了，一副刚充了会员的调调。"

郭俊也憋不住笑了，抖抖手里的剧本："台词就奇怪好吗？"

"台词奇怪你顺着改啊。"陈谅瞪他一眼。

"就凭你还想卖螃蟹？螃蟹也是你敢想的东西？螃蟹……"他这边碎碎念着，溪川在一边笑得直不起腰，"导演，奇怪的是螃蟹，怎么说怎么奇怪啊。"

"你自己的问题，不信你换成牛蛙。"

郭俊小声念了一遍："就凭你还想卖牛蛙？"

溪川大笑："哈哈哈哈哈……"

郭俊被笑得脸红透了，自己都没法忍住不笑。陈谅无奈地把视线在他们之间扫了一个来回，郭俊笑起来有梨涡，弟弟的感觉一下出来了，陈谅恨他该笑的时候不笑，拍拍剧本："看看时间啊，严肃点。"

溪川捂着脸颊尽力控制："对不起导演。"对郭俊建议道，"你重复一下我的话，'你想卖螃蟹？'，这样。"

"你想卖螃蟹？"他正色学了一遍。

"好一点，还有点霸总。"溪川说。

"你想卖螃蟹？"他语气再自然平淡些，看陈谅和溪川没意见就继续往下念了，"你有多少钱？"

溪川走本："我有一千四。"

"卖鱼赚这么少，你不如卖肉。"他照念台词。

陈谅在旁边挥挥剧本："逼近一点。"

他靠近一点，目光不得不落在她胸前，脑子空了一瞬，情不自禁地抬手去托她的下巴："你不如……"

刚说三个字又被杠铃般的笑声打断了，溪川笑得整个人拦腰对折。

"对不起导演，我上个剧是古装。"郭俊不好意思地强行解释。

陈谅努力收住笑保持严肃："别加这些奇奇怪怪的动作。"又用脚踢踢溪川，"行了行了，别笑了。"

溪川站直了调整情绪。

陈谅歪着头想了想接下去该怎么演，指挥郭俊："你亲她一下试试。"回头看双胞胎脑袋探在门口，"少儿不宜，等会儿叫你们再来。"

溪川不笑了，靠着墙，有点紧张。

陈谅边退边说："不要立正。"

郭俊上前一点，犹犹豫豫地抓住她的胳膊，聚精会神地在她唇上轻轻碰了一下，往后退了几步，用"您觉得怎么样"的眼神盯着陈谅。

说"一下"就"一下"，说一不二。

陈谅被他盯蒙了，呆了须臾，举起剧本就要追着打："别以为你粉丝多我不敢打你！神经病啊，跟我装纯！"

郭俊一边逃远一边招架："导演，我以前都是拍的电视剧，尺度就这么大。"

"演你的电视剧去！"

监视器前其他人听不见声音，只能看见画面，季向葵一头雾水地指着画面里的郭俊和溪川问易辙："我在观摩什么？甜甜的爱情？"

易辙抽着烟不作声，表情有点难看。

溪川确实预告过"太熟了会笑场"，但他没想到能笑成这样。

闹够了歇下来，郭俊恢复正经说："我还没准备好，吻戏本来不在这么前面，有点突然。"

"是的导演，太早了，感觉没到。"溪川点头附和。

陈谅对这两个活宝很绝望，如果没看错，刚才蜻蜓点水那一下，柳溪川还往后缩了，按着太阳穴冷笑："那你们赶紧培养培养感情。今天怎么办啊？"

"'壁咚'吧导演，我会'壁咚'。"郭俊认真地说。

一个现实题材罪案剧情片出现"壁咚"……让陈谅更绝望了。

他转头问道具组长："蚂蚁准备好了吗？"

"昨天就抓好了。"

"拍蚂蚁吧。"

[84] 从春游到军训

吃过晚饭，陈谅正在酒店房里讲戏，带季向葵一句一句调整台词断句和语气，副导来敲门喊人，说制片要开会。

季向葵纳闷，与陈谅对视："这么晚开什么会啊？"

陈谅苦笑："估计要骂人吧，拍太慢。"

她指着自己歪过脑袋问副导："叫我了吗？"

"没有，只叫导演，但是叫了郭俊、柳溪川。"

陈谅能猜到原因："你是演技问题，他俩是态度问题。"

她拍拍胸口："逃过一劫。"

事实是洛川醒了酒，听说一整天又只拍了一场蚂蚁戏，气得差点厥过去。

开机十来天，因为天气、设备、棚内环境，演员状态一直不佳，女主角女二号接连病倒，其他人也在瞎混，除了一些不太重要的空境和群众戏，走剧情的戏能剪进成片的，满打满算只有四五场。本来就是个中等成本电影，预算掐得很紧，这太不像话了。

"不能再这样下去，我这里能给的适应期已经够长了，如果演员演技不过关，只能让他过关，再拍半场甩半场是不行的。"洛川前所未有地对陈谅说，"我知道你完美主义，但是拍得不够好总比拍一半没钱了，整个电影烂尾强啊。"

陈谅连连点头："知道了，明天一定按通告单拍完。"

洛川转向溪川："你们俩又怎么回事？笑得停不下来？第一天拍戏吗？"

两人低头不作声。

"你们笑这一天，不算主演片酬，至少五十万没有了。"

陈谅没有接话，他坐这儿的目的主要是怕洛川一时冲动得罪演员，特别是郭俊，想及时打个圆场。现在看来，没什么过激言论。

她接着说："要是陌生吧，熟悉熟悉就好了，你们俩又不陌生，太熟了，这怎么办呢……总不能把记忆洗了。入不了戏吗？那么多演员生活中不和，进剧组还演姐妹演夫妻呢。生活中没化学反应有什么关系？职业一点好不好。"

没化学反应就好了，郭俊心想。

以前他看溪川，觉得像流浪猫，给她塞吃的会蹭人示好，但要抓她回家，就"哧溜"跑得飞快，养不熟的，看看就算了，看不着让人惦记，会四下找一找。

烦的是老有其他爱猫人士不遵守公约，非要使不正当手段把她拐回家，她自己不算聪明，时不时需要被解救一回。

本来保持着这样的平衡，大家相安无事。

但最近他多了点异想，也起了把她据为己有、豢养起来的心，一方面理智在提醒这不现实，一方面冲动在叫嚣"为什么别人可以我不可以"。

怪这破电影的服化，把她打扮得反常，怎么形容来着？低俗得漂亮。他没见过这样的溪川。平时大场合她是穿高定的，美、女神，在家是自在清纯的，很难让人觊觎。低俗连接欲望，比高雅杀伤力大。不知道她在傻笑什么，反正郭俊不跟着笑笑转移注意力，有点把持不住。

溪川被姐姐说了一顿，回房间时灰溜溜的，进门又看见易辙在收拾行李，雪上加霜。

"你要走吗？你生气了？"

"没有生气。年末公司事情比较多，会也多，得回去处理一下。再说我在这儿也影响你工作。"

"没有影响！"

感觉顶嘴时像个小学生，易辙笑起来，绕过茶几过来抱她："我天天在你身边，你好像没法专心工作。本来是挺沉重的电影，可你心态像在春游。"

这她没法反驳，刚才姐姐也说她不入戏。

"不对，你就是吃醋生气了。看我和郭俊一直笑不高兴了。"

"你不好好工作浪费机会，我当然不高兴，但是感情戏你演得太好，我看着也不会高兴。我在现场，要么你别扭要么我难受，何苦呢？"

说起来不是没道理，其他演员没有带男女朋友进组工作的，最多偶尔探个班。他是经纪人才享有这份特权，但是有特权未必是好事。

易辙耐心地哄："我回去一个月，等你重场戏拍完就来陪你，后面你有好多跨年活动要到处飞，我都跟着。要是你还觉得不行呢，我每周末过来一趟，好不好？"

溪川过了很久才点点头，仿佛是妥协了。

"你起来，我换被子。"

"为什么要换被子？"

"天冷，你没有感觉吗？"

她迟疑地摇摇头，换被子轮不到她操心。

她趴在床上玩手机，易辙把亚婕买来的厚被子塞进干净被套里，抖来抖去，扇起好大的风。终于感觉到了，她说："咦……真的好冷。"

"服了你了。"他掀开抖好的被子，把她从里面捞起来，"你是不是被开水烫一下才能知道热？"

第二天晚上她才发现，他走了，晚上一个人睡觉是挺冷的，难怪要换厚被子。

冷热后知后觉，也是易辙走了她才体会到，剧组真没劲。

每年到了冬天她就不太想工作，十二月、一月、二月，人类就应该像熊一样去冬眠才对。

但每年这时候易辙最忙了，公司一大堆应收账款，赶在年底前要去催收，财务审计董事会股东会又蜕人几层皮，还要做明年的工作计划。

他预测得不太准，自从他走后，剧组为了赶进度，净安排些琐碎的场次走剧情，今天在水产市场拍拍卖鱼，明天在医院拍拍和社工说话。天总是阴沉沉，既不出太阳也落不下一场雨。早上开工晚上收工，两点一线像通勤上班，拍一场戏是一场戏，谈不上出戏入戏。

陈谅好像已经对季向葵的演技彻底放弃了，到现场才强调一遍人物状态，台词带一句说一句，她只是模仿。郭俊起初震惊，还有这样演戏的？过几天慢慢接受现实，这样不耽误进程，对大家都好。

郭俊综艺多，跨年晚会也多，隔三岔五进组出组参加各种拍摄和彩排。制片和导演因此没排他和溪川的对手戏。

对手戏没了就很难碰面，因为溪川除了去片场不太爱出门，收工后要么看剧本拉片，要么和易辙煲电话粥，总之躲在房间里。

中途离开剧组去拍了两个杂志封面，隔天往返，没有胡搅蛮缠让易辙跟行程。《奋斗吧少女》提了一个女主角奖，易辙说没公关，颁奖礼让她不用去了。

这样平淡无聊的日子，持续到梁鸿远进组。

溪川头天晚上看见通告单上出现了一场男女主角对手戏，才知道他来了。这场戏在男女主角的戏里不算重场，大致剧情是女儿们放学回家，在餐桌上"叽叽喳喳"说学校发生的琐事，女主角一边进出厨房张罗开饭，一边应和，到最后男主角烦了，吼起来让所有人闭嘴。

她没琢磨好这场戏的重点是他的古怪，还是她的聒噪，想第二天看现场状态和导演建议。

化完妆进场景时，远远看见陈谅在和梁鸿远抽烟聊天，走近了发现只有陈谅在说话，梁鸿远只是偶尔点点头。

溪川觉得自己是后辈，理应主动打个招呼，但"梁老师、梁老师"叫了好几遍，他都没听见，最后还是陈谅听见了，碰碰他胳膊提醒，他才蹙眉抬起头，看见溪川却好像眼神没聚焦。

溪川看见他的脸，第一印象是挺老的，抬头纹法令纹一样不少，皮肤往下垂，显得五官粗糙，表情也垮着，不知道算是笑还是不屑地耸了下鼻子，目光又重新落下去。

这算打过招呼？

反正不热情，让人感觉像碰了钉子。

有钱有名，不保养吗？这想法过了过脑。

她不是那么玻璃心的人，转头去找她的双胞胎小伙伴了。

准备了一会儿，各就各位。场记报了板，导演喊"Action"，机器亮了起来。孩子们把台词背得滚瓜烂熟，溪川动作台词都切在节奏上，配合得很好。

到了按剧本要求梁鸿远开口前，他目光转过来，盯着溪川："能不能别吵了？"

溪川心慌慌的，起了一身鸡皮疙瘩，搔搔头发想自己哪儿说错了。

陈谅的声音传来："柳溪川你在干吗？"

她才猛然回过神来，台词没错，这是梁鸿远给的戏，她没接住。赶紧转着圈跟工作人员道歉。

剧本上有这句话，就"别吵了"三个字。表现方式和她想的不太一样，她以为梁鸿远会拍着桌子开始暴躁，语气命令式，没想到是这么阴阳怪气丢来的一句，她还当是自己演错引起了演员不满。

"注意力集中点哦，从'那你明天记得找他要回来'开始。"陈谅说。

场记又打了次板，重新开始。

溪川按部就班地演，没再忘词，梁鸿远语气的激烈程度是慢慢升级的，原来是这种演法。可这样不温不火地拍完，陈谅不太满意："这条可以，再来一条。"

再来一条时，梁鸿远没按前一遍演，老在她话说半截时抢拍，有时又空出一段沉默，弄得溪川节奏被打乱了，中间背错两次台词。

陈谅还是说"再来一条"。

溪川调整情绪重新开始演，梁鸿远给戏的节点和之前一遍又不一样了，总让她措手不及。而且明明是他搞事，造成NG的却总是她。她正常走词，他一打断，两人台词重叠的几个字就听不清了，可导演不喊停就只能往下演，搅乱心态后，她下一句总不那么顺畅，这时候导演倒是喊停了。

一场戏拍得磕磕碰碰，耗了将近五个小时。

她忍不住抗议了一次："梁老师，你这样我没法接戏。"

梁鸿远说："哦。"

气人哦？溪川喘着粗气往陈谅那边看，陈谅也不出来说句公道话，不知道这两人密谋了些什么。

溪川脾气不算好，压着情绪继续演，梁鸿远依然是那种让人摸不着头脑的断句方式，导演不喊停，她不信这遍能过，有点破罐破摔，语气里掺了敌意。

还是在她说话中，一整句没结束时，梁鸿远突然猛一拍饭桌，连溪川带小朋友都被吓了一跳，女儿中的一个差点碰翻碗，措手不及地扶了两下才接住。

溪川拿不准该继续说完前面那句，还是往下演，愣了愣，满脸呆滞地半张开嘴，梁鸿远伸手扼住她喉咙，没让她发出声。

他用那种阴森森的眼神看向两个女孩，音量不大："都给我闭嘴。"

女孩们眼里都是真实的惊惧。

"Cut。"导演说，"这条很好，转场。"

梁鸿远松开手，溪川心有余悸地摸摸脖颈。

"不好意思。"他嘴上这么说，可神情看不出歉意，"我觉得情绪到了。"

你觉得情绪到了？我觉得我情绪没到啊。溪川明显感到最后一遍自己没发挥好，心里"噌噌"冒火充满焦躁，又担心他随时发神经警惕戒备，谁知这遍被导演用了。

下一场戏不是她的，她追过去拖住陈谅的椅子，告状前不忘先看看梁鸿远是不是已经走远了："梁鸿远这么阴阳怪气，你也不管管？"

陈谅笑着拽了下椅子："不是挺好吗？第一场戏夫妻感情就破裂了。"

溪川微怔，无意识地松了手。

她完全分不清这是他拆骨入腹的演技，还是本人就变态，反正梁鸿远给人的感觉不好，阴鸷、恐怖、不尊重人，不只她一个人有这种感觉，连双胞胎都可以做证。

她倒是从这天开始入戏，拍戏很煎熬，和梁鸿远同处一室很压抑，像进入了封闭式军训似的，她只想逃跑，和女主角的心情一模一样。

统筹排通告也不体谅人，连拍了一礼拜的被打戏，虽然不是真打，吃了好多糖浆番茄酱，但男主角恐怖，她觉得精神上受到了摧残，每天一惊一乍得吓得瑟瑟发抖。不止一次，饭点看见梁鸿远在取餐区附近，她想想还是饿一顿算了。

后一个星期一，郭俊录完周末节目，回剧组拍海报时才看见她："你又瘦了！"

那可不嘛。

[85] 下套

"你知道我今天拍的什么戏吗？"溪川笑得有点憔悴，"他们弄了个冰桶，把我脑袋往水里按，拍窒息。拍了六个小时。"

郭俊皱起眉："真的冰桶？"

"假的冰真的水。"

那呛水还是实拍，郭俊想想都难受："为什么拍了那么久？"

她边玩手机边说："陈导拍电影和剧不太一样，特别是剧本里没有的东西，拍电影他喜欢尝试，睁眼试试，闭眼试试，放鱼试试，不放鱼试试，放活鱼试试，放死鱼试试……拍很多条，前后还要走台词，每次要把头发吹干再重来，所以就这么久。"

"哦，对，剧本里，我记得没有冰桶这么变态的东西。"

"因为服化没注意，出错漏了。剧本里是烟头烫手背。"

郭俊点头附和："有那场。"

"但是后面有我杀鱼的那场，近景远景都拍了手，时间上就在第二天，烫得狠了应该有疤，他们当时忘了给我化，导演说叫你回来重拍不值得，所以换了冰桶。"

听半天，导演的潜台词好像是嫌他拍戏太折腾，只能去折腾她。

"好可怜。"郭俊不太好意思，伸手摸她脑袋想安慰，中途又改了主意，把她脑袋一把捞过来，"我闻闻还有没有鱼腥味。"

溪川笑着把他打开。

季向葵进了棚，在远处咋咋呼呼跟摄影师、摄影助理们打过招呼，开了瓶香槟，往这边呼喊过来："俊哥，喝一杯放松一下吗？"

郭俊实际上比她年纪小，可季向葵催眠了大家，接受她的另一种虚拟年龄，所以一直喊"哥"，没人提出异议。

郭俊推着溪川一起进门，嘲笑她："不会吧，拍个硬照你还紧张。"

季向葵狡黠一笑："拍大头贴我也要找借口喝点酒。"

郭俊倒了一杯先递给溪川。

她有点犹豫地接下来，在手里拿了半天，已经上了唇妆，喝了东西要补妆。但看见梁鸿远抽着烟进了棚，她就发怵，大口喝起来。

郭俊没意识到让她恐惧的源头是梁鸿远，觑着他进门的路线，故弄玄虚地小声八卦："梁老师也是个狠人。"

溪川抬起眼："怎么说？"

"拍《风调雨顺》的时候演死人，没用替身，蛆是一只只摆身上的。"

季向葵直白地惊呼出声："咦——好恶心！用得着吗？！换我可受不了，我最怕虫了。"

"所以你当不了影后啊。"郭俊不给面子。

"我不要当好吗？行程满满的，没空！还有五个品牌挚友排队等我认领呢！"季向葵开玩笑装完傲娇，转身跑去找梁鸿远套近乎，她就这个性，谁也不冷落。

溪川笑不出来，现在梁鸿远把这走极端的一面冲她来了。

先拍单人照，速度很快。主演里没有新人，连双胞胎小演员都身经百战，才七八岁，电影拍过五六个，履历比成年演员还漂亮。摄影师工作很轻松，要一种感觉出一种感觉，要换一种感觉就能换另一种感觉。

双人照稍微在溪川和郭俊这儿耽误了点时间，让他们自由发挥拍了几十张，摄影师蹙眉摇头说不对劲："为什么怎么拍都像时尚杂志封面呢？"

郭俊把搭在溪川肩上的手放下来，笑着摸摸自己脸："因为帅。"

摄影师是个姐姐，很喜欢他，招他去看连着相机的电脑，把刚拍的照片一页页翻过去："是吧？像不像杂志封面？"

溪川折着腰在另一侧看，指着其中一张对郭俊说："你，文艺颓废。"

郭俊以牙还牙，指着照片里的她："你，高贵冷艳。"

摄影师姐姐乐得坐山观虎斗："你们俩在电影里什么关系啊？"

"情人。"

"床伴。"

两个答案撞一起了。

郭俊愣了愣，笑着瞪她："过分了啊！"

"我说要离婚让你带我走，你不是不带吗？"

摄影师姐姐点点头看向郭俊："听着是床伴啊。"

"不能这样归类，这里面有非常复杂的亲密关系，很微妙的控制和依赖，不能表面化地解释为……其实它触及一些更深层的成熟。你知道一种人，必须要承受而且看清过痛苦，才能在悲剧里承担牺牲的责任……"郭俊说到一半已经感觉到摄影师根本没听。

这位姐姐云里雾里，愉快地做了决定："情人来一组、床伴来一组让导演挑吧。"

大合照沿用了这种思路，位置关系紧凑的来两组，位置关系疏远的来两组。

等到全部拍完回酒店，已到了晚上十点多。

溪川给易辙去电话时情绪低落，半是疲惫半是沮丧："不知道这样演戏是他一直的习惯，还是故意刁难，梁鸿远的表演方式充满即兴发挥，可能对电影来说有加分，但我接戏力不从心。即兴发挥需要在最短时间里，从二十种表演方式中选出最合适的应对，那对每种表演必须特别熟练，我不是每次都能做到。"

"这也是没办法的，表演是种技术，除了早期青春偶像商业片和客串，严格来说，这是你第一个高番位的剧情片，其实你接的剧也不是太多，胜在量少质高。但总量少，自然练习得少，遇上梁鸿远那种百步穿杨的，相形见绌在情理之中，别着急，慢慢来。"他声音很低沉，语速缓慢，莫名地让人放松。

"要是我这四年不这么荒废，多接些剧该多好。"

他轻笑一声："没那么多后悔药的，往前看。明天还有考验，充好电。"

"我明天不用早起，通告上只有一场戏，下午三点才开始，拍我被打、孩子在场，上午他们可能要先帮孩子们做做功课、做做心理建设。"

"那不错，正好你睡个懒觉养精蓄锐。被打也是体力活。"

与此同时，导演在准备开会商讨明天的拍摄方案。

梁鸿远卸妆回酒店冲了个澡，姗姗来迟。导演、制片和摄影指导已经看了好一会儿助理拷贝回来的海报原片，会议室里烟雾缭绕。

陈谅兴奋地召唤他来看合照，指着电脑屏幕："梁老师支的招立竿见影。肢体语言不会骗人，你这些天制造了很多恐怖气氛，她自然往郭俊那边靠了，几乎每张都向着郭俊。"

洛川给梁鸿远递烟点上，梁鸿远笑眯眯地抽着烟，看了六七张合影，拍拍陈谅的肩："你还是过度乐观。"

"怎么说？"

"你再看看，她离小孩们近还是离郭俊近？是朝着孩子们还是郭俊？"

陈谅微怔："小孩忽略不计嘛。"

梁鸿远笑着走到对面拉开椅子："小孩也是人啊。明天试试她和小孩之间的张力。"

"这两个孩子很聪明，多走几遍戏应该不会出错。"

"要走的，我想在剧本基础上做点微调。在这里——"他一边抽烟一边点着剧本上的描写，"大女儿第一次发出尖叫转移了我的注意力，于是我开始打她。"

"打小孩？这不太好，对孩子施加暴力会让观众不适，哪怕他们知道是演戏，但……"

"不是给观众看的，这些镜头不剪进成片，重点是柳溪川看见打孩子的反应。

现场所有人都可以知道我要打孩子，小朋友自己知道剧情也应该不会受到冲击，我们可以事先反复排练。"

"只有柳溪川被排除在外？"陈谅跟他确认。

梁鸿远点点头："她被我'打'好多天，已经快脱敏了，不制造意外，怎么能掀起新高潮？"

屋子里所有人都明白了他的意思，但没有谁出声。

洛川看向陈谅，希望他能站出来反对，可他好像并不愿意做那个拍案决定、放弃艺术追求的人。

连梁鸿远一开始提出"让溪川在刻意营造的压力环境中，凭本能倚向郭俊"，她都不太赞成。

诚然，她能理解梁鸿远对溪川是一片好意，这是铺垫她、成就她、把戏点分给她，但同时是用现实去刺激去操纵她。他们想得到精彩的结果，用来实验的对象可是人，就算做可控后果的实验，还得符合伦理规范呢。

但是梁鸿远说，演戏逻辑性太强是溪川的优势也是局限，该有激情的时刻拿出设计好的激情只是基本功，戏剧学院的学生都能做到，她做得再好不过是达到了"精确"，可以很炫目，却至多只能呈现一场好戏。好演员从来不是在完成一场接一场的戏，她应该完成一个人，在她准确的表演中，糅杂她自己特有的气质。

"剧本只能提供创作想象空间，导演阐述提供的是导演想象的参考，在柳溪川参与之前没有人能定义女主角是怎样一个人，换个演员来演肯定是另一个人。"

那时梁鸿远用这些话说服了洛川。

梁鸿远对暴力狂角色做了许多细化处理，他衰老、自闭、阴晴不定，不具有与人正常交流的能力，执迷于他的小帝国的统治权。外化后，他恐怖、极端、行径难以预测，突然在沉默中爆发，造成的伤害往往是摧毁性的。

溪川的反应确实给了陈谅意外之喜。

她本人有她的性格，不是个软包子，面对行事诡异、神经质的男主角不只害怕，她对男主角的焦躁、轻蔑是未经剧本设定的，而恐惧下的警惕又透着机敏，她的同情同理心把这丰富的反抗层次藏在了水面下的冰山里，角色的生命力一直在蓄势。

这绝不是凭"又恨又怕"那种纸上谈兵的条件设定进行逻辑推演所能抵达的。

可是，洛川觉得亦真亦幻的刺激必须有个尺度，无形中把她推向郭俊期待魅力被释放，这已经处于灰色地带了，他们还要得寸进尺。

"我不同意。"洛川不得不反对，"溪川有PTSD，受不了这个，未必能做出合情合理的反应。她幼年时期亲生父亲死在她面前，十七岁时心仪的男生又死在她面前。"

梁鸿远反问："那不已经是至少十年前的事了吗？"

他轻描淡写的语气让洛川很恼火。

"引信老化的地雷也有杀伤力的,梁老师。溪川生活中就喜欢小朋友,进入角色后肯定和双胞胎建立了很深的情感联系。你要打孩子,她会崩溃,我不是开玩笑。"

陈谅见洛川态度坚决,明确了思路:"制片的意见值得考虑。毕竟是演戏,没有人会为了探究怎么演杀人而真去杀人。"

"但是有的演员会为了演毒瘾真吸毒。"摄影指导贸然开玩笑,显得不太合时宜,接着又补充道,"我说说而已,没别的意思。"

他的意思很明显和梁鸿远一致,认为这种做法远远够不上对演员的伤害。它只是一种临场的突如其来,男主角不会真下手,孩子们不会感到真疼痛,机器的无处不在也不容忽视,溪川当然能知道这是在演戏,应激会随着表演结束而消失。

持有对立看法的双方都不愿妥协,大家僵持着,用沉默角力。

最后陈谅提议:"我给她经纪人打电话吧。"

他起身离开会议桌走向阳台,临走前和洛川交换了一个眼色。

屋里的人听不见他在如何交涉,面面相觑经过了两支烟的漫长等待。

陈谅挂了手机回到室内:"我们只能一遍过。"

梁鸿远长吁一口气:"当然,拍第二条就不突然了。"

陈谅拉开椅子坐下,对摄影指导说:"得加一个斯坦尼康,确保能对上焦。"

"A机呢?用长镜头吗?"

"不好,长镜头会丧失细节。"

洛川完全没跟上对技术的讨论,还在纠结前一个议题,追问陈谅:"你跟易辙说了她可能出现应激障碍吗?"

陈谅点头:"他说她没有那么脆弱。"

洛川瞠目结舌,一股暴怒直涌向喉咙口,快要吐了。

[86] 你去关心一下

"后天呢?后天拍什么?要不要把凶杀那场提上来连贯地拍?"

"不行,我们要在她完全找到出口的状态下拍那场戏,明天就算达到我的理想预期,她也只是看见了一点光,状态远远没到。"

"我同意导演的意见。正好郭俊不是回来了吗?可以开始安排一些他们的感情戏。"

"而且制片说得有道理,演员本人的精神状态很重要,她心理不能一直这么压抑,没有起伏和节拍是不行的,橡皮筋拉紧太久它就失去弹性了。得缓解再攀升,不断地重新建立。激情是突发性的才能强烈。对吧,洛川?"

"制片?"

洛川回过神。

统筹善解人意地把刚才的讨论结果总结给她听："大家希望后天开始拍柳溪川和郭俊的感情戏，如果你这边没异议，那我们换场景回水产市场棚？"

"我没异议。"洛川语气冷淡。

陈谅不可能察觉不到，可她太感情用事了，工作上听她的，对电影对溪川都没好处。

直到第二天拍摄前，洛川依然保持着黑脸，拒绝和陈谅做任何交流，甚至连眼神都不给，两人像银行门口的石狮子那样各守一方，严肃无言。

陈谅也固执，清场时干脆大义灭亲，连她一起清走了。

郭俊头天晚上看溪川被虐得惨兮兮的有点担心，虽然没他的戏，但也特地跑来了片场，没想到赶上清场，被一视同仁拦在外面。

"不是家暴戏吗？为什么要清场？"满腹狐疑向副导演打听，"不会真的打吧？"

副导演笑了："敢真打柳溪川？我们这小破组倾家荡产不够赔你们公司。"

郭俊心里毛毛的，喊助理把剧本拿过来，一句句排查有没有虐待演员的空间，正看着，里面爆发出的尖叫把他吓了一跳。

听着像小女孩，可溪川声音清澈，唱歌时经常用咽音，郭俊没听过她尖叫，不能排除是她的嫌疑。

棚里好像在进行一场屠杀，棚外鸦雀无声，所有人胆战心惊地听着，内心读秒，时间显得格外漫长。

叫声一度中断，以为已经拍完了，但没过多久又响起来。

洛川因此猜测，他"一条过"的美好愿望并没有达成，她还好吗？

过了一会儿，此起彼伏的叫声又消失了，她紧张地盯着门，出来的人只有陈谅，从他表情上看不出情绪线索。他对化妆师招招手："补妆。"

洛川有点纳闷了，感觉战线被无限拉长。

这场戏最后拍了一个多小时，相比其他戏算快的，可考虑到它本来计划五到十分钟之内搞定，一定是出了意外。洛川想起陈谅提到"意外"这个词，一脸兴奋又怒火"噌噌"往上冒。

房间里的人鱼贯而出，先是摄影师，然后是陈谅和梁鸿远，双胞胎现实中的妈妈们进去了，很快小演员跟着一起出来，蹦蹦跳跳喜笑颜开，那应该没出什么大事。洛川松了口气。

郭俊的目光在乱糟糟的人群里搜寻，最后迎上陈谅："她没出来？"

陈谅说："在里面，你去关心一下。"又把他身后抱着外套的亚婕拦下来，"不要那么多人去。"

亚婕不甘心："她穿得太少了。"

"里面有灯，不冷。"他指着她脚下，"你在这儿看门，有人要进去你让他等一等。"

不让进还派个活，亚婕不爽地白他一眼。

郭俊从里面把门带上，远远看见溪川靠墙坐在窗边橱柜上，窗口只开了一条缝，有风往她脸上涌，一下一下撩着碎发。

陈谅追了几步才拽住洛川，两人站定的位置很不巧，在楼道风口。

"我就说她没事，真的没事。"

洛川无法被他的喜悦所感染，把脸别向一边："你不能因为结果幸亏没出事，就马后炮说自己做得没错。"

陈谅沉下脸："我知道我做得没错，我有把握。你不了解溪川。"

"你又了解？"

"我看过她每一个镜头。从技术层面来说《霜降》已经完美了，现在线上的女演员除了她，没有一个可以靠演保姆这种角色拿视后，很难的。你不知道她真正需要什么。"

"她需要的哪怕是影后，但是值得冒这么大风险吗？"

"你也不知道她实际是个怎样的人，我认识她十多年了，她不是你认为的那种敏感脆弱小公主。"

"如果你真觉得没风险，为什么不给易辙打电话呢？"

"你怎么知道？"

"你一撒谎就眨眼睛。"

陈谅垂下眼，舔舔干涸的嘴唇，沉默几秒："他如果爱她一定会拒绝，不是因为冒险。就像我不愿跟你吵架，不是因为你总是对的。反过来如果他同意，那溪川事后马上就知道他不爱自己了。我为什么要那样做？她好不容易爱一个人，留点幻想不好吗？非要考验人性？"

"那你有没有想过，你在我这里没通过考验？你懂不懂真正的双胞胎死掉一个，剩下那个什么感觉？我只有这一个妹妹了！"

陈谅哑然失语，眼睁睁看她掉头走远。

整得跟偶像剧一样，陈谅心里郁闷，有点后悔跟她做工作搭档。

室内的确被灯烤得像蒸笼，但溪川就穿了件夏天的衬衫坐着吹风，郭俊第一反应是过去关窗，走近了发现她居然在抽烟，是陈谅平时抽的那种，大概是他给的。

郭俊怔怔地看她像吹泡泡似的玩，笑起来："烟不是这样抽的，这是浪费。"

"我累了，缓缓不行吗？"她摊开手心给他看，汗津津的，"好热，你不要关窗。"

他回过头视线往下溜，她确实热，颈上领口都在冒汗，泛红的皮肤随着呼吸起伏迎着灯光一闪一闪的。

她把手放在嘴边，眼睛亮亮地凑过来，好像要说什么悄悄话。

他俯身下去听，气息吹得耳朵痒，闻到她身上香香的味道。

"我打梁老师了。"

"什么？"他惊诧地直起身。

她笑得像只小仓鼠："不能怪我，条件反射嘛，导演不喊停，我能怎么办。"

梁鸿远练过硬功大的，刚出道那会儿赶上动作片卖座，演过张三丰、霍元甲、黄飞鸿。青少年时期男孩子多半看过几部。

郭俊挑起一侧眉毛："打得过？"

"打不过。"她又"哧哧哧"地掩嘴笑，"但是他也不能真使劲打我。"

他注意到她右手背上有三道红印子，抓过来仔细看。一道在指节上，两道长的靠近手腕。

她好像这才发现："可能我自己指甲挠的，或者小朋友。"

"这场戏过了吗？"

"嗯。"

"剧情算谁打赢了？"

"没赢，只拍了对抗，男人肯定力气大，但他也挂彩了。"

这听着像精神胜利，郭俊哭笑不得："真不错，你也是跟黄飞鸿打个平手的人了，以后能接动作片。"

溪川笑得很娇纵可爱，不知道从他的角度看过去有点走光，领口在她耸肩时抖到一侧去了，傻乎乎的。他的心神被她笑散了，恍恍惚惚，一瞬间回神，发现自己在吻她的唇。舌尖磨着齿龈，新鲜的淡淡烟味下有甜丝丝的气息。

疯了。

她瞪着特别黑白分明的眼睛，目光直愣愣落在他眉骨眼睑间。

"对不起。"他懊恼得不敢跟她对视，做贼心虚地跑出去，好像撞到还是踩到了亚婕，听见女声"嗷"地叫了一下。

过两秒亚婕从门后探出脑袋："他怎么了？"

溪川用袖子擦擦嘴："不知道。"

郭俊觉得自己最近脑子十分不正常，做什么都不太对劲。第二天有和她的对手戏，前一天发什么神经要亲她，这下可好了，躲都没处躲，忧愁得一晚上没合眼。

还是之前在店铺里没拍好的那场戏，还是穿那条淡蓝色裙子，天气比上次更冷了，能看见她身上一阵阵起鸡皮疙瘩。

她手里拿的是编剧改过的飞页，他手里也有一份，好死不死，白纸黑字写着一个"吻"，他脑充血到快不认识这个字了，暗骂余老师老不正经。

溪川像什么也没发生过似的，跟他梳理人物状态，比昨天严肃许多："她这时候下决心要带着孩子从他身边逃走了，所以需要钱。"

"是为了钱？"他心不在焉。

"钱是一部分原因，也希望找个男人帮忙吧，应该没那么彻底觉醒，会觉得必须得靠男人，要再找一个。你觉得呢？"

"我没意见。"话一出口自己心里吐槽：人家的人物状态你能有什么意见？

意见是没有，郭俊只觉得现在脑袋里像一锅粥。

溪川大大咧咧地转头高喊："导演！好了，拍吧！"

郭俊被吓得一激灵，转念又觉得这一激灵真没出息。尴尬什么？还不如人家女的！拍就拍。

结果第一遍中途就被导演喊停："郭俊你退那么远干什么？"

当事人赧得口不择言，一副告状的语气："她挤我！"

陈谅震惊了："挤你，你抱她啊！又不是怪兽挤你！"

现场有工作人员零星的笑，陈谅咳嗽一声肃清纪律。

"Action。"

重来一遍，又NG了。

陈谅心很累，拿着对讲机叹气："推早了。让她挨一下会掉血还是怎么着？"

声音是从执行导演手里的对讲机传出来的，执行导演自己都在笑。郭俊焦躁地搔搔头发，一回头，看见溪川居然也在笑！这女的怎么想的？别人不知道原因，她知道啊！缺心眼到这地步！心里更烦了。

陈谅其实也不知道出了什么问题，这一天感情戏费劲巴拉地拍完，他甚至起了转行的念头，至少转去当战争片导演。人家拍戏前看着挺有戏的，怎么经过自己这么一调教变这样了？

晚上在剪辑室看拍好的狗屁素材有没有能用上的，梁鸿远来了，跟着看了一会儿。

陈谅心烦意乱地按下暂停，回头看见梁鸿远颧骨附近一点乌青，紧张地起身："哟！是昨天……"

梁鸿远笑着说："一个个别大惊小怪的，挥这么一下撞上了，不知道轻重很正常，两天就好了。"

"还有谁大惊小怪？"

"她自己啊。"他摘下眼镜掐掐眉心，笑得更深点，"写了封道歉信从我门缝下塞进来，特逗。"

陈谅也笑了："还是怕你。"

梁鸿远把眼镜腿折起来点点屏幕："这怎么回事？"

陈谅笑不出来了，无奈地解释："柳溪川还好。郭俊不正常，节节败退的架势看着像蜘蛛精要强奸他似的。他该不会是处男吧？"

梁鸿远摇着头笑："不至于。"

"真有可能，我跟你说，他好像高中就出道了，当偶像不能谈恋爱。"

剪辑师在旁边狂笑。

"那到底怎么回事？他要是这样演到杀青，我得在杀青宴上跳楼。"

[87] 喜欢一部分

晚上九点，溪川给郭俊发了三条微信——

"来我房间一起看电影吗？"

"你助理也在。"

"是你最喜欢的片。"

过了二十多分钟他才回了两个字："没空。"

好奇他在忙什么，他助理说晚上他没什么娱乐活动，偶尔打打单机游戏、整理照片或看书，除了工作应酬很少参加人多的聚会。

"如果在上海，他经常一个人半夜开车出去兜风，频率每个月七八次吧，不让人跟着，估计是出去拍照。"

溪川暗忖这"微服私访"的出行中，至少有一半时间去了自己家。

"俊哥好文艺哦。"亚婕感慨，"和现在动不动就爆雷的新生代偶像，完全不是一个层次。"

这就是传说中的粉丝滤镜。

大家看完两小时电影散了，溪川洗漱完毕爬上床，给易辙打了个长长的电话。

今年她和郭俊给公司赚了不少片酬，但是不够填补偶像艺人经纪部门的亏损，更不用提易珂参与的虚拟偶像综艺，全部投入打了水漂，老爷子大发雷霆。

"那有没有增加一点对你的信任呢？"溪川问。

"没有，我说什么他都听不进，易珂把锅甩给合作的网络平台，他就信了，认为网络平台是行业毒瘤，明年应该减少和平台打交道。"

"老糊涂了。"

"听说《夜影》是平台主控的项目，他就反对你参演。所以这几天忙着说服其他股东保住这个合作。"

溪川叹了口气，没开口催他来剧组陪自己。

入睡后她又做了个长长的梦，梦见转天他就来了，细细密密地吻她，像温暖的羽绒被兜头压过来，她若有似无地叫他的名字："阿辙……"

他突然停下来，像被施了定身术一样浑身僵硬。

她着急地转过脸，小动物似的啄来啄去。对方半天没反应，她不满地"哼"了一声。

被子从身上滑下去，这时才煽着睫毛睁开眼。

不是梦，也不是阿辙。

地灯幽幽的光映出郭俊的脸，她愣了半秒，"啊"一声尖叫起来，接着又"啊啊啊"地卷走被子，逃到床角叫了半分钟。

郭俊在昏暗的光线下，没进一步动作，只是抬着一侧眉毛，好像有更重要的事没回过味来："阿辙？"

"你怎么进来的？"溪川抱着头反问。

"问前台要的房卡。"

"疯了吗？半夜要我房卡，剧组人多口杂传出去……"

"我没要你房卡，我说我忘带房卡，前台问我哪个房间，我报这个房号就给我了。"

也不知道是午夜值班的前台太困了，还是他这张脸具有迷惑性。

溪川瞪圆了眼："你有什么毛病？有正门不走非要翻墙，叫你来看电影你不来，大晚上偷偷跑来。"

"我不喜欢看电影。"他理直气壮，感觉到冷了，从她手里拽来一点被子盖上。

她用被子角擦擦脸上颈上的汗，有点恼羞成怒，卷住被子把自己裹紧。

她咬牙切齿地问："你喜欢我？"

他沉默了好一会儿："喜欢一部分。"

是人话吗？还挑挑拣拣？

她被带偏了重点："不喜欢我什么？"

他仿佛很头疼似的撑着额角："找一大帮人挤在一起吃吃喝喝看电影。"

"你这人怎么好心当成驴肝肺呢！我不是想让你放松一下吗？你整天紧张兮兮的。"

"对不起，我最近不正常。"

"你哪是最近不正常？你以前更不正常，我跟你说了多少遍，你要来就提前发消息让我给你开门，非要莫名其妙冒出来吓人，这正常？"

"你说话太吵了，我不想跟你说话，只想看看你就走。"

溪川被气得翻白眼："那现在是怎样？只想睡睡我就走？"

"可以吗？"

"不可以！我有男朋友了！"

他转过来一张嫌弃脸："我也不喜欢你男朋友。"

"反正你就是，不喜欢我有朋友，也不喜欢我有男朋友，只喜欢看我一个人孤零零在家里走来走去，你自己也不想跟我说话，对吧？"溪川总结道。

"嗯。"

"我们通常称你这种人为'私生'。"

"我讨厌'私生'。"

"你讨厌别的'私生'。"

郭俊哽住。

溪川半颓地靠在床头："我搞不懂你，明明可以做朋友非要做'私生'，明明可以正大光明追求喜欢的人非要偷鸡摸狗。"

"谁偷鸡摸狗了？"

"拍戏让你演你不好好演，下戏你可一样没少干，能不能敬业一点认真把戏拍好？"

"我认真了，入戏了。"

"你入谁的戏了？这么奇奇怪怪、别扭焦虑、偷鸡摸狗、变态占有欲的戏，除了没打人，你是男主角本人啊！哪有你这样入戏入别人戏的？"

郭俊笑起来，觉得她说得好有道理，无法反驳："我……不适合这个角色。"

溪川冷静了一些："你没必要这么杯弓蛇影，说实话你现在反而正常多了，喜欢一个人有欲望很正常，像你以前那样'喜欢一个人非要强迫她跳绳达标每分钟一百二十下'才不正常，你顺着直觉演就行了。"

"是吗？"

"喜欢的人之间，性很正常，所以我说你不喜欢杨雪，反而拿性关系去要挟惩罚才不正常，唉，你这个人三观完全不对劲。"溪川心累，深更半夜在给人科普这个。

"那你喜欢我吗？"

"不喜欢。你看你现在，什么都不懂，像个小孩，还装得像爹。"

郭俊狠狠瞪过来："刚才你可没有不喜欢！"

"那是条件反射好吗？我和男朋友两地分居一个多月所以想他了，你有没有生理常识啊？"

这么直白，郭俊的文艺梦境全"咔咔"雪崩了，生气："恶不恶心？"

"你才恶心。而且我叫的不是你。"

"易辙有什么好？"

"比你好！被子都是他套的，你硬气你不要盖。"

"会套个被子有什么了不起！"

"你就不会套！"

郭俊一时语塞，套被子他确实不会，平时都是助理代劳。安静了一会儿他说："你快睡觉吧，烦死了，真吵。"

溪川钻进被子躺好，但是身边坐着个生闷气的人，她睡不着。

"你平时多久和父母通一次电话？"

郭俊诧异地转头看过来："两三个月吧，怎么了？"

猜想他很小出道，父母都是圈外普通人，又是男孩，和父母没那么多共同话题可聊。到他这个"咖位"，身边要么是业务合作方，要么是想蹭热度占便宜的，能交心的朋友也难得。平时那样的工作强度还四处漂泊，想经营长期稳定的人际关系根本不可能。

她开始反省自己是不是话说重了。

"以后叫你一起看电影就来吧，别那么孤僻。"

"可以一起睡觉吗？"

"不可以！"

"睡素的。"他的语气像做出了很大让步似的。

"也不行！"

"喊。"

怎么还一副人家欠了他的调调？溪川想，就不该跟他心软，转身背对他。

"我还是喜欢你的。"他仿佛在自言自语。

溪川不知道回答什么才好。

好在没有更过分的，好像已经心满意足。

溪川一晚上精神高度紧张，被折磨得神志涣散，四点多爬起来洗漱准备工作。拍戏顶着两个黑眼圈，坐着都能打瞌睡。

郭俊和她对戏倒是正常了，不像前几天那样东躲西藏，可只是算正常，勉强把剧情走完，状态还是差点意思。

陈谅没精打采，收工后跟车回酒店，一下车看见溪川抄手站在台阶上，眼睛盯着自己好像有什么话要说。

他慢吞吞走过去："干吗？不绝交了？"

溪川从泰国回来就把他拉黑了，害他交代工作得通过易辙传话，驴唇不对马嘴。觉得她缺乏劳动人民的健壮，跟易辙说叫她去锻炼锻炼，进组时易辙回话说，她每天在健身房练四个小时都有马线了。要她有马甲线干吗？气得两眼发黑。

"我有事跟你说。"

陈谅左右看看，人差不多走光了，顺势在台阶下站定："你说。"

"郭俊那角色，他撑不起来。"

"看出来了。"陈谅摸出烟，象征性问一句，"你不介意……"

"介意。"

他只好"哼"了一声把烟放回口袋："你们俩怎么回事？"

"他本人和他的角色太反差了，他不是那么开朗健气的人，很难共情。你以后要是有什么阴郁、敏感、紧张、压抑的角色，可以找他。"

陈谅忍不住笑了："看不出来。"

"你看过他朋友圈吧？老发构图和色调诡异的风景照。"

"拍得挺好的。"

"那不是凹人设，他就是这种风格。你想拍心怀鬼胎、搞禁忌恋但一百二十分钟连个吻都没有的爱情文艺片，找他。"

"禁欲啊？"他又笑起来。

"真的，你有空跟他聊聊，说不定能在阴阳怪气方面对上眼。"

陈谅长吁一口气："那现在这个片怎么办呢？别的不说，挺对不起梁老师。我吧，中途才接手，不是特别喜欢这题材；你呢，准备不充分也尽力了；郭俊呢，角色又不对他戏路。再强的王者也带不动啊。"

"能不能别这么丧？天塌了你是导演也该顶一顶，何况你现在不就是缺一个功能角色吗？"

陈谅自下而上看向她："你有什么建议？"

"季向葵。"

陈谅笑着双手点自己太阳穴："你是不是脑子通电了？季向葵的演技，分内工作都完成不了。"

"她跟男的演对手戏才那样，你试过她跟我吗？"

确实没试过，上一个戏都刻意避开了。

陈谅蹙起眉："你们不是不和？"

"我还跟你不和呢。"

[88] 你要的爱

功能性角色，在这个电影里起的作用，是得给女主角一个出口、给观众许诺希望，原本担此重任的应该是男二号，但郭俊演的"爱情"寡淡无味，毫无感染力。

溪川的提议不失为一种选择。

陈谅到此时才后悔，原以为季向葵那角色并不起眼，不严重拖后腿就谢天谢地。现在回头看，体会到选角还是不该有妥协，这角色换任何一个演技出色的女演员，或许都可以撑一撑局面。

别说陈谅没底气，连季向葵自己都一头雾水。听说了加戏原因后，季向葵连主旨都领悟不了，挠着头问："是让我们搞一对吗？"

"不是，是主角的互助同伴，你这个角色定位相当于侠女，明白吗？"

"我……"季向葵努力试图明白，"是穿越的？"

陈谅扶额叹气："算了，你别想那么多了。反正这场你发现她被家暴，表达一下对她丈夫的嗤之以鼻。"

"没飞页吗？"

"没有，你自由发挥，心里怎么想怎么说。"

"哟。"她笑着揶揄，"学国际大导放飞自我了？"

陈谅没心情和她说笑，往监视器后面踱回去。

她讨了个没趣，坐下来让化妆师继续补妆，眼角的余光往柳溪川那边偷瞄。

溪川坐在柜子上补妆，手臂上两条蜈蚣似的裂口，化妆师已经为此工作了一个多小时。

别看你是女主角。

季向葵心想，你是女主角，可这场戏是我的。

她虽然没什么编剧基础，但陈谅教过她看戏点。这场戏所有行动由她发起，女主角只是倾听感召。

这么多年她拍过这么多剧，好的烂的都有，只有一条通行法则，是自己的戏就要死死咬住。

发号施令的声音从对讲机传来："各部门就位。"

溪川从柜子上爬下来，让助理把外套带走。

季向葵深呼吸，走到预定位置，莫名地有点热血沸腾。

场记报过板，正式开拍。

"你现在好点了吗？"季向葵伸着脖子窥她手上的伤口。

溪川抬眼瞟她，目光晃动几下又飞快地落下去："谢谢你。"

陈谅前倾过去用对讲机指挥："B机前推，给柳溪川特写。"

溪川处理着她手里的活，把另一个桶拎起来往这边倒，水花溅在她裤腿上，她像没看到。

季向葵有句台词和水声叠起来。

溪川只是侧了侧脸，眼睑垂着，没开口。

陈谅以为季向葵会接不住，但不知是凭经验还是本能反应，她节奏没乱，仿佛已经习惯了女主角麻木的沉默，犹豫着把这句话问清楚："你为什么要嫁这么个人？"

溪川低下头继续做事。

陈谅有期待了，他没想到季向葵跟柳溪川演戏，气势能摆得这么足，装嫩卖萌的毛病能根治得这么彻底，这一刻她完全就是个多事嘴碎的八卦大姐。

但溪川不接话，季向葵有点缺乏思路，自由发挥点了支烟拖延时间。

她抽着烟眯起眼，多了点江湖气："我是说，你为什么要嫁人？"

溪川微蹙眉抬起了头，和前一次抬眼给的戏截然不同。

季向葵松弛下来，靠坐摊位门槛上："结婚有什么好？家是你养的，饭是你做的，女儿你生的，像伺候祖宗一样伺候他，祖宗还不打人呢。男人都是没用的东西，没用还猖狂，百害无一利。"她抽了口烟，"我没说小龙。"提的是郭俊那个角色，她弟弟，顿了顿又补，"我没说小龙不是男人。"

节奏太好，出了喜感，工作人员里有人笑，陈谅做个噤声的手势。

溪川一点没笑，绷着脸往烟圈里看，瞳孔逐渐稳住，直到听见"Cut"。

绝了。陈谅扔下耳机，激动得在原地又腰转了半圈，不知该走该坐。

柳溪川这双眼睛绝了。整场戏都是干活动作，不仅没有台词，连面部一个小表情也没有，单靠眼的定力，人就显得从无助转向坚强。她知道六神无主时眼神要飘，有了想法视线要稳，四两拨千斤地把人物关系拉了起来。

陈谅高兴地跑过去，溪川在穿衣服，季向葵像个傻子似的追着问："过了吗？"

他愣了愣，又笑起来："可以可以，'嫁人'可以，'结婚'我感觉有点书面语，到时候问余老师要不要调。"

除此以外，季向葵演得不是没瑕疵，她平时演电视剧用惯了配音，台词功底差一点，但只是小问题，有个气势架子在，起码比郭俊戏给得足。

"我是没用的东西吗？"陈谅笑着问。

季向葵嗔怪："这不是演戏嘛。"

"可我让你心里怎么想怎么说啊。"

溪川听他们俩腻歪就头皮发麻，加快了离开的步伐，做同事搭个戏还勉强，日常生活看多了反胃。

就电影来说，算是走投无路时柳暗花明了。

涉及给季向葵加戏，陈谅避个嫌不参与第一遍剧本，让季向葵和余老师去商量，因为溪川要对戏，所以她得参与意见，收工后一起开会，白天晚上都得见面。

季向葵不懂剧作，以为加一场戏多一场戏，只算出镜率，分不清给谁抬轿，明明没占到便宜却喜形于色。

溪川强忍着不去戳穿，忍得艰难，整晚整晚支着脸静静地看着她瞎兴奋，默想"人傻真好，没烦恼"。

开完会趿着拖鞋回房间，在走廊里迎面碰上郭俊，一瞬间表情像见了鬼。

"你还好吗？"郭俊终于觉察到她的心理阴影了。

从那天之后，她每晚拉着亚婕一起睡，不过郭俊再没有试图进来的尝试。

她平平淡淡点个头："嗯。"

"需要什么你跟我说。"

听上去他一点没觉得心理阴影和他有关。

溪川不禁怀疑，是这个世界有问题，还是自己有问题，工作搭档低头不见抬头见，这么几个人，导演她看不惯，男主角她绕道躲，女二号和她有点仇，男二号她又觉得有点病。

接下去几天大部分时间和季向葵搭戏，说实话比跟郭俊要轻松得多，戏跑得很快，有时候能一天四五场。溪川都没了知觉，直到晚上看见通告单，后天要拍凶杀那场，条件反射地胆寒："这么快就上这场啊……"

亚婕含着牙刷口齿不清："拍完这场你没了。"

"对……嗯？"溪川反应过来，这话好像有歧义，"什么叫'我没了'？"

"你没戏了，杀青。"

她错愕地翻翻手机看日期，五十天没出组，直接杀青，果然高压锅炖得快。

飞奔去给易辙打电话，原来他心里有数："我知道啊，制片和导演找我商量过，说集中拍你的，让你完全扎进场景里，先杀了你的再去拍其他人，比我想的时间长一点，以为除去开始一周磨合期，一个月能拍完。"

"加了戏。"她说，"我和季向葵的。"

没删和郭俊的，陈谅还想留着看情况剪。

"再坚持一下，明天过去接你。"这话比什么都激励人心。

溪川顿时觉得明后天三场重戏不算事了。

但没想到"再坚持一下"打脸意味甚浓，胜利的曙光就在眼前，天也可能是会塌的。

第二天早晨刚到化妆室，被告知："回去睡觉吧，通知今天休息。"

"啥？"溪川眨眨眼。

"导演请病假了。"化妆师压低声音故作神秘，"其实不是病假，昨晚两点多还在吵架，整层楼都听见了，你没听见吗？"

"我……睡得死。谁和谁吵架啊？"

"导演和小葵。所以今天导演不请病假下不来台，小葵的重场戏，她肯定会罢演。"

"为什么吵架？"

"感情纠纷呗，总不可能是为了艺术创作。"

这就是剧组恋爱的弊端了，早知如此。

溪川无奈地和亚婕对视一眼，打道回府，去餐厅弄了点粥喝。

餐厅里有些不知放假、同样早起了顺道吃饭的人，八卦传得很快，剧情十分令人费解，说是——

导演为了工作曾和制片出差住一间房，以为季向葵不知道。其实季向葵当天就听影业的人说制片同行，为报复制片让资方之一找了剧组麻烦。为什么季向葵能左右资方，这又是另一条支线。制片好不容易平息风波，导演听说后批评季向葵没有大局观。

季向葵最近戏份重有点小骄傲，偏就要"没有大局观"地闹起来，把前面那些鸡零狗碎的事全挑开了，大半夜站在制片房门口骂小三，还抛了制片名下公司帮精灵谷总裁过手制作费的惊天大瓜。

导演拦着拦着彻底愤怒，理直气壮地说自己没出轨，和制片清清白白革命友谊，吵起架来也没让着季向葵，喊出和她瓜田李下的资圈大佬名字五六个。

总之，制片和明星过手的巨额资金都多，感情纠纷扯到最后变成风暴。

溪川听得头昏脑涨，发现九曲十八弯的狗血三角恋中竟有自己的戏份，她就是那个"工作"。

为了不被迁怒误伤，喝完粥，她赶紧溜回房间猫着去了。

本来晚一两天出组她不会计较，可听起来像是世界大战，导演和季向葵直接翻脸决裂。她不知道季向葵还有没有职业精神，跟自己把最后一场戏拍完。

别的戏她不拍无所谓，这场不仅是整条人物关系线的终点，还是整个电影的反转点，重中之重，不拍这场前功尽弃。

换位思考，如果是溪川，一定会把这场戏拍完，和撕破脸的男友再坚持一起工作四小时能有多难？四十天她都能咬咬牙撑过去。

沉没成本不一样。

季向葵为这个电影付出了什么呢？睡一觉得来的角色，嘻嘻哈哈混完的几十场戏，演好演坏票房都不用她担，得个奖她算大片留名，不得奖骂名轮不到她扛。

想想都替她觉得大可以潇洒甩手走人，不带走一片云彩。

这场世界大战就事论事，主要责任人不在季向葵。陈谅这样在加油站边玩火自焚，结局是必然的，早爆晚爆的差别而已，开机前打一架他还不警惕收敛，溪川一点不同情他。

下午溪川准备去附近便利店买点一次性筷子和吸管，楼下了一半听见姐姐的说话声，好奇地往声源方向一望，又火冒三丈。

陈谅也在，姐姐和他靠在走廊尽头的通风窗边抽烟。

这种时候不去安抚季向葵，还有闲情聊天，大言不惭清清白白。

可谈论的话题好像和自己有点关系，让人忍不住驻足又忍不住恼火——她一点也不想成为他们独处的借口。

"我知道她从小不喜欢让她改名字的提议，也对，人家有人家的父母、原本的生活轨迹，强扭的瓜不甜，是我太一厢情愿了。"

"你多心了。柳溪川有很多缺点。"

溪川心想，很多缺点也轮不到你说。

"但小心眼绝对不是其中之一。她反而太没心没肺，会给人造成谁也不在乎的错觉，别说你了，以前新句都整天吐槽这点。"

新句的确经常纠结这个，溪川知道，但他干吗跟陈谅说啊！陈谅高中时就和她互相不对付，能帮忙解决什么感情问题啊！真让人生气，这像"劈腿男"爱向"绿茶女"倾诉"女朋友和我有些不可调和的矛盾"一样。

"可是我小心眼，我承认。那次车祸我永远记得，溪川无视我的求助绕到更远处去救她爸爸，只救她爸爸。没法忘记，像一根倒刺插在心里。溪川也有她心里的倒刺，所以我不会怪她。"

"陈年旧事不要想了。"陈谅宽慰道，"人总要往前看。亲姐妹也会吵架也会有分歧，不是还有那种为了争夺财产上调解节目的吗？你和溪川已经算很亲密了。"

"我有时候在想，爸爸妈妈和妹妹，没有一个人喜欢我，可能我真是个天生不讨喜的人。"

"没那回事。"

姐姐轻笑一声："我想生个女儿，一切从头来。"

溪川猛地往她的方向望去，想起了镜子。

"等一下，你跳过了什么？"陈谅笑得轻松，"你想生小孩得先找个男人结婚吧。"

"男人不男人的我真的无所谓。你妈不是离婚律师吗？这种事司空见惯了，有爱情时海誓山盟，没有了反目成仇，大概算是最不可能寄托希望的亲密关系吧。"

"怎么这么悲观？"

"母女就不一样。如果有个小女孩像我，我就知道她要的一点都不多，只要全世界有一个人爱她，哪怕只得到一份毫无保留的爱，她都能开开心心地长大。我能给她要的所有，她也能给我要的所有……"

溪川心空了，揉着眼睛快步跑下楼去。

兜兜转转……

原来对姐姐来说，最重要的是镜子。

为了填补爸爸妈妈和妹妹没能给她的爱，她想要个唯一的小镜子，像她的小镜子。

至于身边是陈谅、李谅还是王谅，爱情来过还是走掉，她根本不在乎。而自己什么都不懂，成天把陈谅那些庸俗的纷争推到她面前去烦扰，还以为姐姐笨自己聪明极了。

而自己弄没了她的小镜子。

一出楼道，冬日惨白的天光从头顶"唰"地冲下来。

这场景她梦过，太阳逐渐变小变冷，星星上落下天火。

她迷失了方向，在空地上跌跌撞撞，一百八十度，三百六十度。

划过树梢的风声里夹杂着幼年的记忆，爸爸给她讲最恢宏浪漫的故事，关于宇宙和星际……

"他知道整个星球的地表，都铺满了相同的金属外衣。很难得看见什么活动——除了偶尔有些旅游飞机划过天际——可是亿万人群所形成的拥挤交通，就在这个世界的金属表皮之下。"

关于银河和机器……

关于过去、现在和将来……

关于路径与选择……

但归根结底是关于人……

她亲眼看见，时间张开尖锐利刃，当胸从身边每个人身体里穿过。

在没有太阳的情况下，什么才是得到光的唯一途径？人们会烧东西。

曾经她不顾一切去浇灭了火，最终水焚毁了希望。

水怎么能焚毁？这不合常理。

"没有绿色，没有土壤，没有人以外的生物。但这星球上有个地方——他遥想着：皇宫，坐落在整一百平方千米的天然土壤之中。"

易辙看见她红着眼圈从身边擦肩，恍惚到谁也没注意，伸手把她拽住。

发生了什么？

最后一页的答案太荒诞，那是出现在考卷第一题被判了错的选项。

"芳草蕴绿，落英缤纷。"

"是钢铁海洋中的一座天然小岛，可惜他所站的地方望不到。"

[89] 权宜之计

溪川被易辙带回酒店，安置在床上躺着，头晕目眩稍得以缓释，又躲在被子里碎碎念起来。

"虽然我一直觉得陈谅不适合姐姐，可是只有他和姐姐在一起，才会有镜子。"

太劳心费神了。

易辙坐在床边摸摸她的额头，是正常体温，又伸手抚一抚她微肿的眼睑。

"可是据你刚才说的，你姐姐只是想要个女儿，没有指定非要名叫镜子的那个啊。"

"她不知道镜子的存在。"

"那附加了这个限定条件的人不是你吗？"

"我……嗯……也喜欢镜子。"

"所以难道这不是意味着无论哪一条'时间线'上，你姐姐或早或晚，最终一定会有个女儿吗？不能说你搞砸了什么吧。"

"哦。"溪川恍惚又困惑地眨眨眼，"那我们应该把陈谅分配给谁？"

易辙笑起来："陈谅听你分配吗？"

溪川沉默了好一会儿。

"其实我怀疑，会不会所有的一切都是如此，在'时空对话'开始之前才是最自然合理的'时间线'。"

易辙宽慰她："什么'时间线'都很好，无非是有时得到这个失去那个，有时得到那个失去这个。"

"你怎么这么虚无主义？正常人不会像你这样想，比如陈谅，他肯定会觉得两全其美的好，如果有个'时间线'能一夫多妻，他最开心了。"

他笑笑，把冲好的糖水送到她嘴边："看来你真是对他意见很大。"

溪川又沉下脸："不知道季向葵走了，电影还能怎么拍。"

"听剧组安排，着急程度排你前面的还有好几个人呢。剧组不开工就带你去散心，最近辛苦了，这里连个地暖都没有。"

溪川暂时安心，喝了点糖水，总觉得易辙欲言又止："怎么了？"

"这时候问这个可能不合时宜……"

她弯起眼睛感到有意思："好反常啊……"

"你和郭俊……该不会为了对亲热戏对到床上来了吧？"

她笑容僵在脸上，愣了两秒。

"没对戏，为什么这么问？"

"床单被套都换过了，平时你自己应该想不到。"

他从进门看见就开始猜测了，还陪自己说了半天话。

溪川把马克杯还他手里，实话实说："有一天晚上他从前台弄到门卡擅自进来，别的没什么，只抱了一下。"

"几点来的，几点走的？"

溪川在思考。

"我不是说过吗？不管你心里怎么想，别人眼睛能看见的事都归我管，你不跟我说实话会让我陷入被动。"经纪人的调调出现了。

溪川坦白交代："他是一两点来的，我五点去化妆的时候他还在，不知道他几点走的。但我说的是实话，他只是抱了下我。我没敢动，他要是来硬的我敌不过他，体力上就不是对手。"

"怎么不喊人？"

"你说呢？把前后左右都喊来，闹得满城风雨，爆个年度丑闻，双双退出演艺圈，YXC直接宣布破产。"

易辙沉默着，从脸颊抚向她的头发，动作反复了好几次，最后说："你没错，我不该瞎猜。"

她长吁一口气："阿辙真是个温柔的人。"

"我不是个温柔的人，只是对你温柔。"他亲亲她的脸，往洗手间那边去了。

她放松下来，隔了几秒却听见"咔嗒"一声关门。

迟疑了两秒，她觉出不对劲，飞快地跳下床冲出去，鞋都没来得及穿，走廊上空无一人。

她径直跑到郭俊房间门口，果然门没关，进门后反手把门带上，易辙正压着郭俊的喉咙抵在墙上。

"阿辙你不要这样。"她上前扳他的胳膊，急得直冒泪花，"季向葵不拍戏，你再把他打了，剧组就要停工。"

易辙一见她哭就心软，手上力气松了点。

没想到郭俊反而肆无忌惮发起了牢骚："我对你的利用价值就只有拍戏？"

溪川一时没反应过来，感到思维短路。

"那你还想怎样？"易辙气不打一处来，揪住他的衣领把他狠狠往后撞了一下。

郭俊冷笑一声："你搞清楚，是她主动勾我的。"

易辙懒得跟他再废话，直接照着他的门面出一拳，却又被溪川抱住推开。

"阿辙你冷静点，别跟着他发疯！"她扭头瞪郭俊，"你想干什么啊？"

"我有话说。"

郭俊和易辙一人坐了一个沙发，溪川搬来脚凳坐在对面。

等大家坐定了，他用平静的语气，开门见山："我要解约。"

溪川看了眼易辙，见他想开口，赶紧在茶几下使劲踩住他。她没穿鞋，使劲踩也没多大力度。用脚趾都能想到易辙在气头上，一气之下就会答应。

"小俊你别这样。"她说。

这个称呼……郭俊怀疑的眼神瞟过来，等她下文。

"不能因为置气就胡乱做这么大决定。到今天，公司和你是互相成就的，能给你的资源，你去别家不可能有。更不用说团队跟了你这么多年，琴姐她们一手把你带出来，都不是一般的感情，事事为你打理得井井有条。你去哪一家都没法这么轻松，为你省了多少事，让你能专注自己的专业。你再想想我，我们十几岁就认识了……"

郭俊不屑地笑着别过头："打什么感情牌。"

"你是说对我没感情吗？"

这话易辙听了又"噌噌"冒火，可溪川脚踩在他鞋面上没挪开。

她继续说："我们从十几岁起就在同一个公司奋斗，那么多事都是你教我的……"

"你不是没离开过吧。"郭俊打断道，瞥了眼易辙，好像在怨他把溪川拐走。

"我离开了又回来，因为在外面单打独斗非常难，所以我不希望你重蹈覆辙。你现在势头正好，还在上升期，不要去走弯路，没有人可以凭一己之力成功。"

"可公司不是每个人都希望我好。"他明目张胆地盯着易辙，"看着像后盾，搞不好腹背受敌。"

"不会的小俊，一个公司都是利益共同体，一荣俱荣，一损俱损。你非要走的话，公司会受到很大影响，我也会受到很大影响。要是公司资金周转不灵，我得不分好坏地拼命接戏赚钱，你舍得这样对我吗？"

"我舍不舍得重要吗？你巴不得我走吧。"

"没有的事。你完全误会了。我们是很好的同事、在一些方面互相理解的朋友，虽然不适合谈感情，但不至于反目成仇。我知道你自尊心强，那天的事自己过不去，但我绝对不可能看低你，我只是觉得你缺乏边界感，让人有点困扰。"

"边界感？"

溪川点点头："你换位思考，比如陈导，你们在剧组是很好的同事，聊得来，可如果他没有边界，动不动不打招呼就直接冲进房间非要和你睡一张床，你什么感觉？"

郭俊不可避免地想象一下，满脸无语。

"对吧。"溪川启发道，"很困扰。不过这不能说明你有多反感陈导，是吧。"

郭俊不再说话。

溪川哄小孩的语气："你不喜欢和我一起拍戏吗？我还跟陈导说试试让你演文艺片呢。你要是跑了，我们不在一个公司又都这么忙，以后连面都见不到哦。"

郭俊已经是个大孩子了，不太容易被画饼骗到："能拍完这个再说吧。"

"还剩多少？"易辙插话问溪川，"你们俩的对手戏。"

"嗯……就两场，吻戏什么的。"

易辙挑起眉："怎么还没拍完？我以为我不在一个月什么都拍完了。"

"一直没拍成功。"

"你是不是不行？"他拧着眉转头呛郭俊，"拍个吻戏都不行？是不是故意的？好多拍几次？"

"我就故意了，你打我啊。"

易辙又开始推袖子："别以为我不敢打你。"

"好了好了不要吵，我头疼。"溪川叹着气，"不知道导演和季向葵怎么样了。如果闹得僵，明天可能得先拍我们的。"

"他们说季向葵参与那啥。"郭俊好奇。

"没根据的话不要乱传，都是吵架气头上瞎说的，你还说要解约呢。"

"那我不是瞎说。"

"你要解约我再也不理你了。"溪川扔下这句起身往外走，没留商量的余地，易辙跟着出门。

剩郭俊好半天才回过神，这算哪门子要挟。

溪川跑回房间，转进卫生间冲脚。

易辙帮她把拖鞋拿过来，恨得咬牙切齿："小子挺腹黑。"

"你以后不能这么冲动了，好容易着人家道，白吃好几年饭。"

这一拳打下去，郭俊是想闹大的，所以才故意激他。

解约的事，他可能确实考虑好几天了，自那天晚上之后溪川对他冷淡，他不知

174

道怎么应对，像自知闯了祸的小孩，能想到的收场办法大概只有这个，易辙找他算账，他就顺水推舟。

可是他要解约，YXC就塌了半边天，还是面积更大的那半边。公司股东和董事不会让这种事发生。

易辙表面说是老板，其实只是高管。像剧组换导演主演要慎重，换制片却相对轻松。他把郭俊打了，郭俊要解约理直气壮，再加上易珂这些人兴风作浪，最后追究起来，实际要走的人不会是郭俊。

"真应该趁他走夜路让人麻袋套头揍一顿。"

"那我不拦着。"溪川把水擦干，毛巾挂起来。

易辙从身后把她紧紧搂住："我好生气，以后一刻也不离开你。"

溪川反手摸摸他："不气了。他以后不敢再来。"

剧组停工了不止一天，到晚上十一点还没出通告，意味着第二天也是荒废的。

溪川估计不只季向葵的原因，陈谅无心开工，姐姐也没有立场去逼他。真是令人焦虑。

第二天天气不好，溪川在房里待了一天，消息闭塞。晚上在餐厅吃饭时才碰见大家打听情况，不过传言五花八门，连季向葵有没有离组都没统一口径。

统筹看见易辙，端着餐盘跑过来问："明天能不能排溪川和郭俊的戏？俊哥在这里耗不起吧？"

易辙愣了愣，在外人看来郭俊的行程征求他的意见没错："他没事，反正在等着。但导演能开工吗？"

"我晚点去他房间问。制片下午上医院了，导演陪去的，不知道什么病，严不严重。"

"怎么回事？"溪川紧张起来。

"我也不清楚，走之前让制片助理跑腿来我们办公室打了个招呼，没说什么病，只说去开点药。"

溪川和易辙交换了一下眼色，面露愁容，草草把剩下的吃完，出了餐厅才说："是抑郁症吧？"

"她的压力可能不只因为人家情侣吵架。"易辙把她拉到一边躲过人群，压低声音，"郭俊拍摄过半，你快杀青了，半程款和三期款上上周就该支付，可一直没到账，发票已经寄到剧组也没动静，公司财务知道你们的关系，没好意思上心催，只跟我说了一声。"

"剧组资金出问题了？"

"我估计是。而且王亚婕说季向葵和陈谅最初吵起来，也是因为一笔投资款没到。"

溪川仔细回忆，点点头："是这么说的。说季向葵使绊子卡了一笔投资款的到账时间，拖了一周刁难姐姐。"

"多少钱？"

"不知道，估计几百万吧。"

"几百万一周都等不了，两笔这么大数额的片酬付不出来，剧组缺钱到什么地步了？"

溪川不能凭猜测回答他。

易辙蹙着眉："我去一趟剧组财务那儿，你回房间等我。"

溪川六神无主地回到房间，把最坏的情况过了一遍脑，钱缺了多少，姐姐拿去干什么了，毫无头绪，后悔没跟易辙一起去找财务，干等着更忐忑。

她像望夫石一样好不容易等到他回来，已经是两小时之后，盯着他的脸察言观色，觉得他神色凝重，有种不好的预感。

易辙怕她担心，先说结论："资金缺口很大，但你姐姐没大错。"

"怎么说？"

"预算卡得太死，没留太多余地。这剧组开局就乱，很多事意料之外情理之中。比如刚开机一周有工作量没进度，拍的东西不能用，整个组是空转的。再比如已经开机植入广告合同还没走完，失去了谈判主动权，植入费用没有全部资金到账，而有一部分是无法变现的实物抵扣。另外同样被动的是工作组合同进组才签，个别人已经开始工作就坐地起价，总之法务走合同太慢，让她处处被动。还有导演的问题，拍摄要求高，灯光设备用量、服装费用、交通油钱等都超过了预算，以及拍摄进度慢，场地使用费也超预计……一方面每项支出都超了那么一点，一方面每项进款都少了那么一点，两边一起来就非常吃紧。她一直在想办法拆东墙补西墙，先欠着一些能欠的，付一些不得不付的。"

"听起来好像没问题，超支也是剧组常态。"

"问题是她没跟公司报备，这两天实在是周转不开了。不是导演不想开工，是灯光和声音组在罢工，因为没有按节点拿到报酬，底下务工人员没那么好说话的，扬言三天内钱再不到账就离组，同时你知道了，季向葵还在继续闹脾气耽误工期。"

溪川蹿起来，套上外套直奔姐姐的房间，易辙在后面慢慢跟着来。

房门是打开的，洛川和陈谅已经从医院回来，正对坐着商量事。

溪川不客气地往里闯："姐，你是怎么想的？剧组超支是你一个人能扛下来的吗？"

洛川怔怔看她，又看见她身后进门的易辙，知道他们已经找过财务了："没事的，我在等明天一笔广告款进来，说是今天到账的，只是有个财务周期，明天肯定能到，明天开机没问题。"

"怎么能左一个今天、右一个明天，眼巴巴地等小钱？早该跟公司打报告追加投资、请款了啊！你想等什么时候？全组杀青所有人结不了款的时候？"

"这个我知道一点……"陈谅在一旁插嘴，"主要是老黄那个人吧，很难沟通，洛川压力很大的。"

"很难沟通也不能不沟通啊！你在这儿拆东墙补西墙压力就不大了？"

洛川垂着眼不吱声。

溪川转向陈谅："现在你知道她的难处，知道她的病情，不要再让她承受更多了，去把季向葵哄好。"

陈谅不吱声了。

"这么点小事你都搞不定算什么男人？"

陈谅无奈："怎么哄啊？"

"是你女朋友你问我怎么哄？低下头，跪下去，把心掏给她。"

陈谅无言。

房间里没人说话，陷入长久的沉默。门口倒是响起"笃笃"的敲门声，制片助理探出个脑袋东张西望，不清楚这是什么局面。

洛川看向他："有事吗？"

"就跟你说一声，季向葵经纪人刚到机场，我派导演车去接了。"助理说完就走。

溪川叹着气瞪陈谅："让你拖，拖成公对公你开心啦！"

[90] 光辉

公对公没什么不好，陈谅是这么认为的。

从前他不怎么喜欢和 Brett 打交道，觉得他矫揉造作又巧舌如簧，此刻却把他视为救命稻草，好不容易来个机会，不用跟火药桶状态的季向葵说话，也能解决问题。

Brett 到酒店时已近十二点，要不是陈谅满心期待，不会这么晚一直守在楼下等着。

可 Brett 的态度有些令他失望。

"我知道按照合同，她必须要在组里待满白纸黑字承诺的档期，其实我来也是这个目的，确保她不会因为一时任性引起什么法律上的纠纷。但你必须承认，理智是一回事，感情是一回事，小葵人在这里，心可能已经不在了，心不在的人消极沮丧地对待工作，世界上没有任何合同可以逼迫她走出这种状态。她演不好，对电影帮助不大，还有影响。所以我建议不如放过彼此，把不必要的戏份删一些，早点放她走吧。"

陈谅不死心："我可以给她三五天时间调整心态。她总要消气的吧，平时由着她的性子可能气一个月，现在为了工作理智一点，你也开导开导，缩短到三五天，不行吗？"

Brett笑着摆摆手："小葵是一个凭感觉工作的人。平时有些角色她会听你的意见接，你的考虑通常是剧本成色、故事结构、人设，这些很专业的东西小葵是不懂的，你让她挑她只会凭感觉，'这个人我喜不喜欢？''演起来带不带劲？'，就算问她为什么喜欢为什么带劲，她也说不清楚。这个角色就是这么来的，我能很模糊地感觉到她为什么喜欢、带劲，因为她有几分像小葵本人没烦恼的时候，很豪爽、热情、强势，你在她面前有压迫感，她又很喜欢替你做决定，外在表现不是母夜叉而是小辣椒，就……虽然在撒娇，但有种步步紧逼、你不能忤逆她的感觉。"

这说到陈谅心坎里去了，他笑起来舔舔嘴唇，原来不止他一个人总感觉被她扼住了喉咙。

"但你看看现在的小葵，她还演得出这种感觉吗？还是你想象中的这个角色吗？"

"所以我说让她调整。"

"我们私下客观点说，小葵没那个演技。她是那种刚参加完家里人葬礼，马上能投入喜剧演出的优秀演员吗？你就算在最爱她的时候，也不能昧着良心说是吧。她这次是真的伤到了，你知道她昨天一天给我打了多少电话吗？二十一个。"Brett掏出手机给他看通话记录。

陈谅没数，但一眼望去没夸张，通话时间还不短，几乎从早到晚没停。

"她没叫我过来，但我看这状态不行，就过来了。"

陈谅自辩道："你听她夸张，就是吵架而已。我骂她，她也骂我了啊。她还冤枉我呢，说我劈腿，根本没有的事。她自己脑补一堆东西生了气骂我，我才是最受伤的人。"

"她很信任你，所以资本运作灰色地带的事没少跟你说，没想到公开吵架这么多人听着，你能把这些拿出来当武器。你别看她在外面很大女人，再大的明星也有小女人的一面，她希望自己在你这儿有特权，你不分是非要跟她站一边的特权，你可以事后关起门来说'小葵，咱这样做不太好'，但对外的时候绝对要一致对外。她气的不是你有没有劈腿，你非要纠正你和制片只是朋友在她那儿差别不是很大，关键是你一直护着制片，你自认你是理中客，可是小葵觉得你心没有向着她。"

陈谅靠在一旁久久无言，吵架到现在他刚意识到自己有那么点不对，但其实，他应该帮着谁向着谁？要不要一碗水端平？他之前根本没想那么细。气头上只觉得季向葵搞那些事妨碍工作，如果洛川故意使坏给工作添乱，他肯定也会骂洛川。

"你能不能帮我劝劝她？"

"以什么身份？"Brett又笑了，"以姐妹身份我都不会站在这儿跟你说话，我跟她一起痛骂你一礼拜词都不会重复的。以经纪人身份，她这级别艺人，我们更像商业合伙人，我不是给她打工，也不能逼她做任何事，最多把合同拿出来跟她说

'小葵咱别违约'，但我要跟你说，实际一点，戏该删，删吧。"

第二天开机时间晚，估计是为了等钱到账，才能哄灯光组声音组开工。

溪川吃过午饭才去化妆，到片场穿过空地时，远远望见郭俊一个人坐椅子里晒太阳看剧本，只穿着戏里的T恤，夏装。她不禁皱皱眉。

再往里走，到走廊上碰见他助理和自己助理在嘻嘻哈哈聊天，他助理手里拿着他的外套。

溪川看不惯了："你是专门来片场谈恋爱的吗？自己抱着衣服躲室内挺暖和，把艺人晾在外面冻感冒。"

他助理没意识到溪川有点生气，嬉皮笑脸说："俊哥不怕冷。"

溪川再开口，语气已经很不客气："那要你干什么？"

助理一阵脸紧，没说出话来，她已经进棚里去了。

过了不一会儿，陈谅进了棚，问溪川：郭俊呢？

她抬抬下巴示意个方向，没挪地方："在外面。"

陈谅钻出去声音嘹亮地喊："郭俊你来，过来过来！"

等他进门，陈谅勾着肩把他拉到窗边去单独讲戏。柳溪川不用讲，郭俊可能不讲不行。

平时习惯递烟，今天一会儿有吻戏，递的是口香糖，陈谅拆了一片陪吃："谈过恋爱吗？"

这提问有点突然，郭俊绷不住笑了一下，他不知道陈谅说的恋爱怎么定义，反正先认了："谈过。"

两个人声音不大，溪川离得很远，应该听不见这边对话。

"那比我想的稍微好点，你找一找爱一个人的状态把它放进戏里。"陈谅观察他的表情循循善诱道，"你可能没体会，你是出道就红，到现在是顶流，呼风唤雨，走哪儿都前呼后拥。普通人不是这样的，普通人一辈子也不可能这么风光，他们一生中唯一一闪光的时刻就是爱情发生那一刻，只有在那时人会变得非常热烈、冲动、勇敢，想去大太阳底下、大雨里面狂奔，感觉自己能飞，所有身边庸俗现实的东西都没了，觉得自己可以连命都不要。你演的这个人，灿烂到从庸庸碌碌的人群中脱颖而出的机会，一辈子就这么一次。你能抓到这种很纯粹的感觉吗？"

郭俊若有所思地点头，但他看起来太平静，这反应让陈谅不满意。

他接着启发："你上一次有那种兴奋狂喜、心都要跳出来、感觉自己能飞的状态，是因为什么事情？"

"我们组合拿金曲奖吧。"

"组合？天音？"陈谅觉出不对劲。

"嗯。"

"你跟她的组合哪个先解散的？"他指指远处的溪川。

"差不多时间。"

"然后你七八年没再狂喜一次？"

郭俊听出他不断反问的潜台词，笑起来："没有什么特别开心的事。"

"你真是人生太顺挺无聊的吧。需要拿个影帝刺激一下神经，不然这样下去很早就会老年痴呆啊。"

郭俊笑得抖肩。

"也行。"陈谅哭笑不得，"反正爱情之于普通人，就像金曲奖之于你。你琢磨琢磨怎么把激情掏出来。"

正说着，溪川过来了："我想改句台词，'救救我和女儿'，改成'救救我'不要'女儿'。"

陈谅挠挠头："余老师特地带上女儿的，你更多是为了女儿才去找他。"

"我知道，但显得他特别不真诚。这时候就听我说'女儿'了，他不喜欢小孩，但是先睡了再说，睡完回头想想，还是不想要小孩，这叫爱情吗？"

郭俊在一边笑："有点缺德。"

"改成'救救我们'呢？"

"不好，这时候就是'我'，我没多说他没多想，一瞬间上头了，但他冷静下来意识到有小孩这种现实再退回去，非常鲜活，也无可指摘。"

"行。"陈谅点头，"改吧。"

他心里感慨，果然不需要给溪川讲戏，自己能想得透透的。

正式拍摄前排了两遍戏，郭俊悟得快，激情慢慢跟上来了。可一开机出了问题，陈谅边笑边把两个人叫到监视器前看回放。

导演没说什么，郭俊看了回放已经乐了。

亲吻瞬间有个溪川的特写，能捕捉到唇瓣被挤压又回弹的全过程。

郭俊捂着额头笑得停不下来："怎么这么弹？像鱼丸广告。"

溪川也在笑，搜肠刮肚想找个别的词去损他。

陈谅教道："镜头放大细节，到时候在大银幕上还要明显，跟远景拍剧在手机上看不一样。所以你不能真的像现实生活中这样亲，不要挡着她的脸，她要给戏。更不能压着她的脸，画面不好看。得收着点，注意角度和力度，你的激情是情绪上的，不是让你接个吻要快准狠，不要用力过猛，好吧？"

两个人笑着回去重演，但郭俊一心不能二用，注意了画面美感又没有了激情，小心翼翼。甚至还没到接吻时，挂念着待会儿要走什么角度亲，已经开始分神。

陈谅特别精益求精，说有个侧面角度让他用点劲，把下颌骨线条凹得更明显一些，看着荷尔蒙强。郭俊心系鱼丸，又牵挂下颌骨，脑子里更没有爱情的容身之所了。

几个镜头加起来反复演了六十多遍，笑容逐渐消失。

溪川说嘴快肿了，需要冰棒冷敷一下，陈谅开恩给了五分钟休息。

郭俊很挫败，丧丧地坐一旁小板凳上吃冰棒，对靠站在三米外的溪川感慨："你真厉害。导演说OK之后你的表情神态能定格下来，后面无论再NG多少次，输出得一模一样的。"

"天赋加练习。你跳舞也能做到这样，我跳舞就不行。"

他其实很聪明，思考得正在关键点上。演员分有演技和没演技，这是天赋范畴，关乎理解力、共情力、表现力等。过了天赋这个门槛，难点在于表演是否稳定、精准、可复制。到了更高阶，要考虑的又成了是否可突破、能否独树一帜。他和溪川卡住的阶段不一样，自下而上仰望难免有点崇拜，溪川的谦逊也不带虚伪。

但这时候她提起跳舞，让他心里涌起悲凉。

陈谅问上一次狂喜，他回答金曲奖，但实际深究那天晚上，他觉得心要跳出来，是因为感觉溪川能飞，这算是什么错位吗？

金曲奖颁奖晚会时，两个组合有合作曲演出，溪川跟他有配合的四个八拍，就这四个八拍快把他逼疯了，排练无数次，她不是跳错这个就是跳错那个，发生在她身上一点不奇怪。

平时经常一起上课，他隔着几米观察溪川，她就是这风格：有天赋，人聪明，老开小差。

老师讲乐理，她坐在地上把运动裤右腿的线头抽出来，去穿左脚的鞋带洞洞。有时对视线敏感，会突然回头。他不得不把头转向窗外，不清楚她最后穿过去没有。

像学校里的漂亮班花，成绩不错但不是顶好，要她投入更多也不可能，志不在此，除了开小差还谈恋爱。不管是练习生还是已出道的都恋爱，只有郭俊除外，他被洗了脑好好做偶像，不知道为什么反而成了人群里格格不入的一个。

唯独金曲奖前夕，大家多多少少认真起来，奖是公司运作的，事先就知道要得，荣誉感支撑着想让它"名至实归"，表演不能拉胯。

四个八拍和她练了一个星期，才了解她其实要强、偷偷用功，没说过几句话，但目标有交集让他很安慰。仿佛平时死读书没存在感的学霸，在大考前被班花追着讨经验对答案，明知不是爱情，也不可能不得意。最后演出成功，她特别高兴，他更高兴，"感觉能飞"。

他在意的女孩，终于把注意力放在他擅长的赛道上了。

至今他还记得那支舞的每个动作。

但时代的记忆消失得很快，几年过去，世界上已经没有多少人知道，在黄金代，所有一线偶像都可以全开麦、打封闭上台都不能允许自己跳错细节。

他有好多年轻新粉丝，吹他"神颜"，除此以外吹不出别的。

只有溪川记得从前，但不特别留恋，当下的时代她适应得很好，找得到自己更有天赋的业务方向。

导演说的那种一生一次的光辉，好像在那时燃烧过就被拿走了。溪川那儿还剩一点星星之火，才更让他惦记。

　　陈谅跟摄影指导讨论过，走近说："吻戏你别纠结了，我们取溪川的戏，给你侧面背面，你注意好'别挡脸''下颌角'，能做到吗？"

　　"好。"郭俊把剩下的冰棒放回袋子里，站起身还给助理，明白导演的意思，就是对自己没辙了。

　　其实陈谅也失望，这场戏不能让观众感受到他的爱情多炙热，女主角死后他去看那面洗不干净血的墙，就榨不出观众的眼泪，从头到尾只看见女主角的生机和他的退缩，事后去看一眼能说明什么呢？

　　可是拍戏总会留下遗憾，十全十美是不可能的。

　　下午的戏拍到天黑才收工，易辙在现场没离开过，亲眼看演员被折磨得不成人形，起初只是同情溪川，到最后连郭俊也想顺带着同情了。

　　但有件事可以肯定，陈谅作为导演前途无量。溪川本来近水楼台，却总对人家私生活颇有微词。他在暗自打算，要不要替她经营一下关系。

　　"走吧，吃饭去。"

　　溪川精神不振："不想吃，累了。"

　　"稍微吃两口。"易辙看向亚婕，"晚上再叫烧烤。"

　　亚婕把外套塞给溪川，腾出手来鼓掌，被溪川瞪了："你们有没有人性！"

　　"你也可以吃，等着演杨玉环。"

　　溪川白他一眼，边往外走边问亚婕："明天通告单出来了吗？"

　　"纸质的还没有，刚看电子版发到群里。上午你和俊哥最后一场……"她翻看手机。

　　易辙抬抬眼："还是亲热戏？尺度大吗？"

　　溪川摇头："不大，陈谅不让露肉，说不需要拿这个做噱头。"

　　易辙由衷地称赞："导演很有格调。"

　　"格调个屁哟，他都拿血腥暴力做噱头了，我猜他下一部要拍Cult片（邪典电影）。"

　　"前面那些家暴戏我看剧本都吓死。"亚婕提起来还心有余悸，继续放大缩小着手机里的PDF文件，对溪川说，"下午是你和季向葵的飞页。"

　　那陈谅能不能搞定季向葵就看今晚了，她有点担心。

　　季向葵晚饭没到餐厅吃，让助理拿回房间，人还没出门，陈谅敲敲门跟了进来，助理发现自己成了灯泡，飞快地跑了。

第十话

Summer Fantasy

··

你看见我了吧

[91] 曲终人散

陈谅坐下说："我不是来求和的，我知道有些话我不该说，覆水难收。架吵到这地步，两个人都说了分手，你不会再原谅我。"

那你来干什么？

季向葵憋着一股劲，没问出来，他却好像已经听见了。

"我来是坦白一些事。你直觉很准，我爱过柳洛川，你心里也藏得住事，我估计你是不是一开始就知道？"

死了的人总想死个明白，输了棋还问对手讨要棋谱，显得十分弱智。

她带着淡淡的不耐烦别过脸，懒得回答，承认了早知道，在他心里评价就多几分阴险，不承认他未必相信。

陈谅等了几秒，确定她不想说话，自己继续："但你不知道的是，大学毕业的时候我就已经决定放下了，她对我没感觉，我这人也没痴情到靠想象单方面付出，能爱个十年八年，如果没缘分就各走人生路。我和你在一起的时候是真想一心一意好好开始，前面那段单相思不算，你是我第一个女人，也是唯一的女人。"

她神色有点呆。

她没有数第几个的习惯，懂事后爸妈闹离婚，妈妈教她恨男人防男人，反让她好奇敌我差距，早早试上手了，今天跟一个，明天换一个，攒着数量当魅力，不拿她当"唯一"的不计数。

陈谅发这枚奖章给她，对她没用，听起来像骂人。

"但我们俩脾气不好，不是因为柳洛川这个导火索，也会因为其他事隔三岔五吵。你是天生的公主，会让人情不自禁迁就你、宠爱你，犯浑干坏事也原谅你，很容易找到比我对你更好的人。"

这话比前面的道德绑架听得多，谁能拒绝承认自己是公主？

季向葵不较劲了，松松口："那你为什么不能对我好一点呢？"

"实话实说，没那么多精力，像这样闹感觉心力交瘁。我和你交往的时候事业刚起步，天天在屋里写剧本，十二万分的耐性对着你，还挺甜蜜的吧。现在工作一忙，精神压力大，脾气就绷不住了。不管怎么样不能丢下工作，我如果是个废物，你也看不上我。你要真想养小白脸，分分钟能找到比我更帅的。"

季向葵给出笑脸："算你有自知之明。"

"我就想说这些，你别伤心了。开心潇洒的才是你，想找什么乐子去找吧，碰到对你好的人最好。我反正一时半会儿没精力谈感情，专心把事业搞一搞。"

她翻着白眼："说得好像就你一个人有事业似的。"

陈谅也笑了："那你也加油。这个片子你人设表演挺出彩的，别因为置气白白浪费。善始善终吧，好歹是我们俩合作的，拍个经典当一段感情的纪念也不错。"

"我们俩感情用家暴凶杀片留念？"

她又开始话顶话地吐槽，看来精神恢复了。

陈谅笑着起身："明天见。"

季向葵化好妆到片场，前一场戏留了个尾巴，她从Brett那儿要来剧本对了对，是女主角男二号偷情被男主角听见、男主角仓皇逃走那场戏。这会儿取梁老师的室外景。

陈谅在忙忙碌碌指挥调度，斯坦尼康怎么走、大炮怎么摇。航拍器悬在半空，发出苍蝇般的噪声。整个现场像个建筑工地，很让人出戏。

喊"Action"之后，梁鸿远从楼道里跟跄出来，气氛瞬间不一样了，仿佛能搅动空气，把周围所有人吸进他的剧情里。

真厉害啊，季向葵想，难怪陈谅变了心成天迷这个，儿女情长和这相比肯定显得不刺激了，但是他不能永远在拍片，出了组又会寂寞，她才不想做他寂寞时解闷的小甜点。

那么多大导能和女演员双宿双飞，怎么他就不能，他从来没邀过自己做女主角，还不是看不起人。

她没傻到为了让他看得起，就放着钱不赚去追求艺术，与其在眼前被看不起，不如飞远点制造漂亮滤镜。他和柳洛川能新鲜几天？眼前的黄脸婆后勤，怎么跟天边的大美女明星比？主要矛盾消失了，制片和导演天天扯钱一地鸡毛，互相把对方烦死，等着瞧。

执行导演喊准备，季向葵抖掉外套轻装上阵，感觉自己要发光了，闪瞎陈谅的狗眼。

这场戏很短，女主角下决心什么男人不要了，自己带孩子跑，女二号搭把手帮忙。柳溪川没台词，季向葵有一句："你回家等女儿放学，我去开车。"排练了三遍。

陈谅过来调整表演："你语气神态生活化一点，平淡一点，别搞得像准备炸碉堡，你又不知道她马上要死。"

"我去开车？"她试着说一遍。

"自信点，不是偷车。"

季向葵笑着白他一眼，又平淡又自信，要求真多。

溪川在一边默默八卦，这是复合了？季向葵看上去不像来故意捣乱瞎敷衍的，心情还不错，渣男有两下子。

到正式开拍，给季向葵的是静止镜头，不刻意不煽情不抢戏。

溪川在黑洞洞的楼道口回头听她说话，最后一次站在阳光下，剧本上写着"笑"，她只笑了一丁点，坚持用眼神交流，镜头以缓慢速度前推。

陈谅在监视器前屏住呼吸，读秒坚持到喊"Cut"。

这场戏比之前那场他给男主角精心设计的更好，昨天把郭俊折磨到死没榨出来的光辉，今天在溪川身上看见了，有时光辉来自爱情，有时光辉来自希望。

拿起对讲机的时候不经意扫一眼，周围所有人眼圈都红了。

陈谅有点尴尬地开口："这条很好，再来一条，这次机器不要动了。"

有渲染的猝死和没渲染的哪个更好，得看剪辑效果，他怕镜头往前推，观众就知道她要死了，毕竟这是个早被剧透的案子。

溪川好像懂他的意图，第二条眼神没少，笑多了一点，要美。虽然生命平等无价，但最美最鲜活的生命遭遇突如其来的死亡，才格外让人惋惜。

戏拍到这里，连陈谅都有点感伤。

第二天拍杀人，反而没什么情绪，主要是技术部门的体力活，血浆怎么泼、妆怎么化，人来人往手忙脚乱。

戏是梁鸿远的，他一如既往地稳健，挑不出毛病。

溪川没有正面镜头，但是人来疯很兴奋，要求爬到女儿身边去死。

"你不要搞笑好吗？这么狗血，你干脆说五分钟遗言，再给自己做个心肺复苏。"陈谅又开始毒舌。

"那我和女儿的感情线没有句号啊，女儿不重要吗？你这个人，利用女儿那么久怎么过河拆桥。"

"你让她爬吧，女观众吃这套。"副导演一边喝奶茶，一边插嘴。

全组的奶茶都是溪川请的，陈谅觉得四面楚歌。

他没辙，伸手把她挥走："去吧去吧，只能动一下。你敢乱爬我给你全剪光。"

她不仅爬了，还换了各种方法爬，陈谅又好气又好笑。

但最后上映采用了一个倒地后捏住女儿手的版本，是她胡搞发挥之一，成了看片和点映时泪奔最汹涌的镜头之一，观众不分男女，果然吃这套。

太戏剧太俗气，陈谅无奈，不得不向票房低头。

所以最后一场戏，其实和陈谅合作不太愉快，带着分歧杀青。溪川离组时没兴师动众，剧组照常运转，其他人继续起早贪黑拍戏。

助理上车后往后排走，亚婕坐身边小声传播了两个新八卦："导演和季向葵没复合，毛毛和小金也分手了，我们剧组肯定风水有问题。"

毛毛和小金是自己和郭俊的助理。

溪川对导演不关心，从椅背缝中往后瞄一眼："前天不是还好好的吗？"

"姐姐，你因为小金不给俊哥搭衣服说他了吧？"

"嗯。"

"他背后说你管得宽，对俊哥爱而不得才作妖。毛毛就说，这哪叫管得宽，这管得很对啊。两人三观不合吵起来，吵着吵着闹分手了。"

"他们俩感情太脆弱了。"

"分了也好，出了组谁也见不着谁，免了得相思病。"

连亚婕都很清醒，剧组里朝夕相处的人出组大多没时间联系，有入戏就有出戏，好像梦一场。这次是电影，和拍剧的感觉不一样，沉浸式体验，梦得格外真实。

易辙上了车，亚婕把位子让开去后排。

见她好像有点落寞，他问："舍不得？"

溪川出神地望着车窗外："舍不得。我真是为大银幕而生的演员。"

易辙愣了一秒，笑出声："伊莎贝尔·于佩尔也不敢说这种话，得让别人夸，哪有自己夸的？"

"那你夸啊。"

"你是为大银幕而生的演员。"

灰蒙蒙的天和乱糟糟的剧组就这样被甩在身后，离组前听说影业派的监制进了组，溪川料想姐姐的工作应该没问题了。

没想到再见到陈谅，是在姐姐的葬礼上。

姐姐是自杀，很突然却不意外，毕竟有那么多先兆，抑郁症、感情工作不顺利、坚持不到的愿景、和整个世界的疏离……连葬礼也冷冷清清没几个人出席，离万家灯火的春节不差几天。

灭顶的悲恸已经过去了，葬礼上人人一张被抽干灵魂的脸，只有她妈妈还能流出眼泪。

下着雨夹雪的冬天，湿冷钻进骨缝里。

亚婕带了伞，但溪川并不想那么快离开。

陈谅在檐下抽烟，看见她，走过来从口袋里掏出根手链："这是你的。"

溪川来接的手腕上有根一模一样的，又让他困惑了。

她点头认下："是我的。"

"我想也是，应该没记错。"明明在泰国帮她打捞过，"小葵不能戴赝品。可你的手链怎么在我家？"

因为你曾经是我姐夫，那儿曾经是我姐姐的家。

溪川沉默许久，不知该从何谈起。

"你当听故事好了。我是个梦特别多的人，梦里的一切和现实没差别，梦里的所有人只是好像生活在其他世界，不知道有别的自己存在。每一个世界里都有一个你，也都有一个我姐姐。剧情总归是大同小异的，你们总有交集，在不一样的时间点你会喜欢她，在另一些时间点她会喜欢你。两情相悦听起来很顺利，但命运是严丝合缝的齿轮，发挥作用的要素有时是科学，有时是玄学，蝴蝶效应对内心不够坚定的人会加倍无情，只要差一点就永远对不上，终成眷属不是那么容易的事情。"

"终成眷属过吗？"

"小到可以忽略不计的概率，千万次里只有一次。"

"那唯一的一次，我有没有给她幸福？"

"没有。"

[92] 恶评

姐姐的去世没有让溪川低迷太久，既然"时间线"不断变更，曾经出现的人会消失，那么消失的也有很大概率能救回来。反而十六岁那位听说姐姐去世的消息后，陷入踌躇，不敢再做任何可能改变"时间线"的选择，事无巨细地问清原本的决定，依葫芦画瓢。对此，溪川并不悲观，她开始"高筑墙、广积粮"，写回忆日记。

归根结底，其实是那根多出来的手链给了她一线希望。

"手链本来是姐姐生病时，去她家开家庭会议落下的，现在这条'时间线'那个家成了陈谅家，姐姐也没有生过病，手链却没有消失，是不是意味着有些东西会随机留下呢？"

易辙心里有别的解释，但是她这么乐观总好过一蹶不振，只能鼓励她："有道理。"

她想记下来的东西大多和易辙有关，他偷看了几眼，被她难为情地抢走了。大致是第一次见面是什么情景什么感受、第一次一起旅行是什么情景什么感受，重点是感受。她说不管怎么变更"时间线"，事件她能记得，只是如果并非当前"时间线"的经历，其他线上当时的心情会逐渐模糊。

"不过为什么要手写？这样工作量不大吗？"

"我也有电子版，还上传了云盘，要做多手准备啊。可是总觉得辛苦地手写显得更有诚意，说不定打动了哪位神仙，留下它当漏网之鱼。"

这本来已经听起来够异想天开孩子气了，她追加半句："你也应该写。"

"呃……"他如遭电击。

"好像是你忘我会忘得更彻底。"

他低头看向她，语气轻柔下来："我不会忘了你。"

"哪儿来的自信？"

"截止到现在，你经历的所有'时间线'，有没有出现过一条我没和你在一起？"

溪川偏着头想了半晌："没有。可是为什么……"

对啊，陈谅和姐姐在一起那么难，自己和易辙从来没分开过，为什么？

他趁她一脸茫然，把她拽近，亲一下。

"嗯嗯？"溪川反应过来，绷起脸，"你就是逃避写小作文！"

"大过年的好不容易休息几天，干吗浪费宝贵时间写小作文。"他把人从地上抱起来扔到沙发上，不管她的小本子从膝上滑下去。

开春后溪川进组拍摄《夜影》，算近两年待过的气氛最融洽的剧组，女导演情商比较高，黎月行对她又很照顾，只是到了拍摄后期因为配合《金簪》播出需要的宣传，总在泰国取景地和国内之间奔波往返，有些疲劳。

易辙没法全程陪同，因为与溪川的合作融洽，YXC获得了MT视频和岳海传媒的投资，很多事情必须他亲自在国内处理。与此同时，和精灵谷合作的虚拟偶像项目已经启动，也需要分神兼顾。他说得没错，在一起的时间非常宝贵。

《金簪》在岳海和东海卫视双台播出，收视率创了两个台的五年新高，用行话来说就是"爆"。岳海台的宣传重点一如既往放在官配造势上，双方粉丝在播出阶段偃旗息鼓，甚至偷偷嗑起了剧中情。

近期只要黎月行在公开场合露面，必被问起的问题就是"和柳溪川的关系"，反之亦然。

黎月行说："要是在一起，一定会公开的。"

溪川说："目前不能公开，郭俊还在后面等着，不然《灰鲸》没法宣传了。"

黎月行说："郭俊和你根本没有官配粉，全是水军，否则怎么解释到现在连个官配名都没起出来？"

溪川说："我们的有名吗？"

黎月行说："有啊，感兴趣上网关注一下。"

溪川说:"怎么还自我炒作起来了?"

因为所有采访都洋溢着快乐同事情的氛围,把官配从剧中延伸到剧外的人其实不多,与五月份《灰鲸》剧组参加法国电影节时的形势截然不同。

溪川第一次走电影节红毯,代言品牌空前重视,派裁缝师专程空降而来完成礼服,奶油白镂空花卉长裙裾,美中不足的是上下台阶不太方便,需要有人帮忙牵一牵裙角,这活当然不可能让前辈和导演来做。

从飞机落地那一刻起,郭俊的粉丝就剑拔弩张如临大敌。这台阶一登,引发了核爆。

官配粉可不像黎月行说笑的那样水,合影时郭俊的任何眼神、动作、肢体语言都可以被分析,写成论文还不忘注释。

铁粉回答不了最振聋发聩的那个问题"为什么季向葵裙摆更大,却没人给她提裙子?",而气得眼冒金星。

影片展映后,国内影评人整体评价不高。

郭俊平时演偶像剧居多,除了平台、公司买营销吹捧,从业务角度关注他并给予评价的人很少,参演过几个大导的电影,出场时间少又吃到人设红利,也总是被夸。

影评直言:"郭俊承包了本片所有尴尬点""和女主角的爱情本该是最动人的一笔,但一百多分钟貌合神离的铺垫只让人昏昏欲睡""情感戏勉强得好像随时想逃出银幕""他和影片在各自的节奏上渐行渐远,永远不可调和""非常出戏"……

其实无所谓"黑"不"黑",评价对导演也并不友好,反感是从郭俊这儿开始而已。

"从他选用郭俊来看就知道陈谅的命门,无法抵御商业的诱惑""人物、布景、镜头太过精妙,反而失去了粗粝的真实感""隐喻反讽密集如雨,要素过多,看起来压抑疲惫""梁鸿远的演技堪称完美,但这居然是一部女人戏,不能理解""陈谅应该回去拍商业片,理工科思维缺乏搞艺术的松弛舒展"……

电影确实存在不足,因此提名了最佳影片却没有获奖。

梁鸿远倒是不出所料又拿了影帝,这次含金量更高。

溪川同样只有提名,自己坦然接受,毕竟第一个大银幕女主角,以前演戏的经验不够,还有很多地方留下遗憾,本来没奢望一步登天,正好沉下心继续磨炼。可能原本期望不高,媒体综合评价还算温和,"可圈可点,意外惊喜"。

回国的航班上,陈谅闲着无聊聊起了戏。

"什么题材?"

"爱情题材,文艺片,就你说的一百二十分钟连个吻都没有的那种。"

溪川心里暗自发笑。

二月情人节时，季向葵发了条微博暗示单身，证明确实没复合。这次整个戛纳行程，她和陈谅连视线都不太交汇，明摆着拍完电影成了陌路人。

生活中爱情一败涂地，拍戏选题材偏向虎山行。

既然是爱情戏，总是得关心"另一半"："男主角准备约谁？"

"郭俊。"

溪川呆了三秒："你这是什么幼稚的逆反心？说你拍不了文艺片你偏要拍，说你用错了郭俊你偏要用。"

陈谅认真摇摇头："没逆反。我不觉得用错了郭俊，只是没用对电影。我筹备拍这文艺片有好几年了，要的不是轰轰烈烈的热恋，是孤独的两个人。你说这种角色，线上演员外形、年龄、感觉都合适的，除了他还有谁？"

除了他肯定大有人在，溪川懒得跟陈谅顶嘴掐架，他就是逆反心。

事实是溪川自己的选择余地不多，好电影剧本已经在面前堆成了山，却受到公司的限制不能接。

YXC今年经营状况越来越惨淡，为了经济效益一味地逼她接剧，但说实话，看多了电影好本子，愈加看不上绝大多数电视剧，曾经沧海难为水。

不只她，郭俊上半年日子也不好过，连录了两个选秀综艺，被压着拍了个古装偶像剧，轧戏加过劳，到杀青他都一头雾水，不知道自己演的这角色和上一个古偶里的角色有什么差别，明明主创班底全套换了，他却感觉像演了个续集，梦回两年前。

陈谅努力加码："档期一个多月就够了，我不想搞那么大盘，自由度高一点。"

溪川也想"自由度高一点"，现在能接拍的其他东西，别说算不上作品，连商品也算不上，全是些流水线的金融产品，无聊没劲。

"等本子出来发我吧，我考虑考虑。"

"这回没本子，能发你一页纸的梗概。"

溪川嗅出了诈骗的气息，虽说搁文艺片上司空见惯，但声称"筹备好几年"连剧本都拿不出，是筹备了些什么？总不会连谈恋爱体验生活都计入筹备期了吧。

看在姐姐去世、他最近又不顺的分儿上，溪川忍着没扎心嘲讽。

《灰鲸》也是多灾多难，国内上映通不过审查，剪了十三分钟，主要是男主角家暴的血腥镜头。本来就只剩影帝的筹码，还不让影帝出镜，票房风险变得很高。

易辙难免有些顾虑，让溪川三思而行："还有一个退出的机会，在上映前通过二级市场把投资份额出清，优先回本，不需要承担经济上的损失。"

这话溪川听着不高兴："你对我没有信心了，不是夸我'为大银幕而生'吗？"

"两码事。你演得好不代表电影能成功。当初决定投资是因为它是个冲奖片，现在奖项成绩不理想应该及时更换策略。连影业都不太敢继续大投入宣发，我们是不是该理性一点？"

"可是我不在乎经济损失，如果放弃这次机会，我再去物色新片期待别的奇迹，从现在到上映验收还要两年。阿辙，我快三十岁了，想演电影。"

易辙受不了她可怜巴巴的神情，叹口气摸摸头："你看着才二十。"

[93] 复盘

溪川和郭俊有声乐功底，人气有保证，比重金邀请市面上一些歌手大咖宣传效果好，在预算有限的情况下，影业把推广主题曲的任务派给了YXC。

易辙最近极力避开易珂锋芒，低调行事，因此没超支投入，而是用了个人情以市场均价，把顶级音乐人朋友从美国请回来完成制作。

进棚录歌这天，溪川再见到郭俊，感觉他比半个月前回国时精气神差多了，有几分颓废。

也难怪，出道以来他就没听过这么多负面评价，从前星途坦荡，除了组合解散没受过什么实质性的挫折。

此时才体会到陈谅的良苦用心，哪是逆反，他对郭俊才是真爱。

不管影评人怎么毒舌，陈谅早用第一部电影就证明了商业上的成功，这一部虽然不如预期，但提名并不丢人。他不到三十岁，导演又不吃青春饭，除了少数天才，获国际A类有分量奖项的平均年龄在四五十岁区间，来日方长。

郭俊却处境尴尬，他在这一批演偶像剧出身的流量演员中，算有天赋的，也挺努力，陈谅很看好，这次恶评如潮打碎了滤镜，让整个市场对他的定位有所动摇，原本打算等他成长的电影圈会认定流量就是流量、演技上不了台面。逆水行舟不进则退，被电影圈退货想再进就难了，只能回粗制滥造的偶像剧去打转。

溪川在休息室玩手机，听见声音抬眼看人，他转身就走。

和小朋友一样德行。

溪川又泛起同情心，无奈地追出去，靠在楼梯边朝半层楼下喊话："你不要跑，跑了待会儿也要回来。"

郭俊被逮个正着，仰脸往楼上，身体没动，从口袋里掏出道具强行解释："我没跑，我抽根烟。"

"我有正事问你。"

他只好掉头上楼，坐回离她远一点的沙发。

"陈导跟我说想找你拍文艺片，他跟你说了吗？"

"说了，我拒了。"

"为什么不接？"

"我就演电视剧的演技，演什么文艺片。演了也是拖你后腿。"

溪川皱皱眉，就猜到他以前听不见真话，不知道自己演技什么水平，这才刚看清现实，一时接受不了。

"原先大家说你演技不错也不是瞎吹，我告诉你为什么，你不要生气。"

"嗯。"他闷闷答应一声。

"你一直在演古偶剧，不是历史剧，离观众生活远，演得稍微假一点没问题，因为现实中找不到真人来和你演的对比，反正本来就是虚构幻想，加上化妆特效音效渲染，你说成立，角色就成立。现实尤难演，离生活越近越难演，每个观众都有自己的经验，你一张嘴，说的话做的事脱离他们的常规经验，马上让人出戏了。"

"那还不是像我说的，我就这种烂演技。"

"可你比其他古偶剧演员高出一截，因为你是有概念根据生活经验推演角色动机。比如那场戏，我勾引你、你推开我。你去找导演说剧本不合理，不符合你的经验，你会考虑这些，对不对？有思考，只是思考得粗了，说明有进步空间。之前在剧组我叫你一起来看电影，就是想拉片跟你说这些。"

郭俊有些懊恼地咬咬下嘴唇，早听她说的就好了，可在剧组时整天脑子犯浑。

"你演古偶得心应手还有个原因，人物不用贴近现实，就可以无限贴近你。为了方便你演，编剧干脆往你本来的性格上改，你平时高冷，给你的角色也是这一型。《灰鲸》让你演血气方刚的角色就离本色远了，这一步迈得太大。陈导叫你演文艺片是想帮你，他没有剧本，人物可以贴着你写，先从像你的现实角色开始学，是条捷径，至少把口碑翻一翻。别退回小矮马赛道去混日子。"

她说得不是没道理。

"可我已经拒了。"

"等会儿收工你跟我走，我把陈导喊来家里吃晚饭，坐下来一起拉个片，你告诉他你想演。"

"易辙不是在你家吗？总虎视眈眈盯着我，我不要去看他的脸色。"

溪川挑挑眉："你怎么那么幼稚，都跟你说了，是同事不可能好端端地针对你，你不对我……做奇奇怪怪的事，正常谈工作，谁要盯着你？"

这点上郭俊的确多虑，易辙看见他就烦，眼不见为净，才懒得盯着他。晚餐吃得尴尬，放下刀又就去了楼下，知道陈谅讲戏要挑他毛病，自己在场让他没面子。

溪川抱着枕头盘腿坐另一侧沙发，躲远了避免抽二手烟，把主场让给陈谅，拿《灰鲸》给他复盘。

陈谅手夹着烟指点给他看："我知道你崇拜梁老师，可梁老师为什么拿影帝，你没明白，不是减重二十公斤那么表面的原因。梁老师把角色吃得很透，给自己加了戏中戏。他在演这个没用的男人，这个没用的男人又在演一个强大的自己，角色不是好演员，他是好演员，他每个表演细节要演得真又要透出假，表演的层次感就出来了，也给观众设置了代入点。"

"代入点？"

"观众又没杀过人，观众也没发过疯，观众看见打女人的男人第一反应是深恶痛绝吧，怎么跟他共情？就在这真真假假上。每个人都会装，都会幻想一个更强的自己，但周围人非要戳破它让它幻灭，苦不苦闷？"

郭俊有醍醐灌顶的感觉。

"可剧本上没写。"

"所以是演员的功力。他首先得想到可以怎么丰富表演层次，其次能做到把层次表演出来。溪川为什么离最佳还差一点……"

她开玩笑地接嘴："因为导演水平有限。"

陈谅斜她一眼继续说："她想到层次感了，不是总能做到。她有自保和抗争的双重动机，在每个行动中要交织起来。梁老师通过即兴发挥刺激她的抗争性，同时反过来刺激自己行为升级，因为我们需要的是'兔子急了咬人'不是'母老虎天天咬人'。溪川大部分时候能接得很好，比如这场，梁老师掐她脖子是突发行为，一般人被掐住脖子会怎么样？"

"挣扎躲开。"

"溪川不躲，为什么？"

郭俊一点就通，恍然大悟："她事先知道。"

"是啊，因为他们结婚十年了，这是电影里的第一次，但不是婚姻生活里的第一次。我知道你要掐我脖子，不躲是一种抗争，掐脖子恐吓无效，所以他要行为升级。溪川入戏，也时刻知道她在演戏，一边利用本能做应激反应，一边控制本能。完全按照她自己的本能，不要说躲了，她肯定要还手，毕竟性格和女主角不一样，人永远不可能成为另一个人，那不是入戏，那是精神分裂。只有一场戏她还手了。"

陈谅顿了顿，一瞬间想起洛川反对那场戏，是他骗来的。

"我觉得到了还手的时候，我了解她会还手，但我没告诉梁老师，你再看看梁老师的反应，也是在本能应激的基础上控制住了本能，真打起来溪川怎么可能是他的对手？他们都时刻知道自己在演的那个人应该怎样。你不知道，而且你不能控制本能。你知道你的终极任务吗？"

"爱这个女人。"他本来觉得这很容易演，因为他本来就爱这个女人。

"但你的本能和你的目标正好相反，就是绝对不能表现出爱这个女人。"

郭俊困惑地看着陈谅。

"拍摄的时候被你气死了，找不到原因，以为你是没有恋爱经验不知道怎么演。这次去法国我才完全搞明白，你的本能是做好偶像。你已经这样做了十年，所有肌肉记忆都跟这件事相关。粉丝太厉害了，全是侦察兵，你不能有任何蛛丝马迹表现出爱一个女人。好比这场戏，她引诱你，你想要她，我得在现场喊'摸她'你才摸她，但是你条件反射摸了哪儿？胳膊肘。"

郭俊回想起来当时拍摄情形，自己也笑了。

陈谅心累地吐槽："你是扶穿高跟鞋的女演员下台阶吗？摸胳膊肘？然后我要求你摸她腰，你很绅士地搭一下。拜托，你用了多大力、有没有一个展示欲望的动势，观众看得见的，这和他们经验中'男人想要女人'的表现不一样，瞬间出戏了。这样一切都解释通了，她贴住你，你为什么要躲？因为你的本能提醒你不能让异性蹭热度嘛。反正只要有第三个人在场，你就要做偶像。"

"这个确实……没注意，我也没找到我紧张的原因。"

"需要大量的训练才能做到控制本能，她有些戏也会失控。"陈谅转头问溪川，"你怕水对吧？"

"有一点。"

"所以她演呛水就用力过猛，那种慌乱超过了观众的经验范围，是她独特的个人体验，演出来让人疑惑'至于吗'。就像金曲奖是你个人的体验，提起来你能兴奋，普通大众无动于衷，人类的悲欢不相通。还有几场见血的戏，化妆师总是来补血也打乱了她的心理节奏，演得不是很好。还好带血的国内上映都剪了，这下国内观众发现不了她没演好。"

溪川反呛他："你知道你为什么没奖吗？送奖的版本就该剪掉。"

"你演得不好，梁老师演得好啊。"

"大家好才是真好，删戏不果断，还是导演不行。"

"我要是太果断，郭俊跟你的对手戏全没了。"他看回郭俊，说得不留情面，"你小问题多着呢，对戏琢磨也不够细致。就这场，你们俩假模假式勾搭着，孩子路过看见了，她看见孩子猛地推开，你干吗和她同时看孩子啊？孩子走路那么大声吗？又不是哥斯拉。再说，一个正常男人这时候已经上头了，哥斯拉从门前过也注意不到。她注意是因为她没投入，为了钱又心虚，你得等她推开你再去找原因，为什么会和她同时转头呢？因为你看过剧本了，剧本说孩子要来。我也不可能剪光你的反应镜头啊，这种违和的细节整个片都是，观众能不觉得你演假吗？你回去演偶像剧，不会有人要求你琢磨这些，剧本也经不起琢磨，流水线生产就那样了。"

他盯着郭俊的眼睛慢慢吸一口烟："你考虑考虑。"

溪川觉得陈谅有做传销的天赋，忽悠到单纯小朋友不算本事，他连易辙都能忽悠。

主片场在海边，散步五分钟碰不到一个工作人员，没见过这么小而穷的剧组。陈谅是说过"盘子小"，但进组后追问才知道总投资不到五百万，当然主演片酬就不给了。

"这是院线还是网络大电影啊？"实在让人疑惑。

"他说文艺片就得这么拍，成本小没压力才放得开手脚。反正就一个月，浪费

195

时间也就一个月。你在家干等《灰鲸》上映不也焦虑嘛。"易辙跟来了，主要是为了防着郭俊发疯。

成本这么小，溪川不好意思多带助理，只带了亚婕。

郭俊带的还是小金，夏天依然不知道给他撑伞，光给自己撑伞。

分手情侣避免了相见，一切从简也有好处。

但"一个月"听听就罢了，陈谅光磨剧情就磨了半个月。他自己进组时只带着个模糊的概念。

男主角是个导演，女主角是个演员，人设往郭俊、溪川的性格靠一靠，但不能像他们这么拔尖，导演是个有了作品还在腰部的导演，演员是个演了主角没能爆红的演员，十年前两人什么都没有，做场记和跟组，在剧组谈过恋爱，杀青就分了手。十年后来参加个小影展遇见，又旧情复燃撩起来，但是旧情也分真假虚实，他打算真情走一遍、假意走一遍、个别场次分两人记忆各走一边，把四个版本混剪玩结构。

溪川听这梗概，剥了角色身份外壳，觉得演的就是他自己和姐姐。

梗概有了，细节呢？因为现实没有，得找演员要。

早晨起来准备开工，陈谅边走边看通告单："今天拍十年前第一次说话。"问郭俊，"你和溪川第一次说话是为什么事？"

郭俊挠挠头："她在舞蹈房对着镜子剪刘海，我帮个忙。"

"说什么了？"

"我问'剪齐就行？'，她说'剪齐就行'。"

"还聊了什么？"

"没了，就剪头发。"

陈谅转身朝后面大部队招招手喊："拍剪头发，道具找把剪刀。"

易辙问溪川："剪谁的头发？"

她也茫然："不知道。"

[94] 否极泰来

《灰鲸》在一个普通的周末低调上映，不是节庆日档期，导演和主演都在剧组，没几场路演，却呈现长尾效应，成了夏季票房黑马，收官在近三十亿。

郭俊的粉丝被虐得发了狠只是一部分原因，这么高票房不可能靠流量粉丝撑起来，究其根源还是制作质量在线、引爆了社会话题热议。

为影评人所诟病的"要素过多"反而成了优势，贫困、家暴、拆迁、城中村、女性主义、中年危机……总有一款能切中受众痛点。有趣的是，欧洲冲奖遇挫后，谁都装腔来踩两脚，起初只是有个影评人评价陈谅"缺乏搞艺术的松弛舒展"，传着传着更多人说他"不适合拍文艺片"，最后以讹传讹，《灰鲸》成了文艺片并且拍得不好，可它真不是个文艺片，而是节奏紧凑的剧情片。

正因为结构节奏类型不符合欧洲偏好才遇挫，下半年陆续收了不少亚洲和北美的奖项，这是后话。

删减的那部分血腥镜头，正好是溪川没演好的部分，果然如陈谅所料，国内观众对她的演技评价很高，但综合来看没有郭俊受到的关注多，粉丝们终于扬眉吐气，以票房为佐证大肆宣扬，一时间，仿佛郭俊成了蒙冤之影帝。

这是娱乐圈常态，实力不济的男艺人只要稍加努力，就能获得女艺人望尘莫及的热度。虽然在电影中，季向葵扛起了郭俊扛不住的功能角色，也吃到些人设红利，但因此获得的资源远少于郭俊。更不提女艺人中总有季向葵这种猪队友，不敢在宣传上嘲讽郭俊，一味和其他女艺人比美，目光短浅。

不过剧组内外终究两个世界，工作起来没人考虑资源和热度，蒙冤之影帝正被导演天天纠错。

"拍好几年戏了，怎么还犯低级错误，架都不会吵？"陈谅耐性差，最讨厌把时间浪费在小儿科问题上，如今和郭俊熟了，刻薄起来才不管他顶流不顶流。

郭俊一头雾水，寻思自己没背错台词，吐字也清晰。

溪川提醒道："越激烈越得抢话，吵架不是要说服，是要气势上压倒对方。"

"就是啊，你太谦让了吧，句句话等她背完台词才开口。生活中没吵过架吗？"

郭俊明白了意思，笑笑没解释，再回到初始位置："重来重来。"

陈谅在原地停顿，觉得有意思。

拍文艺片像腌泡菜，开机时把萝卜白菜扔进缸里，将来是什么味不敢打包票。

主场景在海边，意味着基调是平静悠远、忧郁浪漫，溪川进来添加了一些蓬勃灿烂，像海岸线上种满鲜花，透过郭俊的目光去看，却总有浮尘滤镜。到现在他才终于确定人没用错，用叙诡来讽刺庸常的虚伪，却腌出了刻骨铭心的味道。

坏消息是，一如陈谅之前做导演的每个剧组，资金又吃紧了。

他找借口说"没想到演员也这么能吃"，以为演员都不怎么需要吃饭。

"吃得少才更要吃得好。"溪川说，"况且我是马上要演杨玉环的人。"

"谁？用你演杨玉环？"陈谅诧异到掉了筷子。

"崔海峰。"

"崔导是不是老眼昏花了？"他捡起筷子换一双，转问易辙，"你给她接这个，真敢啊。"

怎么每个人听说都要质疑一番，易辙耸耸肩不以为然："多吃点不就胖了。"

"何止胖不胖的问题？她一点没有古典美。"

"怎么没有？"郭俊突然插进来的反问，打乱了陈谅大惊小怪的节奏，让他意识到自己是少数派。

沉默了片刻，易辙接上话："没演保姆的时候，都认为她形象不适合演保姆。"

"也对。"陈谅点头认可，"当初保姆是谁决定接的？"

溪川用下巴指指易辙。

陈谅说："挺有远见。不然现在还在演花瓶的路上鬼打墙。"

"回过头总要说明智，可当时差不多是把她绑进剧组的，她怕丑。"易辙笑，"你帮我劝劝她，崔导手里还有个农村题材，要下乡，她不肯去。"

"去啊，干吗不去？"陈谅大呼小叫，"拍《灰鲸》的时候我就想让你下乡，条件不允许，不然拍出来还能上个台阶。大银幕上不要怕丑，美反而是限制。"

"丑一次是拓宽戏路，总扮丑模糊定位，哪个品牌喜欢村姑农妇做代言人啊？"溪川反驳。

"这倒是哦。"郭俊话里有话，"再说我是舍不得动不动把自己女朋友往农村扔，搁海边风吹日晒我都要考虑考虑。"

易辙心想，反了反了。

陈谅不吱声，光是笑，腌泡菜腌出了火药味。

看够热闹，终究要回到现实。影片有定情和分手两个结局，都会拍，还是走亦真亦幻难辨真假的路线，可以混淆观众的视听，但主创不能没有看法。陈谅没想好具体场景在哪儿收。

吃过晚饭和溪川在海边散了会儿步，问她相信是Happy Ending（幸福结局）吗？

她茫然不解："片名都叫《一晌贪欢》了，怎么Happy Ending？"

"片名也可以指十年前啊。"

她想了想："我觉得分开、在一起，都是Happy Ending，但是分开更美好一点。错过十年的人再续前缘，十年的沟壑太难填了，距离产生美，距离太近总有种悲剧预兆。反而带着念想走上殊途，能留下最好的回忆。"

陈谅在琢磨她的话，又听她继续说："所以那时候我其实不看好你和姐姐在一起，虽然我个人不喜欢季向葵，但你们纠缠不清互相打磨，真实走过这么多年。好过两个附着想象的肥皂泡不甘心地碰撞，'砰'的一下，连虹彩都没有了。"

原来如此。

晚上陈谅回过头再看已完成剪辑的剪刘海那场戏，"虹彩"总是不计代价地过度美化，高功率聚光灯模拟出金色的阳光，两个人坐在木地板上，身边有镜有窗。

长镜头和蒙太奇相接，抒情中又有谜语。

一个人眼神里藏着认真的爱，一个人眼神里藏着炫目的彩。

碎发在刀剪间闪耀，下落时滑过年轻的脸，不知道为什么，很美，却很悲。

陈谅猜郭俊没这么早睡，去敲敲他的门，在阳台上吹着海风一人一罐啤酒。这个场景让他想起去年夏天在泰国，更添感伤。

"剪刘海那场戏，拍的时候你在想什么？"陈谅问。

郭俊已经习惯了他总是半夜敲门讨灵感，认真回想："我在想……过去真实剪头发的时候，小时候，如果多说几句话……"

"悔不当初啊？"陈谅的笑是种苦笑，拍这场戏时他无比同情郭俊，本计划拍一个郭俊回忆的版本，再拍一个溪川回忆的版本，人的记忆总有出入，差异能衍生趣味。没想到溪川忘得那么彻底，压根不记得郭俊给自己剪过头发，真令人唏嘘。

"也不能改变什么。"郭俊接着说，"任何一种感情的发生都需要很多契机，不是多句话少句话能反转的。"

讨论过一个多月的剧情，他至今没在导演面前承认对溪川怀有感情，但自己早就心知肚明。剪刘海的戏他也知道拍得很悲，因为他想得很细，不仅是当初剪刘海时，还有后来每一次吉光片羽般的交集，有没有一个时刻，如果向溪川表白过心意就能够在一起？答案是没有的。

艺术作品多好，在古典故事里，默默无闻的少年远走后归来，会衣锦还乡，会抱得美人。

但现实要复杂得多，在最早的时候，他首先就不知道因为没满足什么条件出了局，他喜欢的女孩嫌贫爱富吗？一点也不。又或者是他不够帅不够红？那红了之后为什么还是不行？

刚出道时表白无用，她有喜欢的人。组合解散时表白无用，她解约出走没了音讯。回到公司时表白无用，她忙于事业马不停蹄。事业挫败时表白无用，她们都不出玩狗丧志。等一切恢复正常，眨眨眼她又有了喜欢的人。他实在想不通，在他看来，她好像从来没有适合恋爱的时刻，为什么别人总能成功地见缝插针？

人生有许多选择题，一题题不能回头，所以做每个决定都如履薄冰，到了她面前，发现最终根本没有能在一起那个答案。

陈谅似乎明白了，一晌贪欢，意味着结局一定要梦醒，所以只拍了分开那一种结局。

海边的故事应该在海边结束，不会变成都市童话。

但他心没那么硬，还是夹带了私货，分开也是Happy Ending，因为藏了梦中梦。

最后一场戏的剧本是他通宵写的，只有郭俊的台词，没有溪川的台词。

海边的影展结束，他们不用说分手，但要回归各自的生活，行李收拾好了，出发前男主角又提议"刘海有点长，我帮你修一下"，于是像小时候那样相对而坐，碎发再次从刀剪间筛下，不同的是，他话比从前多得多。

"改天好不好？"他用了洛川的口头禅，"有空我们再去看看山，等山里林木密集起来，流水潺潺地唤醒土地。风一动，青草起伏成浪，云从头顶上一掠而过。遥远的旷野像镜子一样裂出峡溪，照见鸟啼消失处挂着燕子的风筝。燕尾剪开天空，你才承认自己在发酒疯，否则怎么会停不下笑、停不下吻，而我们又成了朋友。"

很长很慢的独白。

溪川从头到尾没眨过眼，脸上是笑，可是眼中有泪，她直勾勾地盯着一片虚空却在阅览画面，每一句从他口中许出的愿都具象成图景。

她让人相信她看得见，所有人都相信自己看见了，但所有人也知道那不会成真。

这满满一双眼眸的深情，就是海边一个完整夏天的终点。

易辙不解风情，不对，应该是太解风情，才会对最后这场戏耿耿于怀，揣测郭俊又要神魂颠倒了，将心比心，换他也放不下，真要命。

夏天结束后是多事之秋，YXC又迎来了一年一度巨额亏损年报难看的传统节目，今年已退无可退，必须收购并购点什么来填坑，可选的不多。

溪川自己的公司连续三年维持每年三千万以上流水，又因为《灰鲸》的投资成功还有四亿应收账款，财务上干净漂亮，在这两年影视寒冬的大环境下，直接IPO（首次公开募股）也批得下来。可是她的人生计划中没有商海沉浮这一条，只和YXC做了笔交易，估值溢价十几倍，尘埃落定后，她持有YXC百分之八点零九的股份。作为创始人，易新诚才占百分之十七。另两大股东MT视频和岳海传媒都亲易辙，三者相加，话语权比易新诚要大，至少再没人能束缚溪川，不让她拍电影了。

结果可想而知，开完一系列会重选管理层后第一件事，长期亏损的偶像经纪部大幅裁撤，易珂被扫地出门，公司好像告别了一个旧时代。

但第二件事显得很幼稚，易辙马不停蹄地把郭俊抓来办公室"谈心"。

"人身限制令的概念你懂吧？希望你可以给自己下个限制令，不管什么场合，你都不能靠近溪川十米范围内。考虑到宣传活动的现实情况，我已经做出很大让步了。"

郭俊嗤之以鼻："溪川自己没叫我别靠近，你有什么权力？"

"是这样的——"易辙心平气和地拿出合同翻开，"我是你经纪公司的董事会主席，你的经纪合同上有必须配合工作的约定，我认为你对溪川的骚扰影响了你们两个人的工作，在这种情况下我可以启动雪藏条款，这就是我的权力。"

"雪藏？"郭俊被气笑了，没听说过当红艺人被雪藏的，"你试试啊。"

"嗯，试行方案是这样的：一旦发现你出现在距离溪川十米之内，雪藏你三个月，第二次六个月，第三次九个月。以此类推。"

郭俊发现他不像在开玩笑，舔舔嘴唇："放马过来好了，我会起诉解约。"

"起诉解约好了。"易辙把一沓照片扔他面前，"这是杨雪的艳照，你拍的。溪川怕毁了她不让往外放，我不怕，反正我对她没什么好感。你动核武器，我也不会客气。解约能不能判得如你所愿我不知道。但你和杨雪两只小疯狗，到时候狗咬狗去吧。"

郭俊靠向沙发背，冷哼一声。

[95] 味不如旧

YXC裁撤偶像经纪部让粉丝们空前愤怒，做组合的公司再也不做组合了，就像可口可乐换新口味被指责"背叛了全美国的集体记忆"一样。

商业经营毕竟不是做慈善，不适应市场被淘汰是大势所趋。

但很快，与精灵谷合作的虚拟偶像上线，推了四人男团和两人女团，虽然人设是全新的，可是粉丝偏要执拗地认定是复刻的天音和SEAL，具有非凡的意义，象征YXC最后的黄金时代，还出了新专辑。

人设完全不沾边的四人男团要强行对号入座有点困难，但是两人女团很好区别，御姐肯定是明樱，甜妹肯定是溪川，就这么愉快地分工了。

溪川对此颇有微词："我怎么是个鲶鱼脸？这也太丑了。"

建模是精灵谷做的，易辙只能找补："你不是说这种是高级脸吗？和普通的萝莉比起来更有辨识度。"

"但我不想高级啊。反正丑，我拒绝承认这是我。"

"你是不能承认，人家粉丝比你的疯狂多了，蹭热度小心被抵制。"

溪川不服气，默默想，你是太小看我的粉丝。

这项目旗开得胜，顾卫东如今是接班赵一凡的不二人选，易辙算押对了宝。有人吃肉就有人跟着喝汤。他接手影业，热门制作自然先让溪川挑。

和当初拿视后剧本堆成山的情形截然相反，这次百般挑剔的人是易辙。

"这么多剧本一个也看不中？"

"五分钟相亲大会，感觉全跟你没什么缘分。"

"哦，那我是没见过男朋友带着去参加相亲大会，还能找到有缘分的。"溪川抽出一本，"这个不好吗？惊悚剧情片，追小说连载的读者发现身边人像小说情节一样陆续死掉。"

"烂片气息，国内惊悚片的女主角都是负责当花瓶的，没有好设定。"易辙把它扔进垃圾桶。

她换了一本："这个呢？爱情轻喜剧，漂亮空姐和大学生合租同居。"

"你先看看项目书上的美术图吧，租的房像汤臣一品，一点不严谨。"又扔了一本。

溪川一针见血："你醋劲太大了，就是不让我演爱情片呗。"

"我不反对你演爱情片，但是不要有吻戏床戏。"

"那算哪门子爱情片？"

"陈谅的爱情片就很好，男女主角挨不着。"易辙突发灵感，"哎？陈谅在忙什么？"

"剪片吧。"

"我给他打个电话。"易辙说干就干，拨通电话在院子里聊了半小时，兴奋地跑回来，"他发掘了一个神演技的九岁新人小女孩，马上筹备新片，温暖美好轻喜。你可以接，她演你捡来的女儿。陈谅说小孩特聪明，一个月拍完。"

"又来？你还不吸取上次的教训？"

"他说他会吸取上次的教训，这次肯定不会超支超期。"

溪川怀疑有诈："你干吗乐得合不拢嘴？"

她像小熊猫一样站起来，举抱枕蒙头把他打了一顿。

离进组还有一星期，溪川除了跑跑商务拍拍广告就是在家休假，易辙照常上班。天干物燥，有天下班时出了意外，车刚进小区就看见滚滚浓烟，再往前开，消防车消防员堵了一路，许多邻居围观，失火的是溪川家，打她手机却没人接。

车开不进去了，易辙把车扔在主车道上，从车里拿了条毛巾，穿过后院时在泳池里捞水打湿，保持拨号没断。

这个笨蛋。

卧室没人，客厅没人，书房客房都没人。家居以布艺为主，颜色繁杂再加烟火扰乱视线，可见度极低。

他用毛巾捂脸来回转，生怕漏看了哪里，她最喜欢把自己埋在一堆垃圾里看书打瞌睡，还喜欢把手机静音。

等待音让人焦虑。

一层没人，二层她很少去，正犹豫要不要往地下一层找人，突然来了电话，电话接通的一瞬，泪不自主涌出来。

"你在哪儿？"

"我在家门口看灭火！"溪川的语气居然有点雀跃。

易辙在原地镇定了一秒，深呼吸。想开前门出去，可门已经变了形，而且被金属门把烫了手，只好再回院子里，穿到前门去找到她，揽进怀里紧紧抱住。

她穿着居家服和拖鞋，好像出来得很仓促，手里只拿了两个手机。不过左看右看没发现受伤。

他不放心地确认一遍："人没事吧？"

"没有。我睡觉呢，忘了在煮东西，郭俊突然跑来把我摇醒，说我把家烧了。"

易辙长吁一口气，这才看见不远处的郭俊，顿时没好气，一字一顿："你怎么在这儿？"

"路过。"

鬼才信！

火到晚上八点才彻底灭掉，没晚饭吃。易辙心很累，把两人拎到小区对面的茶餐厅继续"谈心"。

"说过离她十米，你离她十米了吗？"

郭俊撑着脸："今天离她十米她就死了。"

"你不能因为一次侥幸就认为你是对的吧？没着火的时候你也没少来。"

"这不能将功补过吗？"

"不能，雪藏三个月啊，从明天开始。"

郭俊扭头看溪川，溪川喝着椰汁一脸爱莫能助。

他只好撑回他的脸："这下家烧了你打算住哪儿去？"

"不用你操心。"易辙"啧"了一声，"你每次到底怎么进的她家？"

"克隆手机号，能收到她短信。"

"又是怎么知道密码是验证码的？"

"换密码防私生的方法，我教她的。"

"哦，对！"溪川点头接话。

易辙无语，摊手在他面前："手机。"

郭俊只好把手机拿出来放他手里。

没想到他直接拿走塞口袋了："没收。你换手机吧。"

"喂。你这家不是不住了吗？"

"是啊，所以你这手机也别用了。"

"至少把我电话卡拆出来给我吧。"

"自己补办去。"

郭俊又扭头看溪川，想让她评评理，她依然喝着椰汁，笑眯眯的。

"哼，无情无义，再也不看你了，以后你把家炸了都没人救你。"

易辙要让他长记性，说到做到雪藏三个月。

三个月就三个月，这一年过劳，他正好休息，但最气人的不是雪藏，而是另一只小疯狗。

阴魂不散的杨雪又在微博上作妖，先点赞再发声明后辟谣，自力更生完成传绯闻一条龙服务。

无奈郭俊的社交账号被公司没收了，被迫做缩头乌龟，长这么大没遇过这么憋屈的事。气得他恶向胆边生，三个月一结束马上接了个悬疑罪案剧，演凶手。

这回陈谅倒是没食言，那个演母女的低成本剧情片《小怪物》，溪川的戏份二十天就杀青了。只是陈谅又一次在临近尾声时弹尽粮绝，不是没钱做后期，就是没钱做宣发。为了方便管理，开机前他把那个九岁小妹妹的经纪约签了下来，杀青前和易辙商量，能不能把经纪约转让给YXC换点钱。

易辙被他的昏着儿震惊："你不至于沦落到'贩卖儿童'吧。"

陈谅理直气壮："那我拍完电影留着她也没用啊，难不成往后我一边拍戏一边带小孩？"竟让人无法反驳。

看在小朋友演技惊人的分儿上，她最终成了YXC影视部的艺人。

除了"捡到女儿"的额外收获，对溪川来说，拍这个片全过程轻松愉快，导致离组还有点怅然若失。

演杨玉环的大片因为置景出了问题，一直没有筹备建组的消息，同一个导演决定开年先启动农村题材电影《抢头香》。

这个片，导演原本想用全员非专业演员拍摄，图个原汁原味。换言之，都是如假包换的农民。但"非专业"容易"出意外"，精挑细选的女主演突然嫁人并怀孕，婆家不让她演戏了。溪川的演技，导演看得上，前提是得下乡劳动、学方言。

溪川一听是女主角精神倍增，飞奔去农村喂猪做饭种地。

当然有易辙陪着，四个月生活体验下来，感觉自己干农活比她熟练。

出乎意料的是，溪川没有变成村姑农妇，她变成了小野人，彻底解放天性，每天沉迷于爬山摘各种野生果子吃，当地教方言的老师认品种没她全。易辙害怕她爱这土地爱得深沉，拍完戏决定留下定居。

来年二月，《一晌贪欢》参加德国电影节，英文片名直译过来叫《在海边开始与结束》，显得十分浪漫诗意小清新，引起郭俊粉丝高度警惕。

不可避免得和郭俊同行，易辙也不好限制男女主角相隔十米，暂时放宽了政策。

但陈谅吸取了上次在法国的教训，知道郭俊粉丝战斗力特别强，这次红毯上的全程合影他都自发充当人肉盾牌，时刻注意站中间把男女主角隔开，因此没出什么波澜。

易辙之后有两天没看见郭俊，心里毛毛的，逢人就问看没看见他，随行的宣传和公关摇头说不知。

其实郭俊失踪才三十多个小时，溪川吐槽："你盯他那么紧干吗？我怎么觉得你对郭俊病态迷恋呢？"

"跟踪狂演了杀人犯，你不怕我怕。"

因为深知郭俊助理太不靠谱，亚婕一贯比较关注郭俊动向，知道他没出过酒店："忙着给虚拟偶像打榜呢。"

"谁？给谁打榜？"溪川难以置信。

"我们公司搞的那3D假人。"亚婕摇摇手老神在在说，"男生就是这么幼稚。"

溪川目瞪口呆："他没有审美吗？"

"还真没有，他就喜欢丑的那个。"

溪川无言以对。

奖项没郭俊什么事，电影节走一遭对他来说和时装周性质类似，心态比较轻松。溪川又提了最佳女主角，但还是没获奖。收获颇丰的是陈谅，拿到最佳影片提名还差口气，获得最佳导演奖，走向了人生巅峰。

第三部电影就得到这个分量的奖项，基本可以称之为天才导演，海外媒体更是慷慨地给出了主竞赛的最高分，说他"抛开社会矛盾和大道理，更趋于自由敏锐""对角色内心的刻画带有他标志性的戏谑调侃特色""用幽默的美工刀剖开男性的懦弱，并进一步扩大他擅长的女性主义版图""控制不住地想用镜头赞美他的缪斯"——这里指溪川。

但国内影评界并没有展现出相应的热情，不是语焉不详，就是鸡蛋里挑骨头，大概和中年文艺男人的愚蠢虚伪被尽数揭穿有关——大家都渣，却出了个叛徒把底牌拍成电影，亮了出去。

群访环节许多提问围绕剧情展开，大量结构上的花样和精巧的反转解构，使得这个简简单单的爱情故事变得云山雾罩，但又分外让人痴迷。

真情和假意哪个才更接近原始表达？其中某句台词到底是不是真话？他们反复提起的一个吻，最终还是没出现在画面里，到底是不是真实存在过？

人们总是不甘心地想从虚伪中挖出真诚。

而陈谅回答："男人的真诚随青春期结束就会消失，故作姿态和逢场作戏都是天性。但当他有一定经济基础后，特别是没必要再为现实利益去刻意假装的时候，如果他还愿意为了她去和天性角力，哪怕显得卑微或者滑稽，那么这就是真爱了。"

溪川觉得这某种程度上是对姐姐的一种表白，她想姐姐了。

自从得知姐姐去世，过去的自己变得束手束脚，加上正值高三，"时间线"已经很久没有再变过，久到让溪川感觉可能已成定局，未来不会再动荡。

姐姐也许就这样不可挽回地逝去，成为大家的一个记忆点，再随着记忆模糊而渐渐不见。

小时候带走溪川爸爸和洛川双胞胎姐妹的那场车祸，溪川和洛川都在车上。面对死亡，溪川反应很木讷，有点懵懵懂懂后知后觉，当时是僵住了。但姐姐不一样，受了伤还拼命往路基上爬，去拦车求助。

原本是求生欲这么强的人，最后却选择自己结束生命，人生真够讽刺。

溪川又忍不住想如果。

如果陈谅专一一点，爱得纯粹一点，至少早一点拍出这个电影，把假意中那一点点真情指明给她看，让她看见点希望，是不是结局就不一样了。

[96] 饥饿游戏

205

崔海峰导演的农村题材电影《抢头香》一直拍到六月才杀青。溪川中途只有一次较长的离组时间，就是《小怪物》剧组参加法国电影节。

这电影很奇怪，在东西方视角下有不同解释。在中国大家认为是领养关系的母女情，在海外，也许因为"母亲"在设定上有其他倾向，大部分人解读出的别的意向，因此参加的不是主竞赛单元的角逐，而是获得了"一种关注"单元大奖。

更主要的问题出在剧本上。脱离了现实原型的支持，陈谅塑造的女性形象总是不切实际的真善美，几乎没有阴暗面，不如他刻画男性那么复杂深刻，这次的电影没有编剧合作，完全是他自己创作的，因此有点暴露短板。

电影拍摄时溪川已经向他指出过，他承认缺陷所在。

"《戏精》那个女编剧不是不错吗？"溪川已经忘了她的名字，不过对作品还有印象，"感觉很适合跟你合作。"

陈谅说："想到过她，可前几次她的作品没有署名，大概受了打击，打电话成了空号，之前联系认识的制片说她退圈出国了。"

溪川回去翻看《金簪》的片头片尾，果然没有她的署名，连翁唯语主演的那个小网剧《甜心天后》也没有。

"退圈"不是个新鲜词，娱乐圈是大型的"饥饿游戏"，常有熟悉的面孔感觉许久不见，再找人已经销声匿迹。

有人怀才不遇，有人志在他方，名利场上乱花渐欲迷人眼，持之以恒的是凤毛麟角，需要坚定意志，也需要额外幸运。

无论如何，陈谅的幸运万里挑一，从哪里摔倒在哪里爬起来，彻底翻了身。短短两年内在欧洲三大电影节四面开花，如今国内评论界称他为"三大亲儿子"，溪川也成了"电影节常客"。

但她不太喜欢这个称号。"常客"意味着还是客，虽然有过两次提名，但没有获奖，终究是不算成功。

她的目标可不满足于美美地穿上高定走几回红毯，易辙心里知道。

他宽慰道："不是你演技的问题，外界因素影响更大一些。陈谅和你在评委眼里都太新，不像梁鸿远那样有海外知名度做基础。陈谅是在技术和创作方面风格鲜明，更亮眼。演技这个东西偏传统，不是那么容易出挑到独一无二、非你莫属。再说演员奖项就这么一个，竞争激烈，不像影片奖项那么多，金熊拿不到还有银熊、泰迪熊，东方不亮西方亮。冯薇运作公关也得循序渐进，先让他们熟悉你，刷脸也有个过程，不要心急。"

"不会急，我知道我还不够。《灰鲸》的表演差得远，冲奖很勉强。《一晌贪欢》和《小怪物》角色上可发挥的空间不大，确实是内容题材比较抢眼。我是特别后悔没听你的，演的剧太少，机会是给有准备的人，像《灰鲸》这么好的机会来了，我却没准备好。"

易辙摸摸她的脑袋："将来还会有更好的，现在也不晚。"

从电影节回去，到《抢头香》杀青，天气逐渐热起来，溪川给了自己一段时间喘息。

当务之急是，要买个房。

家里被烧得面目全非，后来紧接着下乡体验生活拍戏，扔着没管，要再住人得重新修葺个一年半载。

刮台风的日子临近过去的"时间线"，过去的自己肯定还是得采取点措施，不知结果如何，但"时间线"可能会剧变，长期住易辙家让她没安全感。

为了以防郭俊再"进出自由"，这回她挑了个顶层现房，"时间线"再怎么变，她自己选的、花自己钱买的，不算豪宅，不存在负担不起的可能，应该不会轻易消失。

住这么小小的公寓，易辙没有任何不适应，相反觉得随时能看见她，比以前动辄满屋子找她要方便得多，当然，比这更破的农村土坯房他也住过了。

整个夏天，她只在一个科幻电影《基地》里客串了十分钟戏份的特邀，科幻电影里的女角色总是镶边的，不过好歹是大制作。

公司没有要事，易辙就在家陪她没日没夜地看电影拉片。她喜欢跟他分享观影心得，暂停下来分析别人哪里演得好，渐渐他能看出点门道，原先他觉得溪川演得好单纯是盲目崇拜、氛围使然、普通观众视角，现在似乎懂她更多一些。

他去忙公司的事，她就一个人在家写回忆。有一天不是节假日，溪川却亲自下厨做了晚餐，说要庆祝日记追平到现在时。

"以后还会继续写吗？"他问。

"当然要啊，以后创造的回忆只会更好。"

"但以后不要再亲自做饭了。我对火灾有心理阴影，别人下厨房，你是炸厨房。"

提起这事，她才又想起郭俊，有近半年没见到他了。他还是公司最赚钱的艺人，有大热的综艺、热播的剧，陈谅有递剧本给他的计划，打算长期栽培。但溪川和他再合作的可能性不会太大了，相同组合反复在不同作品里演情侣，容易让观众出戏。

《一晌贪欢》在国内是七夕档上映，宣发策略让溪川瞠目结舌，片名用了《在海边开始与结束》，铺天盖地的营销称其为"情侣必看的爱情圣经"。一个渣男渣女动机不纯的讽刺故事，自称"爱情圣经"，情侣们走出电影院不会一边闹分手，一边骂诈骗吗？

就这样厚颜无耻地，文艺闷片骗到了近三亿票房。投资七百万，收入近一亿，影业非常满意，并鼓励陈谅多拍小成本文艺片。

奖项商业两全其美，还不够彰显陈谅的运气。

电影上映间，有狗仔拍到季向葵和他会面吃饭，溪川看见爆料没能警觉。季向葵过两天接受采访承认复合，笑言："银熊奖的电影做礼物，哪个女人能拒绝？"

溪川在电视前目瞪口呆，这操作比自称"爱情圣经"还不要脸吧？

一个电影居然可以用来追两个女人？

季向葵你看懂电影了吗？不会看见"男主角是导演，女主角是明星"的简介就对号入座了吧？

陈谅这个感情骗子！

和陈谅相比，自己的人生真是太坎坷了。

胆战心惊地迎来那个命中注定的台风天，与从前不同的是，台风欲来未来，沿着海岸线渐行渐远，绕过了上海，那天就这么平静地过去了，什么也没有发生。

回到眼前，死去的姐姐复活了，既没有结婚生子也没有身患顽疾，平平淡淡恢复在她的生活中，做个打卡上班的普通人。最近一次听到她的消息，是因为影业总裁夫人在微博上指名道姓骂小三，当事人中没有明星，之所以闹上热搜是因为季向葵"吃瓜"时误点了赞。不过溪川觉得没有单纯的手滑，应该还是与陈谅对姐姐爱而不得的调调有关。她没有打电话问，因为这条线上和姐姐的关系疏远，一年半载联系一次，总不可能开口就打听绯闻八卦。

可新旬没有复活，在溪川更新的记忆中，平安度过台风天之后的一个礼拜，有一辆车的司机疲劳驾驶，失控后冲上公交车站台，新旬推开了别人。

把消息及时通过手机通知了过去的自己，经提醒新旬避了这次意外。但度过危险时间后，更新的记忆中，新旬又在未来的几天内，因为类似的见义勇为去世。

过去的自己不断筛查社会新闻，当新旬没有在预定时间出现在预定场合时，悲剧会被平静地吞没，事故有时彻底没有发生，有时消解成一点鸡毛蒜皮的小擦碰。

两位当事人却被卷进了死亡循环，必须要未来的溪川不断通过手机发来"避险提示"才能好好活下去。

这意味着，未来的溪川再也等不到她等的人，永远的滞后让新旬活不到她所在的那一天。

结局只能如此了吧，谈不上悲剧，只让人怅然若失。

她想过无数遍，当新旬突然有一天出现在自己面前，也许会让人不知所措，但归根结底还是想见一见。

对方的面貌已经日渐单薄，变成了每个人高中校园里都存在过的洒脱帅气的男生，她很确定他与其他男生不一样，却拿不出证明，回忆失去了意义。

最可笑的是，小时候，她以为他们会像绝大多数人那样长大，后来会像绝大多数情侣那样分手、分离，许多年后在人群中感慨万分地互相喊出对方的名字。

他们曾烂俗地爬上天台等着看英仙座流星雨，一颗流星都没有来，在等待的时间里，新旬问，你觉得未来会是怎样的？

那时候她认真地遐想，要做一个歌手，去全世界巡回演出，然后在二十七岁结婚，嫁给外国人，生漂亮的混血宝宝……

事隔几天，就不再记得胡说八道过什么，或是刻意不再提起，怕重复一遍发现自己幼稚。

冒着傻气的事不止这一桩。

后来逛一家以时间胶囊为卖点的文艺小店，各自分头写下给对方的话，封存十年后才能开启。十年后所有情侣都分手了吧？说不定这家店都倒闭了。虽然心里充满不屑，但连新旬都写了并留过手机号。

再也收不到通知了吧。

他们都天真地以为能够很轻易地预见十年、二十年之后的事，最不济，无非是反目成仇或天各一方，需要什么时间胶囊来提醒吗？

可是她没有换过手机号，所以在十年后收到了电话通知。

她花了整整一个去程的时间，想起自己写的是蠢兮兮的一句话——夏新旬，你长啤酒肚了吗？

美少年长出啤酒肚，大概是一个高中女生的终极噩梦吧。她猜想高中男生也许更无聊。

的确更无聊。

拆开蜡封，面对纸上这行字，她愣了三秒才笑出声。

这家伙在和根本不存在的未来假想敌较什么劲啊！

——柳溪川，如果还没嫁给外国人，嫁给我吧。

仓促的笑声之后，她却需要仰起脸一直看着天空，才能让泪水停留在眼眶里。

他想不到吧，没有他的日子，她差点等不到二十七岁，天真的梦在二十五岁时已经走到穷途末路。

唱片业全面萧条，出的专辑滞销，季向葵上位后，认真拍的剧遇上排播压片，已播出的剧遭到抵制，她因为情绪崩溃而酗酒毁了嗓子，做不成偶像，做不成歌手，做演员呢？压的剧终于热播，得到优秀作品奖、最佳编剧奖，就是没有最佳女主角奖，摆明了说她不是这块料。路越走越窄，易辙只能带她回YXC，回去也受掣肘，拍的爱情片毫无水花，倒是得知已经退圈结婚的朋友过得很幸福。

就在那个时候，有人向她求婚。

虽然不是外国人，但人家是精心准备、单膝跪地、掏出了"鸽子蛋"的，不是她喜欢的人，没有爱情，可谁说结婚一定要扯上爱情，有钱人搭配女明星不是天经地义吗？点头戴上戒指时她想，人生这么艰难，可以过得轻松一点，为什么不呢？

不知道如果当时身边的人是新旬，能不能给自己温暖，找到一条出路。

夏日再临，可你一定会记得自己走过漫长冬季的每一步。

是那些让你成为今天的你。

易辙回到家，室内没开灯，可并非没有人，溪川独自窝在沙发里，在突然亮起的光线中抬手擦擦脸上的泪痕，与他四目相对。

他知道她最近经历了许多波折，"死亡循环"的事听她说了，一遍又一遍。但今天他还没"失忆"，担忧地在她身边坐下："发生了什么？"

"补的日记都消失了。"她把面前那几个天天抱着写的本子翻给他看，一片空白。

他的目光落在一旁多出来的那条手链上，明白让她纠结的是手链并没有消失："手链……我记得的版本一直和你不一样。"

溪川想起来了，变更过的"时间线"，剧组在陈谅家开过剧本会，这条"时间线"上因为和姐姐疏远，与陈谅也不过是普通导演和演员的关系，需要考虑得多些，去之前还与易辙有过一番讨论，怕其他主演不带经纪人而自己搞特殊显矫情，最后易辙坐楼下车里等她没上去，她回家下楼时才发现手链掉了。"时间线"变动太频繁，像这样的小细节她有时分不太清楚，以为是个奇迹征兆。

"只是日记丢了嘛，我不是好好在这里？日记重要还是人重要？"易辙松了口气，笑她本末倒置。

溪川笑不出来，她担心的正是在不断变化中，突然哪一天连人都消失。

易辙见她难哄，拿起车钥匙起身："我去趟车库。"

他很快去而复返，递给她一个没见过的本子："我的没消失，因为不是为了对抗'时空变化'才记的。"

溪川茫然地接过翻开，看几页忍不住笑了，勉强算日记吧，简单粗暴，好多页只有个日期加一两句话，出现频率最高的是"今天又不肯开工""今天又不肯开工，还找碴吵架""今天不肯开工，还打人"。

指谁不言而喻。

溪川无语："你以为不写主语就不知道是我了？"

"平时放车上储物格里，怕司机、助理谁万一手贱翻开。给你看这个我也是牺牲了形象的，你将就吧。"

她往前翻，感觉难以置信："我们吵架没有这么频繁吧？"

"所以说白纸黑字记下来你才没法否认。"

"敢情你写日记是为了记仇哦？"

有点后悔给她看了，搬起石头砸自己的脚。

再往前，出现了狗，一笔带过，出现了他女朋友，溪川停下来替人鸣不平："第二次约会就嫌人家声音像铁丝刮玻璃，你是选艺人还是找对象？"

"我就是挑剔，你也没好到哪儿去。"

溪川蹙起眉，往后翻了十几页，这女朋友没再出现过，该不会因为"铁丝刮玻璃"就分手了吧？！这种原因吗？仔细一想，这个人这么多年选艺人都没有合眼缘的……"不是，你该不会……"

易辙没容她深思，把本子从她手里抽走："你看过了，不会都消失的。"

"等一下等一下，我还没看完。"溪川扑过去抢回来，飞快地往前翻，日记很厚，可能记了五六年，想知道那些重要时刻他在想什么，翻到目标页却发现他跳过了，有点落空。

"你找什么？"

"那天……在外滩……在车里吵架那次……你把我从车上推下去。"

他沉默了好一会儿，深呼吸："你记忆出了问题，是你非让我停车，然后自己跳下去。"

"你推我了。"

"你自己跳的，不要颠倒黑白，那条路不能停车我还吃了张罚单。"

"你骗人，我下去走了二十米就回来了，根本没有交警。"

"摄像头拍到的违章。"

"但你骂我了。"

"你这个记性，我认为不需要写日记。"

"你为什么偏偏在那天骂我？上车时我本来想说我爱你的。"

[97] 这样就好

溪川没想过银行卡里为什么总会有钱。

溪川不知道每天喝好几瓶红酒也是笔不小的开支。

不到万不得已，还是不要让她知道了。

易辙把工资卡上最后七百多转给她，没留一分钱充电卡。这是他的问题，一开始总是过度乐观，他想反正每天可以在公司加班到深夜，回家不过是躺下睡几个小时，充满电的手机能照明，要什么电卡。但是生活教育了他，冬天不开暖气睡觉会冷。

冷就冷吧，男人没那么矫情，再过一周又发工资了。

问题是过度乐观体现在方方面面，事先他没想到高管的薪水会养不起女明星，当然一般来说没哪个女明星像她这样酗酒。

他每天劝她少喝点，但是精神压力已经这么大了，他无法再告诉她更多现实，比如：艺人是没有固定工资的，你必须要跑通告才会有收入分成，而你的团队不会义务劳动，只有当你的收入分成大于团队开支，你才能看见为你工作的宣传、公关、司机、助理。

溪川是个很单纯的女孩子，如果不提醒她，她不会想到这么具体的现实。就像当年她与YXC的经纪合同到期时，不知何去何从，他只说"那你跟我走吧"就把她拐走了。

其实没错，按年龄来说她就是刚毕业的大学生，不能指望她多么深思熟虑，所以他一直觉得，过度乐观是他的失误。

她还在YXC时，他听过她唱歌也看过她演戏，那么好的天赋浪费在口水歌和偶像剧上，YXC能给她的资源就是这种流水线垃圾。他想要给她更好的、配得上她努力的，也确实给了。

刚离开YXC那年，溪川主演了大投资的台播罪案剧《红树林》，同时在筹备专辑，第二年是易辙自己的公司首次和MT视频合作，当时网络平台刚起势，与电视台抢市场的第一部剧自然特别用心——《坠落》，事后回想这项目似乎哪儿都好，就是名字不吉利。

首先坠落的是整个唱片行业，花了一年时间精心制作的专辑没有市场，连本都回不了。如果溪川还在YXC，面临的也是相同境遇，郭俊他们那批偶像是同年开始转影视的，只不过同样遭遇重创，像YXC这样的大公司抗风险能力强一点。

另一个致命打击是，易辙的公司没有太专业的公关团队，面对新兴的社交平台，他根本没意识到那里还有一块需要团队工作的业务。溪川像被飓风突然卷上岸的鱼，零防御地暴露在季向葵的攻击下，并不知道应该长出肺来呼吸。她说错什么做错什么不奇怪，网络暴力从最初就是打定主意要来吞噬她的。

舆论可以翻云覆雨。

岳海台要注意影响，《红树林》的播出被一推再推，一拖拖了一年。MT视频顶住压力先播了《坠落》，却遭到网上抵制，没有人关心剧情。

影视娱乐是高风险行业，遇到这种级别的风浪，资金链很容易断裂。别说他这么小体量的公司，连鱼丽那样的行业旗舰，一年压两个大制作回不了款同样面临被收购。

溪川想不到商业层面的困境，剧不能播、播得不好已经够让她消沉。

当他提议一起回YXC的时候，溪川没问为什么就跟着回去了。

他猜她还没从挫败中恢复过来，《红树林》在一年后终于播出，横扫了年初电视节的所有奖项，除了最佳女主角。这比网络暴力对她的打击更大，与后知后觉的溪川不同，易辙当时意识到了奖项重在运作，只有"背靠大树"才能美誉等身。

但回到YXC又陷入最初的泥沼，迎面而来的是个没营养的爱情片，让她彻底没了从业热情。

一年忙到头是为了什么？她眼里没有光，他也找不到充分的理由说服她不要酗酒，因为她清醒着看不到一点希望。

公司年会，他作为高管抽完奖，确定溪川没在现场，给她发消息问她在哪儿。

她把他当经纪人，习惯性报备，一个定位丢过来："我有约会。"

他看地址在外滩那边一个西餐厅："快结束了告诉我，我去接你。"

接下去的一小时她没再回复。

溪川不喜欢打电话，只喜欢发消息，这养成了他频繁看手机的习惯，深深依赖那些幼稚的表情包，哪怕晚上睡觉手机也是正面朝上，新消息进来屏幕一亮，他的心也跟着一亮。

晚上十点，她回复了一条："不用了。"

他用拇指轻轻摸了摸这三个字，内心五味杂陈。他知道最近有人追她，她说她在试着相处，她报备过，但他揣测不出她究竟怎么想的，不知道自己爱她吗？不可能。可能只是不爱他，又碍于不得不一起工作，所以用这种方式逼他保持距离。

"不用了"暗示着很多种情况，要么对方有车能送她，要么进餐后不打算分别，要么当时的氛围不适合经纪人冒出来搅局，总之没有一种好的可能性。

虽然她说"不用了"，他却还是开着车跑去了定位地点附近。那一带路面上不能停车，他又不愿坐在地下车库发呆，于是只能不断绕圈。

车内空调吹出潮湿闷热的暖风，让人感到窒息。他打开了窗，认为自己已经习惯了天冷没有暖气，但不一会儿就冻得脸发僵了。

人真是一种很贱很盲目的生物。

不爱打电话的溪川突然把电话拨进来，手机响铃时吓了他一跳，接听电话的声音下意识地颤抖，他甚至感觉车轮打滑了。

人生这么艰难，可以过得轻松一点，为什么不呢？面对突如其来的求婚，溪川断片了几秒。

等她回过神，已经点过头戴上戒指了。

对方提出移步到他住的酒店，开瓶好酒庆祝一下，就在餐厅对面。她没有露出惊慌失措的表情，饮食男女，成人语法，顺理成章。

过马路时，她忙于用羊绒大衣把自己裹紧，胳膊顺势交叠在身前，这样就不用时时提气，担心吃过甜品的胃凸出来让人反悔退婚了。

进电梯上楼时，她努力让自己笑起来，事业弹尽粮绝的时间点突然敞开了婚姻的大门，这样想来好像非常幸运。对方又没有胖到丑到让人无法忍受，只是不太熟悉，以后总会熟悉的。只要两杯酒，就能放松下来不这么紧张。

进电梯下楼时，她借着酒劲激动地胡思乱想。易辙在YXC工资肯定不高，否则最近怎么总缩手缩脚，看起来不够花，这么大人也不好意思问父母要生活费吧。她虽然没看过自己的银行卡，但肯定还有不少积蓄，够接济他好一阵了。更远的将来，她可以去找份幕后的工作，公关或者运营，应该不会过得太差，由奢入俭难，结婚之前得好好找他谈谈……

等等，他会想要和我结婚吗？他爱我吗？

不爱我为什么要给我写歌、给我拍剧？

哦，不对，因为他是经纪人。

溪川迈出电梯，在大厅里茫然地转了半圈。视野五光十色地飞舞起来，喝酒误事，喝酒害人。

又转了半圈。是爱我的，爱听我唱歌，四舍五入等于爱我。

礼宾部帅哥肯定从她脸上看见了一种鲜活的傻气，否则为她拉门时不会笑得那么深。

"谢谢你！"她像蝴蝶一样飞出去，旋即又飞回来。

"外面好冷。"她攥着手机站在对面，仿佛另一个门童，"他让我等五分钟。"

尴尬的沉默从面面相觑的两人中间流过去，像个不好的预兆。

就这样事业、婚姻和爱情都没有了，接踵而至的只剩争吵、冷战、感情破裂。

好几年后才能心平气和地再谈起这个晚上。

"我刚摘下九克拉的钻戒跟人家赔礼道歉，自我感动到心脏麻痹奔向你，但是一上车，你就扯大道理把我劈头盖脸地骂了一顿。"

"其实没那么多大道理，我就是吃醋。"他笑着把她抱过来，补偿性安慰，"我又不能开天眼知道求婚的事，我只能以为你跟人开房。"

"嗯？为什么这样以为？"

"你叫我去半岛酒店接你，你们总不可能在酒店唱二人转吧。"

"哦。"

"但我五分钟就到了，你没觉得奇怪？"

"感觉很慢。"

易辙无语。

"阿辙，你喜欢我吗？那时候，说实话。"

"废话，都说了吃醋。你能不能动动脑筋？稍微动动脑筋？"他气得胡乱揉弄她的头发。

溪川抱着头把头发理顺："所以如果那天晚上不吵架，就不会浪费好几年了。"

"我难得发一次火吧，没想到损失这么惨重。不过我觉得也没错过什么，现在这样就很好。如果当时在一起了，我可能头脑发热什么都听你的，说不定真的结婚了，现在事业上有的一切都没有了。"

"阿Q。"

"我说真的。溪川你很小孩子气，不知道自己要什么，连我都偶尔被你带偏。其实比起'恋爱脑'小鸟依人，我更喜欢你闪闪发光的样子。"

"嗯，我也更喜欢我闪闪发光的样子。"

"你马后炮。"

"你也马后炮。"

"我没有，那天晚上我让你给我三年时间，可你不相信我，还跳车。我没食言吧。"

"四年了。"

"没到，三年多，到今年年底才四年，你不要冤枉人。"

"但你没有说清楚，让我给你三年时间，要干什么你没说，让我信你什么？"

"干什么我自己都没想好。"他被踹了一脚，说，"本来就只能走一步看一步。总之肯定是要给你最好的，你不能意会吗？"

"我们老实人没那种想象力，我们只能感受到骂我的人不爱我。"

"六月飞雪了。"

"但是阿辙，说实话，你埋怨过我吗？如果我沉住气不在网上跟人吵架，当时就不会事业乱七八糟的，让你的处境也那么差。"

"埋怨过，不过很快醒悟了，她们不踩着当红的人上踩谁呢？不管你做什么，这根本避不过。而且我不认为走过的弯路都没有意义。《红树林》你演得比《霜降》还好，MT视频的人说看后台数据，播放量直到今天还常年和新剧一起排进前十。正因为有之前的基础，后来再去寻求合作才会更顺利，YXC一直有资本，可其他艺人拿不到你能拿到的资源，还是不一样。"

"嗯。"她认真点头。

"所以现在才是最好的。不管什么时候都不要自乱阵脚，过去可以弥补，未来可以改变，做好眼前的事才最重要。你要有这个自信，我们怎样都不会走散，早一天晚一天在一起没关系。"

"有自信！"她更认真地点头。

易辙把她脸上的泪痕擦了擦："因为我从来没想过离开你，一次也没有，根本不存在那个支线。"

"跟别人'开房'那次也没想过？"

"闭嘴。"

有些人嘴上许诺"有自信"，但还是不放心，隔两天又冒出歪理邪说，非要拽他去留个文身，理由是"好像感觉留在身体上的痕迹不会消失"。

易辙不是那么怕痛的人，这种小事依着她算了。

"文什么内容呢？"

"文'全世界我最喜欢溪川了'。"

这也太痛了！好说歹说让她放弃了这个念头。

"就名字吧，如果万一忘记你，看见名字，'哎？这个是谁？会文在身上应该是很重要的人'，以我的智商应该能想到这里，不至于非要看见轻小说书名。"

"那留爸爸给我起的名字呢？更有纪念意义。"

"不行，要是连人都忘记了，你爸给你起名字的事也会忘记，到时候只有个名字，和人对不上号。还是'溪川'吧。"

"那不会看起来像粉丝吗？"

"可能……有点……"

溪川在数以百计双眼睛的注视中惊醒，猛地深吸一口气。访谈节目录制现场，她好像刚去哪个时空的隔层转了一圈，脊梁上针刺似的冒着汗。怎么来到这里的，已经不记得了。

"好像一直对科幻题材特别感兴趣，只要接电影一定和太空啊宇宙啊相关，像之前的《千亿之光》《旋转至梦境终》，再到这次的《基地》……"

"啊，对。"她回过神，意识到这是《基地》的宣传，"我偏爱科幻题材，主要是受父亲影响，我爸爸，我生父。"

主持人感觉她似乎不太愿意回答这个问题，为什么呢？明明对过稿子，她没提出过异议。诧异地往她经纪人所在方向望了一眼，只好先进行下一个话题。

但好像下一个话题她也不喜欢。

"什么？"听主持人说完，她的反应好像第一次听，并且没有听清。

主持人毫不介意地重复道："我们刚才聊到，你的上一段感情备受瞩目，但经历了很长的空窗期后，突然宣布结婚。是他身上有什么特点让你有结婚的冲动呢？"

"结婚？"

主持人对这句重复不明白，依然笑着，但眨了眨眼。

"我？结婚了？你是说我结婚……"溪川立刻反应过来，是过去的自己做了什么造成的，"时间线"剧变了。

主持人和编导交换过意见，决定暂时中断录制。易辙在过道里拽住她："喝醉了？"

"没有。别管这个问题，关键是我和谁结婚了？"

"你还说没喝醉！"

追究起来真是没完没了！他肯定已经失忆了，变成NPC（非玩家角色）了，和他聊也没用。

溪川懒得解释，撒腿往电视台外跑去，瞬间溜得无影无踪。

在车里搜了一路，全网关于自己的新闻都是——

"Seike溪川宣布结婚，伴侣是圈外人。"

"Seike溪川宣布结婚，圈外人丈夫身份成谜。"

"柳溪川公布婚讯，已与圈外男友结婚。"

公关做得过度好，这下连自己都解不开丈夫的"身份之谜"了。过去的自己也不回短信，关键时刻总掉链子。没办法，只能靠自己了。既然已经结婚，应该是住在一起，到家就能找到线索。

救命，不会是那个"九克拉钻戒"吧……

老宋说不定知情。

"你见过我的结婚对象吗？"

"嗯。"宋师傅从后视镜里看了她一眼。

"长得帅吗？"

"还可以。"

松了口气。

推开门，一眼看见墙上挂着大幅结婚照，是新旬。是活着的新旬。

把照片这样挂着一定是自己的主张，品位差极了，新旬一定吐槽过。但是，知道媚俗，他还是把它挂在了最显眼的地方。

不要慌不要慌不要慌，只是技术性调整。

新旬没有死，阿辙人还在，是好事。

不管什么时候都不要自乱阵脚，过去可以弥补，未来可以改变，做好眼前的事才最重要。

有太多记忆需要慢慢补充，眼前的事，应该先向过去的自己道谢吧。这样就好，现在最好，千万别再乱动了，剩下的交给我。

按下短信发送键的那一刻，身后的电梯响起了到达楼层的提示音。是新旬回家了吗？

她放下手机抬起头愣了愣，沉不住气迈出门去，但只走了两步就停下了。

——我看见了什么？

岛台上红酒瓶从底部炸开，玻璃碎了一地，酒流得到处都是，出门前没人收拾，暗红的酒渍一片狼藉。

她恐慌地退了回来，飞快地把门关上，再回望岛台，没有看错。

——我听见了什么？

阿辙问我是不是喝醉了。

——为什么？

为什么我在酗酒呢？

门铃响起来，简直像恐怖片的效果音。

[98] 水到渠成

为什么主持人说我接电影一定是科幻题材？

《灰鲸》《一晌贪欢》《小怪物》明明都不是。

溪川神情恍惚地盯着一块墙壁，等记忆一点点覆盖过来。《灰鲸》《一晌贪欢》《小怪物》都从履历上消失了，连《红树林》《坠落》《霜降》《戏精》《金簪》《夜影》也全都没参演。

她摇摇晃晃站不住，顺墙滑坐在地，仔细回忆自己演过的剧。

只有早期的《麓境》《不期而遇》《来来往往》和从前一样，之后接了《春日物语》《海风暖暖》《星愿咖啡馆》《山河契》《甜心天后》？

阿辙在干什么……疯了吗？

她头晕目眩，生理性地想吐。

门铃声停止了，终于换成人声，是易辙。他隔着门有点焦急地呼喊她的名字："溪川，我知道你在里面，开门。"

她的确想打开门质问他，甚至打他一顿，可是细思极恐，又停住了动作。

阿辙没有这里的钥匙，所以他进不来，他本该有的。

目光定定地落在起居室的角落里，蒸汽衣架上挂了一件高定华服，又薄又软，闪着鳞嵌着羽，像蜕下的一层皮，折射出清冷的光。

溪川猛地想起什么，手脚并用爬到茶几边拉开抽屉，他的日记果然已经不在了，环顾四周，这儿还是一个家，新旬和自己的家。

就算不是爱人，也不用给她接这种戏吧？阿辙是缺德鬼吗？

但她很快就被逐渐刷新了记忆，这些全部都是自己的选择。

自己和新旬开始交往后，从来没有分开过。新旬大三就已经修完本科学分，想出国，但被她缠住没让走，于是留下保研，对他来说太轻松了，有点无所事事，往好的一面看，有了更多时间陪她，不幸的是被狗仔拍到了。

她是偶像，曝恋情闹得满城风雨，为了及时止损，在公司的施压下，立刻对外宣称已经分手。但从没有真分过手，只是转向地下，更谨慎一些。公司内部没有人不知道，所以当易辙后来进入YXC工作，认识她的第一天就知道她有男友。

是的，她很长情，一天也没有分过手，一天也没有离开过YXC，除了恋情曝光时受过短暂冲击，十来年一帆风顺。

唱片市场的走低不可逆，到二十四岁这年，她和公司里所有艺人一样，工作重心自然而然完全转向影视，又成了易辙的艺人。

易辙是无可挑剔的朋友和工作搭档，为她争取了她想要的所有资源，只是她想要的资源有点问题。

二十三岁，爱情很甜蜜，拍偶像爱情剧感同身受，她借此成为流量小花。

二十六岁，爱情依然甜蜜，拍偶像爱情剧依然得心应手，她依然当红。

但二十七岁这年行业环境激变，互联网视频平台兴起，传统卫视没落，影视寒冬来临，制作成本压低。所谓有价无市，溪川的片酬相对一般制作的偶像剧来说太高，她又没演偶像剧之外的经验，邀剧的公司一夜之间消失了，有点无所事事。

她看得出《山河契》不是历史正剧，漏洞百出，故意违反史实招骂造热点，但至少是大制作，这样的剧才能请得起一线服化道班底和一线演员，有剧演总比沦为彻头彻尾的广告带货明星吃老本强。

再之后，《甜心天后》已经是易辙能为她张罗的最好资源了，剧本成色不错，侧重励志奋斗，超过市面上大多数不讲逻辑的偶像剧，YXC投资，不求赚钱，只为维持她的曝光度。

可不是所有曝光都能起正面效果。

二十八岁的溪川演偶像剧，和那些满脸胶原蛋白的二十岁小花相比已经没有竞争力，弹幕劝她"赶紧去做做面部填充""精修和滤镜都快拯救不了""多大年纪还装嫩"……

到如今，使出吃奶的劲能接到的电影角色，只剩下科幻大片里出场时间共计十分钟的特邀小配角。

回首一路，好像完全找不出错，除了易辙提醒过她应该趁年轻多拍几部戏，她听不进意见，但多拍十部偶像剧，也引起不了质变。归根结底，演员吃的本来就是青春饭。她星途顺畅攀过顶峰，比其他人心理落差更大，是人之常情。

新旬知道她不开心，可委实无能为力，博士毕业后留校，他就没出过象牙塔，对娱乐圈一无所知。求婚有一部分原因是为了让她高兴些，告诉她人生可能就像四季轮转，一个阶段结束自然走进下一个阶段，事业之后是婚姻，水到渠成。

她二十九岁了，应该长大了不是吗？

在这个年纪公布婚讯，连粉丝都会忠心送祝福，公司更没有制约，只求别公布结婚对象身份，免得让当年的"分手"骗局被揭穿引起反感。

她会长大的，慢慢走出阴影接受现实——如果不知道另一个自己可以成就奇迹。

可悲就可悲在，今天她知道了，但想不通原委。

《红树林》是什么换来的，在任何"时间线"上她都不会知道，有个人曾为她倾尽所有，不到万不得已没让她知道。

易辙看中的罪案小说原著，三顾茅庐请这类型的资深编剧执笔，自己公司主投拉起的一线制作班底，引入了一部分风投，全程待在剧组事无巨细地监制，成片后亲力亲为盯后期、跑过审……这些溪川都知道。

她不知道的是，岳海卫视碍于舆论一再推迟排播时间，其实当时有两三个二线卫视愿意购片播出，回款本不成问题，但播出影响力远不如岳海卫视。投资方只讲利益，天天追堵易辙赶紧卖片脱手，他却选择抵押所有公司固定资产接住了全盘，其余投资人安全撤离。《红树林》坚持到岳海卫视播出，拿下收视率年冠，一播再播，让机顶盒观众人人认得溪川，影响力确实不言而喻。但易辙所有资金压在这项目上空等三年，利润不够偿息，资不抵债拖垮了公司，无以为继才不得不带着溪川重回YXC。

因为没有获奖遭受打击，她曾经还不爱提这是她的代表作，谁能想到，万丈高楼有时就起于不打眼不好看的一块砖。

眼前的"时间线"上，新旬对她的好毋庸置疑。十七岁时得知生父是被伯父害死的，她就和家里彻底断绝了关系。即使找到生母，经济也不宽裕，更别提这些人生动荡摧毁了她的安全感，经历了"被杀父仇人养大"这么矛盾的过往，保持乐观和阳光其实很难。她自力更生奋斗至今，新旬一直在她身边，有点笨拙凌乱地一起长大，陪她熬过各种危机，成为她最亲的人、唯一的精神支柱。

也许人生就是这样吧，无法十全十美。

——这样也好，这样就很好了。

起码大家都活着，自己有爱情有友情，不是一事无成。

她拽起裙摆把纵横一脸的泪水擦干净。

——至于多余的感情和憧憬，会淡的。

不甘心。更多眼泪又控制不住地涌出来。

手机还在手里，可是，究竟要发什么提醒过去的自己，才能在二十三岁演《红树林》？眼前的"时间线"她二十三岁还在YXC，YXC根本不会投资风险极高的罪案剧，《红树林》从来就不存在，过去的自己就算收到短信又能做什么？她只是个小艺人。

一个死局。

——我见日光之下所做的一切，都是虚空，都是捕风。

她哭累了，又在黑暗中抱膝坐了很久，保持一种胎儿在子宫里的姿势，消极防御。

被无视的门铃声和呼喊声早已停止。

是的，现在的阿辙就是这么佛系，对别人的老婆他有什么可执着的。

"如果从来没有这个手机，就好了。"

她发完这条短信，去厨房把手机丢进了微波炉里。

人生就这样？放屁。

——我不会就这么半途而废。

溪川把门打开，太好了，易辙并没有走。

"阿辙，我已经二十岁。"她哑着嗓音说，"不知道还能接到什么戏，但我不要演偶像剧，我是有演技的，你相信我。帮我找找有没有角色适合我，配角龙套也可以，我准备好开始工作了。"

易辙一头雾水，觑着眼观察她的精神状态："准备好开始工作哭什么？"

"激动。"她抽抽鼻子，脸上写着激动的反义词。

易辙笑得很茫然："那……能不能先从把节目录完做起？"

"哦。"都忘了录节目的事。

他不解风情地展开筹划安排："今天眼睛都哭肿了，我给你约明天下午，但你上午十点要过去……"

话说了一半，厨房里突然传来巨响。溪川条件反射般缩了下脖子，立刻感觉到胳膊上传来男人强大的腕力。与此同时，他下意识地护住了她的脑袋，往火花四射的方向望去："微波炉在转什么？"

"手机。"她垂头丧气。

简单判断，此刻最好不要靠近厨房，易辙把她拽出门外，虚掩上家门，一手搭住门把，仿佛已经对她的破坏力习以为常，若无其事地笑问："为什么要把手机扔进微波炉？因为里面不三不四的东西太多了吗？"

溪川抬起头，不明所以地眨眨眼："什么不三不四的东西？"

他笑得更深一点："镜子说你手机里都是不三不四的东西。"

她双目无神："你怎么记得镜子？"

镜子都相当于他半个女儿了，轮到易辙困惑蹙眉："我为什么不记得镜子？"

溪川慌了神，揪住他衣领，又不知从何问起。

"阿……阿辙……"

"嗯？"

"你爱我吗？"

他把她的脑袋揽向胸口，其实是因为有点赧，要避开对视："当然啊，怎么突然神神道道？"

溪川顾不上陷入你侬我侬的甜蜜，猛地回身推开家门。

墙上的结婚照消失了，岛台上那瓶碎掉的红酒也消失了，厨房重归寂静，像什么也没发生过。

为什么？新旬又去哪儿了？

新旬……

崭新的记忆袭来，天旋地转，头疼得像挨了揍，她不得不撑住过道墙壁避免跌倒，泪水再次排山倒海决了堤。

新旬这个自作主张的大坏蛋！

[99] 你看见我了吧

现场安静下来，幽暗的蓝光在幕布上涌动，视界晃得缥缈。

她心绪前所未有地笃定。

像这样的情境，很多年后我们可以确凿地说，那是我人生中最关键的一个时刻。

但大多数更关键的时刻流经我们，我们却浑然未觉。

221

比如十七岁一个稀松平常的夏天，她拿到高考录取通知单，全家一起去外地旅游，手机掉进了高铁商务车厢的椅缝，车上的机械师处理不了，要停靠站点拆卸座位，两天后回上海时才能从服务台领回。

可是旅行途中，因为她提出想改回自己的原名而引发了家庭纷争，争执中伯父母互相指责，揭穿了伯父为钱谋杀她生父的真相。她冲出车厢自己买票回上海，姐姐怕她出意外通知新旬去车站找她。她遇上台风被卡在途中，因为担心新旬在台风天遭遇不测，求助于远在北京打工的妈妈，乘上父亲同事的货车，冒着风雨直奔当年发生意外的河边，没找到新旬却救了个路人。

借了路人的电话，两人终于联系上，在高铁站见了面，新旬开口道歉："不好意思，我领到你手机，但不小心弄坏了。"她虽然为"时空对话"的消失感到些许遗憾，但他安然无恙比什么都好，立刻心胸宽广地原谅了他。

在那个时刻，她不会意识到是个多么关键的转折。

她没有改名字，手续复杂和拖延症是一部分原因，更重要的是，最好的朋友说："你的真名，感觉很柔软、温馨、宁静，是生活里的你。而成为大明星的柳溪川，这名字正合适，有种汇溪成川要干一番事业的气魄。"

在那个时刻，做出那个决定的她，没有觉察到自己的潜意识把事业放在了人生第一。

二十岁那年，新旬执意要和她分手，仅仅是因为被狗仔拍到照片曝光恋情后顶不住压力。她哭得暗无天日，完全无法理解，为什么经历了生死考验的男朋友被粉丝骂了几天就把她甩掉，直到听说他拿了MIT的通知书，早就打定主意要以学业为重，这才恍然大悟，男人都是自私鬼。

她只好一边继续做她的偶像，一边隔空咒他挂科延毕。但事不遂人愿，她二十二岁、他二十三岁那年，太平洋彼岸飘来噩耗，他与其博导因密码学的杰出工作获得图灵奖。轰动程度不亚于当年莫言拿了诺贝尔。

我们正常女孩是不会为前男友的惊人成就而骄傲的，只会在暴雨之夜去找朋友号啕大哭，发誓再也不演偶像剧，一定要拿到奥斯卡影后争回一口气。而没有因爱丧失理智的朋友易辙说："奥斯卡……恐怕有点难。"

在那个时刻，她可能还没注意到，易辙说的不是"影后有点难"。

二十八岁，她凭借《灰鲸》获得三大影后，在此之前已经满贯了国内三大视后。

这一点都不奇怪，出道十年，她主演电视剧十六部、电影十部、参演三部，即使在被网络暴力攻击的低谷，也从来没有停止过工作。经纪人感到既欣慰又无奈，为什么和前男友较劲能产生如此强大的精神动力？因为爱情吧。

但是拿遍了国内奖项，并不能在身处美国的前男友眼前刷出存在感，欧洲三大两提、金球铩羽而归，她依然没有因此止步。

直到"时间线"覆盖到重合节点那一刻，被叠加了其他"时间线"的记忆。

"谁控制过去就控制未来，谁控制现在就控制过去。"

溪川终于明白新句当初为什么执意要分手，是现在的自己对过去的他造成了影响，自己给他发了那些短信。

一张彼此的结婚照。

一句荒凉的"遗言"："如果从来没有这个手机，就好了。"

未来的她不快乐。

是与自己交往不快乐，还是结婚不快乐？新句猜不到，但肯定相当不快乐，所以打定主意，在未来的关键时刻避开这两件事就好。

恋情曝光对她的事业造成前所未有的冲击，新句的思路逐渐清晰——

就是这个时刻，关键转折到了。

溪川很小孩子气，不知道自己想要什么，可他知道。

有时你内心坚定地做了选择，有时你迷迷糊糊地做了选择，有时爱你的人替你做了选择，人生就是无数必然与偶然的组合，当你认定"最好"的时候，也许有"更好"等在未来，只要你还在努力往前走，就总有机会遇见奇迹。

最终抵达此刻。

优雅的评审团主席用流利的英语对着麦克风宣布："沃杯最佳女演员授予——柳溪川，来自崔海峰导演的《抢头香》。"

如雷的掌声唤醒了她的现实。

虽然在更新的记忆中，她得过很多次影后，但是身临其境地领奖只有这一次，但她出乎意料地内心平静。

如梦如幻，可是抵达此刻仿佛必然。

伴着恢宏激越的奏鸣乐，她从容起身，亲吻陪同自己下乡体验生活加拍摄七个月的爱人——同时也是经纪人，拥抱导演和制片，离开坐席，在持续不断的掌声中轻松登上五级台阶，与评审团主席握手，抱起巨大的金色奖杯。

转身一瞬，辉煌的灯光炫目，模糊了空间与时间。

就像威伯永远不会忘记夏洛，没有一个人能代替新句在她心中的位置。但她已经活在幸福的一天，以后，也是幸福、宁静的每一天。

她捧着金杯冲着远方，露出了深情又孩子气的笑容。

谢谢你把抢走我当选纪律部副部长的时刻还给我呀。

你看见我了吗？

你看见我了吧。

【全文完】

番外一

Summer Fantasy

· ·

倒带往昔

　　晚上九点一刻，1507次列车终于返回上海，但是直到大厅走空，新旬也没有等到溪川。

　　他心里有点发毛，不知道出了什么事，怀疑溪川是否和自己已经错过。

　　猜测溪川到站后，第一件事肯定是赶着去服务台找回手机，他决定去服务台碰碰运气。

　　手机还没被领走。

　　服务站的乘务员最初不肯给他，直到他用自己的手机拨打电话后才完成了代领。

　　按亮屏幕，十四个未接电话，二十七条未读短信。

　　顾不得隐私的界限，此刻只想找出任何关于她去向的线索。点开短信，最后两条是彩信和文字。

　　彩信是自己和溪川的一张结婚照，不太清晰，仔细看能判断出是手机对着悬挂在墙上的照片翻拍的。

　　新旬并不觉得意外。

　　他接着点开最上面那条短信，把那段"总结陈词"看了一遍，再看一遍，由于字数限制，它被截成三段。

　　好好活到了未来，还有闲情感悟人生，她算是平安了吧，从各种意义上。

　　他长吁一口气，在空旷的车站大厅四下张望，然后走向远处。

　　现在，只剩尽快找到她这件事了。

　　手机又振动一次，一条新短信。

"如果从来没有这个手机，就好了。"

来自本机号码。

新旬停住脚步，在原地思考片刻。

的确不该有这个手机，这种考验人性的东西。

他暗自认同，走出大门第一件事就是潇洒地扔掉手机，疾驰而过的大巴帮了个忙，从上面碾过去，粉碎得很彻底。

一小时后，二楼麦当劳餐厅，溪川双手捧着一张小苦脸，对着这堆残骸，听他编了个"险些发生交通意外，但是，幸好人没事"的解释，勉为其难地接受了现实："好吧，这也没办法，我还想吃甜筒。"

新旬积极"将功补过"去帮她买回来，她已经恢复了神采。

"那她有没有留下什么遗言呀，未来的我？"

这难不倒新旬，看了好几遍了。

"她说，她一直误以为是过去注定人生，其实起作用的是内心。虽然她暂时不知道你做了什么努力，但已经能猜到你改变了什么。然后开始感悟抒情，要学会接受缺憾，找回勇气，撕开伪装并心怀希望，就能获得改变命运的力量。最后说谢谢你。她没有看见未来的我，可她知道自己已经得到了最好的人生。"

溪川听完，又吃了好几口才找到重点："意思是现在这条线你没死咯？"

"应该是的。"

"那手机坏得不错。"

"为什么？"

"这样你就再也不会死了呀，没了手机作为介质，谁的生活会一天到晚变来变去，身边这人死了那人活了啊？坏了免得我提心吊胆，担心哪天多吃个甜筒，导致你又开始死亡循环了。"

"有道理。"新旬点头，佩服她总能化繁为简，"也免得你沉迷于'开挂'，过上投机取巧的生活。"

"我才不会沉迷'开挂'。干吗非要走自己走过的路啊，阳关道大家都觉得好，可万一我想体验一下过独木桥的刺激呢？虽然我没什么鸡汤想发表，经验倒是有一个——做人最重要的是开心，不知道选什么的时候，选让自己开心的那个就对了。"

新旬愣了几秒，弯起嘴角："你飘了。"

"新旬，你带钱包了吗？给我钱包吧。"溪川鬼精地眨眨眼。

他不明所以地把钱包递出去。

"看见我拿了钱包这么开心，你开心吗？是不是幸福指数瞬间飙升？"

"喂。"

溪川翻开钱包看了一眼，沉下语气认真央求："借我吧，我今天得住酒店，可能明天也得住酒店，然后找机会去北京找我妈妈。"

"怎么回事？"

"知道了不得了的大事，那个家我肯定不能回了，以后怎么办还得找妈妈商量。"

确实是不得了的大事，新旬一时不知该如何回应，转移话题问："但你一个人住酒店不安全吧，你用我的手机给你姐回个电话，让她来陪你。"

"我现在暂时不想见她。"

"她挺担心你，是她把我叫来的。"

"你给她回。"她做了让步加上时间期限，"我今天不行。"

"好吧。"他拿起手机低头翻找号码。

"新旬，你陪我吧。"

"陪什么？"

"住酒店。"

男生紧绷着脸，压住表情："不太好吧。"

"陪我不开心吗？"溪川把剩下的威化杯一股脑塞进嘴里，口齿不清地吐槽，"不要那么道貌岸然嘛。"

看得出来，历劫之后柳溪川同学已经彻底放飞了。但她说得不是没道理，干吗非要走阳关道，反正手机没了也影响不了未来，出了意外两个人面对总比一个人强，结婚照那事就……

他垂眼继续操作手机："再议。"

番外二

Summer Fantasy

· ·

一年后

溪川把散落在沙发上、地上的书收拾成一摞，搬去书架准备放好，书架上几乎没有空隙。她仰着头发了半天呆，不可避免地听见易辙在书房外露台打电话的声音。

似乎在聊工作。

进展不太顺利，前两天以为板上钉钉的角色又泡了汤。

翁唯语进了组，制片、导演都见过，试了镜定了妆，居然被"退货"了。听起来电话那头是她的执行经纪在汇报联系买机票返回上海的进展。

近一年来留给女演员的机会越来越少，本来碰上大年，娱乐剧数量被控制到只有往年一半，再加缺少以女性为第一主角的作品，造成了新生代小花们空前激烈的竞争局面。

翁唯语最初还能挑现代偶像剧。后来形象不适合的古装偶像剧也接——与溪川一样，她长相偏现代，不太符合脸圆有肉看着福相的传统审美。眼下想演的是抗战剧里主角的女儿，和杨雪竞争。

按过去的思路，难以想象她俩中的任何一个演年代剧、战争剧，可现实就是这么无情，对她们这级别的小花而言，曝光率很重要，赋闲意味着失业和过气。片酬一降再降，能有主角戏可演的女演员也不多了。

幸好溪川已经凭一系列奖项跳出了这个层面，尤其是去年威尼斯获奖后收到了不少欧洲导演的片约，她英语不错，应付得来。有美剧邀约，顺应人种多元化的趋势，演主角之一，戏份不轻，但过长的拍摄周期对她来说太浪费宝贵时间，因此没有参与。国内的重点剧邀约对她也比较友好，虽然是献礼年代剧，却是不惜成本的大制作，而且剧作扎实人物丰满，相当于只是换了个时代背景的商战剧。

不知什么时候，易辙已经从露台进来，还听着手机，一手从她手里接过书往更高的架子上塞进去。溪川回神抬起头，他借着身高差在她额上落下个无声的吻。

他的电话还没挂断，她先安静地出去了，过了不一会儿他就跟出来。

"不如杨雪会'来事儿'？"溪川主动问起。

易辙在身边揽她坐下，苦笑着摇摇头："料到了。还是个小孩，虽然年龄不差多少，但远远没杨雪那么老练。"

"都是小孩，总比江盈强一点。"她搜肠刮肚找理由安慰。

这角色原本是江盈的，开机一周却被导演叫停了。

小盈本来还是一如既往地讨人喜欢、运气好，平台有投资保驾护航，有位高层领导看她长相甜美正气，是长辈观众们会偏爱的女儿相貌，点名指定。

谁知进了组却水土不服，这剧不用配音，她台词不过关，原声达不到导演要求，天天被揪着纠正批评，心态很快崩溃，最后不仅台词不达标，连表演也越来越不在状态。

此前一致认为翁唯语接这角色十拿九稳，主要是因为她在影视出道前演过少儿舞台剧，多少有些话剧基础，台词功底在同龄女演员中一骑绝尘，平时演配音剧反而分不出高下。

她虽然听话乖巧，比起杨雪来还是差点亲和力，用制片的话来说"有点呆"，再加上长相不是讨长辈喜欢的模样。杨雪是北方人，不撒娇装嗲的时候比江盈普通话标准，也够用了。

易辙闷闷不乐，如今他倒是对翁唯语怀有一份责任感了。公司里其他艺人接了戏丢了戏他都不上心，唯独这小姑娘让人牵挂，也许是爱屋及乌，也许是出于一种特别的惋惜，从外形条件到演戏悟性，她都和溪川极为相似，却又处处差那么一点点，可是失之毫厘谬以千里，机遇差太多，令人格外唏嘘。

"那倒未必，在其他'时间线'上我走过的岔路也够多，你知道的这条只不过碰巧最顺利。我觉得有韧劲的女孩一定能开辟不一样的天地，困境只是一时的。而现在——"溪川大声宣布，"不管你是喜新厌旧还是爱屋及乌，再惦记她，我都要吃醋啦。"

易辙怔了怔，笑起来，宠溺地伸手捏捏她的脸。

在这条"时间线"上最顺利，从事业到感情都是如此。

如今她最清晰的记忆里亲历的情节，在她耿耿于怀那个夜晚之前都大同小异，因为和新旬赌气，她不想再演永远"圈地自萌"的偶像剧，去找易辙哭诉发泄时，他还是说"那你跟我走吧"，大概那时候他已经喜欢她了。

接着同样拍了《红树林》和《坠落》，遇上网络暴力，遇上压片困境，易辙又带她回了YXC，区别在于她憋着一股劲，强打起精神没停止工作。

公司年会那天，同样有追求者向她求婚。

但钻戒她没戴上过手。

事业没有成功怎能半途而废？

易辙同样开车来接她，也同样拿了一堆大道理劈头盖脸砸过来，什么"在市中心约会被拍到后果不堪设想"啦，什么"收入都不够公关费"啦。她就不明白了，不做偶像已经很久，二十五岁的影视演员约个会，就算被拍到，算触犯哪门子天条？

和他吵了几句，越吵越气，头脑发热竟攀着颈吻上去，顿时世界安静了，车在直行道上晃了个S形。

易辙停住车，瞪着眼睛，上下打量她。

她脸红得像要滴出血，破罐破摔地迎着他的目光，虚张声势地抬起下巴挑衅。

他的目光最终落在她脸上，微微眯起眼，几秒的停顿，似在琢磨。

她心里读着秒，逐渐慌张，逐渐恍惚，分神去推演了一遍见机不妙该如何迅速打开车门逃跑。他沉默时比争吵有威慑力，给人一种无形的压迫感。

"我一边在跟你说被拍到会有麻烦，你一边胡作非为，不怕麻烦是吧？"他拿出了工作语气，慢条斯理，停顿了一下。

溪川脸烧起来，羞愤想着，没意思，自作多情闹出乌龙了。别过脸就想冲下车。

他按住她的肩，靠近她，另一只手捏过她潮红的脸，吻住她。

和她蜻蜓点水的恶作剧不同，他的吻充满按捺已久的意味，带着成人意味。她有点蒙蒙的，由他引导，电流一样，呼吸急促。分开时她的眼睛已经蒙上水光。

他也有些喘息，却装作经验老到、一切尽在掌控，捧着她的脸用指腹蹭了蹭："我也不怕麻烦。"

违章停车的罚单也没逃过。

只是因为这个提前两年的吻，那时候她就已经找到了"爱听我唱歌，四舍五入等于爱我"的证据。

交往是从那晚开始的，她算看清了，无论哪条"时间线"靠易辙拖拖拉拉都不行，还是得她主动才能快刀斩乱麻。

美中不足的是，这天晚上易辙不太主动，顾虑很多。从她提出要跟他回家开始，他就变得支支吾吾推三阻四，害她不禁怀疑是不是家里藏了人。一个闪烁其词，一个穷追猛打，最终还是他拗不过她。

家里没人，屋里冷冷清清，到处都透着古怪。

她总觉得他心不在焉又缩手缩脚，导致相处的时间格外漫长。

溪川盯着天花板发了许久呆，想不出合理的解释。

她悻悻地卷着被子滚到一边，犹豫着要不要给他留点面子，最后还是好奇心占了上风："阿辙，你不会也没经验吧？"

一片黑暗中，这人没答话，听上去连呼吸都暂停了。

太尴尬，此地不宜久留。

她摸黑爬下床："我去冲个澡。"

等到易辙反应过来披着衣服追进浴室，已经来不及了。

溪川用手试了半天水温，一头雾水："没有热水。"补充刚才就觉得奇怪的小发现，"也没有灯。"

"是。"他一副处心积虑化为泡影的沮丧语气，"我平时在公司洗过澡再回家，所以充电卡没什么必要。"

"啊？没必要？"头一回听现代人说爱迪生的发明没必要。

易辙叹口气："你……当心着凉，先回被子里，我再跟你解释。"

溪川爬回床上，懵懂地盯着他，这架势反而让他不好开口，又吞吞吐吐起来。

"我……这个月工资……都打你卡上了，想着反正……我大部分生活需求都能在公司解决。怕你钱不够花。"

"可我的钱呢？"溪川抓住关键，叫出声。

他笑起来，摸摸她脑袋："就……不够你花啊。"

"你胡说，我最近都没有买包包首饰。"

"日常用品也经不起每天几十个快递这么买。"

"那你也不提醒我！"

"我……觉得你通过买东西纾解一下心情也没什么不好。"

"不，我现在突然发现钱都花光了，心情更不好。"

"想开点，再过几天我就发工资了。"

"话说回来，你怎么也一点钱都没了？"

易辙被逼着问一句说一句，而她逻辑严密没给他什么逃生余地，最后只好把《红树林》被延播的经济损失都坦白交代了。

"真过分，嘴上说什么都和我一起面对，其实偷偷一个人逞英雄。虽然有点感动，但我其实不喜欢这种被保护起来蒙在鼓里的感觉，如果你和我有商有量，力往一处使，能避免好多不必要的牺牲，至少现在不会困窘到连交电费的钱都没有，少买几个快递我又不少块肉，都是大人了，别把我当成小孩。"

"嗯。你说得对，以后不会了。"易辙点点头。

她放松了语气，倚靠过来："你不会是因为担心我发现没电才心不在焉吧？"

"嗯……"

"难道你还抱着期望我会发现不了？怎么想的？"

他没话说，光是笑，事后自己回想也觉得思路清奇。误会得以澄清，但已经暴露的事实也无法挽回了。而且从那以后，他的"翻车纪录"接二连三地被刷新。

在别的"时间线"上，他总是装得胸有成竹滴水不漏。

可这条"时间线"上，也许是因为相处时间长，慢慢露出不少破绽。

溪川回想起来："'时间线'不断改变的时候，我特地记的日记消失了，你为了让我安心，拿出自己不是为应对'时间线'改变而记的日记。里面提到其他女朋友都是挑剔……"

他已经走到门口，又介意地停住脚步："我还有其他女朋友？"

"约会对象。你喜欢约那种家世很好又聪明、有留学背景或者ABC（美籍华裔）、皮肤晒成棕色的健康美女，我见过三个，其中一个还一起吃过饭。"

"哦，你对我这么无所谓吗？"

"你不要恶人先告状。那时候我们没交往，但也让我很受伤。看了日记才发现不对劲。第二次约会你就因为声音不够好听这种小事挑剔对方，那么聪明的女孩子怎么可能感觉不到？仔细一想，追到公司地下车库'死缠烂打'的漂亮女孩真是因为喜欢你吗？她当时明明在骂你'不回消息、没礼貌、有什么了不起'之类的，更可能是因为讨厌你吧。"

易辙笑起来："能追到车库骂人，她自己也没礼貌。"

"你看你这副非要和女孩子一较高下的调调，怎么可能讨人喜欢。再仔细回忆一下，和你女朋友吃饭那次有件怪事。吃饭过程中，她手机总是隔三岔五发出那种APP的提示音。"

"哪种？"

"社交软件的。"

"很特别的提示音吗？"

"很特别，以前公司练习生手机里发出这种声音，大家都心照不宣地微笑。"

"你的意思是……"

"当时我就觉得奇怪，现在才恍然大悟，应该是试探，为了观察你的反应。"

"我？"易辙明白了她的意思，哑然失笑。

"所以说，喜欢你的人只有我，因为太喜欢被蒙蔽了双眼，还以为竞争者很多，但其实大家只是觉得你古怪而已。可不是吗？立虚假人设是经纪人最擅长的领域了。"

结论居然在这里等着。

易辙无奈地笑："好吧，骗到你了也不错。"

其实他也不想在溪川跟前摆样子，相处久了知道她的脾气，她懒得兜圈子，什么都单刀直入，隔三岔五像小孩子似的闹一闹，却不会特别计较。

只有一样，优柔寡断会让她着急。

因此，陈谅成了磨炼她心性的那颗不定时炸弹，时不时在她神经上点个炮放朵烟花。

洛川自己带着镜子，生活反而比那时候家里有个专门添堵的男人简单顺利，偶尔遇上单位加班，孩子没人照顾，溪川和易辙都有自由时间，能腾出手帮个忙。

但洛川有点被害妄想，担心陈谅冒出来抢孩子，平时护得严实，陈谅已经有两年连镜子的照片都没见过。

越是这样，他越疑神疑鬼，猜测镜子肯定是他女儿，想偷偷接近看看。

两个人整天三十六计轮番用，像演谍战片。

与此同时，陈谅和季向葵的那条支线在演肥皂剧，分分合合八百集，意难忘。

在陈谅眼里，他的人生可真是左右为难，一边是深情白月光前女友疑似为爱"带球跑"，一边是灵魂伴侣女明星与他志同道合，他本没有志向做个情圣，可自己把自己感动得要命，也好像多了些文艺电影里渣男主角的责任感，美其名曰，两边都不能辜负。

如今溪川看与陈谅有关的八卦新闻，已经能做到"无语凝噎"。

易辙默默观察她的进步，不过要等她什么时候能气定神闲地说出"尊重祝福"，才好帮她接陈谅执导的电影，毕竟，剧组里打得鸡飞狗跳，总是经纪人过得比较悲惨，影片还容易中途流产。

又到一年夏天，电影节颁奖季，易辙总忍不住心痒，他们俩要是能搭班子再认认真真拍个作品，哪有这些妖魔鬼怪露脸的机会。

想要陈谅做个有节操的正常人已经不能指望了。

只能祈祷来年溪川修身养性吧。

【番外完】

MEMORY
HOUSE